rororo

David Wagner, 1971 geboren, debütierte mit dem Roman «Meine nachtblaue Hose». Es folgten der Erzählungsband «Was alles fehlt», das Prosabuch «Spricht das Kind», die Essaysammlungen «Welche Farbe hat Berlin» und «Mauer Park», die Kindheitserinnerungen «Drüben und drüben» (mit Jochen Schmidt), der Roman «Vier Äpfel», der auf der Longlist des Deutschen Buchpreises stand, und «Ein Zimmer im Hotel». 2013 wurde ihm für sein Buch «Leben» der Preis der Leipziger Buchmesse verliehen, 2014 erhielt er den Kranichsteiner Literaturpreis und war erster «Friedrich-Dürrenmatt-Gastprofessor für Weltliteratur» an der Universität Bern. «Der vergessliche Riese» brachte ihm 2019 den Bayerischen Buchpreis und eine Platzierung auf der Shortlist für den Wilhelm Raabe-Literaturpreis ein. Seine Bücher wurden in viele Sprachen übersetzt. Er lebt in Berlin.

«Dieses Buch ist eine Heimatkunde fern jeglicher Gemütlichkeit und des Heimeligen. Es gibt nichts, was Wagners Blickes nicht würdig wäre. Es ist der eines Kenners, der sich zu verlaufen weiß.» *Judith Schalansky über «Welche Farbe hat Berlin»*

DAVID WAGNER

ICH GEH' SO GERN DURCH DIESE STADT

DIE BERLIN-GESCHICHTEN

Rowohlt Taschenbuch Verlag

Veröffentlicht im Rowohlt Taschenbuch Verlag, Hamburg, April 2023

Covergestaltung Cordula Schmidt Design, Hamburg
Coverabbildung Ingo van Aaren
Satz aus der Bely bei Pinkuin Satz und Datentechnik, Berlin
Druck und Bindung GGP Media GmbH, Pößneck
ISBN 978-3-499-01068-2

Die Rowohlt Verlage haben sich zu einer nachhaltigen Buchproduktion verpflichtet. Gemeinsam mit unseren Partnern und Lieferanten setzen wir uns für eine klimaneutrale Buchproduktion ein, die den Erwerb von Klimazertifikaten zur Kompensation des CO_2-Ausstoßes einschließt.
www.klimaneutralerverlag.de

FSC www.fsc.org
MIX
Papier | Fördert gute Waldnutzung
FSC® C014496

INHALT

IN BERLIN (2001)

Der einsamste Esser von Mitte 9 • Tiergartengeher 14
Friedrichstraße 16 • Die Beamtenschließfächer von
Moabit 27 • Wagenburg 32 • Christinas erster Tunnel 39
Die Netzspinne 42 • Kino International 47 • Deutsche
Oper 54 • Der Minister ohne Mantel 60 • Haarschaum,
kniehoch 63 • Kuchen im Aquarium 67 • Es gilt das
gesprochene Wort 73 • Wie das Kranzler war 77
Sliplampen leuchten im Kumpelnest 84 • Fantamädchen
küsst man nicht 88 • In der Maria heißen manche Frauen
Reingard 93 • Benny Beimer, die Flötenschülerin
und ich 96 • Ex 'n' Pop 99 • Rostlaube 101 • Staats-
bibliothek 107 • Der Wille zur Idylle 112 • Wo die
Kompassnadel zittert 120 • An der Darmschleimerei 122
Schönhauser Allee 129 • Deutsches Schutzgebiet 136
Schöne neue Legowelt 142 • Das Hotel, die Schokoladen-
fabrik und der Schrottplatz 146 • Am Adlershofer Busen 153
Sommer auf dem Alex 158 • Mauerpark 164

WELCHE FARBE HAT BERLIN (2011)

Die Mülltüte 171 • Weiße Nacht 174 • Monbijou 180
Oderberger 184 • Bernauer Straße 188 • Gebrauchtwagen-
händler 192 • Nachmittags am 1. Mai 193 • Mythos
Kreuzberg 196 • Neue Welt 199 • Tempelhofer Feld 203
Hasenheide 207 • Weserstraße 211 • Grunewald 214
Westalgie 221 • Stadtmöbel 225 • Welche Farbe hat

Berlin? 231 • Endivien 233 • Fundstücke 252 • Ist Berlin hässlich? 253 • Jenseits des Kanals 256 • Hochbahn 261 Das Wildplakat 263 • Street-Art 264 • Junge Altersheime 267 Ecke Schönhauser 268 • Currywurstbuden 271 Weihnachtlicher Budenzauber 274 • Der Stechlin 278 Scherben 282 • Die neue Rostlaube 283 • Treffpunkt Weltzeituhr 290 • Füchse auf der Pfaueninsel 291 Stahnsdorf 298 • Back-Factory, Rosenthaler Platz 300 Keine großen Sehenswürdigkeiten 305 • Fernseher in der Stadt 308 • Weiße Flecken 311

VERLAUFEN IN BERLIN (2021)

Kastanienallee 315 • Brandwände erzählen Berlin 319 Der Retroflughafen 326 • Oderberger Straße 333 • Ende eines Supermarkts 337 • Die neunundsechzigste Mall 340 Erlösungsspiel am Rosenthaler Platz 348 • Gartenjahre 357 Folge der blauen Röhre 371 • Das akustische Wohnzimmer 375 Rebellion am Großen Stern 379 • Kandahar in Charlottenburg 383 • Gleisdreieck mit Hund 390 • Potsdamer Straße, Kurfürstenstraße 396 • Berliner Zimmer 404 • Die Halle schwebt 415 • Geflüchtet nach Berlin 420 • Tüte im Wedding 424 • Das kleine große Mülltütenmonster 428 Wallfahrt zu Maria Regina Martyrum 431 • Letzte Runde Tegel (zu früh) 436 • Schlange frisst Autobahn 442 • Der Bierpinsel 446 • Nach Pankow war ihr Ziel 450 • Die Spazierinflation 455 • Hätte ich zu Fuß 475 • Die letzten Tage von West-Berlin 480 • Das Freiluftbüro 486

Editorische Notiz 495

IN BERLIN

(2001)

Der einsamste Esser von Mitte

Wer einen ruhigen, durch und durch ungestörten Abend in einem riesigen Restaurant verbringen möchte, der sollte die Weltbühne, das leerste Lokal Berlins, besuchen. Er wird der einsamste Esser sein. Das leerste Lokal Berlins liegt in der Gormannstraße, hat eine sehr lange Bar, eine Klimaanlage, einen offenen Konzertflügel neben dem Tresen, eine Lounge mit Sesseln und ein Klavier im Speisesaal. Und einen Barmann, der jeden, der eintritt, euphorisch begrüßt. Der Gast hat die Wahl zwischen dreißig leeren Barhockern, leeren Stehtischen und leeren Ledersesseln. Keiner da, und doch brennt auf jedem Tisch eine Kerze.

Für den Aperitif schneidet der Herr der leeren Weltbar, wie sie sich nennt, die erste Zitrone des Abends an. Später weist er dem Gast den Weg ins Restaurant Weltbühne weiter hinten im Haus. Dort nimmt der Kellner dem Gast den Mantel ab und hängt ihn an die Garderobe, verzichtet jedoch darauf, eine Garderobenmarke auszuhändigen. Sein Mantel ist der einzige Mantel, alle anderen Bügel sind leer.

Der Kellner sagt: «Bitte, suchen Sie sich doch einen Platz.»

Der Gast sagt: «Danke», und findet einen ohne jede Mühe.

Alle Stühle, alle Bänke im Saal sind leer. Auf einem einzigen Tisch steht ein «Reserviert»-Schild. Es steht so da, dass es von draußen gelesen werden kann.

Lokale in Mitte lassen sich viel einfallen, um Gäste anzulocken. In einem Restaurant Unter den Linden darf in der Herrentoilette auf Eiswürfel uriniert werden. Es gibt Bars mit Tresen aus Silber, andere mit Betten im Raum oder überlebensgroßen Bildern nackter Frauen an der Wand. Andere Orte warten mit halb prominenten Besitzern oder mobilen japanischen Nudelsuppenküchen auf, die mitten in einem großen Lokal als Sub-Lokal eröffnen. Und damit alle Japaner der Stadt anlocken.

Die Weltbühne – «Café, Bar und Restaurant», wie es auf der Streichholzpackung heißt – wollte wohl einfach durch Perfektion überzeugen. Vielleicht war es auch der Wunsch des Architekten, an ein großes Pariser Restaurant zu erinnern. Dunkles Holz, venezianische Lampen, Lederbezüge, direkte und indirekte Beleuchtung: gediegen und künstlich zugleich. Der Gestalter war auch Bühnenbildner, die Innenarchitektur hat Dramaturgie. Dieser Saal müsste laut und voll sein, denkt der einsame Gast. In der Stille, in die nur die Umwälzpumpe des leeren Aquariums hineinplätschert, vertreiben nur Rückblenden die Zeit. In einem Film müsste die Wahrnehmung des einsamsten Gasts von Mitte sich mit einer in Wirklichkeit leider fehlenden Geräuschsinfonie aus der Erinnerung füllen. Mit eingespieltem Frauenlachen, Silberbesteckklappern und dem Klirren voller Gläser.

Der Kellner kommt mit der offenen Karte und sagt: «Die Penne und die frischen Cannelloni sind leider schon aus.»

Der Gast wundert sich über das Wort «schon», wendet den Kopf leicht nach links und sieht nur leere Tische, wendet den Kopf nach rechts und sieht auch dort nur freie Tische, die ihre weißen Decken vielleicht als Staubschutztuch tragen.

Und der Gast fragt nicht: «Haben Sie die Cannelloni ganz allein gegessen?»

Die Peinlichkeit des Augenblicks kann der Kellner gekonnt überspielen. Ein inneres Grinsen – warum ist dieser Gast eigentlich so doof, gerade hier essen zu wollen? – scheint er sich allerdings nicht verkneifen zu können. Der einsamste Gast muss denken, er sei in die Traumszenen eines Films von Buñuel geraten – dann aber passiert leider doch nichts mit dem Flügel. Und kein Fernando Rey will hier zu Abend essen. Nicht einmal Ameisen laufen dem Gast über die Hände.

Der Kellner kommt zurück und bringt Crostini, drei sehr dünne, sehr harte Weißbrotscheiben. Die erste ist mit einem Klecks Pesto bestrichen, die zweite mit etwas, das wie gehackter Lachs aussieht. Die dritte verschwindet unter einem Häuflein Dosenthunfisch. Der einsamste Gast von Mitte traut sich nicht, die Gabe der Küche zu kosten.

Durch die Musik und das Plätschern der Umwälzpumpe hindurch hört er ein Geräusch aus der Küche, das sich wie das Pling eines Mikrowellenherdes anhört. Der Kellner, der dem Gast nachschenkt, bringt die bestellten Ravioli. Die Ravioli mit Spinat und Ricotta sind sicher irgendwann «hausgemacht» worden, wie die Karte sagt. Nur mit Sicherheit nicht heute, denkt der einsamste Esser von Mitte und stochert auf seinem Teller herum. Der einsamste Esser stochert in seinen zähen Ravioli und hört Louis Armstrong singen, Louis Armstrong singt «Let's Do It (Let's Fall in Love)». Dreihundert leere Stühle hören zu.

Perfektion in der Einrichtung kann auch Beklemmung erzeugen, denkt der Gast. Und stellt sich vor, draußen, in Mitte, wäre ein Krieg ausgebrochen und die Weltbühne durch die Front abgeschnitten. Tatsächlich verläuft die Hauptkampflinie des Nachtlebens nur zwei- bis dreihundert Meter weiter südlich, um den Hackeschen Markt herum. Ein- oder zweimal nur tritt jemand, vielleicht sind es Späher, von der Straße in den offenen Hof und starrt – der einsame Gast fühlt sich als Teil einer Inszenierung – in den Saal.

Die Leere der Weltbühne hat nichts von der heimeligen, im Grunde sympathisch-verzweifelten Leere, die in den Gemälden Edward Hoppers herrscht. Für eine Hopper-Stimmung ist die Weltbühne viel zu groß. Und ein Stück zu protzig. Ihre Beklemmung gleicht eher der eines Pharaonengrabs. Und der in seiner Konzentration und Professionalität nicht nachlassende Kellner einem lächelnden Grabwächter, der hier vor wer weiß wie vielen Tausend Jahren mit begraben wurde. Vielleicht hat die Weltbühne deshalb, obwohl sie erst anderthalb Jahre Leere hinter sich hat, schon etwas Museales. Und so, wie Libeskinds Jüdisches Museum und seine «Voids» ohne Ausstellungsobjekte funktionieren, so funktionieren die Weltbühne und die ihr vorgelagerte Weltbar ohne Gäste. Im Gegenteil, zu viele Gäste würden die erhabene Installation bloß stören.

Im Durchgang von der Weltbar zum Restaurant – gleich neben dem Abstieg in die Toilettenunterwelt, in der auch der Tisch, an dem ein Toilettenbetreuer sitzen könnte, verwaist ist – gibt es eine Zeitungs- und Zeitschriftenecke. Einst für alle wichtigen Zeitungen der Welt gedacht, und einst, das war zur Eröffnung, tatsächlich mit den wichtigsten Druckerzeugnissen bestückt, liegen da heute die Gratisillustrierten «Feine Adressen in Berlin» und «Bärenstark – das Fachmagazin für Personalservice in Berlin». Auf der ersten Innenseite von «Bärenstark» grüßt der Geschäftsstellenleiter des Arbeitsamtes Reinickendorf. Der Mann an der Bar und der perfekte Kellner haben – wenn sie nicht gerade telefonieren oder, was allerdings nur ausnahmsweise vorkommt, einen Gast bedienen – genug Zeit, in den Fachmagazinen zu lesen.

2001

PS: Schon seit Jahren befindet sich an gleicher Stelle ein Dunkelrestaurant. Ein Dunkelrestaurant hat den Vorteil, dass ein Gast nicht sieht, wie allein er isst. Und sonderbar, hätte mir damals, im Jahr 2001, jemand prophezeit, dass es nur ein paar Schritte weiter, auf der Torstraße (zu dieser Zeit eine ziemlich tote Straße) eines Tages etliche, fast immer gut besuchte Restaurants geben würde, in denen gar nicht einsame Esser in Trauben auf dem Gehweg sitzen und sich vom Verkehrslärm nicht stören lassen – ich hätte ihm nicht geglaubt. Scheint so, als hätten die Steine nicht vergessen, dass dort schon einmal eine Vergnügungsmeile mit vielen Amüsierlokalen und Kinos war, vor und nach dem Ersten Weltkrieg.

2013

Tiergartengeher

Der Tiergartengeher versucht, die frische Luft zu trinken. Der Tiergartengänger zeigt sich dem blauen Himmel und den Blättern am Boden. Oder den Novemberregentropfen. Der Tiergartengänger ist oft ein Läufer, meist in langen, manchmal auch in kurzen Hosen. Und mit kurzen Ärmeln. Der Tiergartenläufer trainiert und rennt, Tiergartenkenner kraulen über die Wege und Wiesen, auf denen im Sommer gegrillt wird. Der Tiergarten wird von Spazierradfahrern befahren, von Fahrradkurieren gequert, von Schnellgehern durchmessen. Liebhaber lüften sich hier, zeigen sich den Bäumen. Und die Bäume zeigen sich auch. Der Tiergartengänger kann, ohne es zu bemerken, das Gaslaternenmuseum streifen. Der Tiergartengeher kann Enten quaken hören und Kinderwagen sehen, in denen Kinder liegen, die ebenfalls quaken. Gelegentlich füttert der Tiergartengänger die Enten. Oder die Kinder. Oder sich selbst. Oder er sitzt auf einer Bank und tut nichts und macht sich verdächtig. Der Tiergartengänger trägt sonderbare, selbst gestrickte Stirnbänder und sieht für Kinder furchterregend aus. Oder sitzt am Wasser und raucht. Oder lehnt an einer Laterne und wartet auf Kundschaft. Oder genießt doch nur den Duft der frisch gefallenen Blätter. Tiergartenkinder toben durch das Tiergartenlaub wie weiland im Vorspann der «Sesamstraße». Nah an der Siegessäule trägt der Tiergartentourist oft einen aufgeschlagenen Stadtplan, näher am Brandenburger Tor eine Videokamera. Die Tiergartengängerin schlenkert ihre kleine, silberfarbene Kompaktkamera an einer Kordelschlaufe, an ihrem Handgelenk können auch kleinere Hunde hängen. Den Tiergartenwanderer umgeben die

Geräusche der Vögel. Und der Gesang des Verkehrs. Der Tiergartengänger geht oft im Kreis, auch Tiergartengeher sehen sich im Leben zweimal. Tiergartengänger treten zu zweit auf, als leicht- bis mittelverliebtes Paar, der Tiergartengeher bildet sodomitische (Frauen mit Hunden und Hunde mit Männern) und gleich- und gemischtgeschlechtliche Paare. Tiergartengänger sind gelegentlich Männer im Mantel mit Anzug und Krawatte, vielleicht aus dem Bundespräsidialamt entlaufen. Tiergartengänger gehen oft leicht nach vorne gebeugt, in der kontemplativen Haltung des gehenden Denkers. Und spielen, wie sich beim Näherkommen zeigt, doch nur mit ihrem Mobiltelefon. Tiergartengänger führen ihre Jacken, ihre Jogginghosen und ihre Hunde aus. Und ihre langen Leopardenmustermäntel. Der Tiergartenwandler lässt sich von Aktenmappe, Schal, der Zeitung unter dem Arm und dem Matsch am Schuh begleiten. Und perforiert mit zusammengeklapptem Schirm den aufgeweichten Boden.

2000

PS: Nordic Walker sind hinzugekommen, mit Stockprothesen staksen sie wie sehr große Insekten durchs Bild. Ansonsten hat sich, was Gangarten betrifft, nicht viel geändert.

2013

Friedrichstraße

Was die Friedrichstraße einmal war, wissen nur noch alte Ansichtskarten. Heute ist sie die Schneise, in der sich alte und neue Berlin-Metaphern aneinanderreihen. Wer vom Bahnhof Friedrichstraße oder dem Eck Unter den Linden Richtung Hallesches Tor spaziert, kann Besuchern, Touristen und manchem Stadtbewohner beim Staunen zusehen.

Teils mit Stadtführern und patentgefalteten Falkplänen, teils mit gut gefüllten Einkaufstüten beschwert, stapfen die einen wie die anderen über das Pflaster. Viele Gesichter sagen: «Wir wollen nun mal sehen, wie es hier aussieht.» Auch Helmut Kohl hat man hier schon flanieren sehen. Andere Passanten, jünger und besser angezogen, benutzen die Straße so selbstbewusst, als hätte es sie so schon immer hier gegeben. Wer Jahre nicht hier war, könnte glauben, in einem Traum aufzuwachen. Großkulissenbauer scheinen am Werk gewesen zu sein, die Leere hat sich – wie eine Opernbühne zur Chorszene – mit telefonierenden Anzugträgern gefüllt. Manchmal fährt einer von ihnen auf einem Tretroller vorbei.

Vor dem Wolfsburger Autopalast am Eck Unter den Linden bleiben schaulustige Menschen stehen, als gäbe es in der Stadt sonst keine Autos zu sehen. Die meisten staunen über das Preisschild neben dem ausgestellten Rolls-Royce. Ein Stück die Straße hinunter sind ein alter schwarzer Bugatti und das silberne Tretauto-Coupé im Fenster der Mercedes-Filiale zu bewundern. Ein Fahrrad mit Hilfsmotor und der Aufschrift «Daimler-Benz» kostet dreitausendzweihundertfünfzig Mark. Die Friedrichstraße ist auch Vorführstrecke für die Wagen, die hier hinter den Scheiben stehen. Reisebusse rollen langsamer die Straße hinunter, die Menschen auf den Sitzen halten Ausschau nach dem neuen Berlin. Auf einer Fensterscheibe können sie «Permanent Make-up» lesen, vielleicht gilt die Beschriftung der Fassade, vielleicht der ganzen Straße. Bis hinunter zum ehemaligen Grenzübergang reihen sich Büro- und Geschäftshäuser selten scheibchenweise aneinander, hier stehen ganze Blöcke, die kleinteilige Parzellierung wurde aufgegeben. Die letzten Bauschilder schreiben Lyrik an den Straßenrand, die Versanfänge lauten: «Hier entsteht ...», «Hier baut ...» Dazwischen wartet eine entkernte, abgestützte Eckfassade auf neue Füllung. Der Glaspalast, den Jean Nouvel für die Galeries Lafayette errichtet hat, musste sich, nicht lange nach Fertigstellung, mit vorgehängter Folie wieder als Baustelle verkleiden. Hin und wieder löst sich eine Scheibe aus der Fassade und zerbröselt über den Passanten. Einen Block weiter stehen die großen Namen unserer Zeit – italienische, japanische, französische, amerikanische – auf der Fassade. Die großen Marken hängen in den Fenstern aus, einen Block lang möchte die Friedrichstraße Fasanenstraße sein. Italienische Touristen, französisch sprechende Spanier und Amerikaner auf Europaschleife schauen in die Auslagen, Klebebuchstaben schreiben Sonderangebote auf die Scheiben.

In den meisten Gebäuden sind die Fensterbänder gleich- und regelmäßig in die Fassade gestochen. Polierter Stein allerorten, in einem Eingang zitiert roter Marmor Speers Neue Reichskanzlei. Deren Reste finden sich noch als Wandverkleidung im nahe gelegenen U-Bahnhof Mohrenstraße. Auf dieser Höhe wirkt die Friedrichstraße einheitlich, spätere Generationen werden sie betrachten und sagen: «So sahen die neunziger Jahre des letzten Jahrhunderts aus.» Und schon heute darf man sich fragen, ob die Häuser der neuen Friedrichstraße für einen, der hier in fünfundzwanzig Jahren vorübergeht, nicht so ausschauen werden wie das Europa-Center oder das Neue Kreuzberger Zentrum am Kottbusser Tor heute. Vielleicht wird man dann laut über den Abriss der heute gerade fertig gewordenen Gebäude nachdenken. Nicht wenige von ihnen ducken sich wie riesige polierte und zu eng aneinandergesetzte Grabsteine in den märkischen Sand. Andere ruhen sich wie Sockelgeschosse zukünftiger Hochhäuser noch aus.

Vorbeilaufende Hobbystadtplaner erklären gern, was hier alles anders, viel besser hätte gemacht werden müssen: «Die Straße weiter, weniger glatter Stein, mehr Stuck», «mehr alte Häuser», «mehr Glas». «Hier sieht man Gesichter, die man in Berlin sonst nicht gesehen hat», erklären Kinder ihren Eltern, «hier suchen Angehörige kürzlich zugezogener Kasten nach der Metropole.»

Die Geisterbahnhöfe, auf denen zu Mauerzeiten die Züge nicht hielten, spucken Menschen, keine Gespenster aus. Sie arbeiten beim Fernsehen am Hausvogteiplatz, in einer Bundesbehörde oder bei einem der vielen Verbände. Hier ist alles frisch gestrichen.

Das Jagdgeschäft Frankonia lockt mit Lodenmode im Schaufenster, gegenüber erinnert eine neuere Gedenktafel an die Barrikadenkämpfer des März 1848, die an dieser Stelle auf die Soldaten des «2. Königs-Regiments» schossen. Barrikaden könnten heute nur noch aus Bauzäunen oder umgestürzten Autos errichtet werden, auf der Friedrichstraße stören keine Bäume die Sicht. Im Sommer 1999 besetzten die letzten militanten Autonomen der Stadt die Friedrichstraße, bekritzelten den Asphalt und versuchten, die Galeries Lafayette zu stürmen. Einige Regale stürzten um. Am Ende der Aktion waren ein paar Designer-Sonnenbrillen verschwunden. Letztere zeigen sich auf der Friedrichstraße beim ersten kleinen Sonnenstrahl.

Leider gibt es kaum Straßencafés, in denen Sonnenbrillenträger länger sitzen könnten. Ursprünglich hätte am Eck Unter den

Linden, dem Traditionsstandort des Café Bauer, wieder ein Café einziehen sollen, dann aber zogen doch die Autos aus Wolfsburg ein. Das Café im Haus der Demokratie ist schon lange geschlossen, das Gebäude gehört nun dem Beamtenbund. In den anderen, neu eröffneten Cafés der Friedrichstraße gibt es keine alten Sofas, keine Gesellschaftsspiele, keine Berge alter Zeitungen und keine Wandparolen mehr. In der Bäckerei am U-Bahnhof Stadtmitte und in der Filiale des Café Einstein stehen nur Hocker. Das Einstein gibt sich hier nicht mehr österreichisch wie in der Kurfürstenstraße, sondern amerikanisch. Durch die heruntergezogenen Glasscheiben lässt sich die oft aufgesetzte Hektik mancher Passanten gut beobachten, häufig wirkt sie wie aus den Hollywoodfilmen abgeschaut, die vorgeben, in New York zu spielen. Selbst Fahrradfahrer scheinen energischer als anderswo in die Pedale zu treten, manche können, während sie Fahrrad fahren, telefonieren.

An der Stelle, wo die Mauerstraße auf die Friedrichstraße trifft, wird eines Tages vergessen sein, dass die Mauerstraße ihren Namen schon lange vor der Mauer von der ehemaligen Stadtmauer hatte. Auf dem leeren Eckgrundstück erinnern die weichen Formen der letzten DDR-Straßenlaternen an die Zeit, in der die Sektorengrenze weiträumig ausgeleuchtet war. Die alte, viel fotografierte Wandschrift wirbt noch immer für die Neue Zeit, die Ost-Tageszeitung, die es lange nicht mehr gibt. Dass hier einmal, von 1961 bis 1989, die Mauer stand, muss Touristen und Nachgeborenen mittlerweile erklärt werden, nur ein schmales Metallband markiert den Verlauf im Asphalt. Trotzdem bleiben beim Gang von Mitte nach Kreuzberg Übergangsgefühle spürbar. Grenzlinien ziehen sich, sichtbar oder unsichtbar, zwar auch anderswo durch die Stadt – nirgendwo aber wäre eine Maßhemdenschneiderei nur hundert Meter weiter südlich so undenkbar wie hier.

Am Checkpoint Charlie wechseln das Straßenpflaster, die Laternen und der Bezirk. Auf einer kleinen Mittelinsel steht der Leuchtkasten mit den großen Porträts, die Frank Thiel von einem sowjetischen und einem amerikanischen Soldaten gemacht hat, auf dem Bürgersteig steht ein weiterer Leuchtkasten mit einem Plan von Kreuzberg. Investitionswunderland ist zu Ende, eine leere Hemdchentüte weht vor dem renovierten Café Adler übers Pflaster. Der angloindische Kulturtheoretiker Homi K. Bhabha, der dort einmal auf dem Bürgersteig saß und Kaffee trank, sagte, Berlin erinnere ihn an Bombay.

So gegensätzlich die beiden Hälften der Friedrichstraße vor der Maueröffnung waren, so wenig haben sie heute miteinander gemeinsam. Heute ist der Westen alt und Mitte neu; früher war es umgekehrt. Unvoreingenommene Besucher des Mauermuseums könnten den Westen für den Osten halten, denn an dieser Stelle erfüllt der Westen das Klischee, das früher für den Osten galt: ästhetisch weit abgeschlagen zu sein und irgendwie hinter der Zeit zu liegen.

Das erste kurze Stück der Kreuzberger Friedrichstraße lebt noch von der Erinnerung an die Mauer, Foto Klinke verkauft hier viele Filme, russische Straßenhändler bieten Devotionalien des untergegangenen Sozialismus feil. Hinter der Kreuzung Kochstraße wird die Friedrichstraße ruhiger. Auf der rechten Straßenseite liegt der Polizeiabschnitt 53, die Wache zeigt dem Bürgersteig die Uhr. Ein Neubau mit betonverblendeten Wannenbalkonen hält eine Hinweistafel, die verrät, dass an dieser Stelle einst das Apollotheater stand, in dem Eisensteins «Panzerkreuzer Potemkin» seine deutsche Erstaufführung erlebte. Der Adler auf dem Landesarbeitsamt schaut nach Norden, nach Mitte – dorthin, wo es heute Arbeit gibt. Kreuzberg hat die höchste Arbeitslosenquote aller Berliner Bezirke. Auf der unteren Friedrichstraße ist es nachts dunkler als in Mitte. In

Mitte leuchten die neuen Doppelkandelaber viel heller als die gewöhnlichen Kreuzberger Straßenlaternen, in deren Schein die Straße sich verliert. Links sind Lücken mit flachen Barackenbauten gefüllt, Läden stehen leer, eine Schaufensteraufschrift verspricht ein Gartenlokal. Die Imbissbude vor dem eingezäunten Abstellplatz eines Gebrauchtwagenhändlers auf einem leeren Eckgrundstück steht exemplarisch für ein Stück West-Berlin. Auf der linken Seite liegt, zurückgesetzt, die Halle des Blumengroßmarkts, Stadtrandgefühle kommen auf, nur Fußminuten entfernt von einem U-Bahnhof, der sich Stadtmitte nennt. Die Hausnummern werden immer höher, Lampenläden, Käsegeschäfte, ein Bioladen und weitere leer stehende Ladenlokale wechseln sich ab. Eine Änderungsschneiderei, keine Maßhemdenfertigung – vom Glamour der großen Marken ist nichts mehr zu sehen. Selbst ausgeschnittene Klebebuchstaben schreiben «Krankengymnastik» auf eine Schaufensterscheibe, ein Café heißt «Café Persil», ein Imbiss «Aladin». In der Auslage eines Geschäfts sind Naturfaserkleider, Backpinsel und Bürsten aller Art zu sehen: Tassenbürsten, Flaschenbürsten, grobe Handfeger, Schuh-, Spül- und Scheuerbürsten. Den Häusern der Bauausstellung von 1987 – damals wurden Blockbebauung, Korridorstraße und Traufhöhe wiederentdeckt – hängen zitierte Erker und Giebelchen in der Fassade. Ein kleiner Bagger parkt am Straßenrand, ein Hund liegt auf der Straße und gähnt, der Boden vibriert nur von der immer wieder unter dem Pflaster durchfahrenden U-Bahn.

Von der Vorkriegsbebauung blieb kaum ein Stein auf dem andern. Von Bombenlücken zu sprechen, trifft die Sache nicht, von der südlichen Friedrichstadt ist nicht mehr als ein Stelenfeld vereinzelt stehender Altbauten geblieben, wie Monolithen ragen sie aus dem Schlachtfeld; nach dem Krieg haben sie auch den Sanierungskrieg überlebt. Ein großflächiges Mahnmal ist entstanden, ganz absichtslos. Die Friedrichstraße ist, wie viele Straßen Berlins, eine, der fast alle Zähne ausgeschlagen wurden. Die Zeilenbebauung hat Karies und hin und wieder viel zu große Plomben in den Lücken. Wer es nicht besser weiß, könnte glauben, ein großes Erdbeben hätte diese Stadt heimgesucht, Besucher haben sich beim Anblick der freigebombten und abgeräumten Flächen an die Erdbebenlücken von Mexiko-Stadt erinnert gefühlt. Wer die südliche Friedrichstraße in der Nacht hinunterspaziert, sieht in der Fluchtlinie sechs weiße Neonbuchstaben, die sich zu dem verkürzten Imperativ «Gedenk» zusammensetzen – erst am Halleschen Tor entpuppt sich das Memento im Nachthimmel als die Dachbeschriftung der Amerika-Gedenkbibliothek, die von der anderen Seite des Landwehrkanals herüberleuchtet.

Die Friedrichstraße endet in einer Fußgängerzone, die in den Mehringplatz mündet. Letzterer ist zum Landwehrkanal hin verbaut. Die Nachkriegsveränderungen haben aus dem letzten Stück der Friedrichstraße eine Sackgasse, einen stummeligen Wurmfortsatz gemacht. Linden- und Wilhelmstraße münden nicht mehr in das ehemalige Rondell, den alten Belle-Alliance- und heutigen Mehringplatz. In seiner jetzigen Gestalt ist der Platz aus einer Epoche überkommen, die sich dem Anspruch, alles neu und viel besser zu machen, übereifrig verpflichtet fühlte. Jeder Zeit die Architektur, die sie verdient: Um den runden Platz liegen Wohnbunker in Doppelreihe. Ihre Balkone sind mit Betonplatten gesichert, die man für Kugelfänger halten könnte. Vielleicht dachten die Planer, hier könnte bei einem kommunistischen Überfall das letzte Widerstandsnest des freien Westens liegen? West-Berlin hat sich an dieser Stelle im Kleinen noch einmal selbst eingemauert. Die Häuser stehen wie eine Betonwagenburg im Kreisrund, der Platz scheint nicht vergessen zu haben, dass er Belle-Alliance nach Blüchers Heerlager bei Waterloo hieß und dass am Halleschen Tor bis in die letzten Apriltage des Jahres 1945 gegen die Rote Armee gekämpft wurde. Von der ehemals barocken Platzanlage des Rondells ist nicht mehr viel zu ahnen, die Sanierungsidee vom verkehrsfreien Dorfanger zwischen den Häusern ist verloren gegangen. Der Architekt Werner Düttmann hat in der ursprünglich von Hans Scharoun skizzierten Anlage selbst die Schießschartenfenster und Bunkerschlitze nicht vergessen. Kein Wunder, dass die Kneipen in dieser Umgebung vor lauter Sehnsucht nach einer anderen Zeit Zum Eisernen Gustav heißen müssen. Die Videothek ist abends gut besucht, fast jeder Balkon trägt eine Satellitenschüssel, Musik dröhnt aus einem Übungskeller, und wie ein Verirrter aus einer anderen Welt radelt ein Anzugträger mit Fahrradklammer am Hosenschlag durch die Fußgängerzone, der junge Anwalt wohnt wahrscheinlich in einem der renovierten Altbauten um den Chamissoplatz, die so oft als Filmkulisse für das alte, unversehrte Berlin herhalten müssen. An das 19. Jahrhundert erinnert hier nur noch eine Brunnensäule von Cantian, auf der eine Viktoria von Christian Daniel Rauch über allen Niederlagen steht.

2000

PS: Seit dem Sommer 2012 geht es so: Wer mit der U6 aus dem Wedding nach Kreuzberg fahren möchte, hört am Bahnhof Friedrichstraße eine Lautsprecherstimme: «Please walk from Friedrichstraße to Französische Straße.» Die U6 ist unterbrochen, Unter den Linden wird ein neuer Kreuzungsbahnhof gebaut. Die Stationen Friedrichstraße und Französische Straße sind zu provisorischen Endbahnhöfen geworden, sie zwingen die Fahrgäste hinauf ans Tageslicht, U-Bahnfahrer werden zu Fußgängern. Oben auf der Friedrichstraße können sie bemerken: Es ist einiges los.

Passantenströme wälzen sich über die Gehwege, kommen in Wellen. Fußgänger weichen einander gekonnt oder unbeholfen aus, drängeln, bleiben stehen, rempeln. Rollkofferpiloten ziehen, Kinderwagenschieber schieben, Vierzehnjährige rauchen ungeübt im Gehen. Einer steht an der Ecke, schreibt etwas in ein Notizbuch, bückt sich und hebt eine Ein-Euro-Münze auf, das Geld liegt auf der Straße.

Schnellgeher eilen, Passanten schlendern, Tütenträger schlenkern mit ihren Tüten, sie alle folgen den auf dem Pflaster klebenden Folien-Fußabdrücken in BVG-Gelb, die Fußstapfen sollen zum nächsten Eingang in den Untergrund führen. Einige sind schon abgetreten und eingegraut, andere sehen aus, als hätten Ratten ihnen nachts eine Zehe abgeknabbert.

Im Winter zieht eine Mützenparade die Friedrichstraße hinauf und hinunter, Bommelmützen sind oft zu sehen, kaum jemand geht ohne Schal. Und wie verschieden Menschen gehen können, die Straße ist ein Laufsteg. Eine Mutter hat zwei leere alte Bilderrahmen über den Griff ihres Kinderwagens geschoben.

Die Friedrichstraße ist wieder zu der engen Schlucht geworden, die sie vor dem Krieg schon einmal war. Vor ein paar Jahren lag, vom Stadtbahnhof kommend, rechter Hand eine grüne Wiese mit einem mickrigen Baum in der Mitte. Und gegenüber standen keine Gebäude zu Füßen des IHZ-Hochhauses, es gab keine Blockrandbebauung. Und auch an der Ecke Unter den Linden befand sich einmal ein kleiner Stadtplatz, ein Vorplatz zum abgerissenen Hotel Unter den Linden. Heute erhebt sich dort ein travertinverkleideter Kasten, der sehr teuer aussehen möchte, die Desasterflughafen-Architekten von gmp haben ihn entworfen, seinen dämlichen Namen («Upper Eastside Berlin») hat dieser polierte Investorentraum sich redlich verdient. Wo einst Parkbänke und Blumenkübel standen, hat nun eine Kettenparfümerie ihre Verkaufsfläche, wechselnde Senatsbaudirektoren feiern das als Wiederherstellung des historischen Stadtbilds.

Von der vermeintlich sagenhaften Kreuzung der Friedrichstraße mit Unter den Linden – einst berühmt für das Café Bauer und das Vorkriegskranzler – ist in diesen Monaten nicht viel zu sehen, eine babylonische Baustelle und ein Bauzaunlabyrinth haben sich ausgebreitet, Versorgungsleitungen werden oberirdisch auf wehrgangartigen Stahlkonstruktionen geführt. Die U6 fährt vielleicht bald wieder, die Verlängerung der U5 jedoch, für die hier gebuddelt wird, soll erst im Jahr 2019 fertig sein.

Auf dem zur Info-Tafel umfunktionierten Bauzaun gibt es, das gehört zur Inszenierung der Baustelle, ein Bild der Tunnelbohrmaschine, genannt «Maulwurf». Es heißt: «Die U5. Für mehr Mittendrin.» Mittendrin in der Stadt befindet sich nun erst einmal ein gigantisches Loch, das sich durch rahmengeschmückte Fenster im Zaun betrachten lässt, die Baustelle wird so zur Schaustelle, sie zeigt sich hinter Plexiglas und beweist der Stadt: Hier geschieht etwas. Kinder und große Kinder, meist Männer, bleiben stehen und schauen sehnsuchtsvoll auf Bagger, Beton und Armierungseisen. In der Gemäldegalerie, dort haben die Bilder ähnliche Rahmen, ständen sie vermutlich weniger versunken da.

Die Arkadengänge vor den Schaufenstern der VW-Dependance wurden seitlich geschlossen und sind Geh-U-Bahn und Einkaufshöhle geworden. An ihrem Ein- beziehungsweise Ausgang sitzt, strategisch gut platziert, eine Bettlerin und ruft: «Please, please!», ja, Berlin ist wieder Weltstadt, hier wird international gebettelt.

Friedrichstraße, denkt der Fußgänger, du hast es geschafft, du bist belebt, du wirkst wie Manhattan um die Penn Station herum. Erstaunlich, denn vor fünfzehn, bald zwanzig Jahren war es hier oft zum Fürchten leer. Heute jedoch glückt die Simulation einer geschäftigen Stadt, die Neunziger-Jahre-Lochfassaden-Kulissen sind gefüllt – es gelingt mithilfe des kleinen Tricks, die U-Bahn zu sperren und die sonst unter dem Pflaster Hindurchrollenden aus dem Untergrund ans Tageslicht zu zwingen.

2013

Die Beamtenschließfächer von Moabit

Manchmal lieben Architekten die große Idee. Für die Beamtenwohnungen auf dem Moabiter Werder hatte Georg Bumiller den Einfall, ein langes Gebäude ohne auffällige rechte Winkel zu errichten. Eine Idee, die aus der Luft und im Modell entzückt, weil die Durchformung des Baukörpers von Architekturpoeten leicht als Modulation des Spreebogens, als Aufnahme der Stadtbahnschwingung oder als eine gekippte Antwort auf die Bögen des Viadukts gedeutet werden kann. Irgendein abstrakter Bogen lässt sich in der aufgeladenen Umgebung des «Band des Bundes» immer schlagen. Bei Überprüfung vor Ort wiegt die gebaute Wirklichkeit des fünfhundert Meter langen Lindwurms schwerer, als die Leichtigkeit und Verspieltheit des Entwurfs suggerierten.

Der Spaziergänger, der abends den Stadtbahnviadukt unterquert und auf den Moabiter Werder tritt, hat Berlin, wie er es kennt, verlassen. «So wird es hier bald aussehen», verkündet eine bedruckte Folie vor einem noch vermauerten Stadtbahnbogen, der unter dem neu gegossenen Gleisbett aus Beton liegt. Die Planer scheinen vom Savignyplatz zu träumen, die potemkinsche Kneipe auf der Plastikfolie ist gut besucht.

Die Erschließungsstraße zwischen der «Schlange» und den einzelnen Blöcken mit Lichthöfen, die näher an der S-Bahn stehen, heißt Joachim-Karnatz-Allee und hat noch keine Bäume. Dafür aber auffällig viele Straßenlaternen, die auf dem sehr breiten Mittelstreifen in Doppelreihe stehen. Ihr Licht fließt aus runden, schräg gestellten Milchglas-Streuscheiben auf das

Bodengranulat. Die Straße ist ungefähr so breit wie die Straße der Toten in Teotihuacán. Und, obwohl nicht so verfallen, viel weniger gut besucht. Die Lampeninstallation wirkt wie das Leuchtfeuer einer Landebahn, die Straße ist leer wie ein Platz auf einem Gemälde von Giorgio de Chirico. Vielleicht ist hier immer Sonntag.

Links steht ein Haus mit Spitze, ein Tortenstück wie das Flatiron Building. Wo die Weite und Leere der Umgebung diese Form nicht vorschreiben, wirkt sie allerdings gewollt. An der abzweigenden Straße parkt ein Lieferwagen mit der Aufschrift «Fea-Steuerungstechnik». Der Besitzer scheint nicht zu wissen, dass das spanische Wort «fea» «hässlich» heißt.

Um den Namen «Schlange» darf das lange Gebäude sich mit der gigantomanischen Wohnanlage streiten, die in den siebziger Jahren über der Stadtautobahn an der Schlangenbader Straße errichtet wurde. Auf den Vermietungsplakaten, die an der Moabiter Hauswand hängen, ist vom «Wohnen im Spree-Bellevue» die Rede.

Abends gehört das hellste Fenster in der strengen Lochfassade der Wohnanlage dem Vermietungsbüro, ganze Blöcke liegen im Dunkeln. Nur die Fernsehturmspitze blinkt am Ende der Landebahn. Alle paar Meter gähnt ein offener Bunkerunterstand, der sich beim zweiten Hinsehen als Tiefgarageneinfahrt entpuppt. Spaziergänger könnten sich an die charmante Künstlichkeit des Viertels erinnern, das in Barcelona für die Olympischen Spiele am Puerto Olímpico erbaut wurde. Nur liegt hier leider kein Meer vor dem Fenster, hier rauscht nur die S-Bahn vorbei. Manchmal gewährt eine der wenigen erleuchteten Wohnungen Einblick: ein Monet-Poster und ein Hochbett in Kiefer. Am Ende der Allee ohne Bäume gibt es einen kopfsteingepflasterten Wendeplatz, genau in der Fluchtlinie steht eine blau-violette Miettoilette «Modell SL», wie die aufgeklebten Piktogramme verraten: von Männern und Frauen zu benutzen. Gleich dahinter ragen die Betonfertigteile der Mauer zum Garten des Bundeskanzleramtes auf. Schlecht informierte Besucher könnten sie leicht mit einem anderen, heute weitgehend verschwundenen, zu seiner Zeit aber weltbekannten Berliner Bauwerk verwechseln, dabei ist die Mauer zum Bundeskanzlergarten nicht einmal bemalt. Auf den Seitenstreifen stehen abends nur wenige Autos. Fünf Wagen haben das amtliche Kennzeichen des Landkreises Siegburg, die Stadt Bonn ist neunmal vertreten. Dazwischen parken noch mindestens zehn weitere Autos mit in Berlin seltenen Kennzeichen. Auf einem Wagen aus Gelsenkirchen klebt der Aufkleber «Musiktheater im Revier», auf einem weißen Golf, Sondermodell New Orleans, ein Aufkleber mit dem Schriftzug des Deutschen Bundestags.

Interessenten aus dem Rheinland, die hier nachmittags nach einer «Zweizimmerwohnung» fragen, hören von der jungen blonden Frau im Vermietungsbüro: «Ja, wir haben noch Zweiraumwohnungen.» Auf dem Flipchart-Block im Vermietungsbüro steht «Kopie des Personalausweises» und «Bonitätsprüfung». Letzteres ist unterstrichen und eingekreist: Eine Wohnung mit zweiundsechzig Quadratmetern kostet dreizehnhundertsechsundfünfzig Mark. Dafür liegt immerhin Parkett in beiden Zimmern, und die Heizkosten, auch für den Handtuchhalter im Badezimmer, sind inbegriffen. Die Einbauküchenzeile kostet noch einmal achtzig Pfennig pro Quadratmeter extra, die Decke hängt zwei Meter siebenundfünfzig über dem Boden. Der Blick aus dem Fenster im sechsten Stock geht auf der einen Seite über den Tiergarten auf den grünen Fingernagel des Abluftkamins, der das debis-Hochhaus in den Himmel verlängert. Die andere Seite der Wohnung schaut über die Stadtbahn nach Moabit hinein. Bewohner klagen über fehlende Balkone, fehlenden Sonnenschutz und ärgern sich darüber, dass man seine Kleidung nicht lüften kann. Vielleicht hat die geringe Akzeptanz der Schlange nichts mit dem Bau selbst zu tun. Kein Neubau kann die Sehnsucht nach dem Altbauwohnen in großbürgerlicher Wohnraumhülle einlösen. Nach Jahren in St. Augustin-Mülldorf träumen westdeutsche Bundesbeamte von Flügeltüren und Stuck an hoher Decke, vielleicht ist Berlin auch aus diesem Grund Hauptstadt geworden. Wer aber vom Moabiter Werder abends nach Mitte zum Gendarmenmarkt, dem paradigmatischen Ort des Retro-Reko-Berlins spazieren wollte, müsste dazu die Mondlandschaft um den Lehrter Stadtbahnhof durchwandern. Dann doch lieber gleich in eine Wohnung nach Wilmersdorf ziehen, Helmut Kohl hat es vorgemacht.

Jenseits des S-Bahnviadukts liegen sich zwei freigebombte Eckgrundstücke gegenüber, eine Tankstelle auf der einen, ein Flachbau, in dem sich ein Aldi-Markt befindet, auf der anderen Seite. An den Aufbau-Häusern der Lüneburger Straße sind fast allen Balkonen Satellitenschüsseln gewachsen, wie eine schwere Akne überziehen sie ganze Fassaden. Die Häuser des Aufbau-Programms haben immerhin Balkone, vielleicht wäre die eine oder andere Wohnung für Beamte frei.

«Moabit, auch Morbid genannt, die Welt der Wasserpistolen und Rußpartikel, in der die Eltern meiner Mitschüler sich als Busfahrer oder Bauschlosser verdingten», schreibt der Schriftsteller Claudius Hagemeister über seine dort verbrachte Siebziger-Jahre-Jugend. «In den siebziger Jahren bewohnte man hier Ladenwohnungen und veranstaltete Lesekreise, die heute im Bayerischen Viertel abgehalten werden», könnte Michael Rutschky erzählen. Damals träumte kein Traum davon, dass die Umgebung des Moabiter Gefängnisses sich eines Tages «Regierungsviertel» nennen würde.

In den voll besetzten S-Bahnen, die Richtung Erkner, Ahrensfelde oder Schönefeld am Fenster der Küche mit Einbauzeile vorbeifahren, fällt manchmal das Wort «Beamtenschließfächer». Eine Architekturmetapher, in der viel von dem Wunsch steckt, Abgeordnete wie lästige Gepäckstücke wegzusperren. Und die Schließfächer nur bei Bedarf von außen zu öffnen.

1999

PS: Ein Freund, kein Beamter, wohnte später dort mit seiner Frau einige Jahre lang, ich war öfter zu Besuch. Im Wohnzimmer, daran erinnere ich mich, gab es einen durch Glaswände abgeteilten Wintergarten, in diesem durchsichtigen Gehäuse stand sein Schreibtisch.

Mir gefiel, dass alles funktionierte. Alles war neu und fast perfekt: das Parkett, die Einbauküche, die Fenster. Und weil die perfekten Fenster so gut schlossen, kein Laut drang herein, gab es kleine Frischluftschieber im Fensterrahmen. Hätten die Bewohner sonst ersticken können?

Mir gefiel auch der Blick hinaus ins Grüne, den Tiergarten vor der Tür. Die niedrige Fensterbrüstung war verführerisch – und leider gefährlich. In einer Nachbarwohnung kletterte ein zweijähriges Kind unter der Sicherungsstange hindurch, fiel hinunter und war tot.

Die Frau des Freundes zog eines Tages aus, die beiden ließen sich scheiden, er blieb allein in der Wohnung – bis er eine andere Frau und eine neue Wohnung in einer richtigen Gegend fand.

2013

Wagenburg

Vom Görlitzer Bahnhof ist nur der Name der nahe gelegenen Hochbahnstation geblieben. Heute ist das ehemalige Bahngelände, an dessen hinterem Rand zu Mauerzeiten die Welt zu Ende war, ein gut besuchter Park. An seinem Ende überspannt eine alte Bahnbrücke den Landwehrkanal. Schon seit 1991 liegt dort, auf der Treptower Seite, gleich auf dem ehemaligen Todesstreifen, die Wagenburg Lohmühle.

Von oben bietet die bunte Bauwagenversammlung einen malerischen Anblick. Dass hier, im Niemandsland zwischen den Bezirken, einmal ein Wachturm im Minenfeld der Sektorengrenze stand, könnte fast vergessen sein, hätte der Bezirk Treptow nicht den Uferstreifen bis auf die nackte Erde roden lassen, um einen Uferwanderweg anzulegen. Ein schmales Stück am Ufer sieht nun wieder aus wie einst der Todesstreifen. «Achtung Kanal, Eltern passt auf Eure Kinder auf», steht auf einem überpinselten Verkehrsschild.

Ein leicht vergilbter Zettel, der den Winter auf einer Bauwagenwand überstanden hat, kündigt einen Film über die «Basisorganisation des Widerstands in Chiapas» an. Kleine Hügelketten sind aufgeschüttet und ins Gelände modelliert, Erde ist bepflanzt, Steingärten sind angelegt und Beete eingefasst worden. Die Spiele im märkischen Sand erinnern an den teutonischen Sandburgenbau an Nord- und Ostseestränden und die gepflegte Übersichtlichkeit eines Schrebergartens. Es finden sich verrostete Straßenbahngleise aus Vormauer- und Vorkriegszeiten im überwucherten Kopfsteinpflaster. Und, nicht lange her, lagen ausgegrabene Grenzpfähle herum.

Die wallartige Befestigungsanlage schützt die Idylle, der Büroturm der Allianz winkt wie aus dem Himmel einer anderen Welt. Auf der anderen Seite der Kiefholzstraße wird ein «Zentrum für Mode und Design» gebaut. Ein mit silberfarbenem Klebeband umwickeltes Ofenrohr raucht, ein Geschirrtuch flattert auf der Leine. Neben einem Hackblock liegen Holzscheite – fehlen nur die Axt und eine Frau im Dirndl, und der Berghütten-Heimatfilm könnte beginnen. Die Bewohner scheinen sich nicht daran zu stören, dass sie von der Brücke aus einsehbar und unter ständiger Beobachtung vorbeikommender Jogger und Spaziergänger leben. Zaungäste könnten die Wagenburg für den dauerbewohnten Teil eines Freilichtmuseums halten. Wenn es nicht regnet, liegt das Wohnzimmer zwischen den Wagen.

Für die Bewohner der Wagenburg scheinen Wohnen und Hausen – ähnlich wie in dem bekannten Wohncontainer in Köln-Hürth – Aufgabe und Beschäftigung zu sein. «Zwanzig Menschen, Kinder und Tiere» leben hier miteinander, erfährt der Spaziergänger aus dem frisch gestrichenen Informationskasten auf dem Bahndamm, in dem die Wagenburgbewohner Öffentlichkeitsarbeit betreiben. Und ihre Mobiltelefonnummern bekannt geben. Gegner der Wagenburg wenden ein, es sei Platzverschwendung und sozial ungerecht, so wenigen Menschen so viel Platz zu überlassen. In einem hübschen Mehrfamilienhaus könnten alle raumsparender beieinander wohnen.

Anderswo in Europa, in Lissabons Vorstadt Portela beispielsweise, gelten solche Siedlungen auf leeren Grundstücken zwischen den Wohnblöcken als Ausweis der Armut. Und in den USA nimmt der Trailerpark die unterste Stufe in der sozialen Hierarchie der Behausungen ein. Die Bewohner der Wagenburg Lohmühle hingegen spielen den durchschnittlichen Stadtbewohnern gegenüber die Rolle des letzten indigenen Stammes im Regenwald. Sie verzichten bewusst und führen eine Alternative vor, die keine sein kann – würden alle so leben, bliebe nirgends ein freies Plätzchen, und es gäbe bald keine «Tierwohnungen» mehr zu verteidigen, von denen auf den zahlreichen Hinweis- und Erläuterungstafeln die Rede ist.

«Jetzt ist alles weg, Bäume, Sträucher und Tierwohnungen, und es gibt einen Baustopp, der Bezirk hat kein Geld», heißt es über die Rodung des Uferstreifens. Zum Ausgleich haben die Wagenburgler begonnen, Regenwürmer zu züchten. Die Würmer – es handelt sich um die besonders gefräßigen Tennessee Wiggler – dürfen in alten Badewannen Altpapier kompostieren. Sie lassen nur vier Prozent der Ausgangsmasse an eingeweichtem Zeitungspapier übrig. Die «Rennstrecke der belesenen Regenwürmer» könnte als Installation in einer Ausstellung zeitgenössischer Kunst gezeigt werden – zwischen den Bauwagen steht sie unter dem ökologisch-alternativen Überbau, der sich wie eine große Plane über die zusammengeschobenen Bau- und Zirkuswagen spannt. Unter ihr kann Zivilisationsverzicht als Fortschritt verkauft werden, wenn Erdkühlschränke gegraben und biologische Kläranlagen gebaut werden, aus ausrangierten Badewannen. Frischwasser muss in Kanistern geholt, Feuerholz gesucht und gehackt werden.

Daneben bleibt Zeit, das preisgekrönte, futuristisch muskelkraftbetriebene «Silenciumobil» zu bauen. Und einen Sperrholzkatamaran, der bald über den Atlantik segeln soll. Weniger seetüchtig wirkt der Wagen, der wohl einst als Schiff verkleidet in einem Karnevalszug mitfuhr. Der kleine Kutter, in den er sich verwandelt hat, heißt «Pottsau». Nicht weit daneben parkt ein älterer, orangefarbener Magirus-Lastwagen mit der Aufschrift «Kunstraummobil». Von «Kunstnomaden» kündet ein Schriftzug auf einem anderen Bauwagen. Der Ausstellungswagen hat geöffnet und zeigt bei freiem Eintritt Bilder von Bäumen, Ästen und Borken. Erinnerungen an Fernurlaube weckt das heute nicht bewirtschaftete «New Cashmere Gift House» mit einer kleinen Holzveranda. Vier Badewannen auf Klauenfüßen, die auf ihre Verwandlung in eine Kläranlage warten, stehen in der Landschaft.

Mittwochs laden die Bewohner und der Kulturverein Kulturbanausen in das große Gemeinschaftszelt namens «Bundeskanzleramt» zur Filmvorführung ein, die Ankündigungsplakate sind selbst gezeichnet. Wer sich einmal dorthinein und nicht in ein Multiplex verirrt, erlebt Kino, wie es einmal gewesen sein muss in der Zeit, als Kinovorführwagen auf die Dörfer kamen. Ungefähr so, wie Clifford Geertz eine Filmvorführung auf Java beschreibt. Nur dass vor dem Zelt keine Hähne miteinander kämpfen, hier balgen sich bloß ein paar Hunde. Innen im Zelt riecht es nach Bier, Haschisch, Schweiß und Rauch. Kommen mehr Gäste als erwartet, werden Klappstühle neben die Bierbänke gestellt. Der Videobeamer steht auf einem selbst gezimmerten Regal, ein kleiner, auf das oberste Brett genagelter Ventilator sorgt für Gerätebelüftung. Links neben der Leinwand steht auf einem Bücherregal die Bibliothek der Wagenburg, rechts trocknet Feuerholz. Durch die Rodung des Uferstreifens ist man gut versorgt. Im Winter ist das Zelt – außen mit beunruhigend unökologisch aussehenden Schaumplatten isoliert – sogar beheizbar.

Die Wagenburg ist ein großes Stillleben, in dem eine blecherne Milchkanne ohne besonderen Grund auf einer Bauwagendeichsel steht, hier wird vielleicht für die Requisite eines Films von Kusturica gesammelt. Alles könnte irgendwo gebraucht werden. Ein Kinderwagengestell, zweckentfremdet zum Holztransport, Fahrradfelgen, ohne erkennbaren Nutzen auf eine Bauwagenwand genagelt – eine Collage der Dinge, Spoerri und Tinguely haben es vorgemacht.

Schön muss es sein, hier im Vogelzwitschern aufzuwachen, denkt der Jogger auf dem Bahndamm, die Szenerie unter ihm weckt Erinnerungen an das Zirkuswagenlager in «Liebesgrüße aus Moskau», an Planwagentrecks, an die Marlboro-Werbung und ihr Lagerfeuer. Auf dem Esstisch im Freien sind ein Teekessel, eine Weinflasche und ein Glas mit einem Rest Rotwein stehen geblieben. Ein Kinderstuhl, ein Kettcar, ein Kinderfahrrad, ein Schlauchboot, ein Faltboot und ein rot-weiß gepunkteter Sonnenschirm sind ebenfalls zu sehen, ein Vogelhaus, eine Wippe, blühende Sträucher, eine Schaukel, eine Bank. Und als wär es eine Westernstadt in einem Film von John Ford, steht auf einem kleinen Hügel aus nackter Erde ein Grabkreuz aus verkohlten Holzbohlen. Nicht weit davon findet sich, als wäre das Ganze ein deutschrömisches Gemälde aus der Alten Nationalgalerie, eine beachtliche Spolie aus rotem Sandstein im Unkraut.

Verwunderlich, dass die Werbung die Wagenburg noch nicht entdeckt hat, «Liberté toujours – heute mach ich mal, was mir gefällt», kann der Wagenburgbewohner jeden Tag sagen. Und dann einen Erdkühlschrank graben, sich um die Regenwurmzucht kümmern oder ein Filmplakat zeichnen. Er könnte aber auch mit dem alten Mistral-Surfbrett, das seit Jahren an einem der Wagen lehnt, auf den Kanal hinauspaddeln, um für die Atlantiküberquerung zu üben.

2000

PS: Es gibt die Wagenburg noch immer, ich bin wieder da, mit der Tochter, heute findet eine Lesung statt. Fast wie im Literaturhaus – bloß dass die Zuhörer im Freien sitzen. Wer auf die Toilette muss, hat die Wahl zwischen einem Dixi- und einem Plumpsklo. Ein kleines Windrad dreht sich, ein Dalmatiner räkelt sich in der Sonne.

Über der Freiluftbar hängt eine aus roten Kunststoffeimern zusammengefügte Skulptur, Björn Kuhligk liest Gedichte. Die

Tochter erkundet das Gelände; bevor die nächste Lyrikerin mit ihrer Lesung beginnt, folge ich ihr und sehe einen anderswo aus- und hier am Rande eines Gemüsebeets einrangierten Geldschrank. Ich sehe Bänke aus Baumstämmen, eine Feuerstelle, Nistkästen in Bäumen, ein Verkehrsschild der DDR und Folie auf den Bauwagendächern.

An einer Stelle hängt ein Schild, auf dem ich «Gesamtkunstwerk Lohmühle» lese – dem soll nicht widersprochen werden: Dieses Gesamtkunstwerk erinnert an eine überwucherte Maya-Stadt im Urwald von Mittelamerika. Wie kahl das Gelände einmal war, fällt mir ein, hier war doch Schussfeld, hier war Sektorengrenze. In den frühen neunziger Jahren führte der kürzeste Weg vom Weichselplatz in die Wiener Straße über dieses heute so kultiviert-verwilderte Gelände, Holz liegt herum, alte Feuerwehrschläuche, ein Kajak. Es weht, sie darf nicht fehlen, eine Piratenflagge über dem Gerümpelparadies.

«Papa, hier liegt so viel herum!», fällt der Tochter auf. Seltsam, wenn ich so etwas über ihr Zimmer sage, sieht sie das anders.

Wir sehen eingewachsene Europaletten, einen Behördenschreibtisch unter einem Baum, Rettungsringe (wir sind am Wasser!) und Verkehrshütchen. Wir sehen Krempel, Zeugs, Geraffel, Plunder – die Wagenburg ist ein Museum der interessanten, anderswo ausgemusterten Dinge. Eine Badewanne steht im Freien, wir bewegen uns durch ein begehbares Stillleben der Peter-Lustig-Pusteblumen-Welt. Und ja, wahrscheinlich sind hier alle Künstler, mindestens aber Lebenskünstler. An einem Bauwagen entdecken wir ein Arrangement aus mehreren Puppenköpfen (die Tochter erkennt die Marke Baby Born, sie besaß selbst einmal eine, aber das ist für sie ewig her) und einem verrosteten Stahlhelm der Nationalen Volksarmee. Die Holunderbüsche blühen, es duftet süß, und ich sehe das Mistral-Surfbrett wieder, es liegt noch immer hier, zwölf Jahre später.

Wir lernen den italienischen Künstler kennen, der die Skulptur aus roten Putzeimern über der Bar geschaffen hat. Er führt uns herum und zeigt uns freundlicherweise seinen Wagen. Er zeigt uns sein Wohnzimmer, sein Arbeitszimmer, die Küche und sein Schlafzimmer – alles in ein und demselben Raum. Nicht sehr groß, vollgestopft und sehr gemütlich. Isoliert sei der Wagen leider nur an einer Seite, antwortet er auf die Frage, wie kalt es im Winter werde. Strom wird aus Sonnenkollektoren gewonnen.

Er sei der Älteste der zweiten Generation, erzählt er, seit elf Jahren wohne er hier, von den ursprünglichen Besetzern seien nur noch drei dabei. Der Konflikt um den Uferweg ist ausgestanden und gelöst, es gibt nun den Weg, und mit den Jahren ist eine zweite Baummauer gewachsen, neue Tierwohnungen sind entstanden.

Ich erfahre noch, die Tochter spielt nun mit einem anderen Mädchen Frisbee, die Lohmühle sei nun keine Wagenburg mehr, sondern ein Wagendorf, das auf Selbstversorgung und Nachhaltigkeit setze, ein Dorf, in dem Holz gehackt und Wasser geholt werden müsse, es gibt keine Wasserleitung. Der vordere Teil des Dorfs heiße Downtown, weiter hinten liege die Bronx, und der Bürgermeister – ja, die Wagenburg habe einen Bürgermeister, seit Jahren schon – wohne im Regierungsviertel. Dem Bürgermeister sei es gelungen, den Kiez für sich zu gewinnen, die Lohmühlebewohner würden von den Nachbarn akzeptiert – wofür sie, wie ich sehe, einiges tun: Sie organisieren Lesungen, Konzerte, Ausstellungen und das Festival «Jazz an der Lohmühle», gefördert vom Kulturamt Treptow.

2012

PPS: Die Wagenburg Lohmühle steht noch immer.

2022

Christinas erster Tunnel

Beim Abstieg in den Schacht trägt die Tunnelpatin Rau flache, dunkelblaue Schuhe. Um sie herum treten knobelbecherartige Stiefel und nur wenige geputzte Schuhe auf die Lochgitter der Treppe, die auf den Boden des Senkkastens hinunterführt. Die Tunnelröhre «Christina I», die erste von vieren, durch die einmal Fern- und Regionalbahnzüge fahren sollen, ist fertig geworden. Die Baustelle am Gleisdreieck hat zur Besichtigung geladen. Alle Besucher müssen Helme tragen, es gibt sie in den kleidsamen Farben Orange, Weiß und Gelb. Von oben sehen die Menschen am Grund des offenen Betonkubus wie Playmobil-Bauarbeiter aus. Die einen spielen Fotoreporter, die andern posieren. «Glück auf!», ertönt es immer wieder vom Band, und ab und zu tropft Wasser von oben. Alle Playmobilmännchen scharen sich um die Tunnelpatin.

«Ein Schwenk in die Röhre, bitte», sagt die drängelnde Kamerafrau, doch die Tunnelbegehung ist nach zehn Metern zu Ende. Weiter geht es noch nicht, und vom märkischen Sand ist hinter dem Beton nichts mehr zu sehen.

Paris und Rom haben ihre Katakomben, Wien hatte den dritten Mann in der Kanalisation, Berlin hat Christina Rau im Tunnel. Ihre braunen Haare schauen hinten unter dem weißen Schutzhelm hervor. Vorne ist er mit ihrem Namen beschriftet.

«Der Helm steht ihr doch gut», sagt einer der Umstehenden.

«Aber solche Termine gibt es doch nur, um sein Köpfchen mit Helm zu zeigen», lässt sich ein anderer hören.

«Und um sich fotografieren zu lassen», sagt einer der Fotografen und klettert für den besseren Bildausschnitt auf ein Gerüst.

Frau Rau spricht ins Mikrofon: Ihr erster Tunnel lasse sie «vor Furcht erstaunen», und ein Tunnel sei «so wunderbar symbolisch», er verbinde Menschen.

Der ebenfalls anwesende Verkehrsminister sagt: «Die Kurven des Tunnels bereiten mir auch einen ästhetischen Genuss.»

Frau Rau schaut ein wenig zur Seite.

Dann wird, für einige laute Minuten, die Schildvortriebsmaschine der dritten Tunnelröhre Christina III in Betrieb genommen. Christina Rau schaut zu und lächelt.

In einer Schildvortriebsmaschine – so viel verrät eine schematische Zeichnung an der Wand, gleich neben den Miettoiletten – gibt es einen «Erektor», einen «Schildschwanz» und eine «Schildschwanzdichtung». Und die Schneidemesser ganz vorne fressen sich in das «Ortsbrust» genannte Erdreich. Die Schildvortriebsmaschine ragt hier, fast ein wenig plump, schon halb in die neue Tunnelröhre hinein; Schildvortriebsmaschinen müssen riesige phallische Maschinen sein.

Als es heißt, der «Neuanstich» sei gelungen, wird das Lächeln der Patin für einen winzigen Augenblick zu einem Grinsen. «Glück auf, Glück auf!», ertönt wieder das Lied der Bergleute. Und im Kästchen der heiligen Barbara, der Schutzheiligen der Bergleute, ist das Licht nicht ausgegangen. Die Bergleute haben ihr einen Kranz aus Tannenzweigen gewunden.

Christina Rau nimmt sich ein mit Cola gefülltes Goldrandglas von einem angereichten Tablett und trinkt, «Glück auf, Glück auf!», geht das Lied der Bergleute weiter, die Gattin des Bundespräsidenten schaut ihren Gesprächspartnern sehr genau ins Gesicht. Das ausdauernd Menschenfreundliche geht ihr unter Tage nicht verloren. Ihr Lächeln funktioniert nun wieder mit geschlossenen Lippen. Die Herren in den Anzügen um sie herum zünden sich, als hätten sie schwerste Arbeit verrichtet, Zigarren an. Die Bauarbeiter stehen weiter weg. «Wir tragen das

Leder am Arsch bei Nacht fallera / und saufen Schnaps / und saufen Schnaps», geht das Bergarbeiterlied in seinen Refrain.

Christina Rau verzieht keine Miene. Die Goldkette, die um den Kragen ihres roten Pullovers liegt, blitzt in dem Sonnenstrahl, der durch die Öffnung des Senkkastens fällt. Einer der Bergleute hat seine Kamera mitgebracht. Der Verkehrsminister kommt nicht so oft ins Bild.

2000

PS: Auf Christina Rau folgten andere Bundespräsidentengattinnen, ihr Tunnel ist lange in Betrieb. Züge rollen – ach was, sie gleiten vom Gleisdreieck bis kurz vor Gesundbrunnen unter dem neu bebauten früheren Niemandsland hindurch; der Vorkriegstraum, den schon Werner Hegemann in seinem Buch «Das steinerne Berlin» von 1930 träumte, ist wahr geworden: Berlin hat keine Kopfbahnhöfe mehr, die Züge fahren durch Berlin hindurch, von Hamburg nach Leipzig und von Warschau bis nach Amsterdam.

2012

Die Netzspinne

Fahrgäste in öffentlichen Nahverkehrsmitteln sehen sie so oft, dass sie die Netzspinnen nicht mehr wahrnehmen. Die Übersichtspläne, die Benutzerober- und -unterfläche einer Stadt, seien «unförmige Insekten» und «Signaturen ihrer Stadt», schreibt der Münchner Autor Andreas Bernard, mit ihnen habe jedes öffentliche Nahverkehrsnetz seinen wiedererkennbaren Fingerabdruck.

Die Berliner Netzspinne ist auf den ersten Blick ein bunt und anarchisch gehäkelter Topflappen, der durch die Unterkellerung der Stadt führt. Das bunte Knäuel ist Über- und Unterweltplan, auf dem alle Zugangsstollen zu den Schächten der U- und S-Bahn mit Namen eingezeichnet sind. Je nach Jahrzehnt ihrer Entstehung sind es Grabkammern der Gründerzeit, der zwanziger oder der siebziger Jahre.

Auf der Netzspinne, die hin und wieder auch sehr vergrößert auf Plakatwänden in U-Bahnhöfen hängt, wirkt die Stadt leicht benutzbar, denn der Plan verzerrt und verfälscht im Dienst der Übersichtlichkeit. Auf ihm präsentiert die Unterwelt sich benutzerfreundlich, der Plan ist ihre Bedienungsanleitung. Andererseits schafft der Schaltplan der Verbindungen eine ihm ganz eigene Unübersichtlichkeit, die trotz der kantigen Verläufe etwas Organisches hat. Als handelte es sich um den verschlungenen Bauplan eines Vogelnests. Oder um den Aufriss einer sonderbaren, halbsymmetrischen Wucherung.

Erfahrene Benutzer kennen die Lügen der Netzspinne und wissen, dass der S-Bahnhof Charlottenburg und der U-Bahnhof Wilmersdorfer Straße nicht wirklich nah beieinanderliegen.* Und dass zwischen U- und S-Bahnhof Warschauer Straße die zugige Warschauer Brücke überquert werden muss. Und dass die Eingänge zwischen den U-Bahnhöfen Zoologischer Garten und Kurfürstendamm auf dem Breitscheidplatz nur wenige Meter auseinander liegen.

Gelangweilte Fahrgäste sind oft große Nahverkehrsplaner und bauen das Netz in Gedanken weiter. Lücken und Umständlichkeiten, über die man sich schon lange ärgert, werden auf diese Weise schnell und ganz ohne Baugrube geschlossen. Könnte die U1 nicht über die Warschauer Straße hinaus, über das Frankfurter Tor bis zur Eberswalder Straße geführt werden? Könnte die U3, deren existierendes Teilstück heute von der U15 befahren wird, nicht endlich bis nach Weißensee verlängert und die U5 nicht nur bis zum Lehrter Stadtbahnhof, sondern noch weiter gebaut werden, in Gebiete hinein, in denen tatsächlich Menschen wohnen?

Auf der Abbildung besteht das Nahverkehrsnetz aus Knotenpunkten und langen bunten Farbsträngen. Dazwischen zeigt die Netzspinne weiße Flecken und Korridore. Der müde Fahrgast könnte glauben, die Bahnen streiften weniger dicht besiedelte, unbewohnte, am Ende gar unerforschte Gebiete, die vielleicht nie ein Mensch betreten hat. Vielleicht beschleicht den Passagier der hin und wieder berechtigte Verdacht, die Stadt existierte nur um die Stationen herum und unter- und überquere sonst lediglich alte Gleisanlagen, Industriebrachen, Parks und unbebautes Gelände.

* Diese Lüge der Netzspinne wurde beseitigt. Nicht dass die beiden Stationen in der Grafik auseinandergerückt worden wären, nein, der S-Bahnhof Charlottenburg wurde verschoben und aufwendig neu gebaut, die S-Bahnzüge halten nun näher am U-Bahnhof Wilmersdorfer Straße. Nur die Regionalbahnsteige befinden sich noch an alter Stelle – weshalb aus diesem Bahnhof nun einer der längsten der Stadt geworden ist.

Der U-Bahn-Plan formt die Vorstellung durch seine Geometrie, in seiner begradigten Abstraktion wirkt das Schienennetz selbst wie digitalisiert. Dass auf einer dieser geraden Rennstrecken ein Wagen in einer Kurve entgleisen könnte, erscheint unmöglich. Das Ächzen der Waggons und das Quietschen der Räder in der Kurve vor der Einfahrt in den Bahnhof Mehringdamm passen demnach gar nicht zu der auf dem Plan begradigten Strecke, in dessen Bildsprache es keine Kurven, nur Ecken geben darf. Nur Vorkriegsnetzpläne zeigten kurvige Strecken, heute schlägt die gelborangefarbene U9 von Rathaus Steglitz nach Osloer Straße gleich mehrere Haken, und scheinbar orientierungslos fährt die blaue U7 ihren Kurs unter der Stadt hindurch. Erst im letzten Augenblick entscheidet sie sich, noch einen Schlenker zur Möckernbrücke zu unternehmen. Auf dem eckigen Plan wird aus dem Schlenker ein Zacken.

Die alte West-Berliner Netzspinne zeichnete die Ost-Berliner Linien dünner und – als handelte es sich um schon verstorbene Linien – einheitlich schwarz. Die Richtung der U-Bahnlinie 5 nach Hönow deutete ein Pfeil nur noch an, in der Vorstellung der West-Berliner musste Hönow irgendwo weit weg, tief im Machtbereich des Warschauer Paktes liegen. Im Gegenzug wurde in den Plänen der Ost-Berliner Verkehrsbetriebe West-Berlin zu einem schmalen weißen Handtuch. Auf dem Plan sah seine Umfahrung auf dem äußeren Ring sehr leicht aus, als wäre sie in wenig mehr als einer halben Stunde zu bewältigen.

Heute teilt das Netz sich in die drei Zonen A, B und C, die das Geflecht der Stollen, Schächte und Trassen wie drei farblich voneinander abgesetzte Höllenkreise unterlegen. Feste Grenzübergänge gibt es keine mehr, Fahrscheinkontrollen werden von fliegenden BVG-Kommandos durchgeführt.

Anfang der neunziger Jahre wurde die Netzspinne verändert und allein durch grafische Umgestaltung eine deutliche

Ost-West-Verbindung geschaffen. Die zuvor mehrfach abgeknickt-ausgebaucht verlaufende Stadtbahn wurde begradigt und war von nun an, dem Fahrgastaufkommen entsprechend, die neue Hauptachse des Plans. Und der Fahrgast hatte nicht mehr das Gefühl, außen herum, sondern mittendurch zu fahren. Gleichzeitig verschob sich das Zentrum. Nicht mehr der Zoologische Garten, sondern der neue Bahnhof Friedrichstraße stand auf einmal in der Mitte der Netzspinne. Der Nabel der Stadt, der Punkt, den die Römer «umbilicus» nannten, wurde zurückgerückt. Die ehemals gerade Nord-Süd-Verbindung der U9 verlief auf dem neuen Plan plötzlich mit Knicken, die wiederhergestellte Nord-Süd-Bahn und die nun auch in den ehemals geschlossenen Geisterbahnhöfen anhaltende U-Bahn-Linie 6 wurden auf der neuen Netzspinne zu Haupt-Nord-Süd-Verbindungen.

In manchem U-Bahn-Waggon schimmert unter der Klebefolie der derzeit aktuellen Netzübersicht noch eine ältere Version durch. Da kann die Endstation der damaligen Linie 1 noch Schlesisches Tor heißen, die U8 nur bis Leinestraße fahren und der S-Bahn-Ring noch gar nicht oder bloß gestrichelt eingezeichnet sein. Die Namen früherer Endstationen, die der Zug heute, so wie die als Terminus versunkene Vinetastraße, einfach passiert, behalten eine Zeit lang ihren besonderen Klang. Der Nachhall des jahrzehntelang vernommenen «Schlesisches Tor, zurückbleiben» erinnert nicht wenige Fahrgäste noch immer daran, dass hinter dem heute zum Durchfahrbahnhof degradierten Bahnhof die Welt zu Ende war. Und dass es kein kleines Wunder ist, dass der Zug wieder über die Oberbaumbrücke fahren kann.

Im Spinnennetz der Netzspinne sind Namen kleben geblieben, eingesponnen und aufgehoben: Die Stadttore beispielsweise, die es in Wirklichkeit gar nicht mehr gibt (Hallesches Tor, Oranienburger Tor), abgerissene Bahnhöfe (Görlitzer Bahnhof,

Anhalter Bahnhof), Schlachten, an die sich kaum einer erinnert (Spichern, Nollendorf, Möckern), und veraltete Schreibweisen wie «Kottbusser Tor». Die Verwendung als Stationsname hat sich oft weit über die ursprüngliche Bedeutung gelegt und überdeckt sie hin und wieder ganz. Gesundbrunnen beispielsweise ist nur noch ein Kreuzungsbahnhof, lange schon kein Heilbad mehr.

Die im Berliner S- und U-Bahn-Plan gestrichelt eingezeichnete Zukunft ist meist gewesene Vergangenheit. Auch den S-Bahn-Ring, dessen komplette Wiedereröffnung noch aussteht, hat es auf weniger schematisch gezeichneten Vorkriegsplänen als «Hundskopf» schon einmal gegeben.* In China glaubte man früher, das Schicksal einer Stadt ließe sich aus der Form, die sie den Vögeln zeigt, ablesen. Welche Warnung hätte ein chinesischer Weiser aus dem Hundskopf gelesen, dessen Schnauze sich zwischen Westkreuz und Witzleben in den märkischen Sand legt? Hundejahre für die Stadt? Eine Stadt, die vor die Hunde geht? Auf dem Plan, den unsereins jeden Tag in der U-Bahn sehen kann, ist der Hund nicht mehr zu erkennen.

2000

PS: Der S-Bahnhof Witzleben heißt heute Messe Nord/ICC – kein schöner Name. Aus dem U-Bahnhof Kottbusser Damm ist die Schönleinstraße geworden. Putlitzstraße wurde zu Westhafen, der Lehrter Stadtbahnhof ist verschwunden. Und so weiter. Die Spinne hat weitergesponnen, Fäden sind im Netz hinzugekommen.

2013

* Der S-Bahn-Ring ist seit 2002 wieder geschlossen, die Ringbahn-Runde ist möglich. Es ist eine schöne Fahrt, einmal im großen Kreis um die Stadt herum und durch sie hindurch.

Kino International

Das heimliche Lieblingskino der Stadt liegt nicht weit hinter dem Alexanderplatz, auf dem neueren, westlichen Bauabschnitt der Karl-Marx-Allee. Das Kino International, eines der letzten Ein-Film-Kinos, wurde von 1961 bis 1963 nach Plänen der Architekten Josef Kaiser und Heinz Aust erbaut. Vom Klassizismus der früheren Aufbau-Jahre hatte sich die DDR-Architektur um den U-Bahnhof Schillingstraße herum verabschiedet. Klare Linien und glatte Fassaden beherrschen das Bild, es gibt keine stalinistischen Zuckerbäckereien und kein Naschwerk an den Häusern.

Das International, Ort vieler DEFA-Premieren, zeigt der Straße einen vorspringenden Baukörper mit Glasfassade auf einem Sockelgeschoss. Die leicht geschwungene, vorn verglaste Schachtel lockt mit dem Plakatgemälde zum gerade laufenden Film. Filmankündigungen und Plakate hängen in den sechs Aluschaukästen vor dem Eingang. Wer auf den Beginn der nächsten Vorstellung wartet, kann sich die Zeit mit Betrachtung der Reliefbilder auf den Seitenwänden des Gebäudes vertreiben. Sie erzählen vom Alltag des vorbildlichen Arbeiters. Es gibt eine Fabrikszene vor großen Zahnrädern, Elefanten im Tierpark und eine Frau auf einer Parkbank, Stationen eines Lebens im Dienst des Sozialismus. Dieser vorbildliche Fassadenarbeiter plant sicher keinen Aufstand, sondern bildet sich nach Betriebsschluss in der kleinen Bibliothek auf der Rückseite des Gebäudes weiter, vielleicht geht er danach mit der Frau von der Parkbank ins Kino. Seine kleinen Geschwister könnte er in den über der Bibliothek und hinter der Leinwand liegenden, heute noch existierenden Jugendklub schicken. Der Jugendklub hieß einmal «Oktoberklub».

Ganz ohne den Einsatz der großen, verschwenderischen Mittel, wie die frühe Kinoarchitektur sie einsetzen musste, sorgt das International für ein Filmerlebnis, das nicht erst mit dem Verlöschen der Saalbeleuchtung beginnt. Vielleicht liegt das an der Patina, die heute auf dem Gebäude liegt. Die Zeitreise beginnt im verheißungsvollen Halbdunkel des Garderobenfoyers hinter der Kassenhalle. Zwischen den Garderobentresen steht eine kreisförmige Sitzbank, im Steinfußboden zeigen sich eingelassene Buntmetallbänder. Wer will, kann sich einbilden, die DDR noch zu riechen, wer will, kann versuchen, sich vorzustellen, wie die moderne Frau der sechziger Jahre, Sybille-Leserin und im Frauenbund aktiv, sich zu einem Spiegel hinter den Pfeilern dreht, den Sitz ihrer Frisur prüft und am Kostümkragen nestelt. Sie könnte ihre Handtasche für einen Augenblick auf dem Bord unter dem Spiegel abstellen und sich dabei mit anderen Kulturfunktionären über die DEFA-Uraufführung unterhalten.

Die Dramaturgie der Architektur sorgt für den Aufstieg aus dem Sockelgeschoss. Eine schmale Treppe, von in der Wand eingefügten Lampen nur schwach beleuchtet, biegt einmal um die Ecke und mündet in die sogenannte Wandelhalle vor der verglasten Front. Wer nachmittags früh zur ersten Vorstellung kommt, sieht die roten Sessel akkurat an die niedrigen Couchtische geschoben, alle Armlehnen stoßen bündig an die Tischplatten. Ihr helles Holz hebt sich vom dunkleren Parkett und dem Farbton der Wandvertäfelung ab. Die Wandelhalle wirkt gediegen, bürgerlicher, als die Arbeiterszenen der Fassade es vermuten lassen. Zimmerpalmen stehen in der Ecke, von der Decke grüßt ein großer brauner Wasserfleck.

Das Lieblingswort der Frau am Buffet ist «früher». Sie arbeitet schon seit fünfundzwanzig Jahren im International. «Früher haben alle Besucher ihre Jacken und Mäntel abgegeben, früher war Garderobe Pflicht», sagt sie, früher hatte auch ein Kinobesuch andere Regeln. Unsozialistische Sitzblockaden durch Mäntel wurden nicht geduldet. «Früher kostete die Garderobe bloß zwanzig Pfennige», sagt sie, heute muss sie eine Popcornmaschine bedienen, zum Popcorn schenkt sie Coca-Cola aus.

Durch die Fenster neben dem Buffet öffnet sich der Blick auf die Magistrale. Der Film beginnt, bevor der Vorführsaal betreten wird, er heißt: Aufbauleistungen des Sozialismus, Kalle-Malle, die zweite, Karl-Marx-Allee, zweiter Bauabschnitt. Verglaste Schaufassaden sind in der Kinoarchitektur eher selten, normalerweise wird der Zuschauer in den Saal und zur Leinwand hingelenkt. Und nichts, kein Draußen, soll ihn ablenken. Im Kino International aber sollte der Besucher auch die schöne neue Welt vor dem Fenster bewundern, das heute leer stehende Café Moskau auf der anderen Straßenseite zum Beispiel.

Um das Gebäude des International herum hat die Stadtlandschaft die Märklin-Ordentlichkeit des ursprünglichen Modells behalten. Die Hände der Architekten könnten jeden Moment ihre Finger aus dem Modellhimmel strecken, hier ein Figürchen verschieben, dort ein Auto bewegen, ein Haus dazusetzen, eines wegnehmen oder austauschen. So geschehen vor einigen Jahren, als der Riegelbau hinter dem International, das alte Interhotel Berolina, abgerissen und durch ein Bürogebäude in gleichen Ausmaßen ersetzt wurde. In die Replik zog das Rathaus Mitte ein. Nur die Fassadenkacheln fehlen dem wiederauferstandenen Gebäude, heute ist die streng gerasterte Lochfassade hellblau verklinkert. Das aber passt noch immer gut zu der außen gelb gekachelten ehemaligen Milcheisbar neben dem Kino. In dem Flachbau hat sich eine Eis-Hennig-Filiale eingemietet, das Gebäude sieht abwaschbar aus.

Von der gegenüberliegenden Straßenseite wirkt das Kino

wie ein großer, leicht unförmiger Fernseher. Mit seinem oberen Bauteil schwingt das Gebäude sich zur Straße hin, kragt über die Kassenhalle hinaus und öffnet sich, als sollten die Besucher ausgestellt werden. Man kann sie mit Gläsern in der Hand in den roten Sesseln sitzen, warten oder wandeln sehen, als wären sie Fische im Aquarium. Von dem Betonrahmen um sie herum ist mit der weißen Farbe das sozialistische Pathos geblättert. Über den trinkenden und knabbernden Köpfen leuchtet der Schriftzug «International» in schlichten, sachlichen Neonbuchstaben, über die ehemaligen Sektorengrenzen hinweg gleichen sie den Leuchtbuchstaben auf dem Dach der West-Berliner Amerika-Gedenkbibliothek. Mehr ist von den Lichtarchitekturen der Vorkriegskinos nicht geblieben.

1999

PS: K. und ich treffen uns nachmittags am Rosenthaler Platz, wir wollen spazieren gehen. Über die sich sehr verändernde Torstraße, die sich kaum verändernde Mollstraße (diese absurde, völlig überdimensionierte Wahnsinns-Magistrale) und durch das seltsame, selten betretene Wohnblock-Berlin der DDR finden wir zum International. Unverändert steht es da, 2013 wird es fünfzig Jahre alt. Herzlichen Glückwunsch, schönstes Kino der Stadt. Wir betrachten die Tags auf dem Sockel des Gebäudes und das große weiße Relief auf der geschlossenen Seitenfassade. Hübsch-heteronormative Motive sind da versammelt: Mann und Frau beieinander, er mit Fahrrad, sie mit langen Haaren.

K. erinnert sich an eine Lesbenparty, auf der sie hier mal war, vor Jahren, mit einer Freundin. Es hieß, alle Frauen seien willkommen, sie und ihre Freundin aber, sagt sie, seien dann wohl doch zu heterosexuell gewesen.

Wir gehen unter dem Glühbirnenhimmel des unteren Foyers hindurch und steigen hinauf in die Panoramabar im ersten

Stock, staunen über die fast sieben Meter hohen, vollvertäfelten Wände, bewundern die Discokugeln und setzen uns an einen Tisch vor der großen Fensterfront. Das Parkett sieht etwas abgetreten aus, ja, das International ist kein Museum, dieser Ort ist in Gebrauch, hier wird gern gefeiert. Tolle Aussicht auf das Café Moskau auf der anderen Straßenseite, es steht noch immer leer, unser Blick streift die «Balkan»-Leuchtschrift auf dem Dach. Ich erinnere mich an die Entdeckerfreude, mit der ich all diese Räume nicht lange nach dem Mauerfall zum ersten Mal betreten habe, fast immer beeindruckt, ich war ja, obwohl ich es vergessen wollte, in einer Kleinstadt aufgewachsen. Ich konnte also staunen.

K. trinkt Bionade, ich trinke Wasser. Erst jetzt, hier sitzend, wir haben schon über dies und das geredet, verstehe ich, dass sie in ihrem Blog über ebendiesen Nachmittag und unseren Spaziergang schreiben möchte.

Wir sitzen noch eine Weile, trinken unsere Getränke und spazieren schließlich durch die Schillingstraße Richtung Spree, vorbei an einem Ein-Euro-Shop und einem Schaufenster voller verschiedener leerer Bierflaschen, soll wohl eine Sammlung sein. Wir sehen die alte Kaufhalle, in der bald ein Buchstaben-Museum eröffnen wird, einzelne große Lettern, Reste großer Leuchtschriften, stehen schon im Raum – einige kommen mir bekannt vor, wo habe ich sie gesehen? Mir fällt ein, dass hier, unter dieser Kaufhalle, einmal ein Club war. Wie hieß der? Ich habe es vergessen.

Kurz vor der Jannowitzbrücke überrascht uns ein Gewitterregen, wir stellen uns unter einen Baum an der Spree, es riecht nach Lindenblüte.

Tags darauf lese ich auf K.s Blog: «We start off, I think, talking about the book David's working on right now. It's a re-release of his 2001 collection *In Berlin,* which I have on my shelves and read some years ago. He's revisiting many of the places he described back then and adding updates, if you like, about how they've changed. Is there a basic pattern, I ask, to the way places have developed? Most of them have got posher, is the answer in a nutshell. But there have been a few surprises, like the tenacity of the trailer-dwellers in the Lohmühle-Wagenburg.

What has he got left to visit? Kino International – actually, why don't we just walk there now? So we do. [...]

We approach the cinema building from behind, around the corner of Rathaus Mitte (concrete and blue bricks). I talk about the last time I was here, at a club night ‹for girls and their friends› where my friend and I felt a little out of place, not least because we were about a decade older than all the other women. The cinema is a great dancing location actually; it felt like the foyer and first floor were made for precisely that purpose. In daylight, and sober, it's even more impressive, from the heteronormative exterior relief complete with baby elephant to the golden ceiling on the ground floor. David points out the real light-bulbs mounted in the centres of the square metallic plates. They're not the energy-saving kind, which would look ridiculous; they must have been hoarding them for years. [...]

We walk upstairs to the bar, which now has mirror balls mounted from the ceiling between the original chandeliers. Very minor changes have been made to the place's East-Berlin charm, and now everything appears slightly camp and yet very tasteful, including the friendly man who sells us our drinks. We sit down facing the glass front. At this point it finally occurs to David that I'm planning to write about the afternoon; perhaps I hadn't made it quite clear enough. I have a moment of dizziness when he says he's going to write about the afternoon too, for his book, and I worry we'll both get trapped in a spiral of writing about each other writing about each other, like when a magazine shows a woman reading the same magazine on its cover and I fear I might fall in and get stuck inside one of those miniature pictures. Then I have a little fantasy about translating a piece by David about me writing about David and David writing about me, but I keep it to myself.»

(zitiert nach Katy Derbyshire: *In which I go out drinking with German writers.*)

2013

Deutsche Oper

Die Deutsche Oper steht wie ein Bunker an der Bismarckstraße, das Haus versteckt sich hinter einer fensterlosen Wand aus Waschbetonplatten. Im Waschbeton treten die Zuschlagstoffe des Betons, hier sind es Kieselsteine, an die Oberfläche. Manches Lexikon behauptet noch heute, dadurch ergäbe sich ein «Schmuckeffekt». An der Fassade der Deutschen Oper steht die konstruktiv bedeutungslose Wand für die radikale Absage an das Prinzip der Schaufassade: Statt Zuckerbäcker-Stuck hängt ein Kiesel-Streuselkuchen vor dem Gebäude.

Auf dem Weg vom Parkhaus, der Bodenbeschriftung Richtung Eingang folgend, kann der Besucher durch die Gardinen in die Kantine des Hauses sehen. An der Wand klebt modellierter Tropfengips, Vodka Finlandia kostet zwei fünfzig, Doppelkorn zwei Mark. Gläserne Kugellampen hängen aus den Waben der abgehängten Decke, der Münzspielautomat in der Ecke heißt «Good Luck».

Altbauten sind der Bismarckstraße auf der Höhe der Deutschen Oper kaum geblieben. Restaurants werben mit naheliegenden Namen wie Papageno, Don Giovanni und Puccini um den Hunger des Opernpublikums. Ein Schaufensterspaziergang führt an «Le Chic, Second Hand Boutique: An- und Verkauf von Damenbekleidung» und Perserteppichhändlern vorbei, einige der roten Leuchtbuchstaben sind ausgefallen. Die Technothek am U-Bahn-Ausgang Deutsche Oper ist kein Club für elektronische Musik, sondern eine Fach- und Sachbuchhandlung. Die Umgebung wurde vor Jahren modernisiert, die Häuser an der Krumme Straße sind abgerissen worden, so ist auch die Hofeinfahrt, in der Benno Ohnesorg erschossen wurde, verschwunden. Heute steht dort die rot-weiße, westliche Version eines Plattenbaus. An Ohnesorgs Tod und die Demonstration gegen den Schah von Persien erinnert Alfred Hrdlickas Denkmal. Das Opern-Café hinter der «Star-Clean Vollreinigung» lockt mit Plastikstühlen auf dem Gehsteig, gegenüber liegt die Bismarck-Spielothek. Hier scheint alles einmal so neu gewesen zu sein, dass es heute nur noch alt aussieht. Fein verteilt liegt Vergangenheit auf den weißen Asbestzementplatten der Gebäude am dazumal geplanten Opernplatz, ja, eine Gegend kann ihre Zukunft hinter sich haben. Neu muss das alles sich um das Jahr 1981 herum angefühlt haben, zu der Zeit, als Götz Friedrich Intendant der Deutschen Oper wurde.

Der Bismarckstraße zeigt die Deutsche Oper sich als Bunker, ihre aufgelösten Seitenfassaden jedoch spielen mit den Fensterrahmen Mondrian. Durch die Scheiben zeigen sich grau gestrichene Heizkörpergerippe. Die Platanen und Pappeln vor dem Fenster stehen in runden und eckigen Waschbetoneinfassungen. «Unarchitektonisch» nannte ein Kritiker einst das Fehlen eines sichtbaren Eingangs in das Haus. Die nach dem Prinzip der schwebenden Last gehängten Fassadenplatten verdecken die Eingänge, die unter der Auskragung verschwinden. Vor den schlichten Glastüren, die in eine Behörde führen könnten, stehen nachmittags Plakatständer und kündigen neben den ins Halbrund geklebten Szenenfotos aus «Der Ring des Nibelungen» Konzerte mit Udo Jürgens und Howard Carpendale an. Die Oper hat ein Kassenhäuschen an eine Vorverkaufsagentur vermietet.

Im Kassenfoyer verbreitet die elektronische Anzeigetafel einen Hauch von Flughafen. Es kommt vor, dass ein Mann mit Hut in amerikanischem Englisch sagt, er habe seine Eintrittskarten per Internet bestellt. Die Kartenabreißer in blassblauen

Uniformen wachen an der zweiten Pforte. Mit jahrelang eingeübter, mittlerweile leicht verschlafener Freundlichkeit wünschen sie Guten Abend.

Nicht wenigen Besuchern, die in das kahle Garderobenfoyer treten, fehlen schon hier rote Teppiche, der Stuck, goldgerahmte Spiegel und all die anderen Dinge, mit denen man in den sechziger Jahren nichts mehr zu tun haben wollte. Feierliches Operngefühl ist in diesem Haus, das merkt der Besucher nach dem Aufstieg über eine der offen schwebenden Treppen, eine überall teppichbodengedämpfte Angelegenheit. Anderswo hängen die Besetzungszettel in verschraubten Messingrahmen, hier, wie der Essensplan in einer Kantine, in einem schlichten Plexiglashalter. Größe durch Bescheidenheit gelte auch innen, sagen die Verteidiger des Hauses und lehnen sich an eine der heute zartgelb gestrichenen Sichtbetonsäulen. Die Deutsche Oper ist schmucklos, ein Haus, dessen leere Strenge jedem, der es betritt, immer wieder sagt, dass nach dem Krieg eben alles anders ist, als es vor dem Krieg vielleicht war. Kinder und größer gewordene Kinder, die das nicht mehr hören wollen, weil sie schon ihre Schulzeit im sanitären Charme reformierter Oberstufenzentren verbringen mussten, bevorzugen die Lindenoper, schwärmen vom Palais Garnier und der wiederaufgebauten Wiener Staatsoper.

Nicht nur an den Typus neu und schnell gebauter westdeutscher Nachkriegsschulen darf der Besucher sich erinnert fühlen. Im Zuschauerraum, der nach seinem Architekten Fritz Bornemann «nur ein Halt für die zusammengehörende Theatergemeinde» sein soll, kann man auch an den einen oder anderen Hörsaal denken. In der Deutschen Oper sieht man von jedem Platz. Nichts lenkt vom Spiel auf der Bühne ab, keine Ausschmückung, kein Gekröse, kein Geschwür. Glatt und schnörkellos zu sein, ist diesem Raum Tugend. Die Deutsche

Oper ist eine demokratische Oper, hier haben selbst die Logen, die eigentlich keine Logen, sondern Balkone sind, Klappsessel. Es gibt keine Fauteuils wie in Wien, die man – und damit sich selbst – ein Stück zurückziehen könnte. Hier gibt es keine Möglichkeit, sich mehr mit seinem Konfekt oder seiner Begleitung als mit dem Bühnengeschehen zu beschäftigen. Es gibt keine Stehplätze wie in Mailand oder Säulenplätze wie in Bayreuth. In der Deutschen Oper sitzen alle auf den gleichen Polstern; auch die Bundespräsidenten, die früher gelegentlich vorbeischauten, mussten mit den grünlichen Sitzbezügen vorliebnehmen und, wenn es wärmer wurde, kleben bleiben. Wie viel die Plätze, auf denen man sitzt, gekostet haben, kann man an solchen Abenden erschnüffeln. Je teurer die Plätze, desto schwerer die Parfüme.

In der Pause liegt neben der Tasse Kaffee ein Täfelchen Schokolade und wird neben der heißen Kaffeetasse weich. An den Stehtischen kreisen die Pausengespräche um Sänger und ihre Stimmen, um Bayreuth und um die Berliner Konkurrenz. Gesprächsfetzen erklären die Handlung. Ein Mann mit Panama-Strohhut liest die Synopsis in seinem CD-Heftchen, er trägt ein Seidenhemd über der Hose, rahmengenähte Schuhe und hält eine Einkaufstüte in der Hand. Eine Frau mit zusammengesteckten Haaren blättert durch die Rowohlt-Monografie über den Komponisten des Abends. Komponisten haben ihr Stammpublikum. Man trifft sich immer wieder, grüßt sich oder übersieht sich. An Abenden mit Strauss oder Wagner zeigen sich mehr männliche Paare in engen Lederhosen. Paare schauen auf andere Paare, Einzelgänger schauen von der Galerie auf die Köpfe, die zwischen den japanischen Ballonlampen Canapés essen oder rauchen.

Fremde bewundern die Heterogenität des Publikums.

In Paris sei die Uniformität viel größer, sagt eine Französin, hier dagegen sei alles «sehr, sehr sechziger Jahre, sehr, sehr modern». Und «modern» klingt, so gesagt, auf einmal auch nur wie irgendeine Epoche, so entfernt und historisch wie «barock» oder «gotisch». Sie selbst trägt eine rosafarbene Lacktasche zum schwarzen Kleid und lacht über Brigitte-Mira-Typen, die grüne Kleider mit Teppichfransen tragen – eine andere Idee von Abendkleidung. Sie wundert sich über gelbe T-Shirts über dem Hosenbund und orangefarbene Jacketts.

«Wir sind schon zum zweiten Mal hier», singsangt ein Herr mit Notenschlüsselkrawatte und gibt sich als Rheinländer zu erkennen. Seine Frau isst Eiskonfekt.

Wie eine stillgelegte Deutsche Oper aussehen würde, zeigt der geschlossene Kiosk, die kleine architektonische Schwester der Deutschen Oper, die auf der Mittelinsel der Richard-Wagner-Straße steht. Unter dem letzten noch nicht demontierten Leuchtkasten, «Täglich frische Schrippen», sind die Fenster von innen mit vergilbten Zeitungsseiten verklebt. Die Außenwände sind mit Plakaten zugekleistert. Als er noch geöffnet war, hatte der Kiosk Zulauf vom Opernpublikum. Hinter dem Verkaufsraum führen unter einer Überdachung, die mit dem U-Bahn-Ausgang an der Krumme Straße korrespondiert, zwei schmale Treppen in die Unterwelt einer nun ebenfalls geschlossenen öffentlichen Bedürfnisanstalt hinab.

In der Spielzeit 1979/80, als die Gegend noch neuer gewirkt haben muss und die Deutsche Oper das einzige Opernhaus West-Berlins war, spielte man hier den «Untergang der Titanic» von Wilhelm Dieter Siebert. Das Stück begann auf dem Bürgersteig mit einer Champagnerflasche, die wie bei einer Schiffstaufe gegen die Waschbetonwand geschleudert wurde und, ich war dabei, zerbrach. Wurde damals der Untergang geprobt?

1999

PS: Deutsche Oper an der Bismarckstraße, geliebter Waschbetonpalast, du siehst aus wie immer. Wurde renoviert? Innen neu gestrichen? Ja, es kommt mir so vor – ist aber vielleicht schon wieder Jahre her. Auf den billigen Plätzen oben im zweiten Rang ist die Lüftung noch immer laut. Spielt das Orchester sehr leise, ist ihr Rauschen zu hören.

Ein neuer «Parsifal» wird aufgeführt, eine Pappmaché-Felsenlandschaft füllt die Bühne, und ich muss lachen, leise in mich hinein, für meine Modelleisenbahn und die Häuser der Western-Stadt hätte ich mir solche Pappfelsen gewünscht. Der neue Star Klaus Florian Vogt singt den reinen Toren, er singt ihn sehr gut.

An diesem Abend, so ein Zufall, besucht auch die mächtigste Frau des Planeten die Deutsche Oper. Von ihren jugendlichen Personenschützern umgeben sitzt Angela Merkel während der ersten Pause an einer vor dem Ostfenster errichteten Tafel und speist. An ihrem Tisch und um sie herum, das fällt auf, nur Männer, die Bundeskanzlerin ist die Gralskönigin – und wie es aussieht, eine ohne Wunde.

Der helle Teppichboden liegt noch immer im Haus, es gibt Schlangen an den Buffets, die ganze Pause hindurch. Kein Herva mit Mosel mehr im Angebot, stattdessen Bionade. Ich trinke Kaffee, dann Weißwein, und esse, Rückfall in die Kindheit, ein Snickers.

In der zweiten Pause komme ich mit zwei mallorquinischen Damen ins Gespräch, ihnen gefällt die Inszenierung in der Pappmaché-Felsenlandschaft nicht, sie freuen sich jedoch über die drei Opernhäuser Berlins und beklagen, dass ihre Inselhauptstadt Palma nicht ein einziges habe. Sie kommen gerne in die Deutsche Oper.

Fritz Bornemann, Sie waren ein Genie!

2013

Der Minister ohne Mantel

Der Minister kommt ohne Mantel, er schwebt über den roten Teppich ein. Jürgen Trittin beherrscht die Bewegung seiner Arme, er schreitet, «ich bin da», sagt jeder seiner Schritte Richtung Berlinale Palast.

«Wie schön, dass Sie da sind», sagt die blonde Kartenabreißerin, «wir haben schon gewettet, dass Sie heute wiederkommen.»

Jürgen Trittin lächelt und gleitet weiter.

Johnny Hallyday, der eigentliche Star des Nachmittags, schleppt sich mit weiblicher Entourage kurz hinter dem Minister die Treppe hinauf. In «Love Me» von Laetitia Masson spielt Johnny Hallyday die männliche Hauptrolle neben der großartigen Sandrine Kiberlain. Im Grunde aber verkörpert Hallyday seine Rolle bloß: Gealterter Rockstar gibt gealterten Rockstar.

Der Bundesminister zeigt heute Nachmittag mehr Wandlungsfähigkeit, er gibt den Kinogeher. Im Saal wählt er eine der hinteren Reihen. Einmal im Sessel zieht er eine Minitafel Milka-Schokolade aus der Jacketttasche, öffnet sie und steckt sie sich in den Mund. Jedes Mal, wenn jemand an seinen Knien vorbei zu einem freien Platz möchte, erhebt der Gentleman-Minister sich aus seinem Sessel, bleibt ein oder zwei Augenblicke länger als nötig sehr aufrecht stehen und schaut wie ein Kapitän von der Brücke seines Schiffes über die Menge im Saal. Wieder im Sessel spielt der Minister mit seinem Mobiltelefon und sagt, Herr Fischer und Frau Fischer hätten versucht, ihn zu erreichen – zur selben Zeit findet im Bundestag eine aktuelle Stunde zur Windkraft statt. Johnny Hallyday kommt kurz auf die Bühne des Berlinale Palastes und muss, noch bevor der Film anfängt, wieder zurück nach Paris; Jürgen Trittin bleibt sitzen, er lehnt sich zurück. In seiner Hosentasche findet sich eine Packung Fisherman's Friend, er nimmt eine Pastille und bietet auch dem neben ihm sitzenden Schriftsteller eine an.

Nach dem Abspann meint der Minister, der Film verletze eine von Hitchcocks Grundregeln, die da laute, der Zuschauer müsse immer ein wenig mehr als die Figuren auf der Leinwand wissen. In «Love me» wüssten weder die Filmfiguren noch die Zuschauer, was und warum etwas auf welcher Wirklichkeitsebene passiere. Erst gegen Ende werde deutlich, dass es sich bei der Handlung um Traumzustände unter Einfluss einer Psychoanalyse handle. Dem Film fehle ein MacGuffin, «er hat keinen Bogen und erzählt keine Geschichte», sagt der Minister, der sich von einem Politiker, der sich wie ein Schauspieler bewegt, in einen Filmkritiker, der Truffaut gelesen hat, verwandelt: In dem Film stecke zu viel aufgesetzte Tiefe, er bleibe in seinem mit weit ausholender Geste unternommenen Kunstwollen stecken. Und langweile dabei, denn nicht in jeder der über hundert Minuten könne Sandrine Kiberlain allein den Film retten. Auch der Reiz der popkulturellen Mystifizierung – die Traumebene spielt im Elvis-Dunstkreis von Memphis, Tennessee – lasse auf Dauer nach, «dem Film gelingt nicht, was Jim Jarmusch in ‹Mystery Train› aus dieser Stadt gemacht hat», sagt der Cineast Trittin. Der Dokumentarfilm über die Sex Pistols, «The Filth and the Fury», habe ihm bisher am besten gefallen, meint der Minister, nun auf dem Weg zum Weinhaus Huth.

Bei Tchibo lässt er sich Schoko-Muffins kaufen, er selbst bleibt draußen auf dem Bürgersteig stehen und telefoniert. Der Wind, der anderswo Windkraftanlagen antreiben müsste, fährt ihm hier nur durchs kurz geschnittene Haar, der Bundesumweltminister hält sich auch frierend aufrecht, er ragt wie ein

Leuchtturm aus dem Passantenstrom, er trägt noch immer keinen Mantel. Wer ihn erkennt, bleibt stehen und staunt.

Dann hat der Kinogeher im Minister – es geht ihm da fast so wie Johnny Hallyday – plötzlich keine Zeit mehr, der nächste Termin drängt: Im Berlinale Palast beginnt «Die Stille nach dem Schuss» von Volker Schlöndorff.

Wieder ein Auftritt auf dem roten Teppich, das Mädchen am Einlass sagt: «Wir dachten uns, dass Sie noch einmal kommen.»

2000

PS: Jürgen Trittin blieb bis 2005 Bundesminister für Umwelt, Naturschutz und Reaktorsicherheit – und hatte anschließend vielleicht noch mehr Zeit fürs Kino.

Haarschaum, kniehoch

Wolfgang Joop hat zur Eröffnung seines JOOP! Stores in Potsdam geladen. Die Hälfte aller Besucher ist mit Fotoapparaten gekommen.

Die hellblonde Frau mit dem ZDF-Mikrofon in der Hand fragt die Geschäftsführerin im langen schwarzen Kleid nach den «Berühmten» und sagt dann: «Warten wir mal.» Die Gäste lehnen sich an Vitrinen, in denen Seidentücher liegen, und fragen einander: «Ist Tatjana schon da?» – «Sind Sie berühmt?» – «Nein, wieso?» – «Sie lächeln so.» Ein sehr junges Mädchen mit langem, blondem Haar wandelt in einem flauschigen Norwegerpulli durch den Raum, die Frau am Empfang sagt, sie spiele in «Gute Zeiten, schlechte Zeiten» mit, ihren Namen liest sie von einer Autogrammkarte ab, die sie aus ihrer Gesäßtasche zieht. Eine ältere Dame trägt einen schwarzen Hut, neben ihr steht ein Hals mit sechsreihiger Perlenkette. «Ich trinke so selten und so wenig, da darf ich ja mal», sagt eine andere Stimme, die Mädchen mit den Tabletts kommen kaum mehr durch das Gedränge. Ein Mann mit Seitenscheitel im schwarzen Haar hat die Enden eines weißen, mehrfach um den Hals geschlungenen Seidenschals in seinen gleichfalls schwarzen Pullover gesteckt. Die größte blau getönte Brille der siebziger Jahre geht durch den Raum, der hier in Frisuren verbaute Haarschaum müsste den Boden einen halben Meter hoch bedecken. Auf einer kleinen Handtasche steht sehr groß und sehr lesbar: «Lola», Lola kann im Gedränge nicht rennen. Sie kommt mit einem Cowboy, der unter seinem schwarzen Stetson aus Filz eine mintfarbene Skijacke trägt. «Ich bin ganz spontan gekommen», sagt eine Stimme hinter der Vitrine, zuhörende Gesichter sind gut gespachtelt, auch die sowjetische Schminkschule ist vertreten. «Schade, dass Moni nicht gekommen ist», sagt eine Frau in sehr kurzem Rock, im Hintergrund hüten kahl rasierte junge Männer Waren und Vitrinen. «Wir sind alle Potsdamer, wir sind hier groß geworden», sagt eine ältere Frau, ihre Begleiterin sagt: «Ich bin die Vermieterin.» Parfüme vermischen sich zu einer einzigen Wohlgeruchswolke, in der Originale aus alter Zeit auftauchen: ein altrosa Übergangsmantel über blau-grünem Kostüm, ein Vollbart in Wildlederjacke. Ein weiblicher Kurzhaarschnitt trägt einen Fotoapparat von Revue, die Frau daneben toupierte Haare, die dann doch über einen Korsettmantel fallen. Der Vollbart sagt: «Für Potsdam ist das eine ganz, ganz tolle Sache», und Potsdamer Mütter stellen ihre dressierten Söhne vor, die Deckenscheinwerfer leuchten alle an. Die Vermieterin sagt: «Jetzt fehlen nur noch fünf, sechs andere Designer in der Straße.» Alle warten auf Wolfgang. Cowboy Sailor mischt sich in die Menge, ein Baby ist gekommen, Papa hebt die leere Wiege über die Köpfe hinweg. Der Meister kommt um achtzehn Uhr achtundvierzig, die Fotografen entfachen ein Auslösergewitter. Einer von ihnen klettert auf den Tisch. Joop trägt ein großes glitzerndes Kreuz im offen stehenden Polohemd, der hochgeklappte Polohemdkragen ragt im Nacken über den Kragen des Nadelstreifenjacketts. «Ein kleiner, absichtlich eingefügter Fehler, wie ihn sich nur ganz große Meister erlauben können», sagt eine Französin. Joop sagt: «Es ist mir eine große Freude», und sieht plötzlich ein bisschen wie Billy Idol aus. Seinem gewaltigen Grinsen kann man nur mit einem Grinsen antworten, Grinsen füllt den Raum und macht ihn noch viel heller. Joop ist ein Strahlemann, die Gesichtsfarbe nur einen Hauch zu gesund, um ganz seriös zu wirken. Das aufgeregte Publikum giert nach Aufmerksamkeit, bei Geschenkübergabe bitten alle um ein Privatlächeln. Die Fernsehkamera bekommt das größte. Eine Frau, die jemand für Frau Stolpe hält, überreicht das Buch «Potsdamer Leben», Joop sagt durchs Mikrofon: «Ihr könnt mich kaufen, die Sachen müssen raus.» Das Baby fängt an zu weinen, die Lokalpolitiker recken sich: «Hallo, Kamera, auch ich, bitte, bitte, auch ich will, bitte, ins Bild.» Grau melierte Männer fangen an zu drängeln, die mit den kleinen Brillanten im Ohr halten sich im Hintergrund. Langstreckenlächler Joop hält durch und grinst immer weiter, alle wollen ihr Stück von diesem Honigkuchen. «Einen Besseren hätte die Hamburger FDP nie finden können», sagt eine Stimme im Gedränge, immer wieder gibt es Blumen zur Geschäftseröffnung. Mancher Strauß, wir haben Allerheiligen, erinnert an ein Grabgebinde. Die blonde Frau im kurzen Schwarzen sagt: «Det is 'n Gerammel hier», das Baby wird hinausgetragen. Das lange schwarze Kleid der dunkelhaarigen Geschäftsführerin öffnet sich über der Schulter, der Mann vom Radio fragt eine große Blonde vom Privatfernsehen, ob sie schon eine Umkleidekabine gefunden habe. Der Blondinenanteil liegt bei fünfundsechzig Prozent, dunkel geschminkte Lippen überwiegen. Die Französin, die auf einmal ein wenig sächselt, beschwert sich über den sauren Rotwein, ein ehrlicher Landwein wäre ihr lieber. Die Canapés sind zu groß und fallen beim Abbeißen auseinander. «Die wahre Unkultur», sagt die Französin, «zeigt sich am Senf auf dem Lachs, mit Senf schmeckte auch Lachs nach Bockwurst.» Dann schaut sie in die Runde, sieht eine Sternenbannerkrawatte und die Frau mit der Revue-Kamera und fragt: «Wer soll hier eigentlich kaufen?»

1999

PS: An dem Tag im November 1999, an dem dieser Text in den Berliner Seiten der Frankfurter Allgemeinen Zeitung erschien, empfing ich in der Redaktion ein handgeschriebenes Fax, ich las: «Lieber David Wagner, habe mich köstlich amüsiert! Ihr Wolfgang Joop»

Sechzehn Monate später wurde der JOOP! Store in Potsdam – aus, wie es hieß, «technischen Gründen» – wieder geschlossen.

2013

Kuchen im Aquarium

Über der großen Fensterscheibe leuchtet nur der blau-türkise Buchstabe, der dem Café den Namen gibt. Auf den ersten Blick hat das Café M nichts Besonderes. Man könnte auch vorübergehen. Drei Stufen führen hinauf, die halbrunde Kuchentheke bewacht die Tür. Die Theke schmückt ein Blumenstrauß, manchmal steht nur eine einzelne Rose im Wasserglas. Unter dem Apfel- oder Heidelbeerkuchen kühlt sich das tschechische Flaschenbier.

An den kleinen runden Kunststofftischen sitzen Zeitungsleser und Mütter, die Silberstecker im Lippenband, Augenbrauenringe und ihre Kinder tragen. Die Tische stehen in einer Reihe vor dem Fenster und über Eck an der Wand entlang, alles ist pflegeleicht und abwischbar, die Einrichtung ist ein bisschen Kinderzimmer geblieben. Der Raum ist klein genug, um fast immer voll zu sein. Langhaarige lesen abends Bücher, andere, die sich für wichtig halten, lassen sich anrufen und legen ihre Kalender, Notizen und zukünftigen Drehbücher auf den roten Tischen ab. Jeans-, Lederjacken- und Anzughosenträger unterhalten sich.

Eine blonde Frau sitzt an der Wand, ihr blauer Einteiler passt zu den Augen ihres Begleiters. An ihrer Zigarette hängen eine schmale Hand und ein langer Arm, sie raucht, als wäre das Café ein Saal ihres Schlosses. Sie können sich anschweigen oder einander die ganze Welt erzählen, zum Beispiel die Geschichte von dem Bekannten, der sagte, er gehe seit zehn Jahren ins Café M und habe dort nie jemanden kennengelernt. Kurz vor seiner Hochzeit aber habe er eine erste Begegnung, wie sie seinerzeit im M hätte ablaufen müssen, mit seiner Freundin nachgestellt. Er habe sich zu ihr an den Tisch gesetzt, sie habe ihm den Gefallen getan und ihm die ersten Augenblicke noch einmal vorgespielt.

Wie um zu beweisen, dass sie früher dabei gewesen sind, nennen ältere Menschen das M «Café Mitropa» und erklären, dass das M zu Mauerzeiten, lange vor aller Ostalgie, so hieß. Wenn sie im Weiteren nicht erzählen, dass die Verwendung dieses Namens durch die damalige Speisewagengesellschaft der Reichsbahn verboten wurde, folgen für gewöhnlich Sätze über mythische Hausbesetzerzeiten und Straßenschlachten am Winterfeldtplatz. Das M war einmal ein Besetzercafé, die kahlen Wände haben die immer wiedergekäuten Geschichten oft gehört. Vom ursprünglichen Namen blieb nur der erste Buchstabe, in dem gesummt viel mehr mitklingt als in dem technisch-traurigen Dreisilber Mitropa, mit M fangen Wörter wie möglicherweise, manchmal, Marmorkuchen und Mauerzeit an. Mmh ist der Laut für den Moment, in dem man nicht mehr weiterweiß, stimmhafter und in höherer Tonlage wird Mhmm zum Laut des Wohlbefindens.

Bei einem Besuch des Café M geht es darum, einmal zwischen Wand und Bar hindurch bis kurz vor das Münztelefon zu gehen, gesehen zu werden, selbst zu sehen, zu wenden und zurückzukommen. Und schließlich einen Platz zu finden. Man darf zeigen, dass man allein sein kann, einigen Gesichtern geht es darum, melancholisch-tiefgründig auszusehen. Oder zumindest so, wie von Edward Hopper gemalt. Deshalb ist leicht erkennbar, wer vom Café M im Reiseführer gelesen hat, nur lange Übung überwindet Laufstegunsicherheiten. Zehlendorfer Elternkinder, mit Mamis Auto auf abendlicher Ausfahrt unterwegs, wissen Bescheid. Man muss sich selbst bedienen, kein Getränk wird gebracht. Die Wartezeit an der Theke ermöglicht denen auf den Plätzen an der Wand die gründliche Inspektion. Es geht auch darum, die Blicke im Rücken auszuhalten. Man kann einen Abend lang darauf achten, wie welche Hosen getragen werden, vielleicht steht M auch für Mode oder abgewetzte Melancholie. Man kann dazu zwei oder drei Schlucke gerührte oder geschüttelte Fröhlichkeit trinken und plötzlich betrunken sein. Vielleicht wird einen Augenblick zuvor noch erklärt, warum, wer ins M geht, nie im Leben ins Café Lux nebenan gehen kann. Jede Kultur hat ihre eigenen, nicht immer einleuchtenden Regeln. Wer nicht trinkt, trinkt Afri-Cola oder Orangina und denkt sich ein eigenes Frankreich dazu. Die kleinen Schwimmbadkacheln im schmalen Durchgang sind von vielen Sohlen abgelaufen, die gelb- und dunkelrot-quadratischen Farbpunkte leuchten abgetreten-weiß in das karibische Unterwasserlicht des einen Neonbuchstabens. Die Brasilianerin hinter der Theke hat geflochtene Zöpfe und lacht, eine Dunkelhaarige mit dünnen Lippen tanzt vor der Kaffeemaschine. Brauner Rohrzucker steht auf der Kaffeemühle, über der Bar dreht sich ein Ventilator. Das M ist ein Musik- und Rauchaquarium, ein Schwimmer- und Nichtschwimmerbecken. Kleine und größere Fische schauen durch die Scheibe; wenn sie wollten, könnten sie die Uhrzeit auf dem Turm von St. Matthias am Winterfeldtplatz erkennen. Kerzen, wie sie in Kirchen vor Seitenaltären brennen, flackern auf den Tischen, rote Friedhofslichter zwischen den Flaschen im Regal. Böse Stimmen sagen, die matten Lichtpickel dürften nur gedämpft von der Decke leuchten, damit Schummrigkeit sich über die verlebten Besuchergesichter lege. Ab und an werden tiefgefrorene Mienen von einem wandernden Reflexpunkt der blau angestrahlten Discokugel getroffen. Kurz vor Mitternacht kommt es vor, dass alle Zwischenräume schwinden, das voll besetzte M wird ein Schwarm, der Schwarm formt einen neuen Körper – dann ist der Zustand M erreicht.

Möglicherweise ist das Besondere am Café M, dass es nichts Besonderes gibt. Es gibt keine Bilder an den Wänden, und die Wände sind nicht möchtegern-italienisch gelborange gewischt. Sonnabends sind die Blumen in der Vase frisch, es werden Geschichten und Liebesgeschichten, zur Not nur ausgedacht, erzählt. Die Freundin eines stadtbekannten DJs verteilt Flyer für eine Tanzveranstaltung, der DJ selbst trägt ein japanisches T-Shirt mit der Abbildung einer automatischen Pistole und lässt sich fragen, was die Zeichen wohl bedeuten. Am Ende haben sich alle im M abgesessenen Stunden eingeprägt, das Flechtwerk der Stahlrohrstühle schreibt sie durch den Hosenstoff in die Haut. Im M lässt sich warten, die Spiele der achtziger Jahre, sie heißen «Warten auf» oder «Warten, dass», werden weitergespielt. Dass draußen vielleicht ganz viel passiert, muss man nicht bemerken.

1998

PS: Es riecht anders, und die Frau hinter dem Tresen muss jünger sein als das Café, das 1979 eröffnete – und dann, so wird es erzählt, zehn große Jahre hatte. Mit Blixa Bargeld, Nick Cave und all den anderen, die hier tranken und rauchten und immer wie die Darsteller eines langen West-Berlin-Films wirkten.

Die neue, große, aus eckigen Metallkisten gebaute Lüftungsanlage stört unter der Decke. Die Gartenstühle sind noch da, Gartenstühle mit Wäscheleinensitzfläche in Schwarz und Rot, sie stehen auf den vertrauten kleinen Bodenkacheln. An der Wand hängen heute großkopierte, ungerahmte Farbfotografien. Sie zeigen lachende Frauen, Kinder und junge Männer, wahrscheinlich in China.

Es riecht nach Croque Monsieur, merke ich nun, nach gegrilltem Sandwichtoast. Früher stand der nicht auf der Karte. Gibt es deshalb die Lüftung?

Sechs von sechzehn Gästen schauen auf Notebooks, vier der

sechs Notebooks sind MacBooks. Eine Person, es muss ein Snob sein, liest in einem echten Buch, einem Buch aus Papier. Alt sieht es aus, vielleicht stammt es aus einem der Antiquariate, die sich in der Gegend halten. Zwei weitere Gäste tippen auf den Displays ihrer Telefone herum. Angenehm dunkel ist es im Raum, fast düster.

Lana Del Rey singt, und ich schaue von der Bar durchs Fenster auf den Bürgersteig, draußen geht meine Zahnärztin vorbei. Und ich denke: Sieh an, ich kenne noch Menschen, die in Schöneberg wohnen.

Das große Fenster besteht nicht mehr aus der einen großen Scheibe, das M ist kein Aquarium mehr. Ein Falt-Schiebefenster mit senkrechten Sprossen wurde eingebaut, der Raum lässt sich jetzt im Sommer zur Straße öffnen – die Sprossen stören allerdings die Sicht, sie machen aus dem Fenster ein Triptychon.

Neben mir an der Bar sitzt ein älterer Mann in weißen Jeans. Er sieht aus, als hätte er immer weiße Jeans getragen, jeden Tag seit 1981. Er trinkt ein Weizenbier. Die Tresenkraft heißt Dominique und fragt nach, ob es noch etwas sein dürfe, hier muss niemand mehr um Bedienung betteln. Wieder zieht Croque-Monsieur-Duft durch den Raum, diesmal muss ein Toast angebrannt sein. Es gibt kein Mitropa-Geschirr mehr, ich trinke meinen Kaffee aus einer normalhässlichen Tasse. Es scheint auch keine Milchkaffeeschalen mehr zu geben, ihre Zeit ist vorbei, sie hatten ihr Jahrzehnt.

Was könnten die Wände erzählen? Wen haben sie hier sitzen sehen? Was haben sie belauscht? Wie oft habe ich hier gesessen? Mit wem? Wie viel Vergangenheit sammelt sich an in einer Stadt im Laufe eines Lebens?

«Happy Hour», wie traurig, nun auch im Mitropa, von zwanzig bis zweiundzwanzig Uhr: Longdrinks vier Euro zwanzig, Cocktails fünf Euro. Ich bestelle einen Gin Tonic und nippe daran, die Discokugel über den neuen, hässlichen, schwarzen Sesseln im hinteren Bereich des Raums dreht sich nicht. Bernd Cailloux, der in «Gutgeschriebene Verluste» so schön von den frühen Jahren des M erzählt, sitzt nicht dort. Und hat im M wohl auch kein Stroboskop installiert.

Ein kleiner Blumenstrauß, es ist ein Sparblumenstrauß, steht in einer für ihn viel zu großen Vase auf der Kuchenvitrine. Neben ihm vertrocknen die Croissants von heute Morgen unter einer Plexiglastortenhaube. Und jetzt erst bemerke ich die unter dem Tresen versteckte blaue Leuchtstoffröhre, aus ihr strömt das kalte Licht der achtziger Jahre. Hier strahlt es noch, mit letztem Schimmer.

2013

Es gilt das gesprochene Wort

An einer der hässlichsten Kreuzungen des Westens liegt die Berliner Institution, die nach der Muse der Astronomie Urania heißt. Das verspiegelte Haus an der Kleiststraße ist Veranstaltungsort der Vortrags- und Wissenschaftsgesellschaft Urania Berlin, die Vorträge des Tages kündigen sich außen in roter Leuchtschrift an, die Türen zur «großzügigen Garderobenablage» öffnen sich automatisch. Der fensterlose Humboldt-Saal hat über neunhundert «bequeme und geschmackvolle Polsterstühle», wie es kurz nach der Fertigstellung hieß, dennoch bringt der ein oder andere ältere Gast ein zusätzliches Sitzkissen mit. Die ältesten Besucher ziehen sich am Treppengeländer die Stufen hinauf.

Vor der Fensterfront hängen japanische Ballonlampen, die West-Berliner aus der Deutschen Oper kennen. Die Urania ist ein Planet für sich, seine Atmosphäre die der sechziger Jahre. Seit der Einweihung des damals unverspiegelten Neubaus im Jahre 1962 hat sich innen nicht viel verändert.

Oft verraten die Plastiktüten, die über den strapazierten Teppichboden getragen werden, für welchen Vortrag der Besucher kommt. Nicht alle halten sich an die im Programmheft fett gedruckte Aufforderung: «Die Garderobe ist im Foyer abzugeben!» Kurz vor Beginn des Vortrags ertönt ein Gong, der in die Schulzeit zurückversetzen kann. An der Saaltür kontrolliert eine dunkelhaarige Studentin die Eintrittskarten, sie bewegt sich, als wollte sie lieber tanzen.

Heißt ein Vortrag «Die Königsstädte Polens», ähnelt das Publikum den älteren Semestern, die lange nach Überschreiten der ersten Lebenshälfte anfangen, Kunstgeschichte zu studieren, Lodenmäntel und Perlenketten treten auf. Ältere Herren werden in größeren Gruppen gesehen, wenn Fragen wie «Die Selbstversenkung der wilhelminischen Flotte – was geschah wirklich in Scapa Flow?» behandelt werden. Jüngeres Publikum wartet auf den Vortrag «Wie finde ich den Job, der zu mir passt?», Schüler und Arbeitslose bekommen Ermäßigung. Fast alle haben Ringbuch oder Spiralblock mitgebracht.

Eine Mutter hat ihren etwa sechsjährigen Sohn dabei und sagt: «Sei bitte leise, die Frau erzählt, wie ich wieder Arbeit finden kann.»

«Was würden Sie sein wollen, wenn die Berufsfee bei Ihnen vorbeikäme», fragt die Dozentin.

Antworten aus dem Publikum lauten: «Sängerin spiritueller Folklore», oder: «Steffi Graf im Ruhestand.»

Von innen wirkt der getäfelte Altbausaal, der hinter dem Neubau stehen geblieben ist, wie ein gut gepolsterter Sarg. Schüler, denen anzumerken ist, dass ihre Eltern sie geschickt haben, bekritzeln ihre Collegeblöcke, trinken Volvic und lassen Haribo-Tüten kreisen.

Der kleine Junge fragt: «Mama, was krieg ich, wenn ich mich gut benommen habe?»

Vor, zwischen und nach den Vorträgen ist die «schöne, lichtdurchflutete Cafeteria», in der sonntagvormittags philosophiert wird, «einladender Treffpunkt». Nachmittags stehen Tortenstückchen auf Tellerchen bereit. Zwischen den verspiegelten Regalen sind die Angebote in schwarzer Pinselhandschrift auf die helle Maserung der Holzpaneele gemalt – wie in einem Schwimmbadkiosk. Hinter den Flaschen und Gläsern spiegeln sich die kahlen Äste der Platanen, die auf der Stadtglatze neben der autogerecht verbreiterten Straße stehen, die Straße heißt passenderweise An der Urania.

«Ach, helfen Sie mir doch mal, ich habe keine Kraft mehr in den Fingern», sagt eine ältere Dame, die vergeblich versucht, den Süßstoffspender zu drücken. Zwei andere, vermutlich ebenfalls aus Außenbezirken angereiste Damen trinken Tee.

Wer durch das Programmheft blättert, bemerkt, die Urania hegt und pflegt die Liebe zum Tier. «Den Vortrag ‹Muss Ihr Hund zum Psychiater?› habe ich leider verpasst», sagt die Frau, die weitschweifig aus dem Leben ihres Pudels erzählt. Über die Ankündigung «Blasenschwäche – das verschwiegene Leiden» liest sie leise hinweg. Die Urania fliegt in manchen Wochen von polnischen Königsstädten zur Verbotenen Stadt in Peking und zurück in die Heimatkunde zum Vortrag «Reinickendorf – vom Mittelalter bis heute».

«Wissenschaft für alle» steht auf einem Plakat an der Fassade, drinnen funktioniert die Vermittlung nach dem Prinzip der Sendung mit der Maus: Eigentlich ist fast alles interessant – aber bitte nicht zu kompliziert. Schon in einer Festschrift zum fünfundzwanzigsten Geburtstag der Urania im Jahr 1913 (!) heißt es, dass «wir hinsichtlich unserer Darbietungen in diesem Theater den Gesichtspunkt der Belehrung nicht immer ausschließlich in den Vordergrund stellen konnten, sondern dem Umstand Rechnung tragen mussten, dass der tagsüber vielseitig beschäftigte Berliner in den Abendstunden der Erholung nachgeht, d.h. angenehm unterhalten oder in bestem Falle sozusagen spielend über naturwissenschaftliche Dinge unterrichtet zu werden wünscht». Heute will der tagsüber mehr oder weniger vielseitig beschäftigte Berliner Polstersesselreisen unternehmen, will wissen, ob sein Hund zum Psychiater muss und wie man mit wenig Geld möglichst gut leben kann. «Weniger ausgeben, besser leben – wie geht das?» heißt der Vortrag, der wegen der großen Nachfrage zum fünften Mal angeboten wird.

Die Urania – ein eingetragener Verein, der seine Kulturarbeit aus eigener Kraft und ohne öffentliche Finanzierung leistet – ist oft Bühne für anderswo abgehalftert wirkende Gestalten. Vor Kurzem stellte Oskar Lafontaine ein neues Buch von Horst Eberhard Richter vor. Erich von Däniken füllt alle Jahre wieder den Saal.

Auf körperliche Höhepunkte setzen die Vorträge «Gelassener und effektiver werden – auf die Signale des Körpers hören», «Wenn mein Partner fremdgeht ...» und «Der eigene Tod – philosophisch gesehen». Ein Herz für Tiere zeigt sich bei «Haben Tiere Gefühle und Bewusstsein?» und der passenden Fortsetzung: «Die chinesische Mentalität und Esskultur: Hunde im Topf und Schlangen auf dem Grill». Zuletzt spricht Dr. Dr. Eugen Drewermann zum Thema. Er verrät uns, «Was wir von den Tieren lernen können».

2000

PS: Diesen Text habe ich ein einziges Mal vorgelesen, im November 2012, in der Urania.

Vor der Veranstaltung saß ich in der Cafeteria, die ich relativ unverändert, vielleicht sogar völlig unverändert vorfand, trank einen Kaffee und hörte eine allein sitzende ältere Dame ziemlich laut von der Alpenfestung, einem toten Bruder, vom Führergold, Schweizer Banken und einem Schäferhund fabulieren. Unzusammenhängend, aber äußerst faszinierend palaverte sie vor sich hin, erzählte von ihrer Familie und kam immer wieder auf die Tresore der Schweizer Banken und das Führergold zurück – bis eine andere ältere Dame sie bat, bitte nicht so zu krakeelen, sie wolle lesen. Wovon die erste ältere Dame sich nicht beeindrucken ließ, sie sprach weiter, kaum weniger laut, vor sich hin, von Albert Speer in Spandau und einem toten Bruder.

2012

Wie das Kranzler war

Das Café Kranzler heißt jetzt Gerry Weber. Wo es früher Kaffee, Kuchen und Torten gab, liegen heute Blusen und Pullover in Puppenrosa, Flieder und Brombeer. Raumteiler versperren im ersten Stock die Aussicht auf den Ku'damm, und in der Ecke vor dem Fenster steht ein Spiegel. Melancholie auf den Gesichtern der einkaufenden Frauen, vom Café Kranzler ist nur eine Bar in der Rotunde auf dem Dach geblieben.

In den Ritualen der Berlin-Beschwörung hatte das Café Kranzler seinen festen Platz. Vom einstigen «Reichsarchitekten der Hitlerjugend» Hanns Dustmann von 1957 bis 1958 an der Ecke zur Joachimsthaler Straße erbaut, ist das denkmalgeschützte Gebäude heute ein Standardbeispiel für die Wiederaufbauarchitektur der fünfziger Jahre. Das Café mit dem Schreibschrift-Schriftzug war der emblematische Bau des Kurfürstendamms. Und mit seiner rot-weiß gestreiften Markise auf fast allen fehlfarbigen Ansichtskarten West-Berlins zu sehen.

In der Woche vor Schließung und Umbau führte noch eine mit Teppichboden und Spiegelfolie ausgeklebte Wendeltreppe in den ersten Stock, die Tische standen quer zu den Fenstern, vor denen immer wieder einander fremde Menschen zu kurzlebigen Tischgemeinschaften zusammenfanden. «Kranzler – eben mehr als Kaffee und Kuchen» las der Gast auf den Zuckertütchen und schaute sich, dieses Versprechen im Ohr, erwartungsvoll um. Die Saaltöchter trugen rosafarbene Polohemden und passend gerüschte Schürzchen, ein Hauch von professioneller Ruppigkeit umwehte den Service. Gästen, denen anzusehen war, dass sie nur dieses eine Mal da waren, konnte mit «Na, nach Kuchen müssense schon selber kieken» eingespielt unfreundlich begegnet werden.

Die Erinnerung macht das Kranzler jeden Tag ein wenig schöner, tatsächlich jedoch kam die Zitronensahnetorte mit zwei Zentimetern gelbem Geleetortenguss und schmeckte nach Plastik. Ihr Geschmack passte zu dem abgetretenen Teppichboden und erinnerte an die ein oder andere Kaffeepause auf einer Bundesautobahn-Raststätte. Wahrscheinlich war kein Ort in Berlin weiter entfernt von all dem, was «Neues Berlin» sein will, als das alte Kranzler, in dessen erhaltener Hülle Herr Weber heute seine Textilien verkauft. Wo jetzt Pullover liegen, standen gläserne Salzstreuer, die mit mehr Reis- als Salzkörnern gefüllt waren, und unter der Decke, über den Köpfen der Cafébesucher, hing eine Messingkonstruktion, aus der grüne Farnblätter wucherten. Das Kranzler war so gegenwartslos, dass nostalgische Stimmung aufkommen konnte. Fassbinder-Filme hätten in seiner Inneneinrichtung spielen können.

Der Cappuccino kam mit wenig Schaum und schmeckte wässrig, Besucher klappten ihre Reiseführer auf und zu, schauten aus dem Fenster und staunten. Erst staunten sie über das bunkerähnliche Ku'damm-Eck von Werner Düttmann und seine große Anzeigentafel, dann staunten sie über den Abriss dieses Gebäudes, das der Kreuzung einen Anstrich von Piccadilly Circus hatte geben sollen. Zuletzt staunten sie über das Trümmergrundstück, das plötzlich wieder eine Ahnung davon vermittelte, wie es nach dem Krieg um die Joachimsthaler Straße herum ausgesehen haben könnte.

«Hallo, Martin, ich sitze hier im Café Kranzler und trinke Kaffee», konnte eine junge Frau an einem der Fenstertische, um die gelegentlich gestritten wurde, in ihr Mobiltelefon sprechen. Ihre Mutter hielt ihre Handtasche auf dem Schoß, schaute im Saal umher und dann wieder leicht beunruhigt auf das kleine

Plexiglasschild auf dem Tisch. Auf dem Schildchen las sie die Warnung: «Bitte lassen Sie Ihr Handgepäck nicht unbeaufsichtigt.» Andere ältere Damen behielten ihre Hüte und Pelzmützchen auf, während sie Sahnetorten auf Kuchengabelgröße portioniert in ihren Mund balancierten. Manche kamen jeden Tag, viele von ihnen hatten Stammplätze, Reisegruppen aus dem Fernen Osten wurden hingegen stets weiter hinten platziert. Für die unter ihnen, die danach suchten, standen Eisbein mit Sauerkraut und Königsberger Klopse auf der Speisekarte. Auf dem Heißlufttrockner in der Herrentoilette verriet ein handgeschriebener Zettel: «Außer Betrieb», neben dem Waschbecken stand eine Dose Raumspray Flieder. Wer zu lange vor dem Spiegel stand, brachte einen Hauch Fliederimprägnierung mit ins Café zurück.

Eine Frau mit Reiseführer sagte: «Vielleicht redet die Bedienung mehr, wenn man zum zehnten Mal da war», steckte das Trinkgeld wieder ein und blieb vor der Treppe noch einen Augenblick vor der Vitrine stehen, in der sich die Kranzler-Souvenirs zeigten. Es gab da zum Beispiel einen Kranzler-Humpen und einen Kranzler-Teddy. Und zur Erinnerung daran, dass es das Kranzler auch vor dem Krieg schon gegeben hatte, hingen im Gang zur Küche alte Zeitungsausschnitte, die von der Eröffnung der Ku'damm-Filiale Anfang der dreißiger Jahre berichteten.

Heute, nach dem Umbau zum Kleiderladen, kommt der Besucher nur noch mit dem Aufzug in die Rotunde, aus der einst die legendäre Talkshow ausgestrahlt wurde, in der Wolfgang Neuss Richard von Weizsäcker über das Kiffen aufklärte.

Die Vertreter der Deutsche Immobilien Fonds AG, die im «Neuen Kranzler Eck» siebenhundert Millionen Mark investiert hat, sprechen vom «neuen, moderneren Café Kranzler», das sie «den Berlinern zur Verfügung stellen». Und von Gerry

Webers Tennishalle in Halle, Westfalen, mit der dieser sich gastronomisch qualifiziert habe. In der Rotunde, die abends zur Cocktailbar erklärt wird, gibt es weniger als siebzig Plätze. Das alte Kranzler hatte vierhundertfünfzig. Die Tasse Kaffee kostet vier Mark, Coca-Cola (0,2 l) ist für fünf, die Flasche «Gerry Weber open Sekt» für einundsechzig Mark zu haben. Hinter dem Kranzler – und aus der Rotunde überschaubar – liegt nun ein neu geschaffener «Kunst- und Event-Hof», der durch zwei von Helmut Jahn sichtbar lustlos entworfene, kegelschnittförmige Vogelkäfige zum «Volierengarten» werden soll. Verurteilt zum Flanieren streunen Passanten über die ehemalige Hoffläche. Der Investor spricht von «Durchwegungen» und «neuen Lebensräumen» im Schatten von Jahns hohem, gläsernem Riegelbau, der sich neben dem Kranzler-Flachbau mit leerer Spitze zum Ku'damm vorschiebt. Die Post, H&M, Blume 2000 und der Edelramschladen Strauss Innovation warten auf Kunden. Kommt einer, wird er von den großen weißen Überwachungskameras, die überall gut sichtbar angebracht sind, gefilmt.

Als er noch Bundeskanzler war, sagte Helmut Kohl: «Statt mir den verpackten Reichstag anzusehen, setze ich mich lieber ins Café Kranzler und schaue auf den Kurfürstendamm.» Kohl passte ins alte Kranzler, dort saß seine Generation, schob Kuchen in sich hinein und fühlte sich wohl. Kohl ist nicht mehr Kanzler, und im Kranzler wohnt jetzt Gerry Weber. Und das Ku'damm-Eck hat sich in einen Halbrundbunker verwandelt. Nur die denkmalgeschützte verglaste Aussichtskanzel über dem Eingang zur U-Bahn, aus der in den fünfziger Jahren der Verkehr geregelt werden sollte, steht noch unverändert, wie ein Hochsitz im Stadtwald, hinter den Platanen. Ein Polizist hat da schon lange nicht mehr gesessen.

2000

PS: Neu ist es schon lange nicht mehr – auf den Mülleimern im Hof steht allerdings noch immer «Neues Kranzler Eck». Die Sittiche sitzen seit über dreizehn Jahren in ihrer Riesenvoliere gefangen: Nymphensittiche, Wellensittiche, Ziegensittiche, Barrabandsittiche, Rotflügelsittiche und Halsbandsittiche sind da eingesperrt, hinzukommen Alexandersittiche, Felsensittiche, Pennantsittiche, Kragensittiche, Sonnensittiche, Chinasittiche und Königssittiche. Sittiche haben interessante Namen, unterscheiden kann ich sie leider nicht. Sie halten sich tapfer, die bunten Vögel, an diesem sonnigen Februartag bei minus vier Grad.

Ganz zu Recht ruft ein Kind: «Sind die aber süß!»

Durch den Kleiderständerwald und den Gerry-Weber-Blusendschungel geht es über Hintertreppen hinauf ins Café Kranzler, in die Rotunde, die vom alten Kranzler übrig ist. Oben angekommen wird der Gast nach seiner Bitte um Kaffee gefragt, ob er Tasse oder Kännchen möchte.

Leicht depressive Stimmung im Raum, trotz der schönen Aussicht. Nur Touristen sitzen hier, sie verraten sich durch ihre Dialekte. Sind sie vielleicht gekommen, weil ihre Großmütter vom Kranzler schwärmten, einst, anno dazumal?

Halogenleuchten strahlen aus der Decke, die rechteckig eingelassenen Lüftungsgitter sind spiralförmig angeordnet. Sieht es nicht aus wie im Frühstücksraum eines in die Jahre gekommenen Mittelklassehotels in Osnabrück? Seltsame Grünpflanzen, wasserpflanzenartig, stehen im Raum, unter ihnen dunkler Teppichboden. Ich bin in ein seltsames Stiluniversum geraten.

Im Hit-Radio singen die lange ins Rentenalter gekommenen Rolling Stones «(I Can't Get No) Satisfaction». Mein Kaffee, ich habe eine Tasse bestellt, steht auf einem grün-schwarzen Marmortisch mit Aluminiumfuß, der Barmann in weißem Hemd und schwarzer Weste sieht traurig aus.

«Wir bitten Sie, auf Ihre Garderobe selbst zu achten», sagt ein silbernes Schild mit Fünfziger-Jahre-Schrift. Ist das vielleicht vom alten Kranzler übrig? Zu bezweifeln. Diese Schilder werden noch immer hergestellt, wohl um genau dieses Gefühl des Noch-immer-Da zu erzeugen.

Der Kaffee schmeckt wie auf einer Raststätte. Aber nein – so schlimm schmeckt der Kaffee in den meisten Autobahnraststätten nicht mehr. In diesem Kranzler schmeckt der Kaffee schlimmer. Säuerlich, ein wenig wie Krankenhauskaffee.

Dieses alte neue Kranzler wäre der perfekte Ort für Depressionen – wenn die Aussicht nicht wäre. Da leuchtet der Ku'damm, da ziehen Passanten vorbei, da fließt und stockt der Verkehr. Trost liegt im Großstadtkinobild vor dem Fenster. Spatzen landen draußen auf dem Geländer, die rot-weiß gestreifte Kranzler-Markise hängt noch unter ihnen. Von der Straße aus ist auf ihr der alte Kranzler-Schriftzug in Schreibschriftkapitälchen zu lesen.

Das Café, lese ich, hat nur bis zwanzig Uhr geöffnet. Dabei könnte hier eine tolle Bar sein, hier würde ich gern trinken, mit Blick auf die Verkehrskanzel, die unbenutzt auf die Kreuzung Ku'damm und Joachimsthaler Straße schaut.

Die Kranzler-Rotunde hat viel vorbeiziehen sehen: Wiederaufbau, die Anti-Vietnamkriegs-Demonstrationen der sechziger Jahre, die Trauermärsche nach dem Tod von Benno Ohnesorg und dem Attentat auf Rudi Dutschke, die erste Loveparade, Trabbis nach dem 9. November 1989. Werner Düttmanns eckig-klotziges Ku'damm-Eck steht nicht mehr, schade, heute fände ich es sicher wunderschön. Ein ebenso oder noch viel unförmiger wirkendes, halbrund-wellenförmiges und vielfach senkrecht geripptes Gebilde hat seinen Platz eingenommen; auf einem halbrunden Vorsprung prunkt es mit drei neobarocken Grazien von Markus Lüpertz.

Das Hit-Radio spielt «One Night in Bangkok», die Zeit könnte stehen geblieben sein, irgendwann, lange her – und mir kommt es vor, als säße ich in einem Insekt, das ein anderes, älteres, von innen aufgefressen hat.

2013

Sliplampen leuchten im Kumpelnest

In der Lützowstraße, kurz vor dem damaligen Niemandsland Potsdamer Platz, am Rande West-Berlins, fand der Kunststudent Mark Ernestus im Jahr 1987 die Räume des ehemaligen Bordells Club Maîtresse. Ohne Änderungen an der Einrichtung vorzunehmen, präsentierte er die Bar wenig später unter dem Namen Kumpelnest 2000 der Hochschule der Künste als Abschlussarbeit im Fachbereich Grafikdesign und Visuelle Kommunikation.

Hinter dem Tresen standen Mitglieder der Künstlergruppe Die Tödliche Doris. Aus zwei der mahagonifurnierten Tische, die dem dauerhaften Auf-dem-Tisch-Tanzen nicht standhielten, baute Die Tödliche Doris die Skulptur «Für den kleinen Appetit». Sie bestand aus den zwei geleimten Tischen und einer Schüssel Japonaisekeksen. Barkeeper des Kumpelnests 2000, aus dem erst in der allgemeinen Inflation der Zahl 2000 das Kumpelnest 3000 wurde, servierten dem Publikum auf der documenta 8 Eierschnitten und Lachshäppchen, während Die Tödliche Doris auf einem Sofa «strumpfhosenhüpfte». Schule und Einfluss der Künstler, die auch «Sliplampen» und Stühle in Kleiderkissen erfanden, zeigen sich im Kumpelnest noch heute an den Barlampen, die – wie das von Konrad Adenauer erfundene, von innen beleuchtete Stopfei – durch ihnen übergestülpte Socken hindurchleuchten müssen.

Heute wachsen im Kumpelnest Leuchtknospen und Plastiksonnenblumenblüten vor den Flaschen, und wo an der Wand keine Spiegel kleben, wärmt Teppichboden mit Blümchen und Ranken. Wilder Wein aus Plastik schlingt sich um die Bar, den roten Samt an der Wand beleuchten Gartenschläuche, und an der Decke flackern künstliche Kerzen im Kronleuchter neben einem aufgespannten Regenschirm. Das Kumpelnest spielt mit der Ikonografie des ehemals anzüglichen Orts, der seinerseits Attribute einer verblichenen bürgerlichen Wohn- und Salonkultur zitierte.

Ein Mädchen steht mit geschlossenen Augen an der Bar, das Schwarzlicht lässt ihren Gin Tonic leuchten, ein mittelalter Mann mit Baskenmütze betrinkt sich leise. Durch den Spiegel kann er auf die Potsdamer Straße schauen. Ein Jurastudent, der seine Barbourjacke über dem gebügelten Hemd nicht ablegen möchte, spricht mit seinem Begleiter über «die beiden Mädels von vorhin», Elvis Costello singt. Im Kumpelnest legen keine DJs auf, hier kommt die Musik von Kassette, Depeche Mode, erstes Album, und früher New Wave. «Da warn wa noch jung», sagt die Frau mit der Sonnenbrille und Streifenstretchhose. Ein Jeansjackenträger steht breitbeinig neben ihr, Jackenkragen hochgeklappt. Die Bierflasche in seiner Hand schwebt irgendwo unterhalb seines Bauchnabels. Im Kumpelnest begegnen sich Menschen, die sonst nicht aufeinandertreffen, weibliche Brillenträger unterhalten sich mit männlichen Pulloverträgern. Drei gepflegte junge Männer stecken in Sweatshirts, die mit den Aufschriften «Army», «NASA» und «Polizei» bedruckt sind, ein Bundeswehrparka mit Abzeichen in Schwarz-Rot-Gold steht ein Stück abseits. Stünde noch einer mit Federschmuck unter ihnen, wäre ein Village-People-Plattencover beisammen. Die größtmögliche, dickrandigste Kissinger-Brille schaut auf die falschen Lüster an der Wand; über der Bar, die wie manches Haus des «Neuen Berlin» mit Ziegelfototapete beklebt ist, warnt ein Schild vor Taschendieben. Von ein bis drei Uhr ist es sehr voll, die Diebe hätten leichtes Spiel. Frauen bleiben in der Unterzahl.

Ein Abend, eine Nacht im Kumpelnest übt die Praxis der Kontaktanbahnung. Der mittelalte Mann mit Baskenmütze, der in einer Vorabendserie den Künstler geben könnte, führt einen Veitstanz auf. Feldforscher könnten Transsexuelle, Schwule und Gäste aus Lichterfelde auf einem Ausflug in die Stadt befragen. Karin ist Bankkauffrau, die Ikone ihrer besten Freundin muss Verona Feldbusch heißen. «Ziemlich viele Agenturschlampen hier», sagt eine andere Frau, die selbst in der Werbung arbeitet. Anzugträger und Frauen in Kostümen kommen zur Besichtigung. Und einer, er kann nicht schlafen, ist aus dem nahen Studentenwohnheim herabgestiegen. Er steht ein wenig verträumt an der Theke, trinkt und denkt: «Dies könnte die Umgebung sein, vor der Mama mich immer gewarnt hat.» Wer um vier Uhr kommt, kommt betrunken, weil er schon woanders war. Oder gleich weiterwill.

Um halb fünf fangen Verona Feldbusch und Billy Idol an zu tanzen. Der schüchterne Freund hat den 1982er-Stil von Depeche Mode bewahrt: die Haare an den Seiten kurz, T-Shirt und Kapuzenjacke. Die Frau aus Lichterfelde tanzt alleine und zieht ihr T-Shirt, Stück für Stück, immer höher. Auf dem Sofa wird hormonübersteuert geknutscht. Die Frau aus der Werbung sagt: «Das Kumpelnest ist ein Baggerladen. Wer mit wem, wird unüberschaubar, die Anmachsituation ist sehr komplex.» Die betrunkene Frau aus Lichterfelde sagt: «Ich hab keine Komplexe», und lüftet ihr T-Shirt bis zum Schlüsselbein. Der Künstler mit Bart und Baskenmütze torkelt herbei, das T-Shirt rollt wieder herunter. Der taubstumme Barmann, der schon in Talkshows auftreten musste, behält den Überblick und bemerkt, wenn er angeschaut wird. Getränkewünsche liest er von den Lippen ab.

Für eine Theateraufführung der Berliner Festspiele wurde das Kumpelnest einmal originalgetreu nachgebaut. Bei manchem Theaterbesucher, der in der bekannten Kulisse eine Version von Molières «Don Juan» sah, kam das Gefühl auf, ein Stück West-Berlin sei im Museum gelandet.

1999

PS: Das Kumpelnest 3000 existiert noch immer, im Frühjahr 2012 wurde es fünfundzwanzig Jahre alt. Einige Geburtstagsartikel erschienen, der von Detlef Kuhlbrodt gefiel mir am besten. Er schreibt, er sei bei der Eröffnung am 30. April 1987 dabei gewesen, Cord Riechelmann habe an diesem Abend hinter dem Tresen gestanden. Kuhlbrodt meint, das Kumpelnest sei trotz seiner plüschigen Räumlichkeiten sexuell nie genau definiert und von Anfang an glamourös gewesen. Er erzählt die berühmte Geschichte vom Nacktkellnern: Eine der Tresenkräfte habe an einem Wochenende eine Schicht unbekleidet gearbeitet, die überall im Raum verteilten leeren Flaschen und Gläser hätten sich so viel leichter einsammeln lassen.

2012

Fantamädchen küsst man nicht

Irgendeiner musste immer schon einmal da gewesen sein, sich den Weg gemerkt haben und die Öffnungstage, die als Geheimnis gehandelt wurden, kennen. Es gab kleine Clubs und Bars, die nur an einem Wochentag, nur dienstags, mittwochs oder donnerstags, geöffnet hatten. Oder nur an ungeraden Freitagen oder nur Sonnabend vor Vollmond. Oder an Tagen, deren Datum durch sechs oder sieben teilbar war. Kannte der Besucher den Öffnungstag, musste er die Hirschbar, die Hausfrau im Schacht, St. Kilda's Trips Drill oder das Vereinsheim noch finden. Hinweisschilder gab es keine. Eingänge lagen zwischen verstaubten Ladenlokalen, im zweiten Hinterhof oder einmal quer über ein Trümmergrundstück, hinter einem Loch in einer Brandmauer oder vier Treppen hoch im Seitenflügel. Die Tür zum Kunst und Technik, der alten Mittwochsbar direkt am Wasser, verbarg sich hinter einer unscheinbaren Holztür in einer Mauer zum Monbijoupark. Als die Bar in Strandbadlage bekannt wurde, mussten Vereinsausweise im Scheckkartenformat ausgegeben werden, als sie zu bekannt geworden war, wurde sie geschlossen.

Eine Privatbar fängt als Privatparty an, in der Woche danach darf jeder jeden mitbringen. Es gibt keine Flyer, keine Werbung, anfangs nur eine kleine Gemeinde. Der Türsteher mit der Hornbrille, die wahrscheinlich nur Fensterglas enthält, lässt alle Bekannten in den Keller im Romantiker-Viertel. Unbekannte, die den Zauberspruch «Ich kenne B., ich bin ein Freund von G.» nicht kennen, zahlen fünf Mark. Manche dürfen Namen und Anschrift auf die Vereinsliste schreiben.

Nach ein paar Stufen steht man in einem hauptsächlich durch

Körperwärme und Rauch geheizten Doppelkeller. Es gibt einen Raum mit Bar, dahinter liegt die kleine Tanzfläche mit der Ecke für den DJ. Auf dem roten Leuchtschild über der Bar liest man «Er-Sie-Es-Salon». Hinter der Bar steht eine blonde Frau, die jedem, der es hören möchte, erzählt, sie schreibe an einer Diplomarbeit über die Unterwäsche der siebziger Jahre. Sie schneidet Limonen, mixt Caipirinha und klagt, es sei nicht mehr leicht, erstklassiges Forschungsmaterial zu finden. Vor der Bar stehen junge Männer und trinken Flaschenbier. Auf ihre Gesichter fallen Lichtstreifen aus den Korblampen, in denen rote Glühbirnen brennen. Die Korbkugeln hängen tief in den Raum hinein. Man kann mit ihnen Kopfbälle üben oder tanzen. Um die Discokugeln an der Decke kreisen kleine Raumschiffe, ab und zu fliegt ein Lächeln von Gesicht zu Gesicht. Auch die Unterwäscheforscherin trinkt und grinst. Die jungen Männer tragen Fred-Perry-Pullover mit V-Ausschnitt, manchmal Hemdkragen aus anderen Jahrzehnten. Wer hier hergefunden hat, weiß, was er anziehen muss, deshalb sehen sich alle ein wenig ähnlich. Und manch einer, der tanzt, bewegt sich auffallend lässig. Die Ironie tanzt immer mit, daneben tanzt die Erleichterung, bis in die große Stadt und dazu auch noch, zum Glück, gerade an diesen Ort gefunden zu haben.

Ein Mädchen mit sehr kleinen Pupillen hat sich ein Stofftier mitgebracht. Aus dem Kopf eines Stoffhunds hat sie sich eine Stoffhundtasche genäht und an sehr kurzer Leine am Gürtel über ihrem Hintern angeleint. Ihr Hündchen hüpft beim Tanzen wie ein echter Rauhaardackel, der sich aufs Gassigehen freut. Seine Kulleraugen springen auf und zu. Hinter ihm und seinem tanzenden Frauchen wirft ein Dia-Projektor Fraktalmuster an die Wand. Der Raum zeigt sich plötzlich wie die späte Fernsehstudioerfüllung eines alten Wunsches: Hat man sich nicht, als man noch gar nicht ausgehen durfte, Clubs und Kellerbars genau so vorgestellt? Als Mittelding zwischen plüschiger, überall gepolsterter, für Kinder leider verschlossener Hotelbar und dem Partykeller von Onkel Kurt und Tante Trautchen? Fehlen nicht nur noch die halben Hackepeterbrötchen mit Petersiliengarnitur? Eine Anleitung zum Bau eines solchen Partykellers kann man in Büchern der sechziger Jahre mit Titeln wie «So helfe ich mir selbst» finden: Teppichbodenreste bis auf Brusthöhe an die Wand kleben, lackierte Bretter auf Winkeleisen schrauben. Profilholzvertäfelung aus Fertigpaneelen anbringen, Pressholzplatten mit selbstklebender Folie bekleben, alles in Farben, die zu den Flaschen mit farbigen Likören passen. Auf der sichtbaren Stirnkante der Regalbretter lässt sich wahlweise eine bestickte Stoffbordüre anbringen oder eine Furnierleiste aufbügeln. Getränkeuntersetzer werden aus Stoffresten genäht.

Auf einem der unverwüstlichen Polstersessel darf man sich an «Dalli Dalli» oder «Der Große Preis» mit Wim Thoelke erinnern, den Tante Trautchen so gerne sah. Korblampen und Partykeller und viele andere Dinge, die gestern noch so hässlich waren, sind auf einmal Kult. Einige von ihnen sind Kindheitsrequisiten und funktionieren nostalgisch: das Tapetenmuster aus der Zeit der Olympischen Spiele in München, der stumm laufende Fernseher mit Serien der siebziger Jahre, DJs, die sich Wum und Wendelin nennen, ein Radioweckerwürfel, nicht mit leuchtender, sondern mit umblätternder Anzeige.

Auf dem speckigen Polstersessel, auf dem schon einige Bierflaschen ausgelaufen sind, kann einem auch einfallen, dass solche Clubs Orte sind, die einen absichtlich vergessen lassen, ob es draußen hell oder dunkel und wer man selbst geworden ist. Man darf sich der Nostalgie an die Teestube im Gemeindezentrum, die große Liebe, den ersten Biervollrausch oder andere Gefühle, die sich heute nur mit ungleich stärkeren Genussmitteln hervorrufen lassen, gefangen geben. Man tanzt und hopst durch das Museum seiner Kindheit oder lehnt sich in einen ergrauten Flokatisesselbezug zurück. Vielleicht hört man noch einmal und noch einmal, man befinde sich in einem illegalen Club, und versucht, den verschwindenden Reiz des Verbotenen zu genießen. Das Restgefühl von Illegalität erreicht ungefähr die Stärke des schlechten Gewissens beim einstigen heimlichen Taschenlampenlesen unter der Bettdecke. Ein wenig kommt man sich vor, als spielte man endlich selbst eine kleine Rolle in dem Film, den man eigentlich nicht anschauen dürfte. Und wahrscheinlich wird auch deswegen so demonstrativ auf den Boden geascht, weil man weiß, dass Tante Trautchen über so viel Ungezogenheit einen Nervenzusammenbruch erlitten hätte. Vielleicht sollte man auch noch wissen, dass man die Küsse, die nur nach Fanta schmeckten, nicht wiederholen kann. Trotzdem schaut man dem Mädchen mit den Bommelkirschborten an der Schlaghose beim Tanzen zu und möchte sie küssen. Die mit dem Hündchen ist schon gegangen.

Gegen fünf oder sechs Uhr morgens ist von dem konspirativen Gefühl nicht viel übrig. Alles verwandelt sich in vertraute Gemütlichkeit. Jeder kennt jetzt jeden. Alle sind ein Verein, der DJ gibt den Vorsitzenden, Wortmeldungen werden von allen Erinnerungsbastlern mitgesungen. Jede Platte ist eine Erinnerungsplatte, die man vor soundso vielen Jahren, als alles noch ernst gemeint war und wirklich galt, schon einmal gehört hat. Wahrscheinlich allein in einem Neubauzimmer, zu laut unter Kopfhörern oder leise aus dem Radio, beim Geschirrabtrocknen in der Küche.

1999

PS: Es gab so viele. Ich bin in vielen Clubs gewesen – und habe viele verpasst. Erst im Nachhinein, über zwanzig Jahre später, die Geschichtsschreibung hat eingesetzt, die Verklärung ist im

Gange, erfahre ich, was ich alles verpasst habe. Dabei war ich doch dabei.

Mitte ist ein anderer Ort: kein Eimer mehr (heute ein Restaurant), kein Panasonic, kein Frisör, kein Brasilianer (der eigentlich Sabor de Favela hieß), keine galerie berlintokyo, kein Kunst & Technik (dort nun ein Uferweg), kein Schmalzwald, keine Aktionsgalerie, kein Dirt, kein Bad Kleinen. Es wird nun oft erzählt, wie Mitte war …

2013

In der Maria heißen manche Frauen Reingard

Der Paternoster des ehemaligen Paketpostamts steht still, die Pförtnerloge mit der musealen Feuermelde- und Wächterkontrollanlage ist zugesperrt. In der Maria am Ostbahnhof erinnern Treppenhaus und Eingangshalle an ein für einen Schülerball umgestaltetes Oberstufenzentrum. Der Funktionalismus des Gebäudes zeigt sich durch das Licht rot verklebter Scheinwerfer. Überall aufgehängte weiße Fernseher (sie stammen aus dem Palast der Republik) schalten aufgrund ihrer unförmigen Ausmaße in die Zeit mit drei Programmen zurück.

Mittwochs findet im ersten Stock der Maria die Flittchenbar statt. Die Flittchenbar ist eine Club-im-Club-Veranstaltung. Die Flittchen-Veranstalterinnen, hervorgegangen aus der Band Lassie Singers, sagen: «Wir sind gegen neue Niedlichkeit, wir wollen nicht nett beieinanderhocken und Kekse essen. Flittchen wollen Schnaps trinken und laut singen.»

Es kommt vor, dass auf dem Oberdeck ein junger Dichter Verse wie «Ich schmecke Kotze / Ich finde mich hässlich / und meine Zähne / werden gelb» in ein Mikrofon spricht. An anderen Abenden kann man am Kiosk der Flittchenbar ein Flittchen-Zahnset oder eine praktische Fliegenklatsche kaufen. Die Treppe hinunter finden derweil andere Vorstellungen statt: Ein DJ legt im Vorraum auf, Wohnzimmersoundbastler haben ihre Maschinen auf einem langen Couchtisch im Hinterzimmer mit Bühne aufgebaut.

In der Flittchenbar lehnen Frauen schulterfrei an runden Betonsäulen und rauchen. Andere tragen Fell-Print-Mützchen oder knappe bayerische Lederhosen, manche Frauen heißen Reingard.

Der Fernsehturm blinkt aus dem Spreepanorama, die Anfahrt lohnt allein der Aussicht wegen. Gäste von außerhalb fotografieren sich vor dem Fenster, hinter der Scheibe fängt die renovierte East Side Gallery an. Die Stadt, oder was der Krieg hier von ihr übrig ließ – Übergangslandschaft, innerstädtische Peripherie –, liefert die Dekoration. Das hat auch ein Pärchen überstylter japanischer Touristen entdeckt. Wie die zwei, die sich in Jim Jarmuschs «Mystery Train» durch Memphis, Tennessee, bewegen, stapfen sie durch Friedrichshain. Einheimische Großstadtsingles spazieren angestrengter durchs Publikum, tragen DJ-Taschen diagonal vor der Brust oder ein Adidas-Jäckchen zum langen Rock. Oder freiwillig eine Brille mit daumendickem Rand. Weite Teile des Publikums haben die dreißig vorbeiziehen und winken sehen. Der weibliche Großstadtsingle steht neben seinem Weinglas, kaut Salzstangen und geht ab und an suchend durch den Raum ans Fenster. Der männliche Großstadtsingle bewegt sich beim Trinken viel weniger.

1999

PS: Das Gebäude, in dem sich die Maria am Ostbahnhof befand, wurde im Jahr 2003 abgerissen. Heute ist dort – noch immer nichts. Nur eingezäunte Wiese. Der Club zog weiter an die Spree und nannte sich fortan Maria am Ufer, bis 2011 hatte er sein Quartier in der leer stehenden Produktionshalle einer ehemaligen Kanufabrik (deren Kanus damals, zu DDR-Zeiten, Berliner Ironie, nicht auf der Spree getestet werden durften, auf der anderen Seite des Flusses lag der feindliche Westen). Die Flittchenbar öffnete einige Jahre im Golden Gate an der Jannowitzbrücke, seit Dezember 2010 findet sie einmal im Monat im Südblock am Kottbusser Tor statt.

Bevor die Maria aus dem ehemaligen Lager- und Verwaltungsgebäude des Postbahnhofs an der Straße der Pariser Kommune ausziehen musste, kam dort der legendäre, von Almut Klotz (†) gegründete Popchor Berlin zusammen, geprobt wurde im ersten Stock mit Blick auf den Ostbahnhof. Und die Buchpremiere von «In Berlin» fand in der Maria statt, am 14. September 2001 – drei Tage nach dem traurigen 11. September.

2013

Benny Beimer, die Flötenschülerin und ich

An dem Abend, an dem ich in einem Club in Mitte eigentlich die hundert peinlichsten Berliner sehen wollte, die ein Stadtmagazin auf einer Hitliste zusammengestellt und zu einer Party eingeladen hatte, traf ich dort nicht auf Ariane Sommer, sah keine Schweizer Botschaftsgattin und keinen Rolf Eden. Nicht einmal Helmut Kohl war aus Wilmersdorf in den Club an der Torstraße gekommen, der den Namen eines berühmten sowjetischen Kampfpanzers trägt. Zwischen Menschen, die sich gebärdeten, als ob sie noch daran arbeiteten, berühmt zu werden, und jungen Frauen, die nicht darauf verzichtet hatten, sich die von Verona Feldbusch popularisierten Hüftketten über den engen Lederhosenbund zu legen, auch keine Spur von Wolf Biermann. Und nicht mal ein klitzekleiner Michael-Jackson- oder Elton-John-Doppelgänger aus der «Stars in Concert»-Show des Neuköllner Hotel Estrel.

Ich wollte schon gehen, als ich die ehemalige Flötenschülerin meiner ältesten Schwester traf. Die ehemalige Flötenschülerin muss vor ungefähr zwanzig Jahren die Flötenschülerin meiner Schwester gewesen sein, wir hatten uns mindestens zehn Jahre nicht mehr gesehen. Damals, als sie bei meiner Schwester Flötenstunden nahm, warf ich gelegentlich Schneebälle an die Fensterscheibe des Zimmers, in dem meine Schwester ihr Flötenunterricht gab. Irgendwie versuchte ich immer wieder, ihre Aufmerksamkeit zu erregen, denn ich war, bildete ich mir damals jedenfalls ein, unsterblich in sie, die Flötenschülerin meiner ältesten Schwester, verliebt. Das fiel mir nun wieder ein. Wir lehnten an der nackten Ziegelwand dieses Clubs, der sich in einem alten Keller unter einem Neubau versteckt, und erzählten uns, jeder in zwei Sätzen, unsere Leben. Gerade in dem Augenblick, als die Flötenschülerin ihre Lebenserzählung beendete, ging Benny Beimer vorbei. Ich meine, es ging der Schauspieler vorbei, der vor Jahren, ich glaube ungefähr zu der Zeit, als ich unsterblich, wie ich mir einbildete, in die Flötenschülerin verliebt war, in der «Lindenstraße» den Benny Beimer spielte. Seinen Namen hatten wir beide, die ehemalige Flötenschülerin und ich, vergessen. Und auch das nette Mädchen, das mit den langen Listen der vielen peinlichen oder weniger peinlichen Prominenten, die vielleicht eventuell noch kommen sollten – leider aber noch nicht eingetroffen waren –, oben am Eingang stand, erinnerte sich später, als ich sie fragte, nicht mehr an Benny Beimers richtigen Namen. Für die ehemalige Flötenschülerin und mich war es, inmitten all der Leute, die so wie wir selbst auf die angeblich peinlichsten Berliner warteten, einen Augenblick lang so wie früher. So wie ganz lange her. So, als schauten wir an einem Sonntagabend, tief in den achtziger Jahren und ineinander versunken, «Lindenstraße».

«Der Arme», sagte die Ex-Flötenschülerin – ich weiß nicht einmal mehr, ob sie Sopran-, also C-Flöte, oder doch Altflöte in F spielte oder ob ihre Eltern ihr nicht vielleicht sogar eine Querflöte gekauft hatten –, «er wird immer Benny Beimer bleiben, sein ganzes Leben lang.»

Ich sagte ihr, der Flötenschülerin, nicht, dass sie für mich immer die Flötenschülerin geblieben war. Und verzichtete auf die Frage, ob sie heute noch Flöte spielte. Wir gingen zum Buffet und aßen jeder einen Putenknacker. Und Kartoffelsalat. Wir aßen Putenknacker und Kartoffelsalat von einem Pappteller, und einen Moment lang fühlte es sich an, als könnte sich jeder von uns beiden gut an die ganz persönliche Peinlichkeit des andern gewöhnen.

Wir lehnten uns wieder an die steinbloße Ziegelwand, und die Flötenschülerin, die heute bei einem Style-Magazin arbeitet, sagte: «Früher gab es keine Heizkörper in den Kellern. Und offene Ziegelwände kann ich auch nicht mehr sehen. Bald wird wieder überall der alte Pizzeria-Putz an den Wänden kleben, dieser modellierte Gips, der wie Zuckerguss aussieht.» Während sie das sagte, ging noch einmal Benny Beimer durch den Raum. «Vielleicht hat er niemanden getroffen, der sich an ihn erinnern kann», sagte die ehemalige Flötenschülerin meiner Schwester.

Die Flötenschülerin, fiel mir dann wieder auf, hat sehr dunkle Haare. Und den schönsten Nacken der Stadt.

2001

PS: Benny Beimer, der eigentlich Christian Kahrmann heißt, hat vor einiger Zeit ein Café im Bötzowviertel eröffnet. Es heißt Kahrmann's Own, der Kaffee ist nicht schlecht – und die Liste der peinlichsten Berliner gibt es noch immer, jedes Jahr.

Rolf Eden traf ich einmal auf einer Lesung, die in der Galerie neben der Bar am Lützowplatz stattfand. Nachdem auch ich dort ein Geschichtlein vorgelesen hatte (ein kurzes Stück über Eltern, die Campari trinken), kam er auf mich zu, reichte mir die Hand, gratulierte und meinte, es habe ihm sehr gefallen. Und ich dachte, musste das in diesem Augenblick denken: «War das vielleicht der Höhepunkt meiner schriftstellerischen Karriere?»

Der früheren Flötenschülerin begegne ich hin und wieder in der Stadt, wir sehen uns alle Jahre wieder. Ihr Nacken ist noch immer wunderschön.

2013

Ex 'n' Pop

Trauer liegt über der Stadt. Wieder geht ein Ort West-Berliner Befindlichkeit verloren, so die Klage. Nach dem Café Möhring, dem Restaurant Kopenhagen am Ku'damm und dem Café Kranzler hat es nun das Ex 'n' Pop erwischt. Heute ist Schlüsselübergabe, das Haus in der Mansteinstraße, Schöneberg, wird saniert. Und das Ex 'n' Pop geschlossen. Wer nicht wusste, wo es war, musste diesen Privatclub nicht finden. Das Ex 'n' Pop war diskreter als das Kranzler. Kein Schild, kein offenes Fenster. Eine Klingel, und die Tür im Sommer manchmal offen. «Ich musste jahrelang herkommen, um Nick Cave ein einziges Mal zu treffen. Und an diesem Abend, in der Nacht nach einem seiner Berliner Konzerte, war es so voll wie nie», sagt ein ehemaliger Gast, schön wird alles im Nachhinein. Die Abstürze und alles, was dort zu sich genommen werden konnte. Und dass es so schön schmutzig war. Früher gab es einen Flipper. Und einen Drogenraum. Und bis zum Schluss Tischfußball. Viel Licht gab es nicht, und im Ex 'n' Pop war es, ganz anders als im Café Möhring, immer gut laut. Es gab einen Tresen aus Holz und an den vielen Abenden, an denen weder Nick Cave noch Blixa Bargeld vorbeischauten, viele Studenten im Publikum. Studenten, die nicht als Studenten erkannt werden wollten und sich deshalb szenig tarnten, während sie auf Untergrund-Prominenz warteten. Christiane Rösinger hat mit ihrer Band Britta ein Lied davon gesungen: «An diesen Ort muss ich immer wieder hin / Weil ich von Beruf Desillusionistin bin.» Es gab Flaschenbier, ein Heiligenbild an der Wand, alte Kinosessel und ein Flaschenregal, das jederzeit hätte umfallen können. Auf den Toiletten leuchtete bis zuletzt nur Schwarzlicht, damit die Benutzer so altmodischer Drogen wie Heroin dort ihre Venen nicht so leicht finden konnten. Einem, der sich trotzdem auf die Toilette traute, Detlef Kuhlbrodt, ist aufgefallen, dass «sein Urinstrahl in diesem Licht ganz hübsch phosphoresziere».

2000

Rostlaube

Von außen macht die Rostlaube der Freien Universität einen kranken Eindruck. Auf der rostigen Fassade des Gebäudes, das von 1967 bis 1972 für die Geisteswissenschaften an der Habelschwerdter Allee erbaut wurde, klebt silberfarbenes Textilklebeband über den größten Löchern der Außenhaut. Dank jahrelanger Vernachlässigung sind das von den Pariser Architekten Candilis, Josic und Woods geplante Haus und seine vorgefertigten Fassadenelemente aus Cortenstahl mittlerweile fast durchgerostet.

Am Eingang erinnert das seltsam unpassende Hausnummernschild mit seinen verschnörkelten Ziffern auf Emaille die Besucher daran, dass sie sich in Dahlem befinden. Die weiße Beschriftung «Haupteingang K-Straße» über der Tür spricht schon die technische Sprache der Fabrik, die man dahinter vermuten muss. Die Pförtner hinter der Tür werden um Auskünfte bemüht und müssen übersetzen. Erstsemester bewegen sich orientierungslos durch das Haus, suchenden Blickes laufen sie durch die Gänge, ihre Blicke wandern über die Plakate an den Wänden. Geworben wird für das Collegium Musicum, für «stressfreies Studieren» und Sprachpatenschaften. Ein Aushang im Glaskasten vor dem ehemaligen Eingang in die Germanistik-Bibliothek – heute zwangsvereinigt mit der der Romanistik – kündigt die Disputation einer Dissertation mit dem Titel «Kindereigene Tänze in der Türkei» im Fach Musikwissenschaften an. Der Stenografische Dienst des Deutschen Bundestags sucht Schreibkräfte, Bangkok sucht Deutschlehrer. Straße L ist leer und blau und kalt. Auf einem Zettel sucht eine – nach

Selbstauskunft «wahrhaftig nette» – Studentin ein Zimmer im Westen.

Versuche, diesen Bau zu begreifen, gibt es viele. Einer von ihnen ist der halboffiziell eingebürgerte Name «Rostlaube», er versucht, das Monströse zu verniedlichen und somit begreifbarer zu machen. Wer möchte, kann in der Rostlaube die Inszenierung eines Klosterbaus im industrieästhetischen Gewand erkennen. Vielleicht ist der Bau aber bloß eine ins Gigantische geblähte, ausgewalzte Laubenpieperei. Oder eine in die Jahre gekommene Escher-Erfindung, ein unsymmetrisch geknüpfter Riesenteppich oder Piranesis «Carceri», für Studenten nachgebaut.

Der so phantasievoll und verschachtelt umbaute Raum sollte sich den wandelnden Bedürfnissen anpassen, hieß es früher einmal, die Raumaufteilung ist dank der verschiebbaren Wände veränderbar. Das Haus sollte wie ein Baukasten nach dem Lego-Prinzip funktionieren, der Traum von der offenen Gesellschaft, den die siebziger Jahre träumten, wirkte sich bis in die Grundrisse aus. Die Überforderung des offenen Prinzips sorgte jedoch für eine unübersichtliche Verwinkelung, in der sich ohne Kompass kaum jemand mehr orientieren kann. Und nicht nur den Studenten, auch den Professoren fehlen seit jeher Gemeinschaftsräume. Verfeindete Lehrstuhlinhaber müssen sich nie begegnen. Verschwindet ein Lehrstuhl, verschwindet oft ein Arbeitskabäuschen. Um die größten und schönsten Zimmer – einst mit von den Architekten entworfenen Möbeln ausgestattet – wird gekämpft. Berufungsverhandlungen werden um eichenfurnierte Schreibtische geführt. Etwas wie Sehnsucht nach Eichenfurnier spricht auch aus der spätimpressionistischen Ballszene, die auf einem Plakat für den FU-Ball im Palais am Funkturm werben will.

Das große Streiksemester Ende der achtziger Jahre hat einiges verändert, damals erst wurden die verschlossenen Innenhöfe der Rostlaube zugänglich gemacht. Auch die Fachschaftscafés und das für männliche Besucher verbotene Lesbencafé Furiosa sind Errungenschaften des Streiksemesters. Das bekannteste und erfolgreichste Café ist der Rosa Salon, der seine Gäste mit Dallmayr prodomo verwöhnt. Auf den abwaschbaren Tischdecken, kariert oder mit Sonnenblumen, liegen alle möglichen Zeitungen. «Vergolde Deinen Schwanz», sagt ein Plakat, das da schon seit zehn Jahren hängt, hier fallen Sätze wie: «Ich müsste mal ein Praktikum oder so was machen.» Ganze Erstsemestergenerationen haben hier ihre Zeit bis zum lang hinausgezögerten Abschluss abgesessen, könnte einer der Kaffeeausschenker erzählen.

Die Passanten auf dem K-Gang, dem Laufsteg des Rosa Salons, zeigen die herrschende Gleichzeitigkeit der Stile. Hier werden, wie es gefällt, enge oder weite Hosen getragen. Der Tweed-Jackett-Konservatismus der Historiker ist mit dem Friedrich-Meinecke-Institut aus der Rostlaube ausgezogen, die weiblich dominierten Fächer Romanistik, Psychologie und Pädagogik sind geblieben. Germanisten tragen gern Flohmarktjacken oder alte Anzugwesten über weißen oder stark gemusterten bunten Hemden, deren Herstellungsjahrzehnt sich am Kragen ablesen lässt. Hin und wieder huschen seltene Exemplare des Typus Späthippie durch die Gänge, sie tragen ihre Bücher im Leinenbeutel und kennen sich besser aus als ihre Plateausohlen tragenden Verfolgerinnen. Bis auf den kleinen Rest der weiblichen Kunsthistoriker, die im zweiten Hauptfach Italienisch studieren, ist die Rostlaube barbourfreie Zone. Die Töchter, die blauen Steppjacken und die hellblauen Blusen studieren und essen anderswo. In der Rostlaube dominieren die Geisteswissenschaftlerin und die durchschnittliche Lehramtsstudentin, neben der ein blonder Sportstudent in Turnschuhen steht. An manchen Tagen läuft ein Mann, der blaue Mülltüten statt Hosen um die Beine trägt, über die Flure. Es gibt Leute, die behaupten, er sei früher wissenschaftlicher Mitarbeiter am Philosophischen Institut gewesen.

Besucher finden die Gänge heute leerer als früher oder dazumal. Erstsemester hören immer wieder: «Heute gibt es viel weniger Studenten.» Weitergereicht aber wurde der Germanisten-Topos, dass gerade dieses Gebäude Grunderfahrungen des 20. Jahrhunderts wie Entfremdung und Unbehaustheit erst erfahrbar mache. «In-die-Welt-Geworfenheit kann hier jeder an sich selbst studieren», ist zu hören, und: «Wurde der K-Gang nicht nach dem beinahe namenlosen Helden des Kronzeugen dieser Erfahrungen benannt?», fragt die junge Germanistin. Dass ihr Kommilitone sich auf der Suche nach Räumen mit Bezeichnungen wie «K 29/19» oder «JK 26/139» immer wieder verläuft, scheint Teil der akademischen Initiation zu sein.

Wo der Teppichboden von diesen labyrinthischen Irrungen durchgetreten wurde oder aufgerissen war, ist er mit braunem Paketklebeband streifenweise abgeklebt. Und wo ein Exemplar der weißen Drahtgitterbänke steht, die dem, der sich auf ihnen zu lange ausruht, ihre kleinen Quadrate in die Rückenhaut prägen, ist der Teppichboden mit schwarzen Brandlöchern übersät. Die Spatzen haben gelernt, durch die gekippten Fenster zu fliegen und Kuchenkrümel vom Teppichboden zu picken. Eine Wanduhr ist kreuzweise mit Textilband zugeklebt. Andere Uhren stehen schon jahrelang auf halb eins. Personen, die Jahre hier verbracht haben, behaupten gerne, in dieser Luft sei irgendetwas, das außerordentlich schlaff, winterschläfrig, ja, sterbensmüde mache.

Als man Anfang der neunziger Jahre im Gebäude der Rost- und Silberlaube Asbest entdeckte, wurden beide Häuser handstreichartig geschlossen und alle Decken großflächig mit Dämmplatten abgeklebt. Zur Abdichtung der Fugen kam das bewährte Klebeband zum Einsatz. Seitdem müssen Lochmetallträger zur Abstützung mitten in den Räumen stehen. Das Prinzip der offenen Bauweise wurde durch diese Märklin-Metallbauelemente nicht wirklich aufgelockert, sondern eher verstellt. Wo Wasser durch die Decke gelaufen ist, haben die Dämmplatten sich selbst marmoriert, manchmal löst sich ein Streifen Klebeband und hängt wie ein Fliegenfänger von der Decke. Der Betrachter hofft, dass nicht gerade dieser Klebestreifen es ist, der dieses Gebäude zusammenhält. Die großflächigen Sprüche und Wandmalereien, die das Streiksemester hinterlassen hat, blieben erhalten. Dem Erstsemester, der sie heute während eines Einführungsvortrags oder später, während eines langweiligen Referats, betrachtet, müssen sie wie Wandkritzeleien aus Pompeji vorkommen. Und von dem Gebäude, das die Schmierereien eher schlecht als recht vor Verwitterung schützt, dürfte er sagen, es verbreite eine gewisse Ruinenromantik. Sie oder er kann sich das alles verschüttet und überwuchert vorstellen, es bliebe eine sanfte Erhebung im Gelände. Metalldetektoren späterer Kulturen würden hier ausschlagen, fündig werden und sich, weil alle Bücher längst verrottet wären, fragen, zu welchen kultischen Handlungen die eisernen Gänge und Winkel wohl dienten.

Von einem der Dachgärten betrachtet, wirkt die Rostlaube schon heute fast zugewachsen. Vielleicht schläft sie unter Brombeerranken und seltenen Gräsern eine Art Dornröschenschlaf? Die Vorgabe, dass der Bau sich in die Dahlemer Villenbebauung einpassen möge, wurde glücklich erfüllt. Nur hier und da ragt ein Treppenhausschacht wie ein Geschützturm aus dem flachen Bau heraus. Die Rostlaube könnte ein gesunkener Flugzeugträger sein.

Der Prinz, der das Haus aus dem Dornröschenschlaf küssen soll, ist schon bestellt: Sir Norman Foster leitet die Renovierung, die bei laufendem Lehrbetrieb durchgeführt werden soll und einen Quasi-Neubau darstellt. Die Entkernung der beiden großen Hörsäle 1a und 1b hat begonnen, eine zentrale Bibliothek für die Philologien wird errichtet, die rostende Außenhaut aus Cortenstahl soll entfernt werden. Und die Rostlaube, die dann gar nicht mehr Rostlaube heißen kann, soll mit nicht rostenden Bronzeplatten verkleidet werden.

1999

Staatsbibliothek

Die Staatsbibliothek an der Potsdamer Straße betritt der Besucher durch eine Drehtür, dahinter liegt, wie eine Zollstation, die Bücherschleuse, an der mitgebrachte Bände deklariert werden müssen. Der Jahrespassierschein kostet dreißig, Tagesbesucher zahlen eine Mark. Jacken, Taschen und Hunde müssen draußen bleiben.

Die beliebtesten Leseplätze liegen auf der Empore und in der Senke vor der großen Fensterfront zur Potsdamer Straße. Je nach Wochentag sind sie zehn bis fünfzehn Minuten nach dem Öffnen der Türen belegt. Aus der Schweinebucht, wie das Becken vor dem Fenster heißt, kann man den ganzen Tag auf die Uhr der St. Matthäus-Kirche schauen. Die Plätze am großen Lichtschacht und andere Tische weiter weg vom Fenster sind weniger beliebt.

Der Lesesaal füllt sich früh zu großen Teilen mit Besuchern, die ihre eigenen Bücher mitbringen. Andere Stabi-Gänger suchen hier die Literatur, die sie anderswo nicht finden. Mancher kommt auch nur zum Schreiben, weil es hier trotz so vieler Menschen so schön still ist. Oder weil es im Sommer kühl und im Winter warm ist. Oder man hofft, vom scheinbaren Arbeitseifer um einen herum angesteckt zu werden. Manche kommen, weil ihre Freunde hier sind oder weil sie einen Schwarm haben. Der aus der Ferne zu beobachtende Schwarm ist der selbst geschaffene Anreiz, um jeden Tag zur unbezahlten Arbeit zu erscheinen. In einem dürren Leserleben ist die Stabi ein soziales Ereignis. Stabi-Familien und -Arbeitsgruppen kontrollieren sich und ihre Gruppentänze gegenseitig: Wer geht mit wem wann und wie oft am Tag Kaffee trinken? Und wer isst seinen Kuchen neuerdings wieder allein? Zwischen den Cafeteriagängen kann man vor seinen Büchern auf seinem Freischwinger wippen, Bleistifte spitzen oder auf den großen Einfall warten. Und versuchen, sich so nachdenklich wie möglich zu geben. Man kann Medizinstudenten dabei beobachten, wie sie ihre Lehrbücher mit Leuchtstiften vollmalen. Man kann sich dem Privatstudium aller möglichen menschlichen Ticks widmen, verfolgen, auf wie viele Weisen sich Haarsträhnen um Finger wickeln lassen, Fingernägel abgekaut, Unterlippen geknetet werden können. Wirklich uneinsehbare Plätze gibt es wenige. Früher oder später werden alle Nasenbohrer entdeckt.

Man kann Spiele wie Studienfachraten spielen: Wenn Juristen sich nicht durch ihren dicken roten Schönfelder, ihre Bibel im Backsteinformat, verraten, erkennt man sie meist an den Schuhen. Manchmal krempeln sie die gebügelten Ärmel ihrer Hemden auf, Mediziner versuchen, sich lässiger zu geben. Böse männliche Zungen haben für einen bestimmten weiblichen Typus das Wort «Stabilette» geprägt. Die Stabilette trägt hellblaue Blusen zu frisch gewaschenen Jeans, fährt gern nach Italien, vervollständigt ihre Gucci-Gürtelsammlung und spricht darüber. Die verwegeneren unter ihnen tragen ihre hellblauen Blusen über dem Hosenbund oder lassen sie unter dem dunkelblauen Pullover hervorschauen. Ihre Barbourjacken mussten sie an der Garderobe abgeben. Sie sind ganzjährig mit Hustenbonbons und Tempotaschentüchern bewaffnet, manche von ihnen verstopfen sich ihre Gehörgänge mit gelben Ohropax.

An bedeckten Regentagen kann man während des Wartens auf die nächste Pause auch heimlichen Ritualgängen nachgehen. Man kann auf den großen Globen vor der Landkartenabteilung nachsehen, wohin man gerne fahren würde, wo man schon war oder wo man auf seiner Weltreise nun wäre, wenn man nicht durchs Examen gefallen wäre. An nervösen Tagen kann man Angst bekommen, alle Bücher, Aufzeichnungen, der Computer könnten gestohlen werden, während man selbst schon wieder in der Cafeteria sitzt. Und sich langsam räuchern lässt. Dort kann die Zeit mit Stabi-Nostalgie vertrieben werden, man kann sich an den heute zugebauten Fensterblick auf das brache Ödland mit Kaninchen erinnern. Der Blick reichte, am Bellevue-Tower vorbei, weit in den Warschauer Pakt hinein. Dann kamen die Bagger und hoben Baugruben aus, es folgten die Jahre, in denen die Cafeteriabesucher den Bauarbeitern staubgeschützt winken konnten. Dass die Stabi früher fast im Niemandsland lag, ist heute nicht mehr zu sehen, optisch schlanker geworden, schmiegt sie sich dicht an die Baumassen des Potsdamer Platzes.

Kurz vor Sonnenuntergang drehen die senkrechten Sonnenblenden vor dem großen Fenster sich wie Sonnensegel einer Raumsonde. Reicht die Helligkeit aus den aufgeschnittenen Milchlicht-Kugeldüsen an der Decke nicht mehr aus, werden auch die Südjalousien geöffnet. Seit die Engel in «Himmel über Berlin» frei schwebenden Geist und innere Monologe in ihren Engelohrantennen empfangen konnten, hat sich im großen Lesesaal nicht viel verändert. Der flauschige, trittschalldämpfende Teppichboden, farblich irgendwo zwischen Zahnbelag und hellem Erbspüree changierend, musste an einigen Stellen ausgebessert werden, die Pusteblumen-Lüster hängen noch. Solange Ruhebetten und Sauerstoffzelte fehlen, unter denen von automatischer Wissenstransfusion via Datenkabel geträumt werden könnte, lassen Etui- und Futteralmenschen ihre Müdigkeit in den braunen Kuschelsesseln der Chill-out-Zone im Ostfoyer versinken. Von dort lässt sich weiter auf den Strom der Schlag- und Hüfthosenträgerinnen schauen, die auf Plateausohlen über den Laufsteg Richtung Cafeteria defilieren. Im Sommer schwebt die eine oder andere somnambule Teppichbodenwandlerin barfuß ein, dann wird die Stabi zum Strandbad Stabi.

Die, die hier auf den Stühlen kleben, auf ihren Tischen Stillleben aus Federmäppchen bauen und Treppen hinauf- und hinuntertanzen, sind nicht nur Nutzer der Staatsbibliothek, sie sind auch Statisten einer Großinstallation. Es gibt zum Beispiel einige sehr schöne Exemplare des ewigen Studenten, Dauerleihgaben freien Willens. Es gibt mittelalte, manchmal gar mittelalterliche Allegorien des Fleißes, die sich immerzu über ihre Pulte beugen. Für die Dauer des Aufenthalts wird der Stabi-Besucher Teil und Exponat dieses Gesamtkunstwerks, und wenn das Licht günstig fällt, wirkt die ein oder andere darin wie von Vermeer gemalt. Vielleicht hat die Leitung des Hauses gerade deshalb, um diese museale Stimmung nicht zu stören, bisher Abstand davon genommen, einen vollständig informatisierten Katalog einzuführen. Noch immer gibt es, eine kleine Zeitreise in die Vergangenheit, Zettelkästen, die den Vor- und den Nachkriegskatalog enthalten. Sie können durchsucht werden, während das grüne Licht der Mikrofilmlesegeräte einen Hauch von «Raumschiff Enterprise», erste Staffel, verbreitet. Die Leihscheine zur Buchbestellung müssen handschriftlich ausgefüllt, Signaturen übertragen werden. Die Stabi ist auch ein Museum für anderswo ausgestorbene Arbeitsabläufe.

Der Dreiklang und die jeden Abend viel zu laute Schlussansage aus dem Off wecken spätestens um Viertel vor neun aus allen Träumereien. Um neun wird geschlossen, auf allen Decks wird gepackt, und es heißt Abschied nehmen vom unbekannten Schwarm, von der Stabi-Familie und den virtuellen Freunden, die man jeden Tag sieht und noch nie gesprochen hat. Ordentliche Menschen schieben ihren Stuhl zurück und löschen ihre Leselampe. Wer ein kostenpflichtiges Dauerschließfach ergattert hat, kann sich nach der Ausgangskontrolle von seinen

Spindfotos verabschieden. Tagesbesucher dürfen sich als Andenken eine der transparenten Plastiktüten mit dem blauen, in der Präposition preußelnden Aufdruck «Staatsbibliothek zu Berlin» mitnehmen. Die gibt es bislang umsonst.

2000

PS: Kleiner Nachtrag zu der populären These, die Stabi funktioniere als Eheanbahnungsinstitut: Ein Freund lernte eine Frau in der damals noch existierenden Notebook-Ecke kennen, die beiden verliebten sich, zogen zusammen, bald fand eine große Hochzeit in der Potsdamer Friedenskirche statt, Familie und Freunde feierten auf einem Schloss, das Paar bekam zwei bezaubernde Kinder – und ist heute, zwölf Jahre später, so passiert's, wieder geschieden.

2013

Der Wille zur Idylle

Ich kann den Potsdamer Platz nicht finden», sagt Curt Bois, als er in «Himmel über Berlin» über ein leeres Feld im Brachland vor der Mauer spaziert. Käme er heute an gleicher Stelle aus der wiedereröffneten U- oder S-Bahn-Station Potsdamer Platz, er hätte es kaum leichter mit seiner Suche. Vorbei an der Nachbildung der ersten europäischen Verkehrsampel ließe er sich vielleicht verleiten, dem Schild «Potsdamer Platz Arkaden» zu folgen.

Wer dort Bögen auf Säulen, Arkaden wie auf dem Markusplatz Venedigs oder der Plaça Reial Barcelonas erwartet, sieht sich nach kurzem Fußmarsch getäuscht. Man hat ihn in eine überdachte Ladenzeile, in den Wurmfortsatz des Potsdamer Platzes gelockt. Dem Besucher schlägt ein Asia-Bratwurst-Espresso-Parfümproben-Duftcocktail entgegen. Nur ganz fröhlichen Konsumenten unter all den Menschen, die durch diese glückselig machende Einkaufslandschaft schlendern, kann ein jauchzendes «Auch ich in Arkadien» entfahren. Dem, der nur schaut, fällt auf, dass viele Geschäfte sich ausländische Namen gegeben haben. Englisch führt die Liste unangefochten an (Foot Locker und vieles andere mehr), Italienisch liegt an zweiter Stelle (Benetton Zerododici, Giacomelli), auch Französisch spielt noch eine Rolle, ein Imbiss heißt nicht schlicht «Kartoffel», sondern «Pomme de Terre». Tatsächlich werden dort bloß Kartoffelpuffer ausgebacken. Deutsch-direkt und ohne Rücksicht auf Grammatik kommt «Wolf echt gute Wurst» daher.

Neben dem Duft der guten Wurst wehen in der Vorweihnachtszeit auch internationale Weihnachtslieder durch Einkaufsarkadien. Der Kinderchor der Richard-Wagner-Grundschule, der sich zwischen riesigen Lautsprecherboxen aufgebaut hat, singt «Walking in the Winterwonderland». Die Begleitung kommt vom Tonband. Als das Lied zu Ende ist, sagt der Chorleiter im himbeerfarbenen Zweireiher mit neufünfländischem Akzent: «Jetzt singt die Melanie alleine.» Und Melanie singt «Morgen Kinder, wird's was geben».

In einem der Glashäuschen zwischen den aufgebauten Märchenszenen sitzen uniformierte Damen wie in einem transparenten Knusperhäuschen und verteilen das Werbeblatt «Potsdamer Platz Arkaden aktuell». In der Broschüre kann man Sätze wie «Hier schlägt der Mode-Puls der Welt» entdecken. Die Schaufensterpuppen scheinen die Broschüre noch nicht gelesen zu haben. Ein Blick auf die Passanten zeigt junge Paare, wie man sie aus der König-Pilsener-Werbung kennt, jungblonde Geschäftsfrauen, die farbige Mobiltelefone ausführen, Umlandbewohner und eingewanderte, südwestdeutsche Gesichter, denen schwäbischer Fein- und Doppelripp durch den Wintermantel scheint.

Die Dekorationen – gleich neben dem Chor beugt sich Rotkäppchen über den bösen Wolf, der sich als Großmutter verkleidet hat – werden von Wachschutzleuten bewacht, die in ihren Phantasieuniformen an die Polizei von Entenhausen erinnern. Der Wachmann mit der großen, kopfverbreiternden Uniformschirmmütze, der Rotkäppchen so schlecht bewacht, muss all seine lässigen Drehungen und Bewegungen US-amerikanischen Vorabendserien abgeschaut haben. Seine Kollegin vor dem Ausgang darf bloß eine Baseballkappe mit dem weißen Schriftzug «Security» tragen.

An ihrem eigenen Anspruch gemessen, wirkt die ganze Anlage bieder. Architektonisch hat sie zum Thema Einkaufszentrum nicht viel zu sagen. Schon beim ersten Besuch versucht man, sich an seinen letzten Besuch zu erinnern. Vielleicht liegt das daran, dass fast alle Einkaufszentren, ob sie am Stadtrand, auf einem Flughafen, in Nordamerika oder in Belgien liegen, einander ähneln. In den Arkaden zitieren schmale, lehnenlose Holzroste die klassische Straßenmöblierung der westdeutschen Fußgängerzone. Die Sitzflächen dieser Alibibänke pressen den Oberschenkelpaaren, die hier zu lange kleben bleiben, Streifen ein. Den Oberschenkeln geht es wie den guten Würstchen auf dem Grill; Hänsel und Gretel, die gleich daneben aufgebaut wurden, können nur pausenlos den Kopf schütteln.

Neben dem Märchenpfad fehlen den Arkaden nur ein paar malerisch verkleidete Obdachlose, wie sie in deutschen Vorabendserien oder Phil-Collins-Videos zur Beruhigung des Gewissens auftreten dürfen. Wahrscheinlich dürften die Kostümkommissare sie jedoch nicht lange im nicht öffentlichen Raum dulden. Am Ausgang wackelt die Einkaufsidylle, das hat sie mit dem gestiefelten Kater gemeinsam, zum Abschied mit dem Schwanz.

Wer weiter nach dem Potsdamer Platz sucht, dem kommt vielleicht die Idee, dieser Platz erstreckte sich über seinen Wurmfortsatz hinaus bis in imaginäre Gefilde. Die scheinbare Unbestimmbarkeit seiner Lage macht ihn so ominös und dehnbar. Auf vergilbten Fotografien glauben Zeitzeugen seines goldenen Zeitalters, die verlorene Urbanität mit der Lupe finden zu können. In ihrer Mythologisierung ist vom Potsdamer Platz immer als dem «verkehrsreichsten Platz Europas» die Rede – als wäre das an sich schon eine Auszeichnung und nicht eher ein Indiz für Unbewohnbarkeit.

Damit die Sträßchen vor dem Großkino heute für den verkehrsberuhigten Schlenderverkehr frei bleiben, werden die Autos in den Tiergartentunnel versenkt. Vor den Außenschaufenstern herrscht Fußgängerfrieden wie in der Wilmersdorfer Straße. Der Wille zur Idylle ging so weit, die kurzen Straßen

«Gassen» zu nennen, als ließe sich so der Geist von Rüdesheim am Rhein beschwören. Eine der Stummelstraßen zwischen den Zuckergussfassaden, eigentlich nur eine größere Parkbucht, heißt Joseph-von-Eichendorff-Gasse. Das Straßenschild ist nur unwesentlich kürzer als die Straße selbst.

Die frischen Zuckergussfassaden stehen in für Berlin untypischer Enge beisammen, dicht wie einzelne Kuchen- und Tortenstücke auf einer Tortenplatte. Alles sieht sehr lecker und essbar aus. Man kann Geschmack an dem Gefühl finden, durch eine große, aufgeblähte Modellbaulandschaft zu marschieren. Die schmalen Leerzeilen zwischen den Terrakottakacheln lassen sich dann als Legosteinfugen lesen. Die Schrumpfautos, die hinter den Schaufensterscheiben auf Käufer warten, verstärken den miniaturisierenden Effekt. Die Autos sind klein und bunt, als müssten nur Enten, Kinder und Mäuse darin fahren. Nicht nur die Uniformen der Wachleute, auch die Autos erinnern an Entenhausen. Und die Straßenlaternen wie die Häuser sehen plötzlich aus, als wären sie für ein Comic gezeichnet und nachkoloriert worden.

Die Comic- und Tortenlandschaft hat sich Landmarken gebaut: Helmut Jahns halber hoher Glaszylinder und Kollhoffs ziegeltapeziertes Gotham-Architekturzitat bilden den Eingang zum Potsdamer Platz, das debis-Hochhaus streckt nachts einen grünen Leuchtfingernagel in den Himmel, als wollte es nach Hause telefonieren. In Wirklichkeit ist der lackierte Leuchtfingernagel ein Schlot, aus dem die Abgase des Tiergartentunnels in den Himmel geblasen werden sollen.

Wo die Tortenplatte zwischen den Kuchenstücken leer geblieben ist, heißt der Platz nach Marlene Dietrich. Ein großes angeschnittenes Plunderstück von Renzo Piano beherbergt das Musical-Theater und die Spielbank. Seine Fassade aus genoppten Leichtmetallplatten würde gerne mit Scharouns dahinter liegender Staatsbibliothek korrespondieren – nur leider hat eine Spielbank der Staatsbibliothek nicht viel zu sagen, das große Plunderstück hat sein gigantisches Campingvorzelt Richtung McDonald's aufgeschlagen. Wenn man gleich eine große gläserne Kuppel, eine gigantische Tortenhaube über alle Gebäude gestülpt hätte, sähe fast alles so aus, wie man sich in den Kinderbüchern der siebziger Jahre zukünftige Städte vorstellte: voller glücklicher, glatthäutiger Menschen, die ohne größere Gefühle auf Rollbändern und -treppen aneinander vorbeifahren.

Nach fast vergessenen Regeln der Festungsarchitektur wurde vor dem Spielbankgebäude ein Wassergraben angelegt, über den führen nun einige Seufzerbrückchen aus Beton und Stahl. Zum Landwehrkanal hin weitet der Wassergraben sich zu einem riesigen Goldfischbecken, weiter hinten in der Wasserfläche ragen die Brandmauern des Canaris-Hauses wie die Felsen einer Böcklin'schen «Toteninsel» auf. Eine Stahlskulptur, die sich der Formsprache einer Panzersperre bedient, riegelt den Platz gegen konventionelle Angriffe aus dem Süden ab. Auf der «Piazza» darf wahlweise von Italien, großen Spielbankgewinnen, wiedergewonnener Urbanität oder Marlene Dietrich geträumt werden. Kommt man oft genug hierher, kann man Gefallen an den warmen Farben finden. Und nur spazierende Apokalyptiker müssen sich fragen, welcher Krieg das alles wieder wegräumen wird. Das Schöne an den Häusern, die man als Kind aus Lego baut, ist, dass man sie immer wieder einreißen kann. Das Schöne an den großen Kuchen, dass sie angeschnitten und gegessen werden.

Vielleicht fehlt dem halbbelebten Architekturmodell Potsdamer Platz bloß ein wenig Patina. Und der frischen Fassadenglasur einige Wasserflecken. Noch ist alles beängstigend unversehrt und sauber. Und keine handgeformte Terrakottakachel zerbrochen.

1998

PS: Ausnahmsweise steige ich mit der Tochter im Tiefbahnhof Potsdamer Platz aus der Regionalbahn – und stehe dann staunend mit ihr in dieser unbenutzt wirkenden pharaonischen Riesenhalle unter der Erde. Wessen Grabmal soll das eigentlich sein?

Ich erinnere mich an die Taucher, die vom Fenster der Stabi-Cafeteria aus zu sehen waren, vor bald zwanzig Jahren. Und wie sie unter Wasser Fundamente gossen, damals dachte ich, sie bauen einen See. Ich erzähle der Tochter von der Leere, dem Nichts, der freien, abgeräumten Fläche, die hier mal war. Dass fast nichts mehr war und wir mit der Schule hierhergekarrt wurden, um die Mauer und die deutsche Teilung zu sehen. Tochter ist bloß mittelbeeindruckt, sie möchte einkaufen gehen.

Oben im Tageslicht gefällt ihr das Sony Center. Das viele Glas dieser Beeindruckungsarchitektur kann also beeindrucken, Kinder zumindest. Kinder, die jünger sind als der neue Potsdamer Platz.

In der Alten Potsdamer Straße und um den Marlene-Dietrich-Platz herum muss ich denken: Ja, so sieht sie aus, die Drogeriemarkt-Architektur der neunziger Jahre des letzten Jahrhunderts, hier steht sie. Nicht mehr neu und noch nicht vergammelt. Patina an den Terrakottakacheln? Nein, aber von dem silberblauen Jeff-Koons-Ballon aus Metall blättert die Farbe. Ich versuche, Verfall zu entdecken, und erinnere mich an das Schutzgerüst, das über Jahre unter dem Kollhoff-Haus stand. Fiel da hin und wieder ein Stein aus der Ziegeltapete? Es wird ein wenig dauern, bis der Potsdamer Platz wieder in Ruinen liegt.

Und ja, auf einmal kann ich es sehen, fünfzehn, sechzehn Jahre später: Potsdamer Platz, du Shopping-Totgeburt, du bist gar nicht «Neues Berlin», im Gegenteil, du bist die letzte Ausstülpung von West-Berlin. Hier hat die Halbstadt noch einmal geträumt, große Stadt zu werden, hat den New-York-Chicago-Traum geträumt, hier haben Weltstadtwille und Metropolensehnsucht sich versucht – und so wenig ist dabei herausgekommen. Das Nikolaiviertel des Westens mit einer Einkaufspassage, die nirgendwo hinführt, ein Hotel, eine Spielbank und ein Musicaltheater. Irgendwie traurig, höre ich mich sagen.

Der Tochter gefallen die Potsdamer Platz Arkaden. Sie findet sie größer und attraktiver als die an der Schönhauser Allee und schöner als das Gesundbrunnen-Center. Stimmt ja. Sie ist im besten Shoppingmall-Alter, sie ist Zielgruppe, und sie bestimmt, wo wir shoppen gehen.

Mir fällt ein, dass es im Jahr 2000 ganz oben im Rohbau des Bahn-Towers mal eine halbaufregende Party gab. Und ich erinnere mich an eine andere Party in einer Suite des Ritz-Carlton mit Aussicht auf ebendiese Kreuzung, die Potsdamer Platz heißt – und so wenig von einem Platz hat. Und obwohl Berlin vor dem Fenster lag, fühlte es sich in dieser Ritz-Carlton-Suite inmitten des wildgemustert-plüschigen Kitschbarocks der amerikanischen Einrichtung an, als ob ich mich in Atlanta, Georgia, oder St. Louis, Missouri, befände.

Müsste ich nicht begeistert sein?, frage ich mich. Müsste ich mich nicht freuen, dass die große Brache wiederbelebt wurde? Leider kann ich mir keine Begeisterung einreden. Ich erinnere mich gern an die Leere, die hier war. Die Weite. Und an das Shakespeare-Theater in der Esplanade-Ruine, es gab dort, bevor der alte Kaisersaal aufwendig verschoben und in das Sony-Center integriert wurde, ein improvisiertes Café, eine Freundin arbeitete dort.

Jedes Jahr zu den Filmfestspielen wird der Potsdamer Platz bespielt. Und sonst? Mir bleibt das Gefühl, es könnte sich um eine Kulissenstadt, um eine Illusion von Stadt handeln, in der Urbanität simuliert wird. Ja, vielleicht hat doch Potemkin gebaut? Gleich gegenüber, am Leipziger Platz, steht noch immer das aus Folie errichtete Fake-Gebäude, das so viel Werbefläche bietet. Unten, auf Fußgängerhöhe, sind Schaufensterauslagen auf den Persenningstoff gedruckt.

Ich vermute, meine Tochter wird den Potsdamer Platz und seine Bauten eines Tages so entgeistert betrachten, wie ich einst das Europa-Center angesehen habe, mit staunendem Schaudern, als Monument einer Zukunft von gestern. Ja, der Potsdamer Platz wird eines Tages alt aussehen. Vielleicht schon sehr bald – denn nebenan am Leipziger Platz, auf dem Wertheim-Gelände, wo sich der legendäre Technoclub Tresor befand und sonst lange nichts, nur freies Feld, erhebt sich nun der Rohbau einer weiteren, viel größeren Shoppingmall – mit einer Passage bis zur Mohrenstraße.

2013

PPS: Die Potsdamer Platz Arkaden sind seit zwei Jahren geschlossen und warten – der Umbau, der einem Neubau gleichkam, ist noch nicht abgeschlossen – auf ihre Wiedereröffnung unter dem Namen «The Playce». Es soll nicht nur einen «Barbie Bake Shop» und die Eisdiele «Caffè e Gelato» geben, sondern auch «Platz für Kunstinstallationen und Veranstaltungen wie Lesungen und Livemusik». Wir sind gespannt. Durch die Absperrgitter an der Alten Potsdamer Straße ist ein neuer, farblich changierender Steinboden auszumachen; sieht so aus, als sei eine gepflegt gepflasterte Indoor-Straße mit Überdachung entstanden – eine Passage, die noch immer nirgendwo hinführt.

2022

Wo die Kompassnadel zittert

Am ehemaligen Kontrollpunkt Friedrichstraße stehen Russen und Amerikaner sich noch gegenüber. Kurz vor der Grenze, die heute nur Mitte von Kreuzberg trennt, verkauft ein russischer Straßenhändler Erinnerungsmilitaria. Auf der anderen Straßenseite träumt Berlin von New York, ein Bürohaus heißt American Center, ein Café nennt sich Deli, «Coffee» steht auf einem Fähnchen, und wo vor zehn Jahren noch Niemandsland war, werben Tafeln für «100 % fruit juices». Teile der Brache haben sich in ambitioniert umbauten Leerstand verwandelt.

Der Straßenhändler vor dem Bauzaun am Checkpoint Charlie bietet sowjetische Offiziersmützen, Ferngläser aus Armeebeständen und russische Uhren an. Einige der Raketas können sich an den Handgelenken hektischer Menschen automatisch aufziehen. Der Verkäufer in Fliegerlederjacke sagt: «Man muss sich nur genug bewegen.» Von der Leica auf seinem Tisch behauptet er gar nicht erst, sie sei echt: «Ein russischer Nachbau der Kamera, die Kriegsberichterstatter der Wehrmacht benutzten. Macht aber trotzdem gute Bilder.»

Das Haus gegenüber liegt schon in Kreuzberg. «Im Westen», wie man früher sagte, «im Süden», sagt der ebenfalls verkäufliche Wehrmachtskompass neben dem Fernglas. Heute führt die Friedrichstraße wieder von Norden nach Süden, Himmelsrichtungen, die früher «Osten» und «Westen» hießen. Es kommt auch vor, dass Besucher Kreuzberg für den alten Osten halten. Die Fragen lauten: «Wo verlief die Mauer?», und: «Wo standen sowjetische und amerikanische Panzer sich gegenüber?» Die Touristen im Mittelgrund stehen ungläubig vor dem Ort, den sie nicht so wiederfinden, wie er auf den bekannten Fotografien abgebildet ist. Fährt die U-Bahn unter ihren Füßen hindurch, vibriert der Boden, und die Kompassnadel zittert, als hätte sie vorübergehend die Orientierung verloren.

1999

An der Darmschleimerei

Am S-Bahnhof Storkower Straße zeigt sich schon vom Bahnsteig aus ein Bauschild, das vom «Neuen Leben im alten Schlachthof» kündet. Neben dem Bahnhof liegt ein weites, leeres Gelände, über das sich eine sehr lange Fußgängerbrücke spannt. Die verrostete Brücke heißt Langer Jammer und führt über das alte Schlachthofgelände hinweg nach Friedrichshain.

Wer über den Langen Jammer geht, schaut auf ehemalige Rinderauktionshallen, auf das Teppichland Berlin und den Berliner Fliesenmarkt, der hier eine große, zeltartige Leichtbauhalle aufgeschlagen hat. Die Spitze des Fernsehturms ragt als ferne Markierung nur gerade eben noch in den Himmel. Von hier muss es sehr weit nach Charlottenburg sein, denkt der Besucher aus Westend, nur die beruflich dazu verpflichteten Öffentlichkeitsarbeiter der Stadtentwicklungsgesellschaft sprechen vom «Schnittpunkt der Bezirke mitten im Herzen Berlins».

Auf dem Gelände, das auf alten Stadtplänen «Zentralviehhof» heißt, werden Ziegelbauten von Umbauungen befreit und Mauern mit nachgeformten Ziegeln ausgebessert. Der Wasserturm, der heute allein in der Brache steht, soll eines Tages von Wohnhäusern umgeben sein. Noch schaut er wie ein Bergfried ohne Berg und Burg ins Gelände. Die Fensteröffnungen anderer historistischer Gebäude sind mit Spanplatten oder Zinkblechen verschlossen. Die alten Granitpflastersteine, über die das liebe Vieh seinen letzten Gang ging, wurden einzeln ausgegraben und eingelagert. Sie werden für mehr als achtundzwanzigtausend Quadratmeter Retro-Straßenpflaster reichen.

Der alte Schlachthof, der nach dem Krieg kurzzeitig als Beutekunstlager diente, war berühmt für seine Ausdünstungen. Anwohner sagen, es habe oft bestialisch gestunken. Es roch nach verbranntem Fleisch und Tierhautverarbeitung. Das Vieh, das mit der Eisenbahn kam, wurde durch unterirdische Viehtriebtunnel zur Schlachtung getrieben; Blut, Knochen und Häute wurden auf dem Gelände weiterverarbeitet. «An der Darmschleimerei» könnte demnach eine der neuen Straßen heißen, mit denen das Gebiet zwischen Landsberger Allee und Eldenaer Straße erschlossen wird. Auf fünfzig Hektar sollen hier Büros und zweitausend Wohnungen entstehen. In den Broschüren sind aus den Werkstätten der ehemaligen Lederfabrik schon «Wohnlofts» geworden. In die denkmalgeschützten Hallen an der Landsberger Allee soll ein weiteres «SB Warenhaus» mit «centertypischer Mischung» einziehen. Nur einen Steinwurf weiter steht das Einkaufszentrum Forum Landsberger Allee. Und genau gegenüber wartet und verwittert der gewaltige, von Aldo Rossi entworfene Rohbau, aus dem einmal die Landsberger Arkaden werden sollten. Wie es scheint, wird nicht zu Ende gebaut.*

Der Lange Jammer führt eineinhalb Kilometer über große Pläne und eingebrochene Dächer alter Baracken, in denen sich der neue Müll des letzten Jahrzehnts gesammelt hat. Die Benutzer dieser Brücke dürfen sich wie Abenteurer auf einer Seilbrücke über unwirtliches, unwegsames Gelände fühlen. Vor dem Teppichmarkt warten lebensgroße Löwen aus Gips. In dem langen Gang ist jede Glasscheibe zerbrochen und jede nur irgendwie bemalbare Fläche bekritzelt, besprüht und noch einmal überschrieben. Die so entstandene bunt-abstrakte Farbfläche

* Die gewaltige Betonburg blieb bis 2009 die größte Investitionsruine Berlins, wechselte mehrfach den Besitzer, wurde zwangsversteigert und schließlich zu einem Hotel umgebaut.

ähnelt auf verblüffende Weise dem Muster der U-Bahn-Sitzbezüge, das deren Bemalung verhindern soll. «Missing you so much, Jesus» steht an einer Stelle entzifferbar auf dem bunten Hintergrund, außen tragen die Stahlträger die erhabene Prägung «Gute Hoffnungshütte». Die Hochspannungsmasten, die nicht weit vom Langen Jammer stehen, sollen abgebaut werden, der Strom wird dann unterirdisch zu dem sehr eleganten, von Assmann, Salomon und Scheidt neu gebauten Umspannwerk an der Thaerstraße fließen. In der grauen Steinfassade des Gebäudes gibt es senkrecht eingekerbte Fensterschlitze, durch die Passanten auf die riesigen elektrischen Anlagen schauen können. Noch kommen nicht viele Anwohner vorbei, die eine entfernte Ähnlichkeit mit Braukesseln bemerken könnten.

Eine neue Brücke, mit deren Bau gerade begonnen wurde, soll die Thaerstraße über die Ringbahn hinweg verlängern, deren Gleise in einem schmalen Bodeneinschnitt verlaufen; der Ostring, heißt es, wurde für den Schlachthof gebaut. Ein abgesägtes Fernheizrohr und verbogene Eisenträger verrosten friedlich, leere Kabeltrommeln liegen verstreut, als hätten Riesen mit Garnrollen gespielt. An der Straßenlaterne vor der elf-Tankstelle auf der anderen Seite der S-Bahn wird mit «Jetzt bei elf» für das Comeback-Album von Modern Talking geworben.

Von den zukünftigen Bauten, die in ein paar Jahren stehen sollen, hat der Planer Marc Kocher Bilder gemalt. Seine Aquarelle, Skizzen und Studien in Tusche und Kreide verzaubern das Planungsgebiet, sie könnten die Entwürfe eines Bühnenbildners für eine große romantische Oper sein. Seine Bauten – in Berlin gibt es von ihm bisher ein Wohnhaus in der Dircksenstraße – behalten auf dem Papier einen Hauch von Italien. Da, wo sie auf den perspektivischen Entwurfszeichnungen dichter stehen müssen, erinnern sie an die Eisenbahnerwohnungen nördlich von Roma Termini.

Nachts, im Mondlicht auf dem Langen Jammer, mit Blick auf das Haushofviertel, an der Darmschleimerei vorbei, nahe dem geheimnisvollen Pettenkofer Dreieck, könnte man fast in romantische Euphorie verfallen. Schon in ein paar Jahren werden Menschen auf die Frage: «Wo wohnen Sie denn?», die Antwort geben: «Am alten Schlachthof, an der Darmschleimerei.» Und vielleicht wird das keine Verwunderung mehr auslösen.

Am Ende des Schlauchgangs, der seine Benutzer so angenehm über den Dingen schweben lässt, führen ein paar Treppenstufen wieder zurück auf festen Friedrichshainer Boden. Eine City-Toilette mit polierter Kunststeinverkleidung verrät die bewohnten Gefilde. Am Straßenrand steht ein Wohnwagen, eine Frau mit rot gefärbten Haaren spaziert über die Straße, und an der Bushaltestelle steht ein Vietnamese und singt. Wie zufällig ragt ihm eine Stange Zigaretten aus dem Anorak.

2000

PS: Vom schönen Langen Jammer steht nur noch ein kurzes Stück. Es führt vom S-Bahnhof Storkower Straße über die Ringbahngleise zum Storkower Bogen. Eine Akkordeonspielerin sitzt da an einem sonnigen Vormittag und spielt melancholische Weisen, wahrscheinlich aus Russland. Manchmal, wenn Fußgänger sehr energisch auftreten, beginnt die Brücke zu schwingen. Sechzig Soldaten im Gleichschritt können eine Brücke zum Einsturz bringen, Resonanzkatastrophe, ich erinnere mich, Physikunterricht, neunte oder zehnte Klasse.

Die sanierten Platten-Hochhäuser an der Storkower Straße tragen ein übertrieben buntes Fassadenkleid in Weiß, Grün, Gelb, Dunkelblau und Taubenblau. Soll wohl hochhausfröhlich machen. «Fachpflege für Beatmung und Wachkoma, 150 m, 1. OG» ist auf einer Brüstungsreklame an der Brücke zu lesen. Wie aber käme ich als Wachkoma-Patient dorthin? Für vier

Euro gibt es in der «Werksküche» – ein Aufsteller verrät es – «Gemüseplatte u. Spiegelei u. Kartoffeln». Im Storkower Bogen lässt sich günstig speisen.

Die Akkordeonspielerin macht eine Pause, vertritt sich die Füße, stampft mit den Sohlen auf. Das Restjammerstück, der kurze Rest des Langen Jammers, gibt nur eine Idee davon, wie lang diese Fußgängerbrücke war. Sehr lang.

Auf der Riesenbrache, über die sie einst führte, ist ein Gewerbegebiet entstanden. Zu sehen sind Sconto Möbel, toom-Baumarkt und – Gartencenter, Kaufland, Shoe4You, Mäc-Geiz, Rossmann, Doc Morris, eine Filiale des Dänischen Bettenlagers und Penny. Alles da, umgeben von großen, teils frisch asphaltierten, teils hübsch gepflasterten Parkplätzen. Die Parkplatzarchitekten haben sich Mühe gegeben, sie haben sogar Ahornbäume pflanzen lassen. In ein paar Jahren werden die im Sommer Schatten und im Herbst Blätter auf die parkenden Autos werfen.

In einer der riesigen alten Viehauktionshallen hat ein Fahrradmarkt eröffnet, er behauptet von sich, er sei der größte Deutschlands – kleiner geht's natürlich nicht. Es gibt eine Indoor-Fahrradteststrecke, Kinder sind begeistert.

Von einer anderen Viehhalle blieb nur das gusseiserne Gerüst, das nun wie ein vielfach überdimensioniertes Rosengitter mit Jugendstilornamenten auf der Wiese steht. Es steht da, als wartete es auf Bewuchs und Berankung. Es ist das Skelett einer Vieh-Basilika, hellgrün gestrichen. Schön sieht es aus, wie die in Luft gezeichnete Skizze eines Gebäudes. Eigentlich ist es gar nicht da.

Auf einer Bank in der Sonne frage ich mich, ob die Erde wohl noch etwas von den Abermillionen Rindern und Schweinen weiß, die hier für Würste und Braten geschlachtet wurden, bis zum Jahr 1990. Hört sich, ich lege mein Ohr auf die Wiese, nicht so an. Kein Nachhall vom Quieken und Muhen und Brüllen, das hier geherrscht haben muss. Zwischen zwei jungen Birken haben Kinder ein menschengroßes Spinnennetz aus Wollfäden geknüpft, ich laufe daran vorbei.

Die Straße hinter dem Birkenhain heißt Zur Marktflagge, auf ihrem Bürgersteig stehen DDR-Retro-Laternen – die mit der runden Streuscheibe oben. Sie erinnern an einen Menschen, der einen flachen Hut trägt. Townhäuschen wurden hier gebaut, eiscremefarben voneinander abgesetzt: Vanille, Mokka, Milchkaffee, Tiramisu. Andere Häuser haben Ziegelaußenwände. Zur Innung heißt die nächste Straße, die Türme des Frankfurter Tors sind in der Ferne auszumachen. Es wird gebaut, Kräne drehen sich, Berlin braucht sicherlich noch mehr Townhäuser.

Auf der anderen Seite der Thaerstraße stehen Wohnblöcke, altes Kopfsteinpflaster liegt auf der Straße, und eine Turnhalle wurde an die stehen gebliebene Außenwand des «Rinderstall B» gebaut. Der Stall für ehemals zweihundertvierzig Rinder ist nun Turnhalle für fast ebenso viele Kinder.

«Wertanlage!» verkünden Fassadenplakate mit Ausrufezeichen, es wären noch Eigentumswohnungen zu verkaufen. Vor einer Wohnanlage sind die Müllcontainer in große Gitterkäfige gesperrt. Bin ich noch in Berlin? Es fühlt sich nicht so an, die Gegend wirkt seltsam unverdichtet. Drehe ich mich, sehe ich in einiger Entfernung die Altbauzeile der Hausburgstraße, Friedrichshain. Ach ja, da ist Berlin.

Der hohe, alte Wasserturm steht noch immer frei im Gelände, frisch verputzt und rot gestrichen. Vor dem Krieg sei er noch einmal achtzehn Meter höher gewesen, ist auf einer Tafel zu lesen. Von dort oben wäre auszumachen, wie die Bebauung ausfranst Richtung Landsberger Allee, es bleibt noch Platz für viele Wertanlagen. Überwucherte Freiflächen und Hallenruinen mit ausgehöhlten Bonbon-Laternenköpfen wechseln sich ab, junge Pappeln wachsen wild, Müll liegt ohne Käfig in der Landschaft.

An der Landsberger Allee steht eine Viehhalle mit einem grinsenden Terrakotta-Schwein im Giebel, auf den Torsäulen des früheren Eingangs sitzen links und rechts schmucke steinerne Bären. An der Außenmauer hängt eine Bronzeplatte mit einer Reliefkarte, «1993–2006 Entwicklungsbereich Alter Schlachthof Berlin» lese ich da. Aha, die Entwicklung, so sieht es aus, ging also vor sieben Jahren zu Ende. Unter dieser Ewigkeitsgeste, die das Halbfertige feiert, liegt eine tote Taube, daneben ein leerer Pizzakarton. Das Terrakotta-Schwein im Giebel grinst herab, ich glaube, es lacht mich aus.

2013

Schönhauser Allee

Wo Schönhausen liegt, weiß der Besitzer des Imbisses, der «Tag Schwein gut Sau billig nacht» heißt, nicht. Sein Geschäft liegt gleich hinter dem kaum wahrnehmbaren Knick, an dem die von Pankow kommende Berliner Straße ihren Namen wechselt und zur Schönhauser Allee wird. Vor seinem Laden ist der Bürgersteig mit grünem Teppichboden gepolstert, auf dem weiße Plastikstühle die Rückeroberung des öffentlichen Raums proben. Hier wird morgens um acht schon getrunken, die Truxa-Bierbar gleich nebenan hat im Morgengrauen geschlossen. Passanten tragen Aktenmappen, Dosenbiere, Rucksäcke oder Brötchentüten vorbei. Auf der oberen Schönhauser Allee gibt es in jedem Block Filialen einer anderen Großbäckerei. Überraschungsbazar, Fabrikverkauf, Allerlei toll und preiswert, Conny's Container, Posten und Partien und Knüller Kiste – «Jeder Artikel 99 Pfennig» – liegen dazwischen. «Ganz Berlin ist eine Weltausstellung», sagt ein Kultursenator, hier liegt ihre Ramschabteilung. Die dünne alte Frau, die sich trotz ihrer Blindenbinde bückt und Müll vom Bürgersteig aufhebt, brüllt: «Berlin ist ein Scheißhaufen geworden.» Sie steht vor dem Haus mit der gigantomanischen Erkerkuppel Ecke Kuglerstraße. Der Architekt des Gebäudes folgte wohl dem persönlichen Wunsch des letzten Kaisers, der sich Eckhäuser immer besonders prächtig wünschte. Im chinesischen Geschenke-Basar kosten zwei Hemden siebzehn Mark neunzig, seit es warm ist, trägt die Schaufensterpuppe mit Nackenhaaren eine Sonnenbrille.

Die Linden auf der oberen Schönhauser Allee sind noch klein, sie spenden wenig Schatten. Den Vietnamesen, die an der Ecke

Bornholmer und vor Burger King geschmuggelte Zigaretten verkaufen, scheint nie richtig warm zu werden. Sie tragen immer Anoraks. Verstecken sie ihre kugelsicheren Westen? Übervorsichtige Spaziergänger rechnen in ihrer Nähe mit einer Schießerei.

Es gibt Bänke, denen die Rückenlehnen fehlen, auf Klebezetteln an den Haustüren wird Ofenabriss angeboten, Blume 2000 zaubert einen Garten auf den Bürgersteig, auf dem keine Schweinebäuche, keine Gehwegplatten aus Granit, mehr liegen. Das Pflaster muss in den Jahren nach 1990 erneuert worden sein, neben den kleinformatigen Kunststeinplatten kratzen kleine Kopfsteinpflastersteine durch dünne Sohlen. Nachmittags treten sich die Menschen auf die Füße.

Ecke Schivelbeiner Straße wechselt die Hochbahnkonstruktion, die sachliche Verlängerung des Hochbahnviadukts – die Sanierung hat begonnen – endet. Auf die in weitem Abstand geraden, auseinanderstehenden Pfeiler folgen die älteren, geschwungen und dichter beieinanderstehenden Stützen, die Alfred Grenander entworfen hat. Nach dem Schutz, den sie bei Regen unter der Trasse bietet, wird die Bahn auf Stelzen auch «Magistratsschirm» genannt. Der Schirm hat jedoch Löcher, die Rohre lecken. Und vor dem Mist der Tauben schützt er nicht.

Humana – «First Class Second Hand» – gibt es auf der Schönhauser gleich zweimal, die Butter-Lindner-Filiale hat vor nicht allzu langer Zeit geschlossen. Der «Boulevard des Nordens», wie die Schönhauser Allee einmal hieß, hat viel verloren. Zwei Hutsalons und fünf Buchhandlungen sind geblieben, die Schönhauser Allee Arcaden sind hinzugekommen. Und fünf oder sechs Läden, die Mobiltelefone verkaufen. Seit der Eröffnung der Mall stehen nicht nur in den Seitenstraßen Läden leer. An der Ampel Ecke Dänenstraße trinkt eine junge Frau Buttermilch und steckt sich eine Cherrytomate in den Mund, vom nah der Fahrbahn aufwirbelnden Staub lässt sie sich nicht irritieren. Der Wochenmarkt, der zuvor auf dem Grundstück neben dem abgerissenen Empfangsgebäude des S-Bahnhofs Schönhauser Allee abgehalten wurde, ist unter den verrosteten Hochbahnviadukt gezogen. Um an den Markt unter der Pariser Hochbahn am Boulevard de Rochechouart zu erinnern, fehlt der ein oder andere Stand.

Hoch- und Straßenbahn fahren, vorbei am neu erleuchteten Kino Colosseum, bis zur Kreuzung Kastanienallee nebeneinander. Auf diesem älteren Hochbahnabschnitt nimmt die Bahn ihre Beine auseinander, die Stützen des grün gestrichenen Viadukts stehen leicht gespreizt, die Nieten sitzen wie erhabene, regelmäßig angeordnete und überstrichene Leberflecke auf dem Stahl. Aus der Bahn zeigen sich Autos, Paare, Passanten, Fahrräder, dreirädrige Kinderwagen und ein Mann, der im Rollstuhl geschoben wird und dabei raucht. «Gastronomiegeeignet» heißt es an den Schaufensterscheiben leer stehender Ladenräume, von der Hochbahn sind Balkone, Erker, Küchen und Wohnzimmer einsehbar, blickdichte Gardinen nicht überall, Liebesgeschichten können unter Beobachtung anfangen.

Der Hochbahnhof Eberswalder Straße, früher Dimitroffstraße, der letzte Bahnhof, bevor die U-Bahn wieder in den Boden taucht, klemmt zwischen den Fassaden, er schwebt wie ein großer grüner Käfer über der Straße, die Straßenbahnen kriechen wie kleine gelbe Raupen unter ihm hindurch, Autos warten wie bunte Blattläuse an der Ampel. Ihre Abgase wehen über die Currywurstesser, die vor Konnopke's Imbiss stehen.

Wo die U-Bahn im Untergrund verschwindet, wacht die Schultheißbrauerei wie eine feste Burg vor der Innenstadt. Frisch renoviert und überall typografisch historisch korrekt beschriftet, wirkt sie wie für einen Disney-Film wiederauferstanden. Passenderweise hat das Haus Schönhauser Allee 150 zwei Schmucktürmchen wiederbekommen, ihre glänzenden Hauben spielen Morgenland.

Die Fahrgeräusche der Autos werden auf dem Kopfsteinpflaster immer lauter. Auf den jüdischen Friedhof folgt die Polizeiwache, dahinter liegt die Freifläche, die den Senefelderplatz größer als erträglich macht. Während des Krieges soll hier ein Bomber abgestürzt sein, von dem Block, auf den er fiel, blieb nicht viel. Die Schönhauser Allee verliert sich fast in der plötzlich aufgebrochenen Weite, die zur Kollwitzstraße hin bald mit Blockrandbebauung geschlossen werden soll.

Hier unten, kurz vor der Mündung, liegen der Pfefferberg und sein Garten und das Restaurant Treviso, das etwas zurück wie auf einer Warft geschützt vor dem Hochwasser des Straßenverkehrs liegt. Zwei Parzellen südlich, in einer weiteren Lücke, ein Gebrauchtwagenhändler, und an der Ecke zur Torstraße, ungefähr dort, wo einst das Schönhauser Tor gestanden haben muss, ein Laden für gebrauchte Kühlschränke in einem der neuen Bürohäuser. In den Prospekten des Investors sah das wahrscheinlich anders aus.

2000

PS: Die Lindenbäume sind gewachsen, ihre Blätter bilden ein Dach über dem Bürgersteig. Kein Wochenmarkt mehr unter der Hochbahn, schon lange nicht mehr, es gibt ein, zwei, drei Bio-Supermärkte auf der Schönhauser. Der Burger King Ecke Paul-Robeson-Straße hat geschlossen, jetzt bräunt ein Sonnenstudio dort Körper. Zigaretten werden nicht mehr auf der Straße verkauft.

Die Bäckerei Krautzig feierte ihren achtzigsten Geburtstag, und China-Perle wurde ein Vietnamese – wie viele vietnamesische Restaurants gibt es auf dieser Straße? Und wie viele Friseure? Acht? Neun? Es gibt sogar einen Friseurbedarfsladen, weiter unten, Ecke Fehrbelliner Straße.

Die Hochbahn wurde saniert, Alfred Grenanders Viadukt

steht ganz in Grün und frisch gestrichen da, es hat nur etliche Jahre gedauert. Der Flachbau Ecke Schivelbeiner wurde abgerissen, ein Geschäftshaus entsteht, wieder ein Nachkriegsflachbau weniger. Am Ringbahngraben musste der Blick sich an das unförmige Ärztehaus gewöhnen; bevor diese Abschreibungsarchitektur dort hingeklotzt wurde, waren auf der verschwundenen Brandmauer nach Einbruch der Dunkelheit Dia-Projektionen zu sehen. Die Bronzetafeln auf der Brücke über die S-Bahngleise, oft beschmiert und überklebt, erinnern noch immer an die Schlacht um Berlin.

Der Fahrradverkehr hat zugenommen, in den Sommermonaten ist die Schönhauser eine Fahrradbahn. Die Straßenbahn hält wie eh und je, oft lebensgefährlich, mitten auf der Straße. Und ich gehe dich, Schönhauser Allee, noch immer gern hinauf und hinunter, fast jeden Tag. Und freue mich über die älteren Lindenbäume auf dem Mittelstreifen, im Hochbahnschatten. Wirkt so unwahrscheinlich, wie sie da gewachsen sind.

Frozen-Yogurt- und Bubble-Tea-Läden haben eröffnet und wieder geschlossen. Aus einem Bubble-Tea-Shop ist eine Salatbar geworden, ein anderer wurde zur Burger-Manufaktur. Das Geschäft für polnische Spezialitäten hält sich, es gibt noch zwei Videotheken. Die dritte, die mit der besten Auswahl, Ecke Stargarder musste schließen – der Laden steht gerade leer. Leer stehen auch die Räume, in denen Schlecker deprimierte. Und die, in denen das Café Nährreich war. Und die, in denen sich ein Geschäft für Männergeschenke befand.

Der Ein-Euro-Shop läuft anscheinend gut. Gleich daneben werden in einem Geschäft namens Moskito Bratwürste gegrillt und preiswerte Unterhosen verkauft, während der Saison auch Spargel – eine Angebotskombination, die mich jeden Tag aufs Neue fasziniert. «Im Kino Colosseum war 1945 ein Lazarett», höre ich einen älteren Mann auf der Straße sagen. Um den

Kinoeingang herum zeichnen die vielen auf den Gehwegplatten klebenden Kaugummis ein Fleckenmuster. Sieht aus, als schliefe da ein großes Raubtier, auf dessen flachem Rücken wir Fußgänger spazierten.

Zwei Punks und ihre Hunde sitzen vor Kaiser's auf dem Bürgersteig, sie wünschen einen schönen Tag. Aus der Schreibwarenhandlung Papiertiger zieht, die Tür steht offen, Schreibwarenladenduft auf den Gehweg. Die Restebuchhandlung Wohlthat heißt nun Joker's, die Buchhandlung Anakoluth führt die feineren Bücher, beste Auswahl. Es gibt einen Gummibärchenladen, der aus Weingummi geformte Pizzen und Torten verkauft, und es ist, wen wundert's, gar nicht so leicht, mit einem Kind an der Hand an diesem Laden vorbeizugehen. Das Geschäft mit dem Wort «Weltmusikinstrumente» über dem Schaufenster überfordert mich regelmäßig mit seinem Namen. Peter Werks Elektroladen ist verschwunden, nun befindet sich dort der Lauf- und Turnschuhladen Runner's Shop, der zuvor ein kleineres Ladenlokal zwei Häuser weiter hatte, viele Paar Schuhe haben wir dort schon gekauft.

Rossmann hat sich neue Geschäftsräume gebaut, dort, wo vorher Carglass war. Und an der Ecke Pappelallee, wo Rossmann war, hat nun das Kochhaus eröffnet – ein Laden, der Rezeptideen zum Selberkochen samt den nötigen Zutaten verkauft, einzelne Knoblauchzehen zu zwanzig Cent das Stück zum Beispiel. Einige Meter weiter werden Fleisch und Wurstwaren wie Kunstobjekte inszeniert, bei Fleischer Mischke hingegen liegt der Aufschnitt ganz konventionell in der Theke.

Es gibt weniger Mobilfunkgeschäfte, Backshops haben ihre Namen gewechselt, und auf dem tortenstückförmigen Grundstück Ecke Cantianstraße steht noch immer kein Haus. Da könnte ein Investor doch das Flatiron des Prenzlauer Bergs errichten, dachte ich während der letzten Jahre – bis im Frühjahr plötzlich das Bauankündigungsschild für die Wohnanlage Cantian-Eck auftauchte. Vor Jahren gab es eine Sommerbar auf dieser Wiese, so richtig lauschig war es jedoch nicht am Boulevard des Nordens. Es fahren halt immer sehr viele Autos die Schönhauser Allee hinauf und hinunter. Und die U-Bahn. Und die Straßenbahn.

Schöne Häuser stehen an der Schönhauser. In der freien Natur, als Felsenschlucht, wäre sie ein Wunder. So ist sie es auch, die schöne Schönhauser.

Südlich der Danziger, da wo der Club und Veranstaltungsort NBI seine Räume in der Kulturbrauerei hatte (legendäre «Supatopcheckerbunny»-Abende fanden dort statt), befindet sich nun ein Gravis-Apple-Store. Das Gemeinschaftshaus Zentrale Randlage (die Band Britta hatte dort einen ihrer Proberäume) gibt es nicht mehr, die Lücke daneben wurde mit einem Apartmenthaus geschlossen. Und die riesige, vom abgestürzten Bomber rasierte Freifläche am Senefelderplatz ist bebaut worden – leider mit dem billigsten Entwurf, der zu haben war. In den beiden unteren Geschossen dieser Lochschachtel ist ein großer Biomarkt eingezogen, innen gibt es eine Fahrtreppe für Einkaufswagen. Zum Ausgleich steht eine lebensgroße Kuh vor dem Eingang, die Kuh ist aus Plastik. Und auch wo diese Kuh steht, gab es einmal eine Wiesenbar, sie hieß Sonnendeck, die Getränke wurden aus einem Bauwagen heraus verkauft. Schön war's.

Es liegt kein Kopfsteinpflaster mehr, die Schönhauser wurde südlich des Senefelderplatzes mit Mittelstreifen neu gebaut. Auf dem glatten Asphalt rollen die Autos sehr viel leiser. Links liegt das Due Forni (früher Treviso), oft haben wir dort gegessen, oft dort im Garten gesessen. Die 8MM-Bar ist noch da, das alte Bassy, im Hof brannte oft ein offenes Feuer, nicht mehr – Schönhauser, du schreibst einen Text, der nie fertig wird ...

2013

Deutsches Schutzgebiet

Wer vom Alexanderplatz kommend an den Rathauspassagen vorbeigeht, ihre Dachreklame «Puschkin – für den Bär im Manne» nicht beachtet, die Waschbetonmöblierung und auch die Ramschgeschäfte, die «Preisgiganten» und «Billigmacher» heißen, linker Hand liegen lässt, der sieht hinter dem Roten Rathaus zierliche Plattenbauten mit kannelierten Betonpilastern und kleinen Giebeln. Ihre Fassadenelemente sehen aus, als sei der Beton in Verschalungen aus Wellblech gehärtet. Diese Häuser, die verheißungsvolle goldene Kugeln tragen, sind die ersten Häuser des Nikolaiviertels. Vor ihnen stehen alte grüne Gaslaternen im rot getönten Verbundpflaster, die nicht mehr mit Gas, sondern mit elektrischen Glühbirnen betrieben werden. Die Verkäuferin in der Boutique Jacqueline – «ab Größe 42» – hat einen «Berlin-Schirm», der «in limitierter Auflage» und «exklusiv im Nikolaiviertel» angeboten wird, im Schaufenster aufgespannt. Von den Balkonen der gelb gestrichenen Plattenbauten leuchten buschige Geranien.

Vor dem ersten Andenkenladen fällt ein schwarzes T-Shirt mit der Abbildung einer Kalaschnikow AK-47 und dem Schriftzug «Greatest Hits» ins Auge, daneben hängen zwei Gasmasken und sowjetische Uniformjacken auf dem Kleiderständer. Winkelemente mit dem Wappen der DDR sind ebenfalls im Angebot. Zum Nussbaum heißt die Kneipe neben der Nikolaikirche. In ihrem Giebelhaus, das ursprünglich auf der Fischerinsel stand und hier wiederaufgebaut worden ist, soll Heinrich Zille gebechert haben. Auf der Karte, die im kleinen Gastgarten des geklonten Hauses hinter dem noch jungen Nussbaum aushängt, stehen Kohlrouladen mit Kartoffeln für zwölf Mark fünfzig, Eisbein mit Erbspüree und Sauerkraut sowie Königsberger Klopse.

Hinter der wiederauferstandenen Kneipe wechselt die Tönung der Plattenbaufassaden in ein badezimmerfarbenes Türkis, im «Birkenparadies» gibt es sibirische Holzschnitzereien zu kaufen. Neben der Feldsteinmauer der Nikolaikirche laufen die Füße über altes Kopfsteinpflaster, vor der Altbauzeile scheint es von vielen Schritten geglättet worden zu sein. Die Theodor-Fontane-Apotheke hat ihre Schaufenster mit Venenmitteln dekoriert, die bei «Schmerzen, Schwellungen und müden Beinen» helfen sollen.

Die Touristen, die durch «Little German Town» schlendern, sehen verwitterte und unleserlich gewordene Grabplatten im Feldsteinmauerwerk der Nikolaikirche. Vielleicht wundern sie sich, dass die Kirche, das älteste Bauwerk Berlins, keine Kirche mehr, sondern Ausstellungsraum ist und nur gegen fünfzehn Mark Eintritt besichtigt werden kann. Dass das Haus der Apotheke, die einmal «Zum gekrönten schwarzen Adler» hieß, vor dem Krieg anderswo, nämlich an der Ecke Rathausstraße stand, muss keiner der Touristen bemerken. Vielleicht erfährt sie oder er aus dem Reiseführer, dass das Knoblauchhaus – das Weinhaus Huth des Nikolaiviertels – den Krieg unversehrt überstanden hat und unverrückt am ursprünglichen Standort verharrt hat. Für das berühmte barocke Ephraim-Palais am Ende der Straße gilt das nicht, es wurde schon 1935 in Einzelteile zerlegt, weil es der Verbreiterung der Mühlendammschleuse im Weg war. Und überstand wahrscheinlich nur deshalb den Krieg. Der Wiederaufbau mit Originalsteinen begann erst 1985, vielleicht wurde da schon für den Wiederaufbau des Schlosses geprobt. Als Kopie entpuppt sich auch die Gerichtslaube, ein Gebäude mit Gaststätte, die dem Ort der mittelalterlichen Rechtsprechung nachempfunden ist. Heute gibt es dort «Großes Pökeleisbein», «Zwiebelsuppe Rheinsberg» und «Eisbeinsülze, hausgemacht».

Der Thüringer Weihnachtsmarkt, der unter einer Plattenbauarkade liegt, hat, so verkündet es ein Schild, «das ganze Jahr geöffnet». Die Bögen der Plattenbauarkaden sind hier mit Plexiglas verhängt, als müsste das betongegossene Kreuzgewölbe in Frischhaltefolie verpackt sein. Das Nikolaiviertel erinnert an eine viel zu sehr herausgeputzte Fußgängerzone einer westdeutschen Kleinstadt. Oder an ein Staatsopern-Bühnenbild für eine große Chorszene, lange vor der Wende – hier jedoch Reisegruppen, kein großer Chor in der Kulisse. Vor den Schaufenstern des Geschäfts für Plauener Spitzen zerstreuen sich die Gruppen, die ein oder andere ältere Reisende streichelt den Riesenteddybären über die Ohren, die kinds- bis lebensgroß am Straßenrand stehen. Im leichten Sommerregen saugen sie sich langsam voll.

Auf ihren T-Shirts verraten die Besucher, wo sie überall gewesen sind, sie tragen «Planet Hollywood Paris» und «Art in Italy» auf der Brust. Das Nikolaiviertel ist Treffpunkt für Überseetouristen aus Japan und Indien. US-Amerikaner mit riesigen Brillen bewegen sich hier wie zum Leben erwachte Skulpturen von Duane Hanson. Der kleine Gassenpark, in dem der Einheimische fremdelt, scheint ihnen zu gefallen. Dass sie in ein Touristengetto geraten sind und dass es diese Altstadt vor zwanzig Jahren noch nicht gab, scheint sie nicht zu stören, sie erfreuen sich an der Idee, dass Berlin so gewesen sein könnte. Braunstichige Ansichtskarten mit Vorkriegsmotiven werden gemustert und Poster studiert, auf denen die Dienstränge der Armee Friedrichs des Großen und ihre Uniformen abgebildet sind. Vor einem Geschäft gegenüber der Kirche werden kleine Emaille-Schilder mit den in Schaftstiefelgrotesk gesetzten Aufschriften «Swingtanzen verboten! – Die Reichskulturkammer» oder «Vorsicht bei

Gesprächen – Feind hört mit» betrachtet. Auf einem anderen Schildchen heißt es unter den Farben der Reichskriegsflagge: «Deutsches Schutzgebiet», es werden auch Videokassetten mit Titeln wie «Der Todeskampf der Reichshauptstadt» oder «Metropole Berlin» und die Nachdrucke alter Pharus-Stadtpläne verkauft – Stadtpläne, auf denen es, je nach Wunsch und Belieben, für immer 1910 oder 1936 bleibt.

Im Nikolaiviertel ist Berlin die Inszenierung einer Erinnerung, eine Alt-Berlin-Beschwörung, eine Simulation, die auch anderswo, in Japan oder in Las Vegas, stehen und stattfinden könnte. Eigentlich müsste den Besuchern auffallen, dass viel zu viele Stühle am Straßenrand und am Spreeufer stehen. Und dass die Stühle für sie selbst, das Publikum, dort aufgestellt worden sind. Kleine Messingplaketten kündigen die letzte Bestellung für einundzwanzig Uhr dreißig an. Das Nikolaiviertel wird dann nicht wirklich geschlossen, die Bewohner der badezimmerfarbenen Plattenbauten wollen bloß in Ruhe schlafen.

2000

PS: Viel scheint sich nicht verändert zu haben. Noch immer gibt es die braunen, eckigen Vitrinen im Plattenbau-Kreuzgang, Erzgebirgswaren werden angeboten, die Altberliner Weißbierstube hat geöffnet – sieht allerdings sehr nach Neuberlin aus, diese Bierstube im Altneubau. Heute im Angebot: Berliner Eisbein auf Weinkraut mit Erbspüree und Petersilienkartoffeln zu elf Euro achtzig.

«Stil ist keine Frage der Mode», lautet das Motto über dem Eingang einer Boutique namens Pramo – tja, vielleicht aber doch? Gerade läuft der Räumungsverkauf, vierzig Prozent Rabatt auf alles.

Neben dem Reinhard's (mit Apostroph) liegt die Gerichtslaube, die sich «Alt-Berliner Restaurant» nennt, auseinandergeschrieben, nicht zusammen wie die Altberliner Weißbierstube. Dieses ominöse «Altberlin» scheint so vergangen zu sein, nicht einmal seine Schreibweise ist sicher. Die Speisekarte der Gerichtslaube prunkt mit Englisch, Französisch, Spanisch, Italienisch, Russisch, Japanisch und Griechisch – das Nikolaiviertel ist very international.

Der «Salon Plauener Spitze» ist noch da, daneben warten «Der HerrenLaden» (mit Binnenmajuskel), «Ledermode» und «Fröhlich Wohnen – der Raumausstatter» auf Kundschaft. «Fröhlich Wohnen» lockt mit viel Plüsch, Stoffdahlien, motivbestickten Brokatkissen, Leopardenmuster-Lampenschirmen und Vorhängen mit Violinen- und Noten-Motiven. Wie wohltuend unhip und unsexy Berlin sein kann, das Nikolaiviertel ist, eher unabsichtlich, zum ästhetischen Erholungsgebiet geworden.

Das Nikolaiviertel ist auch ein DDR-Museum. Ja, ein bisschen lebt sie hier weiter, die DDR. Auf der Bronzetafel am Haus Zum Nussbaum ist vom «faschistischen Weltkrieg» zu lesen, und Erich Honecker ist noch da: Auf einer Bronzetafel vor dem Ephraim-Palais, die an den Abriss während der dreißiger Jahre und den Wiederaufbau fünfzig Jahre später erinnert, wird verkündet, dass dieses bedeutende Gebäude «im Beisein des Genossen Erich Honecker» wiedereröffnet wurde. Die Schilder des «Historischen Pfads» sprechen von «Westberlin» und die Wohnungsbaugesellschaft Mitte, die diesen Pfad eingerichtet hat, bezeichnet ihr Nikolaiviertel als «einen atmosphärischen und fußgängerfreundlichen Stadtraum, der seinen Charme auch und gerade aus den eigens entworfenen Arkaden- und Sonderelementen nährt». Tatsächlich schauen die sprossenlosen Fenster eher traurig aus den kannelierten Betonfassaden. Das Nikolaiviertel fühlt sich trotz der eingefügten Neu-Altbauten weiterhin künstlich an, kalt – und an einem Tag, an dem keine Touristen es durchströmen, seltsam leer.

Die Kritik, die meint, es handele sich hier um eine Art Altstadt-Disneyland, ist ungerecht, denn Disneyland ist besser, vieles in Disneyland wirkt sehr viel echter als das Nikolaiviertel, Disney versteht mehr von Illusion, als die DDR davon verstand.

Die alten Häuser um die Nikolaikirche wären beinahe schon zur Siebenhundert-Jahr-Feier Berlins im Jahre 1938 abgerissen worden, ein «Altstadtforum» sollte damals errichtet werden, unter Verwendung der Fassaden historischer Bürgerhäuser, die andernorts für die Welthauptstadt Germania abgetragen werden sollten. Den Abriss der Wohnbebauung um die Kirche besorgten dann die Bomben der «angloamerikanischen Barbarei», wie es auf der Bronzetafel an der Kirchmauer heißt.

Fünfzig Jahre später, zur Siebenhundertfünfzig-Jahr-Feier Berlins, wurde die nationalsozialistische Altstadtforum-Idee durch die DDR teilverwirklicht: Eine Idee von Altstadt wurde wiederaufgebaut – nachdem der Plan von 1959, die Spree genau an dieser Stelle zu einem Hafenbecken für Ausflugsdampfer zu erweitern, nicht umgesetzt worden war. Seltsam, die Geschichte dieser Stadt.

Die Nikolaikirche wurde bereits 1938 profaniert und von da an als «Musikdom» bezeichnet, im Krieg brannte sie aus. Heute ist in ihr eine Außenstelle des Märkischen Museums untergebracht, in der daran erinnert wird, wie Kirchen einmal ausgesehen haben, auch in Berlin. Und das überrascht: Berlin, du große Tochter des 19. Jahrhunderts, warst du wirklich einmal eine Barockstadt? Freigelegte Fundamente, eine rekonstruierte Kanzel, einige beschädigte Epitaphe sprechen davon – eigentlich aber, so das Gefühl, kommt Berlin ganz gut ohne diese Vergangenheit aus. Berlin braucht keine künstliche Altstadt, Berlin braucht kein neues Alt-Berlin, Alt-Berlin ist abgebrannt.

2013

Schöne neue Legowelt

In der alten Fabrik an der Osloer Straße stehen Eltern staunend vor ihrer Kindheit. «Legowelt» heißt die Ausstellung des Kindermuseums, in der von der ersten bunten Bausteinpackung aus den fünfziger Jahren noch der Enkel des dänischen Firmengründers lächelt. Daneben liegt eine der Wiederaufbaupackungen der Jahre 1957 bis 1959, darin ein schwarzer und ein roter VW-Käfer und die dazu passende VW-Werkstatt. Kinder konnten damals mit dem neuen Deutschland spielen, das um sie herum aufgebaut wurde. Ein paar Jahre später hatte ein Legobungalow schon ein selbst öffnendes Garagentor: Es hebt sich, sobald die Bodenplatte durch das Gewicht eines Modellautos beschwert wird. So manches mittlerweile in die Jahre gekommene westdeutsche Neubaugebiet lässt sich mit Lego noch heute original- und maßstabsgetreu nachbauen. In der Vitrine stehen Legogebäude, die der Schlichtheit ihrer Vorbilder in nichts nachstehen: funktionalistische Nachkriegsbauten, Sparkassen, Postämter mit Flachdach und Hochhäuser, wie sie am Ernst-Reuter-Platz stehen. Für Altbauten ist in Legoland kein Platz, Lego kennt nur die glatte, abwaschbare Fassade.

Mama und Papa sehen in dieser Ausstellung auch die erste Legoeisenbahn mit den blauen Schienen wieder, erstmals 1966 auf dem Markt. Die Lokomotive wurde von einem 4,5-Volt-Motor angetrieben, die Batterie fuhr auf dem Kohletender mit. Nach der Häkchenkupplung wechselte Lego zur viel faszinierenderen Magnetkupplung. Mama und Papa lernten, dass gleichfarbige Magneten sich abstoßen.

Eine Vitrine weiter stehen die Modelle vietnamkriegserprobter Hubschrauber aus dem Jahre 1970, damals noch ohne Sonderteile gebaut. Aus der gleichen Epoche stammt der Lastkahn, dessen Ladeluken die Legokonstrukteure aus Fensterläden improvisierten. Erst mit der Einführung der «Systembaukästen» kamen besondere Schiffs- und andere Spezialbauteile auf. Und seit Ende der achtziger Jahre gibt es Spezialschachteln zu den – die Vitrinenbeschriftung formuliert hier sehr vorsichtig – «statistisch erhobenen Mädchenthemen ‹tropisches Stranderlebnis, Pferde, Traumhäuser›». Auch in der Osloer Straße spielen hauptsächlich Mädchen mit der Barbiepuppen-Kopie namens «Lego-Scala», deren mondäne Puppenhauswelt nichts mit dem biederen Legoland gemeinsam hat. Scala-Puppen lassen sich kämmen und «können», wie ein Mädchen sagt, «sogar in den Spiegel schauen».

Frühes Lego kam mit Häusern und Autos aus, Figuren kamen später. Die Evolution der Legofigur verläuft von den Minifiguren, die erst 1978 – wahrscheinlich als Antwort auf die vier Jahre älteren Playmobilmännchen – erfunden wurden, über die größeren Duplofiguren für die Kleinsten hin zu den Fabulandtieren. Dann verästeln sich die Abstammungslinien: Lego-Basic-Figuren mit plastisch ausgeformten Gesichtern treten auf, stehen aber in Konkurrenz zu den Lego-Technik-Figuren. So klar und einfach Legosteine aufeinanderpassen, so unübersichtlich sind die Verwandtschaftsverhältnisse der Figuren. In dieser Familie passt nicht immer alles zusammen.

Mütter schauen auf ihre vertieft spielenden Kinder, jeder zweite Vater hält einen Fotoapparat in der Hand, das eine oder andere Kind wird in dem großen Legobecken, vor dem alle ihre Schuhe ausziehen müssen, gefilmt. Das Wühlen in den Bausteinen verursacht das charakteristische Legogeräusch, das im Schlagwerk mancher neuen Musik nicht fehlt. Es hört sich an, als würden unzählige Nachwuchsgespenster mit Kunststoffketten rasseln.

Aus Lego lassen sich auch große Skulpturen bauen: lebensgroße Piraten, ein schaukelndes Schiff auf blauen Legowellen und zwei Elefanten. Einmal ist der Schwanz des Elefanten aus einem Stück Kordel, einmal aus beweglichen Legoteilen an den Rumpf gefügt. Leider fehlt in der Ausstellung die von dem polnischen Künstler Zbigniew Libera 1996 ohne Lizenz und in sehr kleiner Auflage produzierte Lego-System-Packung «Konzentrationslager». Libera nahm den Spruch «aus Lego lässt sich alles bauen» wörtlich und erregte einiges Aufsehen, denn mit seinem Bausatz ließen sich graue Baracken, Wachtürme und ein Krematorium bauen; Prügel- und Folterszenen konnten mit Lego-Minifiguren nachgestellt werden. Eine Packung wurde vom Jewish Museum in New York angekauft.

Die Firma Lego wirbt damit, dass derselbe Stein in einem Auto, in einem Schloss, im Pfeiler einer Bohrinsel und auf einem Ufo-Landeplatz wiederauftauchen könnte. Meist aber versinkt gerade dieser Stein wie alle anderen in der großen Legotonne. Lego bietet eine frühe Einführung in den Lehrsatz der Entropie: Unordnung ist einfach viel wahrscheinlicher als Ordnung. Früher oder später endet jede Konstruktion in Einzelteilen, mitunter lässt sich auch die pure Lust an der Zerstörung an den geschaffenen Gebilden aus. Vielleicht verleitet Lego damit manches Kind zu der oft unzutreffenden Annahme, alles Zerstörte ließe sich wieder zusammensetzen.

Der Kult um den Baustein scheint bei den Produzenten im jütländischen Billund mittlerweile eine milde Form des Wahns erreicht zu haben: Es heißt, man habe alte Gussformen für Legosteine unter den Zement für Fundamente neuer Fabrikgebäude gemischt. Nur um sicher zu sein, dass niemand anders sie je wieder benutzt.

In der Ausstellung an der Osloer Straße sitzen Väter, die Cordhosen tragen, auf der Besucherterrasse der Fabrik und blättern durch ihre Zeitung, Töchter und Söhne transportieren Legobausteine zur eigenen Baustelle. Eine Mutter öffnet mitgebrachte Tupperdosen, die Kleinsten werden gefüttert. Um fünfzehn Uhr wird die Ausstellung wegen Überfüllung vorübergehend geschlossen, die Schlange der Wartenden vor der Tür ist fünfzig Meter lang.

2000

Das Hotel, die Schokoladenfabrik und der Schrottplatz

Im südlichen Neukölln ragt zwischen Sonnenallee, Gleisanlagen und Schifffahrtskanal der riesige Bau des Hotel Estrel wie eine gekenterte und zufällig gestrandete Kanalfähre in den Himmel. Das Hotel Estrel ist das größte Hotel Deutschlands und der Speckwürfel dieser Übergangslandschaft, die sonst kaum ein Besucher betreten würde. Das Hotel liegt stadtgeografisch isoliert und ist verkehrstechnisch dennoch perfekt angebunden. Der Gast, der vom Flughafen oder von der Stadtautobahn hier herfindet, muss mit der Umgebung nicht in Berührung kommen. Er kann sich durch das ebenerdige Parkgeschoss oder über den hoteleigenen Bahnsteig einschleusen lassen. Neukölln und die Außenwelt sind bald vergessen. Das Raumschiff Estrel hat sein eigenes Klima; schlechtes Wetter und soziale Wirklichkeit der Neuköllner Sonnenallee bleiben ausgesperrt. Die Restaurants in der glasüberdachten Hotelhalle heißen Portofino, Sanssouci und Sun Thai und beschwören schon in ihren Namen jene Art von bekannter Fremde, wie Prospekte aus dem Reisebüro sie versprechen.

Hier und da stehen in der großen Halle Antiquitäten wie Zitate aus besseren Zeiten: In einer geschnitzten Vitrine steht russisches Porzellan, an einer Wand eine Standuhr in Eiche, über einem Biedermeiersofa hängt eine Wandleuchte in falschem Art déco. Die Wasserspiele des Springbrunnens dämpfen die Gespräche, viele von ihnen werden in lustigen Dialekten geführt. Palmen wachsen in Riesenblumentöpfchen und tragen das ganze Jahr elektrische Lichterketten. Hier darf immer Weihnachten sein.

Die Eisbecher auf der Karte der Pâtisserie heißen «Hausbecher» oder «Pfirsich Spezial» und werden mit gemischtem Dosenobst garniert. Der englische Prospekt bescheinigt der Hotelhalle «distinctive mediterranean flair» – und schon hört der Gast das Mittelmeer neben der Balustrade des Restaurants Portofino rauschen. Der Pianist, der wie das Zitat eines Barpianisten in der Halle sitzt, ist kaum zu hören.

An dem Kuchenteller der älteren Frau im Sessel spazieren betriebsausflugsvergnügte Abteilungsleiter vorbei. Die Frau beobachtet Bärte, Schnauzbärte und gepflegte Glattlederjackenträger, sie sieht große starke Männer mit leuchtgrünen Krawatten Trolleyköfferchen hinter sich herziehen. Ein Stehgeiger spielt «Lemon Incest» von Serge Gainsbourg, die Pâtisserie hat nach der Schlacht am Kuchenbuffet («eat as much as you can», nachmittags bis siebzehn Uhr dreißig) kaum noch Kuchen.

Die Postkartenständer vor dem Minimarkt liefern letzte Reste des Echten am eigenschaftslosen Ort, sie bieten Bilder der Außenwelt: Ansichten von Berlin-Treptow und Postkarten mit «Berliner Sprüchen». Ansonsten müsste ein Gast, der hier ohne Gedächtnis aufwacht, nicht unbedingt wissen, wo er sich befindet. Er könnte glauben, auf einem großen Flughafen, in einer Erlebnisraststätte an der Autobahn oder auf einer großen Kanalfähre zu sein. Dank der Abbildungen – die Mauer, die Gedächtniskirche, die Kongresshalle oder das Hotel Estrel höchstselbst – lassen die Ansichtskarten sich mit den üblichen Floskeln «Bin in Berlin, mir geht es gut» beschriften. Auf manche Karten hat der Hersteller die Wunschformel «Weltstadt Berlin» gedruckt. Neben den West-Berliner Karten mit Funkturm und Mauerimpressionen gibt es auch Grüße aus dem alten Berlin, die den Anhalter oder den Stettiner Bahnhof zeigen, Berlin, wie es einmal war, vor langer, langer Zeit. Zumindest am Postkartenständer hat der Gast die Wahl unter allen Berlins dieses Jahrhunderts.

Immer passend dazu: die Berlin-Krawatte zu neunundfünfzig Mark. Neben der Broschüre «Es geschah an der Mauer» werden auch winzige Mauerbetonsplitter verkauft. Sie stecken lose in durchsichtigen Plastikdöschen – handelt es sich um Reliquienrasseln der deutschen Teilung? – und sollen pro Stück nur fünf Mark fünfzig kosten.

Der Stehgeiger in der Halle spielt «Tea for Two», der Fuß der Frau, die sich Luft zufächeln muss, wippt im Takt mit. Treibhausgefühle machen sich breit. Die Frau fächelt weiter, sie sieht Lederhosenträger und entdeckt vielleicht ein Schlagersternchen. Der ein oder andere Gast ist zum Musicalwochenende nach Berlin gekommen und trinkt seinen im Paketpreis inbegriffenen Begrüßungscocktail, ein ebenfalls im Paketpreis enthaltenes Plüschtier wird überreicht. Später besucht man entweder den «Glöckner von Notre Dame» am Potsdamer Platz oder die Doppelgänger-Show «Stars in Concert». Für Letztere, die «erfolgreichste Bühnenshow der Stadt», muss der Gast das Haus nicht einmal verlassen: Über eine gläserne Gangway spaziert er in eine umgebaute Speditionshalle, die «Estrel Festival Center» heißt. Kongress- und Tagungsveranstalter schätzen das Haus wegen dieser kurzen Wege. Kein Schäfchen, kein Seminarteilnehmer kann auf dem Weg zum Tagungsort verloren gehen. Im Estrel finden Parteiversammlungen, die Treffen der «Star-Trek»-Fans und «Career-Future»-Veranstaltungen statt. Ein Zimmer der einfachen Kategorie ist mitunter nicht zu bekommen.

Der Gast in Deutschlands größtem Hotel geht nach dem Essen auf sein Zimmer und weiß nicht, was in den tausendeinhundertvierundzwanzig anderen Zimmern geschieht. Er putzt sich die Zähne und schaltet den Fernseher ein, er sieht die «Abendschau» und damit vielleicht ein Stück von Berlin, das er mit dem Ausschnitt seines Zimmerfensters vergleichen kann. Er könnte einmal durch alle Kanäle schalten und sich eine Flasche «Sekt Cuvée trocken, Hotel Estrel Edition» öffnen lassen. Wie viel Prozent aller allein reisenden Männer bleiben bei den Pornokanälen hängen?, fragt sich die Frau, die mit der Fernbedienung in der Hand auf dem Hotelbett sitzt.

Vielleicht beschließt der Gast, noch einmal hinunterzugehen, vielleicht «nimmt» er, wie es in synchronisierten Vorabendserien heißt, «einen Drink». Die Crystal Nightbar verspricht so viel Mondänität wie die Wiederholung einer Folge «Denver-Clan». Vielleicht kauft der Gast sich einen Reiseführer «Szene-Berlin» oder lässt sich von einem Taxifahrer dort hinfahren, «wo man, na Sie wissen schon, auch mal was erleben kann». Wozu sind Geschäftsreisen da?

Der Gast, der das Hotel Estrel zu Fuß verlässt, sieht auf der gegenüberliegenden Seite der Zigrastraße den «Estrel Biergarten» und den «Beach-Club Estrel» am Ufer des Neuköllner Schifffahrtskanals. Einige Strandkörbe versuchen sich an einer Simulation von Strand. Der Gast, der die berühmte Berliner Luft einmal tief einatmen möchte, bemerkt den mit NATO-Draht gesicherten Zaun und den dahinter liegenden Alteisen-Umschlagplatz vielleicht nicht. Malerisch wird es dem Estrel Convention Center gegenüber. Hätte diese Festhalle für sechstausend Personen Fenster, sie sähen die blauen Container, in denen die Firma Alba angestoßene Waschbecken und Kloschüsseln sammelt, alle weiß. Die größten Schrott- und Alteisenberge aus aufgetürmten Heizungskörpern, verbeulten Kotflügeln, Küchenherden und Ofenrohren werden von nicht mehr für die deutsche Teilung benötigten Mauersegmenten zusammengehalten. Durch den Zaun, der sich die ganze Zigrastraße hinunterzieht, kann der Gast an die sechzig teils angenagte, teils abgebrochene, teils noch mit Bemalungsresten geschmückte Mauerteile zählen. Rohstoff für Millionen von Mauersplittern.

Am Ende der Zigrastraße, in der Schilder auf das Verbot des Schuttabladens hinweisen, liegt ein Motorblock, um die Ecke ruhen leere Ölkanister. Wo der Zaun aufhört und der Kanal eine Biegung macht, zeigt sich ein in zwei Teile zerschnittener U-Bahn-Waggon ohne Fahrwerk. Auf der anderen Seite des Kanals, der Kanal liegt still und klar, steht eine lange Reihe Pappeln. Dem amerikanischen Künstler Robert Smithson, der im Jahre 1967 die beispielhafte «Fahrt zu den Monumenten von Passaic, New Jersey» unternahm, hätte die Umgebung des Hotel Estrel wahrscheinlich gefallen. In New Jersey las Smithson die Industriebrache des Flussufers als Kulturdenkmal. Auf seinem Spaziergang fand er ein «großes Rohrleitungsmonument», wo andere Augenpaare nur eine rostige Pipeline sehen, und das «Brunnenmonument», wo seine dokumentierende Fotografie sechs sprudelnde Abwasserrohre zeigt.

Im Abendlicht darf der Gast den Neuköllner Schifffahrtskanal ruhig mit einem Fluss verwechseln. Es ist kein Fehler, das Hotel Estrel zu Fuß zu verlassen. Die erste Kneipe auf dem bewohnten Teil der Sonnenallee heißt Koma, die Bahnen rattern wie gelbe Glühwürmchenketten über die Südringgleise, und die in Tempelhof gestarteten Flugzeuge blinken wie sehr helle Abendsterne auf das Estrel («la estrella», spanisch: der Stern) herab. Ein Wildbeerenaroma, wie kein deutscher Wald es hervorbringen könnte, liegt über der Szenerie – in der Schokoladenfabrik neben dem Hotel hat die Produktion von löslichem Waldbeerentee begonnen. An anderen Produktionstagen riecht es nach Nuss-Nougat-Creme. Auch die Schokoladenfabrik muss ein Grund für die luftdichte Überdachung der Hotelhalle gewesen sein.

Das Estrel ersetzt öffentlichen Raum durch privat bewirtschaftete Eigenfläche. Wo ein Hotel sich sonst einer Straße oder einem Platz zuwendet, hat dieses Haus sich nach innen gestülpt.

Es steht als monumentale Inszenierung seiner selbst, ohne Bezug auf die Umgebung, in der ausgefransten Stadtlandschaft, in der Peripherie – und doch verkehrsgünstig. Oder ungefähr gleich weit weg von überall. «Headquarter-Architektur» nennen Urbanisten diesen Stil, der an Autobahnen und um größere Flughafen herum zu finden ist. Teilverspiegelte Fassaden, polierter Kunststein, Wasser, Glas und Palmen sind seine standardisierten Zeichenträger. Einem postmodernen Internationalismus nicht einmal verpflichtet, könnte das Estrel auch anderswo stehen, auf einer ehemaligen Erdbebenbrache in Mexiko-Stadt zum Beispiel. Nur wäre es größer und architektonisch ambitionierter. Und Wächter mit Maschinenpistolen und schusssicheren Westen stünden neben dem Eingang. Das ist in Neukölln noch nicht nötig.

Das Estrel funktioniert nach dem Las-Vegas-Prinzip. Innen bietet das Haus alles, der Gast soll es gar nicht mehr verlassen müssen. Hotelübernachtung, Arbeit, Einkaufen und Kultur – der Investor E. Streletzki stellt im ein wenig nach ihm selbst benannten Haus Teile seiner Sammlung russischer Kunst aus – finden an einem Ort statt. Nicht von ungefähr wirbt die Doppelgänger-Show mit der Formel «Las Vegas in Berlin». Der Gast kann ohne weite Wege zum Friseur gehen, ein Geschenk für die Ehefrau und Andenken für die Kinder kaufen – Souvenirs von einem eigenschaftslosen Unort, der in seiner ökonomischen Durchgestaltung kurioserweise ehrlicher wirkt als die verlogene vorverwitterte Plüschigkeit, in der das Hotel Adlon am Pariser Platz scheinbar unversehrt wiederauferstanden ist. Das Estrel bedient keine Sehnsucht nach großer Zeit und Belle Époque, das Estrel zwischen Schrottplatz und Schokoladenfabrik ist weniger peinlich – und deshalb vielleicht das richtige Hotel für Berlin.

1999

PS: Und heute? Der Brunnen plätschert weiter im Estrel-Foyer, das Restaurant heißt noch immer Portofino, auch die Pâtisserie ist noch da. Lichterketten leuchten in mangrovenartigen Gewächsen. Ein Kongress zum Thema «Schwefel, Schwefeldioxid und Schwefelsäure» findet statt, der Teufel, wenn er denn gekommen ist, muss wohl einen Anzug tragen. Über einem Biedermeierschrank hängt ein großformatiges Pop-Art-Gemälde, Hotelpagen tragen Retro-Uniformen und historisierende Kappen, die mich an das Jugendbuch «Gepäckschein 666» erinnern.

Die Leder- oder Kunstledersofas in der Lounge wirken abgewetzt, die aufgemalte Marmorierung an den Säulen glänzt speckig. Energiesparleuchten mit unterschiedlichen Lichttemperaturen stecken in den Deckenlampen, sie werfen kein schönes Licht in die Lobby. Die Schwefel- und Schwefeldioxid-Kongress-Teilnehmer verbreiten geschäftige Stimmung, viel schlechtes Englisch ist zu hören, in allen möglichen Färbungen.

Die Hauszeitung «Estrel News» liegt auf den Glastischen aus, auf der Titelseite ist ein Foto von Frank Steffel zu sehen. Wollte dieser Untote der Berliner Politik nicht einst Regierender Bürgermeister werden? Auf einen anderen Politiker treffe ich im traurigen Minimarkt des Hotel Estrel – dort sind signierte Exemplare von Heinz Buschkowskys Buch «Neukölln ist überall» zu verkaufen.

Die Doppelgänger-Show läuft im fünfzehnten Jahr, es dürften neue Doppelgänger sein, die da auftreten, Doppelgänger früherer Doppelgänger. Der Veranstaltungshalle gegenüber liegt, das ist Berlin, noch immer der bekannte Schrottplatz. «Vorsicht bissiger Hund» und «Ankauf Altpapier, Bargeld sofort» verkünden Schilder am Tor. Mauersegmente sind zu sehen, mittlerweile angewittert. Ihre Aufgabe als Schrotttrenner zwischen den Haufen verrichten sie weiterhin tadellos.

2013

Am Adlershofer Busen

Noch ist die Leere in Adlershof fast vierhundert Hektar groß. Zwischen einer noch nicht gebauten Autobahn und der Magistrale namens Adlergestell sollen Medienunternehmen, Universitäts- und Forschungsinstitute, Technologiefirmen und Wohnungen für nicht weniger als fünfunddreißigtausend Menschen entstehen; Lokalpolitiker und Prospekte versprechen ein «deutsches Stanford». Die große Zukunft liegt auf einem Gelände, auf dem die Akademie der Wissenschaften der DDR Forschungseinrichtungen betrieb und das DDR-Staatsfernsehen produziert wurde. Dieser Teil des zukünftigen Wissenschaft- und Technologieparks Adlershof heißt, mit modischem Binnenkapitälchen geschrieben, «MediaCity». Gegenüber stehen die Baracken, in denen das Wachregiment Feliks Dzierzynski des Ministeriums für Staatssicherheit kaserniert war – auch um die Produktion des «Schwarzen Kanals» mit Karl Eduard von Schnitzler zu beschützen.

Der größte Teil der Neubauten steht auf dem ehemaligen Rollfeld des Flugplatzes Johannisthal, der nach dem Krieg nicht mehr genutzt wurde und langsam überwucherte. In den Plänen sind große Teile der Fläche als Biotop ausgewiesen. Um dieses Biotop herum soll die neue Wohnstadt Adlershof entstehen, in der, so denkt das große Modell sich das aus, die fröhlichen Wissenschaftler wohnen dürfen, die sich ihre Zeit mit dem neu erbauten Elektronenspeicherring Bessy vertreiben. Bisher sind jedoch kaum Wohnbauten errichtet worden, man wartet auf private Investoren. Das Rollfeld liegt leer und flach und weit in der Landschaft.

Nah an den umgewidmeten Hangars steht das Innovationszentrum für Photonik, das «bunte Amöbe» genannt wird. Die Architekten Sauerbruch Hutton, die in Berlin schon das GSW-Hochhaus an der Kochstraße erbauten, haben auch in Adlershof nicht auf farbige Fensterfronten verzichtet.

Zwischen der neuen Architektur und den Backsteinhangars aus den zwanziger Jahren stehen die denkmalgeschützten Bauten der Deutschen Versuchsanstalt für Luftfahrt, die hier 1936 ihren Sitz errichtete. Sie hinterließ den ersten deutschen Windkanal, in dem Tragflächen für Kampfflugzeuge getestet wurden, sowie einen sogenannten Trudelturm – ein kegelförmiges Bauwerk aus Beton, in dem Fall- und Flugverhalten von Sturzkampfbombern simuliert wurden. «Zukunft hat hier Tradition», schreibt ein Prospekt von heute. Tja. Übrig geblieben aus späterer Zeit sind die beiden großen Silberkugeln näher am S-Bahnhof, die ein Erfinder von Architekturmetaphern «Adlershofer Busen» getauft hat. In den fünfziger Jahren sollten in ihnen konstante Temperaturen erzeugt werden – angeblich hat das nie funktioniert. Heute wirken sie wie der Versuch, eine radikale Architekturutopie zu realisieren. Sie erinnern an Étienne-Louis Boullées unbaubares Denkmal für Isaac Newton.

Wer den zukünftig «modernsten Technologiestandort Europas» besucht, wird vielleicht enttäuscht. Bisher liegt das «ostdeutsche Silicon Valley» irgendwo im Wunschdenken, das ein goldenes Forschungszeitalter anbrechen sehen möchte. Bezahlt wird die Vision mit Geld der Europäischen Union, des Bundes und des Landes Berlin. Bis zum Jahr 2010 sollen fünf Milliarden Mark nach Adlershof fließen.

Der Besucher, der am S-Bahnhof Adlershof aussteigt, muss erst die Wendeschleife der hier endenden Straßenbahn überqueren, ein Bauschild kündet vom Ausbau der Rudower Chaussee zum «Corso des Technologiezentrums». Auf dem breiten

Mittelstreifen des zukünftigen Corsos wuchert Unkraut, einige abzweigenden Straßen sind als Privatstraßen gekennzeichnet. Ein Stück weiter herrscht verhaltenes Treiben, denn zur Bevölkerung der «Visionen von lebendigen Räumen» wurden die Studenten einiger naturwissenschaftlicher Institute der Humboldt-Universität nach Adlershof abkommandiert. Kaum einer der Betroffenen war begeistert, noch im Herbst 1998 sagte einer der Professoren: «Ich denke gar nicht daran, in die Pampa zu ziehen!»

Angeblich arbeiten bereits «mehr als fünfhundert innovative Unternehmen mit über zehntausend Beschäftigten» im Innovationspark. An einem Wochentag zeigt sich ein Bruchteil der Beschäftigten in einer Kantine, die nicht weit von dem mit Original-Pigmentierung neu gestrichenen Windkanal liegt. Im Speisesaal dieser mit ihrem ganzen Dekor volksbühnenfähigen Baracke sind Neonröhren zu senkrecht leuchtenden Sträußen zusammengesteckt. Kleine Zeppeline, eine Holzfigur an einem Fallschirm und ein Modellhubschrauber hängen von ihnen herab und halten die Erinnerung an die Luftfahrt hoch. Fleisch und Sättigungsbeilagen werden auf giftgrünen, abwischbaren Wachstuchtischdecken verspeist, hier erinnert nichts an die Zukunft – und viel an die DDR. Niemand blättert durch das Mitteilungsblatt «Adlershof aktuell», die Neuigkeiten aus dem Innovationszentrum und der Bericht über zwei neue Rotationsprüfstände scheinen die Esser nicht zu interessieren.

Hinter der Kantine ist einer der Wege mit zertrümmerten Mauersegmenten markiert. Vorbei am Institut für Kristallzüchtung sind es nur wenige Schritte zu einer Straße, die am Rand des ehemaligen Rollfelds entlangführt – die kurzen Wege sollen Synergien freisetzen, heißt es im Prospekt. Neulich ließ sich dort beobachten, wie mitten im Winter, als sei die Sache mit den blühenden Landschaften nun auf einmal sehr eilig, Rasen von der Rolle verlegt wurde. Mit ausgeklappten Taschenmessern schnitten die Gartengestalter die kleinsten Stücke passgenau, Bauschutthügel schauten von der anderen Straßenseite aus zu.

2000

PS: Der kurze Stummel-S-Bahn-Zug hält im nagelneuen S-Bahnhof Adlershof, eine Rolltreppe transportiert mich hinunter auf den Gehweg, ein Strom von Passanten zieht mich mit. Und ich staune: Es wurde gebaut! Hier steht eine neue Stadt, sieht aus, als sei tatsächlich ein belebter Technologie- und Businesspark entstanden – oder aber seine Kulisse, von Studierenden belebt. Es gibt ein Hotel, ein Einkaufszentrum und viele Glasfassaden, Reste der Altbebauung sind auszumachen.

Ich muss nicht weit gehen, da bin ich wieder bei der Adlershofer Hauptattraktion angelangt, dem Beton-Großskulpturen-Park aus den dreißiger Jahren. Der ehemalige Motorenprüfstand, der Windkanal aus silbergrau gestrichenem Sichtbeton und der seltsam schöne und zugleich so geheimnisvolle Trudelturm schauen mich an, sie wirken wie eine frühe Leistungsschau dessen, was sich aus Beton bauen lässt. Schade, nicht viel später wurden nur noch Bunker aus Beton errichtet.

Zwischen den Gehwegen und den Straßenrand-Parkplätzen fallen kleine Mulden auf, überall auf dem Gelände sind sie zu sehen. Es sind keine einfachen flachen Straßengräben, nein, es handelt sich, so viel verraten Erklärschildchen, um ein «Mulden-Rigolen-System» zur Versickerung von Regenwasser. Eine Innovation, die das über die vielen versiegelten Flächen ablaufende Wasser dem Grundwasser zuführen soll. Wie schön. Ablasshandel für den Biotech-Firmen-Teilhaber, dessen SUV hier parkt.

Einige Schritte hinter dem historischen Beton-Skulpturen-Park liegt viel freie Fläche. «NCC – Wohnen am Campus» errichtet «attraktive Townhäuser mit großzügigen Dachterrassen», die Townhauspest wuchert in die Randbezirke. Hinter der überschaubaren Baustelle liegt ödes, weites Feld, die Newtonstraße und der Alexander-von-Humboldt-Weg hören einfach auf. Eine Straßenbahn, die Linie wurde verlängert, fährt durch ihre Wendeschleife in der Wiese und kommt zurück.

2013

Sommer auf dem Alex

1

«Jesus liebt dich!» – «Schnauze, ey!» – «Jesus liebt dich!», dröhnt es aus Lautsprechern über den Alexanderplatz. Vier Jugendliche auf den Treppenstufen vor dem Eingang zu Burger King grölen. «Sechs Millionen Juden sind tot», fleht eine Frau in einem langen, dunkelblauen Rock und passender Kostümjacke einen vorbeigehenden Jungen an. Der Junge trägt einen Sixpack Warsteiner zu seinen Freunden. «Wir singen bis ans Ende der Welt, bis ans Ende der Zeit», haucht ein Christ ins Mikrofon. Eine jüngere Frau in kurzem Rock und Tanktop steht mit Stift und Klemmbrett im Passantenstrom und spricht Vorbeigehende an. «Alles, was gut und vollkommen ist, kommt, o Herr, von dir», schallt es über das Pflaster, dann bellen die Boxen: «Wie können wir so ruhig leben, wo so viele kleine Kinder schon im Mutterleib ermordet werden?» – «Aufhören, aufhören! Aufhören, ihr Arschlöcher!», brüllt eine Frau, sie hat ein Eis in der Hand und lehnte bisher ganz ruhig an dem Mäuerchen neben dem U-Bahn-Ausgang. Einige Neugierige stehen bei den gläubigen Sängern, andere, eher unfreiwillige Zuhörer sitzen auf der Treppe zum Forum-Hotel, im Kaufhofschatten und auf den Bänken des Biergartens am Alex. Sie schauen sich den Breitwandfilm Alexanderplatz und seine Darsteller an, seine manchmal von der Sommermode überforderten Figuren, die über das Pflaster und Richtung Bahnhofsgebäude strömen. Mitten im Fluss steht die Frau mit dem Klemmbrett, sie ist auf der Suche nach Menschen, die in einer Quizshow klatschen wollen. «Sechs Millionen Juden sind tot», ruft die Frau in Dunkelblau, die Fußgänger, denen sie ihre Mahnung entgegenschleudert, nehmen keine Notiz. Eine junge Frau tritt aus dem Saturn ins Freie, öffnet eine Fototasche und schaut verzückt auf die Abzüge, so entrückt-verzückt wie die Frau auf dem bekannten Bild Vermeers auf ihren Brief. Zwischen Kaufhof und Hotel Forum, nicht weit von der Stelle, an der die Politiker Steffel, Stoiber und Merkel bei einer Wahlkampfveranstaltung mit Batterien beworfen wurden, riecht es – aber das ist in Berlin im Sommer nicht ungewöhnlich – aus der Kanalisation. Es riecht nach Schwefelwasserstoff, es stinkt nach faulen Eiern.

«Mein Name ist Jutta, ich bin eine Christin aus Berlin», tönt es aus den Lautsprechern der Missionare über den Platz. «Wir sind alle auf Gott hin angelegt», sagt Jutta, «Jesus ist in mich eingedrungen, als ich einundzwanzig war und allein in meinem Zimmer.» Drei Dosenbiertrinker beginnen zu johlen, der mittlere trägt ein T-Shirt mit der Aufschrift «Fußball, Ficken, Alkohol». Zwei Punks rufen ihre Hunde, ihre Rufe klingen wie kurze Jodler. Einer der vier Hunde, die nach einigen Jodlern angelaufen kommen, hört auf den Namen Whisky; Whisky wird freudig begrüßt. Sein Herrchen, ein beim Betteln besonders freundlicher Punk, trägt ein schwarzes Muskelshirt mit dem Aufdruck «Bonn», der Schriftzug zeigt einen Kussmund anstelle des O. Jutta singt «Herr, deine Gnade, sie fällt auf mein Leben, so wie der Regen im Frühling fällt», viele Passanten, die von der Frau mit dem Klemmbrett angesprochen werden, schütteln den Kopf, die meisten bleiben gar nicht stehen. «Im Grunde haben wir nie aufgehört, Kinder zu sein», sagt Jutta, die Christen reichen das Mikrofon herum. Als Jutta wieder an der Reihe ist, brüllt einer von der Treppe, er trägt sein Mobiltelefon wie ein Amulett an einem Kettchen um den Hals: «Halt dein Maul, du alte Fotze!» Einer, der neben ihm sitzt, sagt: «Scheißland hier, dass jeder sich frei äußern kann.» Die Frau mit dem Klemmbrett setzt sich auf den Brunnenrand, streckt die sonnengebräunten Beine aus und erzählt, dass bei schönem Wetter kaum einer Lust habe, ins Fernsehstudio zu gehen. «Nein, wir zahlen nicht, es gibt nur ein Freigetränk. Touristen kommen gerne, man muss gleich ganze Gruppen krallen. Ich mache diese Arbeit gern. Kann ich mir selbst einteilen. Und ich bin draußen. Den Alex mag ich lieber als die Wilmersdorfer oder den Potsdamer Platz, der Potsdamer Platz ist mir zu künstlich. Am Alex ist die Mischung besser, und jeden Tag gibt's Veranstaltungen, neulich war der Tag der Grauen Panther, nur Rentner auf dem ganzen Platz.» Heute sitzt der Verein der Väter, die ihre Kinder nicht sehen dürfen, unter der Weltzeituhr.

2

Sonnabend, der Fernsehsender, der die Zuschauer für Fußball bezahlen lässt, hat auf dem Alex ein riesiges rotes Luftkissen mit hoch aufragenden Seitenwülsten aufgeblasen. Innen kein Wasser, es handelt sich nicht um ein Planschbecken, nein, innen zappeln halb nackte Männer, die Hände mit breiten Klettverschlussmanschetten an lange, quer durch das Luftkissenbecken gesteckte Stangen – Stangen, dick wie Fallrohre – gefesselt. Es sind keine Galeerensklaven, die rudern müssen, keine Gladiatoren, keine Mayas, die Pelota spielen und eventuell geopfert werden, diese Männer sollen lebensgroße Tischfußballfiguren sein. «Zeigt Berlin, zeigt der Republik und dem Rest der Welt, was ihr draufhabt!», brüllt der Animateur, der das Agitieren in einem früheren Deutschland gelernt zu haben scheint. Die angeketteten Männer, die Spielfiguren, spielen, treten zappelnd nach dem Ball. Mit den ausgebreitet angebundenen Armen sehen sie wie Gekreuzigte aus. Die Torwand, die verwaist im Abseits des großen Luftkissenkickers steht, wirkt prähistorisch – wie die höhnische Erinnerung an einen der Sender, die Fußball öffentlich-rechtlich zeigten.

3

Auf den Fenstern der Häuser, in einem sitzt nun auch das Bundesministerium für Umwelt, Naturschutz und Reaktorsicherheit, dort, wo eines fernen Tages Hochhäuser aufragen sollen, kleben Buchstaben. Hintereinander gelesen ergeben sie Döblin-Zitate. Auf den Flachdächern der Häuserzeile stehen Werbeschriften wie große Dachskulpturen: «Togal» mit dem langen, geschwungenen Bügel-T, daneben Werbung für den «Top Automarkt Bornholmer Brücke». Unten auf dem Pflaster, weit unter der Fernsehturmkugel, leuchten Tränenkopflaternen in die DDR zurück. Unter der Zurüstung des Berolina-Hauses sind die alten Leuchtschriften «Rewatex» und «Flinke Jette» zu erkennen. «Fühlen, was geschieht», sagt der Schriftzug auf dem Drehkörper der Uhr, «Bärenstark», ruft die Kaufhoffassade. In den großen Blumenkübeln neben der Tram wachsen gar nicht mehr so kleine Bäume. Die Spatzen sind schmutzig und gut genährt. Und auf dem Dach des Alexander-Hauses, gleich neben dem «Kleinpreismarkt am Alex», drehen sich, o Wunder, noch immer die drei gekreuzten Holzwege in Rot, Gelb, Blau – das Signet der bankrotten Bankgesellschaft Berlin.

4

An einem Regentag verkauft der Bratwurstmann, der sich «Grillwalker» nennt, seine Würste vom Bauchtragegrill. Ein Konkurrent hat sich den Rost auf seinen Rollstuhl montiert. Die Würste des stehenden Konkurrenten verkaufen sich besser. Deutsche

Tierschützer demonstrieren im Regen. «Super-Lotterie – Ihre Chance!» – «Haben Sie Lust auf 'ne Million?» Die Heilsarmee parkt ihren Renault-Transporter auf dem Alex, teilt Suppe aus. Etwa fünfundzwanzig Personen, unauffällig-ordentlich gekleidet, stehen in der Reihe, einer von ihnen hat einen Einkaufswagen mit Habseligkeiten dabei. «Hinten anstellen, eeeyy. Ey, auch du, ey.» Es gibt warme Suppe für alle, einen Plastikteller voll. Drei Mädchen kommen auf Plateauschuhen aus der Kosmetikabteilung des Kaufhofs, bringen Parfümprobennebel mit, bleiben kurz stehen und stelzen kichernd durch ihre eigene Duftwolke davon. «Sind Sie gegen Minen?» – «Haben Sie ein wenig Zeit? Wir würden gern über unsere Arbeit als Tierschützer informieren.» – «Welches Buch würden Sie auf eine einsame Insel mitnehmen?» Der Grillwalker legt Würstchen nach, die Kunden der Heilsarmee schlürfen ihre Suppe. Das Kontaktbereichsmobil der Polizei, Abschnitt 32, steht auf dem Platz, ein Stromkabel steckt in einer Steckdose, die im Boden verborgen ist. Sieht aus, als hätte der Wagen seinen Rüssel in den Asphalt gebohrt.

5

Auf dem Rand des als Nuttenbrosche bekannten Brunnens, der eigentlich Brunnen der Völkerfreundschaft heißt, sitzt ein junger Mann und hält ein wahrscheinlich antiquarisch erworbenes Buch in der Hand. Macht Notizen. Schreibt sich den Döblin-Satz «Wiedersehen auf dem Alex. Hundskälte, nächstes Jahr 1929 wird noch kälter» von der Fassade des Hauses Ecke Otto-Braun-Straße in einen Spiralblock. Und erzählt, er wohne in Neukölln, in einem Zimmer, das ihn hundert Mark Miete im Monat koste. «Hundert Mark kriege ich immer zusammen, meistens Unkrautjäten bei einer alten Dame, ich mache ihr den Garten.»

6

Sonntagnachmittag, kurz vor drei, es ist heiß, der Passantenstrom versiegt. Eine ältere, gepflegt wirkende Frau, sie trägt eine große Plastiktüte, bückt sich vor dem Bauzaun, der um den Brunnen der Völkerfreundschaft herum errichtet wurde. Sie schiebt einen mitgebrachten Ast so geschickt unter dem Zaun hindurch, dass der Ast an eine Coca-Cola-Pfandflasche stößt, die, durch mehrmalige Berührung mit der Astspitze in Bewegung versetzt, auf den Bauzaun zurollt. Die Frau, der eine wahrscheinlich nicht echte Perlenkette um den Hals hängt, greift nach der Flasche, in der ein Rest Cola schwappt, zieht sie unter dem Zaun hindurch, öffnet sie, leert den Inhalt aufs Pflaster, schraubt die Flasche zu, steckt sie in ihre Plastiktüte und geht mit dem Ast in der Hand Richtung S-Bahnhof davon.

2001

Mauerpark

Ach, Mauerpark, ick liebe dir. Obwohl du oft so hässlich bist. Obwohl in dir heute, Sonntag, sicher noch der Müll von gestern Abend liegt. Und obwohl in dir heute Abend sicher noch viel mehr Müll liegen wird und du wieder überfüllt sein wirst, ich mag dich, Mauerpark. Und bin damit nicht allein, Tausende mögen dich und strömen herbei, zum Flohmarkt, zum Mauerpark-Karaoke oder um einfach bloß im Gras zu liegen. Mauerpark, mir gefällt der sonntägliche Ausnahmezustand, der Volksauflauf, mir gefällt, dass jede Woche Woodstock ist, mir gefällt die sich an sich selbst berauschende Menge, die auf der Wiese tanzt, sich filmt und fotografiert und das gleich postet. Und ja, mir gefällt, dass sie alle kommen, aus der ganzen Welt, sagt mir das nicht, ja, ich lebe in einer attraktiven Stadt?

Mauerpark, mir gefallen die paar Stufen aus roh behauenen Granitblöcken, die von der Bernauer Straße auf das ehemalige Güterbahnhofsgelände führen, es geht hinauf wie auf das Podest eines griechischen Tempels, dahinter liegt ein locker gepflanzter Hain. Ach, Mauerpark, mir gefällt, dass die Mauer hier nicht mehr steht, kein einziger Meter, was manche Besucher verwirrt. Sie fragen nach ihr oder halten das Stück Hinterlandmauer oben auf dem Stadionhügel für Mauer. Dabei ist die Topografie der Teilung noch immer gut zu erkennen: Park ist der Mauerpark nur im ehemaligen Osten, hier wurde auf dem früheren Todesstreifen Parklandschaft angelegt, der Landschaftsarchitekt heißt Gustav Lange, er hat einen wunderbaren Garten mit Pappeln und Pyramideneichen geschaffen, die alte, kopfsteingepflasterte Schwedter Straße führt hindurch, neben ihr der Hang, der in

DDR-Zeiten zum Bau des Friedrich-Ludwig-Jahn-Sportparks aus Bombentrümmern aufgeschüttet wurde, im Winter sind halsbrecherische Schlittenfahrten möglich.

Mauerpark, mir gefallen deine großen Schaukeln oben auf dem Hügel, auf ihnen lässt sich über die tristhübsche Hüttenlandschaft und das Brennstofflager hinweg Richtung früherer freier Westen schaukeln, in den Himmel über Berlin hinein. Und mir gefällt die Hinterlandmauer zum Stadion, die Farbe, hier darf gesprüht werden, pappt in daumendicken Schichten wie Blätterteig auf dem Beton.

Mauerpark, wochentags gefällst du mir noch besser, wochentags bist du so leer. Mauerpark, ich liebe im Sommer dein blau-violett blühendes Gestrüpp, das den Boden des Stadionhangs bedeckt, nein, leider kein Lavendel, es duftet nicht, sieht von fern nur so aus wie Lavendel, schön wär's. Es ist eine Salbei-Art. Und, Mauerpark, ich liebe die Abende, ein oder zwei im Jahr, wenn die Junikäfer schlüpfen und herumfliegen, Tausende brummen herum und paaren sich. Und die Parkbesucher tun es ihnen gleich, im Dunkeln, unter den nicht leuchtenden Flutlichtmasten, die wie zwei schlanke Riesen über das Gelände wachen.

Mir gefallen die Findlinge, auf denen Kinder klettern, und mir gefällt, was Mütter und Väter da so alles mit ihren Kindern anstellen müssen: Frisbee spielen, kicken, Schlagballwurf üben, Drachen steigen lassen oder eben, Verzweiflung, das Kind weint, nicht steigen lassen. Und mir gefallen die Kinderwagenkohorten auf dem Kopfsteinpflaster, auf dem sich nicht so gut Rad fahren lässt.

Mauerpark, mir gefallen deine Entrepreneure, die Flaschensammler, die leere Pfandflaschen suchen, die Kuchenmädchen, die sonntags Selbstgebackenes verkaufen, die Minidrachenverkäufer, der Seifenblasenmann mit seinen Riesenseifenblasen und der Hula-Hoop-Promoter mit seinen Ein- und Vortänzerinnen. Mir gefallen die wechselnden Musiker, die hinter ihren aufgeklappten Koffern Folk oder Anti-Folk spielen, Mauerpark, manchmal liebe ich sogar deine Trommler, die da die halbe oder die ganze Nacht durchtrommeln und herrlich nerven, so ist sie halt, die große Stadt.

Mauerpark, mir gefällt, dass dein Freilufttheater, das jahrelang eher unbeachtet im Hang ruhte, seit 2009 Ort des mittlerweile weltberühmten Mauerpark-Karaokes ist, Tausende sitzen sonntags da, hören zu und schauen. Von der Wiese betrachtet sieht es aus, als niste eine gigantische Vogelkolonie auf einem Felsen, ein Berlin-Werbefilm könnte sich kein besseres Bild ausdenken, Veranstalter Joe Hatchiban sollte vom Senat bezahlt werden.

Mir gefällt, dass der Mauerpark eine internationale Öffentlichkeit herstellt, von der Europa-Politiker träumen; hier trifft sich die Jugend der Welt, und, so sieht es aus, da bleibt eben Müll zurück. Angekokelte Einweg-Grills, Tetra Paks und Plastiktüten. Grilldunst kann sonntagabends wie eine Nebelwolke über der Wiese liegen, obgleich Grillen im Mauerpark eigentlich verboten ist, aber, Mauerpark, ach, ich liebe deine fetten Krähen, die von den Grillresten leben. Sie haben sich so schwer gefressen, sie können kaum noch fliegen.

Ja, mir gefällt das Wimmelbild Mauerpark und wie Berlin gespielt wird, und es macht nichts, dass die meisten, die hier Berlin spielen, vielleicht gar nicht in Berlin wohnen, egal, hier sind auch sie Berlin.

Mir gefällt das große Klettergerüst aus ganzen Baumstämmen, dessen Regenbogenfarben lange ausgeblichen waren, kürzlich wurde es gestrichen, diesmal hoffentlich mit abriebfester Farbe. Und ich liebe das Birkenwäldchen, das sich bis zum Gleimtunneldach erstreckt, das kleine Stück Sibirien, in dem

Schülerinnen auf Decken liegen und lesen oder sich bloß sonnen. Oder kiffen. Oder in einer Hängematte zwischen zwei Bäumen schaukeln. Kindergeburtstage werden im Kifferwäldchen gern gefeiert, einer feiert immer, manchmal mit Stromerzeuger und Soundsystem.

Mir gefällt das eingezäunte Taubenhaus auf dem früheren Niemandsland, mir gefallen die beiden immer traurig schauenden Pferde des Kinderbauernhofs, seine Ziegen und die Kaninchen. Mir gefällt die hohe Kletterwand, die aussieht, als könnte sie gleich umfallen. Und ich mag den Blick auf die nur Stadtfüchsen und S-Bahnen zugängliche Nordkreuzwildnis.

Und, Mauerpark, mir gefällt, wie viele Menschen sich für deine Vollendung engagieren, denn eigentlich bist du noch immer nicht fertig, eigentlich hätte bis 2010 ein mindestens zehn Hektar großer Park entstehen müssen, das Land muss sonst einen Millionen-Betrag erstatten. Und mir gefällt, wie die Stiftung Welt-Bürger-Park für einen Mauerpark ohne Bebauung kämpft. Und ach, Mauerpark, mir würde es gefallen, wenn sich einer fände, der in einer Nacht mal einen der auf den Luxusloft-Baustellen der Umgebung herumstehenden Bagger kurzschließen und die seit Jahren überfällige Parkerweiterung in einer Nacht erledigen würde, er müsste nur Zäune, Lagerflächen und Flohmarktwucherungen platt walzen. Wäre das schön – denn ist es nicht eine politische Peinlichkeit, dass es bald fünfundzwanzig Jahre nach Mauerfall noch immer keinen Mauerpark-Zugang von der Weddinger Seite, noch immer keine West-Ost-Passage gibt?

Ach, Mauerpark, ich liebe deine Wiese, die im Spätsommer keine Wiese mehr ist, englischer Rasen sieht anders aus. Mauerpark, du bist eine kleine Steppe, ein Stück Berlin-Prärie, sieht aus, als ob Büffelherden über dich hinweggetrampelt wären.

Und, Mauerpark, ich muss lachen, als ich lese, dass um deinen historischen Vorläufer, den alten Exerzierplatz, der sich ein Stück weiter östlich befand – dort, wo heute das Stadion und seine Nebenplätze liegen –, bereits ähnlich gestritten wurde wie um dich. Anwohner klagten über unerträgliche Zustände auf dem stark frequentierten Gelände, zu dem jedermann Zutritt hatte, sie forderten damals, so um 1900, den Bau einer Mauer ...

2012

WELCHE FARBE HAT BERLIN

(2011)

Die Mülltüte

Ich will bloß den Müll hinuntertragen in den Hof, unten aber, ich habe die zugeknotete Abfalltüte noch in der Hand, gefällt mir die Nacht so gut, es riecht nach Frühling, dass ich hinaus auf die Straße gehe. Ich biege um zwei Ecken und stehe vor dem Café Haliflor – entscheide mich aber, die Luft ist so süß, weiterzugehen. Fast alle Fenster in den Fassaden der Choriner Straße, es ist gleich Mitternacht, sind dunkel. Ich komme an dem alten, zweistöckigen Molkereigebäude und der Protzbaustelle Choriner Höfe vorbei, überquere die stille Kreuzung mit der Zehdenicker Straße, auf der Torstraße halte ich mich links. Vor dem Kaffee Burger, die Reformbühne ist aus, steht ein Bekannter auf dem Bürgersteig und raucht. Wir wechseln ein paar Worte, er sagt nichts über die Mülltüte in meiner Hand. Ich gehe weiter und biege in die Alte Schönhauser Straße, noch immer stehen dort diese seltsamen Bürocontainer mit Camouflage-Bemalung auf dem unbebauten Grundstück Ecke Linienstraße. Die Nacht, es ist Sonntag, ist ruhig – ich höre nur eine italienische Reisegruppe singen, sie johlen in einiger Entfernung, sie grölen, sie haben gute Laune. Ich bleibe vor dem Espresso- und Kaffeemaschinengeschäft stehen, mir gefallen finnische Porzellantassen ein paar Schaufenster weiter, schließlich betrachte ich Umhängetaschen, die aus alten Lkw-Planen genäht wurden. Ich merke, dass ich die Mülltüte immer noch mit mir herumtrage, schaue mich um, weit und breit kein Mülleimer zu sehen. Von der Münzstraße komme ich in die Max-Beer-Straße, kehre nach wenigen Schritten aber wieder um, mir fällt ein, dass dort eine Freundin wohnt, der ich nun lieber nicht begegnen möchte, nicht mit einer Mülltüte in der Hand. Ich bewundere die nackten Betonwände in einem zum Ladenlokal umgebauten Plattenbau-Erdgeschoss und biege in die stille Almstadtstraße ein. Es ist drei viertel eins, und wenn mich jemand fragen würde: «Was machst du um diese Zeit mit einer Abfalltüte in der Hand vor dem Schaufenster der Buchhandlung Pro qm?», ich wüsste keine Antwort. Ich wollte gar nicht spazieren gehen, ich bin heute schon unterwegs gewesen, ich wollte nur den Müll hinuntertragen. Scheint so, als hätten meine Füße ohne mich entschieden. Sie sind einfach losgegangen. Das Gehen hat sich verselbstständigt, und ich bin mir gar nicht mehr so sicher, ob ich selbst, ob tatsächlich ich es bin, der hier einen Fuß vor den anderen setzt. Geht die Stadt vielleicht mit mir spazieren? Die Füße unterbrechen ihre Tätigkeit, als zwei sich laut unterhaltende Amerikaner auf mich zukommen, ziemlich betrunken sagen sie Hi und fragen, selbstverständlich auf Englisch, wo sie Dope kaufen könnten. Mir fällt nichts anderes ein, als sie in den Weinbergspark zu schicken.

Ich gehe weiter, finde wieder in meinen Rhythmus, den eigenen Geh-Rhythmus, der es manchmal so schwierig macht, mit oder neben anderen zu gehen. Am besten geht es sich doch allein, denke ich – widerspreche mir dann aber, fallen mir doch sofort zwei, drei, vier Personen ein, mit denen ich sehr gerne gehe und schon viel gegangen bin. Ich komme wieder zur Torstraße und stoße auf diese rätselhafte retro-avantgardistische Architekturskulptur an der Ecke Rosa-Luxemburg-Straße, soll das historistischer Expressionismus sein?, frage ich mich wie immer, wenn ich dieses Gebäude sehe. Und stehen dort, nirgends brennt Licht, alle Wohnungen leer? Ein Nachbargrundstück ist noch unbebaut, hinter dem grell beleuchteten Werbezaun, der die Brache zur Alten Schönhauser hin umschließt, liegen abgerissene Plakate, leere Flaschen und ein kaputter Kinderwagen.

Einen Moment bin ich versucht, meine Mülltüte dazuzuwerfen, trage sie dann aber, sie ist ja nicht schwer, die Schönhauser Allee hinauf, vorbei an der schönrenovierten Ex-Ruine Pfefferberg. Das riesige, viel zu perfekte spanische Touristenrestaurant hat schon geschlossen. Ich biege in die Schwedter Straße ein, überquere die Choriner und stehe wieder vor dem Haliflor. Anne, Sonntag ist ihr Abend an der Bar, sieht mich und winkt. Ich setze die Tüte ab, gehe hinein, bestelle ein Bier und erzähle, sie hält das natürlich für eine Ausrede, dass ich bloß den Müll hinuntertragen wollte. Zwei Franzosen, die neben mir am Tresen trinken, unterhalten sich über Neukölln. Die Tüte werfe ich später in den Müllcontainer im Hof.

2011

Weiße Nacht

Für Christiane Rösinger

Falckensteinstraße – San Remo liegt an der Spree. Wir sitzen auf Waschbetonpollern, dem San Remo gegenüber. Blaue Stunde, bester Blick, die Stadt ist eine Ansichtskarte am Wasser. Die U-Bahn, hier Hochbahn, fährt über unsere Köpfe hinweg auf die Oberbaumbrücke zu. Wir sitzen auf Waschbetonpollern, Straßenmöbeln der Mauerzeit. L. sagt, sie liebe Waschbeton, in ihrer Kindheit sei fast alles um sie herum aus Waschbeton gewesen. L. trinkt Sekt auf Eis, sie sagt, sie habe dieses Getränk, wenn schon nicht erfunden, so doch wenigstens in Berlin verbreitet. Ich glaube ihr. Ich mag das Getränk. Es kühlt auch die Hände.

Falckenstein- Ecke Schlesische Straße – In einem Ladenlokal, das lange leer stand, gibt es ein neues Geschäft. Es heißt «Küchenstudio Tristesse». Keiner weiß, was da eigentlich verkauft wird. Traurigkeit in kleinen Tüten? Manchmal stehen da Objekte aus Plüsch – nicht notwendig zu wissen, ob sie einen Zweck erfüllen, manchmal wird hier abends bloß getrunken. Oder ein Low-Fi-Konzert veranstaltet. Tristesse heißt der Laden nach dem Haus von Álvaro Siza Vieira, dem Bauausstellungshaus Ecke Falckensteinstraße, das mit seinem Bonjour-Tristesse-Graffito und einem halb geöffneten Auge in der Fassade auf die Straße schaut. L. erzählt von der erfolgreichsten Berliner Ich-AG. Die erfolgreichste Berliner Ich-AG stellt Früchtesenf her, Früchte- und Beerensenf. Die Berliner Ökonomie hat das Einweckglas wiederentdeckt. Vielleicht verkaufen auch wir bald Eingemachtes am Straßenrand?

Jannowitzbrücke – Unter der S-Bahn, die hier auf dem Stadtbahnviadukt fährt, nicht in einem Bogen, sondern in einer größeren Unterbauung, liegt das Golden Gate. Sein Eingang versteckt sich in einem Wäldchen. L. sagt, es sei ein Wäldchen, sie übertreibt, im Grunde ist es bloß eine große, vom Grünflächenamt Mitte vernachlässigte Verkehrsinsel. Im Frühling und Sommer 2003 sitzen wir hier an der Tür, an der Kasse, später stoßen wir zu den Spitzenkräften am Analogtresen. Die Spitzenkräfte schenken erfundene Szenegetränke aus, die Sekt und Eis enthalten. L. sagt, ich sei ihr Praktikant, ich sage: «Ich mache eine Hospitanz.» – «Ja, ja», sagt L., «in Berlin musst du dir dein Leben ausdenken, dich erfinden, ein, zwei, drei, vier Projekte haben.» – «Ich bin der Trainee an der Tür», sage ich den Bekannten, die ich begrüßen kann, «ich durchlaufe das ‹Traineeprogramm Tür›.» Ich halte den Stempel, einen Datumsstempel, meist auf den elften September eingestellt; meine Ausbilderin, eine promovierte Musikwissenschaftlerin, kassiert. Ich sage «Heute Flittchenbar im Golden Gate» zu den Besuchern und versuche, ihnen – die Besucher sind alle sehr nett – den elften September so zärtlich wie möglich auf die Hand, am liebsten auf die Maus, den gewölbten Daumenmuskel der Handinnenseite, zu stempeln.

Torstraße – Wir schieben uns durch das White Trash. Wir schieben uns durch die Einrichtung eines ehemaligen Chinarestaurants, an geschnitzten Stühlen und Kunstledersesseln vorbei, und setzen uns auf den Rand einer aus bemaltem Styropor geformten Drachengrotte, in der kein Wasser plätschert. Es ist drei Uhr früh, und wir fühlen uns wie auf einer Familienfeier, die in einem bürgerlichen Restaurant außer Rand und Band geraten ist. Später, zwischen vier und halb sechs Uhr morgens, «nuit blanche» im White Trash, werden alle betrunken sein, und alle miteinander, jeder mit jedem, reden. Dieser Laden baue Kommunikationshemmungen ab, sagt L. Der Erfolg des White Trash, in dem am frühen Abend gekocht wird, allerdings, wie auf einer Familienfeier, immer nur ein Gericht, ein Einheitsessen, das man essen kann oder eben nicht, der Erfolg dieses Clubs muss auch mit seinem Namen zusammenhängen. In dem, sagt L., stecke auch die Sehnsucht, allen kulturellen Ballast abzuwerfen, die Unkultur zur Kultur zu machen, sich für nichts mehr interessieren zu müssen. Nichts als White Trash zu sein.

Torstraße, noch mal White Trash – Einmal erhielt die Frau an der Bar – eigentlich ist sie Sängerin – einen Anruf. Eine Stimme sagte: «Gleich kommt Mick Jagger vorbei.» Die Frau an der Bar, die Frau, die eigentlich Sängerin ist, sagte: «Jaja, vielen Dank», und legte auf. Und dann stand er plötzlich da. Und, so sei das hier eben, sagt L., keine Sau beachtete ihn. Alle übertrafen sich in ihrem Bemühen, diesen alten Mann zu übersehen.

Borsigstraße – Auf dem Weg zum Auto sagt L., das Prinzip der meisten interessanteren Clubs sei es, sich in oder mit Hinterlassenschaften und Überresten einzurichten. Das White Trash war ein Chinarestaurant, das Tristesse ein Küchenstudio, das Golden Gate eine Tischlerei. Es gab die Kachelbar in der weiß gekachelten Küche des geschlossenen Burger King in der Rosenthaler Straße. Und es gibt oder gab Tresorräume, die Bunker, die E-Werke, die Möbel aus dem Palast der Republik. Handtaschen werden aus Lastwagenplanen und Alditütenresten hergestellt, uncool is the new cool, das Hässliche das neue Schöne. Deshalb gehen wir gerne in ein heruntergekommenes Chinarestaurant in einer Plattenbauhöhle, dessen Fenster immer verschlossen und abgedunkelt sind. Wir stehen am Auto, wir steigen ein und fahren ins Bad Kleinen.

Linien- Ecke Oranienburger Straße, im Auto – Wir sind Ruinenbewohner, sagt L., wenn die meisten Ruinen mittlerweile auch saniert und renoviert sind, mit Gasetagen- oder Zentralheizung, Innentoilette und Badezimmer nachgerüstet worden sind. Vor zwölf, dreizehn, vierzehn Jahren war an so viel Luxus nicht zu denken.

Leipziger Straße – «Siehst du», sagt L., «es gibt einen neuen Berufszweig: Arbeitslose Opernregisseure und ihre Beleuchter inszenieren Lichtspiele für leer stehende Bürohäuser.» Die neuesten, erst kürzlich schlüsselfertig übergebenen Berliner Ruinen, die mit einer Haut aus Glas überzogenen Gebäude in Mitte und anderswo, werden nachts aufwendig beleuchtet. Nicht angestrahlt wie die Ruine des Heidelberger Schloss, sondern von innen heraus mit farbig wechselnden Lichtern bespielt. Wer jetzt unterwegs ist, erinnert sich morgen, wenn er ein großes Büro braucht, vielleicht an dieses Haus.

Krausenstraße – In einem leer stehenden, spätwilhelminischen Bürohaus im Mecklenburg-Vorpommern von Mitte lag, das war im Frühjahr 2003, das Bad Kleinen. Samstagnacht mit Neo-Punk. Bei einem Konzert hatte ein Musiker die Aufgabe, leere, nicht besonders sorgfältig gespülte Schraubverschluss- und Senfgläser von einer Leiter herab im Takt kaputt zu werfen. Über dem Schatten einer Weltkarte an der lange nicht mehr gestrichenen Wand stand in Westernschrift «Bad Kleinen». Davor der Tapetentisch, der als Tresen diente, an dem nicht sehr kaltes Bier und Sekt ohne Eis hinuntergestürzt wurden. Es gab keinen Kühlschrank. Oben, sehr weit oben unter der hohen Decke, ein Fries aus pornografischen Schattenrissen, dazu die Reste im Raum, Perlen für DDR-Archäologen: alte Gardinen, ein sonderbarer, farblich undefinierbarer Teppichboden, eine Telefonkabine ohne Telefon. Das war einmal, daher der Schatten der Weltkarte, das Auslandspostamt der DDR. Jetzt wird das Haus saniert. Oder soll saniert werden, sagt L., jedenfalls ist dieses Bad Kleinen, es war das zweite, geschlossen.

Rosa-Luxemburg-Platz – Gleich neben der Volksbühne, vor dem Pavillon der Galerie Meerrettich, steht eine Freiluftbar. Unter einer aus Baugerüstelementen errichteten Plattform, im Schatten eines Lindenbaums. Die Bar, das Projekt und die Plattform heißen «Hier entsteht». Oben auf der Plattform darf ein jeder auf- oder einbauen, was er möchte, hier, an diesem Modell, sollen partizipative Architektur und räumliche Aneignung ausprobiert werden, noch deutlicher als irgendwo sonst in der Stadt. Einer hat ein winziges Wohnzimmer gebaut, eine andere eine Luftdusche installiert und Rollrasen verlegt – so wie im echten Berlin, wenn eine privat finanzierte Grünanlage frist- und prospektgerecht fertiggestellt werden muss.

Wir stehen in der Freiluftbar, in der am frühen Abend Vorträge gehalten und Filme vorgeführt werden, wir trinken Sekt auf wenig Eis und haben das gute Gefühl, an einem großen Projekt beteiligt zu sein. Hier ist es Kunst, sagt L., zweihundert Meter weiter steht ein Kiosk, an dem wir uns ganz kunstfrei betrinken könnten. Wir reden über all das, was nicht entstanden ist. Über Traumruinen, gesprengte Luftschlösser, Erfindungen. Unser nächstes Projekt soll heißen: Hier entsteht nichts. – Hier entsteht nur Erinnerung, sagt L., wo wir überall gewesen sind diesen Sommer. Das Bier kommt aus einem altersschwachen, nicht besonders gut kühlenden Kühlschrank. Es riecht, wer es nicht mag, sagt: Es stinkt, nach Linde.

Stadtautobahn – Rumfahren. Kaum noch andere Autos um sich haben. Einfach so durch den Tiergarten fahren, auf die Autobahn fahren, sich unbedingt verfahren wollen, nachts auf der Stadtautobahn, immer im Kreis, die Nacht wird irgendwann weiß. Eine West-Berliner Tätigkeit, sagt L., dem Auto Auslauf geben.

An einer Tür, ich weiß nicht mehr, wo – Der Mann an der Tür sagt: «Gehen Sie nach Hause.» Und meint: Begeben Sie sich direkt dorthin. Gehen Sie in keine andere Bar, in keinen anderen Club, an keinem Geldautomaten vorbei. Gehen Sie nach Hause, legen Sie sich in Ihr Bett, schließen Sie die Augen.

2004

Monbijou

Die Wiese im Park, das ist ihr anzusehen, wird benutzt. Mancher heiße Grill hat den Rasen schwarz gestempelt. Die Mülleimer sind mit Aufklebern übersät, und an sonnigen Tagen wird der Schatten unter den Bäumen zum Kinderwagenparkplatz. Und der ganze Park zum Lese- und Speisesaal.

Eingeklemmt zwischen Spree und Oranienburger Straße liegt er da, der Monbijoupark, der seinen Namen von einem Schloss hat, das dort gar nicht mehr steht. Die wenigen alten Kastanienbäume und die knorrigen Platanen haben Schloss Monbijou sicher noch gesehen. Es stand hier, eine kriegsbeschädigte Ruine, bis 1959. Dann beschloss der Magistrat von Ost-Berlin, den Knobelsdorff-Bau, in dem sich zuletzt das Hohenzollernmuseum befunden hatte, trotz aller Proteste abzureißen. Fortan gab es noch ein Schloss weniger in der Stadt. Und eine Freifläche mehr.

Noch während des Krieges hatte es einen anderen Plan gegeben. Albert Speer wollte das Schmuckstück «mon bijou» so, wie es war, nach Charlottenburg, in den dortigen Schlosspark, versetzen, um hier, der Museumsinsel gegenüber, Fläche für weitere Angeberbauten zu gewinnen. Der allbekannte Ausgang des Krieges verhinderte das Vorhaben, das Schloss brannte nach Bombentreffern aus.

In den sechziger Jahren wurde in dem vom Schloss befreiten Garten das Kinderbad Monbijou erbaut, mit einem sehr flachen und einem weniger flachen Becken. Kopfsprünge vom Rand sind leider verboten. Es gibt keine Rutsche und keinen Sprungturm, trotzdem ist das Bad bei den entsprechenden Zielgruppen – Kindern und ihren Eltern – sehr beliebt. Die Kinder, die da planschen, planschen quasi im Rohmaterial eines expressionistischen Großstadtgedichts: Über ihnen rollen S-Bahnen und ICE auf dem Stadtbahnviadukt, Ausflugsdampfer ziehen auf der Spree vorbei, der Fernsehturm ragt groß ins Bild, und Flugzeuge zeigen sich am Himmel. Die Zäune um das Kinderbad sind seit der Wiedereröffnung nach langer Renovierung höher und sommernachts nun schwieriger zu überklettern.

Mitten im Park und sympathisch unrenoviert liegt ein Gebäude, in dem sich Ateliers der Kunsthochschule Weißensee befinden. Durch ein offenes Fenster sind Farbtöpfe zu sehen, die meisten Scheiben sind von innen milchig lasiert, um vor neugierigen, die Künstler störenden Blicken zu schützen. Teile der Fassade sind – wie es scheint von Studenten selbst – rot angestrichen worden.

Auf dem Spielplatz hinter dem Bad, fast schon an der Spree, lassen sich die Veränderungen der Spielplatzbaukunst über die Systeme hinweg studieren. Aus DDR-Zeiten übrig geblieben ist ein monströser, bunkerähnlicher, mit kleinen Findlingen gespickter Betonhügel. Kinder können auf ihm herumklettern und auf einer Rutsche aus Zement herunterrutschen. Unter dem steinernen Kloß verläuft, nicht wirklich ein Fluchttunnelmodell, ein heute verschlossener Kriechgang. Eine Installation, die Eltern kaum gefallen kann. Besorgte Eltern von heute sehen ihre Kinder lieber auf dem gleich danebenstehenden, aus einer privaten Spende finanzierten, bunten, grazilen, multifunktionalen Klettergerüst mit einem Hängebrückchen zwischen zwei Türmen und einer hosenbodenschonenden Metallrutsche.

Am Fluss, genau dort, wo einmal Tierversuchsbaracken der Charité standen, liegt die Strandbar Mitte, die eigentlich keine mehr ist. Seit die neue, großzügige Uferpromenade angelegt wurde, ist aus der ehemaligen Strandbar, in der die Liegestühle tatsächlich auf Sand und direkt am Wasser standen, ein Café mit Marmortischchen und Oleandersträuchern in großen Kübeln geworden.

In den lange abgerissenen Baracken befand sich vor etwa zehn Jahren der Club Kunst und Technik, eine der improvisierten und temporären Bars, die anfangs nur mittwochs, später nur alle sechs Tage geöffnet hatte. Seither haben Landschaftsarchitekten das Gelände neu modelliert und eine breite Freitreppe angelegt, die ans Wasser hinunterführt. Ein kleiner Platz ist entstanden, der von den im Minutentakt vorbeirauschenden Ausflugsdampferrednern gut beschallt wird.

Am Rand des Parks, zur Monbijoustraße hin, stehen auf dem Dach eines ziegelverkleideten Flachbunkers zwei seltsam fremd anmutende Blockhäuser. Es handelt sich um alte, aus Polen stammende Holzbauten, die hier wieder zusammengesetzt wurden, um in ihnen Theater zu spielen und Märchen zu erzählen. Sie heißen Märchenhütten und sehen auch so aus; Hexen könnten in ihnen wohnen. Gleich daneben ist für den Sommer ein hölzernes Freilufttheater errichtet worden. Fast jeden Abend wird dort in den nächsten Wochen das für Freilufttheater geeignetste Stück überhaupt gespielt, Shakespeares unvermeidlicher «Sommernachtstraum».

Hunde sollten im Park nicht frei herumlaufen. Sonst könnte sich – unwahrscheinlich, aber nicht unmöglich – wiederholen, was der fünfunddreißigjährigen Grafikerin Kerstin V. hier am Abend des 8. Mai 2006 passierte. Ihr Hund Fritz fand damals, an einem Erdhaufen erst schnüffelnd, dann scharrend, eine mumifizierte Frauenleiche. Diese kam zutage, weil für die Neuanlage der Wege Erdreich bewegt worden war. Wie später ermittelt wurde, handelte es sich um eine schon seit fünfzehn Jahren vermisste türkische Frau, die ihren Mann hatte verlassen wollen. Als hätten die Gartenarchitekten ihrer gedenken wollen, befindet sich ganz in der Nähe des Fundorts heute eine unmotiviert aus der Wiese ragende kleine Erhebung, die wie ein Grabhügel anmutet. Nicht weit davon plätschert ein neuer Brunnen: eine große, dunkle Metallschale, die beständig überläuft. Schöner lässt sich Überfluss nicht darstellen.

2008

Oderberger

Sie ist schön, weil sie so breit ist, aber es fällt gleich auf, dass es kaum noch normale Geschäfte gibt. Eine Glaserei, ein Waschsalon, ein Kopierladen und der Laden, in dem angeblich alles repariert werden kann. Ansonsten Mode und noch mal Mode. Wo vor Kurzem noch eine Bäckerei war, ist jetzt ein Café, der Bioladen ist ein Restaurant, es gibt kein Geschäft mehr, in dem man Milch kaufen könnte. Dafür ausgelatschte Turnschuhe (erstaunlich teuer) und interessante Unterwäsche.

Die letzte Bastion der Normalität, ganz kunst- und modefrei, bildet die Feuerwache Oderberger Straße, es soll die älteste Deutschlands sein. Seit hundertfünfundzwanzig Jahren rückt die Feuerwehr von hier aus, vorbei an den Häusern, die bis auf eine Ausnahme alle saniert sind. Manche Fassade wurde schon zum zweiten Mal erneuert. So steht sie da, die Straße, in Bonbonfarben und dem vor zehn Jahren so beliebten Gelb. Nur zwei Neubauten hat die Oderberger, beide sind erst 2010 fertig geworden, sehr zurückhaltend füllen sie die ehemalige Lücke neben dem Stadtbad.

Wer ist auf der Straße zu sehen? Morgens sind es Väter oder Mütter, mit dem Kind auf dem Weg in die Kita. Jogger auf dem Weg ins Cantian-Oval. Der ein oder andere, der trotz aller zur Schau gestellten Lässigkeit nicht verbergen kann, dass er ins Büro muss. Später rollen die Fahrradtouristengruppen an, die nervigen Straßenmusikanten, ganz selten kommt jemand über den Gehweg, der älter als sechzig aussieht. Hipster- und Kinderwagenmaut müssten große Einnahmen bringen.

Wer hier wohnt, wohnt mittendrin und muss nicht mehr verreisen. Es reicht, vor die Tür zu gehen, immer ist irgendwo Italienisch zu hören. Oder Spanisch. Oder Dänisch. Oder Englisch – berlinert wird eher selten. Je nach Tageszeit und Wochentag sind zwischen vierzig und neunzig Prozent der Passanten Touristen. Fühlt sich manchmal an, als wohnte man auf dem Montmartre, gleich neben Sacré-Cœur.

Manche sagen, die Oderberger Straße sei ein Opfer ihres Erfolges. Es gibt Anwohner, die davon träumen, der Name der Straße würde über Nacht aus allen Berlin-Reiseführern aller Sprachen verschwinden. Aber wieso jammern? Wer über Touristen jammert, erinnert sich nicht daran, wie leer, kahl und unbenutzt die Stadt lange Jahre war. Wer aus Paris oder Barcelona kam, musste sich fragen: So eine große Stadt, aber wo sind die Menschen? Jetzt sind sie da. Und kommen aus den Ländern, die wir deutschen Reiseweltmeister über Jahrzehnte hinweg touristisch belagert haben. Aber man weiß ja schon, wenn das Zeitalter der Billigflieger zu Ende geht, wird es wieder ruhiger werden. Bis dahin bleibt die Flucht in den versteckt liegenden Hirschhof – zurzeit wird allerdings auch dort um- und ausgebaut.

Was suchen die Besucher in der Oderberger Straße? Die Street-Art, die mittlerweile regelmäßig restauriert wird? Die alten DDR-Laternen mit dem Pfahl aus Zement? Die Waschbetonelemente, die unmotiviert auf den Gehwegen stehen, Gehwege, die so breit sind wie anderswo die ganze Straße? Mit dem Stadtplan in der Hand oder ohne schauen die Besucher in die Höhe, auf die Häuser und auf das Pflaster aus den Granitplatten, die Spuren von Granatsplittern tragen. Denkmalschützer sollten Abgüsse herstellen, um sie zu bewahren.

Die Oderberger ist, man muss es zugeben, eine Fressmeile geworden. Vom Morgenkaffee im Barista (bester Kaffee) über das Mittagessen bei Schädel und Sattler am Stadtbad (neu, freundlich und gut), in der Kiezkantine (altbewährt und günstig) oder im Restaurant Teigwaren – niemand muss verhungern. Und wer möchte, kann abends gleich in der Oderquelle (gute Küche) oder beim Thai Ecke Eberswalder (schlicht und günstig) weiteressen. Oder, oder, oder. Es gibt viele Möglichkeiten, sich den Bauch vollzuschlagen.

Warum ist die Oderberger so schön? Ach ja, weil sie großzügig angelegt wurde und so breit ist – jemand hat sie mal mit der Piazza Navona verglichen – und scheinbar in den Himmel führt, der abends Richtung Mauerpark so schön rot leuchten kann. Welche Ironie, dass es dort, am Ende der Straße, früher nicht weiterging. Bis vor bald einundzwanzig Jahren war die Oderberger an ihrem Ende zugemauert. In den letzten Häusern vor der Grenze, so wird es überliefert, wohnten nur Stasiangehörige und Hundertprozentige. Von denen keine Spur mehr. Und von den meisten anderen, die vor der Maueröffnung hier lebten, auch nicht. Bei Umzügen fällt es auf: Herausgetragen wird studentisches Mobiliar, das auf Pritschen von Robben & Wientjes verladen wird. Zieht hingegen jemand ein, arbeiten da meist professionelle Umzugsunternehmen mit Absperrungen und Außenaufzügen, die aufwendig verpackte Möbelstücke in Dachgeschosse liften.

In diesen Wochen ist die Oderberger eine Baustelle. Leitungen, Gehwege und die Fahrbahn werden erneuert – dabei sollte eigentlich alles bleiben, wie es war. Es gab Auseinandersetzungen zwischen einer Anwohnerinitiative und dem Bezirksamt, schließlich hat man sich geeinigt: So viel wie möglich des teils selbst gepflanzten Grüns soll erhalten bleiben. Die Flora der Oderberger ist überraschend vielfältig, es gibt die großen Platanen auf der Stadtbadseite und genau achtundfünfzig Rotdorne auf der Feuerwehrseite, die im Frühling in großen roten Kugeln blühen. Eine «Grünflächenbestandsaufnahme» hat vor wenigen Jahren zweihundertneunzehn Anpflanzungen kartografiert, noch immer lassen sich in Hochbeeten, Kübeln und an Hauswänden Korkenzieherweiden, Efeu, Hagebuttensträucher, Lavendel und wild wuchernde Götterbäume finden.

Die Anwohner der Oderberger, das hat Tradition, organisieren sich. Schon in den späten achtziger Jahren, noch zu DDR-Zeiten, hat man den Abriss der Zeilenbebauung verhindert. Später wurde der Hirschhof angelegt, Baumscheiben wurden bepflanzt, Bänke gebaut, teils innovative Sitzgelegenheiten geschaffen und, sehr deutsch, kleine Erklärschildchen an die Pflanzentröge geklebt. Und es gibt Termine, an denen die Bewohner sich zu Aufräumaktionen treffen.

Bis vor ein paar Jahren existierte in Prenzlauer Berg das Feindbild des zugezogenen Westdeutschen – erinnert sei an die ironische Plakataktion kurz vor Weihnachten, die gute Heimfahrt in Städte wie Koblenz wünschte. Dieser Konflikt hat sich weitgehend erledigt, mittlerweile werden die vor zehn oder fünfzehn Jahren zugezogenen Westdeutschen, die einstigen Vorboten der Gentrifizierung, selbst verdrängt. Die zweifelhafte Zukunft, fast schon Gegenwart, ist zu sehen, wo Oderberger und Schwedter Straße sich treffen: der furchtbare lilafarbene Schuhkarton, der für die neue Wohnanlage Marthashof, die Luxushasenställe in der Schwedter Straße, wirbt.

2010

Bernauer Straße

Bald wird das erste neue Haus auf dem Mauerstreifen an der Bernauer Straße stehen. Noch liegt sie wie eine Schneise zwischen Mitte und Wedding, überbreit, als hätte eine Landebahn angelegt werden sollen. Auf der einen Seite die durch den Abriss der Blockrandbebauung entstandene Brache, die früher Todesstreifen und verbotene Zone war und heute Halbwildnis und Hundeauslauffläche ist. Auf der anderen Seite der Straße, früher Westen, stehen die Neu- und Altneubauten des Brunnenviertels.

Der Posten- oder Kolonnenweg, der zwischen Hinterlandmauer und Sperranlagen parallel zur Bernauer verlief, ist ein Spazierweg geworden, Grenztruppen patrouillieren keine mehr. Der Weg führt durch Gestrüpp, an herumliegenden Plastiktüten, umgestürzten Plakattafeln, Bauschutt, einzelnen Damenschuhen und halb ausgegrabenen Kellergewölben vorbei, Ziegelmauerreste schimmern durch die Grasnarbe. An einigen Stellen sind Parzellen eingezäunt, so werden Besitzansprüche sichtbar gemacht. Wie viel Zeit seit 1989 vergangen ist, zeigt die Baumreihe, die auf dem Streifen, um den die Mauer auf DDR-Gebiet zurückgesetzt war, gewachsen ist. Sie bildet nun, da die alte nicht mehr da ist, eine neue, freundlichere Mauer neben dem Bürgersteig.

Hausnummern hat die Straße nur auf der nördlichen, der Weddinger Seite. Auf der Seite der Rosenthaler Vorstadt, ehemals Osten, braucht es keine, denn es gibt keine Häuser, nur eine Baugrube Ecke Ruppiner Straße sowie ein Bauankündigungsschild. Auf ihm sind Bilder einer Wohnung mit Ausblick auf den ehemaligen Todesstreifen zu sehen.

Im Pflaster des neu gebauten Bürgersteigs liegen die alten Gedenksteine, auf denen in der Grabsteinschrift der sechziger Jahre, der Typografie der Zeit, den Opfern der «Schandmauer» gedacht wird – eine von Willy Brandt geprägte Bezeichnung, die in West-Berlin in den sechziger Jahren offiziell verwendet wurde. Dass auf dieser Straße einmal Menschen erschossen wurden oder zu Tode stürzten – Ida Siekmann am 22.08.1961, Olga Segler am 26.09.1961, Bernd Lünser am 4.10.1961 –, weil sie von der einen Straßenseite auf die andere wollten, erscheint absurd, ja unglaublich. Sie versuchten, sich an zusammengeknoteten Bettlaken oder Wäscheleinen abzuseilen, weil der Bürgersteig unter ihren Fenstern zum französischen Sektor gehörte, also im freien Westen lag. Einem Kind, das auf dem neuen Pflaster, es ist so glatt, Rollschuh läuft, ist das schwer zu vermitteln.

Bis neulich war die Bernauer kopfsteingepflastert, dann wurde die Straßenbahnlinie bis zum Nordbahnhof verlängert. Sie fährt auf eingelassenen Schienen in der Mitte der asphaltierten Straße, an der es kaum Geschäfte gibt. Ecke Brunnenstraße kündet ein folienverklebtes Schaufenster von «Refillpatronen und Nachfülltinte», ein Stück weiter betreibt das Lazarus-Krankenhaus einen Diabetes-Laden. Es gibt keine Cafés, nur einen Inder, ganz oben, fast am Mauerpark, sowie einen Imbisswagen, der am U-Bahn-Ausgang Brunnenstraße Chinapfanne kredenzt. Zu Ostern eröffnet an dieser Kreuzung, das geht seit ein paar Jahren so, ein Rummel, dann stehen ein paar Buden, ein Kinderkarussell und ein Autoscooter auf dem Todesstreifen. Und dort, wo die Mauer war, die Wohnwagen der Schausteller.

Hinter der Kreuzung mit der Strelitzer Straße verlief ein Fluchttunnel quer unter der Bernauer hindurch – hoffentlich ist dort vielen die Flucht gelungen. Die Straße fällt leicht ab. Links liegt die neu erbaute Kapelle mit hölzerner Stabfassade auf dem Grenzstreifen, sie steht, wo sich der Chorraum der Erlöserkirche befand, von der nur die Schwelle des Portals und zwei Torsteine geblieben sind. Über zwanzig Jahre stand die leere Kirche unzugänglich im Grenzgebiet, 1985 wurde sie gesprengt. Zwischen einigen Findlingen wurde, ein Kunstprojekt, ein kleines Roggenfeld angelegt. Die Halme stehen halbhoch.

Wenige Schritte weiter ist ein Abschnitt der Grenzanlagen mit all seinen Einrichtungen und Sperrelementen – Grenzmauer, Todesstreifen, Postenweg, Peitschenlampen und Hinterlandmauer – erhalten. Zwei je sechs Meter hohe, von den Architekten Kohlhoff & Kohlhoff entworfene Stahlwände durchschneiden die denkmalgeschützte Grenzanlage und machen vierundsechzig Meter unversehrte Grenzmauer 75 zur Mauergedenkstätte. Die Grenzmauer 75 ist das bekannte Modell der vierten Generation mit Rundkrone. Hier steht sie betongrau, unbemalt und renoviert, wie eben erst gebaut, an der Bernauer Straße, dabei war der Beton auch hier schon einmal bis auf die stählerne Armierung abgeschlagen. Einige Meter rekonstruierte Friedhofsmauer schließen sich an, dann folgt ein weiteres Stück Grenzmauer, aus der die Armierungseisen heraushängen, als ob sie von riesigen, betonknabbernden Kaninchen freigelegt und abgenagt worden wären. Die Häuser auf der anderen Straßenseite ducken sich zweistöckig und balkonbewehrt hinter ihre verbuschten Vorgärten. Sieht aus, als hätten sie nie über die Mauer hinübersehen wollen.

Touristen laufen die Straße hinauf und hinunter, um sie zu bestaunen. Die beste Sicht bietet der Turm des Dokumentationszentrums Mauergedenkstätte – von dort sind auch die ausgebauten Dachgeschosse der schönsanierten, an sonnigen Tagen in allen Pastellfarben leuchtenden Häuser der Rosenthaler Vorstadt zu sehen.

Einmal, zwei oder drei Jahre her, waren die alte Bernauer Straße und die Mauer wieder auferstanden: Am anderen Ende des Mauerparks, in der Kopenhagener Straße, dort, wo noch unsanierte Altbauten stehen, war auf einem Straßenschild plötzlich «Bernauer Straße» zu lesen. Und die Mauer war wieder da, die frühe, improvisierte, mit Stacheldraht über den Fertigelementen aus Beton. Die Fensteröffnungen der umliegenden Häuser schienen mit Ziegelsteinen vermauert zu sein – aber es waren bloß bemalte Sperrholzplatten, die Mauer bestand aus Pappe und Styropor und war Kulisse. Ein Film wurde gedreht.

2008

Gebrauchtwagenhändler

Gebrauchtwagenhändler, es gibt euch noch. Und ich hatte schon befürchtet, ihr wäret aus dem Stadtbild getilgt und in unzugängliche Industriegebiete verdrängt worden. Die Händler auf dem Gelände an der Bornholmer Straße, auf dem einst die Grenzkontrollen der DDR abgewickelt wurden, sind schon einige Jahre verschwunden. Dort renaturiert die Stadt sich gerade selbst, bald wird da ein kleines Wäldchen oder ein Discounter sein. Der Autohändler an der unteren Schönhauser Allee ist nicht mehr, ein solider Bauzaun sperrt das Grundstück ab, das Gleiche in der Schwedter Straße, auch dort ein Bauzaun. Wo Gebrauchtwagen standen, werden bald Townhäuser sein. Noch aber sind nicht alle Bau- und Bombenlücken zugebaut. Ums Eck hat sich ein neuer Gebrauchtwagenhändler niedergelassen. Hat die Bäumchen, das Mauerdickicht an der Bernauer Straße gefällt, das Gelände eingezäunt, mit Kies bestreut und eine Miettoilette auf den ehemaligen Todesstreifen gestellt. Nur das Großlametta, die Glitzerpuschel, die sonst immer über alten Autos hängen und einen Hauch von Zirkus und Las Vegas verbreiten, fehlen noch.

2008

Nachmittags am 1. Mai

Rauch steigt auf, Pflastersteine liegen auf dem Mariannenplatz. Dienstag, 1. Mai, kurz nach achtzehn Uhr. Die Polizei filmt die Besucher des Mariannenplatzfestes, die Besucher filmen zurück. Und fotografieren. Viele sind mit dem Fahrrad gekommen. In Sommerkleidchen, Tanktops, kurzen Röcken, Combat- und Cargo-Hosen. Einige tragen T-Shirts, auf denen «Drogenfahnder» steht. Die Polizei fotografiert und filmt aus den Einsatzwagen heraus, sie filmt auch einen Sechsjährigen auf einem Roller, der in einem Che-Guevara-T-Shirt steckt. Die Polizei filmt Sonnenbrillen und Eastpak-Rucksack-Trägerinnen, wer weiß, vielleicht sind in ihnen Brandsätze. Zwei Mädchen halten das Antifa-Piktogramm hoch, auf dem ein Hakenkreuz in einen Mülleimer fällt. Die Polizei fotografiert Menschen mit aufgefalteten Stadtplänen und solche, denen auch an Feiertagen anzusehen ist, wie brav und triebkontrolliert sie sonst auf ihr Gymnasium, in ihre Vorlesung oder in ihr Büro gehen. Heute aber ist Ausnahme: Die Sehnsucht nach ein bisschen Gewalt, wenigstens an diesem einen Tag im Jahr, lässt sie sympathisierend-begeistert zusehen, wie Müllcontainer umgeworfen und angezündet und Pflastersteine ausgegraben werden. Die Krawallbesucher sehen zu, wie der weiße Kleinwagen auf der Mariannenstraße ausbrennt, und sehen etwa fünfzehn Journalisten und Bildreporter – wer hat morgen den schönsten brennenden Wagen im Blatt? – um dieses Maifeuer herumstehen. Die Anwohner, oft ganze Familien, schauen von den Balkonen wie aus Logen zu, Musikuntermalung kommt aus den Häusern, Lautsprecherboxen stehen in den Fenstern.

Statt des harten Kerns von vielleicht zweihundert gewaltbereiten Autonomen, die Tausende Schaulustige anlocken, könnten am 1. Mai auch ein paar junge, wilde Stiere durch die Straßen von SO 36 getrieben werden. Kreuzberg wäre für einen Nachmittag Pamplona – und der junge, sonst so leicht gelangweilte Großstadtbewohner, seine Freundin und der Besuch aus der Provinz hätten gleichermaßen Gelegenheit, große Gefühlsaufwallung und den Kitzel der Gefahr zu spüren.

Vielleicht, der Verdacht drängt sich auf, wenn ganze Straßenzüge mit Einsatzwagen zugeparkt sind, wird der 1. Mai auch dazu benutzt, das tolle Polizeigerät vorzuführen? Einer der grünen Räumpanzer, die an große Schildkröten erinnern, muss den brennenden Kleinwagen zur Seite schieben, einer der schweren Wasserwerfer, die nach ihrem berühmtesten Opfer alle Günter Sare heißen müssten, schießt in das Feuer. Und ein wenig in die Menge.

Eine Frau im Sommerrock – sie sagt: «Ich weiß, was abgeht, ich war vor zwei Jahren im Kessel in der Oderberger Straße» – legt Pflastersteine in eine Haustür, die gerade zufallen will. Sie steht vor dem Schaufenster des Schuhgeschäfts, auf dem ein Zettel vom «Ausverkauf bis zum 1. Mai» kündet. Als der weiße Kleinwagen nur noch raucht, fragt ein älterer Tourist im Antifa-T-Shirt: «Wo ist denn hier die nächste Pizzeria?»

Die Polizeibeamten, die ihre Einsatzwagen mit Wimpeln ihrer Bundesländer schmücken, müssen sich «Scheiß Zonis» hinterherrufen lassen. Die Wimpel hängen wie kleine Standarten in den Führerhäusern ihrer Wagen, deren Lackierung sich je nach Bundesland unterscheidet. Nach dem Weg gefragt, sagt einer der dunkelgrün und gut gepolstert verpackten Polizisten: «Woher soll ich das wissen, ich bin nicht von hier. Und hab auch keine Lust auf diese Spielchen.» Der ältere Türke in dem Geschäft an der Manteuffelstraße sagt: «Einmal im Jahr muss es knallen, einmal im Jahr muss sein.» Die Bäckerei in der Wrangelstraße macht guten Umsatz.

Seine eigentliche Spannung bezieht der späte Nachmittag aus der Unübersichtlichkeit. Keiner weiß genau, was wo vor sich geht, obwohl ungefähr ein Drittel aller Herumstehenden pausenlos mit anderen Zuschauern telefonieren, die zwei oder drei Straßenecken weiter stehen. Den herumlungernden Einsatzkräften geht es nicht anders. Nur hin und wieder hören auch sie, die Türen ihrer Wannen stehen offen: «Ey, da hinten geht's voll ab, ey.»

2001

Mythos Kreuzberg

Zur Arbeit am «Mythos Kreuzberg» rief die Heinrich-Böll-Stiftung ins Nachbarschaftshaus an der Urbanstraße und fragte nach der «Bilanz eines multikulturellen Experiments». Es geht die Fama, Kreuzberg sei Anfang der siebziger Jahre von Rio Reiser und seinen Brüdern erfunden worden. Damals, als die Studentenbewegung noch in Charlottenburg und Dahlem herumtollte. Kreuzberg war ein Ort am Ende der Welt, Insel der Inseln, mit leeren Fabriketagen und billigstem Wohnraum, der von türkischen Gastarbeitern, Studenten (Bernward Vesper und Gudrun Ensslin wohnten in der Cuvrystraße), Wehrdienstflüchtigen und Schwaben erobert wurde.

Hausbesetzungen und der Kampf gegen die Staatsmacht («Der Mariannenplatz war blau, so viele Bullen waren da», sangen Ton, Steine, Scherben) gehörten zur Folklore, es herrschte, so die Erzählung, eine immerwährende revolutionäre Stimmung.

Zum späteren mythischen Höhepunkt, in keiner 1.-Mai-Geschichte fehlend, zählt die Plünderung und das anschließende In-Brand-Setzen des Bolle-Supermarktes an der Wiener Straße. Noch Jahre später wurden damals erbeutete Erbsen-und-Möhren-Konserven wie Reliquien herumgezeigt. Der «Traumbezirk», wie Thomas Groß das einmal genannt hat, war die Nische, der Ort, an dem keiner erwachsen werden musste, Ort für Künstler und Möchtegernkünstler im Schatten der Mauer.

Zu den Wendegewinnern, auch das eine beliebte Berlin-Erzählung, gehört Kreuzberg nicht. In den neunziger Jahren wurde der Bezirk schlechtgeredet und -geschrieben. Es folgte der Aderlass in die Ost-Bezirke, die älter werdende Urbevölkerung wanderte in weiter westlich liegende Gebiete ab. Ein Herr aus dem Publikum konnte berichten, er sei nach achtundzwanzig Jahren nun der letzte deutsche Mieter in seinem Haus.

In das Kreuzberger Mythenkörbchen gehören die Geschichten von Schulen mit Klassen, in die keine deutschen Kinder gehen; die von den Eltern, die wegziehen, sobald ihre Kinder schulpflichtig werden; und die von den «Jacken abziehenden» Jugendgangs – die es aber auch in anderen Bezirken gibt.

Warum glaubte die Böll-Stiftung, es sei an der Zeit, die «Bilanz eines multikulturellen Experiments» zu ziehen? Ist ein Experiment nicht eine gesteuerte, kontrollierte Versuchsanordnung? Werden Bilanzen nicht gezogen, wenn es vorbei ist? Ist es mit der Multikulturalität, wenn sie denn ein Experiment gewesen sein sollte, zu Ende? Das Nebeneinander verschiedener Kulturen und Lebensentwürfe, die sich auch in Kreuzberg nicht immer vertragen, ist eine Tatsache und nichts, was sich von heute auf morgen beenden ließe. Eine Lebenswirklichkeit, die auf Dauer aber auch keine Beschönigung und keine harmonisierende Selbsttäuschung verträgt, ja, es gibt junge, türkischstämmige Männer, die ein befremdliches Imponiergehabe an den Tag legen. Und es gibt Junkies am Kottbusser Tor.

Die multikulturelle Gesellschaft in Kreuzberg ist eine, die, wie alle Großstadtgesellschaften, durch tolerante Ignoranz funktioniert. Und weil größere soziale Verwerfungen noch durch großzügige Fördermaßnahmen früherer fetter Jahre verdeckt werden.

Die Bilanz galt im Grunde eher der politischen Arbeit eines Milieus, das Kreuzberg miterfunden hat. Claudia Roth trat zwar nicht auf, Christian Ströbele war aber da. Der Mythos Kreuzberg schreibt sich derweil weiter. Wer kann, zieht heute in den

Wrangelkiez, die Touristen sind schon da. Dort sei es echter und authentischer als anderswo, so geht das Gerede. Durcheinander macht attraktiv.

2005

Neue Welt

Die neue größte Halle Berlins liegt wie ein gestrandeter Walfisch im Niemandsland zwischen Ostbahnhof und Warschauer Straße. Veranstaltungen mit bis zu siebzehntausend Zuschauern sollen dort alle paar Tage stattfinden. Darauf jedenfalls hoffen die Erbauer. Die Eisbären werden spielen. Alba Berlin wird spielen, Coldplay wird auftreten, Leonard Cohen sich die Ehre geben, und die Pferde von Apassionata werden durch die Halle galoppieren.

Rund um den Bau, der nicht nur seiner schieren Größe, sondern auch wegen seiner einem Bartenwalmaul ähnelnden Front an einen Walfisch erinnert, liegen Parkplätze und neue Straßen, die alle Frauennamen tragen. Dass deren neue, breite Bürgersteige noch nicht täglich genutzt werden, ist an den Unkrautbüscheln zwischen den Pflasterplatten zu sehen, die den feuchten Sommer über in den Ritzen gewachsen sind. Noch schläft die Gegend, bald aber, wenige Tage noch, soll die neue Welt eröffnen.

Anwohner, die das stören könnte, gibt es keine. Ein einziges Haus ist am Rand des weiten Geländes stehen geblieben; eingerüstet und leicht zurückgesetzt, als wüsste es selbst nicht so genau, was es hier noch soll, liegt es an der neuen Mariane-von-Rantzau-Straße, in der Autovermieter ihre Kastenwagen parken. Andere Straßen des Karrees heißen Valeska-Gert-, Helen-Ernst-, Mildred-Harnack-, Hedwig-Wachenheim- und Wanda-Kallenbach-Straße. Wer hier spazieren geht, lernt viele tote Frauen kennen.

Die neue Halle, das große Ding, in dem so viel stattfinden

soll, ist von riesigen Parkplätzen umgeben, Parkplätze, die um das Riesentier herum eine beruhigende Ordnung herstellen. Hier sind nicht einfach Abstellflächen entstanden, nein, hier haben, Modellbau in ganz Groß, Landschafts- und Parkplatzarchitekten sich besondere Mühe gegeben. Noch liegt friedliche Stille über dem Gelände, noch parkt ja kein einziges Auto unter den hohen Laternenmasten und den noch höher aufragenden, weiß lackierten Fahnenmasten. Nur ein einzelner, sehr klein wirkender Mann steht da und wässert die frisch gepflanzte Grünumrandung, zu der ein mit melonengroßen Kieselsteinen gefüllter Graben gehört.

Bodenplatten aus Rinnit, einem Kunststein, der Granit ähnlich sehen möchte, sind um die Halle herum verlegt. Viele der dicken Steinplatten, vielleicht sind zu viele bestellt worden, stapeln sich wenige Tage vor der Eröffnung vor dem Seiteneingang auf Paletten. Sie stapeln sich zu einem kleinen Gebirge und verdecken die Sicht auf die obligatorischen Deko-Bäumchen, die vor der Seitenfassade des steinernen Wals nicht fehlen dürfen.

Wo vorher gar nichts war, ist alles frisch und neu. Oder war hier nicht mal was? Gab es zwischen alten Gleisanlagen nicht einmal eine Lagerhalle, in der sich bis 2003 das Ostgut befand, der viel gerühmte, legendäre Vorläufer des Berghain, der seinerzeit als der beste Club der Welt galt? Weil es in seiner Umgebung heute nichts mehr gibt, muss das große neue Ding keine Rücksicht nehmen. Es liegt da ganz allein, als hätte es sich einige Male hin und her gewälzt und dabei alles platt gewalzt. Unversehrt blieb nur der Fuhrpark der BSR auf einem Gelände zur Warschauer Straße hin. Die Berliner Stadtreinigung ist der einzige Nachbar der Arena.

Die Halle, wie sie nun dasteht oder -liegt, sieht nicht wirklich billig aus, nein. Ihr Sockel ist aus poliertem schwarzem Granit (Nero Assoluto, aus China), die oberen Stockwerke verkleiden geschliffene portugiesische Kalksteinplatten. Sie wirkt allerdings auch nicht so, als hätte man sich große Mühe gegeben, Zweckarchitektur hat ausgereicht, Aufmerksamkeit ist dem Bau gewiss. Außerdem stehen die Reste der größten Attraktion, die Berlin je hatte, ja gleich gegenüber: Die East-Side-Gallery, der beliebteste Fotohintergrund der Stadt, vollgekrakelt und neuerdings mit Bildern von Unterhosen mit Eingriff bemalt, wartet auf der anderen Seite der Mühlenstraße. Um einen Zugang zum Wasser zu schaffen, wurde ein Stück von etwa fünfundsiebzig Metern Länge herausgetrennt und eine Spree-Terrasse mit Bootsanleger gebaut. Das war eine gute Idee, endlich ist der Fluss zu sehen und die Mühlenstraße etwas weniger eingemauert. Leicht überdimensionierte Leuchtwände, eine steht fast am Wasser, weisen auf die kommende Eröffnung hin – zeigen aber auch, dass die Peripherie in die Stadt gekommen ist. Und dass ein Investor hier bauen durfte, was er wollte. Der Baugrund war so preiswert, Berlin, du warst so billig zu haben, du hast ja so viel Platz, er hatte es nicht einmal nötig, Parkhäuser zu errichten.

Dabei sollen nicht alle zukünftigen Besucher mit dem Auto kommen. Ein neuer Weg ist angelegt worden, der vom S- und U-Bahnhof Warschauer Straße unter der an ihrer Unterseite nun blassgelb gestrichenen Warschauer Brücke hindurch zur großen Halle führt.

Die bisher nur für Strandbars hinter der Mauer bekannte Terra incognita an der Spree, mit der andere Investoren noch so viel vorhaben, ist nun erschlossen. Besucher können mit S- oder U-Bahn, mit dem Auto oder dem Schiff anreisen und sich in dieser Arena begeistern lassen, von Eishockeyspielern oder Pferden, jeder nach seinem Geschmack. Vielleicht finden da eines Tages Parteitage statt? Nein, es ist keine große Kuppelhalle geworden. Die Halle ist nur ein bisschen größenwahnsinnig, richtig megalomanisch ist sie nicht. Seltsam allerdings, dass sie nun ausgerechnet nach dem kleinsten aller deutschen Mobilfunkanbieter «O2 World Berlin» heißt. Wenn man sie so ansieht, wie sie breit und fett und wichtig daliegt – es könnte einem der Gedanke kommen, dass Helmut-Kohl-Arena auch ein passender Name gewesen wäre.

2008

Tempelhofer Feld

Man hat es aus dem Flugzeug gesehen. Man ist vielleicht mal auf ihm gelandet. Oder drumherum gefahren, aber man ist nie richtig auf dem Tempelhofer Feld gewesen. Man durfte ja nicht. Sehr lange nicht. Das wird sich kommenden Sonnabend ändern. Ab Sonnabend ist das Tempelhofer Feld wieder offen, jeden Tag von acht bis zweiundzwanzig Uhr.

Von oben sieht es aus wie das größte Loch im Stadtkäse. Eine leere Fläche, auf der sich nicht viel befindet. Ein Wiesenmeer mit breiten Asphaltstreifen, das einmal Ackerfläche, dann Parade- und Exerzierplatz war. Kaisers Geburtstag wurde auf dem Tempelhofer Feld gefeiert, Hunderttausende jubelten hier, das ist nicht mal hundert Jahre her. Es gab Fußballplätze, eine Pferde- und eine Radrennbahn. Schafsherden haben hier geweidet, Zeppeline sind gelandet. Und immer sind sehr viele Menschen da gewesen. Es gibt historische Fotos, die das Erholungsgetümmel zeigen, Großfamilien mit Fresskörben, Liegestühlen und Sonnenschirmen.

Der Flughafen Tempelhof hat das Feld zum Nicht-Ort, zur verbotenen, unbetretbaren Zone gemacht. Die wird Berlin sich nun zurückerobern – und es wird, wie Fontane es in «Schach von Wuthenow» schildert, wieder Ausflüge nach Tempelhof geben. Diesen Sonnabend gibt es dafür besonderen Grund: Es passiert nicht alle Tage, dass eine Stadt auf ihrem Gebiet eine zweihundertzwanzig Hektar große Grünfläche für «lastfreie Freizeitnutzungen» findet. Die Wendung «lastfreie Freizeitnutzungen» stammt aus einer Veröffentlichung des Bezirksamtes Tempelhof-Schöneberg. Herumlaufen, Fahrrad- und

Rollerbladefahren, auch Drachensteigenlassen müssten also erlaubt sein.

Steht man auf dem Feld, gibt es nicht viel zu sehen. Kein Baum, kein Strauch. Es ist so groß, so wüst, so leer. Romantische Landschaftsgärten sehen anders aus. Das Auge findet keinen Halt, an diese Totale in der Stadt muss es sich erst gewöhnen. Auf dieser Fläche ist jeder sein eigener Aussichtsturm – und deshalb leicht vom Gefühl des Erhabenen überwältigt. Irgendwo gab es mal einen Badeteich, Schlangenpfuhl genannt. Den könnte man ja wieder ausgraben, unter der Rollbahn. Nichts zu sehen, trotzdem ist es großes Kino, auf dem Tempelhofer Feld zu stehen. Der Rundumblick wäre eine Aufgabe für Landschaftsmaler: die Stadt hinter einer weiten, ebenen Fläche zu zeigen. Einige Kirch- und Kraftwerkstürme, Schornsteine, der Schöneberger Gasometer und die Minarette der Moschee an der Hasenheide ragen aus der flachen, in der Ferne verblauten Randbebauung. Der weiße Radarturm des Flughafens dominiert das Panorama, er sieht aus wie ein von Bernd und Hilla Becher fotografierter Wasserturm.

So leer und unbebaut zeigt sich mitten in der Stadt auf einmal Landschaft. Eiszeitgeformte Landschaft. Wer auf dem Tempelhofer Feld steht, der steht auf dem Tempelhofer Oberland des Teltow, ein gutes Stück oberhalb des Warschau-Berliner-Urstromtals. Und hätte der Mensch sich hier in den letzten paar Hundert Jahren nicht so vielfältig betätigt, wüchse hier auf der Hochfläche des Teltow wohl ein Mischwald aus Traubeneichen und Waldkiefern.

Noch ist das ganze Tempelhofer Feld eingezäunt. Es ist der alte Zaun, der zuvor das Flugfeld schützte. An vielen Stellen wurde der Stacheldraht entfernt, in Neukölln ist er entlang der Oderstraße und der Straße 465 noch zu sehen. Spaziert man dort immer am Zaun entlang, kann man sich über diesen Zaun ganz schön ärgern, er stört das Bild, er provoziert. Der Zaun ist einfach hässlich. Man möchte solch einen Maschendrahtzaun mit Stacheldrahtkrönung in Berlin nicht mehr sehen, der Kalte Krieg ist doch vorbei, Stacheldraht ist so 20. Jahrhundert. Gäbe es ihn nicht schon, es wäre wahrscheinlich viel zu teuer, diesen Zaun zu bauen. Weil er nun aber dasteht, ist man auf die Idee gekommen, den Zugang zum Tempelhofer Feld zu beschränken, es soll ein Park mit Schließzeiten werden. Nach zweiundzwanzig Uhr bitte keine Neuköllner mehr auf dem Feld? Ausgangssperre? Nachtruhe? In Berlin?

«Der Zaun muss weg. Für ein Recht auf Stadt» und «Stadt ist für alle da» ist auf einem Plakat in der Herrfurthstraße zu lesen. Vor dem Verteilerkasten, auf dem es klebt, bleibt ein Dackel stehen und bellt. Das ist wohl als Zustimmung zu deuten.

Der Dackel geht weiter und hebt sein Bein an einem alten Autoreifen, der auf dem Bürgersteig liegt. Ein Stück weiter hebt er wieder sein Bein, diesmal markiert er ein blaues Sofa, das zwischen zwei Bäumen abgestellt wurde. Und hebt zum dritten Mal sein Bein, diesmal an dem Zaun. In den sind hier an der Oderstraße massive Tore eingebaut worden, eins auf Höhe jeder einmündenden Querstraße. Eingänge zum Park, Geschenke für die Anwohner, mit Stacheldraht-Geschenkband umwickelt. Das Tor Höhe Herrfurthstraße wurde, so sieht es aus, letzte Woche noch einmal nachgerüstet und mit frischem NATO-Draht geschmückt, er blinkt und glitzert in der Sonne. Angesichts dieser Maßnahme kann man sich schon fragen: Werden an jedem Zauntor Grenzposten stehen? Wird es Selbstschussanlagen geben? Brauchen Berliner einen Passierschein? Wird es Zwangsumtausch geben? Baut die landeseigene Grün Berlin GmbH, die den Park betreibt, die DDR wieder auf, oder soll es ein Freilichtmuseum des Kalten Krieges werden?

In Berlin, die Hoffnung bleibt, sind schon ganz andere Zäune und Mauern gefallen. Man darf also zuversichtlich sein, dass auch dieser eines Tages nicht mehr stehen wird. Widerstand regt sich, die Initiative «Reclaim Tempelhof» hat einen Zaunwettbewerb ausgeschrieben: Wer ihn am schönsten einhäkelt, anmalt oder sonst wie kreativ umgestaltet, der gewinnt den ausgelobten «Goldenen Bolzenschneider». Auch die Natur beteiligt sich an diesem Wettbewerb: Auf einem Abschnitt der Straße 465 sind Birken und Ahornbäume durch den Maschendraht gewuchert und hier und da eingewachsen, die höchsten von ihnen wachsen einfach weiter, auch durch den Stacheldraht hindurch. Bald wird ein Baumzaun stehen, hinter dem Robinien und andere Pioniergewächse das Feld erobern werden. Gespannt darf man sein, was aus den Samenbomben der Guerillagärtner wachsen wird, die bei dem letztjährigen Versuch, das Flughafengelände zu besetzen, geworfen wurden. Wenn nicht bald wieder Schafe dort grasen, wird das Tempelhofer Feld in einigen Jahren zugewachsen sein.

2010

Hasenheide

Gute Neuigkeiten aus Neukölln: Es gibt einen großen, bisher vor allem als Umschlagplatz weicher Drogen bekannten Park, der eigentlich viel schöner ist, als man bisher angenommen hatte. Und um ihn kennenzulernen, muss man sich gar nicht selbst dort hinbegeben und hineintrauen, es reicht, ins Kino zu gehen und sich den Dokumentarfilm «Berlin: Hasenheide» von Nana Rebhan anzusehen. Über zwei Jahre hinweg ist die Berliner Regisseurin mit Kamera durch die Hasenheide spaziert – und hat mit ihrem fertigen Film eine neue, sehr bequeme Art der Fortbewegung erfunden: die Kinosesselwanderung, die einmal quer durch diese heute etwa fünfzig Hektar große Grünfläche zwischen Kreuzberg und Neukölln führt.

Nana Rebhan hat sich vom schlechten Ruf des Parks nicht abhalten lassen und ist einfach losgegangen, nur von einem Tonmann begleitet. Gedreht wurde mit eigener Ausrüstung, ohne Finanzierung. So filmt sie beispielsweise die Fußballspieler, die sich einmal in der Woche nicht weit von der Stelle treffen, an der Friedrich Ludwig Jahn im Jahre 1811 den ersten Turnplatz Preußens eröffnete. Heute spielen die internationalen, zum größten Teil aus verschiedenen afrikanischen Ländern stammenden Freizeitkicker hier zwischen den aus Mülleimern improvisierten Toren einen sehr athletischen Fußball. Einer von ihnen erzählt, dass es in den endlosen Diskussionen gegen Ende des langen, oft über drei Stunden dauernden Spiels meist nur darum gehe, wer denn nun die schmutzigen Trikots mit nach Hause nehmen und waschen muss.

Wanderpause an der Hasenschänke, dem Bier- und Fassbrausenmekka der Hasenheide, einem Kiosk, der mit seinem flachen, weit auskragenden, geschwungenen Betondach ein wenig an eine italienische Tankstelle der fünfziger Jahre erinnert. Unter ihm können Parkbesucher auch bei Regen trinken. Und natürlich, das ist ein Topos, behauptet auch der Graffitikünstler, mit dem die Regisseurin hier spricht – er hat die Außenwände der Hasenschänke mit psychedelischen, von Heinrich Zille inspirierten Hasen bemalt –, dass Berlin hier noch unverstellter und ehrlicher sei als in den mittlerweile touristisch infizierten Teilen Nord-Neuköllns.

Die Hasenschänke ist auch Anlaufstelle der Nudisten, die der Film auf einer der nächsten Stationen seiner Wanderung porträtiert. Man glaubt es kaum, aber hier sind erwachsene, gar nicht mehr so junge Männer zu sehen, wie sie riesige, an den Wasserhähnen der Toilettenanlage hinter der Hasenschänke gefüllte Kanister zu ihrem aufblasbaren Planschbecken auf der Nudistenwiese karren. Warum machen die das? Weil man im nahen Columbiabad nicht nackt herumliegen und planschen darf? Weil selbst der ermäßigte Eintrittspreis von zwei Euro fünfzig für den Durchschnittsneuköllner nicht gerade wenig ist? Nana Rebhan setzt sich mit der Kamera in der größten Hitze zu den Herren, die da allein auf einer Bastmatte philosophierend oder in ihrer Planschgruppe den Tag herumbringen. Sie lauscht ihren Lebensromanen. Und wie kommt eine Regisseurin mit einer Gruppe nackter, mittelalter Männer ins Gespräch? Kaum hatte sie einen Zettel an einen Baum auf der FKK-Wiese gehängt, standen schon interessierte Nudisten um sie herum und boten sich als Protagonisten an.

Hasen gibt es in der Hasenheide, die der Große Kurfürst Friedrich Wilhelm I. im Jahr 1678 für die Hasenjagd einzäunen ließ, nicht mehr. Stattdessen gibt es Kaninchen, Füchse und, man höre und staune, einen halbzahmen Falken. Ein Nachfahre des Raubvogels, mit dem der Große Kurfürst hier auf die Beizjagd ging? Der Film zeigt, wie der Falke sich von einer Gruppe älterer türkischer Männer mit rohem Fleisch füttern lässt. Die Männer treffen sich regelmäßig, um im Park auf traditionellen Instrumenten zu musizieren. Nicht weit von dem Baum, in dem der Falke wohnt, haben sie sich ein Freiluftwohnzimmer eingerichtet. Im Gespräch schwelgen sie in Türkeisehnsucht, die aber, das wissen sie, im gelobten Land der Väter nicht zu stillen wäre. Sie wissen, eigentlich sind sie in Berlin-Neukölln zu Hause.

Die Hasenheide hat ein Freiluftkino, eine Minigolfanlage, einen Rosengarten und, großer Treffpunkt, eine Hundewiese. Auf dieser kommt es zum heimlichen Höhepunkt des Films, als sich dort der perfekt getrimmte, schlanke, hochbeinige Barsoi, ein Rassehund mit Stammbaum, der auf den Namen Baya hört (oder eben nicht hört), und Püppi, ein auf der Straße gefundener Mischlingshund, begegnen. Und so, wie die Hunde sich beschnuppern, beschnuppern sich ihre beiden mindestens ebenso verschiedenen Hundehalterinnen. In einem Augenblick von Cinéma vérité beginnen sie, provoziert von der Kamera, ein zauberhaftes Gespräch. Die Szene endet damit, dass die Dame mit dem Borsoi, die man sich wie eine Thomas-Mann-Figur in einem Disney-Film vorzustellen hat, ihren Hund ermahnt, nicht an allem herumzuschnüffeln, sie sagt, das gehöre sich nicht. Wie gut, dass ein junger Mann mit migrantischem Hintergrund sie in perfektem Deutsch darauf hinweist, dass menschliche Verhaltensweisen sich nicht eins zu eins auf Hunde übertragen lassen.

Der Film zeigt, das ist die gute Nachricht aus Neukölln, dass das tägliche Miteinander in Berlin von sehr viel mehr Toleranz geprägt ist, als die Medienerzählung es einen glauben machen will. Ja, es gibt ein funktionierendes soziales Miteinander, und sogar die Dealer sind freundlich und grüßen.

Gegen Ende hat auch der bekannteste aller Berliner Bezirksbürgermeister einen kurzen Auftritt. Bei der Grundsteinlegung des Sri-Ganesha-Hindu-Tempels, der in der Hasenheide errichtet wird, lässt Heinz Buschkowsky sich einen Bindi, einen rituellen roten Punkt, auf die Stirn tupfen. Steht ihm eigentlich ganz gut.

2010

Weserstraße

Wir brauchen mehr Wut» lese ich auf einer Hauswand in der Weserstraße. Kopfsteinpflaster liegt auf der Fahrbahn und kleine, kaum kniehohe Zäunchen schützen Baumscheiben. Sudanesische Spezialitäten könnte ich essen oder mir etwas in dem Bioladen kaufen, über dem, die Leuchtschrift ist wohl von einem Geschäft für Innenausstattung übrig geblieben, «Raumkunst» steht. Ich bin aber schon weiter, ich bewundere die selbst gebastelten Postkarten, die es bei «Galerie + Artshop Projektspace» zu kaufen gibt. Ein Mann posiert mit nacktem Oberkörper und einer Hantel auf einem Balkon, er raucht und schaut unfreundlich in meine Richtung. Wahrscheinlich hält er mich für einen der vielen Touristen, die seinen Kiez zerstören. Ich gehe weiter, vorbei an Möbel & Trödel und der noch geschlossenen Retsina-Kneipe Freies Neukölln. Eine sehr fleckige, aufgeweichte Matratze lehnt an einem Baum, das Tell-Stübchen hat schon geöffnet, und von den wintergrauen Grünflächen vor der Turnhalle der berüchtigten Rütli-Schule leuchtet Müll. Das Gelände, vielleicht hilft ein neuer Name gegen den schlechten Ruf, heißt nun «Campus Rütli». Vor dem Kindl-Eck werden die noch kahlen Bäume geschnitten, es ist ein kalter Tag im Februar. «Dreckige Mauern, billige Miete» hat jemand auf die übernächste Hauswand gesprüht, und um die Ecke lese ich: «Brenne, deutsches Vaterland, brenne.»

Ich drehe um, biege in die Fuldastraße und freue mich über den Block von Bruno Taut, der sich lang und glatt und weiß und sanft gebogen durch die Ossastraße schwingt. Die gelben Fensterrahmen leuchten wie der Müll vor der Rütli-Turnhalle. Ein

Geschäftsmann kehrt vor seinem Laden, «Masturbate more» fordert ein mit Schablone gesprühtes Graffito eine Ecke weiter, in dem Café neben der Skateanlage am Weichselplatz gibt es neapolitanischen Espresso.

Anfang der neunziger Jahre war ich oft hier, eine Freundin wohnte in der Fuldastraße. Weserstraße und Weichselplatz waren damals tote Ecken, kein Café, keine Bar weit und breit. Kein Freies Neukölln, kein Ä, kein Kunst- und Projektraum. Und die Freundin, damals nicht ungewöhnlich, schämte sich immer und nicht wenig dafür, in Neukölln zu wohnen, Kreuzkölln war noch nicht erfunden. Heute schieben junge und nicht so junge Mütter teure Kinderwagen Richtung Spielplatz, der Sandkasten ist gut besucht.

Der Kanal weitet sich zum großen Becken, wäre es Sommer und sehr heiß, ich hätte Lust zu baden. Von der Mauer, die mal auf der anderen Seite des Wassers in Treptow stand, ist nichts mehr zu sehen. Ich gehe am Maybachufer entlang und biege in die Pannierstraße, die nicht nach Satteltaschen oder Weidenkörbchen, sondern nach einem 1897 gestorbenen Präsidenten des Berliner Landgerichts benannt ist. Die Straße ist so breit, mir wird kalt. Ein ganzes Regiment hätte freie Schussbahn, hier lassen sich nur schwer Barrikaden bauen – für Barrikaden aber reicht die Wut noch nicht aus. In einem Laden, der sich «Kuchenmanufaktur» nennt und wie eine Galerie aussieht, gibt es «Kuchen mit Mission». Im «erotischen tag- und nachtcafé apropos» nebenan wird eine Bardame gesucht, ein Schild hängt im Fenster: «Bitte im Laden melden» heißt es darauf, mit rotem Filzstift geschrieben und schwarz unterstrichen. Eine Telefonnummer steht darunter. Soll ich anrufen?

Die Kunst, Fahrradreifen über Peitschenlaternen zu werfen, wird hier gepflegt, ich sehe, es ist schon zweimal gelungen. Wie viele Versuche wohl nötig waren? In der Kolonie Freie Stunde gegenüber wird noch nicht, es ist zu früh im Jahr, gegärtnert. Ein 29er kommt mir entgegen, tagsüber fährt der Bus alle fünf Minuten bis zum Roseneck. Wie oft muss wohl jemand vom Hermannplatz bis nach Schmargendorf?

Ecke Sonnenallee stehe ich vor «Simone's Biergaststätte», null Komma vier Liter Bier kosten einen Euro zehn. Ich sehe eine Sportsbar, eine Spielothek und den Snack Al-Hara mit der Libanon-Zeder über dem Eingang, ich glaube, «Al-Hara» bedeutet Nachbarschaft, es gibt eine arabische Vorabendserie, die so heißt. Einen Augenblick komme ich mir vor wie in Brooklyn, aber das ist ein alberner Gedanke, ich bin nicht in New York, ich bin in Neukölln. Ein Bus kommt und hält, ich steige ein. Vielleicht fahre ich bis zum Roseneck.

2011

Grunewald

Ich will in den Wald und stehe auf dem Schmetterlingsplatz neben der Waldklause, nicht weit vom S-Bahnhof Grunewald, Schilder weisen den Weg Richtung Waldschule und Waldkindergarten. So viel Wald und fast keine Bäume zu sehen, ich höre die Avus rauschen. Immerhin, es riecht nach Harz. Auf dem staubigen Parkplatz liegen frisch eingeschlagene Kiefern.

Ein paar Meter bin ich schon gegangen – die hellgrünen Blätter an den Bäumen sehen frisch aus, wie eben aus den Knospen gesprungen –, da schimmert Sacré-Cœur durch die Stämme. Halluziniere ich? Nein, ich bin nicht am Montmartre, ich sehe die Reste der Abhöranlagen auf dem Teufelsberg. Dort belauschte der Westen den Osten, damals, als Kalter Krieg war und West-Berlin ein Vorposten auf dem Gebiet des Warschauer Paktes. Die Radarstation steht, Ironie der Geschichte, auf dem Schutt, den der Krieg davor produziert hat. Der Teufelsberg ist ein Trümmerberg. Jedes dritte zerbombte Haus Berlins wurde dort abgeladen, genau über dem Rohbau der Wehrtechnischen Fakultät, einem Welthauptstadt-Germania-Gebäude, das einmal die Kriegs-Universität des Dritten Reiches werden sollte. Die liegt nun unter Schutt begraben. Ruhe sanft.

Ich verzichte auf die Bergbesteigung, lieber steige ich hinab in die große Grube im Jagen 86. Eine befestigte Treppe mit Baumstammgeländer führt hinunter – unten angelangt fühle ich mich wie auf einem Sandplaneten. Der Sand, aus dem West-Berlin gebaut ist, wurde hier gefördert. Zu Mauerzeiten war der Weg zu den märkischen Sandgruben im Umland versperrt, also wurde hier gegraben und abgebaut. Es blieb ein riesiges Loch im Grunewald, an dessen steilen Hängen sich Tiere und Pflanzen angesiedelt haben, die genau diese Bedingungen brauchen. Einige Jahre vergingen, und schon wurde die Sandwüste zum Naturschutzgebiet erklärt. Doch die Natur ist grausam, sie achtet keine Schutzgebiete: Robinien drohen die Böschung und ihre schützenswerte Fauna zu überwuchern, weshalb diese Eindringlinge nun von Naturschützern abgeringelt werden. Abringeln heißt, einem Baum einen Streifen Rinde rundherum zu entfernen, er stirbt dann ab. Die Robinie, sagen Naturschützer, gehöre nicht in den Grunewald, weil sie ein aus Nordamerika eingewanderter Neophyt sei, der Magerböden zu sehr mit Stickstoff anreichere – ich weiß nicht, das Argument gefällt mir nicht. Stammt der Homo sapiens nicht aus Afrika? Gehöre ich eventuell auch nicht hierher? Müsste ich abgeringelt werden?

Sehr feiner Sand liegt in der Grube. Feinster märkischer Sand, der jedem Strand der Welt zur Ehre gereichen würde. Der Satz, den Friedrich der Große 1776 an Voltaire schrieb, ist mir verständlich wie nie: «Ich gestehe zu, dass, Libyen ausgenommen, wenige Staaten sich rühmen können, es uns an Sand gleich zu thun.»

Zwei grün gestreifte Eidechsen grüßen, sehr schöne Tiere, sie sehen so aus, wie auf den Erläuterungstafeln abgebildet. Eine Ringelnatter schlängelt sich vorbei, ich bin beeindruckt. Eine Schlange. In Berlin. Kommt mir vor, als wäre ich pünktlich zur Vorstellung im Schutzgebiet erschienen.

Oben im Wald komme ich von der breiten Spazierautobahn ab. Ausgetreten aber sind die Pfade alle. Dies ist, selbst wenn hier Wildschweine leben, ein Wald in der Stadt, der besser Forst heißen sollte. Schon Friedrich der Große ließ, nachdem er das Problem mit dem Sand in Preußen erkannt hatte, großflächig aufforsten. Deshalb wächst auch kein Gehölz jenseits der Geschichte, wie der Waldgänger Ernst Jünger es sich erträumte. Es herrscht keine Anarchie, es walten keine Naturkräfte, denen ich mich anschließen könnte. Dies ist ein preußischer Forst, eine menschgemachte Kulturlandschaft, eine gelungene Illusion von Natur. Die Waldwege, es herrscht Ordnung, stoßen rechtwinklig aufeinander, und an den Kreuzungen stehen Abteilungssteine mit Wegweisern. Die Abteilungen heißen Jagen, und jeder Jagen hat eine Nummer. Wilder Wald ist anderswo, hier ist jeder Quadratmeter vermessen und verwaltet.

Trotzdem falle ich selbst immer wieder gern auf den Mythos vom Wald als Ort des Ursprünglichen herein – heute ist eine im 18. Jahrhundert angelegte Monokultur der Forstwirtschaft mein Sehnsuchtsort. Die deutsche Romantik hatte ihre Hand mit im Spiel.

Der Grunewald war aber nicht nur Forst, sondern auch Jagdrevier der Hohenzollern. Die schnurgeraden Waldstraßen ermöglichten den königlichen Gesellschaften gefahrlose Jagden. Auf den schmaleren Wegen, auf denen ich nun gehe, sind die Wurzeln von den vielen Sohlen, die da wandern, blank getreten, sie glänzen wie die hölzernen Trittflächen frisch gebohnerter Treppenhäuser, zerknüllte Taschentücher und andere Zivilisationsbeweise zieren das Gebüsch. Hin und wieder überraschen knorrige Eichen zwischen den Kiefern, das sind Bäume, die den Beinah-Totalkahlschlag der Nachkriegswinter überstanden haben. Berlin brauchte Feuerholz, also wurde der Grunewald abgeholzt. Und niemand kettete sich damals an die Bäume, um sie zu retten. Oder doch? Einige uralte stehen noch. Ich sehe Baumgerippe, wie gemalt, und komme an Felsbrocken vorbei, Erinnerungen an die Eiszeit, die wie große Briefbeschwerer unter den Wipfeln ruhen. Die Gletscher haben sie liegen gelassen. Deren Schmelzwasser ist noch nicht ganz versickert, die Gletscherpfützen heißen heute Grunewaldsee, Krumme Lanke und Schlachtensee. Ja, besonders alt ist die Landschaft nicht. Die

Weichseleiszeit hat sie vor gerade zwanzigtausend Jahren geformt und ein für Berliner Verhältnisse recht bewegtes Relief geschaffen. Es geht auf und ab.

Und lauern hier vielleicht Banditen? Haust hier ein Räuberpack? Müssen während des letzten Krieges nicht Schätze vergraben worden sein? Reichtümer aus Grunewaldvillen? Liegt vielleicht noch ein Depot, ein Erdbunker der RAF im Wald, mit Waffen, Blankopässen und Banknotenbündeln, die heute wahrscheinlich kein gültiges Zahlungsmittel mehr darstellen? Als Kind traf ich in Wannsee einmal einen Jungen, der auf dem Gepäckträger seines Fahrrads einen verrosteten Wehrmachtskarabiner mit verbogenem Lauf spazieren fuhr. Hatte er, wie er sagte, im Grunewald gefunden. Ich bewunderte und beneidete ihn für seine Entdeckung.

Die Havel glitzert durch das Grün, ich sehe ein paar Segel auf dem Wasser, zu weit entfernt, um den Bootstyp zu erkennen. Ich klettere auf einen nicht sehr hohen Hochsitz, schaue in einen Hohlweg, beobachte zwei kopulierende Fliegen, verfolge den Weg einer Raupe, sehe sehr kleine, fast durchsichtige Tierchen und wünschte, ich hätte Ahnung von Insekten. Ich suche Sonne, finde eine Lichtung und setze mich auf eine umgestürzte Kiefer. Ganz allein bin ich nicht, große Waldameisen eilen über den nackten Stamm. Im Gras krabbelt ein großer, schwarz-metallisch glänzender Käfer, er schiebt sich behäbig vorwärts, zu langsam, um die Bewegung krabbeln nennen zu können. Eine dicke Hummel kommt geflogen, ich sehe ein Eichhörnchen, wieder eine Eidechse und Schmetterlinge, die paarweise über der Wiese flattern. Wie still es ist. Wie leise. Kein Wildschwein ist zu hören.

Grün sind die Blätter, blau ist der Himmel, dazwischen stehen – das sind die vertikalen Weiß-Elemente dieses großen, abstrakten Gemäldes – die Stämme der Birken. In der Sonne wird mir fast zu warm. Ich lege mich in den Schatten, ins Moos, Falter fliegen auf mich zu, kreisen um meinen Kopf und biegen kurz vor meiner Nase ab. Ich mache nichts, ich bin nur da, irgendwo im Wald. Kann ich liegen bleiben, bis Gras über mich wächst?

Ich schlafe ein und wache auf, weil eine dicke Fliege auf meinem Unterarm landet. Ich gehe weiter, tiefer in den Wald hinein. Ich bilde mir ein, tiefer in den Wald hineinzugehen, dabei weiß ich doch, dass es hier keinen tiefen Wald gibt. Ich komme an kein Knusperhäuschen, sondern an einen zurückgebauten, überwucherten Schießübungsplatz. Nahe der südlichen Avus-Kurve lag Keerans Range, amerikanische Besatzungssoldaten durften hier herumballern, manchmal flog ein Geschoss bis zum Strandbad Wannsee. Ein Munitionsdepot mit dem schönen Namen Dachsberg Area befand sich in der Nähe. In dem Buch «Berlin Transit» von Gert und Gundel Mattenklott, erschienen 1987, gibt es ein im Grunewald aufgenommenes Foto, es zeigt ein Verkehrsschild mit der Aufschrift: «No track vehicles», darunter ist ein Panzer in einem roten Kreis abgebildet. Neun Einschusslöcher hat das Blech. Solche Schilder stehen heute nicht mehr an den Wegen.

Das ewige Avus-Rauschen verrät die Richtung zum Kronprinzessinnenweg. Auf seinem glatten Asphalt begegne ich wieder Menschen, sie bewegen sich auf Rennrädern oder Rollerblades, mit meinen Füßen an den Beinen komme ich mir plötzlich altmodisch, so ganz ohne Freizeit-Prothese sogar ein bisschen minderwertig vor. Ich unterquere die Avus und die Wetzlarer Bahn, die mal Kanonenbahn hieß, und entdecke in der Unterführung sehr hübsche Steinmetzarbeiten, kleine Reliefs, die Tierfiguren zeigen. Auf der anderen Seite geht es weiter geradeaus unter Hunderten, nein Tausenden von kleinen Raupen hindurch, die sich aus den Baumkronen abseilen, ich marschiere durch einen Seidenfadenwald, bleibe aber, habe ich ein Glück, nicht kleben.

Ich schwenke Richtung Schlachtensee und bin bald auf vertrautem, von der Eiszeit wohlgefällig geformtem Spaziergebiet. Ich drehe die halbe Runde am Wasser, wie immer gegen den Uhrzeigersinn, und trinke an dem Kiosk am S-Bahnhof eine Tasse Kaffee. Unter den alten Kastanien versuche ich, mich zu erinnern, wie ich gegangen bin – leider habe ich vergessen, mein Telefon die Route aufzeichnen zu lassen.

Ich steige in die S-Bahn, fahre bis Anhalter Bahnhof und besuche, ich habe noch nicht genug, den Martin-Gropius-Bau. Mich lockt die Olafur-Eliasson-Ausstellung. Sie lockt nicht nur mich, es ist rummelplatzvoll. Ich dränge mich durch Spiegelzelte und in eine abgedunkelte Kunstnebelkammer hinein, ach ja, so war es in der Disco, als ich ein Teenager war. Mitten im Kunstnebeldunst steht plötzlich eine alte Bekannte vor mir. Wir sind uns lange nicht begegnet, mindestens sieben Jahre nicht. Mir fällt ein, dass ich früher, wir haben zusammen studiert, in sie verliebt gewesen bin. Ich wäre ihr lieber im Wald begegnet, der höher, heller und aufregender als die Spiegel- und Kunstnebelkammern war – aber vielleicht ist es unfair, die Kunst hier mit der vermeintlichen Natur dort zu vergleichen.

Mehr als die Versuche, Raumerlebnisse zu schaffen, gefallen mir in der Ausstellung die Schweinebäuche, die Gehwegplatten aus Granit, mit denen Eliasson einen Berliner Bürgersteig nachgebaut hat. Und mir gefallen die Fahrräder mit Laufrädern aus Spiegelglas, die er über die Stadt verteilt hat, eines von ihnen habe ich Kopenhagener Ecke Schwedter Straße stehen sehen. Es gefiel mir so gut, dass ich kurz in Versuchung geriet, es zu stehlen.

Draußen auf der Straße, ich bin schon ein bisschen Richtung Kreuzberg gegangen, fällt mir auf, dass das Unterholz in der Stadt viel dichter ist als im Wald. Die große Stadt ist der tiefste Wald, voller Zeichen und Wunder und verführerischer Hexenhäuschen. Hier stehen sie, eins am andern. Ich möchte eigentlich an allen knabbern.

In der Nacht in meinem Bett in der Stadt, das Licht ist aus, denke ich an die Waldrastplätze. Wie das Mondlicht da jetzt fällt? Welches Tier sich übers Moos bewegt? Was krabbelt wo, was machen die Wildschweine? Und die kleinen Raupen? Wo schlafen die?

Coda – Drei Tage später bin ich wieder im Jagen 86, diesmal zu dritt, wir sind mit den Rädern gekommen. Das Kind wälzt sich die Düne hinunter, fehlt nur das Meer. Wunderbar geborgen sitzen wir in der weiten, weiten Grube, wir essen Brot und Birnen und kalte Pizza und sehen ein Kreuz aus Kondensstreifen am Himmel. Wir fahren auf und ab durch den Wald, es ist Sonntag und viel voller als unter der Woche. Wir rollen am Teufelssee vorbei, singen «Bolle reiste jüngst zu Pfingsten», schieben die Räder zum Grunewaldturm hinauf und setzen uns in den Biergarten. Eine Coverband spielt, es ist heiß in der Sonne. Wir trinken Kaffee und Apfelsaft, das Kind isst Eis. Wir fahren die Havelchaussee hinunter, halten an einer Bucht, setzen uns ans Wasser, und natürlich will das Kind hinein – also gehe ich mit der Tochter schwimmen. Vor Heckeshorn ist eine Optimistenregatta zu sehen, und ich erinnere mich, dass mein Bruder und ich dort gesegelt haben, Internationale Deutsche Meisterschaften der 420er, 1988, die Bojen mit der Aufschrift «Halt Hier Staatsgrenze» lagen noch in der Havel. Von der Sonne getrocknet fahren wir quer durch den Wald, unter der Avus und der Stadtbahn hindurch bis zur Fischerhütte am Schlachtensee. Wieder sitzen wir am Wasser, wir essen Bratwürste, Kartoffelsalat und Maiskolben. Immer noch scheint die Sonne, Stechmücken sind auch schon da.

2011

Westalgie

Wir sind an der Ewigen Flamme auf dem Theodor-Heuss-Platz verabredet, dem Platz, der erst Reichskanzler-, dann Adolf-Hitler-Platz hieß. Namen hatte er schon einige, dabei ist er gar nicht alt. Vor dem Ersten Weltkrieg war er ein unbebauter Schmuckplatz über einem neuen U-Bahnhof, die Bebauung erfolgte später. Viel später, erst 1970, kam das Fernsehzentrum des SFB an den Platz. Immer wenn ich es sehe, frage ich mich, ob der Schreibtisch der Intendantin ganz oben in dem kanzelartigen Dachaufbau des Gebäudes steht. Mit seinen achtzehn Stockwerken ragt es fast über die Stadt – ist allerdings nicht so schön wie das Haus des Rundfunks, das vierzig Jahre zuvor an der Masurenallee errichtet wurde. Heute leuchtet das verunglückte Kleinbuchstaben-Logo des rbb von der Fassade des Fernsehzentrums, es leuchtet auf die gut besuchte Toilettenanlage in den Grünanlagen und auf den steinernen Block, aus dem die Ewige Flamme lodert. Ich lese die Inschrift und wundere mich, dass sie nicht den Weltkriegstoten, sondern den Vertriebenen gilt.

R. kommt mit Hut aus der U-Bahn, das heißt, es wird bald wieder Winter. Wir spazieren den Kaiserdamm hinunter in die Stadt hinein, wir folgen dem sanften Gefälle ins Urstromtal hinab. Bis vor hundert Jahren gab es nur einen unbefestigten Sandweg, Wilhelm II. wünschte sich eine Verlängerung der Bismarckstraße und bekam seinen fünfzig Meter breiten Kaiserdamm. R. weiß, dass dieser für nicht einmal ein Jahr, von April 1967 bis Januar 1968, Adenauerdamm hieß, dann aber, erfolgreicher Bürgerprotest, in Kaiserdamm zurückbenannt wurde. Nach Adenauer, in Berlin nie sonderlich beliebt, wurden einige Jahre später eine Ku'dammkreuzung und der darunterliegende, neu erbaute U-Bahnhof benannt.

R. weiß auch, dass das Apartmenthaus an der Ecke Königin-Elisabeth-Straße – es sieht aus wie letztes Jahr entworfen und vorgestern gebaut – dort seit 1929 steht. Hans Scharoun war an der Planung beteiligt, zehn Jahre bevor Albert Speer den Kaiserdamm zu einem Abschnitt der Ost-West-Achse machte und mit seinen selbst entworfenen Protzleuchtern (sie werden gern Kandelaber genannt) schmückte. Wir wundern uns über einen Wannenbalkon an einem Altneubau, der fast auf Straßenniveau liegt und gar nicht zur Germaniamöblierung passt. Wir könnten über die Brüstung klettern und uns auf den Plastiksesseln dort niederlassen. Fast am Sophie-Charlotte-Platz versetzt ein wuchtiger Bau mit gewaltigem Rustikageschoss uns nach Florenz, es ist das ehemalige Polizeipräsidium von Charlottenburg. Hinter der Kreuzung mit der Wilmersdorfer Straße steht nationalsozialistische Baukunst an der Bismarckstraße, heute befindet sich das Finanzamt Charlottenburg in dem Gebäude. Der Adler im Portikus sitzt auf einem runden Emaille-Schild mit der Hausnummer 48, und wir fragen uns natürlich, ob das Hakenkreuz darunter abgeschlagen oder nur überdeckt wurde. Die schöne Fassade der Deutschen Oper ein paar Schritte weiter, Fritz Bornemanns Meisterwerk der sechziger Jahre, ist mit einem güldenen Paillettennetz verhängt. Gilt das der kommenden Weihnachtszeit? Die Kiesel im Waschbeton sind, schade eigentlich, nicht zu sehen. Wir sprechen nicht über Benno Ohnesorg, der hier in der Krumme Straße verblutete, nein, heute nicht, sondern überqueren die Straße und den unscheinbaren Shakespeareplatz, über den wir lachen müssen, weil die Shakespeare-Bronze so sehr fremdelt zwischen den Apartmenthäusern, die weit über die Traufhöhe und aus der Fluchtlinie der Achse herausragen.

Wir biegen in die Pestalozzistraße ein und bleiben vor jedem Antiquariat stehen, das mit der Dante-Büste im Fenster gibt es noch. Einige Läden sind hinzugekommen, andere verschwunden. Wir setzen uns ins Café Savigny, an den Tischen um uns herum nur Menschen, die in Zeitschriften blättern oder telefonieren. Nach einem Bier stehen wir auf und gehen wieder, am Restaurant Florian und am Zwiebelfisch vorbei, ab und an ist auf dem Bürgersteig Russisch zu hören, wir gehen über die Kantstraße, an allen Schaufenstern des Bücherbogens vorbei, unter der S-Bahn hindurch, durch die Knesebeckstraße bis zum Ku'damm und dann links Richtung Wittenbergplatz. Wir zeigen uns all die Häuser, in denen bis vor ein paar Jahren Kinos waren.

R. will noch einen Kaffee trinken, also setzen wir uns, ich erinnere mich nicht, je drin gewesen zu sein, ins Mövenpick im Europa-Center. Um uns glückliche Rentner und ein paar Touristen. Von unserem Tisch im ersten Stock haben wir einen schönen Blick auf den vorweihnachtlich-budenverbauten Breitscheidplatz, der Wasserklops von Joachim Schmettau – eigentlich heißt das Ding Erdkugelbrunnen – versteckt sich unter einer weißen Plane. So verpackt sieht er aus wie eine der Kuppeln der Radarstation auf dem Teufelsberg. Werden dort unten vielleicht alle Gespräche der Stadt abgehört? Mir fällt ein, sanft plätschert der Lotusbrunnen, dass ich einmal mit meiner Mutter im Europa-Center gewesen bin, 1982. Elf Jahre alt, habe ich über die Wasseruhr gestaunt, war überhaupt tief beeindruckt und dachte, das Europa-Center wäre ein Hochhaus. Was heute wie das Museum einer Shoppingmall wirkt, war damals ein Wahrzeichen der Stadt – zumindest ihrer westlichen Hälfte.

Der Kalte Krieg ist vorbei, die Mauer gefallen, und wir sitzen ganz entspannt in leichter Westalgie. Wir können das Gebäude nun sentimentalisieren und müssen uns nach keinem verpassten Vorkriegsberlin mehr sehnen – ungefähr da, wo wir sitzen, soll ja das große, viel gerühmte Romanische Café gewesen sein. Stattdessen könnten wir nun dem Vorwende-Berlin, der glücklichen, versunkenen Insel West-Berlin hinterhertrauern, meint R.

Tun wir aber nicht.

2011

Stadtmöbel

City-Toilette – Sonntagmorgen, kurz nach zehn, stehen wir plötzlich auf dem Kurt-Schumacher-Platz. Noch hat niemand die Sonnenschirme vor dem Burger King ausgeklappt. Wir sehen einen Betonwürfel, Kantenlänge knapp drei Meter, der an zwei Seiten wulstige rote Metallapplikationen trägt. Es ist kühl, und K. hat Hunger, deshalb betreten wir den Burger King, kaufen uns etwas zu essen, setzen uns ans Fenster, schauen auf den Betonkubus und überlegen. Ist es vielleicht eine Lüftungshutze der U-Bahn? Nein, es muss sich um Kunst handeln, sagt K., obgleich der Würfel alles andere als interesseloses Wohlgefallen hervorruft. Beton-Fertigelemente fassen ein Rasenstück, auf dem heute Morgen wenig Müll liegt. Eine City-Toilette steht nicht weit entfernt, das Internet-Spielcafé hat bereits geöffnet. So eine öffentliche Toilette, sagt K., sei ein interessanter halböffentlicher Ort – nach einer halben Stunde öffne die Schiebetür sich automatisch, und die Privatisierung des Raumes sei vorüber. Der Entwurf mit Seitenwänden aus poliertem Granit muss aus den frühen neunziger Jahren stammen, seine Beschriftung – «CITY TOILETTE» – trägt das Bauwerkchen in Großbuchstaben mit Serifen. Eine fast römische Beschriftung, so K., und, wie es mal Mode war, ohne Bindestrich.

Wo liegt eigentlich der Kurt-Schumacher-Platz, fragen wir uns. Liegt er auf der großen Kreuzung, auf der sich links abbiegende Autos und Busse gegenüberstehen? Auf der kleinen Wiese hinter dem Plastikzelt, in dem eine Vietnamesin Blumen verkauft? Oder liegt der Platz unter der mit Efeu und wildem Wein überwucherten Pergola, einer Art Blumendraht-Agora, gleich neben der Haltestelle, an der die Busse zum Flughafen Tegel fahren? Wir schauen auf einen seltsamen Ort, K. kaut auf ihrem Cheeseburger herum, ich esse Angry Onions – und das nur, weil ihr Name mir so gut gefällt.

Draußen stehen wir ratlos vor einem Brunnen, der alles unternimmt, um nicht als Brunnen erkannt zu werden: Zwischen vier eckigen Säulen befindet sich ein flaches, vermoostes Wasserbecken, in dem Zigarettenkippen und zwei leere Kaffeebecher schwimmen. Wir ziehen die Köpfe ein, als ein Flugzeug so tief über uns hinwegfliegt, dass ich glaube, das Fahrwerk mit ausgestreckter Hand berühren zu können. Hinter der City-Toilette, versteckt zwischen dem roten Metallgeschwür des Betonkubus, hängt eine Bronzeplatte mit dem Profil Kurt Schumachers.

Pflasterstreifen – Als ich die neu gebaute Bernauer Straße auf ihrem glatten Asphalt hinunterfahre, fällt mir auf, dass die Ampeln nun an quer über die Straße gespannten Drahtseilen hängen, so wie in Amerika. Im Wind schaukeln sie sanft hin und her; weht der Wind stärker, schaukeln sie weniger sanft. Nachdem ich das Auto abgestellt habe, warte ich an der Fußgängerampel mit dem weißen Blindenpflasterstreifen auf Grün. Wie an fast jeder Berliner Ampel soll die Riffeloberfläche des Spezialpflastersteins durch die Schuhsohlen spüren lassen, dass sich hier ein Fußgängerüberweg befindet. Leider ist dieser Spezialpflasterstein hier, wie fast überall, zerbröselt, ich spüre die Riffelung nicht. Ich spüre, dass das Pflaster kaputt ist.

Auf der anderen Straßenseite stoße ich auf ein Teilstück verwilderten Mauerstreifens. Jemand hat ein Fahrradschloss an einen Absperrzaun geschlossen und vergessen. Am nächsten Laternenpfahl stolpere ich über ein Fahrradskelett, wie abgenagt liegt es am Boden. Nichts mehr dran am Rahmen, als ob ein hungriges Raubtier ihm alle Weichteile abgekaut hätte.

Straßenmöbel – Am Ernst-Reuter-Platz fällt eine alte Taxirufsäule auf. Sie ist wohl einfach stehen geblieben. Ich kenne sie aus Kinderbüchern, deren Illustrationen aus den sechziger oder siebziger Jahren stammen, pastellgrün und oben mit Hut. In solchen Kinderbüchern finden sich auch Bilder von Telefonzellen, die auf Berliner Straßen selten geworden sind. In der Schwedter Straße steht noch eine, sie stammt aus der Magenta-Zeit. Fast jeden Tag komme ich an ihr vorbei – und noch nie habe ich dort jemanden telefonieren sehen. Die neueren Telefonsäulen der Telekom kommen – sparsam wie die Ampeln, die an Drähten baumeln – mit weniger Material aus: ein Edelstahlpfahl und ein Hörer am Kabel, manchmal hängt links oder rechts eine halbe Glasscheibe. Gegen Zugluft? Aus Schallschutzgründen? Wer da telefoniert, steht draußen an der frischen Luft. Keine Kabine, keine Tür, keine Telefonbücher. Stattdessen, vor wenigen Jahren unvorstellbar, ein metallgerahmter Flachbildschirm an diesen Totempfählen der Kommunikation. Nur das Magenta, diese schreckliche Farbe, deren Namen früher niemand kannte, schreckt mich ab.

Haltestelle – Trambahnhaltestellen sind für ihre beleuchtete Werbung da. Wartehäuschen sind keine Schutzhütten, sie sind Vitrinen für Plakate. Haltestellen wie die an der Eberswalder Straße zeigen auf einem Display unter ihrem Flachdach Uhrzeit, Temperatur, Wochentag und kurze Nachrichten in Laufschrift, eine weitere elektronische Anzeige informiert über die verbleibende Wartezeit. Ganz anders als in den aus Fertigbetonteilen zusammengefügten Haltestellen, die im Berliner Umland stehen. Dort tragen die Sitzflächen der Bänke all die Muster und Verzierungen, die mit brennenden Zigaretten und Taschenmessern angebracht werden können. Und auf ihren vollgekrakelten Wänden schwören sich Generationen von Schülern ewige Liebe, die drei Tage später durchgestrichen wird. Die Glashaltestelle von heute bleibt allerdings auch nicht lange unbeschriftet. Wo, weil hinter Glas geschützt, die Fläche zum Kritzeln fehlt, wird «Hallo, ich war da» in die Scheibe geritzt, hin und wieder, das sorgt für große Aufregung, auch geätzt, mit in Filzstifte gefüllter Flusssäure. «Werben Sie in Wartehallen» lese ich über einer Vitrine, während ich Ausschau nach der Straßenbahn halte. Müsste es nicht «Warten Sie in Werbehallen» heißen?

Stadtbeschriftung – «Graffiti stören mich nicht», sagt K. Die wildesten und größten sind von der Ringbahn aus zu sehen. Ohne ihre Graffiti wäre die Stadt kahl. Vielleicht sähe es ohne Gekrakel ordentlicher aus, ja, und nicht jede Schmiererei ist schön, nein, und sicher, manchmal handelt es sich um Sachbeschädigung, aber langweiliger wäre es ohne die «600 000 Tags», von denen auf einer Wand kurz vor Einfahrt in den S-Bahnhof Schönhauser Allee zu lesen ist, schon. Sechshunderttausend? Ganz schön viele. Ob der Mann, der überall Sechsen anbringt, so viele geschafft hat? Mit abwaschbarer Kalkfarbe pinselt er seine Lieblingszahl seit Jahren auf wild geklebte Plakate und herumliegende Gegenstände. Er, ein Mann in den Vierzigern, der Pfälzer Dialekt spricht und hellblaue Anwaltshemden trägt, versteht sich als Straßenkünstler.

Straßenkünstler, die um Wirkung und Aufmerksamkeit im öffentlichen Raum kämpfen, gibt es einige in der Stadt. Eine Person, Gerüchten zufolge ein Franzose, schreibt mit dickem Pinselstrich «Vive la Bourgeoisie» auf Plakate und klebt diese in Mitte und anderen Bezirken an Hauswände. Unerreicht ist das Werk des Filzstiftmannes, eines unbekannten Meisters, der seit Jahren immer wieder Litfaßsäulen mit der Frage «Warum muss der Sohn betteln?» beschriftet. Es soll sich, so war es einmal in einem Stadtmagazin zu lesen, um einen Belgier handeln, der unter psychotischen Schüben leidet. Als seine flammengerahmten, oft von schwarzen Kreuzen umgebenen Menetekel noch nicht in Prenzlauer Berg, sondern mehr um den Kottbusser Damm herum zu sehen waren, stellte der Meister gelegentlich auch die Frage: «Wann stellt das erste Kreuzberger Schwein seine Essensreste heraus?»

Ein anderer Unbekannter, ein Maler, hängt seine Ölbilder in die Straßen. Die Köpfe der Schrauben, mit denen er die massiven Holzplatten befestigt, verklebt er mit Sekundenkleber. Eine Nixe hat er an einem hölzernen Blumenkasten in der Oderberger Straße befestigt, ein Halbakt ist an einem Zaun in der Lychener Straße zu sehen. Mittlerweile, Wettbewerb allerorten, werden nicht nur immer raffiniertere, oft lebensgroße Cut-Outs an Hauswände geklebt, sondern auch Plastiken in der Öffentlichkeit montiert. Bildhauer warten nicht mehr auf einen Auftrag vom Senat für ein Kunstwerk im öffentlichen Raum, sie schrauben ihre Skulpturen kurzerhand selbst irgendwo an.

Einschusslöcher – K. erzählt von einer australischen Bekannten, die Anfang der neunziger Jahre nicht die Straße mit ihrer Kunst zukleisterte, sondern Gipsabdrücke von Einschusslöchern in Fassaden und Gehwegplatten anfertigte. Sie sammelte Einschusslöcher. Vor der großen Sanierungswelle war das nicht schwer, fast jedes Eckhaus trug seine Kriegsspuren wie Pockennarben auf der Fassade. Neben den Exponaten ihrer Abgusssammlung gaben Kärtchen Auskunft über die Lage des Hauses und die Höhe des Einschlags im Mauerwerk.

Seit es kaum noch Fassaden mit Einschusslöchern und fehlenden, weil abgefallenen Balkonen mehr gibt, stehen hier zu viele gelbe Häuser. «Ich kann mais- und zitronengelbe Fassaden nicht mehr ertragen», sagt K. Alle Eis- und Bonbonfarben sind im sanierten Prenzlauer Berg zu sehen, dazu Milchkaffee und helles Mokkabraun. Und immer mehr Häuser, die vor ihrer Renovierung in einem schlichten, nackten, eingegrauten Rauputzkleid dastanden, tragen nach ihrer Renovierung plötzlich aufhübschende Stuckelemente. Haben auf einmal Gekröse. Die Geschwürhäuser sind wieder da.

Eine Ecke weiter, nur hundert Meter von den Neustuckhäusern entfernt, wuchern Satellitenschüsseln wie große Pilze aus einer Altneubaufassade. Und noch zwei Ecken weiter, wir sind schon im Wedding, wir haben aus der pastellsanierten Altbauhölle herausgefunden, bewundern wir ein postmodernes Eckhaus, das fast alle möglichen Einfälle der Fassadenverunstaltung kombiniert. Wir stehen vor einem mit Smarties und Hagelzuckerkacheln verzierten Knusperhäuschen. Kinder von heute werden diese Architektur vielleicht eines Tages bewundern, so, wie ich manches Monument der siebziger Jahre bewundere. Wie gut gefiel mir Werner Düttmanns gewaltiges Ku'damm-Eck. Ich war, K. glaubt mir das nicht, traurig, als es abgerissen wurde.

2008

Welche Farbe hat Berlin?

Heute fällt die Antwort leicht, die Stadt ist weiß, wir stecken knöcheltief im Schnee. Sonst, im Sommer, sei Berlin grün, sagst du, eigentlich aber asphalt- oder sandfarben, ziegelrot, Pfeffer-Salz wie der Gehweggranit, kopfsteinpflasterblau und -violett.

Kein Wunder, dass die Frage während eines Schneespaziergangs auftaucht. Alle anderen Farben fehlen, sogar die kahlen Äste und Zweige tragen heute Weiß.

Hell-Elfenbein? Sanssouci-Gelb? Lindgrün? Blau? Ist der berlinblaue Himmel, wenn er denn mal zu sehen ist, nicht die größte gleißende Farbfläche über der Stadt? Oder ist die Himmeltönung doch eher wolkengrau, gedeckt-verwaschen? Waschbetongrau? Plattenbaubunt? Im Deutschen lassen sich leicht Farbadjektive bilden.

Eine Gestaltungssatzung, die Farbvorgaben macht, gibt es nur für den Pariser Platz, die Linden und den Gendarmenmarkt, demnächst vielleicht auch für die frühere historische Mitte – es sollen nicht noch mehr Gebäude in Alexa-Rosa entstehen. Wo die Gestaltungssatzung gilt, dürfen nur helle und naturbelassene Farbtöne verwendet werden, metallisch glänzende Materialien sind verboten, Sichtmauerwerk ebenfalls. Das gilt für Fassaden von Neu- und Umbauten, weshalb es eigentlich gar nicht erlaubt wäre, Schinkels Bauakademie wieder zu errichten. Und das Rote Rathaus, müsste das nicht verputzt werden?

Mitte der neunziger Jahre (die Vorschriften stammen aus dem Jahre 1997) gab es den Wunsch nach einem neuen steinernen Berlin, geträumt wurde von einer hellen, neoklassizistischen

Stadt, Berlin la Blanche, aus Ruinen auferstanden als große Elfenbeinschnitzerei.

War Berlin früher nicht überhaupt schwarz-weiß, wie Vorkriegsfotos suggerieren? Und Ost-Berlin eine Stadt in ORWO-Color? Die Hauptstadt der DDR hatte andere Farben als West-Berlin, Braunkohlegrau und Bröckelbraun, sie hatte, aber das gehört nicht hierher, auch einen anderen Geruch. Der ist verweht, es gibt kein Ost-Berlin mehr, nicht nur die politische, auch die farbliche Teilung der Stadt ist überwunden, und in vielen Gebieten, schau dir die Fassaden in Mint und Pistazie an, wurde überkompensiert.

Berlin ist rot, Berlin ist grün und nachts in manchen Wohngebieten des Westens gaslichtgelb. Und in seinen Wohnungen, das fällt dir im Schnee noch ein, hat Berlin die Honigfarbe von abgezogenen Dielen unter stuckweißen Decken.

2011

Endivien

Lehrter Shop – Nicht weit vom neuen Hauptbahnhof stoße ich auf den Lehrter Shop, einen Kiosk im Erdgeschoss eines Wohnblocks in der Lehrter Straße. Bänke stehen in dem Vorgarten gegenüber der Berliner Stadtmission. Drei Männer, einer, der sich auf einen Rollator stützt, kommt gerade hinzu, sitzen vormittags, kurz vor zehn, beim Bier beisammen. Die Stadtmission macht mit wehenden Fahnen auf sich aufmerksam, auf einer sind unübersehbar groß die Buchstaben SM zu sehen. Auf der Fahne daneben flattern die berühmten Verse von Dietrich Bonhoeffer. In der Heinrich-Zille-Siedlung, so viel verrät der Schaukasten mit Mietangeboten, sind drei Wohnungen frei, und ich überlege, wie geborgen ich mich dort fühlen könnte. Baumbestanden, fast zugewachsen sieht die Straße aus. Lang und heiß und ruhig und viel zu breit liegt sie da. Hier, auch hier, war mal die Welt zu Ende. Und seitdem nicht mehr so ist, hat sich nicht viel getan. Ein Freibad wurde vor vier Jahren geschlossen, das Amtsgericht Tiergarten neben der Zweigstelle der Justizvollzugsanstalt Tegel trägt noch immer Einschusslöcher in der Klinkerfassade. Dahinter stehen die Kassenhäuschen des Poststadions aus der Zwischenkriegszeit, keine Sperre, Eintritt frei. Eine Waschbetontreppe führt den Hang hinauf, Unkraut, das da wuchert, hat mit seinen Wurzeln einzelne Stufen verschoben. Das Gittertor auf dem oberen Absatz ist mit einer rostigen Kette und einem Vorhängeschloss gesichert. Sieht aus, als sollte verhindert werden, dass die dahinter dicht gedrängt stehenden jungen und nicht mehr so jungen Bäume aus dem Stadion herausdrängten. Das Poststadion ist zugewachsen. Über die Nebensportplätze gehe ich immer am Zaun entlang, bis ich hinter der Pappelreihe ein Loch finde, ich komme in den jungen Urwald, den Zauberwald hinein und stehe in der zugewachsenen Kurve. Mein Palenque liegt in Moabit.

Die Spielfläche schimmert gepflegt durch Unterholz. Das Poststadion ist zum Waldstadion, zum Dornröschenstadion geworden. Fünfzigtausend Besucher hatten hier einmal Platz, heute stehen hier mehr als fünfzigtausend Bäume, Ahornbäume, Robinien und Birken. Sie harren aus auf ihren Stehplätzen, Tag und Nacht, bei jedem Wetter.

Sicherheitsverschraubung – Vor dem Bundesministerium für Wirtschaft und Technologie liegen drei Männer über einem Kanaldeckel. Auf ihrem Lieferwagen lese ich «Sicherheitsverschraubungen». Neue Ampeln hängen hoch über der frisch asphaltierten Invalidenstraße. Keine Spur mehr von dem Grenzübergang, den es einmal gab. Zwei Zugbegleiter in Uniform ziehen ihre Rollkoffer über den Bürgersteig. Noch fährt keine Straßenbahn zum neuen Bahnhof.

Europaplatz – Zwei Mädchen in kurzen Jeansröcken und weißen Polohemden, die mit dem Logo eines Getränkeherstellers verziert sind, stehen auf dem Europaplatz und verteilen Getränkedosen. Der Europaplatz liegt vor dem neuen Bahnhof, nördliche Seite, gleich neben der Tunneleinfahrt an der Ella-Trebe-Straße. Ich weiß nicht, wer Ella Trebe war, später lese ich, dass sie eine kommunistische Widerstandskämpferin war. Die hübschere der beiden Promotion-Arbeiterinnen überreicht die Freigetränke, die meisten gehen an Taxifahrer. Die andere fotografiert die Übergabe, ein Stück vom Glaspalast Hauptbahnhof und des provisorisch planierten, teils asphaltierten Europaplatzes sind immer mit auf dem Bild. Hin und wieder auch ein Stück der roten Ziegelmauer auf der anderen Seite der Invalidenstraße, die einmal zum Moabiter Zellengefängnis gehörte. Hinter der Mauer, ein Durchgang ist noch mit einem Gitter versperrt, entsteht ein kleiner Park. Links liegt der architektonische Antipode zum neuen Hauptbahnhof, ein Gebäude, das aus mit winzigen grünen Kacheln besetzten Betonplatten zusammengesteckt ist. M. sagt, dass sie dort zu West-Berliner Zeiten hin und wieder Pakete abholen musste.

Der Graureiher – M. zeigt auf ein Haus, in dem sie einmal gewohnt hat, in einer Ladenwohnung, da sind wir fast auf dem Friedhof hinter der Johanniskirche, einer von Schinkels Vorstadtkirchen. Damals fuhr sie einen R4 und traf sich zweimal die Woche zu Lesegruppen. West-Berlin, sagt sie, habe schwer vernachlässigt ausgesehen. Nicht so schlimm wie Ost-Berlin nach dem Mauerfall, nein, und nicht ganz so ruinenromantisch wie auf den schwarz-weißen Postkarten, die in Buchhandlungen neben Vorkriegsansichten verkauft werden: der Potsdamer Platz mit seinem Verkehrsturm der zwanziger Jahre, der Rosenthaler Platz, wie er war, Karten, auf denen die Stadt zu sehen ist.

Wir laufen die Straße Alt-Moabit hinunter, gehen durch den kleinen Tiergarten, wechseln auf die Turmstraße und sehen Aldi im alten Turmpalast. Früher war da ein großes Kino. Das Kaufhaus daneben, Karstadt, sieht aus, als wollte es schon morgen lieber nicht mehr öffnen. Wir gehen weiter, bis wir vor der AEG-Turbinenhalle Hutten- Ecke Berlichingenstraße stehen, der berühmten von Peter Behrens, die in fast jeder Architekturgeschichte abgebildet ist. Keiner von uns hat sie bisher in natura gesehen. Innen, wir hören es und riechen Maschinenöl, wird gearbeitet. Ja, hier wird noch gearbeitet, tatsächlich etwas hergestellt. Wir spazieren um den ganzen Block herum und am Charlottenburger Verbindungskanal entlang bis zur Spree. Nah am Ufer, still und unbeweglich im Abendlicht, sehen wir einen Graureiher stehen.

Saftbar – Der Bahnhof ist eine Shoppingmall, in der oben und unten Züge halten. Viele Geschäfte, und alles ist schön sauber, picobello, kein Bahnhofsschmutz weit und breit. Die Geschäfte habe sie alle schon anderswo gesehen, sagt M., am Potsdamer Platz, in den Schönhauser Allee Arcaden, im Gesundbrunnen- oder Ring-Center, auf der Tauentzienstraße. Kleinkariert ist es nicht, kleinkariert sieht anders aus. Erinnert an die Zukunft, mehr an einen Flughafen als an einen Bahnhof. Als Ruine wird dieser Bahnhof allerdings keine so gute Figur machen wie der malerische Rest vom Anhalter Bahnhof. Vielleicht bleibt ein Stück Stahlgerüst. Und ein großer Haufen Scherben.

Wir bleiben an einer Saftbar stehen und zählen uns die Berliner Bahnhöfe auf, die seit dem Krieg abgerissen wurden, zu Museen geworden sind oder nur noch in den Namen, die sie einem U- oder S-Bahnhof gegeben haben, weiterleben.

Tunnel – Ohne eigentlichen Grund, nur um einmal hindurchzufahren, fahren wir durch den Tiergartentunnel. M. erinnert sich, dass es hier vor ein paar Tagen den ersten Toten gab. Einen Motorradfahrer. Sonderbarerweise las sich die Meldung, als ob der Tunnel damit, nun, da er sein erstes Verkehrsopfer gefordert habe, tatsächlich eingeweiht wäre. Uns fällt auf Anhieb keine Route ein, die der Tunnel tatsächlich abkürzt. Mag sein, dass es Autofahrer gibt, die sich jeden Morgen über dieses Bauwerk freuen, wir halten es für die längste und teuerste Tiefgaragenzufahrt der Welt. Wir könnten nach dem Einkaufen im neuen Hauptbahnhof unterirdisch zum Shoppen an den Potsdamer Platz fahren – und beschließen, genau das bald zu tun. So ein langes, waagerecht ausgeschachtetes keynesianisches

Loch sollte doch genutzt werden, bevor es wieder zugeschaufelt wird.

Dreihundertneunzig Millionen Euro sind vergraben worden, obwohl weit und breit kein Gebirgszug, kein Berg, nicht einmal ein Hügel zu sehen ist – und der Untergrund für Tunnelbauten eher ungeeignet ist. Von solchen Widrigkeiten lassen deutsche Ingenieure sich nicht abhalten, hier wurde gezeigt, was Tunnelbohrmaschinen im Schildvortrieb leisten, bitte schön, einmal unter dem Regierungsviertel und der Spree hindurch. Und das nur, weil eine breite Straße oben an die von Albert Speer geplante Nord-Süd-Achse erinnert hätte? Egal. Nun ist er da, und wir fahren durch den Tunnel. Und stellen fest, er gefällt uns. Wir fühlen uns angenehm aufgehoben in seinem Nirgends und einem Zustand, der sich sonst erst nach längerer Autobahnfahrt einstellt. Uns gefällt das Gefühl, durch eine Metapher zu fahren. So kommen wir davon und schlüpfen unter aller Buchstäblichkeit der Oberfläche durch, bis das Tageslicht uns wieder blendet.

Ein Paar Fußballschuhe – Mit einem Becher von der Saftbar, die ihre frisch gepressten Säfte unter Bezeichnungen verkauft, die ich mir nicht merken kann, kommen wir aus dem Bahnhof. Noch ein großer leerer Platz und keine Bahnhofsgegend. Keine Hotels und keine Sexshops in Sicht. Wir gehen bis zu der neuen Fußgängerbrücke, die zwischen der renovierten, herausgeputzten Moltkebrücke und der neuen Kronprinzenbrücke, die Santiago Calatrava gebaut hat, die Spree überspannt. Es sei ein klein wenig wie in Venedig, sagt M. – auch dort muss man, aus dem Bahnhof Santa Lucia kommend, über eine Fußgängerbrücke gehen. Bis auf das Wasser, Spreewasser unter uns, erinnert jedoch wenig, eigentlich gar nichts, an Venedig. Das Sandskulpturenfestival «Sandstation», ein Sandburgenbauwettbewerb im märkischen Sand findet statt. Schön. Vor uns liegt ein großer, heller Kubus, ein Amtssitz mit Gleisanschluss, das Bundeskanzleramt. M. sagt, es erinnere an einen Palast in Isfahan. Ich muss an den Madison Cube Garden denken, den Matt Groening in «Futurama» für sein Neu New York im Jahr 3000 erfunden hat.

Auf dem Rasen über dem Ufer entdecken wir zwei riesige mattsilberne Objekte, die sich bei näherer Inspektion als ein gigantisches Paar Fußballschuhe aus Plastik entpuppen. Aufgeblasen auf die Größe einer Hochgeschwindigkeitslokomotive sehen auch Fußballschuhe nicht mehr wie Fußballschuhe aus. Sie passen zu dem Bahnhof, der sich nicht auf den ersten Blick als Bahnhof zu erkennen gibt. Und zu dem Bundeskanzleramt, das nicht als ein Ort der Macht erkannt werden möchte. Wir sehen eine riesige, Claes Oldenburg hat nichts damit zu tun, auf ihrem schmalen Rand stehende Kopfschmerztablette. Und fragen uns, wo liegen die anderen deutschen Beiträge zur Weltkultur? Wo ist Adenauers beleuchtetes Stopfei? Wo der Hosenknopf? Und der Eierpicker? Vor ein paar Jahren hätte ich mich aufgeregt, mein verinnerlichtes Schuldgefühl, meine deutsche Hypothek hätte gefordert, hier bitte auch eine auf die Größe einer Doppelgarage vergrößerte Dose Zyklon B aufzustellen. M. macht Fotos, auf denen ich nachher nicht erkennen kann, wo wir gewesen sind, wir spazieren durch eine von animierten Architekturmodellfigürchen wie uns bevölkerte Park- und Dienstwagenlandschaft. Am Ufer liegt eine gut besuchte Strandbar. Berlin, so scheint es, liebt sein Regierungsviertel, und ich komme mir vor wie in einem der Stadtmodelle, in denen zu Grundschulzeiten Fahrradprüfungen abgehalten wurden. Polizeiwagen fahren im Schritttempo durch die gepflegte Kulisse. Von Weitem halten wir das Paul-Loebe-Haus – uns täuscht das auskragende Vordach auf dünnen Säulen – für den nächsten Bahnhof.

Rosinenschnecke – Vorbei an den Betonpalisaden, die vor der Baustelle der gut bewachten Amerikanischen Botschaft im Bürgersteig stecken, spaziere ich zum Mahnmal und gehe, ich war schon einige Male da, und es nutzt sich nicht ab, durch den Stelenwald, in dem man so leicht allein sein kann. Später sitze ich auf der lang gezogenen Mahnmalterrasse und mache Pause mit Stelenblick. Schöne Aussicht auf die Steine, die nun weniger an einen Wald als vielmehr an einen See erinnern. In den Läden in meinem Rücken könnte ich ein Berlin-T-Shirt kaufen, Ansichtskarten oder Mauersplitter oder irgendetwas mit einem Ampelmännchen oder dem Fernsehturm drauf. Einen Berlin-Beweis, der zeigt: Ich war da.

Ich esse keine Currywurst, es ist zu heiß, ich kaufe eine Rosinenschnecke und betrachte die protzige Zurückhaltung der nahen Landesvertretungen. Sie stehen in der Straße, die «In den Ministergärten» heißt, und erinnern an architektonisch ambitionierte Oberstufenzentren aus besseren Zeiten.

Ich picke mir die Rosinen aus der viel zu süßen Schnecke, trinke zu süßen Eistee und weiß, dass ein Stück weiter links, südlich, ich kann hinschlendern, der Führerbunker stand. Über den Betonresten, die noch in der Erde stecken, liegt ein kleiner, verbundsteingepflasterter Parkplatz. Eine Schranke versperrt die Zufahrt, die Stellplätze gehören den Mietern der angrenzenden Plattenbauten. Eine Schautafel zeigt die Lage des Fahrer- und die des Führerbunkers an. Als ich über den vergrabenen Resten stehe, ungefähr dort, wo Adolf Hitler sich erschossen haben muss, meine Finger kleben noch vom Zuckerguss der Rosinenschnecke, kommt eine amerikanische Reisegruppe hinzu. Die Reiseleiterin erzählt deutsche Geschichte, einer der Touristen, es ist immer noch sehr heiß, fragt nach Eva Braun.

Folie – Zwei der Baulücken am Leipziger Platz sind mit großen, bedruckten Folien verhängt. Eine von ihnen suggeriert ein Bürogebäude, die andere tut noch raffinierter so, als handelte es sich um ein Haus, vor dem ein Großplakat hängt. Das ist Theaterarchitektur, die Geld einbringt und dem Wort Stadtkulisse eine ganz neue Bedeutung verleiht, denn hinter den Folien dieser Scheinfassaden, die von aufwendigen Gerüstverbauungen gehalten werden, wird nicht gebaut. Hinter der großen Sichtblende, auf Google Earth ist die Mogelei gut zu erkennen, liegt Schutt.

Anfang der neunziger Jahre ist die Stadtfassade als Folie wiederauferstanden. Dann kamen Christo und sein Reichstag, sagt M., damals unbedruckt und werbefrei. Die Gedächtniskirche war mal eine Evian-Flasche. Und zurzeit gibt es Schinkels Bauakademie als großes Zelt, Potemkin lebt. Und eines Tages wird der gerade abgerissene Palast der Republik als Folie wiederauferstehen, damit die Nachgeborenen sehen, wie er war.

Leerer Sockel – Auf dem Potsdamer Platz muss ich daran denken, dass ich, da war ich auf Klassenfahrt in Berlin, hier hergekarrt wurde, um die DDR zu sehen. Es gab da diesen Kiosk, der Ansichtskarten verkaufte, und eine Aussichtsplattform, von der man in den Warschauer Pakt hinüberschauen konnte. Ein paar Meter weiter fing Sibirien an. Wir kauften Postkarten, fotografierten die Mauer mit unseren Pocketkameras und stiegen wieder in den Bus. Heute stehen hier eine Replik des Zwanziger-Jahre-Verkehrsturms mit funktionslos blinkender Ampelanlage und die große St.-Sony-Kathedrale mit ihrem nachts in wechselnden Farben aufleuchtenden Großregenhäubchen, die Kinos liegen unten, in der Krypta. Und wie in großen Kirchen üblich gibt es überbaute Reste eines Vorgängerbaus, hier den Kaisersaal des alten Esplanade, heute ein Café.

So, wie Berlin hier aussieht, so träumen Entwurfsprogramme von der großen Stadt. Die Ansicht ähnelt einer, die Comiczeichner sich ausdenken könnten. Nur wären deren Türme höher als der Bahn-Tower und die Stummeltürme des Beisheim Center. Pharaonisch wirkt der Potsdamer Platz unter der Erde, wo sich die Tunnel treffen und der stille Regionalbahnhof an die Geisterbahnhöfe erinnert, die es früher unter Ost-Berliner Stadtgebiet gab. Gelegentlich regnet oder schneit es durch die großen Hutzen über den beiden Einstiegen in die Unterwelt hinein.

Der erst kürzlich vor dem südlichen Ausgang der U2 wieder aufgestellte, unscheinbare leere Sockel, auf dem einmal an Karl Liebknecht erinnert werden sollte, ist vielleicht das schönste Denkmal Berlins. Nicht dass es wirklich an Karl Liebknecht erinnerte, nein, der leere Sockel funktioniert eher wie eine Single-Stele und erinnert auf seine Weise daran, dass hier bis vor ein paar Jahren einige Jahrzehnte lang nichts gewesen ist. Während des letzten Winters, als ich vom Sommer träumte, stand gleich nebenan eine Rodelbahn. Sie bestand aus einer mit Kunstschnee vereisten und aufwendig gekühlten Rampe, aus der es immerzu und überall tropfte. Fünf Euro kostete es, auf einem luftgefüllten Lkw-Schlauch hinunterzurutschen.

Endivien – Schon wieder Frühling, erster langer Spaziergang. Vom Bahnhof Bülowstraße die Potsdamer-, Haupt-, und Schloßstraße hinunter bis zum Rathaus Steglitz, durch die Grunewald-, Lepsius-, Maßmann-, Laubacher-, Koblenzer, Blisse- und Uhlandstraße zurück zum Kurfürstendamm, über den Tauentzien bis zum Wittenbergplatz. Die Stadt blüht, und die Bäume tragen frisches, hingetupftes Hellgrün an ihren Zweigen. Die Blätter sind gerade erst geschlüpft. Auf den Spaziergängen erinnern wir uns jetzt an unsere anderen Wanderungen, M. erinnert sich, was sie wo und wann gekauft hat, zu welcher Zeit sie in welches

Schwimmbad gegangen ist und wo welche Freundin und welcher Freund gewohnt hat. Sie erinnert sich an die Jahre, als sie Rathaus Steglitz umsteigen musste, sagt, hier stand der Sportpalast, hier, in dieser Straße hat Franz Kafka mit Dora Diamant gewohnt, hier David Bowie und Iggy Pop, und in diesem Haus auf der Schloßstraße befand sich das Delikatessengeschäft – in «Das abenteuerliche Herz» heißt es «Schlemmergeschäft» –, in dessen Auslage Ernst Jünger in einem Traum die violetten Endivien sah, die nur mit Menschenfleisch gegessen werden dürfen.

Gedächtniskirche – Als ich, da bin ich auf dem Heimweg, auf die Tauentzienstraße komme und sie sehe, staune ich plötzlich über die Gedächtniskirche. Ich bin – und weiß erst nicht, warum – überrascht, dass sie noch immer steht. Man sieht sie ja gar nicht mehr, wenn überhaupt nur auf alten West-Berliner Ansichtskarten. Nie auf T-Shirts, Umhängetaschen oder außen auf Stadtplänen. Auf Buchumschlägen nur noch in Antiquariaten. Als Emblem ist sie abgemeldet, der Fernsehturm hat gewonnen. So oft, wie er in echt ins Bild ragt, so oft ist er auf T-Shirts, Plakaten oder sonst wo zu sehen; prangt als Logo der Marke Berlin quasi überall, mittlerweile fast zu weit verbreitet. Ich denke, ich werde mir bald ein Funkturm-T-Shirt drucken lassen.

Brombeerflecken – Mittags esse ich in der Oderberger Straße, für die Jahreszeit und die Temperatur zu schwer, Schinkenrollbraten mit Rotkohl. Auf der Kastanienallee biege ich, bin schon fast vorbei, doch in den Prater ein und trinke unter Bäumen Kaffee, lese und male ein wenig müde in einem Manuskript herum.

Ich weiß nicht, warum ich so müde bin, aber vielleicht ist die Müdigkeit der Grund, warum ich in dem Matratzenladen an der Schönhauser neue Kopfkissen kaufe, wollte ich schon lange. Zu

Hause, es ist so heiß, schlafe ich auf einem der neuen Kissen über dem «Pariser Tagebuch» ein, dabei wollte ich doch in die Bibliothek.

Kurz nach sechs verlasse ich das Haus traumverwirrt noch einmal und mache mich auf den Weg in die Stabi – steige am Potsdamer Platz jedoch, ich bin so müde, nicht aus. Ich glaube, ich kann nie wieder aufstehen, ich muss sitzen bleiben und bis ans Ende aller Tage S-Bahn fahren. Sitze aber, mein Glück, nicht in der Ringbahn. In Lichtenrade ist Endstation, ein Prellbock steht auf dem Gleis und erinnert mich an meine Modelleisenbahn.

Vor dem Bahnhof bewundere ich den riesigen Ziegelbau der ehemaligen Schlossbrauerei und weiß nicht so recht, in welche Richtung ich gehen soll. Weil ihr Name mir gefällt, folge ich der Prinzessinnenstraße, es geht an Einfamilienhäusern vorbei, bis die Straße plötzlich endet. Einige Schritte weiter, und ich stehe in dem Urwaldgürtel, der auf dem früheren Mauerstreifen um Berlin gewachsen ist. Noch ein wenig weiter, und das Dickicht öffnet sich auf eine mit blühender Schafgarbe bestandene Wiese. Ich sehe kein Haus, keine Straße, keinen Orientierungspunkt, nichts. Nichts zu sehen, nur Grün und Blau. Ich stehe auf einem Trampelpfad in der Sonne, die langsam sinkt, als mir ein Mädchen auf einem riesigen schwarzen Pferd entgegenkommt, das Mädchen trägt ein enges, türkisfarbenes T-Shirt und die vorgeschriebene Reiterkappe. Sein Pferd nähert sich im Schritt, sie kommen aus der Sonne. Einen Augenblick staunen wir einander ungläubig an, bis sie «Guten Tag» sagt und ich mit «Hallo» antworte. Sie reitet weiter, und ich schaue ihr hinterher, denn ich bin mir nicht sicher, ob sie wirklich vorbeigeritten ist. Ich sehe, wie sie sich vorbeugt, um unter dem tief herabhängenden Ast eines Baumes hindurchzukommen – dann ist sie verschwunden.

Ich ziehe eine Schleife auf dem Pfad, der sich durch die Mauerstreifenwildnis windet, finde reife, saftige Brombeeren, pflücke mir ein paar und gehe auf Umwegen – vorbei an leeren Ladenlokalen, Flachbauten ohne Mieter, Vorstadthäusern und einem Gebrauchtwagenhändler, der «scheckheftgepflegte Autos» anbietet – zurück Richtung Bahnhof. Über nicht wenigen Geschäften hängen Neonleuchtschriften, die damals, als sie Mode waren, wie von Hand dahingeschrieben wirken sollten. Als ich wieder in der S-Bahn sitze, bemerke ich, dass ich Brombeerflecken an meinen Händen habe.

Taxi Driver – M. und ich treffen uns Spittelmarkt und gehen an der Spree entlang, vorbei an den Museumsschiffen, historischen Spreekähnen, die da fest vertäut liegen, und weiter bis zum Kraftwerk Mitte. Die Sonne scheint. Am Kraftwerk kommen wir nicht vorbei, wir müssen durch ein Haus zur Rungestraße und ein Stück über die Köpenicker gehen. Wir wechseln das Ufer, streifen die East-Side-Gallery bis zur Oberbaumbrücke, wechseln die Uferseite wieder, machen Station im San Remo, trinken Wasser, nicht Sekt auf Eis, und schauen ins Tristesse hinein.

Über den Schlesischen Busch, an der Wagenburg vorbei, biegen wir in den Görlitzer Park. Auf dem Bolzplatz probt eine Kampfsportgruppe ihre Kampfsportart, für uns sieht es aus wie ein Tanz. Die Anlage, die einmal der Pamukkale-Brunnen werden sollte, ist noch immer, seit Jahren, eingezäunt und verwittert vor sich hin. Der Stein, der verbaut wurde, verträgt keinen Frost und splittert ab, in immer größeren Stücken. Wir überqueren die Skalitzer Straße, gehen unter dem Hochbahnhof hindurch, durch die Oranienstraße und kehren bei Hasir ein, wir essen Spieße vom Grill mit Rettich und Reis und trinken Ayran. Über den Moritzplatz und die Kochstraße marschieren wir bis zur Kreuzung Friedrichstraße und weiter, fast schon in Trance, die

Friedrichstraße hinauf, wir überqueren die Linden und gehen durchs Wäldchen an der Neuen Wache. Die Fenster im Palais am Festungsgraben sind dunkel, der Balkon ist leer, heute keine preußische Hochzeit. Im Freiluftkino auf der Museumsinsel vor der Alten Nationalgalerie läuft «Taxi Driver». Wir schauen ein paar Minuten über den Projektorwagen hinweg auf ein Stück der Leinwand und sehen zu, wie Robert de Niro versucht, Cybill Shepherd alias Betsy ins Kino auszuführen.

Aufkleber – Am nächsten Morgen auf der Kastanienallee will ich mich gerade darüber wundern, dass die Kastanien wieder blühen, da sehe ich, dass jemand pinkfarbene Aufkleber auf die Blätter geklebt hat. Sie werben für ein Konzert. Plakate, Zettel und Aufkleber wachsen, jeden Tag kommen neue hinzu, auf Bauschuttcontainern und Verteilerkästen. Auf einer Gehwegplatte aus Granit bemerke ich einen Hundehaufen, in den ein aufmerksamer Mitbürger ein kleines Papierfähnchen gesteckt hat, auf ihm zu lesen: «Die Welt zu Gast bei Freunden.» In einem Café, ich bin auf dem Weg zum Bäcker, sitzt ein Mann in einem schwarzen T-Shirt, das auf den ersten Blick wie ein gewöhnliches American-Football-T-Shirt aussieht, bis ich über der eigentlich unverdächtigen großen 43, die in College-Typografie auf seinem Rücken prangt, das Wort «Stalingrad» entdecke. Ich muss, ich weiß nicht, wieso, lachen. Und überlege, was meine Großmutter dazu gesagt hätte. Wahrscheinlich hätte sie angefangen, von Onkel Rudi und seinen Briefen aus dem Kessel zu erzählen.

Ich freue mich über ein Sommerkleid, beobachte die Sonnenbrillenmode, die Kinderwagenmodelle und die Modefahrräder. Eine Mutter, die ich vom Sehen kenne, kommt mit leerer Kindersitzschale auf dem Gepäckträger von der Kita, ein Rollkoffer rattert über die Fugen zwischen den Gehwegplatten. Die Frau, die ihn zieht, bewundert die beiden letzten unrenovierten Häuser und staunt über die selbst gezimmerten Sitzbänke auf dem Bürgersteig. Einige bepflanzte Baumscheiben sind zum Schutz vor Hunden mit Kaninchendraht eingezäunt.

Spieltag – Großleinwände hängen im alten Stadtbad, vor der Zionskirche, im ehemaligen Umspannwerk Kopenhagener Straße, in der Kulturbrauerei, im Mauerpark, beim Inder und im Café an der Ecke. Fernseher stehen auf der Straße. Fernseher stehen beim Thailänder, vor dem Sushi-Laden, beim Griechen und vor dem Schwarz Sauer auf der Kastanienallee – das Deutschlandspiel ist überall. Die Straße leert sich nicht, sie füllt sich mit Trikotträgern, Retro-Trikotträgerinnen und Werbe-Trikotträgern. Mit Kriegsbemalten und schwarz-rot-goldenen Perücken. Mit Fußballmädchen, die Limonade durch schwarz-rot-goldene Trinkhalme saugen, mit Fußballmüttern, die Deutschlandfahnen am Kinderwagen führen, und mit Polizisten, die am Straßenrand in Kampfmontur Bananen kauen. Und auf dieselbe Leinwand schauen. An einem alten Fahrrad leuchten neue, aus Textilklebeband improvisierte schwarz-rot-gelbe Zierstreifen. Einer, den ich früher für einen Autonomen gehalten hätte, hat sich in eine Bundesfahne mit dem Aufdruck einer Baumarktkette gewickelt, ein Hund mit hellem Fell trägt ein Deutschland-Tattoo auf der Stirn, passend zu der patriotischen Plastikblütenkette am Hals der Frau, die ihn an der Leine hat. Der Deutschlandkarneval ist ausgebrochen, alle spielen mit.

Junikäfer – Im Mauerpark fragt eine Frau, wo denn die Mauer sei. Und mir fällt auf, dass es im Mauerpark, obwohl er doch so heißt, keine mehr gibt. Nicht einmal ein klitzekleines Stück von ihr. Sie habe das nie gestört, sagt M., sie vermisst die Mauer nicht. Grillgruppen verteilen sich auf der großen Wiesenfläche, die früher Todesstreifen war; die Abendsonne beleuchtet die folienbeklebte Fernsehturmkugel, Flugzeuge schweben durch den Himmel nach Tegel hinab. Vor unseren Füßen hocken zwei Junikäfer auf dem Boden, der eine auf dem anderen, sie scheinen sich dort, neben einem in die Erde getretenen Kronkorken und zwei ausgeblichenen Zigarettenstummeln, zu paaren.

Auf der Weddinger Seite haben die Hüttenwirtschaften und Plein-Air-Lokale geöffnet. Sperrmüll verteilt sich, so malerisch er kann, der Sechsenmann war da und hat auf einem weißen Regal am Wegesrand eine schwarze Zahl hinterlassen. Auf den schon länger geräumten Grundstücken wachsen wieder Bäumchen, kleine und größere Schneepflüge stehen wie eingesperrte Tiere hinter einem Zaun, sie warten und träumen den Sommer über vom Winter.

Frankfurter Allee – Hinter dem S-Bahnhof Frankfurter Allee schiebt eine Frau ihren Kinderwagen, der zugehörige Mann läuft ein Stück voraus. Ecke Rathausstraße ragen weiße Hochhäuser wie Klippen in die Sommerluft. Eine Eissorte heißt Wuppy-Fluppy, die Postkutscherplatte vom Grill kostet neun Euro fünfundneunzig. Ich habe lange keine Postkutsche mehr gesehen. «Freizeit kann man kaufen. Mit dem richtigen Bausparvertrag», sagt das Schaufenster der Sparkasse und zeigt ein Bild von einem Baumhaus. «Für wie naiv halten die uns?», brüllt ein Mann auf einem Damenfahrrad, er ist nur mit einer Badehose bekleidet. An einer Plattenbaufassade hängt ein realsozialistisches Leuchtschild der Stadtbibliothek. Ein Stück weiter ruhen blau lackierte Bagger von Berolina Bau. Sieht aus, als warteten sie wie geduldige, vorübergehend erstarrte Reptilien auf eine Gelegenheit, das neue, lachsfarbene Medizinzentrum hinter ihnen wieder abzureißen.

Heimatfilm – Es gibt ein Unternehmen, sagt M., das alle Straßen Deutschlands von Anfang bis Ende abfährt und filmt, jede Straßenseite einmal, und diese Filme, diesen langen, deutschen Heimatfilm und die aus ihm gewonnenen Daten verkauft* – an Firmen, die Haustüren, Garagentore oder Fensterläden anbieten. Oder Firmen, die Haustürgeschäfte tätigen. Die Stadt ist das Bild in dem Spiegel, der die Straße entlanggetragen wird.

First Class Fantasy – Die Lichtenberger Brücke schlägt eine sanfte Wölbung über die Schienen, grundinstandgesetzt, mattblau in blau, 2000 bis 2002. Im Blick zurück ragt die Fernsehturmkugel wie das Trugbild eines Raumschiffs, wie eine Fata Morgana von Stadtmitte, über den Brückenhorizont. Eine weit entfernte Markierung, ich stehe auf dem Unterbauch der Stadt. Vor dem Bahnhof Lichtenberg, von der Brücke aus zu sehen, fehlen Häuser. Die Autos auf der Ausfallstraße träumen von einem Anderswo, träumen, dass in einem wochentags verlassenen Wochenendhaus alles ganz anders sein könnte.

Der Motor eines Golf Bon Jovi heult auf, fast überfährt das Auto einen Passanten. Ein mit Panzerglasplatten beladener Anhänger steht am Straßenrand. Hat eine von ihnen ein Einschussloch? Im Haus gegenüber werden Massagen angeboten, «First Class Fantasy». Ein Golf I mit polnischem Kennzeichen parkt in der nächsten Einfahrt. NATO-Draht liegt zwischen einstöckigen und zweistöckigen märkischen Häusern, die neben der Brückenrampe überdauert haben. Irgendwo hier muss einmal ein Dorf namens Lichtenberg gewesen sein. Ein Schild im Fenster der Gaststätte Jägerheim sagt «OPEN». Die B1 heißt jetzt Alt-Friedrichsfelde. Hinter den Häusern mit renovierter

* Lange vor Google Street View.

klassizistischer Fassade stehen, so sehen schlechte Verstecke aus, Wohnblöcke, zweieinhalb Mal so hoch.

Ginster – Ich rieche, wie die Pappeln riechen, ich rieche die ausgeführten Autos, den Flieder, den Ginster, die Linden, die Luft, die wahnsinnig machen kann. Aus Alt-Friedrichsfelde ist Alt-Biesdorf geworden, die Straße führt durch ein Dorf. Vor einem renovierten Häuschen blühen ein weißer und ein gelber Ginsterbusch, sie stehen da wie Schneeweißchen und Postkastengelb. Ich zähle Autos pro Sekunde und bilde die Quersumme mir unbekannter Busnummern. Ecke Oberfeldstraße fährt ein neuer Toyota in einen neuen Skoda hinein. Die Fahrer entsteigen ihren Wagen, begrüßen einander und verständigen sich. Beide Herren bleiben ruhig, sie sehen sich ein wenig ähnlich. Einen Augenblick bin ich überzeugt davon, dass sich bei der Geburt getrennte Zwillinge begegnen, zum ersten Mal seit neunundfünfzig Jahren. Der Fahrer des Toyotas – ich höre das «Nichts ist unmöglich» aus der Werbung – entnimmt seinem Kofferraum Kehrblech und Handbesen und beginnt, er nutzt die Autosturmpause während der Rotphase, die Scherben vom Asphalt zu fegen. Kleinere Splitter bleiben liegen. Hinter den beiden warnblinkenden Wagen leuchtet das neue Dach der Gnadenkirche Alt-Biesdorf. Die Straße teilt sich um den Anger, die Feldsteinkirche steckt zwischen den Fahrbahnen, sie kann nicht vor, sie kann nicht zurück. Ein Schaukasten zeigt Bilder von den neuen Löschfahrzeugen der Freiwilligen Feuerwehr Biesdorf. Es riecht nach Ginster und Benzin.

Zuhause in Biesdorf-Süd – «Zuhause in Biesdorf-Süd. Ihr neues Eigenheim. Ab 298 000 DM» – Das Bauankündigungsschild hat nicht nur viele Autos, sondern auch eine Währungsreform vorbeiziehen sehen. Heute sieht es mich, zu Fuß. Vorbeifahrende

Autos hupen. Ich gehe über die Wiese neben dem unbebauten Biesdorfer Berg, hinter ihm liegen die Plattenbauten bis nach Kaulsdorf. In Kaulsdorf überqueren Weg und Straße die Wuhle, ein Bauschild verspricht die «naturnahe Erschließung des Naturschutzgebietes». Ein Einkaufswagen steht am Straßenrand, leer. Ein schmutziger Schwan schwimmt auf der Wuhle, ich sehe die vierte oder fünfte Elster. Blanker Himmel, blau. Ein Fasan, ein totes Reh, ein Hase. Ein kaputter Kinderwagen. Peripherie.

Mahlsdorfer Musterhäuser – Auf einer von Gletschern geschliffenen Erhebung beginnt die Perlenkette der Musterhäuser: «Fertig und massiv: Partner Haus», «Musterhaus Hansehaus», der Blick geht auf die Müggelberge. Es folgen Musterhäuser aus weißen Rauziegeln, Musterhäuser mit Türmchen und angeklebten Erkern – alle ohne Altersflecken. Die B1 ist die Haustraumallee am Toteisloch, die Knusperhäuschenstraße. Wer will, kann sich ein neues Leben kaufen.

Löwenzahn – Ein alter Mann kniet auf dem Seitenstreifen und füllt geschnittenen Klee und Löwenzahn in einen Kartoffelsack. Neben ihm liegt eine Sense. Habe ich den Tod getroffen? Der Tod sagt, er schneide Löwenzahn für seine Hasen.

Auf einem riesigen leeren Parkplatz sehe ich einen jüngeren Mann in einer Art Uniform, der Moos aus den Ritzen zwischen den Pflastersteinen pult. Weht der Wind ein Papierschnitzelchen heran, hebt er es auf und steckt es in eine Mülltüte, die in einem fahrbaren Tütenständer hängt. Einmal rennt er, als hätte er einen seltenen Schmetterling erspäht, einem flatternden bunten Schnipsel hinterher. Der Curry-Treff, die Bude auf dem Parkplatz, ist geschlossen.

Grobe Auswahl – Hinter dem vorerst letzten Baumarkt kreuzt eine Straßenbahnlinie, gleich dahinter, hier muss der Ortskern von Mahlsdorf gewesen sein, steht eine alte steinerne Wegmarkierung, die Inschrift lautet: «II Meilen bis Berlin». Zwei preußische Meilen sind über fünfzehn Kilometer. «Rattan, grobe Auswahl» verheißt ein handgeschriebenes Schild. Näher am Schild wird aus der groben doch noch die große Auswahl. Alt-Mahlsdorf soll «exklusiv und günstig» sein, verheißt ein Plakat, ein anderes fragt: «Haben Sie Geld verloren?» Auf einem Lieferwagen lese ich das Wort «Heizpilzexpress» und verstehe es erst, als ich es mir laut vorlese. Der Heizpilzexpress parkt neben dem Discounter für Klassikzäune, kurz vor der unsichtbaren Stadtgrenze. Die Ausstellungsfläche des Klassikzaundiscounters besteht aus einem umzäunten Irrgarten von Zäunen, über ihm wehen acht Fahnen. «Bei jedem Zaunmodell», so viel verspricht ein ausliegendes Faltblatt, «Abschluss mit Kugeln oder Spitzen». Siegfried Kracauer, er promovierte über schmiedeeiserne Gitter, hätte seine Freude. Noch ein paar Meter, und die Straße wird eine Landstraße.

2004/2006

Fundstücke

Auf dem Fußweg von der alten Apotheke in der Blücherstraße bis zum U-Bahnhof Gneisenaustraße sehe ich auf dem Gehweg eine leere Packung Choco-Chips, ein Paar ausgetretene, blaue Nike-Turnschuhe, ein zerschnittenes Fahrradkabelschloss, braunes, welkes Laub unter den Bäumen, eine leere Can-Fire-Missile-Space-Battle-King-Spielzeugverpackung, eine in fünf Teile zerbrochene grüne, polierte Kunststeintischplatte, eine ältere Sportseite der BZ (ein Hertha-Sieg wird bejubelt), eine leere Flasche Christinen Brunnen, Geschmacksrichtung Lemon-Soda (0,33 Liter), eine kleine Plastikwasserflasche aytaç waters (0,5 Liter), einen Metallschrank, eine Seite blaumetallic lackiert, einen gläsernen Flachmann Star Dollar Golden Harmonie Spirituosen (30 %), eine tote Taube, ausgerissene Vogelfedern, Glasscherben, unzählige Zigarettenkippen, einen leeren Getränkekarton Orangen-Nektar (ein Liter), einen Fernsehapparat (Telefunken, Röhre zersplittert), Kastanien, eine leere Tüte Papa Joe's Zwiebelringe, ein blaues Spültuch (ziemlich schmutzig), ein leeres Tütchen «Simpsons»-Sammelbilder, ein abgerissenes Konzertplakat, einen nur noch dreibeinigen Esszimmerstuhl, einen Einkaufswagen mit aufgebrochenem Pfandschloss, eine Kinderkreidezeichnung, einen leeren Kaffeebecher (brauner, kannelierter Kunststoff), eine platt getretene Halbliterdose Faxe, einen durchgerosteten Auspufftopf, eine abgeworfene Motorradpellerine.

1999

Ist Berlin hässlich?

Aufregung in der Stadt, weil zwei Fernsehkommissare in einem Interview meinten, Berlin sei hässlich. An einem Ort, der sich ständig mit sich selbst beschäftigt und immerzu in Selbstdefinitionen übt («sei irgendwas, sei Berlin»), erhitzt solch eine Behauptung natürlich die Gemüter. Ist die Stadt hässlich? Jeder mag das selbst entscheiden, jeder sieht ja seine eigene Stadt, und Schönheit liegt bekanntlich im Auge des Betrachters. Was den einen entsetzt, nennt ein anderer interessant, ehrlich, unverstellt, ja, vielleicht sogar, auf seine Weise schön.

Es gibt einen zur Diskussion passenden Bildband, der wohltuend unambitionierte Fotografien versammelt. Ein kleinformatiges Buch, in dem sich gut blättern lässt, zum Kühlen der Euphorie nach einer Überdosis Glanz- und Prospekt-Berlin. Wenn man beispielsweise einen Tag um den Potsdamer Platz herum verbringen musste oder zu lange am Pariser Platz oder am Hauptbahnhof war, zeigt «Backstage Berlin» von Markus C. Hurek eine andere Stadt: das schöne hässliche Berlin.

Der Fotograf hat fleißig gesammelt. Wir sehen Beton und Waschbeton, Türen von Drogeriemärkten, Balkonruinen, traurige Kaugummiautomaten und die Eingänge von Sexclubs, die «Pigalle» oder «Pascha» heißen. Wir sehen vermooste Gartenzwerge, Kondomautomaten, verbarrikadierte Läden und Fenster mit heruntergelassenen Rollläden. Gekachelte Fassaden, nicht mehr leuchtende Leuchtschriften, leere Speisekartenschaukästen und die temporären Installationen, die ganz unabsichtlich geschaffen werden, wenn Motorräder unter Regenhauben am Straßenrand oder auf Bürgersteigen parken; Skulpturen, die wie kauernde Wesen von einem fremden Planeten aussehen.

So ist ein Berlinbuch ganz ohne Ku'damm und Hackesche Höfe entstanden. Ohne Townhäuser und ehemals schlicht rau verputzte Fassaden, die nach ihrer Renovierung neo-historistischen Styroporstuck tragen. Stattdessen gibt es die von Schwarz-Weiß-Postkarten bekannte romantische Tristesse mülltonnendekorierter Hinterhöfe hier in satten Farben.

O, du schönes hässliches Berlin! So viele entführte Einkaufswagen, so viel Sperrmüll, so viele ausgemusterte Computermonitore, Röhrenfernseher und fleckige, durchgelegene Matratzen zieren alle Tage deine Straßen. So viele zweifelhafte Möbelstücke warten auf deinen Gehwegen, beklebt mit Zetteln, auf denen, wie großzügig, «Zu verschenken» steht. Ein Bild im Buch fügt diesen städtischen Stillleben die Ansicht eines in aller Schönheit auf einer Berliner Straße verwesenden Sessels hinzu.

Viele Berlin-Besucher sind entsetzt über verschmierte Treppenhäuser und zerkratzte S-Bahn-Scheiben, ja, so ist sie, die große Stadt. Voller Schrecken für Bewohner kehrwochenbeherrschter, verbundsteingepflasterter, glatt asphaltierter Gebiete. Trotzdem, das zeigen die Fotos, es gibt die stille Idylle im Moloch, der gar keiner mehr ist, seit hier fast nichts mehr hergestellt wird, wozu es Rauch und Feuer bedürfte.

Nein, Berlin ist nicht hässlich. Berlin ist trotz des oft gar nicht malerischen Mülls und all seiner Ecken und Kanten schön. Weshalb kämen sonst so viele? Die schöne Hässlichkeit hat ihren Reiz, ihretwegen laufen die Touristen die Bernauer Straße und die Kastanienallee hinauf und hinunter, auf der Suche nach der Mauer (monströs-faszinierend) und Ruinen mit Einschusslöchern (schaurig-charmant). Die Objekte der Besichtigungsbegierde werden allerdings rarer, die Häuser sind bald alle saniert, bald sind alle Bombenlücken geschlossen. Immerhin, die Mauer wird an der Bernauer Straße nun aus rostigen, im Boden steckenden Eisenstäben – nein, nicht wiederaufgebaut – nur angedeutet.

Der Fotograf war viel unterwegs und hat Monumente der Hässlichkeit aufgesucht, die Architekturenthusiasten entzücken. Ja, auch die balkonbehangene Fassade des Schöneberger Sozialpalasts findet sich in diesem Buch. Und – Hässlichkeit ist die neue Schönheit – er ist durchs morbide Moabit gestreift und hat dort die bröckelnden Fassaden gefunden, die es in Mitte und Prenzlauer Berg kaum noch gibt.

Es hat etwas Wohltuendes, auf den großen, stark befahrenen Straßen Berlins bis an den Rand der Stadt zu wandern. Vorbei an Currywurstbuden, vergessenen Fahrradskeletten, Müllcontainern, Anhängern, die unter Autobahnunterführungen für Pizzalieferdienste werben, vorbei an Parkplätzen, Baumärkten, Tiernahrungsdiscountern und Musterhäusern. «Selbsterniedrigung durch Spazierengehen» hat Stephan Wackwitz diese Art der Fortbewegung einmal genannt. Dabei muss man die gar nicht bis zur Selbsterniedrigung betreiben. Es reicht, wenn ein wenig Demut über den Stadtmenschen kommt, der sich mit diesem Büchlein in der Hand auch sehr bequem auf dem Sofa liegend durch Berlin bewegen kann.

Gäbe es nicht schon ein lesenswertes Buch gleichen Titels von Bodo Morshäuser, der Band könnte auch «Liebeserklärung an eine hässliche Stadt» heißen. Und wie sagte einer der Fernsehkommissare in einem weiteren Interview? – «Berlin sieht toll aus. Und es sieht scheiße aus.»

2009

Jenseits des Kanals

Eine matte Glühbirne treibt auf dem Berlin-Spandauer-Schifffahrtskanal, auf den ersten Blick sieht sie aus wie ein kleines, weißes, rätselhaftes Tier. Hochspannungsleitungen hängen über dem dicht bewachsenen Uferpfad hinter der Föhrer Brücke. Die Schornsteine des Kraftwerks stehen wie drei Weise auf der anderen Seite, der hohe weiße Kasten hinter der Klinkerburg könnte ein überproportionierter Bergfried sein. Ein grüngrau gestrichener Schienenkran baggert Kohlen aus dem Laderaum eines Lastkahns, bewegt die Schaufel sich, schlägt zur Warnung eine Glocke. Das Schiff, das Kohle bringt, heißt *Cäcilia*.

Am Wasser entlang geht es über eine Lochgittergalerie, durch Schwärme von Spatzen, an wuchernden Ahorn- und Götterbäumen, Birken und Traubeneichen vorbei, der Kanal führt bis zum Humboldthafen und mündet in die Spree. Gegraben wurde er nach den Barrikadenkämpfen von 1848, als beruhigende Arbeitsbeschaffungsmaßnahme.

Eine Lidl-Tüte und eine leere Capri-Sonne liegen auf dem früheren Treidelpfad, eine Erläuterungstafel informiert über die glatte und glänzende Rollassel (Armadillium vulgare): Sie liebt dunkle, feuchte Orte, deshalb lebt sie hier, am Hang, am Ufer. Die nächste Lehrtafel verrät, dass ich vor einem Zürgelbaum stehe, einem in Berlin eher seltenen Gewächs, Spatzen tschilpen, sie wohnen im Gehölz. Ein Einkaufswagen liegt im Gestrüpp der Böschung, einige Zweige halten ihn gerade so, dass er nicht ins Wasser rutscht. Ein Stück weiter steht eine Schaukel, ein schwerer, runder Drahtmülleimer ist mit einer Schlossgespenstkette gesichert. Es duftet nach Jasmin, die Vögel machen Lärm, ein Angler sitzt am Ufer.

Kurz vor der Fennstraße wundere ich mich über einen Kaugummiautomaten an einem Pfosten, etwas verloren steht er auf dem schmalen Wiesenstreifen am Ufer. Der Name Fennstraße verrät, dass hier wohl mal ein Feuchtgebiet war. Hinter der gleichnamigen Brücke ist aus der Sumpflandschaft das Nordhafenbecken geworden, Weddinger Alster wird diese Breite genannt – geht allerdings nicht ganz so vornehm zu wie in Hamburg.

Nicht weit von der Bootsanlegestelle liegt ein Findling zwischen Bäumen, auf dem flechtenüberwachsenen und bemoosten Stein lassen sich, einige Buchstaben muss ich ertasten, folgende Verse entziffern:

Pflanz einen Baum,
Und kannst du auch nicht ahnen,
Wer einst in seinem Schatten tanzt,
Bedenke, Mensch: Es haben deine Ahnen,
Eh sie dich kannten,
Auch für dich gepflanzt.

Wie süßlich und wie wahr. Ich bin ein wenig gerührt von dieser freundlichen Ermahnung des heute sehr vergessenen Max Bewer, einem fanatisch antisemitischen Dichter der Heimatkunstbewegung. Seinen Namen habe ich ebenfalls ertastet. Mir fallen die silberglänzenden Schering-Türme ins Auge (die jetzt Bayer-Türme heißen müssten, Schering wurde aufgekauft), ein paar Meter weiter freue ich mich über das Abspannwerk Scharnhorst, ein Gebäude, dessen dunkle, gezackte Klinkerfassade an die Lamellen eines Akkordeons erinnert. Der geniale Hans Heinrich Müller hat es in den zwanziger Jahren für die Bewag entworfen.

Von einer hölzernen Brücke lässt sich auf die Panke und ihre Mündung hinunterschauen. Genau genommen ist es nur ein Nebenarm der Panke, der Schönhauser Graben, der hier in den Nordhafen mündet. Malerisch treibt der Müll im schäumenden Vorhaltebecken. Friedrich I. ließ Hofbaumeister Eosander diesen Abzweig anlegen, um sich bis zum Schloss Schönhausen treideln lassen zu können, er wollte nicht über staubige Straßen fahren. Sieht nicht so aus, als ob das heute noch möglich wäre. Eine angekettete, schwimmende Röhre bildet ein Wehr und hindert Boote an der Einfahrt.

Mauerwegschilder stehen auf dem Uferweg, kurz dahinter, gleich nach dem Hinweis, dass ich mich in Mitte befinde, liegt der erste Townhausriegel, noch im Rohbau. Das Bauschild kündigt eine Ausstattung mit Weinkeller und Dachterrasse an. Jenseits des Kanals wartet die Noch-Öde des Heidestraßen-Hinterlands, ein einsames Lagerhaus ist zu sehen, einige Container rosten vor sich hin. In der Ferne wehen die Flaggen auf den Doppeltürmen des Hamburger Bahnhofs, der lange kein Bahnhof mehr ist. Schon vor hundert Jahren befand sich ein Museum in seinem Gebäude, damals ein Verkehrsmuseum. Noch weiter entfernt sind der große Glaskasten Hauptbahnhof und die Reichstagskuppel auszumachen. Und wieder einmal finde ich es seltsam, dass die Stadt Richtung Hauptbahnhof – Lehrter Bahnhof wird er kaum noch genannt – immer weniger und immer leerer wird.

Der Pfad ist jetzt breiter und heißt Kieler Promenade. Peter Joseph Lennés Originalplan des Kanals sah bereits eine uferbegleitende Promenade vor – es dauerte nur knapp hundertfünfzig Jahre, bis 1994, sie zumindest teilweise anzulegen. Deutsche Geschichte war dazwischengekommen und hat Spuren hinterlassen: Die halb offenen Scharnhorsthöfe (ein eher unförmiger Wohnkomplex der neunziger Jahre) wurden um einen stehen gebliebenen DDR-Wachturm herumgebaut. In seinem Fenster, um das der Putz ein wenig bröckelt, wacht eine Schaufensterpuppe in Grenzeruniform und hält Ausschau, sie hat mich fest im Blick.

Maulbeerplantagen zierten einmal diese Gegend, die Invaliden, die im 18. Jahrhundert in der Nähe wohnten, sollten Seidenraupenzucht betreiben. Sandscholle wurde das Gebiet genannt, und Franz Hessel, der hier vor neunzig Jahren unschuldiger spazieren gehen konnte, erzählt, dass der Sand sich bisweilen so hoch an der Zollmauer (ja, auch die stand einst hier) gehäuft haben soll, dass sich über sie hinweg in die Stadt hineinreiten ließ. Bei der anderen, heute noch berühmten Mauer, die danach hier stand (Schandmauer oder antifaschistischer Schutzwall, je nach Perspektive), ging das leider nicht. Wer versuchte, über sie hinweg aus der einen Hälfte der Stadt hinauszureiten, auf den wurde geschossen.

Das Kanalwasser steht zwischen Spundwänden aus Stahl, dann zwischen schräg aufgemauerten Böschungen. Zähflüssig sieht es aus, es scheint sich nicht zu bewegen. Ein paar, die versucht haben, von der einen auf die andere Seite zu schwimmen, wurden hier getötet – dann aber nicht auf dem Invalidenfriedhof begraben, der bis an den Kanal heranreicht. Ein Stück Hinterlandmauer hat auf den teils eingeebneten Gräbern überdauert.

Auf dem Friedhof ruhen einige, als Namensgeber Berliner Straßen und Plätze bekannte, preußische Generäle. Ein Herr Winterfeldt zum Beispiel, der einem Platz in Schöneberg seinen Namen gegeben hat, auf seinem Grabmonument eine leere Bronzerüstung. Es gibt, fast ein wenig kitschig, Helme auf Schildern, Steinvasen, sterbende Löwen und neugotische Turmbaldachine, die nach Schinkels Entwürfen in der Königlichen Eisengießerei angefertigt wurden. Nur eine schlichte Zinkplatte liegt über Tauentziens Grab, ebenfalls ein Name, der durch seine Verewigung im Generalszug geläufig geblieben ist. Mich überkommt auf einmal das Bedürfnis, laut zu jodeln.

Eine junge, noch nicht besonders große Linde steht in einer Friedhofsmauerlücke am Kanal – angeblich genau da, wo Friedrich der Große bei seinen Invalidenhausbesuchen gerastet haben soll. Die DDR-Grenzer hatten das Original, die alte Königslinde, sie stand im Schussfeld, abgehackt. Viel höher als die junge Linde ragt jenseits der Scharnhorststraße ein Schornstein in den Himmel. Ist das ein Platzhalter für die Invalidensäule, die bis nach Kriegsende im Invalidenpark stand? Nein, bitte nicht, denn diese Säule muss ein Monstrum gewesen sein: Ein bronzener Adler saß mit acht Meter weit ausgebreiteten Schwingen auf einem dreiunddreißig Meter hohen gusseisernen Säulenschaft, dieser wiederum stand auf einer sechs Meter hohen Granitplattform. Uff. Man darf der Berliner Stadtverordnetenversammlung dankbar sein, dass sie 1948 beschloss, das kaum kriegsbeschädigte Ding abzureißen – war es doch ein Denkmal für die Soldaten des Kartätschenprinzen, die im März 1848 auf die Bevölkerung geschossen hatten. Eine der Inschriften im Sockel lautete: «Die Armee rettete durch ihre Treue das Vaterland.»

2010

PS: Die ehemalige Ödnis jenseits des Berlin-Spandauer Schifffahrtskanal ist heute dicht bebaut und heißt «Europacity».

2022

Hochbahn

Die Stützen der Hochbahn über der Schönhauser Allee sind frisch gestrichen. In dem Schaufenster, in dem sie sich spiegeln, verrät ein unauffällig angebrachtes Schild, dass Bademode ganzjährig erhältlich sei. Die neue Backshop-Filiale hat schon wieder geschlossen. Der Schnellbäcker gleich daneben hat seine Verkaufsfläche reduziert, in der anderen Hälfte des Ladenlokals befindet sich nun ein Geschäft für Druckerpatronen. Die Vietnamesen vor dem Sonnenstudio mit der Bräunungs-Flatrate sind von Weitem als Zigarettenverkäufer auszumachen, neuerdings bringen sie sich Stühle mit. Grilletta feiert sein Jubiläum mit einem über den Bürgersteig gespannten Banner. Der kleine Laden, in dem Modeschmuck aus dem Karton verkauft wurde, bietet jetzt Taschenbücher an. Ein Euro das Stück, ein handbeschriftetes Pappschild informiert: «Nur klauen ist billiger.» Im Schaufenster des Sportgeschäfts hängt neben den beiden Schals mit dem Schriftzug FC Bayern München einer mit dem Wappen des BFC Dynamo. Bei Conny's Container sind «Damen- und Herrenturnschuhe fünfzig Prozent reduziert» und im «Team of Art», einem Shop im Shop bei Conny's Container, warten ein Vermeer für neunundvierzig und ein «Mann mit dem Goldhelm» für hundertneunundvierzig Euro auf Käufer. An einem Bauzaun unter der Hochbahn werben Plakate für Dia-Vorträge, hier hängen «Kuba», «Tibet», «Afrika» und «Bali-Borneo» nebeneinander. Alle paar Meter steht ein Werbesegel auf dem Bürgersteig, Windfähnchen in den Farben des jeweiligen Mobilfunk- oder Schnellkreditanbieters. Die Stelzen des Hochbahnviadukts, das fällt erst auf den zweiten Blick auf, sind nur bis zur Höhe des Gleisbetts gestrichen. Sieht aus, als hätten sie in großen Eimern grüner Farbe gestanden.

2000

Das Wildplakat

Das Wildplakat ist ein parasitäres Medium, das auf Hauswänden, Altkleidercontainern und Bauzäunen klebt – überall dort, wo die Wahrscheinlichkeit, dass es beachtet wird, nur groß genug ist. Der größte Feind des Wildplakats – prominente Klebeflächen zeigen das jeden Tag – ist das Wildplakat. Auf dem Verteilerkasten Oderberger Straße Ecke Kastanienallee beträgt die mittlere Sichtbarkeitsdauer eines Plakats weniger als sechs Stunden. Kaum klebt eines, klebt ein anderes darüber. Spätabends, wenn die Plakatkleber mit ihren Leimeimern unterwegs sind, verkürzt die Sichtbarkeitsdauer sich drastisch. Errichtet wurden diese größeren Verteilerkästen, auf denen die Plakate wie Standbilder zu sehen sind, weil aus ihnen eines Tages superschnelles Internet fließen soll. Auf ein Angebot von fünfzig Megabit pro Sekunde warten die Anwohner allerdings schon Jahre, vergeblich. Alle paar Monate reißt ein engagierter Rentner – der letzte, der in der Straße wohnt – die Wildplakate ab, die in dicken Schichten Tages- und nicht Jahresringe ausbilden.

2008

Street-Art

Was ist eigentlich Street-Art, und warum gibt es davon in Berlin immer mehr? Handelt es sich nicht um Schmiererei auf Hauswänden und Bauzäunen, die von theorieverblendeten Bewunderern als «Intervention im öffentlichen Raum» bezeichnet wird? Ist Street-Art Sachbeschädigung? Ist sie subversiv oder doch nur dekorativ? Ist Berlin insgeheim längst stolz darauf, europäische, ach was, Welthauptstadt der Street-Art zu sein? Ist es nicht so, dass die teuersten Neubauten der Stadt gerade in Bezirken entstehen, in denen die meisten Pochoirs – kleine, mit Schablonen gesprühte Bilder, selten größer als DIN A4 – und die meisten Cut-Outs – aus dünnem Papier geschnittene, an Hauswände gekleisterte Klebefiguren – zu sehen sind? Sind die in Hauseingängen und -durchgängen angebrachten Bilder nicht längst ein weicher Standortfaktor der Stadtquartiere? Ist es nicht so, dass Immobilienmakler und Projektentwickler Street-Art lieben, solange sie nur originell und witzig und nicht zu kritisch oder gar verstörend ist?

Vielleicht kommen die vielen Touristen, die jedes Jahr in unsere schöne Stadt strömen, ja gar nicht, um die Architektur des Potsdamer Platzes zu bewundern, sondern um Berliner Street-Art zu sehen. Marschieren nicht Tausende von Touristen mit Kameras die Kastanienallee hinauf und hinunter und fotografieren kleine und große Klebebilder, bis ihre Speicherkarten voll sind? Warum gibt es Street-Art-Stadtführer mit herausnehmbarem Stadtplan, der Interessierten den Weg zu bestimmten Werken weist? Und warum sind auf Flickr und Picasa Hunderttausende mit «Berlin» und «Street-Art» getaggte Fotos zu sehen?

Wer macht eigentlich Street-Art? Und warum? Ist es der Spaß an der Freude, öffentlichen Raum auf anarchistische Weise mitzugestalten? Kommt es darauf an, ein Gegengewicht zur Werbung zu schaffen, die – was eigentlich nicht verwundert, denn sie klaut ja, wo sie kann – eine Affinität zur Street-Art entwickelt hat und deren Stil und Methoden kopiert? Sähe die Stadt ohne Graffiti nicht kahl und viel zu ordentlich aus? Wäre es ohne die mit Schablone gesprühten Porträtköpfe bekannter oder unbekannter Persönlichkeiten nicht langweiliger auf den Straßen? Ist es nicht schön, dass jemand das Antlitz von Harald Juhnke auf Bauzäune sprüht? Und es andere gibt, die Porträts von Rimbaud, Robert Walser, Marlene Dietrich, Johnny Cash, Bertolt Brecht, Diamanda Galás und unser aller Goethe, um nur einige zu nennen, in die Stadtlandschaft sprühen?

Ist Street-Art das neue Ornament der Stadt oder doch nur Sachbeschädigung? Ist es nicht so, dass das Bekleben einer Hauswand nicht einmal einen Straftatbestand darstellt, weil Cut-Outs sich fast immer rückstandslos entfernen lassen? Und ist es nicht höhere Ironie, dass bei der Fassadensanierung eines Hauses in der Oderberger Straße um ein Paste-Up, das zwei süße, aus Schüsseln essende Kinder zeigt und schon von Tausenden Besuchern des Cafés «Kauf dich glücklich» fotografiert wurde, herumrenoviert wurde?

Ist die Straße nicht der eigentliche, der einzige Ort der Street-Art? Wird die Straße nicht zur Galerie, in der die Hängung sich jeden Tag beziehungsweise jede Nacht ändern kann, weil immer wieder übermalt und abgerissen und überklebt oder renoviert wird? Ist es nicht schön, dass Cut-Outs und Paste-Ups – Ausnahme siehe oben – meist gar nicht lange zu sehen sind? Und trifft es nicht zu, dass in Galerien ausgestellte, oft für ebendiesen Zweck angefertigte, nur Street-Art genannte Werke sogenannter Street-Art-Künstler meist öde, flach, oft sogar ein wenig dümmlich wirken? Und ist es nicht hanebüchen, dass – mittlerweile wurde die Geschichte schon öfter erzählt – ein scheinheiliger, zu Recht lieber unbekannt bleibender Sammler, den wir nicht einen Sammler, sondern einen Dieb nennen sollten, uns ein Graffito von Banksy, dem berühmtesten Street-Art-Künstler des Planeten, gestohlen hat? Ist es nicht verrückt, dass dieser Straßenkunsträuber zwei von Banksy einst auf der Wand eines Gebäudes des Garnisonsfriedhofs in Mitte mit Sprühschablone hinterlassene Ratten von einer Spezialfirma, die sonst Renaissancefresken sichert, aus dem Mauerwerk sägen ließ?

2008

Junge Altersheime

Es werden immer mehr. Bald werden große Teile Berlins nur noch aus Youth Hostels bestehen. Sie wuchern in Wohnhäuser hinein, es gibt sie im Pfefferberg, am Rosenthaler Platz, überall in Friedrichshain und an Orten, wo vorher Brachen waren, in an- oder unansehnlichen Neubauten wie dem am Senefelderplatz. Dort werden nicht nur Übernachtungs-, sondern auch Übersichtsmöglichkeiten geboten. Betten stehen dort so dicht an den Panoramafenstern, dass Schlafgäste liegend auf die Schönhauser Allee hinunterschauen können. Und selbst sehr sichtbar im Fenster liegen. Was aber wird aus all den Herbergen, wenn es keine Billigflieger mehr gibt? Was, wenn Berlin eines fernen Tages reich und unsexy ist und es total uncool sein wird, nach Berlin zu reisen? Wird man die Hostels den veränderten demografischen Verhältnissen anpassen und in Altersheime umwandeln können? Die Avantgarde der Pensionisten hat sich die besten Plätze bereits gesichert. Seit Jahr und Tag gibt es den Ruhesitz am Zoo, ein Altersheim am Weinbergsweg und eines am Hackeschen Markt, den Höfen gleich gegenüber.

2008

Ecke Schönhauser

Vor der Sparkassenfiliale fehlt der Crêpes-Verkäufer, heute steht dort ein dünner Mann in einem alten Parka und reißt die Folie von einem Stapel Stadtmagazine. Eine junge Frau bleibt stehen, sie kauft eine Zitty.

Wo Rossmann war, ist nun Kochhaus. Wo der Kleiderladen «Meldestelle» heißt, war im ersten Stock das Einwohnermeldeamt. Es gab eine Stadtbücherei, ein kleines Stück in die Pappelallee hinein, der Kiosk unter dem Hochbahnviadukt ist verschwunden. Manchmal spielt dort eine Band mit Schlagzeug und einem Sänger, der in ein Megafon schreit.

Drei Straßenzüge kreuzen sich unter der Hochbahn, drei Straßenbahnlinien fahren in fünf Richtungen. Wer den Bahnhof Eberswalder Straße noch Dimitroffstraße nannte, ist fortgezogen oder gestorben. Vor dem Krieg hieß die Station Danziger Straße, sie hat schon ihren dritten Namen.

Ich sitze am Fenster und schaue hinaus. Ein Mann geht vorbei, er sieht aus wie ein Schauspieler, dessen Name mir nicht einfällt. Ich sehe jeder Fahrradfahrerin hinterher, viele haben Kindersitze auf ihren Gepäckträgern.

Eine 12 kommt aus der Pappelallee und fährt quer über die Kreuzung in die Kastanienallee. Die 12 ist die Linie, die gleich zweimal hält, einmal vor, einmal hinter der Schönhauser. Dazwischen, so habe ich ein Kind sagen hören, liegt die kürzeste Straßenbahnfahrt der Welt.

Hier war mal weit vor den Toren. Hier war Landstraße, es gab Ausflugslokale, Brauereien, die Danziger hieß «Communicationsweg», hier war Vorstadt. Eine M10 rollt Richtung Warschauer Straße, eine U2 Richtung Pankow.

Georges Perec saß 1974 in Paris an der Place Saint-Sulpice und hat alles aufgeschrieben, ein paar Nachmittage lang notierte er Passanten und jeden Bus, der vorüberfuhr. Der Text, der entstand, heißt auf Deutsch «Versuch, einen Platz in Paris zu erfassen». Der Originaltitel, «Tentative d'épuisement d'un lieu parisien», verrät allerdings, dass Perec viel mehr und eigentlich etwas Unmögliches versuchte: Er wollte einen Ort erschöpfen. Ein – Perec weiß das natürlich – aussichtsloses Unterfangen, ein Ort lässt sich nicht erschöpfen.

Eine M1 kommt aus der Kastanienallee und biegt in die Schönhauser, sie spiegelt sich unter dem Viadukt. Ein Mann mit Bart fährt auf einem Damenrad, neben ihm geht eine Frau mit einer goldenen Digitaluhr am rechten Arm. Sie trägt enge Jeans und ein weißes T-Shirt und hat die Lippen rot. Die Straße ist ein langer Laufsteg, eine blonde Frau in einem kurzen Rock trägt ein Baguette vorbei, und mir ist, als flüsterte die Kreuzung fortlaufend Versprechen. Eine U2 fährt Richtung Ruhleben.

Der Film «Berlin – Ecke Schönhauser» beginnt mit einem langen Schwenk über diese Straßen, er zeigt, wie grau und wie schön diese Kreuzung in den fünfziger Jahren war. Das französisch inspirierte Café Manolo, in dem ich sitze, will aussehen, als hätten die Halbstarken des DEFA-Propagandafilms schon damals vor seiner Tür herumlungern können. Dabei befand sich in diesem Ladenlokal vor Kurzem noch ein Humana («First Class Second Hand»), der Stuck an der Decke ist neu. Zufällig kenne ich die Bühnenmalerin, die engagiert wurde, um hier kurz vor der Eröffnung künstliche Patina anzubringen. Sie malte Staub in die Ecken, Gilb an die Wände und Abnutzungserscheinungen auf die Theke.

Zwei Jungen mit Rucksäcken schlurfen vorbei, beide haben Skateboards unter dem Arm. Eine ältere Frau trägt zwei Rewe-Tüten. Ein Lieferwagen mit der Aufschrift «Besam» hält in zweiter Reihe, ich kann nicht erkennen, um was für eine

Branche es sich da handelt. Lerne dann aber, dass ein Hersteller von Schiebetürantrieben so heißt. Die Frau, die hier seit Jahren bettelt, spricht eine Passantin an der Ampel an.

2011

Currywurstbuden

Nur Gehminuten von einer der bekanntesten Currywurstbuden der Stadt entfernt – Konnopke unter der Hochbahn am U-Bahnhof Eberswalder Straße – zeigt eine kleine Galerie, wie sich Architekten die Zukunft der Currywurstbude vorstellen. Es gab einen Wettbewerb, der Ausstellungsraum versammelt die Entwürfe, in denen die Buden teils bizarre Formen annehmen, einige werden zu an Robert Venturi geschulten großen Würsten oder setzen sich aus Segmenten, die an Currywurstscheiben erinnern sollen, zusammen. Ein Entwurf installiert einen Currywurstgrill unter einer Haube aus Cortenstahl, was auf den ersten Blick so aussieht, als könnten nur Richard-Serra-Currywürste gebraten werden. Es gibt die Idee, aus der Currywurst ein Trendprodukt zu machen, mit Papiertütchen, auf denen «I ♥ Curry» steht. Das ist nicht neu und beschreibt das Verhältnis zur Currywurst eher optimistisch, eine Currywurst wird nicht geliebt, sie wird gegessen. Eine Currywurst wird nie wie Sushi sein. Wer eine oder zwei oder drei Currywürste isst, weiß schon, dass er trinken wird. Oder hat schon getrunken. Wer eine Curry mit oder ohne isst, weiß, dass er etwas zu sich nimmt, das er besser nicht essen sollte. Jede Ernährungsberaterin der Krankenkasse würde abraten. Trotzdem werden Currywürste gegessen. Vielleicht gerade deshalb.

Die Jury des Wettbewerbs vergab nach langer Beratung – zu deren Abschluss man sich nach Auskunft der Galeristin mit Currywürsten stärkte – zwei erste Preise. Die eine Lösung versteckt die Bude in einem verspiegelten Kubus, in dem sich die Hohlform eines Imbissanhängers befindet. Das ist die Bude, die eigentlich nicht mehr da ist. Und deshalb nicht mehr stört. Und daher, so stellt die Grafik des Entwurfs es sich vor, auf dem Pariser Platz stehen könnte, umgebungsgetarnt und adlonkompatibel. Aber, fragt sich der Currywurstesser, wer möchte an einer unsichtbaren Imbissbude essen? Wer findet sie überhaupt? Und was soll ich an einer Bude, die sich nicht mehr traut, Imbissbude zu sein? Muss die Currywurst sich verstecken? Wer schämt sich denn da? Imbissbuden sollen doch, wie Tocotronic in «Meine Freundin und ihr Freund» singen, Orte der Wahrheit und der Geständnisse sein.

Fast alle Entwürfe haben, das fällt auf, die Räder vergessen. Architekten denken eben, wer wollte es ihnen verübeln, eher in Immobilien und weniger an Mobilität. Sie entwerfen lieber Currywursttempel, deren Überreste noch in zweitausend Jahren gefunden werden könnten. Dabei ist die klassische Imbissbude doch meist ein mehr oder weniger verkleideter Anhänger mit improvisierten Vordächern, Windschutzwänden, Werbesonnenschirmen, Stehmöblierung und, wenn überhaupt, Plastikcampingstühlen. Der Imbissbudenbesitzer kann seinen Wagen, wenn es an einem Standort nicht mehr so läuft, auf einen anderen Stellplatz ziehen. Auf einen Wochenmarkt, an den Rand eines Trümmergrundstücks, auf einen Rastplatz an einer Ausfallstraße. Stehen Imbissbuden irgendwo unter Denkmalschutz? Hat das Deutsche Historische Museum eine Currywurstbude komplett mit Langnese- und Coca-Cola-Fähnchen, handgeschriebener Speisenkarte, Dosenbier und eingetrockneten Fritteusenfettspritzern in seiner Sammlung? Es wäre an der Zeit.

Der schönste und ehrlichste Entwurf, zu Recht mit dem zweiten ersten Preis des Currywurstbudenwettbewerbs ausgezeichnet, trägt den schlichtesten Namen. Er nennt sich, gar nicht wortspielbemüht, «Imbiss Erika», und Erika möchte nichts anderes als eine Imbissbude sein. Der Berliner Architekt Markus

Popp hat eine vereinfachte, reduzierte Bude gezeichnet und so einen Archetyp geschaffen, der sein Imbissbudensein nicht verleugnet. Es darf im Mahagonifoliendekor nach Frittierfett riechen. Das gehört dazu.

Vielleicht, die Anzeichen mehren sich, neigt das klassische Zeitalter der Imbissbude sich seinem Ende entgegen. Da, wo es keine Brachen mehr gibt, gibt es auch keine Buden mehr. Am Potsdamer Platz steht keine Currywurstbude, Sony und Daimler erlauben – wieso sollten sie? – in ihrer Privatstadt keine. Heute drücken die hochmobilen und vergleichsweise wenig Kapitaleinsatz erfordernden Grillwalker sich um die U-Bahn-Ausgänge herum. Als Grillwalker ist der Mensch sich seine eigene Bude und steht, so könnte man es aus dem Mund von René Pollesch hören, als Beute mit Bauchladenerlaubnis im verbliebenen öffentlichen Raum. Der Grillwalker schwitzt vorne und friert hinten, und wer da eine Wurst kauft, kann sich nicht mal anlehnen.

2005

Weihnachtlicher Budenzauber

Auf einmal sind sie wieder da, Hüttendörfer, von Tannenbäumen umstellt. Auf dem Gendarmenmarkt, vor dem Roten Rathaus und auf dem Alexanderplatz – Weihnachtsmärkte überall. «Ob-La-Di, Ob-La-Da» dröhnt es durch die Buden, die in langen Reihen neben dem Opernpalais stehen. Aller möglicher Krimskrams hat hier eine Hütte gefunden, jede von ihnen, dies ist der «Nostalgische Weihnachtsmarkt», trägt ein in Fraktur beschriftetes hölzernes Schild. «Kunst aus Peru» und «Chinesisches Kunsthandwerk» werden angeboten, es gibt Objekte aus Mango- und Olivenholz und Holzspielzeug. Dinge aus Holz, diesem vertrauenerweckenden, antimodernen Material, sind überhaupt stark vertreten, dazu alle möglichen Sachen, die gut duften. Seifen und wieder Seifen, gebrannte Mandeln, Düfte in Aromalampen, Bratwürste, Glühwein, Salmiakbonbons, «Kekse wie von Oma», Fettgebackenes, Fetttriefendes und wieder Glühwein. Der Reigen seliger Düfte, der Holzfeuerrauch und der Duft der gerösteten Maronen verraten es: Ein Weihnachtsmarkt ist eine Geruchslandschaft. Oder eine Inszenierung verschiedenster Gerüche, die zu einer Jahreszeit, in der es fast immer dunkel ist, umso intensiver wirken. Weihnachtsmarktbesucher wandeln geruchsgesteuert.

Der 1. Musikzug der Berliner Feuerwehr steht auf einer Bühne, sieben ältere Herren in schmucken dunkelblauen Uniformen spielen Blasmusik. Niemand hört ihnen zu. Am Glühwein-Oktogon sagt ein Schild: «Bei uns können Sie mit Mark bezahlen, Kurs 2 zu 1.» Ach, es ist wirklich ein nostalgischer Weihnachtsmarkt. Noch recht leer hier, von Gewimmel, laut Siegfried Kracauer notwendiger Bestandteil der hölzernen Städte, keine Spur. Ob das an der Terrorwarnung der letzten Woche liegt? Eher nicht. Es regnet, und noch ist November, aber man kann sich, das geht ganz leicht, jeden Weihnachtsmarkt schöntrinken. Am besten in einer Gruppe, nach der Arbeit, mit Kollegen. Nach ein, zwei, drei Bechern Glühwein schmecken die fettesten Würste gut.

Von den hintersten Buden, die sich fast malerisch um die Friedrichswerdersche Kirche gruppieren – eine hat Hundelutscher, Gummi-Schweineschnauzen und Hundebananen im Angebot, eine andere verkauft antiquarische Bücher –, sind es nur ein paar Schritte zum nächsten Weihnachtsmarkt, der sich auf dem Gendarmenmarkt breitgemacht hat. Dort den inneren Bereich zu betreten, kostet einen Euro. Besucher werden von einigen in preußelnde Theateruniformen gekleideten Dreispitzträgern Richtung Kassenhäuschen dirigiert. Innerhalb der Absperrung gibt es – alle Stände sind hübsch beschriftet – «Fairtrade aus dem Königreich Swaziland», «Feine Brüsseler Waffeln» und «Originelles Briefpapier».

Am Tag der Eröffnung steht da ein müde wirkender Regierender Bürgermeister auf der großen Bühne vor Schinkels Schauspielhaus, die Hände leicht resignativ in den Manteltaschen. Neben ihm und einigen vermeintlichen Prominenten hampelt ein Bär mit goldener Pappkrone herum. Der Bär ist natürlich kein echter Bär, sondern eine Person, die in einem braunen Bärenkostüm steckt, sein grobmotorisches Bewegungsrepertoire ähnelt dem des Hertha-Maskottchen Herthinho. Wowereit und der Bär, Hand und Tatze drücken schließlich gemeinsam auf einen roten Knopf, mit dem die über hunderttausend Lichtpunkte im gar nicht so großen Weihnachtsbaum angeschaltet werden. Der Weihnachtsmarkt unter der großen Discokugel im Giebel des Konzerthauses ist eröffnet, und es sind fast so viele

Sicherheitsleute wie Besucher dabei. Die Schatten auf dem Portikus des Konzerthauses sehen für einen Augenblick wie dort postierte Scharfschützen aus – dann aber ist doch zu erkennen, dass es sich um den steinernen Figurenschmuck handelt. Ein weiß gewandeter, von unten angestrahlter Engel schwebt am Ausleger eines Autokrans über den Markt, vom Himmel hoch da winkt er runter, macht Schwimmbewegungen in der Luft und lässt Glitterkonfetti – soll es Schnee sein? – durch den Regen auf den Gendarmenmarkt rieseln. Wie schön.

Vor so viel ernst gemeintem Kitsch kann, wer möchte, in eines der gut geheizten Konsumzelte flüchten. Deren Eingänge werden – niemand soll vergessen, worum es hier eigentlich geht – links und rechts von temporär aufgestellten Geldautomaten flankiert. Das Bargeld soll den Kaufseligen nur ja nicht ausgehen auf der Leistungsschau des Edeltands und der geschmackvollen Dinge, die der Weihnachtsmarkt der besseren Stände bietet.

Ganz anders die Stimmung auf dem Alexanderplatz, einige U-Bahn-Stationen weiter östlich. Auf einer kleinen temporären Eisbahn laufen Kinder im Nieselregen Schlittschuh, wie immer auf Eislaufbahnen zu herrlich schlechter Popmusik. Ein übergewichtiger Sicherheitsmann steht vor einer großen hölzernen Saufhütte, ihre Fensteröffnungen sind mit aus Kunststoffvlies geschnittenen Eiszapfen geschmückt – Zapfen, die im Wind flattern. Hütten und Buden bewalden fast den gesamten Platz, wuchern am Alexa, der Mall im hässlichsten Gebäude Berlins, vorbei, bis hin zum großen Weihnachtsrummel auf dem Pfützenparkplatz an der Alexanderstraße. Dort befindet sich der Weihnachtsmarkt, den Berliner Kinder meinen, wenn sie sagen, sie wollen auf den Weihnachtsmarkt.

Ein kleines Riesenrad lockt, die Losbude «Cesar's Palace» verspricht Plüschgewinne, und die Berg- und Talbahn wurde für diese Wochen in «Weihnachtstanz» umgetauft. Nur zwei Personen fliegen im Star-Flyer, dem Kettenkarussell, das an einem Mast sehr weit hinauf in den Nachthimmel steigt. Und natürlich, beim Blick nach oben wird deutlich: Dieses Fahrgeschäft ist eine ins Gigantische vergrößerte Weihnachtspyramide. Wo sich auf anderen Weihnachtmärkten nur kleine Holzfigürchen drehen, kreisen hier echte Menschen im flackernden Licht unterm Flügelrad.

Die Kirmesattraktionen haben sich kaum verändert: Autoscooter, Entenangeln, Wurfringe, mit Dartpfeilen auf Luftballons werfen. Auf dem Rummel kann einem viel nostalgischer werden als bei den Objekten aus Mango- und Olivenholz am Opernpalais, nach Frittierfett und Glühwein stinkt es auch, und hier gefällt sogar «Jingle Bells», das verzerrt aus den Lautsprechern dröhnt.

Vorweihnachtliche Besinnlichkeitsbeschwörung, Gefühlsduselei und Konsumterror gehören zusammen, ja bedingen einander wahrscheinlich. Der Weihnachtsmarkt ist der Ort, an dem man das Getränk, das zu dieser Gemengelage passt (warmer Fusel), zu sich nimmt und nicht weiter nachdenken will. Vor allem nicht über Terroranschläge. Zugegeben, es trinkt sich ganz gut auf dem Weihnachtsmarkt der Wahl; die Stadt ist groß, es gibt viele. Innerlich gewärmt, fuselbeduselt und daher halb versöhnt lässt es sich aushalten zwischen all den abgeschnittenen Tannenbäumen. Sieht aus, als wäre der Wald zurück in der Stadt.

2010

Der Stechlin

Ortstermin an einem See im Wald im Norden von Berlin, für den Theodor Fontane in seinem letzten Roman ein Vulkan-Fernmeldesystem erfunden hat. Wenn «es weit draußen in der Welt, sei's auf Island, sei's auf Java zu rollen und zu grollen beginnt oder gar der Aschenregen der hawaiischen Vulkane bis weit auf die Südsee hinausgetrieben wird», soll es am Stechlinsee lebendig werden. «Dann regt sich's auch hier, und ein Wasserstrahl springt auf und sinkt wieder in die Tiefe.» Wie sieht es aus an diesem geheimnisvollen See an einem Tag im April im Jahr der Beben 2010?

Alles still hier. Kein Mensch zu sehen. Fontane hat recht, «kein Kahn zieht seine Furchen, kein Vogel singt». Doch halt, ich höre einen Kuckuck, später einen Specht. Zwei Windstärken und kleine Wellen begrüßen mich am See, der noch immer, wie vor über einem Jahrhundert beschrieben, daliegt, «rundum von alten Buchen eingefasst, deren Zweige, von ihrer eignen Schwere nach unten gezogen, den See mit ihrer Spitze berühren». An einigen Stellen sind heute ganze Stämme ins Wasser gesunken, das, immer in Bewegung, ans Ufer schlägt, als wollte es mit seinem beständigen Gluckern etwas erzählen. Höre ich es nicht schon brodeln? Höre ich den Eyjafjallajökull?

Tief ist der Stechlinsee. Tiefer als alle anderen Seen Norddeutschlands. Trotzdem, er ist kein Vulkansee, kein Maar, sondern bloß ein aus einem abgetauten Toteisblock entstandener Eiszeitsee. Still und tief und klar ruht er da. Klar, aber nicht so klar, dass der Grund des Sees, eine Melusine, eine Undine oder ein kleiner Wassermann zu sehen wären, die bestimmt, ich bin mir sicher, da unten wohnen, in neunundsechzig Meter Tiefe. Vielleicht schwimmt da unten auch ein sehr alter Karpfen. Einer, der schon schwamm, als Fontane hier am Ufer saß und sich seinen Roman mit der Vulkan-Fernmelde ausdachte.

Der See ist Medium, der See ist Orakel. Das System des kommunizierenden Vulkanismus ist Fontanes Metapher für die neuen Medien der späten Kaiserzeit, die – wie sein Stechlinsee – anzeigen, was anderswo geschieht. Auffallend oft ist auf den ersten Seiten des Romans von Zeitungen, Telegrammen und vom Telefonieren die Rede. Der Vulkanismus, der im Buch so oft auftaucht, obwohl es doch größtenteils in der geologisch sehr unvulkanischen Mark Brandenburg spielt, liefert auch ein Bild für die Veränderung der preußisch-wilhelminischen Gesellschaft. In der unter der alten, hier und da schon brüchigen Schale das soziale Magma brodelt. Fontane ahnt das nicht bloß, er zeichnet es in seinem politischsten Roman genau auf. Seitenlang werden Gespräche über die Armee, den Adel, die Kirche und die Sozialdemokratie geführt.

«Und ich weiß auch, daß man einen Ausbruch erwartet. Vielleicht erleben wir's noch», sagt Woldemar, der junge Herr von Stechlin, im vorletzten Kapitel, da ist er mit seiner Frau auf Hochzeitsreise in Italien. Von Capri aus betrachtet das Paar den Vesuv. «Das wäre herrlich», meint die Gemahlin, und man möchte den beiden zurufen: Ja, ihr werdet ihn noch erleben, den großen Ausbruch. Nur noch anderthalb Jahrzehnte, dann bricht euer Erster Weltkrieg aus – und nachher wird alles ganz, ganz anders sein.

Ich sitze auf einem Baumstamm, der halb im Wasser liegt. Regt sich da etwas unten im See? Ein kleiner Wassermann? Doch ein Karpfen? Ein Karpfen, natürlich aus dem eigenen Gewässer, wird während des ersten Abendmahls des Romans verspeist. Der junge Woldemar von Stechlin und seine beiden

Regimentskameraden Rex und Czako sind von Berlin zum See geritten, um den alten Dubslav von Stechlin an seinem Gestade zu besuchen. Und wie es sich für ein Abendmahl gehört, gibt Fontane dem Leser zum Abendmahl auch ein Gleichnis. Ein Karpfengleichnis. Als der Fisch auf dem Teller liegt, fragt Regimentskamerad Czako, «welche Revolutionen an diesem hervorragenden Exemplar seiner Gattung wohl schon vorrübergegangen sind». Er taxiert den Karpfen auf hundertfünfzig Jahre und vermutet, er habe «als Jüngling die Lissabonner Aktion [gemeint ist das Erdbeben] und als Urgreis den neuerlichen Ausbruch des Krakatowa mitgemacht». Wie aber, fragt er sich nun, hat er wohl all die Umwälzungen, das Tosen und das Brausen im See überlebt? Der alte Stechlin gibt eine einfache Erklärung: Der Karpfen sei dumm und also eigentlich schlau, er vergrabe sich im Schlamm und überlebe so jede Revolution. Ein wenig klingt das so, als spräche Dubslav da über sich selbst und über all das, wofür er steht.

Der Roman weiß die Stelle, an der das Gewässer Kontakt mit anderen Vulkanen aufnimmt, genau zu bezeichnen: «Nun, von der Steinbank aus keine zwei Bootslängen in den See hinein, da haben Sie die Stelle, die, wenn's sein muss, mit Java telefoniert», heißt es, als der Besuch herumgeführt wird. Telefoniert? Ich ziehe mein Telefon aus der Manteltasche und schaue die neuesten Bilder vom Eyjafjallajökull an. Vielleicht sagt der See mir gleich, ob sein großer Bruder bald ausbricht? Ich hätte, das fällt mir jetzt ein, als ich es in der Hand halte, den «Stechlin» auf meinem Telefon lesen können. Das dicke Buch – ein antiquarisch erstandenes Exemplar der alten Aufbau-Ausgabe von 1984 – hätte ich gar nicht mitschleppen müssen, der Text steht frei im Netz. Was der alte Dubslav, der nicht mal Telegramme leiden konnte, dazu gesagt hätte?

Ich sitze am See und lese auf meinem Telefon, aber der See

ruft nicht an. Er scheint heute nicht zu telefonieren. Morgen wieder? Übermorgen? Die erste Stechmücke des Jahres setzt sich auf meine Hand, und die Sonne malt helle Flecken auf den Waldboden mit den braunen Blättern vom letzten Jahr. Der Wald selbst ist noch fast farblos, die Knospen der Buchen sind noch nicht aufgegangen. Ich schaue aufs Wasser, ich halte weiter Ausschau. Und stelle mir die alte Frage, welche Farbe das Wasser eigentlich hat. Hier ist es grün, dann grau, dazwischen graublau, rauchgrau, dann tintig, dann flaschengrün wie die Flaschen, die früher in den Glashütten der Gegend hergestellt wurden. Auch das weiß ich von Fontane, aus seinem «Stechlin».

Immer noch kein Mensch, nirgends. Und viele waren noch nicht da dieses Jahr. Auf dem Uferpfad haben Bucheckern gekeimt, kleine Baby-Buchen strecken sich durchs Laub. Alt werden sie da nicht werden. Ab und an, es wird fast ein wenig unheimlich, hört es sich so an, als ginge einer hinter mir. Ist da jemand? Herr Fontane? Herr Stechlin? Ich drehe mich um, niemand zu sehen. Wieder war es nur eine Welle, die mit einem saugenden Geräusch an die Uferböschung geschlagen hat.

In der nächsten Bucht frischt es auf, der Wind geht plötzlich mit vier, dann mit fünf Beaufort, ein Tosen hebt an, die Wellen teilen sich, ich sehe den Wasserstrahl, der Vulkan ruft an – ja, doch, ach, nein. Ich habe mich getäuscht. Kein Geysir im Stechlinsee, es ist nur der schlanke Turm des stillgelegten Kernkraftwerks Rheinsberg, die Atomruine der DDR, die über den Hügel ragt. Die ist der Überrest einer anderen Geschichte, von der weder Fontane noch sein Dubslav etwas ahnen konnten. Der Schlamm, in dem die großen Fische sich verstecken, ist heute schwach radioaktiv verseucht. Der alte Fontanekarpfen, wenn er denn noch da unten schwimmt, wird das hoffentlich überleben.

2010

Scherben

Zum unverzichtbaren Accessoire vieler junger und nicht mehr so junger Menschen dieser Stadt gehört die Bierflasche. Tagsüber, abends, unter der Woche, am Wochenende, auf der Straße und im Park – das Bier to go ist überall dabei. Leere Flaschen stehen bald im Rinnstein oder zerbrechen, bevor die Pfandsammler kommen. Seit es keine Bierdosen mehr gibt, liegen überall Scherben. Deren Häufigkeit auf den Gehwegen ist mittlerweile ein Indikator für die Beliebtheit eines Viertels, weshalb sogenannte Szeneviertel heute auch Glasscherbenviertel heißen könnten – eine Bezeichnung, die vor dem Krieg sozialisierte Menschen sonst für anrüchige, heruntergekommene Gegenden verwenden – und nicht für solche, in deren letzte Lücken nun Loft- und Townhäuser gequetscht werden. Die vielen Scherben, das hat ein Mann mit poetischem Geschäftssinn erkannt, sind heute symbolisches Kapital. Mit einer großen Tüte steht er hin und wieder auf der Kastanienallee und verkauft sie. Ganz besonders schöne, sagt er. Gegen das Licht gehalten leuchten sie smaragdgrün. Nur ein Euro das Stück.

2008

Die neue Rostlaube

Die FU ist eines der wichtigsten Gebäude des 20. Jahrhunderts», war kürzlich in der einflussreichsten deutschen Architekturzeitschrift zu lesen. Tatsächlich? Nach den wichtigsten Gebäuden des 20. Jahrhunderts befragt, wären mir lange andere eingefallen, bevor ich auf die Rostlaube gekommen wäre. Obwohl ich selbst ein paar Jahre dort verbracht habe. Oder liegt es vielleicht gerade daran? Zeit also, wieder einmal nach Dahlem zu fahren und die Freie Universität zu besuchen.

Wer die Rostlaube heute betritt, bewegt sich durch ein geklontes Gebäude. Alles wie immer, nur noch nicht benutzt. Keine Kritzeleien, und die festgeschraubten Drahtgitterbänke sind frisch lackiert. Alles neu, als hätte hier kein Zahn der Zeit genagt. Träume ich? Habe ich das alles nicht viel heruntergekommener gekannt? Was ist geschehen? Die Rostlaube ist wiederauferstanden, Reichstagsarchitekt Sir Norman Foster hat sie grundsaniert. Hat sie demontiert und ohne ihre berühmte Rostfassade wiederaufgebaut. Sie hat nun eine Außenhaut aus dunkler Baubronze, wie sie in Westdeutschland an vielen älteren Commerzbank-Gebäuden zu sehen ist. Mit der Zeit wird sie sich verfärben, natürlich patinieren, wie es heißt, aber nicht rosten, wie der Cortenstahl, aus dem sie zuvor bestand.

Der Entwurf der Architekten Candilis, Josic und Woods von 1963 war ein architektonisches Versprechen: Er richtete sich gegen die wuchtigen, in die Höhe stapelnden Großstrukturen der sechziger Jahre. Die FU sollte flach sein und offen, mit vielen Durchwegungen. Das Gebäude hat sanft ansteigende Rampen und überall Glas. Immer bewundert: die gebogenen, über Eck reichenden Fenster. Shadrach Woods wollte ein polyzentrisches Gebilde; die Struktur aus Instituten, Hörsälen, Seminarräumen, Straßen, Gängen und Wegen sollte Studenten und Professoren in einen permanenten Austausch bringen. Einen «wirkungsgierigen Grundriss» nennt das die Zeitschrift Bauwelt, die das Gebäude heute so bewundert. Einen Grundriss, der eine offene, horizontal organisierte Stadtgesellschaft ermöglichen und gleichzeitig symbolisieren soll. Die romantischen Vorbilder, an heißen Sommertagen von einer der vielen Flachdachterrassen vielleicht fern am Horizont sichtbar, waren die arabische Kasbah, das rechteckige Raster der Stadt Aigues-Mortes in der Camargue und der noch mittelalterlich geprägte Straßenzug von Paris, in dem sich das Büro der Architekten befand.

Es war eine internationale Sensation, als das Land Berlin beschloss, diesen Entwurf zu bauen. Der «Universitäts-Teppich», wie das Großgebilde damals genannt wurde, sollte sich tatsächlich über das Dahlemer Ostbaugelände legen. Im Juni 1967 wurden die ersten Bäume gefällt, im Februar 1973, nach fünfjähriger Bauzeit, zehn Jahre nach dem Entwurf, war der erste Abschnitt fertig und wurde sofort Rostlaube getauft. «Cortenstahl hat die Eigenschaft, eine wartungsfreie Rostschicht zu bilden. Reparaturen entfallen für immer», hieß es. «Nach etwa drei Jahren – das wird 1974 der Fall sein – ist der Korrosionsprozess beendet und auch der gewünschte Farbton vorhanden. So jedenfalls wird es von den Architekten behauptet.» Die leichte Skepsis, die da mitklingt, erscheint im Nachhinein berechtigt, denn der Korrosionsprozess war 1974 keineswegs beendet. Der Korrosionsprozess hat nie aufgehört. Die Cortenstahl-Platten haben nicht, wie gedacht, Jahrhunderte gehalten, sie sind einfach durchgerostet. Und wo Gebäudeteile noch das originale Fassadenkleid tragen, rosten sie weiter.

Dabei war die Idee so gut. Die feingliedrige, nach dem Modulor-Maßsystem von Le Corbusier gestaltete Fassade konnte mit variablen Elementen gefüllt werden. Mit Fenstern, Glaseinsätzen oder den berühmten «Bücherbuchten». Die Dienstzimmer der Professoren wirkten wie kleine Raumstationen, was manche Hochschullehrer mit Biedermeiersofas zu konterkarieren versuchten. Theoretisch hätte jeder zur Ratsche greifen und Wandelemente nach seinen Wünschen demontieren können, alles war flexibel und offen für Veränderung. Theoretisch war es ein tolles Gebäude – bis die Fassade durchrostete, weil etwas mit dem Geheimrezept, nach dem Thyssen den Spezialstahl kochte, nicht stimmte. Und dann wurde festgestellt, dass in der Rostlaube einige Tonnen Asbest steckten. Ende 1990 wurden Rost- und Silberlaube für Monate geschlossen, Decken und Wände wurden abgeklebt – und als sie wieder öffneten, standen überall an Märklin-Metallbau erinnernde Lochblechstützen im Weg. Der erste «Dahlemer Fenstersturz» lag da schon fast eineinhalb Jahrzehnte zurück: Beim Öffnen eines Fensterflügels war ein ganzes Fenster mit Rahmen aus der Halterung gebrochen. Interne Rundschreiben gaben von da an Anweisungen zur «Vermeidung von Unfällen beim Öffnen der Fenster». Bereits im Oktober 1976 wies ein Gutachten der Bundesanstalt für Materialprüfung darauf hin, dass eine neue Fassade nötig sei. Und schwups, schon heute, nur neunundzwanzig Jahre später, hängt sie da, die neue Fassade.

Auf dem neuen, flammenroten Teppich schreite ich durch den K-Gang, alles wirkt erleuchtet. Und ich möchte mich nicht daran erinnern, dass es während der frühen neunziger Jahre Konsens war, ja zum guten Ton gehörte, dieses Gebäude grausam, ja misslungen zu finden. Jeden Müdigkeitsanfall schob man auf diese gebaute Unmenschlichkeit, jedes Husten auf Asbest. Dieses unübersichtliche Gebäude war an allem schuld.

Dabei bot es ein realistisches Abbild der Zustände an deutschen Universitäten: heruntergekommen, unterfinanziert, überlastet, überfüllt. Verziert oder verunstaltet – das konnte jeder für sich entscheiden – durch die während der Streiksemester angebrachten Wandmalereien. Eines Morgens, als wieder einmal eine Besetzung des Gebäudes befürchtet worden war, waren die originalen Griffe an den Türen zum K-Gang, die sich mit Fahrradschlössern so leicht verbarrikadieren ließen, durch billigste Baumarkt-Plastikgriffe ersetzt. Das sah entsetzlich aus. Und beleidigte von da an jeden Tag aufs Neue.

Der von den Architekten erhoffte Austausch mit den Ureinwohnern fand kaum statt. Die Nachbarn in ihren Villen deuteten die vielen Türen in der Stahlfassade nicht als romantische Seitenportale einer südfranzösischen Stadtumfriedung. Sie kamen eher selten zum Wissensbummel auf die J-, K- oder L-Straße. Die Anziehungskraft der rues corridors wurde überschätzt, dem künstlichen Straßennetz fehlt eine zusätzliche Funktion: Es gibt keine Geschäfte. Erst die von den Studenten selbst betriebenen Cafés – der berühmte Rosa Salon und das Frauen- und Lesbencafé Furiosa – brachten Belebung. Dahlemer Witwen waren trotzdem nicht oft zu sehen. Stattdessen gründete sich, aber das geschah bereits 1975, eine Bürgerinitiative namens «Bürger gegen die Zerstörung Dahlems» und protestierte gegen einen weiteren Ausbau der Universität und die weitere Wohnraum-, das heißt Villenzweckentfremdung durch universitäre Nutzung.

Was ist denn da gelandet, frage ich mich wieder in der Gegenwart den K-Gang entlangspazierend. Steht da ein großes Gewächshaus? Ein sanft silbrig-weißes Etwas wölbt sich über die Flachdächer. «Das ist die neue Bibliothek», erklärt mir eine gut informierte Erstsemesterin.

Das Büro des Meisters Foster hat nicht nur die denkmalpflegerische Sanierung der Rostlaube geleitet, sondern mitten in den Universitäts-Teppich von Shadrach Woods ein großes Ei gelegt, in dem elf ehemals getrennte Fachbereichsbibliotheken vereinigt sind.

Während die Architekten einen Bau auf dem Parkplatz der Rostlaube befürworteten, wollte die FU eine Bibliothek innerhalb der bestehenden Bebauung. Nun liegt sie da, in einem der Höfe zwischen den Erschließungsstraßen, ungefähr dort, wo sich einmal die Bibliothek der Historiker befand. Der Neubau sollte nicht zu weit über die bestehende Bebauung hinausragen, also begann das Büro zu morphen. Die Gebäudehöhe wurde reduziert, die Lufträume minimiert. Aus dem ursprünglich passgenau und rechteckig eingesetzten, hoch aufragenden Entwurf wurde dieses große, wie angelutscht und ausgespuckt daliegende Bonbon. Andere kursierende Architekturmetaphern: Käfer, Ei, Kellerassel. Der Präsident der FU aber spricht lieber vom «Gehirn der FU», neudeutsch: «Brain».

Innen ist der Wille zur Kompaktheit deutlich spürbar. Es ist schön, schön neu, aber sehr eng. Die Hülle ist keine lichte, luftige Kuppel, sondern eine bis an den Rand mit Regalen und Leseplätzen vollgepackte Membran. Siebenhunderttausend Bücher stehen wie unter weißer Frischhaltefolie. Noch arbeitet das Hirn nur im Testbetrieb, aber ich laufe schon mal vorbei an Properz und Vergil bis zu den Dilthey-Jahrbüchern. Die Sprinkleranlage hängt frei unter der Decke, die tragenden Säulen sind aus glattem, geschliffenem, sich ganz weich anfassendem Beton. Die Farbtöne Hellgrau, Grau, Rauchgrau und Grauweiß herrschen vor. Kaum ein Leser – die meisten von ihnen sind Leserinnen – ist ohne Computer gekommen, ein Tastenwispern durchzieht den Raum, und in der sogenannten Leselounge, ganz oben, dem Folienhimmel ganz nah, liegen abgestreifte Ballerinas neben roten Retro-Sesseln. Und was sagen die Nutzer? Die zukünftigen

Philologinnen, Deutschlehrerinnen und Übersetzer? Sie sagen: «Ja, aber ...»

«Es sieht aus wie ein Parkhaus, ziemlich kalt», hat jemand in das ausliegende Gästebuch geschrieben. Eine junge Frau, sie promoviert über mittellateinische Heiligenviten, bemängelt die Anordnung der Leseplätze: «Sieht zwar schön aus, aber immer sitzt man mit dem Rücken zum Raum und zur Bewegung. Wer viel in Bibliotheken sitzt, weiß, wie sehr das stören kann.»

«Ein paar Pflanzen wären schön», meint eine andere, ältere Leserin.

«Wieso Pflanzen? Pflanzen wachsen doch draußen», widerspricht ein männlicher Student.

Praktische Beschwerden überwiegen ästhetische Bedenken. Im Gebäude ist es schlicht zu laut. Und es gibt keine Schleuse zum K-Gang, immer wenn die Tür zu dieser Hauptstraße der Rostlaube sich öffnet, schwappt der Lärm herein. «Das Lichtwunder ist auch ein Lärmwunder», sagt eine Komparatistin, die der verlorenen Institutsvilla am Hüttenweg hinterhertrauert. Im Keller des Hirns sei es unaushaltbar kalt, während es oben, unter dem Dach, stickig sei.

Tja. Vielleicht funktioniert es noch nicht so gut, das Super-Energiesparprogramm dieses Bücherkäfers, der sich halb eingraben musste, damit er die Rostlaube nicht überragt. Man darf gespannt sein, wie das von Termitenbauten abgeschaute Lüftungssystem – im Sommer soll kühle Luft von der Schattenseite durchs Gebäude wehen – arbeiten wird.

In den neunziger Jahren hätte ich über den Satz, die Rostlaube sei eines der wichtigsten Gebäude des Jahrhunderts, wahrscheinlich gelacht. Dabei war sie, wenn sie nicht gerade wegen Asbest gesperrt war, ein sympathisch-unpathetisches Gebäude. Bin ich noch drinnen oder schon wieder draußen? Das Kommen und Gehen ging und geht immer ganz unauffällig. Und sie liegt so hübsch zwischen den verbliebenen Obstbäumen, die Rostlaube, umwuchert von Brombeerranken. Von denen sich, das ist jedes Jahr so, einige Wochen vor Beginn des Wintersemesters die reifen Beeren pflücken lassen.

2005

Treffpunkt Weltzeituhr

Wir sind an der Weltzeituhr verabredet. Auf dem Alexanderplatz. Um sieben Uhr, ich bin ein wenig früher da. Treffpunkt Weltzeituhr? War das nicht der Titel eines Jugendbuchs, das mir etwas über die DDR erzählen wollte? Anfang der achtziger Jahre, als es aussah, als würde es auf immer und ewig zwei deutsche Staaten geben?

Ich stehe unter diesem sich drehenden Metallpilz mit Drahthaarteil und warte. Wir sind nicht die Einzigen, die sich hier verabredet haben, das Warten ist den anderen Wartenden anzusehen. Ich hoffe, sie warten nicht alle auf dich.

Jemand kommt, zwei gehen zusammen, andere tröpfeln heran und fließen fort. Sieht aus, als ob die Weltzeituhr atmen würde. Und wenn, überlege ich, eine mit einem geht, mit dem sie gar nicht verabredet war? Was, wenn hier eine Lebenstauschstelle wäre, wo, wer möchte, mit einer oder einem anderen fortgehen kann, in eine andere Wohnung, in einen anderen Bezirk? Um Punkt sieben verliere ich die Übersicht, kurz darauf wird es ruhiger.

Dann kommst du.

2011

Füchse auf der Pfaueninsel

Es empfängt uns wirklich gleich ein Pfau. Er ist an die Anlegestelle der Fähre gekommen. Um uns abzuholen, wie es scheint. Die Insel heißt nicht nur so, Pfaue wohnen tatsächlich dort. Und das schon seit 1795. Damals kaufte der König die Pfaueninsel vom Landgut Sakrow.

Wir kommen vom Festland, das nur einen Steinwurf entfernt liegt, die Fähre ist kaum länger als eine Minute unterwegs. Wir sind gelandet und fühlen uns gleich ganz anders. Und folgen dem Pfau. Seine Schwanzfedernaugen führen uns auf die große Wiese, Richtung Schloss, hier und da pickt der Vogel nach Insekten, versucht sogar, einen Schmetterling zu erhaschen – doch der ist schneller. Der Pfau, seine Futtersuche lässt ihn gleich weniger königlich wirken, gibt ein Tempo vor, dem wir gut folgen können. Zu schnell sollten wir sowieso nicht unterwegs sein. Die Insel ist nur zwölfhundert Meter lang und fünfhundert Meter breit.

Wir folgen unserem Pfau, der große, beängstigend große Krallen und leicht zerzauste Schwanzfedern hat. Immer schön auf den Wegen bleiben, sagen die Schilder. Unser Pfau hält sich nicht daran. Wir folgen ihm so weit wir dürfen und schauen interessiert auf Bäume und Pflanzen. Und tun so, als erkennten wir sie. Wir schauen auf sanft gerundet geführte Wege und die Sichtachsen entlang, wir bewundern den romantischen Landschaftsgarten und murmeln immer wieder: «Lenné, Lenné, Peter Joseph Lenné, 1789 bis 1866.» Unser Pfau horcht auf.

Die Insel, ein Eiszeitüberbleibsel im Urstromtal der Havel, hieß nicht immer Pfaueninsel. Bevor König Friedrich Wilhelm II. sie erwarb, wurde sie Kaninchenwerder genannt und war ein verwildertes Eiland mit interessanter Vergangenheit. Zur Zeit des Großen Kurfürsten hatte sie sich im Besitz des Alchemisten und Schwarzkünstlers Johann Kunkel befunden, der eine geheime Versuchsanstalt betrieb. Gold zu machen ist ihm wohl nicht gelungen, er wurde aber durch die Herstellung von Rubinglas berühmt. Zuletzt jedoch, im Mai 1689, brannte sein Labor bis auf die Grundmauern nieder. Nur mit viel Phantasie lassen sich Reste seiner Glasgruben im Wald ausmachen.

Der Pfau, der vor uns spaziert, pickt auf, was er finden kann. Für uns gibt es kein Restaurant, kein Café, keinen Kiosk auf der Insel. Die Pfaueninsel ist eine Asketeninsel mit dem von vielen Abbildungen bekannten Lustschlösschen, einer Meierei, einem Schafstall, einer historischen achteckigen Voliere und einem «Kavaliershaus», das Karl Friedrich Schinkel um die importierte Originalfassade eines Danziger Patrizierhauses aus dem 16. Jahrhundert herumbaute.

Wir spazieren weiter, und es kommt uns vor, als ob der Pfau uns erzählte, wie es mit der Insel weiterging. 1801 bekam König Friedrich Wilhelm III. sechs schlesische und acht ungarische Schafe nebst zwei Büffeln zum Geburtstag geschenkt. Bald kamen bengalische Hirsche und chinesische Schweine hinzu. Um das Schloss herum entstanden Käfige und Volieren, die Insel wurde zu einer «ornamental farm» nach englischem Vorbild. Und der Tiere wurden immer mehr. Legationsrat Varnhagen von Ense erwarb 1819 drei Mungos, einen Waschbären und zwei Graue Riesenkängurus. 1821 kamen sieben Affen, ein Nasenbär und ein brasilianisches Schwein hinzu. Und nachdem Friedrich Wilhelm III. auf einer Bildungsreise den Jardin de Plantes in Paris gesehen hatte, wollte er seine Pfaueninsel entsprechend umgestaltet haben, Lenné baute ihm die erforderlichen «Menagerie-Gebäude» und «Thier-Wohnungen» im, wie Lenné selbst es nannte, «rustikalen Stil». Ein Adlerhaus, ein Affenhaus, einen Stall für Kängurus, ein Haus für Wölfe und Füchse, Volieren für Vögel, ein Wasservogelhaus und ein Maschinenhaus wurden errichtet. Später kam eine Bärengrube mit einem Kletterbaum hinzu. Die Berliner waren begeistert und kamen in Scharen. «Eine Fahrt nach der Pfaueninsel galt den Berlinern als das schönste Familienfest des Jahres, und die Jugend fühlte sich überaus glücklich, die munteren Sprünge der Affen, die drollige Plumpheit der Bären, das seltsame Hüpfen der Kängurus hier zu sehen. Die tropischen Gewächse wurden mit manchem Ach! des Entzückens bewundert. Man träumte, in Indien zu sein», hieß es rückblickend im Jahre 1854. Da war der Zoologische Garten eröffnet und die letzten Pfaueninseltiere waren dorthin übersiedelt worden. Aber wer weiß: Vielleicht verstecken sich heute noch Nachfahren der Schildkröten, die 1836 hier ankamen, im Schilf der Havel? Ist sie vielleicht zur seltenen Havelschildkröte mutiert? Zur preußischen Panzerkröte? Und was ist mit dem Reh vom Mississippi? Streift das nicht vielleicht doch noch durchs Gehölz?

Auf der ganzen Insel stehen circa vierhundert uralte Eichen, Baumruinen, die alle so aussehen, als hätte jemand sie aus einem Gemälde von Caspar David Friedrich geschnitten und hier ans Ufer geklebt. Sie sind so knorrig, dass sie künstlich wirken. Bei einigen Baumriesen klopfen wir gegen die Rinde. Obwohl wir das gar nicht dürften, denn dazu mussten wir den Weg zwei oder drei Meter verlassen. Leider öffnen uns kein Wald- und kein Inselgeist.

Anfang der 1830er-Jahre kommt Carl Blechen auf die Insel, bezeichnenderweise malt er keine alten Bäume, sondern das später abgebrannte Palmenhaus von Schadow, einen kleinen Glaspalast. Dieses Palmenhaus, damals eines der modernsten Gebäude der Welt, versetzte seine Besucher in einen Tagtraum.

Hier träumte Preußen. Und die Pfaueninsel, es dämmert uns, muss Preußens Tropical Island gewesen sein. Was heute in der ehemaligen Cargolifter-Halle draußen in der Brandenburgischen Wüste aufgeführt wird, wurde seinerzeit hier inszeniert: mit Springbrunnen, einem kurzen, künstlichen Gebirgsbach, Volieren und atemberaubenden Freigehegen.

Die Aquarellisten, die heute, an einem Spätsommernachmittag, auf Falthockern vor einem besonders pittoresken Baumriesenrest sitzen, fallen malerisch weit hinter Blechen zurück. Der Pfau, als wüsste er das, stolziert an ihnen vorbei. Er interessiert sich auch nicht für die Nachrichten, die frühere Besucher in einigen jüngeren Buchen hinterlassen haben. Wir lesen «H. R. 1975» und entdecken die sehr schön geschwungenen Initialen «F. G.», das G hat eine sehr ausgeprägte, altmodische Unterlänge, eingeritzt am «23. 3. 53». Und ob «Wolfgang + Elke 5. 5. 79» noch zusammen sind?

Wir finden nichts zu essen, denn die Brombeeren sind noch nicht reif. Aber wie wir wissen, hat der preußische Asketismus hier Tradition. Das Hofmarschallamt in Berlin gab am 4. Mai 1821 bekannt: «Es wird hierdurch zur öffentlichen Kenntnis gebracht, dass jetzt die Königliche Pfaueninsel nur an drei Tagen in der Woche, und zwar am Dienstag, Mittwoch und Donnerstag, besucht werden kann. Speisen und Getränke können dort weder für Geld gefordert noch mitgebracht und verzehrt werden.»

Wir bewegen uns auf dem Boden eines historischen Ausflugsziels. Die Pfaueninsel mit ihren exotischen Tieren und einer «Russischen Rutschbahn» war die Top-Destination ihrer Zeit, Besucher kamen mit Kutschen und Kremsern, bis zu sechstausend Personen sollen gleichzeitig auf der Insel gewesen sein. Später gab es die Eisenbahn zwischen Berlin und Potsdam und an Besuchstagen Sonderzüge. Zeitweilig soll der Andrang so groß gewesen sein, dass an den Landungsbrücken sechs Gendarmen damit beschäftigt waren, die Ordnung aufrechtzuerhalten.

Ganz so hoch her geht es nicht mehr. Heute kommt man mit dem Auto oder dem Bus oder radelt durch den Wald – Fahrräder dürfen nicht mit auf die Insel, Hunde ebenfalls nicht. Und Rauchen ist nicht erlaubt. Hundehasser, Tabakprohibitionisten und Menschen, denen Fahrradfahrer auf die Nerven gehen, haben also die Insel ihres Glücks gefunden. Wochen werden sie hier allerdings nicht verbringen können. Es gibt ja – es sei denn, man verwandelte sich in einen Pfau oder einen Fuchs – keine Übernachtungsmöglichkeiten. Und nichts zu essen.

Wir setzen uns auf eine der Bänke am Wegesrand, Steinbänke und grün gestrichene Gartenbänke aus Holz stehen zur Auswahl. Was machen wir auf dieser Insel? Wir schauen auf den See, sprich: die Havel. Wir schauen auf das gegenüberliegende Ufer, schauen nach Kladow und nach Glienicke und sagen noch heute: Dort war früher Osten, DDR. Da lagen diese kleinen roten Tonnen im Wasser, auf denen mehr gepinselt als aufgedruckt «Halt Hier Staatsgrenze» geschrieben stand. War man mit dem Boot auf der Havel unterwegs, hieß es spätestens dann zu wenden. Wir schauen auf die Havelhöhen, wir schauen auf die Geschichte. Auf die Kirche St. Peter und Paul mit ihrem russischen Zwiebelturm, auf den Wannsee-Fernmeldeturm, aufs Wasser, wir sehen den Booten zu.

Da kommt ein Fuchs, der Pfau ist verschwunden, und sagt Guten Tag. Es gibt zwei sehr zutrauliche Füchse auf der Insel. Einen jüngeren, sehr schlank, und einen älteren, zotteligen. Beide sind so unerschrocken, dass Besucher gezwungen sind, sich an die Grundschulwarnung vor tollwütigen Füchsen zu erinnern. Hier aber ist es wohl einfach so, dass der Fuchs sich an den hier jeden Tag aufrecht spazierenden Menschen gewöhnt hat. Was bleibt ihm anderes übrig? Der junge Fuchs hat einen lustigen, hoppelnden Gang, als wüsste er, dass die Insel einmal Kaninchenwerder hieß. Er setzt sich vor einen Baum am Weg und schaut uns zu. Und wir schauen dem Fuchs zu, weil wir Spaziergänger uns über einen Fuchs freuen. Gegenseitige Beobachtung, wobei Staunen und Bewunderung auf Menschenseite überwiegen. Der Fuchs, so scheint es, ist es gewohnt, angeglotzt zu werden. Er zelebriert seinen Auftritt, er weiß, er ist ein Star.

Was können wir noch tun? Dem Flispern der Blätter zuhören. Hören, wie der Wind durch die Blätter geht. Die Wellen hören. Auf den Schilfgürtel schauen. Den Havelgeruch halten wir gerade noch aus, denn gegen Ende des Sommers, bei starkem Algenwuchs, riecht es schon mal sonderbar. Wir können das Pfaueninselschloss besichtigen, das Friedrich Wilhelm II. sich zwischen 1794 und 1799 von seinem Hofzimmermeister Johann Gottlieb Brendel nach Vorbildern englischer Stiche bauen ließ. Mit zwei Türmchen, die erst mit einer hölzernen, später mit einer eisernen Brücke verbunden wurden. Die mit Eichenbohlen verkleidete Holzkonstruktion ist im Grunde eine riesige Gartenlaube. Eine Attrappe. Der gesandelte Ölfarbenanstrich und aufgemalte Fugen sollen uns denken lassen, die Fassade sei aus massiven Steinquadern erbaut. Ist es nicht komisch, dass von all den großen, steinernen preußischen Schlössern ausgerechnet die Gartenlaube des Hofzimmermeisters die Zeitläufe so unversehrt überstanden und seine Originalausstattung behalten hat? Vielleicht weil das Schlösschen von Anfang an so getan hat, als wäre es eine Ruine. Der preußische Traum von Arkadien wurde jedenfalls sparsam und aus Holz verwirklicht – hat aber, welche Freude, gehalten.

Um neun Uhr abends geht die letzte Fähre. Danach fangen die Füchse an, mit den Pfauen zu tanzen. Heißt es. Und die Insel beginnt, sich zu erinnern. An die königlichen Feste, die sie erlebt hat. An die Preußenkönige. Und an das letzte großpompöse

Tamtam, die «Italienische Nacht», die Goebbels hier anlässlich der Olympischen Spiele 1936 veranstalten ließ, alle Botschafter und die Söhne Mussolinis waren zu Gast, Heinrich Himmler soll es auch sehr gefallen haben. Nur das Feuerwerk soll etwas zu bombastisch ausgefallen sein, die empfindsamen französischen und amerikanischen Gäste sollen befürchtet haben, der Krieg sei ausgebrochen.

Zwei amerikanische Preußenforscher, Norton und Elaine Wise, nennen die Insel ein «paradiesisch-exotisches Palimpsest aufeinanderfolgender Inszenierung königlicher Herrschaft». Ja, die Pfaueninsel lässt sich als Bühne des preußischen Königreichs verstehen. Hier inszenierte der moderne Staat sich mit einem tropischen Palmenhaus, mit dampfmaschinengetriebenem Springbrunnen, Menagerien und botanischen Besonderheiten. Den zahmen Fuchs, der neben uns sitzt, interessiert das nicht. Ihn kümmert es nicht, dass er in einem Museum lebt.

Der Pfau, er ist auf einmal wieder da, will am Ende bei uns bleiben und mit aufs Festland hinüber, nach drüben, ins Gasthaus. Kurz vor Betreten der Fähre verlässt ihn doch der Mut. Er bleibt auf seiner Insel.

2005

Stahnsdorf

In Griebnitzsee steige ich aus der S-Bahn, kaufe mir an einer Imbissbude ein Wasser und gerate nach wenigen Schritten auf den Campus der Universität Potsdam. Ich gehe weiter über die Stahnsdorfer Straße, durchquere die ehemalige Enklave Steinstücken und bin im Wald – dabei ist Wald wahrscheinlich nicht das richtige Wort, ich spaziere durch eine Kiefernschonung. Ich nähere mich der Autobahn, überquere die E51 auf einer Fußgängerbrücke, und siehe da, auf der anderen Seite verläuft die alte, kopfsteingepflasterte Potsdamer Straße, teils überwuchert. Die Laubbäume am Waldrand sind kahl, es ist früh im Jahr. Bröckelnde Zementpfosten stehen am Weg, ein Zaun ist nicht mehr da.

Zwei oder drei Kilometer weiter fängt der Friedhof an, rechter Hand der Stahnsdorfer, linker Hand der Wilmersdorfer Waldfriedhof, ich gehe an den Rückseiten der Grabmäler vorbei, lange geradeaus, die Sonne scheint, Vögel singen, der Zaun ist neu, er wurde wahrscheinlich wegen der Wildschweine angebracht. Ich begegne einer Frau mit Hund, die mir erklärt, der Haupteingang liege um die Ecke, noch ein gutes Stück, ich stoße auf eine Straße, biege rechts ab und stehe endlich vor dem Eingang des Südwestkirchhofs mit seinen großen Grabmälern, die früher auf Berliner Innenstadt-Friedhöfen standen. Als Albert Speer die Welthauptstadt bauen wollte, waren sie im Weg, wurden abgetragen und weit vor der Stadt wiederaufgebaut. Über fünfzehntausend Gräber wurden umgebettet – aber, wie Goethes «Wahlverwandtschaften» verraten: Das Umsetzen von Grabsteinen beschwört Unheil herauf.

Einige Wege sind mit einem dicken, hellgrünen Moosteppich bewachsen, es ist sehr angenehm, auf ihm zu gehen. Theaterlicht fällt durch die Baumkronen, ich komme mir vor wie in einem Traum – und überall alte Steine. Irgendwo, es gibt einige Gräber aus jüngerer Zeit, muss B.s Sohn begraben liegen. Er war so alt wie ich.

Ich verirre mich ein wenig und finde den Ausgang wieder, noch ist zu erkennen, wo sich der Bahnhof der Friedhofsbahn befand. Stahnsdorf hatte einen eigenen S-Bahn-Anschluss, eine Stichbahn führte von Wannsee zu den Gräbern, nach dem Mauerbau wurde sie gekappt. In der Parforceheide liegen noch Gleise.

2010

Back-Factory, Rosenthaler Platz

Das Rosenthaler Tor wurde 1867 abgerissen, so entstand der Rosenthaler Platz. Bis ins 19. Jahrhundert hinein war es eines der wenigen Tore in der Stadtmauer, durch das Juden Berlin betreten durften. Für diejenigen, die nicht eingelassen wurden, gab es Herbergen vor dem Tor. Die müssen ungefähr dort gestanden haben, wo sich jetzt das Hotel mit der Back-Factory befindet, in der ich gerade sitze.

Aus dem leicht unter Straßenniveau abgesenkten Café schaue ich auf den Platz und komme mir vor wie in einem Bassin ohne Wasser, Schuh- und Fußfetischisten müsste die Perspektive auf das Pflaster des Weinbergsweg gefallen: Stiefel, Sandalen, Turnschuhe und schöne Beine in Strumpfhosen wandern vorbei.

Ich trinke nicht so tollen Kaffee und beiße in ein Croissant, das nicht nach Paris, sondern billig schmeckt. Es hat bloß neunundsiebzig Cent gekostet, mit einer Gebäckzange habe ich es selbst aus einem Fach genommen, in eine Tüte gelegt und mich an der Kasse angestellt. Die Back-Factory ist ein Back-Discounter, es gibt keine Bäckereifachverkäuferinnen. Hier bedient sich jeder selbst.

Quer über den Platz, der eigentlich eine große Kreuzung ist, liegt das St. Oberholz, das Café, in dem so viele «Laptop-Poser sich täglich neu vernetzen», wie Christiane Rösinger singt. Vor ein paar Jahren saß ich selbst ab und zu dort, ohne Computer kam ich mir nackt vor. Und ich war mir nie sicher, ob ich die Schauspielkunst, so wichtig und ernst und beschäftigt auszusehen, wie das Oberholz-Theater es erfordert, überhaupt beherrschte.

In dem Oberholz-Eckhaus war mal ein Burger King, schon damals gefiel mir die geschwungene Holztreppe, die in den ersten Stock hinaufführt. Dann gab es am selben Ort eine orientalisch inspirierte Cocktailbar mit flackernden Flammenlampen. In der Küche des geschlossenen Burger King lockte ein oder zwei Sommer lang die Kachelbar, heute ist dort ein Kleiderladen, kaputte Kacheln wurden ergänzt. Noch früher, das muss um 1997 gewesen sein, wurde im Sexyland, einem Club in der heute vermauerten Toilettenanlage unter der Trambahnhaltestelle, gefeiert und getanzt.

«Der Rosenthaler Platz unterhält sich», heißt es in «Berlin Alexanderplatz», «Aschinger gibt den Leuten zu essen und Bier zu trinken». Seinen Franz Biberkopf lässt Alfred Döblin am Anfang des Romans am Rosenthaler aus der 41 steigen – einer Straßenbahnlinie, die es nicht mehr gibt, heute halten hier die M1 und die M8.

Die Stehbierhalle Aschinger, in der Biberkopf auf seinem Weg in die Sophienstraße haltmacht, befand sich nirgendwo anders als in dem Eckhaus, in dem heute das St. Oberholz ist. Es gab einige Aschinger-Filialen in der Stadt, sie wurden, so die Überlieferung, Schrippenpaläste genannt, weil Biberkopf und wer da sonst noch trank zum Erbseneintopf unter Kronleuchtern so viele Schrippen essen durfte, wie er wollte.

Eine Bekannte spaziert auf der anderen Seite des Weinbergsweg vorbei. Sie hat zwei große braune Versandtaschen in der Hand, wahrscheinlich ist sie auf dem Weg zur Post in der Torstraße. Sie sieht mich nicht, sie schaut nicht einmal in meine Richtung. Und ich frage mich, wie oft gehe ich irgendwo vorbei und werde gesehen, ohne dass ich selbst etwas bemerke? Die Bekannte biegt um die Ecke, vorbei an der Germania-Apotheke, die seit über hundert Jahren hier geöffnet hat. Neuerdings heißt die Apotheke allerdings nicht mehr wie die Welthauptstadt, sondern «Sanimedus». Ob das der bessere Name ist? Wo die Buchhandlung Starick (vormals Heinrich-Heine) war, ist nun eine Touristen-Bar – nennt die sich «Haus am See» nach dem Lied von Peter Fox? Es gibt einen schönen Dokumentarfilm einer Schwedin namens Maria Mogren über die Veränderung der Brunnenstraße, die DVD lässt sich in der Philipp-Schaeffer-Bibliothek entleihen, sie liegt nur ein paar Häuser weiter, im dritten Hof.

Ich sitze hier und schaue, und auf einmal steht das Rosenthaler Tor wieder da, mitten im Verkehr. Es hat je zwei Säulen an jedem Durchgang, mit Dachfigurenschmuck, barock und klobig zugleich, so kenne ich es von einer frühen Fotografie. Auf meinem Telefon sehe ich, dass Google Street View ein wenig Vergangenheit aufbewahrt: Da, wo ich nun in der Back-Factory sitze, zeigt es statt des Eck-Rundbaus eine große Lücke mit Bauzaun. Und die Fassade des Hostels gegenüber ist noch nicht so blöd bemalt. Das Rosenthaler Tor ist auf Street View allerdings nicht zu sehen.

Komme ich nachts auf dem Weg nach Hause über den Rosenthaler Platz, möchte ich mir oft ein Hotelzimmer nehmen. Nicht aus Erschöpfung oder weil ich Angst hätte, die vier- oder fünfhundert Meter den Berg hinauf nicht mehr zu schaffen. Es muss etwas mit dem Wunsch zu tun haben, in der eigenen Stadt auf Besuch zu sein. Ich möchte hierher verreisen.

Meist schlafe ich dann aber doch nicht in einem der mit Neustuck oder einfallslosen Fensterrastern verunzierten Übernachtungsbetriebe, die gleich drei der fünf Ecken der Kreuzung besetzen, sondern kehre bloß in der Stehpizzeria Ecke Torstraße ein. Bis vor ein paar Jahren befand sich dort der Szene-Imbiss «International», den die Band Britta in dem Lied «Die traurigsten Menschen (Von ganz Berlin)» besungenen hat. Dort traf man sich nach Nächten in der Montagsbar. Und nach denen in der Dienstagsbar. Mit dem Namen «International» war dieser Imbiss nur einige Jahre zu früh. Damals war die Internationalität ein Wunsch, heute trifft sich in der Stehpizzeria La Pausa die halbe Welt: Die Easy-Jetsetter, die Billigflugnomaden, die vielen Dänen, Amerikaner, Spanier und Franzosen – sie sind alle da. Um den Rosenthaler Platz herum ist es nachts oft absurd international. Kommt mir vor, als erinnerte der Platz sich daran, dass hier einmal ein Stadttor stand, durch das es hinaus- und hineinging, und dass nicht immer alle hineindurften in die alte Residenzstadt Berlin.

Ein großes Tor mit vier Eingängen hat der Rosenthaler Platz behalten: Alfred Grenanders neusachlich gemeinter orangeperlmutt gekachelter Prachtbahnhof liegt unter dem Pflaster. Zu Mauerzeiten ein Geisterbahnhof, in dem kein Zug mehr hielt, hat er heute die schönste Kennfarbe aller U-Bahnhöfe Berlins. Kein Zufall, dass Karl Lagerfeld sich dort unten fotografieren ließ. Zwei schlanke schöne Frauenbeine in schwarzen Strumpfhosen steigen hinab in die Unterwelt, Persephone, wo fährst du hin? Willst du nach Kreuzberg? Zum Kottbusser Tor? Brunchen im Südblock?

Das letzte Stück des Croissants verschwindet in meinem Mund, und ich wundere mich plötzlich über den Namen «Back-Factory». Was soll das eigentlich heißen? Bin ich Backwarenfabrikarbeiter, weil ich Gebäck in mich hineinarbeite? Muss dieser Name anglophone Muttersprachler nicht verwirren? Eine Engländerin fragte neulich, ob man sich in der Back-Factory um schmerzende Rücken kümmere. Will eine Back-Factory ein Back-Office sein? Oder ist der Name als Aufforderung zu verstehen, soll ich zurück in die Fabrik? Müsste ich da am Ende arbeiten? In der Alten Seifenfabrik, die schräg gegenüber an der Torstraße steht, wird nichts mehr hergestellt.

Einmal, an einem Sonntag im letzten Frühling, hat jemand

mehrere Eimer Farbe auf den Rosenthaler Platz gegossen, ganz großes Action-Painting. Autos und Fahrräder, die durch den Farbsee fuhren, malten Rot, Gelb und Blau auf die Kreuzung, fast ein Barnett Newman, aber Violett war auch dabei. Der Platz war plötzlich bunt. Dann hat der Regen die Farben wieder abgewaschen.

2011

Keine großen Sehenswürdigkeiten

Es gibt keinen See, und von dem Schloss, an dem die Wanderung endet, stehen nur noch die Wirtschaftsgebäude. Ich spaziere durch die Peripherie ohne Postkartenmotive, vom S-Bahnhof Zepernick in Brandenburg über die ehemaligen Rieselfelder nach Berlin-Buch.

Auf den Rieselfeldern, die, sich selbst überlassen, langsam verwalden, ließ die große Stadt Berlin fast ein Jahrhundert lang ihre Abwässer versickern. Der Boden, auf dem Gemüse wachsen sollte, ist schwermetallvergiftet. Die kleinen, perfekten Einfamilienhäuser, die je nach Laune des Bauherrn den Regionalstil der amerikanischen Südstaaten, der Mark Brandenburg oder des Alpenraums zitieren, sind bis an ihre Ränder herangerückt. Viel Sorgfalt wird auf die Umfriedung der Eigenheime verwendet, die meisten Menschen, die samstags in Zepernick, Röntgental oder der Kolonie Alpenberge zu sehen sind, arbeiten an ihren Gartenzäunen. Sie schleifen, streichen oder montieren. Es gibt die mit doppelten Jägerzäunen bewehrten Grundstücke, es gibt selbst geschweißte Baustahlkreationen, die das Motiv der aufgehenden Sonne und ihrer Strahlen variieren, und bepflanzte Betonhohlblöcke, wallartig aufgeschichtet. Immer wieder Hunde, und, näher an den vergitterten Fenstern des Maßregelvollzugs der Abteilung Forensische Psychiatrie des Klinikums Buch, auch Kameras an dem ein oder anderen Fertighaus. Blau-metallisch glasierte Dachpfannen sind, so sieht es aus, en vogue, sehr verbreitet ist auch die märkische Ziegeltapete; sie wird außen auf die Wärmedämmung geklebt. Aus der Entfernung, solange niemand dagegen klopft, wirkt sie wie ein Verbund massiver Klinker.

Im Übergangsgebiet hat die Stadt aufgehört und das Land noch nicht angefangen, meist ändert sich auf der Grenze zwischen Berlin und Brandenburg der Straßenbelag. Noch auf Brandenburger Seite liegen, halb versteckt im Wald, damals durch eine mittlerweile aufgelassene Vogelschutzstation getarnt, eine halb verfallene Waffenwerkstatt und ein fast überwucherter Schießstand der Staatssicherheit. Hier sollen die RAF-Aussteiger Anfang der achtziger Jahre neue Identitäten erhalten haben. Heute führt eine Waldameisenautobahn über die Schießstandmauer, auf einem Teil des Geländes ist ein Altenheim errichtet worden. Nicht weit dahinter, wieder auf Berliner Seite, gibt es einen alten Friedhof, auf dem die Grabsteine im Boden versinken. Sieht aus, als wäre hier nicht nur lange nichts passiert, sondern auch lange niemand mehr gestorben.

Der verschlungene Grenzgang kreuzt ein kleines, klares Flüsschen, das sich beispielhaft, wie aus dem Renaturierungsbüchlein entnommen, durch die Wiesen schlängelt. Dieses Flüsschen, das in Mitte, ganz nah an der Friedrichstraße, durch ein Abwasserrohr in die Spree mündet, ist die Panke. Von ihrem traurigen, kanalisierten Ende weiß sie hier, zwischen Wiesen, auf denen Pferde grasen, noch nichts. Die Häuser, an denen sie vorbeifließt, liegen an Straßen mit so ausgefallen Namen wie Straße 7, Straße 5 und Straße 6. Einer kleinen Staubwegkreuzung verhilft der Beschilderungs-Übereifer zu acht Straßenschildern, an jeder Ecke ein Pfahl mit je zweien, auf allen ist Straße 4 zu lesen.

Waldameisen, Aldi, Libellen, Extra-Markt, Interstar Döner Kebab, ein Genforschungszentrum, Schmetterlinge in Paaren, Gartencenter und eine barocke Schlosskirche, in deren Gruft ein mumifizierter Ritter nicht verwesen will. Die Eurolandschaft hat ihren eigenen Reiz. Weiße Kühe grasen, von einem Elektrozaun umgeben, zwischen Schutthügeln. Und auf einer wenig befahrenen Kopfsteinpflasterstraße wachsen junge deutsche Eichen im Rinnstein.

Der Gasthof gegenüber der Schlosskirche Buch ist schon von Theodor Fontane besungen worden, er bekam auf einer seiner Wanderungen kein Zimmer mehr und musste in der Schankstube schlafen. Heute heißt die Wirtschaft Il Castello, ein Schild im Fenster verkündet: «Zimmer frei». Das Schloss, das Fontane nicht sonderlich beeindruckt hat, wurde in den fünfziger Jahren gesprengt.

2001

Fernseher in der Stadt

Warum stehe ich auf dem Moritzplatz? Ach ja, wir haben uns hier verabredet, heute zu dritt, im Niemandsland, am Nicht-Ort, am Rande des großen Kreisverkehrs. Ein einsames blaues U steht auf der runden Wiese in seiner Mitte. Der Moritzplatz hat noch immer mehr Lücken als Bebauung. Schwer vorstellbar, dass er vor dem Krieg einmal der belebteste Platz in Kreuzberg war.

Ich stehe in der Sonne und schaue auf die ehemalige Bechstein-Fabrik. Klaviere werden in dem Waschbetonpalast keine mehr gebaut. Mir gefallen die getönten Fensterbänder, bald soll umgebaut werden und ein Kreativkaufhaus einziehen. Es ist warm, es geht ein Wind. Auf dem ehemaligen Wertheimgelände, wo lange ein Gebrauchtwagenhändler war, wachsen Kartoffelpflanzen in Säcken. Auf dem Grundstück wird urban gegärtnert, lokal, sozial und bio. Die Prinzessinnengärten besetzen die Brache mit Hochbeeten aus Industriekörben, einem Freiluftcafé und einigen überdachten Fernsehern.

D. kommt mit dem Fahrrad, R. aus dem U-Bahnhof. Wir spazieren die Oranienstraße hinunter und reden, es ist ja Fußballweltmeisterschaft, über das Fußballschauen. R. sagt, das sagt er immer, er sei noch nicht einmal dagegen. D. kuckt fast alle Spiele, ich eigentlich auch. Wir überqueren die Skalitzer, kommen an der Feuerwache in der Wiener Straße, am Spreewaldbad und dem Kinderzirkus vorbei und biegen dort, wo die Dealer sitzen, ab in den gut besuchten Görlitzer Park. Hinunter bis zum Schlesischen Busch, es gibt einen neuen Spielplatz und einige Freiluft-Fitnessgeräte. Hier war ja, fällt uns ein, auch mal

Grenze, ein Wachturm steht noch, und ja, die alte Tankstelle an der Schlesischen Straße war West-Berlin.

Wir setzen uns in den Freischwimmer am Flutgraben. Vor zehn oder elf Jahren musste ich einen Schlüssel kaufen, um dort hineinzukommen, der Schlüssel öffnete das obere Tor und diente als Mitgliedsausweis, der Club war damals ein Verein. Heute ist es ein gewöhnliches, bei schönem Wetter überlaufenes Ausflugslokal.

Wir sitzen am Wasser, bewundern die im Abendsonnenschein rot aufleuchtende Ziegelrückwand der Arena, die mal eine Omnibushalle war, und reden über Politik, ein bisschen wenigstens. Über Angela Merkel, der immer Zaudern, Abwarten und Nichtstun unterstellt werden. Steckt dahinter deutsche Sehnsucht nach der starken Hand? Nach dem Führer, der alles übersieht und bestimmt? Merkel schweige einfach, meint R., und rede so.

Ich erzähle von Steve Carell und der amerikanischen Version von «The Office», mit der ich meine heimliche Sehnsucht nach Angestelltendasein und Büroalltag stille. Serienkonsum als Kompensation, ja, und der Gedanke liegt nahe, ich bin, wenn ich schon vormittags ein, zwei Stunden «The Office» schaue, bei der Serie angestellt. Gemeinsam erweitern wir dieses Konzept, sich selbst eine Anstellung zu suchen, auf die Idee des Trinkens; D. hat beobachtet, dass die Trinker in seinem Kiez schon morgens um neun am Kiosk stehen, um eine gewisse Ordnung in ihr Leben zu bringen.

Wir spazieren Richtung Schlesisches Tor, ich fotografiere zwei schöne traurige Kaugummiautomaten, es gibt das Küchenstudio Tristesse nicht mehr, und mir fällt ein, dass wir 2002, zwei Weltmeisterschaften zuvor, oft im San Remo Fußball geschaut haben, Christiane, Gini, Sila und Nina, Jana war auch mit dabei. Damals stand noch nicht an jeder Ecke und alle paar Meter ein Fernseher auf der Straße.

R. steigt in die U-Bahn, D. geht zu seinem Fahrrad, ich, aus alter Sentimentalität, über die Oberbaumbrücke. Abendlicht über dem Fluss, alles glänzt und liegt klar wie ausgestanzt unter dem hohen Himmel. Hinter der East-Side-Hinterlandmauer sitzt viel Publikum am Ufer, rauchende Weintrinkerinnen, Bücherleserinnen, Biertrinker, Hundehalterinnen und fröhliche Kiffer teilen sich die Wiesen. Über das Gelände der ersten Strandbar, unter Großleinwänden hindurch und anschließend, um nicht zu euphorisch zu werden, über den Bürgersteig der Holzmarktstraße bewege ich mich Richtung Jannowitzbrücke, das Golden Gate hat nicht geöffnet. Zwischen den S-Bahnbögen und dem rosaroten Alexa-Ungetüm hindurch komme ich auf den großen, leeren Alexanderplatz, auch auf dem ehemaligen Glacis der ehemaligen Festungsstadt Berlin stehen Fernseher, überall stehen Fernseher, das Spiel Südafrika – Uruguay läuft noch, Uruguay führt.

Die Rosa-Luxemburg-Straße wirkt nicht mehr so heruntergekommen wie noch vor ein paar Jahren, es gibt nur noch ein Pornokino. Der dunkle Neubau Ecke Torstraße ist wieder mit Farbbeuteln beworfen worden. Ich bin ein rotes Blutkörperchen, die Stadt ist mein Körper.

2010

Weiße Flecken

W. hat den Hund dabei, wir gehen durch die Stadt. Wir fahren über die Stadtautobahn, fahren Ring- und Stadtbahn, sitzen im Bus oben links und laufen die Frankfurter Allee Richtung Alexanderplatz.

Wir betreten die Schöneberger Insel, gehen am Großbelastungskörper vorbei, spazieren rund um den Lietzensee, zum Schlachtensee und an die Krumme Lanke. Wir schwimmen, wir tasten uns durch die Falten der Stadt, wir trinken Bier im Ostbahnhof.

Wir sehen uns morgens auf dem Olivaer Platz, sitzen in einer Bar an der Alten Potsdamer Straße und gehen die schönste, die hässlichste Straße des Westens hinunter.

In Berlin zu sein, sagt W., sei ein Gefühl, hier steht die Vergangenheit auf dem Pflaster wie Wasser, das nicht abläuft. Hier hat K. gewohnt, in ihrer hohen Seitenflügelwohnung. Und dort hat V. mich geküsst, ich sie oder wir uns. Wovon ich W. nichts sage.

Diese Fassaden, die Straße, die Gegend sah einmal wie eine Kriegsfilmkulisse aus, sagt W., wir laufen über Schutt- und Trümmerberge. Sie lässt den Hund in den Landwehrkanal springen.

Wir schwimmen, wir treiben durch Berlin. Über den Kreuzberg, am Wasserfall hinunter. Vom Fernsehturm und von den Flaktürmen im Humboldthain aus betrachtet, hat die Stadt überall weiße Flecken, W. sagt, wir müssen uns verlaufen.

Der Hund trottet über den Gehweg. Wir paddeln hinterher.

2001

VERLAUFEN IN BERLIN

(2021)

Kastanienallee

Ich verlasse das Haus erst um kurz nach zehn, bisher war es einfach viel zu heiß. Es ist noch hell, und die Straßen sind voll, überall sitzen Menschen und schauen Fußball. Fernseher stehen vor den Lokalen, es läuft das Viertelfinale Portugal – Kroatien. Als ich in die Schwedter Straße einbiege, geht das Spiel in die Verlängerung. Ich spaziere an Bildschirmen und Leinwänden vorbei – eine hängt unter dem Dach der fast hundert Jahre alten Tankstelle, an der schon lange kein Benzin mehr verkauft wird – und überquere den Teutoburger Platz. Es ist so schön, sich zu bewegen, heute war bisher nur Wohnungswandern. Erkenne dann, er steht vor einem Fernseher in der Fehrbelliner Straße, Pele, den Maler, der ein Atelier im Milchhof hat. Er möchte, wir gehen die wenigen Meter zusammen, die zweite Halbzeit der Verlängerung im Haliflor sehen.

Sascha ist da, Linda, Denice, Rico, Thilo, Karl und Haliflor-Andi. Alle, nur Friederike fehlt, starren gebannt Richtung Leinwand. Pele und ich sitzen an der Bar, starren ebenfalls und unterhalten uns über unsere und andere Familienkonstruktionen: halb Patchwork, halb Großfamilie, hin und wieder alleinerziehend. Quaresma trifft, Portugal gewinnt, und Pele bricht auf, er will zurück in sein Atelier, während ich noch bei Romy, Sascha und Rico bleibe, bei den üblichen Gesprächen über alles und nichts.

Auf dem Heimweg kommt mir Martin entgegen. Seit bald zwei Jahrzehnten begegnen wir uns auf der Straße, manchmal zweimal am Tag, manchmal Monate nicht, oft auf der Schönhauser, auf der Kastanienallee oder sonst wo in Prenzlauer Berg, seltener in Mitte. Vorgestern habe ich ihn an der Eberswalder gesehen, die Danziger überquerend. Er wohne jetzt in einer Umsetzwohnung in der Christburger Straße, sagt er, nicht mehr Schönhauser, er wohne mit begrüntem Hof und wohlerzogenen Kindern im Haus, viel zu schön und renoviert, und er, der Ur-Prenzlauer-Berger, fühle sich unter all den Neuberlinern nicht besonders wohl. «Kannste dir ja denken.» Und wie er das sagt, glaube ich mich mitgemeint, obwohl er das wahrscheinlich abstreiten würde. Dass ich zwanzig, bald dreißig Jahre früher hier war, heißt ja nichts. Hinzugekommen bin ich trotzdem.

Er sei dabei, sein Lebenskonzept zu überdenken, seine Peripatetik, seine Zwangs-Peripatetik. Er müsse sich ja immerzu bewegen, immer gehen. Er zählt auf, welche Orte er täglich ansteuere, immer zu Fuß: die Rumbalotte, die Papenfuß-Kneipe, die sich jetzt in der Berliner Straße, in der früheren Willner Brauerei befinde; das Watt (dort, wo davor die Rumbalotte war); das Metzer Eck; das Krüger. Wo er halt Leute treffe, Leute von früher. Leute aus dem Osten. Die Fußball-Europameisterschaft werde sogar in der Paul-Gerhardt-Kirche übertragen, sagt er, die Deutschlandspiele zumindest. Die Paul-Gerhardt-Kirche, verrät er auf Nachfrage, das sei die Kirche in der Wisbyer Straße, der dunkle Backsteinbau, drinnen sei es schön kühl. Und so viele Schäfchen wie zu den Spielen der DFB-Auswahl fänden sonst wohl nur zu Weihnachten in dieses Gotteshaus. Abendmahl werde allerdings keines ausgegeben.

Er ist dann, er fragt nach ihr, ganz verwundert, dass Martha schon sechzehn ist. Er kennt sie vom Arnimplatz, im Sandkasten und im Kinderwagen. «Geht sie in den Mauerpark, kiffen?»

«Selten», antworte ich und erzähle, dass ich dank ihrer Leichtathletik-Karriere fast alle peripheren Stadien Berlins kennengelernt habe: das Stadion an der Allee der Kosmonauten, das am Südring, das in Lichterfelde, das mit den reetgedeckten Nebengebäuden in Hakenfelde und einige andere.

Weil so viel los ist auf der Kastanienallee, wir stehen im Weg, sagt Martin, das mit den Touristen im Prenzlauer Berg habe mit dem Kirchentag angefangen.

«Mit dem von 1989?», frage ich. «Den habe ich besucht, weil Berlin mich lockte. West-Berlin. Und weil es für die Fahrt schulfrei gab. Wir haben in einem Gymnasium in Westend übernachtet, nicht weit vom Corbusierhaus. Vier Tage bin ich durch Berlin gelaufen. Und hatte am Ende keinen einzigen Gottesdienst besucht.»

«Nein», sagt er, «ich meine den von 2010. Aber Touristen sind vorher schon gekommen. Heute haben wir jedes Wochenende Kirchentag.»

«Sollen wir nicht ‹Treffen der Weltjugend› sagen? Im Mauerpark?»

Er lacht.

Nicht immer verstehe ich alles, was er sagt. Seine rauchige Stimme setzt aus, er hatte Probleme mit seinem Kehlkopf. Ich verstehe auch nicht immer, wovon er spricht, er spaziert und springt durch sein Wissen, wie er in der Stadt unterwegs ist, er treibt sich herum, streift umher, streichelt Berlin. Er ist der wahre Flaneur, verglichen mit ihm bin ich ein Poser.

Wir stehen noch ein wenig auf dem durch den Umbau mit den Parktaschen für die Autos, da sind wir uns einig, verunstalteten Bürgersteig der Kastanienallee und hätten uns viel zu erzählen – geben uns dann aber gleich zweimal die Hand, bevor er zum Abschied einen alten, in einer frühen Castorf-Inszenierung wieder aufgenommenen Kräuterlikör-Werbespruch zitiert: «Früher oder später trinkt ein jeder Wurzelpeter.»

Auf den letzten Metern – die Blätter der Kastanien werfen theatralische Riesenschatten auf den Granit der sohlenpolierten

Schweinebäuche – habe ich das Gefühl, Martin hätte die ganze halbe Stadt in sich aufgesaugt. Überall ein Körnchen, auf jedem Weg, bei jedem Schritt durch sein Schweifgebiet. Ich weiß, dass er schon vor der Wende herumgezogen ist, Annett Gröschner erzählt in «Psychonautikon Prenzlauer Berg», dass er bei Ekkehard Maaß ein und aus gegangen sei, in dessen Wohnung in der Schönfließer Straße die legendären, durch Sascha Anderson stasi-überwachten Lesungen stattfanden. In den frühen nuller Jahren, als ich am Arnimplatz an der Kletterburg saß, wohnte Maaß noch immer in dieser Wohnung, hatte ebenfalls ein kleines Kind und setzte sich manchmal zu uns.

Am Tag darauf schreibt Martin mir per Facebook-Messenger: «ja.schade david. 3 min später und 50 m weiter war auf hof von k77 ne hoffest.band mit letzter kraft noch ... so'n 90er berlin gefühl stellte sich ein ... und ganz schlimm dann die meute vor der badeanstalt oderberger hingegen ... ansonsten ahoi.auf demnächst.m.»

2016

Brandwände erzählen Berlin

Ich wache auf, öffne die Augen und sehe die Brandwand. Eine Mauer aus vielen – wie viele waren es, habe ich nicht sogar versucht, sie zu zählen? – ursprünglich roten, über die Jahrzehnte eingegrauten und anverwitterten Ziegelsteinen.

Ich sah sie jeden Morgen. Mein Bett stand gegenüber dem einzigen Fenster des einzigen Zimmers der Wohnung, ich hatte sehr viel Mauer vor mir. Manchmal wanderten Lichtpunkte über die Backsteinwand, das freute mich, später am Tag, wenn die Sonne schien, was im Winter nicht oft der Fall war, ein Schatten. Die Brandwand vor meinem Fenster war wie eine große leere Leinwand, eine Matrix, in der vielleicht, dachte ich mir, während ich sie vom Bett oder später vom Schreibtisch aus betrachtete, eine Botschaft steckte. Stecken musste. Standen nicht einige Steine ein wenig aus dem Verbund heraus? Bildeten sie nicht Buchstaben? Ameisen konnten diese Backsteinwand hinauflaufen. Ich nicht.

Brandmauern haben Berlin gerettet. Wahrscheinlich stand das Haus, in dem ich damals, in den frühen neunziger Jahren, wohnte, nur wegen seiner Brandmauern noch. In seiner Umgebung waren während des Krieges nicht wenige Bomben gefallen.

Nur der Brandwände wegen stehen noch so viele Gebäude, die wir heute Altbauten nennen. Während der Bombardierungen waren viele von ihnen nicht einmal fünfzig Jahre alt und brandschutztechnisch auf der Höhe der Zeit. Hamburg ist verbrannt, Köln ist verbrannt, Nürnberg ist verbrannt, Würzburg ist verbrannt, Dresden sowieso, und von vielen anderen deutschen

Innenstädten blieb auch nicht viel übrig. Berlin aber blieb Berlin, weil Berlin eben – zu einem großen Teil zumindest – keine alte Stadt war. Von der Altstadt, die auch Berlin einmal hatte – sie befand sich um die Marien- und die Nikolaikirche herum und auf der Fischerinsel –, von der Altstadt, die brennen konnte, ist fast nichts mehr da.

Berlin blieb dank seiner strengen Bauvorschriften in großen Teilen erhalten – und weil die Stadt, so weit im Osten, lange nicht in Reichweite der alliierten Bomber lag; nicht in Reichweite der – wie hieß es so schön auf den heute fast überall entfernten Ost-Berliner Hinweistafeln aus DDR-Zeiten – «angloamerikanischen Bomberverbände» lag. Westdeutsche Ziele lagen einfach näher.

Brandwände haben Berlin gerettet, denn um Berliner Mietskasernen zu knacken, brauchte es schwerste Bomben, Wohnblockknacker genannt, dann Sprengbomben auf Brandbomben. Die Bauweise mit Brandwänden war und ist aber auch verantwortlich für die oft mangelnde Belichtung vieler Berliner Wohnungen. Sie sorgte für Wohnhöhlen wie die, in der ich untergekommen war, mit einem großen Zimmer, das von nur einem Fenster eher mangelhaft beleuchtet wurde. In der ich mich aber, Brandwand im Rücken, Brandwand vor dem Fenster, sehr sicher fühlte. Ich war in Berlin.

Gar nicht so selten zu sehen in großen Brandwandflächen: ein oft recht weit oben liegendes, einsames kleines Fenster, das ein Bewohner der dahinterliegenden Wohnung in einem anarchischen Akt durch die Hauswand gebrochen hat, um sich so mehr Licht, Luft und Aussicht zu verschaffen. Nachts oft ein warmes, gelbes Lichtgeviert in dunkler Fläche.

Kann wie ein Gemälde aussehen.

Brandwände, das tut mir leid, verschwinden. Verschwinden, weil neu gebaut wird. Ich erinnere mich an das kubistische Brandwandensemble am Pariser Platz, dort, wo heute die Französische Botschaft steht: Sie bildeten einen Raum, der nur noch an zwei Seiten offen war: zum Himmel und zur Straße.

Ich erinnere mich an das Brandwanddreieck in der Anklamer Straße, Rosenthaler Vorstadt, auf dem der Kohlenhändler Peter Hantke seine Brennstoffhandlung hatte. Heute steht auch dort ein Haus, hell können die Wohnungen in dem Gebäude auf dieser schwierigen Grundfläche nicht sein.

Eine Brandwand in der Kollwitzstraße fällt mir ein, einige Jahre grasten auf ihr lebensgroße, in der Senkrechten angebrachte bunte Kuhfiguren. Heute steht ein Haus vor dieser Weide.

Ich muss an das Cantiandreieck denken, «Aufstand der Würde» war dort jahrelang zu lesen. Und zwei Sommer gab es auf dem Grundstück vor der Brandmauer eine Wiesenbar. Heute steht dort ein Haus.

Ich muss an die Brandwand an der Schönhauser Allee denken, dort, wo die Hochbahn die Ringbahn kreuzt. Bevor dort ein riesiges Gesundheitszentrum errichtet wurde, Abschreibungsarchitektur, wurde vom Dach des gegenüberliegenden Hauses Werbung auf die Brandwand projiziert.

Und ich erinnere mich an die riesigen Brandwände in der Chausseestraße, dort, wo jetzt das Hotel Titanic schwimmt. Und, und, und. Beispiele sind Legion.

Es werden weniger – aber es gibt noch immer viele. Eine meiner Lieblingsbrandmauern steht Ackerstraße Ecke Max-Ulrich-Straße, Gesundbrunnen. Sie erstreckt sich, ein vertikales Feld, über einen ganzen Block und kann in der Abendsonne glühen wie die Alpen.

Mir gefällt die Brandwand an der Schönhauser, fast am Schönhauser Tor. «Diese Stadt ist aufgekauft!» steht auf ihr seit vielen Jahren.

Ich mag die uralte Quartier-204-Werbung auf der letzten Freifläche der Friedrichstraße, zurzeit ist dort eine Baugrube. Die Wand wird bald verschwunden sein.

Und ich mag die großflächigen Brandwände der Cuvrybrache an der Schlesischen Straße. Der berühmte, kopfüber baumelnde Astronaut, zeitweise die bekannteste Street-Art der Stadt, wurde mittlerweile vom Künstler selbst übermalt, weil er nicht damit einverstanden war, dass sein Kunstwerk zur Bebilderung von Imagebroschüren und Immobilienprospekten verwendet wurde.

Die entzückende Brandwand über dem Woolworth-Flachbau, Potsdamer Straße Ecke Kurfürstenstraße. Eine West-Berliner Ecke.

Und ich denke an die leere Ecke Potsdamer Straße Ecke Alvenslebenstraße, Schöneberg. Sieht so aus, als hätte jemand dort ein Stück aus dem Streuselkuchen der Stadt geschnitten. Ein paar Krümeltrümmer liegen noch dort, mittlerweile überwuchert.

Es wäre allerdings ein Irrtum zu glauben, erst die Bombardierung und die Eroberung durch die Rote Armee, die Schlacht um Berlin im April 1945, hätten die Brandwände im Stadtbild freigelegt.

Brandwände zeigten sich schon vor dem Krieg immer dort, wo die Bebauung aufhörte. Sie ragten auf, wo einstöckige Bebauung zwischen Traufhöhenhäusern, sprich: Mietskasernen, überdauert hatte. Sie zeigten sich in Bau- und Spekulationslücken und dort, wo Stadt- und Ringbahn die Bebauung teilten. Der Stadtbahnhof Savignyplatz zeigte seine Brandwände damals schon wie heute, er ist ein Brandwandbahnhof zwischen Gebäuden, die scharf angeschnitten am Stadtbahnviadukt stehen.

Der aus Köln stammende, in Berlin wirkende neusachliche Maler Gustav Wunderwald malte in der zweiten Hälfte der zwanziger Jahre des 20. Jahrhunderts etliche Stadtansichten Berlins – und auf vielen von ihnen sind Brandmauern zu sehen. Wunderwald, der Wedding-Canaletto, malte Brandwände auf eine Weise, dass sie wie abstrakte Flächen in seinen Bildkompositionen liegen. Sein Schaffensmotto, formuliert im Jahr 1926, lautete: «Die tristesten Dinge haben es mir angetan und liegen mir im Magen, Moabit und der Wedding packen mich, diese interessante Trostlosigkeit.»

Die Brandmauerproduktion endete nicht mit dem Bombenkrieg. Neue Brandwände zeigten sich nach 1961 durch den Bau der Mauer, für die auf der Ostseite der Sektorengrenze viele Gebäude abgerissen wurden. An der Bernauer Straße sind sie zu sehen.

In West-Berlin legten der Stadtumbau und der Bau der Stadtautobahn Brandwände frei, Schneisen in Wilmersdorf, Steglitz und Kreuzberg – am Kottbusser Tor sollte einmal ein Autobahnkreuz entstehen – können davon erzählen.

Brandwände sind Malfläche, Werbefläche und Projektionsfläche. Letztere im wahrsten Sinne des Wortes: Ich erinnere mich an manche Party, bei der sich Dia-Projektoren, später Beamer, auf eine Brandwand richteten: Bilder auf die Stadt.

Brandwände waren schon immer, das zeigen auch Wunderwalds Gemälde, Fläche für Reklame: «Möbel Hübner, ich soll Sie schön grüßen!», die große, so romantisch-pittoresk abblätternde Schultheiss-Reklame in der Prinzenallee, sozialistische Parolen, in Mitte noch in den neunziger Jahren zu sehen.

Brandwände, gerade durch Abriss freigelegt, boten auch Platz für senatsgeförderte Wandbilder; sie entstanden, heute schlecht gealtert, in den Jahrzehnten, als West-Berlin sich verschönern wollte. Das berühmte Reißverschlussbild in der Zillestraße ist ein Beispiel.

In den frühen neunziger Jahren lebte ich also mit einer Brandwand, ich hatte eine steinbloße, also unverputzte Mauer fast in der Wohnung. Vom Himmel war nur ein Ausschnitt zu sehen, die Wand gegenüber war der größere Himmel – und ich sah immer mehr in ihr. Ich sah Textur und Struktur, ich sah Malerei und eine Skulptur auf rauer Fläche. Wo der Putz noch nicht abgebröckelt war, sah ich Kontinente, ich sah Umrisse unbekannter Inseln, Firstlinien, Schatzkarten, Einschusslöcher, Decken und Böden verschwundener Häuser. Ich sah Spuren früherer Kamine, Schwalbennester, ich sah Moos auf Ziegeln, Efeu und dürre Bäumchen, die sich irgendwie hielten, Birken, die Samen vom Wind in die Fugen geweht.

Nicht alles von meinem Bett aus, nein, aber irgendwo in der Stadt. Die Brandwände erzählten mir Berlin.

Ich zählte die Ziegel auf meiner Brandwand, fragte mich aber auch, woher sie eigentlich stammten. Jeden einzelnen Stein mussten, «Stein auf Stein, das Häuschen wird bald fertig sein», mehrere Arbeiter und zuletzt ein Maurer in den Händen gehabt haben.

Auf einer meiner Wanderungen um Berlin fand ich eine Antwort, als ich mich in die Glindower Alpen verlief. Nahe des Örtchens Glindow wurde Ton abgebaut, bis die Vorräte im frühen 20. Jahrhundert erschöpft waren. Es gab etliche Ziegeleien mit Rundöfen; zu Hochzeiten wurden täglich mehr als fünfhunderttausend Steine gebacken. Gebrannt. Tagebau und Abraumhalden schufen eine bizarre Abenteuerlandschaft im eiszeitflachen Land; feuchte Schluchten und steile, heute bewaldete Abhänge.

Die Backsteine, die von Glindow über die Havel nach Berlin verschifft wurden, konnten den Flammen standhalten. Sie waren schon durchs Feuer gegangen.

2018

PS: Viele der erwähnten Brandwände sind verschwunden, neue sind hinzugekommen. Auf der Chausseestraße, kurz bevor sie zur Müllerstraße wird, ragen frische Brandmauern an die erst in den nuller Jahren errichtete Total-Tankstelle heran. Und ein Stück nördlich der Panke zeigt ein kastenförmiger Neubau am S-Bahnhof Wedding seinem unbebauten Nachbargrundstück eine große, kahle, weiß verputzte Brandwand. Mal sehen, wie lange.

2021

Der Retroflughafen

Ob es ihn tatsächlich gibt, diesen ominösen neuen Berliner Flughafen? Wenn überhaupt, dann sicherlich von Kletterrosen, Efeu und Wildem Wein umrankt, mit Robinien und jungen Ahornbäumen auf dem Dach, wie eine verfallene Maya-Stadt im Urwald von Yucatán. Dann aber steht er plötzlich kahl und nackt und gar nicht so groß vor mir in der Brandenburger Ödnis.

Sonderlich auffallen möchte er nicht, keine aufragenden Tragflächen schmücken seine Gebäude, es gibt keine Zeltkonstruktionen und keine geschwungenen Dachlandschaften. Verglichen mit dem neuen Flughafen in Peking von Zaha Hadid wirkt dieser hier harmlos, bescheiden, fast ein wenig putzig.

Seit der in letzter Minute abgesagten Eröffnung im Jahr 2012 sind mehr als dreitausend Tage vergangen. Das Licht fällt schön durch die wenigen Wolken am Himmel, kein Jet stört die Ruhe. Flughafenchef Engelbert Lütke Daldrup und die Architekten des Büros Gerkan, Marg und Partner (gmp) stehen auf dem zeppelinfeldgroßen Aufmarschplatz vor dem Terminal, dessen auskragendes Dach und tempelartige Kolonnade mir gut gefallen. Es erinnert an die Berliner Neue Nationalgalerie, an den Warschauer Hauptbahnhof und an ... noch komme ich nicht darauf.

Der große Meinhard von Gerkan, fünfundachtzig, der als junger Mann mit Volkwin Marg den großartigen Flughafen Tegel baute und viel später den nicht so großartigen Berliner Hauptbahnhof, ist persönlich gekommen, um vorzuführen, wie der Entwurf, mit dem er und sein Büro den Wettbewerb zum Bau dieses Flughafens gewonnen haben, umgesetzt wurde. Wann haben gmp den Wettbewerb gewonnen? Es war 1998, im letzten Jahrhundert, Helmut Kohl war Kanzler. Meinhard von Gerkan sitzt heute im Rollstuhl.

Die jüngeren Architekten Hans Joachim Paap und Hubert Nienhoff sind glücklich, dass der Flughafen endlich fertig ist. Sie sprechen von «unerwünschten Verzögerungen» und von der «Katastrophe 2012». Ob damals ein Meteorit einschlug? Konnte deshalb nicht eröffnet werden? Nein, «das Terminal hatte die bekannten Probleme», verrät Flughafenchef Lütke Daldrup, siebzehntausendfünfhundert (oder waren es doch hundertfünfundsiebzigtausend?) Mängel mussten einer nach dem anderen geprüft und abgearbeitet werden. «Deshalb hatten wir letztendlich die bestkontrollierte Baustelle der Welt», sagt er. Da ist sie also, die berühmte deutsche Gründlichkeit. Ich bin beruhigt, es gibt sie noch.

Einer der vielen Tausend Mängel war die Rolltreppe aus dem unterirdischen Bahnhof, die leider drei Stufen zu kurz geraten war. Sie wurde ausgetauscht. In diesem Bahnhof, der Krypta des Flughafens, sitzen seit der Fertigstellung vor neun Jahren Wächter und Wächterinnen zwischen den schönen Zwillingssäulen, welche die Decke über den Bahnsteigen stützen. Eine Tempelhüterin, wir nicken uns zu, liest in einer italienischen Taschenbuchausgabe der «Göttlichen Komödie». Seit 2011 verkehren auf den Gleisen dieser Station nur leere S-Bahn-Züge auf sogenannten Geisterfahrten. Ihr Zweck ist es, die Luftmassen im Tunnel aufzuwirbeln, es soll nicht schimmeln in der ungenutzten Unterwelt.

Vom Bahnsteig geht es theoretisch direkt hinauf in die luftige hohe Abflughalle – tatsächlich jedoch erst in eine beängstigend niedrige und «baulich schwierige Zwischenebene», wie einer der Architekten zugibt. Oben im Terminal erinnern die profilierten Stahlstützen wieder an die Neue Nationalgalerie, mit ihren dreiundzwanzig Metern überragen sie die Berliner Traufhöhe um einen Meter.

Meinhard von Gerkan hält eine kleine Ansprache und zitiert einen selbstverfassten Artikel aus dem Jahr 1997, in dem er Flughäfen als «Tore zur Welt» beschreibt. Heute, wir tragen alle Mundschutz, sind Flughäfen Einfallstore für Viren, Start- und Landeplatz für Klimakiller und seit dem 11. September 2001 mehr als je zuvor Orte terroristischer Bedrohung.

«Wohlfühlen soll man sich hier», sagen die jüngeren Architekten, trotz allem. Und ja, ich fühle mich wohl auf den geschliffenen hellen Jurakalksteinplatten mit interessanten Einschlüssen. Ich fühle mich wohl in der Dezenz zwischen Nussbaumholz, der angenehmen Leitfarbe Rot und den vielen Feuerlöschern. «Alle anderen Farben bringen die Menschen mit», höre ich. Hoffentlich stören diese Menschen das Farbschema nicht zu sehr, das gmp sich ausgedacht haben.

Wir dürfen durch die Sicherheitskontrolle, ausnahmsweise ohne Bordkarte. Kurz gehören wir so zum Probebetrieb, von dem eine angehende Luftverkehrsfrau im zweiten Lehrjahr erzählt hat: An anderen Tagen werden Komparsen bezahlt, um Passagiere zu spielen; ja, dieser Flughafen ist nicht nur ein Museum seiner selbst, er bietet auch großes Theater.

Im Sicherheitsbereich darf ich nicht mehr fotografieren – auch nicht den wunderschönen blau-schwarz-braun gefiederten Vogel, der tot in der von Glaswänden eingefassten Lücke zwischen Terminal und Flügelbau liegt. Ich fotografiere ihn trotzdem. Wie ist ein Eisvogel in diesen wenige Meter breiten Zwischenraum geraten? Wieso musste er hier sterben? Und was wollten die anderen Vögel dort? Ich sehe zwei Spatzen und weitere Vogelgerippe. Ist dieser Flughafen eine große Vogelfalle? Ein Vogeltotenhaus? Das Sicherheitspersonal scheint es nicht zu stören.

Der Duty-free-Shop, den alle, die abfliegen wollen, durchqueren müssen, war bereits im Jahr 2012 fertig – wurde jetzt jedoch komplett neu gebaut. Sogar die Bodenplatten haben die Betreiber herausreißen lassen, ästhetisch veralteten Ladenbau kann der Spätkapitalismus sich nicht leisten. Der Flughafenchef sagt, es werde hinter den Sicherheitskontrollen bald hundertzehn Geschäfte geben, Retail und Gastronomie. Dieser Flughafen, aber das wundert niemanden mehr, ist eine Mall. Nur dass der Anteil der Gastronomie sich gegenüber 2012 erhöht habe, so Lütke Daldrup, Grund dafür sei, dass die Fluglinien ihren Passagieren im Flugzeug kaum noch etwas zu essen anböten.

Die geschmackvollen Sitzgelegenheiten in den übersichtlichen Gates mit großen Fenstern waren damals, als die Architekten sie ausgesucht haben, das neueste Modell von Vitra. Heute sind sie fast Vintage. Steckdosen haben die Bänke leider keine. Als ausgesucht, geplant und entschieden wurde, gab es noch keine Smartphones.

«Mussten nicht ganze Nussbaumwälder sterben?», erkundige ich mich, weil ich überall das schöne französische Nussbaumholz sehe. Nein, beruhigt man mich, das Furnier sei nur null Komma sieben Millimeter dick; es sei also quasi eine Nussbaum-Folie, die den Flughafen überall so wohnlich auskleide. Holz habe darüber hinaus einen weiteren Vorteil, es schütze vor Vandalismus.

Wir werden das beobachten in den nächsten Jahren. Und ich werde versuchen, nirgendwo die Namen früherer Mitschülerinnen einzuritzen, wie ich es einst auf den Holztischen meiner Grundschule getan habe.

Durch geheime Gänge geht es hinunter «ins Herz des Flughafens», wie Lütke Daldrup die riesige vollautomatische Gepäck-Sortieranlage mit umfangreichem «Frühgepäckspeicher» nennt. Oder handelt es sich, schließlich werden auf der Null-

Ebene Koffer verdaut, eher um die Flughafen-Eingeweide? Mitten in dem beeindruckend verwirrenden Förderbandlabyrinth findet sich ein Schreibtisch – noch sitzt dort niemand, heute noch keine Peristaltik im Flughafendarm –, auf dem ein alt und neu zugleich aussehendes Alcatel-Lucent-Festnetztelefon steht. Eine Bedienungsanleitung, noch eingeschweißt, liegt daneben. Eine Wählscheibe hat es nicht.

Aus der Tiefe fahren wir hinauf auf die Terrasse der Planespotter, die auch für Besucher, die nicht abfliegen wollen, geöffnet sein wird.

Auf dem Vorfeld zähle ich etwa zwanzig zwischengeparkte Flugzeuge, ich zähle auch vier tote Vögel, die auf der Terrasse liegen und verwesen. Und muss hier über dem Rollfeld an «La Jetée» denken (deutsch: «Am Rande des Rollfelds»), den berühmten Essay-Film von Chris Marker über einen zeitreisenden Flughafenbesucher, der auf der Terrasse von Paris-Orly seiner eigenen Ermordung zusehen muss.

Meine Zeitreise auf dem Flughafen Willy Brandt verläuft friedlicher. Ich höre viele Zahlen. Lütke Daldrup wünscht sich, dass die richtigen in der Zeitung stehen. Zum Beispiel, dass dieser Flughafen im Grunde eher preiswert gewesen sei, er habe, reine Baukosten, nur knapp fünf Milliarden Euro gekostet. Trotz der Nussbaumfolie. Hinzu seien noch etwa achthundert Millionen Euro für den Schallschutz in der Umgebung gekommen. Von all den Mehrkosten, die durch die jahrelangen Nachbesserungen und die Verzögerung aufgelaufen sind (eine Milliarde Euro, vielleicht auch mehr), soll heute nicht die Rede sein. Es gebe jetzt sieben Entrauchungsanlagen statt einer, «jede so groß, dass ein Lkw durchfahren könnte», sagt er, zudem sei das Gebäude eine intelligente Maschine mit zweitausend mindestens ebenso intelligenten Türen, achtundzwanzigtausend Brandmeldern und etwa achtundsiebzigtausend Sprinklerköpfen. Wie viel kostet eigentlich ein Sprinklerkopf? Und wie viele sind es genau? Sprinklerköpfe zählen, das muss dieses berühmte German Engineering sein.

Am Ende unseres langen Rundgangs stehen wir wieder auf dem großen Platz vor dem Terminalgebäude. Die Architekten und der Flughafenchef lassen sich in der mild leuchtenden Abendsonne fotografieren, Meinhard von Gerkan erhebt sich aus seinem Rollstuhl, und ich frage mich, wie viel Lebenszeit sie alle wohl mit diesem Flughafen verbracht haben.

Als ich erfahre, dass einer der gmp-Partner, Hubert Nienhoff, sich heute zum ersten Mal seit 2012 auf dem Flughafengelände aufhält, wundere ich mich doch ein wenig. Warum war er so lange nicht hier? Weil, wie ich nun erfahre, den Architekten damals, nachdem der Flughafen nicht eröffnet werden konnte, die Werkverträge gekündigt worden waren. Ach, sie durften zuletzt gar nicht mehr mitmachen? Und dabei wollte ich sie eigentlich fragen, ob sie sich nicht auch ein bisschen schämen für dieses Flughafendesaster. Und wollte daran erinnern, dass der Architekt der Wiener Staatsoper Eduard van der Nüll sich einst (Architektenehre und so) erhängte, weil sein Bau, als er fertig war, einen Meter unterhalb des Niveaus der Ringstraße lag. Aber es scheint ja so – jedenfalls gelingt es gmp, diesen Eindruck zu erwecken –, als hätten sie mit der kleinen Verzögerung bei der Eröffnung unseres neuen alten Flughafens gar nichts zu tun.

Nun, ich habe mich umgedreht und schaue aus einiger Entfernung auf das Terminalgebäude, fällt mir ein, woran die Kolonnaden und das Arrangement mit den Flügelbauten mich auch erinnern: an David Chipperfields Friedhof von Venedig auf San Michele und an Atatürks imposantes Mausoleum in Ankara. Ja, ich sehe auf einmal Friedhofs- statt Flughafenarchitektur, es fehlen nur die Zypressen. Auf den Rendering-Bildern, mit denen gmp den Wettbewerb einst gewann, sind Bäume mit großen Kronen zu sehen; Bäume, die bisher leider nicht gepflanzt wurden; weder vor der geplanten Eröffnung 2012 noch in den Jahren seither. Schade, sie hätten viel Zeit gehabt, in den Himmel zu wachsen.

Vor bald fünfzig Jahren haben Gerkan, Marg und Partner West-Berlin einen fröhlichen Flughafen gebaut, ja, Tegel war ein fröhlicher Spielzeug-Flughafen mit Konzept, in dem alles zusammenpasste, so wie bei den im Jahr seiner Eröffnung 1974 auf den Markt gekommenen Playmobilfiguren. Neun auf der ganzen Welt gebaute Flughäfen später hat gmp ein Mausoleum errichtet, für sich selbst, für das Fliegen und für einen toten Eisvogel.

Wenn er am 31. Oktober 2020 tatsächlich eröffnet, haben Berlin, Brandenburg und ganz Deutschland den neuen Retro-Flughafen bekommen, den sie verdienen. Einen, der nicht und niemanden überfordert. Einen Flughafen, der heute aussieht, als wäre er über zwanzig Jahre alt. Einen, der keine Euphorie und keine großen Gefühle auslöst. Kurios, dass ausgerechnet im seltsamen Jahr 2020 gleich zwei Symbolbauten der Berliner Republik fertig werden: ein Replika-Schloss, das niemand braucht und das so tut, als hätte es den Zweiten Weltkrieg und die DDR nie gegeben, und der Flughafen, den wir fast vergessen hatten.

2020

Oderberger Straße

«Paul's Boutique» war schon da, als ich einzog in das Haus Oderberger Straße. Für mich gibt es den Laden schon immer. Seit mehr als fünfzehn Jahren sehe ich nicht nur Teenager – früher hauptsächlich aus Berlin, dann aus der ganzen Welt – sich dort die Nasen platt drücken. Hat Paul's Boutique geschlossen, habe ich Mitleid mit ihnen: Jetzt sind sie extra aus Koblenz, Böblingen und in normalen Jahren auch aus Turku oder Wisconsin gekommen – und stehen vor dem Geschäft voller alter Turnschuhe, ihren Traum-Sneakern so nah. Sehnsüchtig starren sie in das «Star Wars»-, Spielzeugroboter- und Boombox-Schaufenster. Und stehen sie nicht zu Recht dort? Ist dieses Schaufenster, ach was, der ganze Laden nicht eine Installation?

Ich verstehe sie, ich stehe selbst gern dort, noch immer, immer wieder, seit bald zwei Jahrzehnten. Ich liebe den mittlerweile leicht verblassten lebensgroßen Prinzessin-Leia-Aufsteller – bin ich nicht schon 1980 in sie verliebt gewesen, als ich sie zum ersten Mal im Kino sah?

Manchmal sehe ich, wie neue alte Kleidung – nicht nur Schuhe sind im Angebot – geliefert wird: Riesige Kartons auf Europaletten werden vor dem Haus abgeladen, Pappkartongebirge blockieren die Einfahrt und die Haustür. Und jedes Mal frage ich mich: Wer wird das alles kaufen? Es wird gekauft, schnell, es dauert nicht lange, und neue zerrissene Kartons füllen den Altpapiercontainer im Hof.

Könnte es sein, nur so ein Verdacht, dass die gebrauchten Kleidungsstücke, die in Paul's Boutique verkauft werden, inzwischen in China hergestellt und industriell gealtert und vorabgenutzt ausgeliefert werden? Wo soll das ganze Vintage-Zeug sonst herkommen? Sind nicht alle bunten Trainingsjacken längst verkauft? Oder ist es ein Kreislauf, kommen die Jacken nach einigen Jahren in westdeutschen Mittelzentren wieder zurück nach Berlin?

In und um Paul's Boutique war und ist immer etwas los. Bands spielen, Schauspielerinnen, sonst nur im Kino zu sehen, hängen herum; Mädchen, die Models werden wollen oder es schon sind, lümmeln auf der gelben Bank vor dem Laden.

Ich erinnere mich an die Fußballweltmeisterschaft 2014, vor Paul's Boutique steht – muss dieser mysteriöse Paul organisiert haben – ein Kuckmobil: ein riesiger Fernseher auf der Ladefläche eines kleinen, rückwärts eingeparkten Lkw. Unser Fußballkino vor dem Haus. Dort sitzen wir am 13. Juli 2014. Und ab der hundertdreizehnten Minute nicht mehr.

Während ich mich an die Jahre mit Paul's Boutique erinnere, muss ich mich fragen: Habe ich dort je etwas gekauft? Ich bin oft im Laden gewesen, habe durch das Kleiderstangenlabyrinth hineingefunden, um Pakete abzuholen oder Pakete, die bei uns abgegeben wurden, zu übergeben – aber habe ich je gut eingetretene Sneaker erstanden? Einen gebrauchten, mit dem Logo eines Provinzsportvereins bedruckten Blouson? Eine abgewetzte Barbourjacke? Vielleicht bin ich mal in Versuchung geraten – gekauft habe ich, glaube ich, nie etwas. Im Gegenteil, seit Jahren phantasiere ich, Jacken aus meinem überquellenden Kleiderschrank und Schuhe – zumindest einige der circa zwanzig Paar, die mir seltsamerweise nicht mehr passen – in den Laden zu bringen.

Paul's Boutique ist ein Ort, der an die neunziger und die ersten Jahre im neuen Jahrtausend erinnert. Und das nicht nur, weil er nach dem Album der Beastie Boys benannt ist, mit dem die neunziger Jahre einst begannen. Der Laden steht für eine

Zeit, in der nicht nur der Prenzlauer Berg ein großer Möglichkeitsraum war, eine Zeit, in der in Berlin alles möglich zu sein schien. Zum Beispiel, einen Laden zu eröffnen, der gebrauchte Sneaker verkauft. Praktischerweise lässt die Erinnerung an diese Vergangenheit sich ebendort erwerben, in Form von Schuhen und gebrauchten Kleidungsstücken. Trotz dieses, wie es scheint, aktuell sehr erfolgreichen Geschäfts mit dem Style der Vergangenheit ist Paul's Boutique ein historischer Ort, das Monument eines Berlins, von dem nicht viel geblieben ist.

Dass die Oderberger, diese zu Mauerzeiten zwangsweise verkehrsberuhigte Straße, sich in den letzten Jahrzehnten so sehr verändert hat und so viele Besucher, so viel Publikum anzieht, hat auch mit Paul's Boutique zu tun. Als ich einzog in unser Haus, nahm das Geschäft noch nicht die ganze Verkaufsfläche im Vorderhaus ein. Im kleineren, rechten, einst vom PDS-Büro besetzten Ladenlokal befand sich das Café Kombini. Von Kundschaft überrannt war es nicht, trotz des guten selbst gebackenen Kuchens. Oft saß ich allein dort. Bis Paul's Boutique eines Tages auch die Räume des Cafés übernahm. Der Fahrradständer des Kombini, ein selbst geschweißtes improvisiertes Monstrum, stand noch einige Jahre auf dem Bürgersteig vor dem Haus und rostete vor sich hin.

Die Oderberger, die schöne breite Straße – sie ist so breit, weil dort, wo einst die Mauer stand und wo sich heute der Mauerpark erstreckt, einmal ein Güterbahnhof war –, ist heute ein Opfer ihrer Attraktivität. Nicht nur sonntags, wenn Touristen in Horden und Pärchen in Kolonne die Straße auf und ab und zum Flohmarkt hin marschieren, sondern auch werktags, wenn die geführten Fahrradgruppen schwärmen, Reisebusse sich durch die Straße schieben und die Löschwagen der Feuerwehr nicht mehr durchkommen, weil all die Lkw, die Frischfleisch und Getränke liefern oder Fett absaugen, die Straße blockieren.

Heute wäre ein Café neben Paul's Boutique eine Goldgrube. Vielleicht.

Es gibt kein unsaniertes Haus mehr in der Oderberger und zu viele Ferienwohnungen. Sonntags gegen zehn – ich bestaune sie auf dem Weg zum Schrippen-Holen – ist die Schlange vor dem Café Krone nicht selten vierzig Meter lang. Die Frühstückshungrigen, viele von ihnen aus Übersee, warten vor einer Tafel, auf der «You will be seated» zu lesen ist. Sie werden platziert, denke ich und muss lachen: Die DDR ist wieder da.

Noch gibt es keinen Starbucks und keine echte Systemgastronomie in der Oderberger – wahrscheinlich eine Frage der Zeit. Wie viele asiatische Restaurants passen auf eine Straße, die gar nicht besonders lang ist? Zurzeit sind es acht oder neun, ich verliere den Überblick.

Symbolisch und sehr schlau, dass auf der Fassade des Hauses, in dem Paul's Boutique von Kundschaft überrannt wird, der Schriftzug «Berlin» zu lesen ist. Das gibt Halt und erinnert alle daran, wo sie sich befinden. Hier ist es also, dieses Berlin! Und hier lässt sich etwas davon kaufen. Zum Anziehen.

Paul heißt gar nicht Paul, fand ich bald nach unserem Einzug heraus, Paul heißt Frank. Wir sind einander gute Nachbarn, wir grüßen uns, wir plaudern, er lacht und fragt, wann das nächste Buch fertig werde. Bald, Frank, dauert nur noch ein paar Jahre. Frank ist mir so sympathisch, ich würde sogar getragene Turnschuhe von ihm kaufen.

2020

Ende eines Supermarkts

Erst am Kühlregal bemerke ich's: Mein Kaiser's ist kein Kaiser's mehr. Statt meiner Lieblingsjoghurts stehen da andere; es gibt die Vanille- und Naturjoghurts der Bio-Handelsmarke von Kaiser's Tengelmann nicht mehr. Wie viele Jahre habe ich sie gekauft und gelöffelt, oft abends spät, während ich auf den Küchencomputer glotzte, das Vanillejoghurt immer mit einer Prise frisch gemahlenem Espressopulver verfeinert, das Naturjoghurt morgens mit Müsli und Honig?

Nun stehe ich hier in diesem Supermarkt, in dessen Nähe ich schon so lange wohne, er trägt den Kaiser's-Schriftzug und das Kaiser's-Logo (auf dem ich lange Jahre keine Kaffeekanne erkannte, weil Kaffeekannen einfach nicht mehr so aussehen wie auf diesem Logo) auf dem Flachdach, über meinem Arm hängt einer der alten, leicht angestoßenen Kaiser's-Einkaufskörbe aus Kunststoff – und ich weiß nicht, was ich kaufen soll. An den Kassen, ich habe sie Kaiser's-Rot leuchten sehen, liegen, wie zum Hohn, Kaiser's-Einkaufstüten, die gewohnten Produkte jedoch fehlen.

Traurig – wie war das noch mit dem Glücksversprechen des Kapitalismus? – bewege ich mich durch die Gänge und finde nicht mehr, was ich suche. Was sonst mit schlafwandlerischer Sicherheit in meinen Korb wanderte, ist aus dem Sortiment verschwunden. Und mir kommt es vor, als wäre damit etwas von mir verschwunden – denn bin ich nicht das, was ich kaufe? Bin ich nicht das Produkt all der Produkte, die ich über die Jahre nach Hause getragen und aufgegessen habe? Muss ich nun, mit neuen, ungewohnten Produkten, nicht ein anderer werden?

Möchte ich das überhaupt? Womit habe ich das verdient? Ist der Verlust meines Lieblingsjoghurts vielleicht die Strafe dafür, dass ich in den letzten Jahren oft supermarktfremdgegangen bin, in Berlin und anderswo? Habe ich Kaiser's vernachlässigt?

Als ich mit den lieblos gestalteten Bio-Joghurtbechern an der Kasse stehe, fällt mir ein, dass ich wohl nie wieder die Kaiser's-Frage nach den Herzen hören werde: «Sammeln Sie Herzen?» – wie oft hat eine der Kassiererinnen das zu mir gesagt? Ich habe immer Ja gesagt, ja, ich sammle Herzen, ein Hobby, und meine Tochter liebte es, sie in die Sammelhefte zu kleben. Verdanken wir nicht die halbe Ausstattung unserer Küche den Kaiser's-Rabattaktionen? Den großen Bräter, die Wok-Pfanne, zwei Stielkasserollen, mindestens drei Töpfe? Und die Teelöffel, mit denen ich die Vanillejoghurts aß, kamen die nicht auch von Kaiser's?

Von meiner Lieblingskassiererin – ich kenne und verehre sie seit Jahren, sie kennt mich und weiß wahrscheinlich, was ich sonst immer kaufe – erfahre ich nicht nur, dass es die gewohnten Produkte nicht mehr geben wird, sondern darüber hinaus, dass dieser unser Kaiser's, in dessen Hülle nun ein Edeka steckt, bald, vielleicht noch in diesem Jahr, abgerissen werden soll. Statt des Flachbaus mit der asphaltierten Rampe – die Architektur verrät es, dieses Gebäude stand einst in einem anderen Land und beherbergte eine Ost-Berliner Kaufhalle; Nachbarn, die diesen Kaiser's «Kaufhalle» nennen, wohnen jedoch nur noch sehr wenige hier – soll eine weitere Luxus-Wohnanlage entstehen. Ob sie «Kaiser's Hofgarten» heißen wird?

Zu Hause, als ich den kargen Einkauf verstaue, finde ich weit hinten im Kühlschrank einen vergessenen Becher Kaiser's-Naturkind-Vanillejoghurt. Sein Mindesthaltbarkeitsdatum ist schon ein paar Tage überschritten. Ich werde ihn dort stehen lassen. Zur Erinnerung.

2017

PS: Der Kaiser's-Supermarkt, für mich noch immer Kaiser's, obwohl er zuletzt von Edeka betrieben wurde, war die letzte der Kaufhallen, die vom Ost-Berliner Wohnungsbaukombinat zwischen 1971 und 1980 im Prenzlauer Berg errichtet wurden. Fast baugleiche Exemplare standen am Teutoburger Platz, Marienburger Straße Ecke Winsstraße und an der Pappelallee. Heute sind sie alle abgerissen und mit Wohngebäuden überbaut.

Von Matthias Dell weiß ich, dass die kleinkriminellen Jungs aus Thomas Heises Prenzlauer-Berg-Dokumentarfilm «Wozu denn über DIESE LEUTE einen FILM?» um 1976 herum in genau diese Kaufhalle in der Fürstenberger Straße einstiegen, um Alkohol zu klauen, die viel später, erst nach dem Ende der DDR, zu meinem Kaiser's werden sollte. Seinen letzten Öffnungstag hatte dieser Supermarkt im April 2020. Dann rückten die Bagger an.

2021

Die neunundsechzigste Mall

Eröffnungsrabatt! Zehn Prozent! Zwanzig Prozent! Fünfundzwanzig Prozent im Drogeriemarkt!

Zettelverteilerinnen reichen gedruckte Reklame an, neben der Eingangstür klemmt ein Handwerker zwei aus der Wand ragende Kabel ab.

Ich wandere hinein in den karamell-orangefarbenen Innenraum der neuen East Side Mall und entdecke, Überraschung, es gibt einen Saturn, einen Elektrofachmarkt, der Flachbildfernseher und Waschmaschinen ausstellt. Ich betrete die nagelneue und schon veraltet wirkende Verkaufsfläche – möchte aber, trotz aller Eröffnungsangebote, lieber keinen Kühlschrank kaufen.

Und ich staune, welche erlesenen und in Berlin nie gesehenen Geschäfte in dieser Mall Filialen eröffnen: Aldi, McPaper, Nordsee, Deichmann, Rewe. Eine Bioladenkette ist auch dabei, die Versorgung ist gesichert, keine Mangelwirtschaft mehr im Osten.

Glücksräder stehen vor einigen Geschäften, die Kunden des Glücks stehen Schlange. Das traurigste Glücksrad dreht sich vor dem Mobilfunkladen im Untergeschoss. Das heißt, es dreht sich nicht einmal, es ist nur eine Animation auf einem hochkant stehenden Monitor und auf diesem nicht einmal ganz zu sehen. Zu gewinnen gibt es, die Schlange ist zwanzig Meter lang, ermäßigte Vertragsverlängerungen und rote Lutscher. Der Kapitalismus hat nichts zu verschenken. Neben den apathisch anstehenden Glücksrittern turnt eine junge Frau in Sportkleidung, sie tanzt, sie hampelt und wirbelt mit einem pfeilförmigen Schild.

«Macht xuperdrauf» steht auf dem Pfeil, sie wirbt für das neu eröffnete Fitnessstudio im Haus.

Es ist gar nicht so leicht, in die neunundsechzigste Mall von Berlin hineinzufinden. Das auffällig bunte, dunkelrot-orange-grauweiß-gestreifte Gebäude liegt zwar gut sichtbar an der Warschauer Brücke in Friedrichshain-Kreuzberg, doch gibt es von dieser noch keinen direkten Zugang. Junge Menschen weisen mit großen Schildern den Weg über escherhafte Betontreppen unter der Fahrbahn hindurch. Die Polizei ist da, mehrere Beamte lehnen am Geländer der Brücke. So groß, dass sie eingreifen müssen, ist der Andrang am Eröffnungstag nicht. Es dauert, bis ich verstehe, dass sie das Brückengeländer bewachen, an dem sie so lässig lehnen. Es versperrt den Zugang zu einem neuen, breiten Fußgängerübergang, der direkt ins Obergeschoss des Einkaufszentrums führen würde. Er darf jedoch nicht freigegeben werden, weil eine Öffnung des Geländers den Bestandsschutz des Bauwerks Warschauer Brücke aufheben würde.

Nach dem Zeitalter der «Center» und dem der «Arkaden» (beziehungsweise «Arcaden») darf ein Einkaufszentrum in Berlin einfach «Mall» heißen. So wie die vor wenigen Jahren durch Gerichtsverfahren um vorenthaltene Bauarbeiterlöhne berühmt gewordene Mall of Berlin nun die East Side Mall, die sich den anderen Teil ihres Namens von der nahen East Side Gallery geliehen hat.

«Mall», erzählt mir ein Freund, soll auf Plattdeutsch «albern» oder «verrückt» heißen. Nun kann sich jeder seinen Reim auf diesen Namen machen.

«Hier wie üblich die Fressmeile», höre ich einen wohlgenährten Blousonträger sagen.

«Och noch nich allet fertig», sagt seine Begleitung.

Und sie hat recht: Wie fast überall im Haus – heißt das Soft Opening? – sind Handwerker bei der Arbeit. Bei Zaddy's hängen Drähte aus der Decke, bei Vincent Vegan und Goldene Schnitzel brutzelt es hingegen schon. Es riecht nach Fett – ob die Belüftung noch nicht funktioniert?

Die niedrigen Raumteiler, die den Bereich mit den Tischen in dunkler Holzoptik von dem Anstehbereich trennen, sehen aus, als wären sie aus Sichtbeton – tatsächlich aber besteht ihre Oberfläche aus folienbeschichteten Platten. Und natürlich sind sie hohl. Mir gefällt, dass, wie einst falscher Marmor, heute falscher Sichtbeton gemalt wird.

Im Essbereich, der hier «Food Court Mahlzeit» heißt, gibt es eine Fensterfront, die Tageslicht einlässt, und dahinter eine schmale Terrasse mit Tischen und Stühlen. Von diesem Balkon geht der Blick auf die große Mehrzweckhalle, die erst nach einem Mobilfunkanbieter und später nach einem Mobilitätsanbieter benannt wurde. Fast alle, die dort ein Konzert oder eine Sportveranstaltung besuchen wollen, alle Eishockey- und Basketballfans, müssen in Zukunft an der Mall vorbei oder können, wie praktisch, durch sie hindurchmarschieren.

Der Blick fällt weiter auf die einfallslose, schuhkartonartige Bebauung des neu eröffneten Mercedes-Platzes. Ich sehe eine Baucontainersiedlung und das Gelände, auf dem die Berliner Stadtreinigung ihre Schneeräumfahrzeuge abgestellt hat, gleich hinter dem grünen Zaun die Galerie der orangefarbenen Schneeschieberschaufeln. Sie dürfen unter freiem Himmel rosten.

Die Turmspitzen der Oberbaumbrücke ragen ebenfalls ins Bild, die Spree ist nicht zu sehen.

Auf dem Weg hinaus in die frühere innerstädtische Peripherie, ich möchte mir den Mercedes-Platz ansehen, komme ich an drei Jugendlichen vorbei, die mit Besen und Kehrblechen bewaffnet sind. Sie kehren den frisch gepflasterten Vorplatz, sie lachen, einer von ihnen schiebt einen losen Pflasterstein auf seine Kehrschaufel. Neben ihnen fauchen und zischen vier Nebeldüsen und erinnern mit ihrer Dampfmaschinensimulation, wahrscheinlich unbeabsichtigt, daran, dass sich hier mal ein Industriegebiet und der Ostgüterbahnhof befanden.

Neben der nagelneuen und dezent bunten Fassade der East Side Mall sieht die Mercedes-Benz-Arena noch billiger und veralteter aus als am Tag ihrer Eröffnung. Der neue Mercedes-Platz ist trotz seiner Wasserspiele mit den aus dem Boden spritzenden Fontänen ein systemgastronomiedekorierter Ort urbaner Hoffnungslosigkeit. Nichts erinnert daran – aber wieso auch? –, dass hier einst die Lagerhallen standen, in denen sich bis in die frühen nuller Jahre die aufregendsten Clubs der Stadt ausgebreitet hatten, das Ostgut zum Beispiel, ein Stück weiter Richtung Mitte die Maria am Ostbahnhof.

Die Renditebebauung dieses Möchtegern-Markusplatzes, das Wasser der Spree ist nah, sieht aus, als wartete sie schon darauf, wieder abgerissen zu werden. Erlöse mich, scheint sie zu flüstern, verschrotte mich einfach wie ein Auto. Bald. Seit das Land Berlin dem privaten Entwickler dieses Areal überließ, hat der Quadratmeterpreis sich hier etwa versiebzigfacht.

Auf dem Weg zurück zur Mall komme ich mit einem jüngeren sizilianischen Wachmann ins Gespräch. Er trägt einen neongelben Bauhelm, eine neongelbe Weste und eine Brille mit einem dicken schwarzen Rahmen. Er sieht aus wie ein Schauspieler, der sich als Baustellenwachmann verkleidet hat.

Zehn Stunden stehe er jeden Tag hier, er arbeite für eine Zeitarbeitsfirma, die ihn auch schon in Geflüchtetenheimen und auf Festivals eingesetzt habe. Er mache diesen Job wegen der Krankenversicherung, samstags und sonntags verkaufe er geröstete Esskastanien auf dem Boxhagener Platz und dem RAW-Gelände. Und er träume davon, eines Tages ein Café oder eine Pizzabäckerei zu eröffnen.

«Früher gab es hier nur Punks», sagt er, «früher war hier alles ganz anders.»

Wie lange er in Berlin sei, frage ich ihn.

«Seit sieben Jahren», sagt er, und ich bemerke wieder: Jeder, der länger als vier Wochen in dieser Stadt wohnt, kann schon erzählen, wie es früher hier mal war. Davor. Wie wild, wie aufregend, wie improvisiert. Davon lebt die große Berlin-Erzählung.

Mir fällt in diesem Moment ein, dass ich im Mai 1990 zum ersten Mal am alten S-Bahnhof Warschauer Straße ausgestiegen bin, um zu Fuß über die damals noch nicht restaurierte Oberbaumbrücke – ihr fehlten die Türmchen und die Hochbahngleise – hinüber nach Kreuzberg zu gehen. Von einer Mall an diesem Ort habe ich damals nicht geträumt.

So, wie sie hier gelandet ist, gefällt mir die gestreifte Schachtel der East Side Mall mit ihren abgerundeten Ecken – entworfen vom niederländischen Architekten Ben van Berkel – ausnehmend gut. Die Lamellenfassade erinnert an eine Reptilienhaut und gibt dem Baukörper etwas Luftiges: Dieser parametrische Kasten möchte eine Skulptur sein und so aussehen, als käme er aus der Zukunft – und mit seiner Retrofarbgebung zugleich mehr sein als eine Schachtel.

Und ich glaube, ich weiß jetzt, woran die große bunte Kiste mich erinnert: Sieht sie nicht aus wie ein gigantischer WLAN-Router? Wie das Ding, aus dem zu Hause das Internet kommt? Das Internet, in dem ich alles einkaufen könnte.

Wozu überhaupt noch Malls? Ich kann doch vom Sofa aus einkaufen. Oder im Bett liegend. Wieso soll ich überhaupt ein Einkaufszentrum besuchen? In Zeiten, in denen ich alles online ordern kann, brauche ich einen Grund, eine Mall zu betreten.

In mir keimt der Verdacht, dass die schöne neue Mall, durch die ich wandere, ein Museum sein könnte. Ein nagelneues Museum, das seinen Besuchern zeigen und vorführen soll, wie das Einkaufen früher funktionierte, bevor es Lieferdienste gab, die am selben Tag oder innerhalb einer Stunde an der Haustür klingeln.

Wer soll denn, ich schlendere an der heute «wegen technischer Probleme» geschlossenen Post vorbei, in dieser Mall einkaufen, wenn die zum Eröffnungstag angelockten Umlandbewohner nicht mehr kommen? Touristen? Kreuzberger, die über die Oberbaumbrücke spazieren? Die inexistenten Anwohner des Mercedes-Platzes? Die Umsteiger, die hier von der U-Bahn in die S-Bahn wechseln und umgekehrt? Die Kunden, die sich früher im heute zu einem Betonskelett zurückgebauten Kaufhof am Ostbahnhof versorgten? Alle, die kein Internet haben?

Wir werden sehen. Mall-Jahre sind Hundejahre. Die nur zwei S-Bahn-Stationen entfernte Alexa-Mall sieht viel älter aus als die elf Jahre, die seit ihrer Eröffnung vergangen sind. Und vielleicht erleben wir es noch, dass aus den 1998 mit großem Tamtam eröffneten Potsdamer Platz Arkaden eine Wärmehalle für neue Wohnungslose wird.

Der schönste Ort der bisher nur zu neunzig Prozent vermieteten East Side Mall ist das obere Parkdeck: freie Sicht, Luft und Sonne auf dem Dach. Am Eröffnungstag gegen halb zwölf stehen nur wenige Autos dort, die meisten mit Zwei- und Drei-Buchstaben-Kennzeichen. Hier könnte ein Dachgarten sein, eine Bar – stattdessen stapfe ich über dilettantisch gepinselte Linien, die weiß umrahmte Parkplatzrechtecke auf den Betonboden malen. Schade.

Was mir noch gefällt, während ich durch diese im Vergleich eher bescheidene Mall spaziere – İstinye Park in Istanbul ist viermal so groß, Westfield London hat fast zehnmal so viel Verkaufsfläche: Im Untergeschoss kann ich beobachten, wie die Folie von einer Palette fabrikneuer roter Rewe-Einkaufskörbe gezogen wird. Bräuchte ich etwas, ich könnte mit einem jungfräulichen Korb einkaufen gehen. Schutzfolie klebt an einigen Stellen über dem Handlauf des Luftraumgeländers. Und am Vormittag stehen die silbernen Mülleimer wie Pinguine in einer Kolonie zusammen im Erdgeschoss, gegen Mittag haben sie sich verteilt. Und mir gefallen die schwarzen, wohl mit Sand gefüllten Plastiksäcke mit East-Side-Schriftzug. Sie hindern die vergeblich an ihnen zerrenden Gasluftballons daran davonzufliegen.

Um zwanzig vor zwölf, endlich ist es so voll geworden, wie das Mall-Management sich das zur Eröffnung gewünscht haben wird, ertönt Alarm. Alle Besucher und Angestellten sollen das Gebäude verlassen.

«Es könnte ein Feuer ausgebrochen sein», heißt es. Die Läden schließen. «Wo ist der Sammelpunkt?»

«Warum sagen sie nicht, was los ist?»

«Jetzt kommt echt die Feuerwehr.»

Panik bricht keine aus, während beeindruckend viele Menschen Richtung Ausgang strömen. So viele Personen passen in diese Schachtel?

Niemand weiß Genaues, es folgt keine Durchsage, irgendwie ahnen alle, dass es sich um einen Fehlalarm handelt.

Ich gehe mit bis zu den Türen, die zur Warschauer Brücke führen, bleibe dann aber, es kümmert niemanden, im Gebäude zurück. Schon immer wollte ich einmal ganz allein in einer Mall sein. Und für drei oder vier Minuten stehe ich tatsächlich fast allein mit einer jungen Gutscheinverteilerin und zwei Männern in gelben Warnwesten auf dem Gang und schaue in die Gesichter der aus dem Einkaufsparadies Vertriebenen.

Mehrere Hundert, vielleicht sind es sogar Tausend warten sehnsüchtig auf der anderen Seite der Glastüren. Wie die Untoten in George A. Romeros «Dawn of the Dead» wollen sie wieder hinein in die Mall, zurück an den Ort, der ihnen vielleicht nicht immer im Leben, heute aber der wichtigste ist.

2018

Erlösungsspiel am Rosenthaler Platz

2. März 2016, 13.47 Uhr

Ich stehe am Rosenthaler Platz, als ob ich verabredet wäre. Als würde ich auf jemanden warten. Ich warte, ich weiß nur noch nicht, auf wen.

12. März 2016, 15.12 Uhr

Ein Mann umarmt die Litfaßsäule vor der Apotheke, eine Straßenbahn kommt den Weinbergsweg herunter, hält an, eine Frau, sie hat eine braune Brötchentüte in der Hand, überquert die Straße, bleibt kurz vor der Bordsteinkante stehen, bückt sich und hebt etwas auf. Eine Münze?

1. April 2016, 12.04 Uhr

So viele Sonnenbrillen heute, so plötzlich. Eine sitzt auf der weißen Bierbank vor dem Zeitschriftenladen und macht sich Notizen. «Wenn du dich nicht bewegst, dann geht's nicht», sagt eine Frau, sie spricht mit ihrem Mann. Eine Straßenbahn kreuzt den Rosenthaler Platz. Es rumpelt.

14. September 2016, 19.08 Uhr

Immer wenn ich hier sitze, weiß ich wieder, wozu ich da bin.

12. Juli 2017, 13.02 Uhr

Eine Frau und ein Mann unterhalten sich auf Polnisch, Regen fällt, ein Auto fährt, wo nur die Straßenbahn fahren darf, jetzt steht es hilflos vor der Kreuzung. Zwei fast gleich große, hellblonde Frauen, beide in Ostfriesennerzen, steigen die Treppe zum U-Bahnhof hinunter, hinter ihnen ein Mann mit Vollbart, der einen pinkfarbenen Schirm zusammenfaltet. Rollkoffer rattern im Regen noch lauter als sonst. Im Haltestellen-Wartehäuschen sitzt eine Chinesin in Shorts, sie hat sich ein kariertes Plaid über die Schultern geworfen.

2. August 2017, 14.27 Uhr

«Das solltest du von deinem Freund schon wissen», sagt eine Frau, ein Mann trägt einen Notebook-Karton über den Gehweg, die Straßenbahn lässt ihr Abfahrtssignal ertönen, die Sonne scheint durch die Wolken. Ein türkisfarbenes Kleid schwebt vorbei, gleich dahinter ein luftiges Schwarzes. Wie war das früher als Wildbeuter in der Steppe, als Eiszeitjägerin, immer die gleichen Menschen sehen und bloß ein- oder zweimal im Jahr oder im Leben Fremde? Das ist die eigentliche Errungenschaft der Stadt: dass sie so viele Möglichkeiten der Begegnung bietet. So viele, die vorübergehen, jeden Tag. «Mein guter DHL-Mann ist im Urlaub», sagt die Frau, die aus dem Zeitschriftenladen tritt, «ich kann ihn nicht anrufen und fragen, wo das Paket bleibt.»

29. August 2017, 12.08 Uhr

Die Blätter der Bäume sind dunkelgrün, ein warmer Wind bewegt sie hin und her. In den letzten drei Minuten sind zwei Fjällräven-Kånken-Rucksäcke vorbeigetragen worden, eine Frau, die Madonna lactans vom Rosenthaler Platz, sitzt auf einer der Drahtbänke und stillt ihr Kind.

1. September 2017, 15.20 Uhr

Vor dem Rosenback-Kiosk steht eine größere Gruppe jüngerer Frauen und Männer beisammen, sie tragen Vintage-Abendkleider und -Anzüge zu Turnschuhen, fast alle haben Bierflaschen in der Hand. Eine in einem weißen Kleid beginnt, Brezeln aus einem Pappkarton in die Menge zu werfen, Gelächter, ein Mann mit roter Fliege überm grünen Hemd hält eine kurze Rede, vielleicht auf Englisch, auf der anderen Straßenseite ist wenig zu verstehen, vier Gäste filmen. Applaus, als die Frau im weißen Kleid und der Mann sich küssen.

11. September 2017, 17.17 Uhr

«Besoffen ist nichts für mich», sagt eine Mädchenstimme, «besoffen fühlt sich voll eklig an», eine Frau steigt vom Rad. «Es gab nichts zu essen, weil ihre Mutter war noch in Polen, dabei soll man ja was essen zum Trinken», die Frau, die vom Rad gestiegen ist, scheint ihren Fahrradschlüssel zu suchen, sie hält ihr schweres Bügelschloss in der Hand. «Ich wollte kotzen, aber ich konnte nicht kotzen.» – «Man soll Wasser trinken», sagt eine zweite Stimme, «und dann haben wir Zigaretten geraucht, und ich so: Zigaretten abschaffen, ich wollte nur kotzen und konnte nicht», der Frau, sie trägt ein kurzes rotes Kleid, fällt das Schloss herunter, eine Taube fliegt auf.

29. September 2017, 16.48 Uhr

Ein Rettungswagen biegt mit Blaulicht in den Weinbergsweg, am Kiosk steigen zwei Foodora-Boten gleichzeitig vom Rad, der eine kniet nieder und prüft die Speichen seines Hinterrads, neben ihm glitzert eine platt getretene Capri-Sonne auf der Gehwegplatte. Ein älterer Jogger in T-Shirt und kurzer Hose hüpft vorbei, eine etwa fünfzig Jahre alte Frau – verwittertes Gesicht, das blondierte Haar zu zwei Zöpfen geflochten, eine noch nicht brennende Zigarette zwischen den Lippen – setzt sich auf eine Bierbank und öffnet eine kleine Flasche Weinbrand der Marke Protegé; sie zittert, das Feuerzeug fällt ihr aus der Hand.

30. September 2017, 16.45 Uhr

Ein Mann, Metallrahmenbrille und Bart, steht im Bademantel auf der Straße, dicke weiße Wollsocken und Pantoffeln an den Füßen, er beißt in einen Döner, das Telefon hat er in der anderen Hand. Aus seiner ausgebeulten Bademanteltasche, dort muss ein gekoppelter Bluetooth-Lautsprecher stecken, plärrt «Big in Japan», bis plötzlich ein Anrufzeichen ertönt. Der Bademantelmann nimmt das Gespräch an, es meldet sich, der Rosenthaler Platz hört mit, eine weibliche Stimme, sie spricht mit russischem Akzent.

29. November 2017, 13.59 Uhr

Zwei Handwerker stehen rauchend vor dem Schaufenster der Back-Factory und unterhalten sich über Panoramakabinen auf der *AIDA*, wie viel eine Kreuzfahrt kostet, mit Balkon oder ohne, und für welche Häfen welche Seite des Schiffs die bessere ist. Eine Frau in weißem Pelz- oder Kunstpelzmantel, weißer knöchelfreier Hose, mit weißem Schal um den Hals und weißer Sonnenbrille im silberweißen Haar führt einen West Highland White Terrier über den Asphalt. An einer weißen Leine. «Heimat neu entdecken» lese ich auf der Plastiktüte eines Mannes mit blau-weiß gestreifter Mütze, hinter ihm ein junger Mann mit Dreadlocks, er trägt ein Paket. Eine Frau spricht in ihre Freisprecheinrichtung, sie zählt Symptome auf, «Rückenschmerzen, Bauchweh, mir tut einfach alles weh», vor dem U-Bahn-Eingang hat sich eine kleine Menschentraube gebildet. Eine Frau stapft in weißen Moon Boots und roten Totenkopf-Leggings über die Straße, auf den Fersen ihrer Stiefel steht tatsächlich «Moon Boots», in Astro-Typo geschrieben. «Einen schönen Feierabend wünsche ich», verabschieden die *AIDA*-Handwerker sich, ein Mann sitzt mit einem leeren Bierkasten an der Haltestelle.

4. Januar 2018, 13.22 Uhr

Worauf ich warte? Es ist ein Spiel, ich nenne es das Erlösungsspiel. Es spielt sich ganz leicht: Ich muss hier nur so lange bleiben, bis ich jemanden sehe, der mich kennt und grüßt. Keine Minute länger.

10. Januar 2018, 13.10 Uhr

Komm bitte, komm doch bitte. Ich sitze hier, erlöse mich. Komm und erlöse mich! Es ist so kalt.

2. Februar 2018, 11.31 Uhr

Ein DHL-Mann wirft die Tür seines Lieferwagens zu, sie verriegelt sich, als er auf den Schlüssel in seiner Hosentasche drückt. «Hinweise sieht man halt, ja, ich weiß», höre ich, helle Sonne heute, klarer Tag. Kalt. Ein Deliveroo-Bote trägt sein Fahrrad die U-Bahn-Treppe hinauf, er grüßt eine Foodora-Frau, eine Tram fährt ab, eine zweite kommt, eine Brötchentüte knistert, «anderer Lebensabschnitt, ein Partner, das ist die Rettung», ein Mann mit Pudelmütze hat einen braun lasierten Holzstuhl auf dem Rücken, «du musst dein Beziehungskonzept anpassen, die Frage ist dann halt», ein Mann in blauer Jogginghose ruft einen Dalmatiner «Leo», «eine erwachsene Beziehung führen, zusammenziehen, er arbeitet», eine Joggerin in schwarzen Lauftights, die Wangen errötet, atmet schwer, «aber ich habe auch meine crazy Momente, so einfach bin ich nicht.»

2. März 2018, 16.17 Uhr

Eine blonde, hochschwangere Frau kommt in einem dunkelblauen Mantel aus der Apotheke, ein Mann verschwindet mit einem gefalteten Umzugskarton unter dem Arm im U-Bahn-Eingang, er geht an der Bettlerin vorbei, die heute hinter einem zerknitterten Pappbecher auf dem Boden kauert, ein Zementwagen steht auf dem Platz, möchte abbiegen, seine Trommel dreht sich.

5. März 2018, 17.04 Uhr

Wie unterschiedlich Menschen gehen. Ist es nicht ein Wunder, dass sie sich so aufrecht halten und dabei vorwärtskommen? Warum fallen sie nicht um? Und keiner bewegt sich wie der andere, jeder geht anders. Hier ist die Bühne, hier ist Theater, hier treten sie auf, die Schauspieler des Daseins, sie führen vor, das ganze Leben.

6. März 2018, 19 Uhr

Ich wundere mich, dass ich noch da bin. Dass wir noch da sind. Dass ich schon wieder hier bin. Der einbeinige Rollstuhlmann schiebt sich vorbei und ruft: «Ein bisschen Scheiße an der Seite, du Schwanzlutscher, du Wichser.»

12. April 2018, 14.55 Uhr

Saharawind bringt Sand, in der Sonne ist es warm, die knospenden Bäume schimmern hellgrün. Eine Frau und ein Mann in Jeansweste unterhalten sich auf Georgisch, die Frau, kurzes, dunkles Haar und dunkle Augen, hat keine Jacke an. Sie lächelt. Eine Foodora-Botin, ihr Helm hat die gleiche Himbeerfarbe wie die Box auf ihrem Rücken, steigt vom Rad, der Rückenkasten, ihr Ranzen, das Bündel, das sie tragen muss, hat fast die Ausmaße eines Backofens – es kann nicht so leicht sein, sich damit zu bewegen. Eine Frau in einer weißen Windjacke, rot-blonder Pferdeschwanz, lacht laut auf, die Bahn kommt und kommt nicht durch, ein Auto steht auf den Schienen. Ein sehr kleiner Hund geht angeleint neben einer Frau, die einen Kinderwagen schiebt, sie trägt einen rot-pinkfarbenen Rock, auberginefarbene Nike-Sneaker und eine Wildledertasche mit Fransen, sie schaut auf, sieht mich und winkt.

20. Mai 2018, 1.41 Uhr

Die Nachtigall singt. Und ich dachte schon, sie wäre verschwunden. Nun höre ich sie wieder.

30. Mai 2018, 21.45 Uhr

Ein Tetra Pak Durstlöscher und eine leere Bierflasche stehen auf dem Verteilerkasten, dessen Werbefläche schnelleres Internet verspricht. Wind weht ein Stück Alufolie über den Asphalt, die Lindenbäume duften, Vogelzwitschern dringt durch das Bierbankgemurmel, ein Italiener, Sonnenbrille im offenen weißen Hemd, brüllt in seine Freisprechanlage, neben ihm trinkt ein Mann, sein Bauch wölbt ein Deutschland-T-Shirt, ein Efes. Eine Leihfahrradfahrerin in einem langen weißen Kleid rollt den Barnimabhang herunter, blaue Stunde, der Rosenthaler Platz leuchtet, die Straßenbahn bremst, Türen öffnen sich, das Abfahrtssignal ertönt. Wieder eine Fahrradfahrerin ohne Licht, ein Mann mit Haarkranz springt zur Seite, die Straßenbahn klingelt. Die Bierflasche ist vom Verteilerkasten verschwunden. Den oder die Pfandsammlerin habe ich nicht bemerkt.

4. Juli 2018, 22.59 Uhr

Ist hier nicht der Platz, an dem du vorbeikommen müsstest? Stehe ich deshalb hier? Steigst du vom Berg herab? Kommst du aus der Unterwelt oder vom Himmel hoch? Landet dein Hubschrauber?

25. Juli 2018, 11.39 Uhr

Ein Plakatkleber hält an, sein Fahrrad zieht einen Anhänger, auf dem ein Leimeimer mit Pinseln und Behälter mit gerollten, noch zu klebenden Plakaten stehen. Vormittagstrinker im milden Licht vor dem Rosen-Kiosk, zwei Sonnenbrillen gehen vorbei, und ich weiß schon, eines Tages werde ich für immer hier sitzen bleiben.

26. Juli 2018, 7.22 Uhr
Sitze ich schon wieder hier? Immer noch? Kann sein. Selber Platz wie gestern. Es ist warm. Warm genug.

29. Juli 2018, 11.04 Uhr
Eine Frau in Hotpants, sie hat Riesentattoos auf Schienbeinen und Waden, trägt eine Geranie vorbei, ein Werbeaufkleber glänzt auf dem Blumentopf. Hinter ihr spricht eine Koreanerin in ihr iPhone, sie hält es waagerecht vor ihre Lippen, sieht aus, als bisse sie in eine Tafel Schokolade. Wieder eine Frau mit einer Geranie – wo werden die verschenkt? Ein Mann in einem schwarzen Kurzarmhemd mit weißem Priesterkragen hat keine Geranie in der Hand, neben ihm eine jüngere Frau, die – warum nur? Es ist so heiß – in einer neongelben gefütterten Winterjacke steckt.

30. Juli 2018, 23.45 Uhr
Hoch oben im vierten Stock des Circus Hostel hängen drei Wäschestücke im Fenster, ein T-Shirt, eine Bluse und ein Soft-BH – die Fenster sehe ich zum ersten Mal. Die Straßenbahn hält, sie ist fast leer, die Türen öffnen sich, ein mittelaltes, bieder gekleidetes Touristenpaar steigt ein und lässt zwei Bierflaschen auf der Drahtgitterbank zurück. Zwanzig Sekunden später hat der Mann, der zurzeit mit Matratze im Wartehäuschen wohnt, sie sich schon geschnappt. «Hör auf, sie zu verteidigen», höre ich eine Siebzehn- oder Achtzehnjährige sagen, ungeübt auf viel zu hohen Absätzen unterwegs, Flaschen klirren, tropische Nacht.

3. November 2018, 15.02 Uhr

Die knochigen Äste der Bäume sind wieder sichtbar. Ein Mann trägt ein Baby im Tuch vor der Brust, die Frau daneben schiebt den leeren Kinderwagen. Ein Spatz fliegt gegen die Schaufensterscheibe der Back-Factory und bleibt benommen liegen, setzt sich auf, bewegt sich nicht, verharrt in Starre, zwei, drei, vier Minuten, keine Katze kommt. Und fliegt plötzlich wieder, auf und davon.

7. November 2018, 14.44 Uhr

Eine ältere Frau überquert die Brunnenstraße, sie stützt sich auf einen Rollator. Ein Mann mit Vollbart, er trägt riesige graue Wollhandschuhe und eine rote Mütze zu einem weißen T-Shirt, wankt über den Weinbergsweg, eine Flasche Bier in der Hand, eine zweite unter dem Arm. «Bäckerei Kiosk Cash 23 h» sammelt nun Unterschriften, um Bierbänke und Tische weiterhin nach zweiundzwanzig Uhr draußen stehen lassen zu dürfen. Schülerinnen, dreizehn oder vierzehn Jahre alt, ein ganzer Pulk, gehen vorbei. Eine Frau, sie trägt ein gelbes T-Shirt über einem dunklen Pullover, ihre Jacke steht offen, brüllt in ihr Telefon, ein Mädchen, höchstens zehn, fährt auf einem Alu-Tretroller vorbei, eine Frau in einem auffällig blau-schwarz gemusterten Wollmantel sagt etwas auf Arabisch, wieder biegt ein Rettungswagen in den Weinbergsweg ein, die Sonne sinkt hinter ein Torstraßenhaus.

2019

Gartenjahre

1

Im Frühjahr und Frühsommer ist immerzu von ihm die Rede, später im Jahr flaut das Interesse meist ab. Vom Garten wird jahreszeitenabhängig geschwärmt. Im Winter ist er fast vergessen.

Unserer liegt vor Berlin, im Umland. In einer früheren Sommerhaussiedlung. Es ist ein schöner Garten. Fast tausend Quadratmeter groß. Ein Grundstück, auf dem mehrere Kiefern, ein ausgewachsener Ahornbaum, eine hohe Birke, eine Eiche, eine Buche, viele Fliederbüsche, Haselnusssträucher und einige Obstbäume stehen. Dazwischen ein schwedenrotes Sommerhaus. Eine Datsche. Ein Traum eigentlich.

2

Das allererste Mal sind Thomas und ich mit seiner damaligen Freundin und deren Freundin Judith dort gewesen. Die beiden Frauen hatten den Garten aufgetan; wir bewarben uns um die Nachfolge als Pächter bei dem älteren Ost-Berliner Ehepaar, die ihn seit den sechziger Jahren genutzt hatten. Beide waren ehemalige Mitarbeiter des Ministeriums für Auswärtige Angelegenheiten der DDR gewesen, wie sie uns erzählten. Thomas' Freundin stammte aus Frankfurt an der Oder, sie kannte die Ost-Codes und wusste, ihnen zu schmeicheln, Judith, die West-Berlinerin, hatte sie sich angeeignet. Die beiden Frauen bezirzten das ältere Paar. Uns hatten sie eingeschärft, auf jeden

Fall die Klappe zu halten. Um ja nicht zu verraten, dass wir Wessis waren.

Das Manöver glückte, wir erhielten den Zuschlag und durften den Garten übernehmen. Thomas zahlte Abstand und wurde alleiniger Pächter. Judith überlegte es sich bald anders und war, wenn überhaupt, nur noch zwei- oder dreimal im Garten. Sie und Thomas' Freundin verkrachten sich, weil Letztere sich in Judiths sehr erfolgreichen Büchern nicht so dargestellt wiedererkannte, wie sie selbst es sich gewünscht hätte.

Es ist halt nicht ungefährlich, mit einer Schriftstellerin oder einem Schriftsteller befreundet zu sein.

3

Er liegt in Rangsdorf, ein kleines Stück südlich des Berliner Rings. Bis zum Mauerbau fuhr die S-Bahn dorthin, heute halten die Regional-Express-Linien 5 und 7. Vom Bahnhof ist es nur ein kurzer Fußmarsch in den Garten, den unsere Vorgänger fast vierzig Sommer gepachtet hatten.

All das, was sich in diesen Jahrzehnten angesammelt hatte, lag und stapelte sich im Sommerhaus und in dem gar nicht kleinen, aus Asbestzementplatten errichteten Gartengeräteschuppen. So viel Zeug. Verrostetes Werkzeug, antike Mistgabeln, Rechen und Harken. Vorkriegs- und DDR-Gartengeräte, aber nichts aus Kunststoff oder etwas, das Thomas und mir aus unseren westdeutschen Gartenkindheiten vertraut gewesen wäre.

Wir begriffen, was wir alles kaufen konnten. Garten als Konsumgelegenheit. Wir kauften neue Harken, neue Rechen, Schaufeln und einen neuen Rasenmäher. Wir kauften Gartenscheren, Gartenschläuche, Schlauchkupplungen, Schlauchtrommeln, Rasensprenger, Gießkannen, Gartenduschen, neue Gartenliegen (aus Kunststoff), Klappstühle (aus Kunststoff), Sonnenschirme, Gartenschuhe, Gartenhandschuhe. All die neuen Gartengeräte verteilten sich wie eine neue Sedimentschicht über den älteren. Bald hatten wir alles zwei- oder dreifach. Wir kauften neue Herdplatten, Verlängerungskabel, Solarlampen und einen künstlichen hohlen Stein aus Kunststoff, in dem, ach, wie raffiniert, der Schlüssel für die Hütte versteckt wurde.

Die diversen, nicht weit von der Autobahnabfahrt entfernten Bau- und Gartenmärkte waren unsere Paradiese. Und wir arbeiteten hart daran, unseren Garten in eine ihrer Filialen zu verwandeln.

4

Der Garten war damals ein Kindergarten. Unsere Kinder waren klein, und der Garten war der Ort, um Zeit mit ihnen zu verbringen. Und, machen wir uns nichts vor, der Ort, um die Zeit mit ihnen herumzubringen. Sie beschäftigten sich dort so gut. Auch mit sich selbst. Sie spielten, so wie wir auch.

Gleich im ersten Frühjahr montierten wir in einer konzertierten Aktion mit vielen Helfer*innen – Schwester und Schwager kamen immer öfter in den Garten – ein größenwahnsinniges Klettergerüst. Es bestand aus einem Holzturm mit integrierter Sandkiste, einer Schaukel, einem Kletternetz, einer Kletterwand, einer Reckstange und einer hellblauen, sanft geschwungenen Kunststoffrutsche. Neun Pfähle mussten wir einzementieren. Wir fühlten uns wie unsere Großväter beim Westwallbau.

Später erst wurde uns klar, dass wir dieses Kindheitsmonument, an dem sich auch ein Basketballkorb, ein dickes Tau mit Knoten und ein Boxsack befanden, für uns selbst errichtet hatten. Für die kleinen Jungen in uns. Wunscherfüllung, viele Jahre später.

Weniger aufwendig waren die Vorbereitungen, wenn wir Federball oder Volleyball spielen wollten. Wir mussten bloß ein Netz oder eine Schnur zwischen zwei Obstbäume spannen. Und, um Tischtennis zu spielen, die Platte aus dem Schuppen herausmanövrieren und aufklappen.

Wir fingen an, ein Haus im Ahornbaum zu bauen, ziemlich weit oben, Strickleiter bis zur ersten Astgabelung, danach musste frei weitergeklettert werden. Aus dem Baumhaus, es wackelte ein wenig, bot sich eine gute Aussicht auf die nahe Bahnlinie und die umliegenden Gärten. Die links und rechts unseres Grundstücks waren schon mit Einfamilienhäusern bebaut. Eines Tages, Jahre später, kam ein Bauminspektor der Gemeinde Rangsdorf und sagte, wir müssten unser Baumhaus entfernen, Schwarzbauten in Bäumen seien in Deutschland nicht erlaubt.

Die Datsche wurde zu einem Arsenal und füllte sich mit Nerf-Blastern und Nerf-Munition, die wir in Zinkeimern bunkerten. Wie viele der grellbunten Plastikpistolen und -gewehre hatten und haben wir noch immer? Wir spielten historische Schlachten nach – Jena! Großbeeren! Berlin! – und beschossen uns über Stunden mit den von unseren Spielzeugwaffen abgefeuerten Schaumstoffpfeilen. Es machte wahnsinnigen Spaß, sich zu beballern. Vom Ahornbaum herab, aus dem Kletterturm, vom Dach der Hütte, aus der Deckung der Fliederbüsche heraus oder vom Komposthaufen. Zeitweilig lagen mehr der gelb-roten und gelb-blauen Schaumgeschosse im Garten, als Blumen blühten. Pädagogisch und ökologisch war es sicherlich zweifelhaft, uns aus Plastikmaschinenpistolen und -gewehren (teils mit elektrischer Schnellfeuerung) zu beschießen, aber unsere Kinder waren so einmal der Holzspielzeughölle Prenzlauer Berg entkommen. Und ich freute mich immer ein bisschen, wenn ich sah, wie sehr meine Tomboy-Tochter das Kriegsspiel liebte.

Das mit dem Kriegsspiel steigerte sich in dem Sommer, als sie alle «Tribute von Panem»-Bücher gelesen und den ersten der

«Hunger Games»-Filme gesehen hatte. Nun besaß die Zwölfjährige nicht nur eine Zwille, sondern auch einen Bogen, der fast so groß wie sie selbst war. Und verschoss Pfeile, die tief in der Hüttenwand und im Holz des Kletterturms stecken blieben. Sie zielte auf alles, was sich bewegte. Und schließlich fand sich in den Tiefen des Asbestschuppens ein uraltes Luftgewehr.

Die Kinder wollten ein Trampolin, also stand bald ein großer runder Hopskäfig mit Netzwand im Garten. Das Trampolin steht noch immer dort, wo einst, lange vor dem Krieg vermutlich (die großzügigen Grundstücke wurden 1928 parzelliert), ein Stellplatz für ein Auto angelegt worden war. Als wir den Garten übernahmen, war das Tor schon so verrostet, dass es sich nicht mehr öffnen ließ. Heute ist es in die Hecke eingewachsen.

In den ersten Sommern gab es ein Planschbecken, dann zwei, später drei. Und noch später einen großen Aufstellpool, drei mal fünf Meter. Von da an hatte auch unser Garten eines dieser blauen Rechtecke, von denen beim Landeanflug auf Berlin so erstaunlich viele zu sehen sind. Im Herbst muss das Wasser abgelassen, und die Seitenwände müssen abgebaut werden. Eine Arbeit, vor der ich mich gern drücke.

5

Thomas hingegen arbeitete immer, hatte stets etwas zu tun. Er musste gießen, spritzen, pflanzen, graben, schneiden oder wässern, während ich ihm aus dem Liegestuhl zurief: «Otium, Thomas! Kein negotium!»

«Es gibt hier aber keine Sklaven, die die Arbeit für uns erledigen, wie auf einem römischen Landgut der Antike.»

«Sieht aus, als ob du dich zum Sklaven deines Gartens machst. Dabei sollte er doch ein Ort der Erholung sein, nicht ständiger Geschäftigkeit.»

«Ach was, diese Arbeit ist meine Erholung», sagte Thomas.

Auch seinen Computer hatte er immer dabei. In der Hütte gab es bald Monitore, Headsets, Lautsprecher und alles, was nötig war, um seine Geschäfte aus dem Garten zu steuern – und das lange bevor Homeoffice eine Zwangsmaßnahme wurde. Thomas sprach immer von seinem Büro in den Blumen.

Den Blumen seines Blumenbüros errichtete er bald ein gar nicht kleines Foliengewächshaus, in dem er Samen keimen ließ, Stecklinge zog und blühenden Nachwuchs züchtete. Und hin und wieder die ein oder andere illegale Pflanze.

Während seines ununterbrochenen Umherwuselns kochte ich Kaffee und las die Zeitung, deren Seiten der Wind zerzauste, und lauschte, dann war Samstagnachmittag, der Bundesliga-Schlusskonferenz. In den ersten Jahren bei schlechtem Empfang über UKW, später digital.

Irgendwann erhob ich mich und fuhr mit zwei oder drei Kindern, mit der Freundin, der Schwester oder wer auch immer mit im Garten war, die Besetzung wechselte, zum Einkaufen in den Bau- und Gartenmarkt, zum Discounter oder zu Edeka. Grillkohle brauchten wir immer. Jedes Wochenende. Wir brauchten Grillkohle, Grillfleisch, Grillkäse, Rostbratwürstchen, vegetarische Würstchen, Brot und Gemüse. Können wir nicht Kiefernzapfen verbrennen? Offenes Feuer war und ist verboten, Waldbrandgefahr. «Bring auch Gartenerde mit», rief Thomas jedes Mal.

Solange ich ein Auto hatte, fuhren wir mit dem Auto, später mit den Fahrrädern. Es gab die alten, von den Vorpächtern überkommenen MIFA-Räder und neuere Billo-Mountainbikes, die in der Asbesthütte vor sich hin rosteten und Fahrradanhänger ziehen konnten. Wir hatten zwei. Ein schweres, breitbereiftes DDR-Gefährt und einen geschlossenen Leichtanhänger, in dem ein Kind hätte sitzen können. Mit diesen abenteuerlichen Anhängern hatten Thomas und der Schwager in einem Jahr sogar die langen Rollen Dachpappe und die Teer-Eimer transportiert, die sie brauchten, um das Dach des Sommerhauses abzudichten. Auch eine der Arbeiten, vor der ich mich erfolgreich hatte drücken können.

«Ich beobachte das alles lieber aus sicherer Entfernung, als auf dem Dach herumzuturnen», sagte ich. «Und passe gut auf. Und merke mir alles, damit ich später davon erzählen kann.»

Thomas schoss, vom Dach herab, ein paar Nerf-Darts in meine Richtung.

6

Hin und wieder konnten wir Ruhe im Garten genießen. Meist aber haben die Kinder irgendetwas gehämmert, gesägt, herumgetobt oder sich gestritten. Oder die Nachbarn mussten ausgerechnet am Wochenende ihren Rasen mähen – dabei wohnten sie doch dauerhaft auf ihren Grundstücken und hätten das an jedem Tag der Woche erledigen können. Oder sie feierten Geburtstag, schön laut. Und dann fuhr jede Viertelstunde ein Zug vorbei, eine Regionalbahn oder ein donnernder Güterzug. Die Schallschutzwand, die zwei Grundstücke weiter errichtet wurde, als die Strecke für die neue Dresdner Bahn ausgebaut wurde, dämpfte den Lärm zwar, zu hören waren die Züge trotzdem. Die Schallschutzwand half leider auch nicht gegen die andere Plage, die den Garten in manchen feuchten Jahren ab Juni fast unbesuchbar machte: Stechmücken, denen sich in den umliegenden Sümpfen, Tümpeln und dem verlandenden Rangsdorfer See ideale Brutgebiete bieten. Hunderttausende Mücken schienen nur ein Ziel zu haben: unseren Garten und unser süßes Blut. Stechmücken, gegen die kein Spray und kein Anti-Mückenmittel half. Nicht das teure Anti-Brumm aus der Schweiz, nicht die günstigeren aus dem Drogeriemarkt, weder Hausmittel noch biologische Mückenöle. Egal, wie oft und womit wir uns einsprühten oder einrieben, gestochen wurden wir trotzdem. Ja, Thomas und ich gerieten einmal sogar in den Verdacht, die Kinder misshandelt zu haben, solche Schwellungen hatten sie von Mückenstichen im Gesicht und an den Beinen.

Seltsamerweise sind wir nicht einmal im heißesten Sommer zum Rangsdorfer See gefahren, um dort zu baden. Einmal im Garten angekommen, blieben wir im Garten. Unter den Bäumen. Ich im Liegestuhl, Thomas meist beim Kompost, dem er sehr viel Liebe und Fürsorge schenkte. Seinetwegen kam er so oft in den Garten. Ja, der Haufen zwischen der Rückwand der Asbesthütte und dem Nachbargartenschuppen war ihm wie ein Kind. Er wuchs höher und höher und in die Breite, um dann wieder zu schrumpfen, weil Thomas die mehrfach umgegrabene frische Komposterde dort verteilte, wo die Pflanzen Muttererde am dringendsten brauchten. Eigentlich überall, denn unser Brandenburger Grund und Boden bestand bis auf eine sehr dünne Humusschicht aus märkischem Sand. Unser Garten liegt in der großen Streusandbüchse.

Der Maître du Compost, wie wir Thomas nannten, ging dagegen an. Immer wieder grub der Herr Compostiteur seinen Haufen um und wies uns an, ja bettelte darum, nur noch auf den Komposthaufen zu pinkeln, obwohl es im Sommerhaus eine Toilette gab. Urin, sagte er, rege die Kompostierung an, Urin, er nannte es «Goldwasser», sei überhaupt bester Naturdünger und enthalte Kalium, Magnesium und viel Stickstoff. Er impfte den Kompost, streute Kompostbeschleuniger, und ich habe den Verdacht, dass manches nur gekauft, geschnitten oder gekocht wurde, um anschließend auf dem Kompost zu landen.

7

Der Garten war unser Kindergarten – bis die Kinder eines Sommers keine Lust mehr auf ihn hatten. Die Kletterwand war da schon ein wenig verwittert. Die Kinder wollten nicht mehr schaukeln, nicht mehr auf Bäume klettern, Basketball spielen (zumindest nicht mit uns) und später im Jahr kein Laub mehr rechen. Plötzlich, und im Rückblick ist das sehr schnell passiert, wollten sie keine Zeit mehr mit ihren Vätern verbringen. Ach, so fühlt sich das an! Nun merkten wir es selbst. Hätten wir das doch gewusst, damals, als wir unsere eigenen Eltern zu ignorieren begannen.

Wir vermissten die Kinder im Garten, ihr Spielzeug lag noch überall herum. Ihre Skateboards zum Beispiel, mit denen sie in Rangsdorf eigentlich nirgendwo fahren konnten, weil die Gehwege nur aus geharktem Sand bestehen und die meisten Straßen nicht asphaltiert, sondern, wenn überhaupt, nur gepflastert sind. Wir Erwachsenen – waren wir überhaupt welche? Ich bin mir nicht sicher – saßen auf einmal allein im Garten. Ohne Kinder. Aber zum Glück gab es das Internet. Auch dort. Immer wenn uns ganz große Sehnsucht nach unseren Kindern überkommt, können wir uns ein Video ansehen, das Thomas vor etlichen Jahren in das Gedächtnis der Welt von YouTube hochgeladen hat. Es zeigt, in sehr geringer Auflösung, wie er selbst, die noch sehr kleinen Kinder und ich Laub rechen. Wir müssen es in unserem ersten Herbst im Garten aufgenommen haben, die Kinder stecken in Schneeanzügen und tragen Mützen, sitzen in der Schubkarre oder tapsen durch Laubhaufen. Sie sehen aus wie Zwerge. Gartenzwerge.

Seither sind jedes Jahr neue Blätter an den Bäumen gewachsen und im Herbst herabgefallen. Hat etwas Beruhigendes, dieses Werden und Vergehen.

8

Die Freundinnen wechselten, der Garten blieb. Die Bäume wuchsen, der Rasen musste im Sommer jede Woche gemäht werden. Und in einem Jahr, auch eine schöne Beschäftigung, der Ablaufkanal des Sommerhauses aufgegraben werden, weil durstige Baumwurzeln hineingewuchert waren und ihn verstopften.

Unsere Bäume wuchsen so hoch, dass die Nachbarn sich über unsere Birke beschwerten. Sie nehme ihrem Garten das Licht und verschatte ihr Haus, einen einfallslosen Neubau.

Die Nachbarn wurden immer freundlicher, umschmeichelten uns, schenkten den Kindern Schokolade und überredeten Thomas in einem schwachen Moment dazu, unsere schöne alte Birke fällen zu lassen. Sie organisierten und bezahlten, und schon war der Baum abgehackt und zersägt. Ich war sauer, und der Stumpf weinte. Im Frühjahr, Birkenwasser floss in Strömen, wurde er zu einer Quelle. Ein Wunder. Na ja, ein halbes Wunder, das irgendwann versiegte. Gießen mussten wir den Garten weiterhin.

9

In all den Jahren habe ich kein einziges Mal im Garten übernachtet. Thomas hingegen schlief oft dort, im Sommer fast jedes Wochenende. Manchmal blieb er tagelang in der Hütte und wiederbelebte so die Tradition des Berliner Sommerhauswohnens, wie Walter Benjamin es in «Berliner Kindheit um 1900» beschrieben hat.

Ich hingegen, ich konnte nicht anders, wollte nie draußen in Brandenburg bleiben. Ich wollte immer zurück in ein sauberes Bett in der Stadt. Hinter die gefühlte Stadtmauer, auch wenn die in Berlin schon lange nicht mehr steht, es gibt nur noch eine

Straße, die nach ihr benannt ist. Trotzdem spüre ich: Stadtluft macht frei. Und sicher. In der Umlandwildnis zwischen Bahnlinien, Baumärkten und Autobahnzubringern fühlte ich mich weniger wohl. Lieber nicht über Nacht in Brandenburg bleiben.

Dass ich nie dort übernachte, liegt vielleicht auch daran, dass selten jemand der Gartennutzer*innen Lust hat, die Hütte zu putzen. Weshalb sie eher selten richtig geputzt wird. Im Frühjahr vielleicht, in einem Anfall von Frühjahrsreinemachen. Später nicht mehr.

10

Erst nach Jahren fragten Thomas und ich uns, wer wohl vor den Vorpächtern, die wir kennengelernt hatten, den Garten genutzt haben mochte. Die Pacht zahlte Thomas an die Gemeinde; tatsächlich, hieß es dort, seien die Eigentumsverhältnisse des Grundstücks ungeklärt. Was eigentlich nur bedeuten konnte, dass unser Garten einmal in jüdischen Händen gewesen sein musste. Nachforschungen versandeten. So unschuldig und traumhaft wie zuvor schaute unser Sommerhaus uns jedoch nicht mehr an. Architektonisch (Holzbauweise!) unterschied es sich plötzlich gar nicht so sehr von einer der Baracken in einem bestimmten Konzentrationslager südöstlich, Luftlinie nur vierhundertfünfundsiebzig Kilometer entfernt. Von nun an saßen wir auch mit schlechtem Gewissen im Garten.

11

Anfangs sind wir meist mit dem Auto in den Garten gefahren. Einmal quer durch Berlin. Warum hatten Judith und Thomas' Freundin damals keinen Garten im Norden gefunden? Die Anreise wäre einfacher gewesen. So mussten wir vom Prenzlauer

Berg zum Hauptbahnhof, durch den Tiergartentunnel, am Gleisdreieck entlang, den Mehringdamm hinauf, über den Platz der Luftbrücke (den Kindern im Auto von Rosinenbombern und vom Flughafen Tempelhof erzählen), über den Tempelhofer Damm und am immer wieder beeindruckenden Backsteinexpressionismus des riesigen Ullsteinhauses vorbei. Kurz vor oder hinter der Trabrennbahn Mariendorf hielten wir manchmal bei Kentucky Fried Chicken und kauften einen Eimer voller panierter Hühnerteile, obwohl oder gerade weil wir wussten, wie falsch und ungesund das war. Die Kinder freuten sich.

Die Fahrt in den Garten, das gefiel mir, war immer eine Stadtfahrt. Immer geradeaus bis zur Stadtgrenze, bis zur Mauer, die nicht mehr stand, aber trotzdem sichtbar war. Hinter ihr plötzlich das weite, flache, leere Umland. Das unheimliche Brandenburg.

Das Auto, einen Kombi, hatte ich gekauft, weil ich dachte, wer ein Kind hat, muss das Kind und all die Sachen, die es für ein Kind braucht, herumkutschieren können. Tatsächlich brauchten wir es am Ende nur noch für die Gartenfahrten und die sich anschließenden Bau- und Gartenmarktausflüge. Das war praktisch, bis ich einsah, wie verlogen es ist, mit einem Auto ins Grüne und in die vermeintliche Natur des eigenen Gartens oder Wochenendhauses zu fahren und dabei das, was man dort sucht, das Grün, mit ebendieser Fahrt ein kleines Stück weiter zu zerstören. Ich sah ein, dass Autofahren an sich falsch und moralisch schlecht ist, nicht nur für die Umwelt, sondern auch für das eigene Wohlbefinden. Ich verkaufte das Auto, das ich konsequenterweise gleich hätte verschrotten sollen. Die Regionalbahn fuhr ja auch.

12

Erst vor Kurzem haben Thomas und ich einen neuen Weg in den Garten gefunden. Hat nur fünfzehn Jahre gedauert. Vom Nordbahnhof fahren wir mit der S2 bis zur Endstation in Blankenfelde und spazieren von dort zu Fuß durch den Wald. Die ersten Kilometer auf dem Naturlehrpfad der Baruther Linie durchs Urstromtal, am ausgetrockneten Blankenfelder See und einem früheren Militärgelände vorbei, das auf langer Strecke von Mauersegmenten eingefasst ist, die sehr an die erinnern, die einst um West-Berlin herum standen. Kurz vor Rangsdorf unterquert der Waldweg die Autobahn, die hier auf einer Endmoräne oder einem hoch aufgeschütteten Damm verläuft. Auf der anderen Seite, am Südhang des Berliner Rings, wächst Wein, Anfang September hängen dort nicht wenige süße dunkle Trauben von den Reben. Die Streusandbüchse beschenkt uns!

Das letzte Stück führt durch Kiefernplantagen – Anpflanzungen, die oft mit Wald verwechselt werden. Nicht wenige der Bäume tragen alte Harzgewinnungsnarben in der Borke, fischgrätförmig angelegte Schnittrillen. Zu DDR-Zeiten wurde den märkischen Kiefern Harz abgezapft, Rohstoff für Kolophonium und Terpentinöl. Es duftet so gut, wenn die Bäume bluten.

Auf dem Weg, es sind nur sechs Kilometer von Blankenfelde bis Rangsdorf, hebt Thomas immer wieder Steine auf. Er bückt sich und erntet, wie er sagt. Manchmal, er hat mich schon angesteckt, mache ich mit und greife nach kleinen Findlingen, die die letzte Eiszeit hierher transportiert und liegen gelassen hat. Thomas steckt sie in seinen Rucksack und trägt sie in den Garten. Dort verteilt er sie an all den trockenen Stellen unter den Bäumen, an denen trotz aller Bodenmelioration während der letzten anderthalb Jahrzehnte nichts gewachsen ist. Ich vermute, er hat bereits über eine Tonne Steine in den Garten geschleppt. Baut er ein Mausoleum? Möchte er ein Hügelgrab errichten? Eine Mauer? Oder soll es ein Mahnmal werden für die unbekannten, wahrscheinlich irgendwo im Osten ermordeten Erstbenutzer dieses Gartens? Ich muss ihn mal fragen. Nächstes Frühjahr, im Garten.

2021

Folge der blauen Röhre

Sie sehen aus wie Spielzeug, diese Röhren. Wie aus einem Baukasten zusammengesetzt.»

«Sie wirken abenteuerlich improvisiert, wie sie sich auf die Betonklötze stützen.»

«Ich sehe sie als voluminöse Wäscheleine, quer über die Straße, wie in Neapel.»

«Ach, Berlin baut Wäscheleinen aus blau lackierten Stahlröhren?»

«Ich bekomme Lust, hinaufzuklettern und quer über die Fahrbahn zu balancieren.»

«Nur zu, keine Hemmungen! Schwing dich hoch, nutze sie als Turngerät! Als Schwebebalken! Ich bleibe unten und passe auf.»

«Ein andermal vielleicht. Ich habe diese blauen Röhren auch schon in Pink gesehen. Und in Violett.»

«Es sind schöne Stadtmöbel. Pop-up-Stadtmöbel.»

«Wozu sind sie eigentlich da? Was fließt in ihnen?»

«Gefühle. Sie transportieren das Berlin-Gefühl durch die Stadt. Und sorgen für Gefühlsausgleich nach dem Prinzip der kommunizierenden Röhren.»

«Es müssen Lebensadern sein, ausnahmsweise überirdisch und sichtbar. Sonst strömt ja alles im Verborgenen, Gas, Wasser, Abwasser, Internet.»

«Es sind Leitungen für Berlin-Energie, glaub mir.»

«Nein, diese blauen Konstruktionen aus Stahl und Beton sind Kunst. Sind Interventionen im öffentlichen Raum. Die Röhren sollen stören. Sie sollen im Weg stehen und zum Nachdenken anregen.»

«Das tun sie. Und wie sie uns zum Nachdenken anregen. Und wie sie im Weg stehen. Symbolisieren sie die ewige Baustelle Berlin?»

«Sag mal, tropft es da? Tropft etwas heraus? Ja, ich glaube, diese Röhre leckt!»

«Bier? In dieser Lache?»

«Stellen wir uns drunter und probieren.»

«Gleich wissen wir's, das sind die Versorgungsröhren des Schlaraffenlands.»

«Es ist kein Bier. Es ist nur Wasser. Und es tropft bloß herab, nicht heraus.»

«Schade.»

«Vielleicht wird Geld durchgespült. Und gewaschen.»

«Du meinst, es sind Leitungen, wie sie in Entenhausen in Dagobert Ducks Geldspeicher führen?»

«Oder solche, durch die Onkel Dagoberts Taler von den Panzerknackern abgepumpt werden.»

«Wahrscheinlich wird Berlin durch diese Röhren ausgesaugt, Berlin-Energie wird abgepumpt.»

«Ach, daher meine Lust- und Antriebslosigkeit. Weil hier so viel abfließt. Und was passiert mit der Berlin-Energie?»

«Sie wird in die ganze Welt verkauft. Die Nachfrage ist hoch.»

«Und ich dachte, diese Leitungen füllten die Stadt wieder auf. Berlin war doch so leer. Gab es nicht zu wenig Berlin in Berlin?»

«Das ist vorbei.»

«Schau, hier verläuft eine Doppelröhre.»

«Auf einer Doppelstütze.»

«Wohin führt sie? Und wo kommt sie her?»

«Keine Ahnung. Lass uns ihr folgen.»

«Auf der Warschauer Brücke legt sie sich flach auf den Boden und schmiegt sich an die Wölbung, scheint sich auszuruhen.»

«Sie ist ganz schön bekritzelt. Vollgeschmiert. Betaggt.»

«Wie geschickt sie den Münzferngläsern ausweicht.»

«Und sich windet. Sieht aus, als ob sie eine lebendige Schlange wäre.»

«Eine aus dem Metallbaukasten.»

«Sind diese Röhren unsere Aquädukte? Die der Römer waren schöner.»

«Schau, hier erhebt sie sich und überquert die Helsingforser Straße.»

«Stell dir vor, ein Lastwagen mit Kranausleger bleibt hängen und reißt alles um.»

«Ist sicher schon passiert.»

«Interessant, dass die Röhren auf Röhren ruhen, die als Stützen dienen.»

«Vielleicht sind sie Stahlarme eines riesigen Kraken. Oder lange Fühler eines gigantischen Transformer-Insekts, eines intelligenten, sich selbst reproduzierenden Metallwesens, das die Stadt überwuchert.»

«Mir wird unheimlich. Schau, die komplizierte Querung der Revaler und der Gubener Straße. Und dann sinkt die Röhre wieder.»

«Sieht aus, als stünde ‹Brecht› auf den Stützen.»

«Nein, ‹Brechtel› steht da. Das muss der V-Effekt sein. Kommt vom vielen Auf-die-Röhre-Starren.»

«Ist unsere Röhrenwanderung eine deiner situationistischen Spazieraufgaben? Folge der blauen Röhre?»

«War das nicht deine Idee? Wir müssen abbiegen. Folge der blauen Röhre.»

«Die Betonquader, diese Riesenbriefbeschwerer, bieten praktische Plakatierfläche. Und die vielen Sticker kleben über den ‹Bekleben verboten›-Aufklebern auf dem Metall.»

«Ein Blätterteig von Veranstaltungshinweisen.»

«Wir biegen in die Grünberger Straße ein.»

«Das sehe ich.»

«Das sage ich bloß, um unseren Weg zu dokumentieren.»

«Endet die Röhre nun in dieser Baugrube? Oder beginnt sie dort?»

«Das ist die eine philosophische Frage. Eine andere lautet: Fließt das Haus, das da entsteht, aus unserer Röhre?»

2012/2021

Das akustische Wohnzimmer

Heute VoKü» und «Das akustische Wohnzimmer» im Véto-mat, der Siebdruckwerkstatt in Friedrichshain, die auch Café, Bar und Veranstaltungsort ist.

Zwei große schwarze Hunde laufen durch den Raum. Ein Pärchen sitzt auf einem der vielen Sofas, eine Frau hat ihre grünen Chucks auf dem Tisch und zeichnet Porträtköpfe in einen Skizzenblock. Der Couchtisch ist bekritzelt, der Lampenschirm über ihr mit einer geballten Faust bemalt. Die teils steinbloßen, teils verputzten Wände sind über und über mit Fotos und Plakaten beklebt, dazwischen hängen Verkehrsschilder und Leuchtbuchstabenkästen. Eine Frau mit Wollmütze blättert durch den Stressfaktor, das «Stressi» genannte Mitteilungsblatt der linken Szene. Die Direkte Aktion, die Zeitschrift der Anarchosyndikalisten, und Flyer für das «Suppe & Mucke Festival» liegen aus, auf einigen steht der Text auf Italienisch, auf anderen auf Englisch. Ein Aushang wirbt für den «Roten Abend», jeden ersten Mittwoch im Monat im Stadtteilladen Zielona Góra. Nächste Woche lautet das Thema: «Die Fußball-EM: nationalistische Identitätspolitik zur Durchsetzung von Lohnabbau und Sozialdumping?» Eine mit Kondomen gefüllte Schale steht auf dem selbst gebauten Tresen, daneben ein gerahmtes, sympathisches Foto von Silvio Meier, dem 1992 nicht weit von hier von Skinheads ermordeten linken Aktivisten und Hausbesetzer.

«Hier sind alle Preise Mindestpreise», sagt die Frau hinter der Bar. Sie lacht. «Das Bier kostet mindestens eins zwanzig, lieber zwei Euro. Zahl, was du zahlen kannst oder zahlen möchtest.»

Eine Spanierin, die ich eben habe Englisch sprechen hören,

sagt auf Deutsch: «Zwei Sternburg und ein Rother Bräu Öko Bier und Apfel, bitte.»

Die Wand hinter der Bar ist blutrot gestrichen, «Today Whisk(e)y» verraten Aufkleber, andere Sticker – Sticker kleben überall – werben für «freifunk.net» und die «dirty raggae squad». Unter der Decke hängen ein Beamer und ein Plakat gegen den «Atomstromanbieter Vattenfall».

Shipwreck Rats heißt die Speed-Folk-Band, die zu spielen beginnt, laut, aber nicht zu laut. Der Schlagzeuger trägt ein Hundehalsband, der Sänger einen schwarzen Zylinder zu einer schwarzen Weste über nacktem Oberkörper, die munter fiedelnde Geigerin ein weißes Kleid.

Die Frau hinter der Bar schenkt sich selbst einen Whiskey ein und verrät, dass sie aus Belgien kommt. Sie erzählt, sie spricht nun Französisch, dass sie eines Tages in diesen Laden spaziert sei und gefragt habe, ob es eine Lesebühne gäbe, sie hätte da so etwas gehört. «Nein», lautete die Antwort des Kollektivs. «Aber wenn du Lust hast, kannst du eine organisieren.» Seither veranstaltet sie, ihre Erfindung, «Das akustische Wohnzimmer». Sie moderiert und kocht VoKü. Heute gibt es in der Volksküche «Reis mit Scheiß», selbstverständlich vegan.

Die Shipwreck Rats haben aufgehört, Applaus, nun steht ein junger Mann auf der Bühne und liest aus seinen Notizbüchern vor, Rätselhaftes, Unfertiges und Unverständliches. Deutsche Wörter, englische und einige Wörter einer Sprache, die er sich ausgedacht haben muss. Wer nicht lauscht, betrachtet derweil vielleicht den Fries gemalter Schnurrbärte an der Wand, beschienen vom Rotlicht einer Lichterkette. Stoffkissen hängen als Schalldämmer vor den großen Boxen. Eine Filterkaffeemaschine blubbert hinter dem Tresen, auch sie beteiligt sich am Akustischen Wohnzimmer.

Auf den Dichter-Darsteller folgt ein Gitarre spielender Mexikaner, er singt und liest ein kurzes indigenes Märchen. Auf Spanisch. Danach erzählt er, auf Deutsch, vom Alkoholmissbrauch indigener Männer in Chiapas, der in manchen Dörfern zu einem Alkoholverbot geführt habe. Es kommt zu einer kurzen Diskussion über den Widerstand der Zapatistas in Mexiko, eine Stimme aus dem Publikum fragt, welche Drogen die zapatistischen Widerstandskämpfer konsumierten. Der Mexikaner singt ein weiteres trauriges Lied, danach improvisieren zwei Saxofonistinnen – die eine spielt Alt-, die andere Tenorsaxofon – zu seinem Gitarrenspiel. Die Tenorsaxofonistin, dunkle Haare, verrät nach ihrem Auftritt, dass sie aus Regensburg stammt, und berichtet von ihrer bürgerlichen Vergangenheit im Jugendjazzorchester Bayern. Nun mache sie Musik in Berlin und habe in ihrer Marzahner Plattenbauwohnung einen alten Flügel stehen. Der Klavierbauer, der ihn restauriere, dürfe, ein Berliner Tauschgeschäft, umsonst bei ihr wohnen.

Mittlerweile steht eine Frau aus Liverpool auf der Bühne, eigentlich bloß ein kleines, leicht erhöhtes Podest. Auf Scouse deklamiert sie Gedichte, eigene, selbst geschriebene Dialektgedichte; es geht, viel verstehe ich nicht, um den Tod, eine Katze, eine Großmutter und die Irische See.

Später spricht sie Deutsch, sie wolle Deutsch sprechen, sagt sie, sie zwinge sich immer wieder dazu. Sie habe in Heidelberg gewohnt, dort sei es ihr jedoch zu amerikanisch gewesen unter all den chinesischen, japanischen und sonstigen Touristen aus der ganzen Welt, die bloß Klischees besichtigten und sich Vorurteile über Deutschland bestätigten. Berlin, sagt sie, sei zum Glück anders. «Ganz anders.»

«Weniger Deutsch?», frage ich.

«Auf jeden Fall ist es nicht wie Heidelberg.»

«Nein, Berlin ist sehr Berlin.»

«Ist Berlin auch ein Adjektiv?», fragt sie.

«Wenn du möchtest, ja. Behaupte ich einfach mal.»

Die Spanierin – sie hat wieder Bier bestellt und dabei Deutsch geübt – diskutiert die neuesten Arbeitslosenzahlen in Spanien: In der Altersgruppe der Neunzehn- bis Fünfunddreißigjährigen betrage die Quote fast fünfzig Prozent. Arbeitslosigkeit, verrät sie, heiße auf Spanisch «paro» – da springt eine Frau mit Rasta-Frisur auf die Bühne und beginnt ins Mikrofon zu rappen.

«Und welche Sprache ist das nun?», frage ich.

«Bulgarisch», sagt die Belgierin hinter der Bar, die jetzt von einem Mann unterstützt wird, der sich als Subcomandante vorstellt. Er raucht Pfeife, trägt allerdings keine Gesichtsmaske wie der berühmte Marcos, von dem ebenfalls ein Bild an der Wand hängt. Die Belgierin erzählt, dass sie heute Nacht mit dem klimpernden Münzgeld nach Hause gehen müsse. Elf Kilo seien es beim letzten Mal gewesen. Eigentlich finde sich aber immer jemand, der ihr tragen helfe.

2012

Rebellion am Großen Stern

Berlin-Tiergarten, ein Montag im Oktober, kurz vor halb zehn. Warum ist es heute denn so leise? Verkehrte Welt, Vögel sind zu hören, keine Autos. Extinction Rebellion haben den Großen Stern besetzt, und die Polizei hat weiträumig abgesperrt. Alle fünf Straßen, die zur Siegessäule führen, sind autoleer. Zauberhaft sieht es aus, unwirklich romantisch. Ich möchte die Stille malen.

Die Rebell*innen, wie sie sich nennen, die Blockierenden, die sich um die Zukunft der Menschheit sorgen, haben Glück mit dem Wetter. Die Strahlen der Oktobersonne lassen die in den Einigungskriegen erbeuteten, später blattvergoldeten Kanonen am Schaft der Siegessäule glitzern. So wie die Goldfolie, mit der die Rebell*innen sich im Schatten vor Unterkühlung schützen. Sie sitzen und liegen gut eingepackt, teils kostümiert auf Isomatten und in Schlafsäcken.

Einige stecken in Eisbärenkostümen. Eine ist ein Pinguin. Ein Mann hat sich als Tod verkleidet und schwingt eine Pappmaché-Sense, das Gesicht schwarz geschminkt. Ich sehe Pikachu- und Pandakostüme. Und alle sehen so entschlossen aus.

Einmal, zweimal, dreimal spaziere ich um die Siegessäule herum, sehe die Rebell*innen an den fünf «Fingern» (so nennen sie die einmündenden Straßen) lagern und bleibe bei einer «Bezugsgruppe» stehen, die sich zum Singen zusammengefunden hat. Eine Geige und eine Gitarre begleiten, Sternsingen am Großen Stern. Die Rebellion hat mit «Extinction Rebellion» nicht nur einen einschlagenden, aus England importierten Namen, ein hashtagtaugliches Superkürzel («XR») und ein Logo (das Stundenglas im Kreis, das überall zu sehen ist), die neue Jugendbewegung hat sogar ein eigenes Liederbuch mit neuen, umgedichteten Texten zu bekannten Melodien. «Singing for Survival» heißt es, wird ausgedruckt verteilt und lässt sich als PDF herunterladen. Und ich singe, böse Menschen haben keine Lieder, mit. Wir singen «Last night as I lay on my pillow / I dreamed that our planet was dead» zur Melodie der Strophe von «My Bonnie Is Over The Ocean» gefolgt von «Drei Rebellen mit dem Kontrabass, saßen auf der Straße und blockierten was».

Schokolade wird zur Stärkung herumgereicht, «aber», wird vorsichtshalber gewarnt, «die ist nicht vegan».

Und trotz all der Menschen, an die zweitausend werden es wohl sein, zeitweilig mehr, trotz aller skandierten Parolen, Durchsagen und Gesang: Es ist leise im Tiergarten. Sehr leise. Die Blockierer*innen machen keinen Krach und kaum Lärm, nein, im Gegenteil, sie haben den Tiergarten heute befriedet. Nie war so viel Ruhe um die Wipfel. Kein Hauch Fahrtwind vorbeirasender Autos fährt mir durchs Haar. Und ich verstehe: Die vermeintlichen Blockierer sind Befreier! Sie haben den Tiergarten vom Autoverkehr befreit. Sie haben die immer kreisende Blechmauer, die sonst den Zugang zur Siegessäulen-Insel versperrt, eingerissen. Die Touristen, die unterwegs sind, um auf die Siegessäule zu steigen, dürfen sich freuen: Sie müssen nicht durch den Fußgängertunnel zur Mittelinsel stapfen.

Dort, wo die Hofjägerallee in den Großen Stern mündet, wird im Laufe des Vormittags eine symbolische Arche aus vorgefertigten Holzteilen errichtet. Sie heißt «Rebella», wird bunt bemalt und dient als Podium, Carola Rackete, die Kapitänin, die im Mittelmeer Menschenleben gerettet hat, spricht, Kamerateams haben sich in einer Reihe aufgebaut. Die fünf Finger des großen Sterns bleiben derweil besetzt, die Stellungen müssen gehalten werden. Die preußischen Generäle Roon und Moltke (der ältere Moltke, ganz in Marmorweiß) schauen von ihren Podesten herab und zu. Sie, die großen Reformer und Strategen («Erst wägen, dann wagen») scheinen das Geschehen zu billigen, ihnen scheint zu gefallen, dass sich etwas ändert. Dass etwas passiert. Sie sehen Frisbee-Spieler und Skater und einen Großvater, zwischen zweiter und dritter Spur sitzend, der Kindern Märchen vorliest. Sie sehen eine schlafende Frau und drei jüngere Männer, die mit Kreide ein Schachbrett auf den Boden gemalt haben, halb liegend, halb sitzend spielen sie auf dem Asphalt.

So sieht er aus, der «Kulturkampf gegen das Auto», den einige schlecht gelaunte Autofahrer*innen und Autofahrervertreter fürchten. Eigentlich recht harmlos. Kein Pflasterstein ist ausgegraben, kein Wagen umgestürzt worden – einige parken sogar hier, unter ihnen ein älterer Rolls-Royce. Noch sind keine Barrikaden aus Leihfahrrädern errichtet worden, nein. Angesichts der Klimakrise ein Wunder. Ja, bisher hat niemand den Rasen um die Siegessäule betreten. Passt hier nicht das mal Lenin, mal Stalin zugeschriebene Zitat, dass deutsche Revolutionäre vor der Erstürmung eines Bahnhofs erst eine Bahnsteigkarte lösen würden? «Entschuldigen Sie die Störung, aber es geht ums Überleben!» steht auf einem Banner. Höfliche Umgangsformen bei den Rebell*innen am Großen Stern.

«Wir setzen uns auf die Straße», sagt eine Mutter zu ihrem Vierjährigen. Und der kann das gar nicht glauben. Sonst darf er doch nicht einmal bis zum Bordstein. «Wir haben Yoga-Matten dabei», höre ich. «Kekse und Nüsse. Und Schokolade.» Kinder malen mit Kreide. Ja, das ist der sehr zivile zivile Ungehorsam gegen den deutschen Mogelauto-Wahnsinn.

Es ist leicht, sich darüber lustig zu machen. Über die Lieder. Über das Singen. Über die karnevalesken Verkleidungen – ich sehe Schneetiger und Frauen mit riesigen Schmetterlingsflügeln – und über das Branding. Aber: Die, die sich hier Rebellen und Rebellinnen nennen, sie machen etwas. Sie sind da. Sie zeigen sich. Sie sind schlau: Sie haben verstanden, dass es so nicht weitergehen kann. Wer im Auto sitzt, kann das vielleicht nicht sehen.

Später am Abend schaukeln Hängematten zwischen Ampelmasten und Laternenpfählen. Teelichter brennen im Goldfolien-Lager, es wird noch immer gesungen. Eine Frau spielt Blockflöte, sie hat Efeuranken im Haar und sieht im Kerzen- und Handydisplaylicht aus wie ein von Caravaggio gemalter Waldgeist.

«Das dritte Paar Socken wärmt», höre ich eine andere sagen. Niemand ist mehr barfuß wie am Mittag. Es ist nun kalt am Großen Stern. Die Beleuchtung der Siegessäule ist heute nicht eingeschaltet – damit die Rebell*innen nichts sehen oder damit sie besser schlafen können? Noch sind sie wach. Und ihre Augen leuchten, als wüssten sie schon, dass sie eines fernen Tages von dieser und den folgenden Nächten werden erzählen können, Jahre, Jahrzehnte später – wenn sie es denn schaffen, die Welt zu retten. Uns.

Verweichlicht sind sie nicht, nein. Sie biwakieren auf dem Asphalt, die Temperatur fällt, sechs Grad um zehn Uhr. Später kommt der Regen. Im Sommer wäre es einfacher gewesen. Sie laden alle ein: «Setz dich zu uns, wir haben Kekse!»

In der ersten Nacht wird nicht geräumt.

2019

Kandahar in Charlottenburg

Rainer und ich treffen uns vor dem Zoopalast und schlendern Richtung Bikinihaus. Rainer, wir kennen uns jetzt zwanzig Jahre, führt mich in die kleine Mall, eine sogenannte Concept Mall, die es seit dem Umbau des Gebäudes vor einigen Jahren dort gibt. Seltsamerweise habe ich sie nie betreten. Zwischen den zurückhaltend gestalteten Verkaufsboxen und -inseln – angeboten werden Souvenirs und Design-Devotionalien, die wohl beweisen sollen, dass sie in Berlin erworben wurden – fühle ich mich wie auf einem Weihnachtsmarkt ohne Weihnachtstheater. Rainer, der hier schon Geschenke gekauft hat, erinnert daran, dass genau an dieser Stelle einmal Hans Poelzigs Capitol am Zoo gestanden hat, ein riesiges Kino mit sechseckigem, expressionistisch ausgestaltetem Vorführraum in Violett, Goldbraun und Ocker. Wir träumen ein bisschen, dort einen Stummfilm zu sehen – befinden uns aber im Bikinihaus, das nach dem Krieg und der Zerstörung des Kinos aus Mitteln des Marshallplans errichtet wurde. Dass in diesem leichten, luftigen Nachkriegsbau einmal über siebenhundert Nähmaschinen standen, an denen über siebenhundert Näherinnen saßen, um Damenoberbekleidung anzufertigen, mutet uns seltsam an.

Rainer zeigt mir die dem Bikinihaus angefügte Terrasse mit Aussicht auf die Affen und ihren Felsen. Im Zoo selbst, fällt mir ein, bin ich nicht mehr gewesen, seit ich Kinderwagen schieben musste.

«Also ganz schön lange», sagt Rainer.

«Als Kind dachte ich, West-Berlin wäre eine Stadt für wilde Tiere, weil ihr Bahnhof Zoologischer Garten hieß.»

«West-Berlin war eine Art Tierpark: ein großes Gehege mit alimentierten Bewohnern, eingezäunt und von Wachtürmen umgeben.»

Wir verzichten auf die Monkey Bar im obersten Stockwerk des kleinen Hochhauses, die Warteschlange vor dem Fahrstuhl ist zu lang. Und wir wollen uns bewegen. Wir überqueren die Budapester Straße – der Autotunnel, dessen Ausfahrt hier einen unüberwindlichen Graben bildete, wurde zum Glück zurückgebaut und zugeschüttet – und sehen von der anderen Seite, wie klar und feingliedrig die Glasfassade des Bikinihauses rekonstruiert wurde. Nur das Luftgeschoss, von dem es seinen Namen hat, weil es Durchsicht zum Zoo ermöglichte und den Baukörper in einen Bikini teilte, wurde leider nicht wiederhergestellt.

Am Rande des Breitscheidplatzes, wir sind weitergewandert, wundern wir uns über die Anti-Terror-Stadtmöbel. Rainer, er war mal in Afghanistan, kennt den Hersteller dieser Gabionen, die vor Granatsplittern oder Autobomben schützen können, sie heißen Hesco-Barriers.

«Und nun stehen diese Dinger neben der Ruine der Gedächtniskirche?», frage ich. «Wir leben in interessanten Zeiten. Kandahar in Charlottenburg.»

«In einem der deutschen Lager in Afghanistan hieß sogar eine Bar nach ihnen, Hesco-Bar», sagt Rainer. «Die Säcke in den Gabionen lassen sich mit Sand oder Wasser füllen.»

«Das sind Stadtmöbel, von denen wir vor ein paar Jahren nicht geträumt haben.»

«Erst seit dem Lkw-Anschlag auf den Weihnachtsmarkt. Sie hätten ihn verhindert.»

«Als der passierte, saßen wir zusammen in Schöneberg», sage ich.

«Ja?»

«Es war der Abend unserer informellen Weihnachtsfeier. Rutschky lebte noch, Bodo war dabei, Andi, Hansi, Schrödi und Jan.»

«Waren wir in dem Lokal, in dem der Engländer aus diesem Berlin-Film, ‹B-Movie›, an der Bar arbeitet? Wie heißt das noch mal?»

«Mark Reeder?»

«Nein, das Lokal. Wie heißt das Lokal?»

«Renger-Patzsch. Wie der Fotograf der Neuen Sachlichkeit.»

«Ach, das war ein Fotograf? Eine echte Person? Das wusste ich nicht.»

«Wusste ich auch nicht, Rutschky wusste solche Dinge. Knipphals war auch da.»

«Und Kurt Scheel?»

«Scheel nicht. Er lebte noch, verließ das Haus aber nicht mehr. Hilmar war vielleicht da. Und Iris. Sie kam immer gern zu den Herrenabenden. Als ich damals nach Hause gefahren bin, nach Charlottenburg, hat der Taxifahrer mir erzählt, die gesamte City-West sei gesperrt.»

«Wie, du bist nicht zu Fuß gegangen?»

«Ausnahmsweise nicht, nein. Von Schöneberg bis zum Riehlufer war es mir zu weit.»

«Riehlufer? Wo soll das denn sein?»

«Das Riehlufer gibt es nicht. Ein Immobilienentwickler hat die Riehlstraße Riehlufer getauft, dabei ist der Lietzensee von dort gar nicht zu sehen.»

Wir sind Richtung Kantstraße spaziert und schauen an den beiden noch immer ungewohnten Hochhäusern hinauf. Wir überlegen, welches von ihnen uns besser gefällt.

«Im Grunde wirken sie wie die Verkörperung des verzweifelten Wunsches, unbedingt hohe Häuser zu haben», sagt Rainer.

«Besonders einfallsreich sehen sie nicht aus», sage ich.

«Na ja, der Motel-One-Turm tanzt ein wenig mit sich selbst, oder? Dreht sich ein. Das ist doch hübsch.»

«Torsion im Turmbau. Als träte er sich selbst auf den Fuß. Als müsste er mal.»

«Holst am Zoo, das seltsame Pressecafé und Beate Uhse – alles verschwunden. Und das Haus, in dem der große Plattenladen war, steht auch nicht mehr.»

Rainer erzählt, er habe City Music im Schimmelpfeng-Haus schon als Schüler, auf Klassenfahrt in Berlin, besucht. Wir erinnern uns an das elegante, vor einigen Jahren abgerissene Gebäude, das die Kantstraße überspannte. Und an den Leuchtkasten, auf dem Harald Juhnke für das Chinarestaurant seiner Schwiegereltern warb.

«Ich vermisse Harald Juhnke», sage ich. «Er grinste so wunderbar von diesem Plakat. So glücklich. Die Freude an der Pekingente aus dem Land des Lächelns illustrierte er mit einem breiten Berliner Grinsen.»

«Von dem Berlin, das er verkörpert hat, ist nicht viel geblieben», sagt Rainer. Und fragt mich, ob ich je im neuen Romanischen Café gewesen sei. Das es gar nicht mehr gibt.

«Nein», sage ich. «Dabei war vor einigen Jahren sogar ein Literaturwettbewerb ausgeschrieben, um es mit Literaten zu beleben.»

«Literaten sitzen heute lieber in Bibliotheken als in Cafés am Zoo.»

«Du vielleicht. Ich sitze gern in Cafés.»

«Lag das ursprüngliche Romanische Café nicht auf der anderen Seite des Breitscheidplatzes? Dort, wo jetzt das Europa-Center steht?»

«Ich glaube schon.»

«Heute wäre dann wohl das Haliflor das Romanische Café.»

«Dort habe ich den halben Nachmittag verbracht. Im Nichtschwimmerbecken. Nora war da, Tobi, Ingo und Paula.»

Wir unterqueren die Stadt- und Fernbahngleise, und mir fällt ein, dass es früher, kurz nach seiner Fertigstellung hieß, der Stummel-Turm auf dem Kant-Dreieck, das Gebäude mit dem großen Blechsegel auf dem Dach, könne bei Bedarf aufgestockt werden. Ist es bald so weit? Oder wird es einfach abgerissen werden?

«Bist du je im Theater des Westens gewesen?», fragt Rainer.

«Nein, nie. Du?»

«Ja, mit einer Cousine. Wir haben ‹Tanz der Vampire› gesehen. Und es war gruselig.»

«Möchtest du in die Paris Bar?»

«Nein», sagt Rainer. «Du?»

«Muss nicht sein. Friederike geht gern hin. Manchmal trinken wir nach dem Kino dort was. Wenn wir im Delphi waren.»

«Wohin geht ihr sonst, wenn ihr in Charlottenburg bleibt?»

«Ins Lentz. Oder in den Diener. Und im Schwarzen Café bin ich neulich gewesen, morgens um vier», sage ich, da sind wir schon an den Schaufenstern mit den prätentiösen Kühlschränken vorbei.

«Um zu arbeiten?», fragt Rainer.

«Um bis kurz vor fünf die Zeitung von vorgestern zu lesen. Es war leer und ruhig. Angenehm. Und ich fühlte mich wie zu Besuch im letzten Jahrhundert.»

«Wolltest du nicht nach Hause?»

«Sagen wir, ich habe eine Pause eingelegt auf dem Heimweg.»

«Soso.»

Am Savignyplatz können wir uns nicht entscheiden, wo wir etwas trinken sollen. Es ist warm, wir wollen draußen sitzen, deshalb landen wir vor dem Zwiebelfisch. Und bemerken, es ist mir nie aufgefallen, dass das Gebäude, in dem er sich befindet, ein Neubau ist. Mit Waschbetonfassade.

Wir bestellen Kölsch, und ich erzähle vom Künstler*innen-Yoga in der Carmerstraße, die ich von meinem Platz aus sehen kann.

«Yoga? Du?»

«Ja, stell dir vor. Auch wenn ich nicht für die Meditation gemacht bin – ich bewege mich lieber, als dazusitzen –, finde ich es großartig.»

«Gehen ist deine Meditation. Und warum Künstler*innen-Yoga?»

«Die Yoga-Meisterin ist Museumsdirektorin, daher sind die meisten Yoga-Schüler*innen, die in ihre Wohnung kommen dürfen, Künstler*innen.»

Rainer drängt zum Aufbruch, er muss zurück Richtung Zoo und in der TU-Bibliothek seine Tasche auslösen, er hat sie im Schließfach gelassen. Wir verabreden uns für einen Rundgang über die Baustellen der Europacity hinter dem Hauptbahnhof und verabschieden uns am S-Bahnhof Savignyplatz, dann wandere ich allein auf der Kantstraße, lieber alter neuer Westen, Richtung Witzleben.

Lon Men's Noodle House hat geschlossen, schade, ich hätte gern gebratene Maultaschen gegessen. Stattdessen kaufe ich bei einem koreanischen Straßenimbiss einen Beef-Taco, der auseinanderfällt, während ich ihn aus der Kartonschale esse. Kauend spaziere ich an den Sexshops vorbei, an dem Bonsai-Bäumchen-Laden, an den Chinoiserie-Boutiquen, dem iranischen Laden und dem Geschäft, das «Parfums nach Gewicht» und «Künstl. Blumen» verkauft, wie sein altertümlicher Leuchtkasten verkündet. Die Kneipe mit dem Namen «Imma uff» hat selbstverständlich, wieso auch nicht, geöffnet – da befinde ich mich schon auf der Neuen Kantstraße. Es ist noch immer warm, fast heiß, als ich hinter der Lietzenseebrücke in die Herbartstraße einbiege und über das kurze Stück auf der Wundtstraße in der Riehlstraße ankomme.

2019

Gleisdreieck mit Hund

Quarto, der Cockerspaniel, springt mir an der Wohnungstür entgegen. Wir wollen hinaus, Herr Rutschky, er kann wieder gehen, leint den Hund an. Unten auf der Wartenburgstraße schnuppert Quarto an den stinkenden Früchten, die von den Ginkgobäumen gefallen sind. Herr Rutschky weiß, dass es sich, auch wenn sie so aussehen, nicht um Früchte, sondern um Samen handelt. In denen leider Buttersäure steckt. In Seoul, erzähle ich, habe ich ältere Frauen diese Samen sammeln sehen. Die geschälten Kerne sind essbar, werden im Reis mitgekocht oder geröstet. Übermäßiger Verzehr kann allerdings, ich wurde gewarnt, zu Vergiftungserscheinungen führen.

Wir überqueren die Möckernstraße und gelangen über eine sanft ansteigende Rampe in den Park am Gleisdreieck. Zwei Fahrradfahrer kommen uns entgegen, einer von ihnen bleibt fast in Quartos automatischer Hundeleine hängen. Herr Rutschky entschuldigt sich, obwohl der Radfahrer eigentlich hätte absteigen müssen.

Ob es an dieser Engstelle nicht öfter Ärger gäbe, frage ich.

«Nein, eigentlich nicht», sagt Herr Rutschky. Konfliktsituationen ließen sich hier, wie fast überall, dadurch lösen, dass beide Parteien sich entschuldigen, egal, wer im Unrecht sei. So funktioniere das Miteinander in der großen Stadt.

Der Park am Gleisdreieck, erzählt er, sei ein Geschenk. Nachdem er bald dreißig Jahre hier wohne, verwandele ein seit Kriegsende unzugängliches, verwunschenes Bahngelände gleich nebenan sich in einen riesigen Park. Das sei doch fast ein Wunder.

Wobei ich weiß, dass die verstorbene Frau Rutschky sich von der offiziellen Unzugänglichkeit des Geländes nie hat abhalten lassen. Sie hat schon Quartos Vorgängerhunde dort ausgeführt.

Wir spazieren über Wege aus geriffeltem Beton, Herr Rutschky beschreibt die Schraffuren der Oberfläche mit einem Wort, das ich bis dahin nicht kannte und mir nicht merken kann. Ein Wort, das er wahrscheinlich aus seiner nordhessischen Kindheit mitgebracht hat. Er ist 1943 in Berlin geboren, aufgewachsen jedoch, er muss es als eine Art Verbannung empfunden haben, in einer winzigen Stadt namens Spangenberg.

Quarto schnuppert und hebt sein Bein, Herr Rutschky macht mich auf Basaltfelder und Steinkreise sowie Robinien und Birken aufmerksam, die zwischen den Schienen wachsen, teils aus verfaulten Bahnschwellen. Herr Rutschky zieht mich auf mit meiner Überwucherungstheorie, habe ich doch die Vorstellung, ja die Furcht, die Natur, die grausame Natur könnte unsere schöne Stadt und unsere ganze Zivilisation in nur wenigen Jahrzehnten überwuchern. Hier ist es, jetzt als Parklandschaft gezähmt, schon einmal geschehen.

Unsere Gewaltmärsche liegen einige Jahre zurück, heute wandern wir nicht mehr vom Rathaus Spandau bis zum Adenauerplatz oder vom Mehringdamm nach Lichtenrade. Wir spazieren nicht mehr durch Steglitz, Tempelhof oder Weißensee, nicht durch die innerstädtische Peripherie und bis an die Ränder. Heute nur eine kleine Runde mit dem Hund, der uns zieht, er geht mit uns, nicht wir mit ihm spazieren. Er zieht zur Skateranlage, es ist kurz vor elf Uhr am Vormittag und noch immer diesig.

Ein größerer, dunkler, nicht angeleinter Mischlingshund läuft auf Quarto zu, beide Tiere beschnuppern sich, Quarto scheint interessiert, wir verstehen, es ist eine Hündin. Ob sie läufig sei, fragt R. die junge Skaterin, die nun nach «Mona» ruft. Es klinge ab, sagt sie, Anfang zwanzig, in enger schwarzer Jeans und schwarzem T-Shirt, bedruckt mit einem Schriftzug, den ich nicht entziffern kann. Sein Hund sehe das wohl anders, sagt Herr Rutschky. Es gelingt ihnen, die Tiere zu trennen, und die Hündin Mona wird an dem Tuch, das sie statt eines Halsbands trägt, fortgezogen. Die Skaterin, wir verabschieden uns, lächelt und rollt auf ihrem Cruiser davon. Hündin Mona trottet hinterher.

Wir setzen uns auf eine Betonbank und schauen drei anderen Vormittagsskatern in der Schüssel zu. Einer von ihnen, sie üben Sprünge, hat lange graue Haare und dürfte Mitte vierzig sein. Keine Altersdiskriminierung hier.

Während Herr Rutschky mir erklärt, dass kalifornische Surfer das Skaten erfunden hätten, gleitet ein Stehpaddler auf einem surfbrettgroßen Longboard vorbei. Kerzengerade steht er stolz wie ein venezianischer Gondoliere auf seinem Gefährt, mit einem am unteren Ende klebebandumwickelten Asphaltpaddel stößt er sich vom Boden ab. Wir staunen.

In einer der Basaltbrockenflächen – ist das alter Gleisunterbau? Nein, das kann nicht sein, diese Steine müssen später herangeschafft worden sein – wachsen Pflanzen mit großen, silbrig schimmernden Blättern. Herr Rutschky sagt, neuerdings versuche er sich in Pflanzenbestimmung, er besitze ein älteres Bestimmungsbuch, selbstverständlich besitze er ein solches, fragt mich aber, ob es nicht eine App gäbe, die beim Erkennen helfen könnte. «Ihr Wundertelefon müsste doch sagen können, was da wächst.» Über die Herkunft der speziellen Vegetation auf den alten Berliner Bahngeländen müssen wir uns nichts erzählen, wir wissen, dass die Eisenbahnwaggons vor und noch während des Krieges Samen aus ganz Europa mitgebracht haben.

Aus einer anderen steinigen Freifläche ragt ein massiver Betonquader, mannshoch. Das Ding sieht nicht neu und nicht nach Kunst aus. Ist dieser Würfel, fragen wir uns, ein kleiner Großbelastungskörper? Eine Erinnerung an Albert Speer und seinen Traum von der Welthauptstadt Germania? War auf ihm, ich sehe zwei Bohrlöcher, einst ein Geschütz montiert? Einige Steinbrocken wurden zu einer provisorischen Rampe geschlichtet, ich steige hinauf, stehe oben wie auf einem Podest und bin nicht schlauer als zuvor.

Als die Sonne durchbricht, sind wir an den mythischen Yorckbrücken angelangt, die so herrlich verrostet über die unter uns liegende Yorckstraße ragen. Wie viele sind es? Und wie viele waren es einmal? Herr Rutschky sagt, schon zum zweiten Mal heute, wie schön Berlin doch sei.

Wir biegen ab und gehen an einem Bereich vorbei, in dem gemeinschaftlich gegärtnert werden darf. Hinter den Beeten sind die Wohnblöcke, fast ein neues Viertel, des endlich fertiggestellten Genossenschaftsbauprojekts zu sehen. Einmal soll die Unternehmung fast pleite gewesen sein, Herr Rutschky erzählt von der Aufregung im Kiez und den Protesten gegen die Bebauung, nicht wenige alte Kreuzberger wünschten sich halt, alles solle bleiben, wie es immer war.

Quarto begegnet einem angeleinten Hund, einem jungen Terrier, bei der ausgiebigen Beschnupperung verheddern sich ihre Leinen. Eine Schar kreischender Kitakinder, die meisten in neongelben Warnwesten, umringen uns und die Hunde. Und freuen sich. Ein Mädchen ruft: «Leinenkuddelmuddel.»

Wir sind in der Nähe des weitläufigen Spielplatzes und kommen zu einem Kiosk, dessen Außenwände mit vergrößerter Maserung bedruckt sind, Holz-Optik auf einem Nichtholzmaterial. Ein Mann mit Messenger-Tasche und Fahrradhelm bestellt einen Kaffee, den er in seinen mitgebrachten Thermosbecher abgefüllt haben möchte, der jedoch nicht unter die Kaffeemaschine passt.

Ob der Hund nicht etwas Wasser trinken wolle, fragt die freundliche Kioskfrau, als wir an der Reihe sind. Getränke werden nur in Mehrwegbechern ausgegeben, gegen Pfand. Herr Rutschky trinkt Apfelsaftschorle, ich Kaffee. Die Sonne scheint, es ist warm geworden. Warm für Oktober. Wespen, sie wirken schon ein wenig müde, nähern sich der Apfelschorle, und Herr Rutschky erinnert an die Wespenfallen in Gartenlokalen früher, mit Zuckerwasser gefüllte Flaschen, in denen Hunderte Wespen ertranken. Solche Insekten-Hekatomben seien nicht mehr zu sehen. So offensichtlich, sagt er, würden heute nicht einmal mehr Wespen ermordet.

Von dem Tisch, an dem wir sitzen, schauen wir auf einen Neubau Ecke Hornstraße, die Fassade ist teilweise mit Holzlamellen verkleidet. Bis vor Kurzem hätte das Gebäude, zuvor sei da nur eine Bombenlücke gewesen, noch durch Farbbeutelwürfe vandalisiert dagestanden. «Die gehören nicht hierher», habe er eine Frau in der Nachbarschaft rufen hören. Im leicht erhöhten Erdgeschoss sind die Arbeitsplätze eines Architekturbüros zu sehen. In dem Altbau gleich nebenan befindet sich, Berliner Mischung, eine Kneipe namens «Affen Huette». Wie es wohl zu dieser Schreibweise kam, fragen wir uns. Ist die Hütte ohne Umlaut und Bindestrich dem Internet geschuldet? Oder gab es von den angeschraubten Lettern, die den Namen in Versalien und einer typografisch zweifelhaften Afro-Informal schreiben, kein großes Ü?

Wir haben unsere Getränke-Pfandmünzen eingelöst, den Park verlassen und spazieren, Quarto erschnuppert sich jeden Meter, an der kurzen Reihe Nachkriegsbauten vorbei, aus denen mit den Jahren Altneubauten geworden sind. Hier wohne, sagt Herr Rutschky, ein Mann, der hin und wieder herumbrülle. Meist gehe es um Hunde und um Angela Merkel. Mit resignativer Toleranz sei das jedoch auszuhalten.

Wir biegen wieder in die Wartenburgstraße ein, der Gestank der Ginkgosamen, Quartos Nase scheut sie nicht, weist uns den Weg. Herr Rutschky begleitet mich noch bis zur Ecke Großbeerenstraße. Die Eckkneipe, sehen wir, hat schon wieder geschlossen. Die neue Bewirtschaftung hat nicht lange durchgehalten.

Wir verabschieden uns voneinander. Und wissen nicht, dass wir heute zum letzten Mal zusammen spazieren waren.

2017

Potsdamer Straße, Kurfürstenstraße

Stadtmitte steige ich aus der U-Bahn, gehe ein paar Schritte auf der Friedrichstraße, biege in die Leipziger Straße ein und spaziere Richtung Westen. Auf dem Potsdamer Platz, eigentlich auch bloß eine Kreuzung, sehe ich die ersten temporären Schaukästen für die Berlinale, die bald beginnt. Plakate hängen noch keine. Das Wasserbecken, das wie ein Graben zwischen den letzten Gebäuden des Potsdamer-Platz-Ensembles und der älteren Staatsbibliothek liegt, ist zugefroren, «Betreten der Eisfläche auf eigene Gefahr» lese ich auf einem provisorisch angebrachten Schild. Ich überquere den Stabi-Parkplatz, auf dem es keinen Fußweg gibt, der zum Eingang der Staatsbibliothek führt (Gefahr!), und wundere mich wieder einmal über das «zu Berlin» in dem Schriftzug «Staatsbibliothek zu Berlin». Was macht diese Präposition eigentlich dort? Dunkel erinnere ich mich, dass es mit dem königlichen Hof zusammenhängt, rechtlich lagen dieser und die Burg beziehungsweise das spätere Schloss sowie die damalige Hofbibliothek nicht in der Stadt Berlin, sondern in einem zu Berlin gehörenden Gutsbezirk. Und, ist sie zu?

Nein, die Stabi hat geöffnet, weshalb ich sie durch eine der Drehtüren betrete, um mich im Foyer ein wenig aufzuwärmen. Auf einer Informationstafel ist ein Luftbild vom Bauplatz mit der abgesteckten Baugrube zu sehen. Ein anderes Foto zeigt die Gegend nach Fertigstellung, nun liegt das Gebäude quer über der alten Potsdamer Straße. Hans Scharoun hat die Straße abgeriegelt und einen Schutzwall, eine Stadtbefestigung Richtung Osten errichtet.

Wieder auf der Straße, staune ich über die erneuerte Fassadenverkleidung des Otto-Braun-Saals. Der Kubus sieht aus wie in getönte Alufolie eingewickelt. Die Blechverpackung wurde nachlässig angebracht, Schraubenköpfe stehen heraus. Die Skulpturen der lateinamerikanischen Freiheitskämpfer José Martí und Simón Bolívar können sich nur wundern. Bolívars Schwert ist nicht abgebrochen. Man hat ihn hier schon ohne Waffe stehen sehen.

Ich überquere das kleine Autobahnkreuz und den Landwehrkanal und frage mich, warum die Straßenbahn nicht wieder fährt. Sollte sie doch. Wurden am Potsdamer Platz nicht Schienen verlegt, vor bald fünfundzwanzig Jahren, die heute unter dem begehbaren Mittelstreifen liegen?

In der Potsdamer Straße, von der Bodo Morshäuser, hier aufgewachsen, einst sagte, sie sei «mehr als irgendeine Straße jetzt», komme ich an dem Studierendenwohnheim vorbei, in dem, lange, lange her, eine große Liebe wohnte. Das Gebäude wirkt heute kaum weniger heruntergekommen als damals, als im Erdgeschoss Windschutzscheiben repariert wurden. Heute sehe ich eine Galerie.

Ja, beide Ufer der Potsdamer Straße haben sich verändert. Nach ein paar Metern setze ich mich in die Joseph-Roth-Diele und warte auf Gerwin Zohlen, wir sind zum Mittagessen verabredet. Und das eigentlich nur, weil wir uns letzte Woche zufällig in der Holsteinischen Straße in Wilmersdorf begegnet sind.

Jetzt sitze ich in Tiergarten und blättere in einem Exemplar der in Stapeln ausliegenden Rowohlt-Monografie über Joseph Roth. Wollte ich nicht einmal, es müsste bald so weit sein, genau hundert Jahre später all die Berliner Orte besuchen, die er in seinen Feuilletons beschrieben hat? In «Trübsal einer Straßenbahn» sind sie versammelt, Wiebke Porombka hat den Band herausgegeben.

Gerwin Zohlen, er könnte mein Vater sein, erzählt, dass er

sich für den Wasmuth-Verlag interessiere. Der sitze heute in Tübingen, sei eigentlich aber ein alter Berliner Verlag; Werner Hegemanns «Das steinerne Berlin» sei 1930 erstmals dort erschienen, später hauptsächlich Kunst- und Architekturbücher. Wir sprechen über Hegemann und sein Buch, ich erinnere mich an das Kapitel über das Tempelhofer Feld und dessen Bebauung. Ja, die Diskussion, die Berlin heute führt, hatten wir schon einmal in der Stadt. Vergessen ist, dass die eine Hälfte des Tempelhofer Feldes tatsächlich bebaut wurde: Fliegerviertel, Gartenstadt Neu-Tempelhof und die piefige Kleinhaussiedlung entstanden. Wir kommen auf die Veränderung der Potsdamer Straße zu sprechen, der Wegzug des Tagesspiegels, er saß lange nebenan, hat nicht zu einer Verödung der Straße geführt, im Gegenteil. Wir reden über die neueren Schichten der Stadt, das neue Berlin, das zu bröckeln beginnt, siehe Potsdamer Platz. Und darüber, wie die Neunziger- und Nuller-Jahre-Architektur uns heute ansieht. Unser Rindsgulasch und die Spätzle werden kalt.

Wir verabschieden uns auf dem Trottoir, er steigt in seinen Wagen, einen Alfa Romeo, und fährt davon – während ich weiter die Potsdamer Straße hinunterspaziere. Ich schaue in zwei, drei Höfe hinein, im früheren Tagesspiegelhaus befinden sich nun ebenfalls Galerien. Einen Hof weiter, alles ist auf einmal so hübsch hier, keine gebrauchten Spritzen zu sehen, entdecke ich eine Bar, ein Restaurant und Modegeschäfte. Vincenz Sala ist kein Schreibwarenladen mehr, aber das ist schon lange so. Ecke Kurfürstenstraße treffe ich Frieder Schnock auf dem Bürgersteig, er erinnert mich daran, dass ich Sonntag bei ihnen zum Essen eingeladen bin. Er zeigt hinauf und sagt: «Vierter Stock.»

Um den Bahnhof Kurfürstenstraße herum hat die «Potse» – so hat Christian, der in den frühen neunziger Jahren hier wohnte, die Straße immer genannt – sich kaum verändert. Woolworth hat geöffnet. Steht der schöne Nachkriegsmoderne-Flachbau unter Denkmalschutz? Müsste er doch. Das kantig gestapelte Gebäudegebirge gegenüber, in dem sich der Mega-Sexshop LSD-Cruising World befindet, erscheint ebenso erhaltenswert. Zusammen bilden die beiden Bauten ein Tor zum berühmten und berüchtigten Abschnitt der Kurfürstenstraße, der zu Fontanes Zeiten eine gute Gegend war, später, zu West-Berliner Zeiten, nicht mehr, wie ich seit meiner frühen Lektüre von «Wir Kinder vom Bahnhof Zoo» weiß.

Ich gehe weiter Richtung Westen und finde die Straße halb leer und halb abgeräumt wie eh und je – aber halt, nein, hier steht ein Bauzaun vor dem riesigen Möbel-Hübner-Parkplatz. Und gegenüber von Getränke Hoffmann wird ebenfalls gebaut, ein Schild kündigt das «Carré Voltaire Berlin» an. Wie kam der Immobilienvermarkter auf diesen Namen? Inspirierte ihn die Nachbarschaft des Französischen Gymnasiums? Was würde Voltaire dazu sagen, wenn er wüsste, dass Berlin ihm einen Block voller Pseudo-Luxus-Apartments am Straßenstrich errichtet? Würde er sich amüsieren?

Zwei Sexarbeiterinnen stehen vor einer verrammelten Imbissbude. Es ist kalt und diesig, kein schöner Tag. Ich fotografiere eine der seltsamen Siebziger-Jahre-Fassaden, die mir nie aufgefallen sind. Ja, ich glaube, ich bin jahrelang blind durch diese Stadt gegangen. Auf einem schmalen Grundstück, an einen Altbau grenzend, wird die Degewo ein Mietshaus errichten, ein Bagger ist schon da, der Bauzaun aufgestellt. Und dieser Birkenhain gegenüber? Was ist das für ein Garten? Die Kurfürstenstraße ist voller Geheimnisse.

Soll ich noch einen Kaffee im Einstein trinken? Im Einstein-Stammhaus in der Stadtvilla, die einst von Henny Porten, dem Stummfilmstar bewohnt wurde? Stimmt das eigentlich? Oder ist das eine der vielen Berlin-Erzählungen, die ich in den

Jahren, die ich hier herumlaufe, ungeprüft übernommen habe? Wahrscheinlich von Christian, mit dem ich damals, als wir befreundet waren und ich ihn oft in seiner sehr leeren Wohnung mit den einschüchternd hohen Decken in der Potsdamer Straße besuchte, gern im Einstein saß, weil dort für uns ein Hauch von dem Berlin spürbar war – entweder war es tatsächlich erhalten geblieben oder glaubhaft nachinszeniert –, das wir uns herbeiwünschten. Ein Berlin, von dem nur Ruinen wie das Esplanade am Potsdamer Platz geblieben waren. Das Berlin der zwanziger Jahre. Die große Zeit, die wir, zu spät geboren, verpasst hatten, nach der wir aber so große Sehnsucht hatten, dass wir versuchten, ein Kaffeehausleben nachzuspielen, das es nicht nur in Wien, sondern auch in Berlin einmal gegeben hatte. Was nicht wirklich funktionierte. Nicht im Einstein, nicht im Café M.

Damals kam ich meist vom Nollendorfplatz durch die viel zu breite, nur autogerechte Straße, die nicht mehr Einemstraße, sondern wie noch mal heißt? Karl-Heinrich-Ulrichs-Straße lese ich auf dem Straßenschild. Die Einemstraße, die auch schon mal Maaßenstraße hieß, ist jetzt nach dem Pionier der Sexualwissenschaft benannt, der die gleichgeschlechtliche Liebe «Uranismus» nannte, weil das Wort «Homosexualität» noch nicht erfunden war.

Als ich auf den Nollendorfplatz zugehe, muss ich an Lesser Ury und sein Gemälde «Nollendorfplatz bei Nacht» denken. Er hat es in seiner Wohnung im vierten Stock gemalt, es zeigt den Blick aus seinem Fenster und deutet an, dass der Platz, heute Autoland, fast ein Park war. Das Haus, in dem Ury fast dreißig Jahre wohnte, wurde im Krieg zerstört. Auf dem Hochbahnsteig des Bahnhofs, dessen Vorkriegskuppel auf dem Gemälde prominent zu sehen ist, bemerke ich zum ersten Mal, dass ich von dort die Siegessäule sehen kann. Goldelse blitzt in der herausgekommenen Wintersonne, sie winkt mir zu, über die Tiergartenwipfel und die Sackgassen des Kielgan-Viertels hinweg.

Zwei Tage später spaziere ich wieder die Potsdamer Straße hinunter, die an einem frühen Sonntagabend – einige Touristen und Kinobesucher stehen verloren unter dem traurigen Zelt des Sony Centers – gar nicht so verlassen ist, wie ich es befürchtet hatte. Aus Masochismus gehe ich an der Spielbank vorbei, die bald für immer schließen soll, und freue mich einige Meter weiter über die mächtige Platane, die zwischen Philharmonie und Stabi-Parkplatz stehen geblieben ist. Gepflanzt anlässlich der Hochzeit des späteren Neunundneunzig-Tage-Kaisers Friedrich III. mit der Tochter Queen Victorias im Jahre 1858, hat der Baum zwei Weltkriege und die Abholzung des Tiergartens überlebt.

Renata Stih und Frieder Schnock, zusammen sind sie das Konzeptkunst-Duo Stih & Schnock, wohnen Potsdamer Straße, fast Ecke Kurfürstenstraße. Frieder holt mich mit dem Aufzug ab. Er spiele Liftboy, sagt er, weil der Fahrstuhl in diesem Geschäftshaus sensibel und oft kaputt sei. Renata empfängt uns im vierten Stock und führt uns in einen riesigen Raum, er muss an die hundert Quadratmeter groß sein, die Fenster schauen auf das Woolworth- und das LSD-Gebäude hinunter. Ich zähle vier Schreibtische, fünf Computer, etliche Sofas und Sitzgelegenheiten. Einer der Segeltuch-Klappstühle, höre ich, könnte Gustaf Gründgens gehört haben. Und die Chaiselongue, auf der ich Platz nehme, habe sie selbst neu bezogen, sagt Renata, mit Stoff von Chanel. Ich sehe Zeichenschränke, Gemälde, eine Arbeit von Daniela Comani aus ihrer Serie «Eine glückliche Ehe», Arbeiten von vielen anderen befreundeten Künstler*innen und natürlich ihre eigenen, Kunst von Stih & Schnock. Mitten im Raum, der einst ein Großraumbüro gewesen sein muss, steht eine der Bushaltestellen ihres genialen Beitrags «Bus Stop» zum Wettbewerb für das Berliner Holocaust-Mahnmal im Jahr 1995. Sie hatten die Idee, jeden Tag Linienbusse von einer Haltestelle am Brandenburger Tor nach Auschwitz fahren zu lassen. Leider haben sie damals nicht gewonnen, sondern – nun ja, lästern wir nicht über den einfallslosen Stelenwald. An einer Wand, Petersburger Hängung überall, sehe ich auch eine der Hinweistafeln mit Zitaten aus den Nürnberger Gesetzen, die zu ihrem realisierten, dezentralen Schilder-Mahnmal «Orte des Erinnerns» im Bayerischen Viertel gehört.

Zwanzig Jahre wohnten sie bereits hier, sagt Renata. Davor in einer größeren Fabriketage in Kreuzberg, die im Winter allerdings schwer zu heizen war. Eigentlich gar nicht. Irgendwann hätten sie das nicht mehr ausgehalten.

Während des Essens erzählt sie von ihrer Freundin Jane Kramer (der vom New Yorker) und ihren Milliardärsfreunden in Los Angeles, in deren Haus sie einmal mit Fiji Water aus der Flasche duschen musste, weil das Wasser abgestellt war. Zufällig sitze ich so, dass ich die Bücherwand im Blick habe, ich sehe Siegfried Kracauers «Straßen in Berlin und anderswo» in der Ausgabe der Bibliothek Suhrkamp, sehe Pems «Heimweh nach dem Kurfürstendamm», das ich so sehr mag, weil es von alldem erzählt, was die Kriegsjahre und die Zeit davor in Berlin zerstört haben. Und ich sehe «Transit Berlin», das Buch von Gundel und Gert Mattenklott, das so wunderbar von West-Berlin berichtet. Frieder hat bemerkt, wohin ich schaue, fragt nach, und ich verrate, dass ich bei Gert Mattenklott studiert habe. Sie kannten sich selbstverständlich.

Wir essen Rote Bete mit Radicchio, rotem Lachskaviar und Sardinen. Alles Rote sei gut gegen Gicht, sagt Renata. Allerdings sei der Gast, der an Gicht leide, nun gar nicht erschienen. Pech für ihn. Als Hauptgang servieren Stih & Schnock Kaninchen in

Tomatensauce, violette französische Kartoffeln und dunkelrote, in Limoncello und Ingwer gedünstete Karotten. Zum Abschied schenken sie mir selbst gekochte Orangenmarmelade, das Etikett auf dem Glas sagt: «Januar 2017».

2017

Berliner Zimmer

Ein Bekannter und seine Freundin sind in eine Kreuzberger Vorderhauswohnung gezogen, um die zweihundert Quadratmeter groß, Zimmer auch im Seitenflügel, Blick auf den Kanal. Wir sind zum Housewarming eingeladen und kommen zu fünft.

«Ist ja eine Traumwohnung», sagt Hanna, die selbst in einer Traumwohnung lebt.

Die Schuhe sollen wir anscheinend ausziehen. In dem riesigen Berliner Zimmer – Wände wurden herausgerissen, eine schlichte dunkle Küchenzeile und eine Kochinsel eingebaut – unterhalten sich bereits viele Gäste. Alle stehen in Socken oder Strumpfhosen auf dem Parkett.

Sind wir zu spät? Nein, die vielen Briten, die sich hier versammelt haben, sind einfach sehr pünktlich erschienen.

Wir begrüßen und werden begrüßt, versorgen uns mit Getränken und sprechen über die Wohnung. Worüber sonst? Über diese Wohnung, Wohnungen im Allgemeinen und das Wohnen an sich.

Mir fallen andere, weniger prächtig renovierte Kreuzberger Wohnungen ein, Brittas in der Eisenbahnstraße mit ihren einfachen, verzogenen und schlecht schließenden Vorkriegsfenstern. Britta heizt mit elektrischen Radiatoren, die mit vor dem Zähler abgezapftem Strom betrieben werden. Ihre Öfen hat sie seit Ewigkeiten nicht mehr befeuert.

Albrechts Wohnung fällt mir ein. Aus seinem Wohn- und Arbeitszimmer schaut er über den Heinrichplatz, Tag und Nacht ein Kreuzberg-Diorama vor den Fenstern, live. Das Haus, vor

Urzeiten einmal ein besetztes Haus, gehört einer Genossenschaft, die vor einigen Jahren wegen Misswirtschaft fast pleite war. Jetzt ist alles wieder gut. Albrecht hat so viele Bücher in seinen Zimmern, dass er sich Sorgen um die Statik machte, bis ihn jemand beruhigte, dass die Decken und Böden der Berliner Wohnungen, in denen einst schwere Kachelöfen standen, sehr viele Bücher tragen könnten.

Isoldes Wohnung am Erkelenzdamm fällt mir ein, jenseits des Kanals und ein kleines Stück weiter. Ihr Haus ist ungewöhnlich schmal für einen Berliner Altbau. So schmal, dass es auf jeder Etage nur eine Wohnung gibt und folglich wenig Treppenhausverkehr. Wurde deshalb schon bei allen Parteien eingebrochen? Das Kottbusser Tor und seine offene Drogenszene sind nicht weit. Auf ihrem Balkon wächst eine Birke, die mittlerweile, Isolde wohnt bald ein Vierteljahrhundert in ihrer Wohnung, viel zu groß für den Balkon ist.

Wir stoßen an, Hanna, Nora, Friederike, Jan und ich. Und ich erzähle von Herrn Rutschkys Wohnung in der Wartenburgstraße. Sie ähnelt dieser, deren Einweihung wir jetzt feiern, sehr. Nur dass Herrn Rutschkys Wohnung unsaniert ist. Und seit dem Einzug des Ehepaars Rutschky im Jahr 1984 nur sehr behutsam renoviert wurde.

«Eher gar nicht», sage ich. «In ihrer Küche gibt es noch den Hängeboden über der Kochmaschine, in dem das arme Dienstmädchen seinen Schlafplatz hatte.»

«Und, nutzt er den noch?», fragt Jan.

«Soweit ich weiß, wurde er zuletzt genutzt, als die Mieter dieser Offizierswohnungen glaubten, sich Personal halten zu müssen. Im vorletzten Jahrhundert.»

«Ein Schlafplatz über dem Herd? Ich weiß nicht», sagt Nora.

«In Rutschkys Vorderhauszimmern mit Flügeltüren, üppigen Stuckdecken und Intarsienparkett stehen die Bücher lustigerweise in Regalen, die sie in den frühen siebziger Jahren aus heute antik wirkenden hölzernen Apfelsinenkisten zusammengestapelt haben.»

«Wohnt er jetzt alleine dort?»

«Mit Hund. Seit Katharina Rutschky gestorben ist, wohnt er mit Hund und Katze in der Beletage. Und hat mir neulich von einer Mieterhöhung erzählt. Er muss nun tatsächlich über fünfhundert Euro im Monat bezahlen.»

Alle lachen.

«Weinen sollten wir», sagt Jan.

«Diese Wohnung ist sicherlich ein bisschen teurer», sagt Nora und schaut sich um. «Mir gefällt, dass das Berliner Zimmer jetzt eine große Wohnküche ist.»

«Das habe ich schon öfter gesehen», sagt Friederike. «Zuletzt in Charlottenburg. Das Berliner Zimmer in eine offene Küche verwandelt. Der Herd muss dort allerdings mit Gasflaschen betrieben werden, weil der Hausherr auch ohne Anschluss nicht auf das Kochen mit Gas verzichten wollte.»

«Das wäre mir zu umständlich», sagt Hanna.

«Mir gefallen Berliner Zimmer, wenn sie Bibliotheken sind. Und so die fensterlosen Wandflächen nutzen», sage ich.

«Irgendwie muss man so ein Durchgangszimmer ja nutzen», sagt Nora. «Hansi hat dort seinen Flügel stehen.»

«Hanna doch auch. Und ihre Bücher», sagt Friederike.

«Hier ist es der soziale Raum. Die große Partyfläche», sagt Jan. «Karin und Joachim hatten in ihrer Mommsenstraßenwohnung das größte Berliner Zimmer. Einen Saal. Einen Rittersaal für Bankette und Tafelrunden.»

«Hier ist alles schön neu. Neu verputzt und gestrichen», sagt Nora. «Fast ein wenig unheimlich, dass ein Altbau innen so neu aussehen kann. Als wäre jede Erinnerung herausrenoviert worden.»

«Die Wandfarbe gefällt mir», sagt Hanna.

«Der Farbton heißt Ammonite. Die Farbe ist von Farrow & Ball. Kostet ein kleines Vermögen», sagt Friederike.

«Das kannst du sehen?», fragt Jan.

«Die Malerin kennt sich mit Farben aus», sage ich. «Sie sieht hundert Abstufungen von Grau, wo wir gar nichts sehen.»

Jan weiß, dass der Gastgeber diese Wohnung kaufen konnte, weil er nach seiner Scheidung ein kleines Haus in Hackney, London, veräußert hat, dessen Wert sich in wenigen Jahren fast verdreifacht hatte.

Hanna erzählt von ihrer Kollegin und deren Freund, die so lange nach der perfekten Kreuzberger Wohnung suchten, bis sie sich nur noch eine in Lankwitz leisten konnten. Und dort hinzogen. «Deshalb sind sie jetzt nicht hier», sagt sie. «Abends bis nach Kreuzberg zu fahren, ist ihnen zu weit.»

Friederike, das ist ihre Wohnungsgeschichte, hielt es eines Morgens nicht mehr aus im Luxus einer toprenovierten Sechs-Zimmer-Zionskirchplatz-Wohnung mit zwei Terrassen und einem Mann, den sie nicht mehr liebte. Zu Mittag bestellte sie ein Umzugsunternehmen. Und am Abend desselben Tages wohnte sie mit ihren zwei Kindern in der Zweieinhalbzimmerwohnung des verstorbenen Freundes ihrer Mutter, das Messingschild mit dessen Namen hängt noch immer an der Tür, seit bald fünf Jahren.

Wir tanzen nun ein bisschen. Auf Socken. Die Musik gefällt. Und wir bemerken, wie gut sich in Strümpfen über das frisch verlegte Fischgrät gleiten lässt.

Wir zerstreuen uns, füllen die Gläser auf mit dem guten Gin, finden uns in neuen Konstellationen wieder zusammen und erzählen uns weiter Wohnungsgeschichten. Es gibt so viele.

Jan hat sein Notizbuch gezückt. Vielleicht schneidet er, das macht er manchmal, unsere Gespräche mit. Er schreibt ein Buch über seine schwierige, zuletzt aber erfolgreiche Wohnungssuche. Vielleicht werden wir einiges von dem, was wir uns heute erzählen, darin wiederfinden?

Nora, selbst auf Wohnungssuche, berichtet von einem ehemals verheirateten, nun geschiedenen Freund, der einen vor Jahren günstig erworbenen Hochparterrepalast bewohnt hatte. «Nähe Victoria-Luise-Platz», sagt sie, «beste Schöneberger Lage. Mit einem Vorderhausbalkon, von dem er sich bequem in den Vorgarten übergeben konnte. Sein Berliner Zimmer hatte eine Besonderheit: Durch einen schmalen Dienstbotengang an der Brandmauerseite konnte er um den Raum herumlaufen. Die schöne große Wohnung musste er nach seiner Scheidung leider verkaufen, weil sie nach achtzehn Jahren so viel wert war, dass er es sich nicht leisten konnte, seine Frau auszuzahlen.»

«Das sind die Tücken der Zugewinngemeinschaft», sagt Friederike, die sehr jung schon einmal verheiratet war.

«Probleme, die andere gerne hätten», zitiert Jan ein Lied von Christiane Rösinger. Und ich fange an zu summen.

«Von dem Geld, das ihm blieb», sagt Nora, «hat er sich eine kleine, überteuerte Neubauwohnung in Parkrandlage gekauft. In einer nicht ganz so guten Gegend.»

«Lage, Lage, Lage», sagt Jan, der während seiner langen Suche viele schöne Wohnungen weit außerhalb des S-Bahn-Rings besichtigt hat.

«Habt ihr von Eva gehört?», fragt Friederike.

«Nein, wie geht's ihr?»

«Sie wurde von ihrem Ex-Mann aus ihrem Dahlemer Elternhaus herausgeklagt. Aus der schönen kleinen Villa mit den grünen Fensterläden, in der ihre Familie vierzig Jahre zur Miete gewohnt hat. Sie hatte den Fehler gemacht, in Gütertrennung lebend, ihren Mann das Haus sehr günstig allein auf seinen Namen kaufen zu lassen.»

«Und wo wohnt sie jetzt?», fragt Nora.

«In einer Zweizimmerwohnung im Afrikanischen Viertel, Wedding. Und ihr gefällt's.»

«Hat ihr Ex sie eventuell wegen des Hauses geheiratet?», fragt Hanna.

«Könnte schon sein.» Friederike lacht.

«Hanna, hast du nicht auch so ein Ex-Problem? Nur umgekehrt?», fragt Nora.

«Ja, er will einfach nicht ausziehen. Deshalb habe ich jetzt ein Zimmer in Neukölln.»

«Wie, du gibst deine Wohnung auf?», fragt Jan.

«Nein, natürlich nicht. Jamais!»

«Sie wohnt in der schönsten Wohnung von Prenzlauer Berg. Mit Balkon zur Gethsemanekirche», sagt Friederike.

«Ich kann den Kindsvater verstehen», sage ich. «Auch ich würde mit der schönsten Frau in der schönsten Wohnung von Prenzlauer Berg wohnen bleiben wollen.»

«Hör auf rumzuschleimen», sagt Friederike.

«Ist das die Wohnung, in der du aufgewachsen bist? In der du mit deinen Eltern gewohnt hast?», fragt Jan.

«Ja. Ich bin zurückgezogen», antwortet Hanna.

«Und dein Liebhaber, hat der keine eigene Wohnung?», fragt Nora.

«Der wohnt mit seiner Ex und den beiden Kindern zusammen in Kreuzberg. Deshalb haben wir ein Zimmer in Neukölln.»

«Alles so kompliziert heutzutage», sagt Jan.

«Und ich frage mich manchmal, in wie vielen Berliner Wohnungen ich schon gewesen bin», sage ich.

«Hängt ganz davon ab, von wem du dich so hast abschleppen lassen in den letzten Jahren», sagt Friederike.

«Oder ob du mal als Weihnachtsmann gearbeitet hast», sagt Jan.

«Oder als Heizungsableser», sagt Nora.

«Oder überhaupt mal eingeladen wirst», sagt Friederike.

«Wolltest du nicht mal ein Buch schreiben über all die Betten, in denen du gelegen hast?», fragt Jan.

«Über alle Wohnungen, in denen du Sex hattest?», fragt Hanna.

«Das wäre aber ein dünnes Buch geworden», sagt Friederike.

«Kommt ganz darauf an, wie ausführlich er jede einzelne Wohnung beschrieben hätte», sagt Jan.

«Mercedes Lauenstein hat ein Wohnungsbuch geschrieben», sage ich. «Die Erzählerin klingelt nachts bei Unbekannten, die noch wach sind, und hört sich ihre Geschichten an – schläft aber eher nicht mit ihnen.»

«Das Buch spielt in München. Nicht in Berlin.» Friederike hat es offenbar ebenfalls gelesen.

«Ob ein Zählerableser sich noch für die Wohnungen interessiert, in denen er die Heizung abliest? Oder marschiert er völlig abgestumpft durch all die Behausungen, die er besuchen muss?», fragt Nora.

«Zählerableser müssen abgestumpft sein. Sonst halten sie das gar nicht aus. Es gibt so viele fürchterliche Wohnungen», sagt Hanna.

«Meine erste Kreuzberger Wohnung mit Berliner Zimmer habe ich 1987 oder 1988 gesehen», sage ich. «Zu Besuch in einer WG in der Skalitzer Straße.»

«Hört, hört, Opa erzählt vom Krieg!» Friederike ärgert mich wieder.

«Ich war mit einem Schulfreund nach Berlin getrampt. Unsere Übernachtungsmöglichkeit fiel aus, also rief ich eine Studienfreundin meines Vaters an, wir kamen in ihrer Kreuzberger Riesen-WG unter. Eine ihrer Mitbewohnerinnen hatte eine wunderschöne siebzehnjährige Tochter, in die ich mich sofort verliebt habe. Ihr Vater war ein seit dem Ende seines Studiums verschollener Inder.»

«Boring», sagt Friederike.

«Er verliebt sich halt immer, wie süß», sagt Nora.

«Moment. Als ich sie drei Jahre später, ich wohnte mittlerweile in Berlin, wiedersah, konnte sie sich nicht an mich erinnern. Die zweieinhalb Tage, die wir zusammen verbracht hatten – ich erinnerte mich an jede Einzelheit und konnte diese Tage in meinem Kopf wie einen Film auf Videokassette vor- und zurückspulen –, hatte es für sie anscheinend gar nicht gegeben. Nicht einmal, als ich ihr erzählte, dass wir, wenn auch nicht miteinander, so doch immerhin in einem Bett geschlafen hatten, eine Nacht zumindest, erinnerte sie sich.»

«Da hast du wohl keinen allzu tiefen Eindruck hinterlassen», sagt Friederike.

«Oder du hast das alles nur geträumt, während du in einem Stockbett im Jugendhotel in der Meininger Straße gelegen hast», sagt Nora.

«Oder, andere Erklärung, sie hat einfach zu viel gekifft», sagt Hanna.

«Interessant, dass du die Erinnerung mit einer Videokassette vergleichst, die es auch schon lange nicht mehr gibt», sagt Jan.

«Damals, während ich diese Tage im Kopf vor- und zurückspulte, war Berlin mein Sehnsuchtsort. Allein der Klang: Berlin! Dieses lange I, in dem Licht und Verheißung steckten. Vergangenheit, Versprechen und Möglichkeit. Manchmal kneife ich mich, weil ich es nicht glauben kann, dass ich nun schon so viele Jahre in diesem erträumten Berlin lebe.»

«Als gebürtige Berlinerinnen sind Fritzi und ich für solche Gefühle nicht so empfänglich», sagt Hanna.

«Er schwärmt wieder!», sagt Friederike. «Gebt ihm nichts mehr zu trinken.»

Wir stehen auf dem Balkon, rauchen und schauen über den Kanal und das dunkle Urbanhafenbecken. Der Gastgeber steht zwischen uns, und ich frage ihn, ob er eigentlich wisse, wie gefährlich es sei, Schriftsteller*innen in die eigene Wohnung einzuladen. Und gleich so viele.

«Wieso?»

«Weil die sich alles merken. Später liest du dann irgendwo, wie es bei dir zu Hause aussieht.»

«Ja? Ich bin gespannt», sagt er.

«Ging mir selbst mal so, als ich Jan, er hatte sich gerade getrennt und keine Wohnung, bei uns zu Hause habe übernachten lassen. Ein Jahr später sitze ich in einer seiner Lesungen, und er überrascht mich mit einer detaillierten Inspektion unseres Zuhauses. Jedes Möbelstück, jede Spielfigur in jedem Regal, die Bilder an den Wänden, die Pfeffermühle in der Küche und die Kaffeemaschine neben dem Herd hat er beschrieben.»

«Das möchte ich lesen», sagt der Gastgeber, dem wir selbstverständlich zur neuen Wohnung gratuliert haben. Wir loben die Renovierung und die Farbgebung der Wände.

Und ich erspare ihm, erzähle nicht, dass ich vor Jahren schon einmal in diesem Haus gewesen bin, in einer kleineren Wohnung. Erzähle nicht von der Frau, mit der ich im Chor gesungen habe, die vor der Sanierung hier lebte und verdrängt wurde. Heute wohnt sie, sie hat zwei Töchter, in einer Wilmersdorfer Genossenschaftswohnung. Aufgewachsen war sie nicht weit vom Hermannplatz, in einer Zeit, als Neukölln eine fast verbotene Zone war. Auf einem Spaziergang hat sie mir ihre Straße, heute voller Cafés, einmal gezeigt.

«Wer hat wohl vor vierzig, fünfzig, neunzig Jahren hier gewohnt?», fragt Nora. Der Gastgeber ist weitergewandert.

«Wer es nur lange genug aushält in einem Haus, erfährt da so einiges», sagt Hanna.

«Bewohner ziehen ein und wieder aus. Manchen wird gekündigt, andere werden von der Polizei abgeholt und abgeschoben», sagt Jan. «Und nach fünfundzwanzig Jahren hat Berlin die Hälfte der Einwohner ausgewechselt.»

«Wir hätten Weihrauch und Myrrhe mitbringen müssen, um die Wohnung einzuweihen», sage ich.

«Um den Mief und böse Geister zu vertreiben? Ja, wer hat hier wohl gewohnt, bevor Berlin während des Krieges judenfrei wurde?», fragt Friederike.

«Gibt es Stolpersteine vor dem Haus? Müssen wir mal nachsehen», sagt Jan.

«Als Kind», sagt Friederike, «habe ich in einem Haus in Wilmersdorf gelebt, vor dem heute zweiundzwanzig Stolpersteine liegen. Um ehrlich zu sein, das Haus fühlte sich immer komisch an. Unheimlich. Ich habe nicht gern dort gewohnt.»

«Erinnert ihr euch an Katharina von Dingsbums, mit der ich mal befreundet war?», frage ich.

«Die Gräfin aus der Stabi? Die Juristin?», fragt Jan.

«Genau. Als ich sie kennenlernte, wohnte sie in einer schönen, sehr günstigen Vorderhauswohnung im Bayerischen Viertel, der Hälfte einer früheren Riesenwohnung. Den maschinengeschriebenen und später handschriftlich ergänzten Mietvertrag, sie hat ihn mir mal gezeigt, hatte sie von ihrer Großmutter geerbt.»

«Und?», fragt Friederike.

«Das Mietverhältnis hatte am 1. September 1939 begonnen.»

«Du meinst, ihre Großmutter war in eine Judenwohnung gezogen?», fragt Jan.

«Wahrscheinlich. Und wahrscheinlich hatte sie auch die Möbel übernommen, Katharina hatte nämlich schönste Biedermeiermöbel.»

«Fällt euch auf, dass nur noch Deutsche da sind?», fragt Nora. «Die Engländer sind alle gegangen.»

Das Berliner Zimmer hat sich fast geleert.

«Sie sind höflich. Sie gehen, wenn sie betrunken sind», sagt Jan.

«Ob wir gleich rausgeschmissen werden?», fragt Hanna.

«Wir verabschieden uns jetzt auch», sagt Friederike.

Und dann fällt es uns gar nicht so leicht, unsere Schuhe wieder anzuziehen.

«Ich möchte mal ein Jahr nicht über Wohnungen reden müssen», sage ich im Treppenhaus zu Friederike.

«Musst du ja nicht», sagt sie. «Du hast doch eine.»

«Nur geliehen. Im Grunde nur geliehen.»

«Jaja. Wir wohnen alle nur auf Zeit hier. Sagst du immer. Ist bekannt. ‹Dies Haus ist mein und doch nicht mein. Der nach mir kommt, kann's auch nur leih'n ... Und den Vierten trägt man auch hinaus.› Das zitierst du doch so gern.»

«Und wohin jetzt?», fragt Hanna, als wir auf der Straße stehen. Keine Stolpersteine vor dem Haus. Nur ein neuer fancy Kaffeeladen im Erdgeschoss.

«Lass uns noch in unser Wohnzimmer fahren», sage ich. «In unser Berliner Zimmer.»

«Ins Haliflor also», sagt Friederike.

Jan steigt auf sein Rad, Nora winkt nach einem Taxi.

2017/2021

Die Halle schwebt

Solange wieder eine Straßenbahn über die Seestraße rollt, solange fahre ich an den Osram-Höfen vorbei. Heute steige ich endlich einmal an der gleichnamigen Haltestelle aus, gehe über den dreieckigen Platz, der nach dem frühen Sozialdemokraten und Vorwärts-Mitbegründer Wilhelm Hasenclever benannt ist, und spaziere in die gelb-rote Klinkerfestung hinein, die daran erinnert, dass im Wedding zwischen Liebenwalder und Oudenarder Straße einmal Dinge hergestellt wurden. Sigmund Bergmann begann hier um 1890, elektrische Anlagen zu produzieren, ab 1904 kamen Glühlampen (vulgo: Glühbirnen) hinzu. Die sich damals entwickelnde Elektroindustrie war die New Economy des späten Kaiserreichs und errichtete sich bald große feste Burgen wie die Osram-Höfe – dabei steckt auch in diesem imposanten Bau hinter der Backsteinverkleidung eine Stahlskelettkonstruktion, die stützenarme Fabrikationssäle ermöglicht. Über fünftausend Arbeiter waren hier beschäftigt, in einem der größten Glühlampenwerke Europas, 1990 wurde die Produktion eingestellt. Heute kommen die meisten Leuchtmittel aus China. Die Osram-Höfe wurden nicht abgerissen, sondern umgebaut und umgewandelt. Ein Banner an der Fassade verkündet: «Vermietung!»

«Lassen Sie sich von unseren Auszubildenden verwöhnen», lese ich in dem Schaukasten, der auf das Ausbildungsrestaurant der SOS-Kinderdörfer hinweist. Jeden Tag gibt es Mittagstisch für vier Euro fünfzig. Es gibt auch, ich könnte mir die Haare schneiden lassen, einen Hoffriseur. Im SOS-Berufsausbildungszentrum werden junge Menschen zu Friseurinnen und Friseuren ausgebildet.

Einige der hohen, früher rauchenden Schornsteine – sie sehen aus wie aus kleinen Bauklötzchen zusammengesetzt – stehen noch in den Höfen, es erhebt sich auch ein bergfriedartiger Uhrturm, dessen großes Ziffernblatt, es ist einem Zahnrad nachempfunden, nur noch einen Zeiger besitzt. Den großen Zeiger. Er bewegt sich nicht und zeigt – wie lange schon? Ab jetzt für immer? – drei Viertel. Von welcher Stunde verrät er nicht.

Ich bin in den Teil der Osram-Höfe geraten, die unter dem Namen «Carrée Seestraße» firmieren. Höre ich «Seestraße», muss ich an endlose Monopolyspiele denken: «Rücken Sie vor bis zur Seestraße», befiehlt eine der Ereigniskarten. Das Hybridwort «Carrée» (eigentlich müsste es, wenn schon Französisch, «carré» heißen) gehört, weniger prätentiös falsch geschrieben, zwar zum Berliner Jargon («eenmal ums Karree»), klingt hier, im früheren Glühlampenwerk, jedoch recht möchtegern – und transportiert zugleich eine eher altbackene Sehnsucht nach Mondänität, die Orte wie die ehemalige Zentralmarkthalle am Alexanderplatz, die sich «Berlin Carré» (sic!) nennt, und das Carrée Seestraße selbst nicht bieten. Ein Kastenwagen des Charité Facility Managements parkt auf dem verbundsteingepflasterten zweiten Hof, auf einem Schild lese ich: «Das Anbinden von Hunden ist auf dem Gelände verboten!»

Ob sich alle daran halten, kann die Polizei kontrollieren, denn auch der Polizeiabschnitt 35, Oudenarder Straße, befindet sich in den Osram-Höfen. Vor einigen Jahren haben sich innerhalb einer Woche – das fällt mir ein, weil ich die kurze Meldung damals aus der Zeitung ausgerissen hatte – zwei Beamte dieser Wache mit ihren Dienstwaffen erschossen. Warum? Das habe ich nie erfahren.

Weitere Ankermieter des Carrée Seestraße heißen «Ulla Popken Lagerverkauf» und «Marc Cain Factory Outlet», beides Damenoberbekleidungsgeschäfte. Ich betrete das von Marc Cain und werde sogleich aufgefordert, es steht auf einer Tafel, meine Tasche einzuschließen. Zum Glück habe ich weder Hund noch Tasche dabei, weshalb ich schon nach wenigen Schritten tief im flauschigen Flor des hellgrauen Teppichbodens versinke und mich in gleich mehreren Spiegeln betrachten kann. Neben meinen Spiegelbildern erblicke ich nur weibliche Kundschaft und Verkäuferinnen zwischen Kleiderständern und weißen Lackmöbel-Elementen. Und mir gefällt's. Trotzdem kaufe ich keine Outlet-Bluse und keinen reduzierten Blazer, sondern wechsle in ein Fachgeschäft für Schulmappen, Schulrucksäcke und Rollkoffer. Mehr Ranzen und Tornister habe ich nie zuvor auf einem Haufen gesehen. Zettel an den Regalen weisen die Kundschaft darauf hin, dass es verboten sei zu fotografieren. Warum? Damit ich hier begutachtete Taschen später nicht günstiger im Internet bestelle? Die vielen viel zu bunten Ranzen schüchtern mich ein, ich befürchte, gleich wieder zur Schule gehen zu müssen. Schnell hinaus, zurück auf den Hof, auf dem einige Schüler*innen der Charité Gesundheitsakademie unter dem Uhrturm zusammenstehen. Sie haben Pause und rauchen. Ein Aushang der Verwaltung bittet darum, Zigarettenkippen nicht in die Papiermülleimer zu werfen.

Ob die Pflegeschüler*innen sich hin und wieder mit den anderen, auffallend gut aussehenden jungen Menschen auf der anderen Seite der Oudenarder Straße treffen? Auf dem Aldi- und Nettoparkplatz des nördlichen Hofgeländes lungern zur gleichen Zeit die Studierenden des Instituts für Schauspiel, Film und Fernsehberufe an der VHS Berlin Mitte herum, ebenfalls rauchend – allerdings viel fotogener. So, als erwarteten sie, hier und jetzt, in dieser Industriekulisse von einer Casting-Agentin entdeckt zu werden. Die Dreharbeiten des nächsten Berlin-Films könnten gleich beginnen, seine Darsteller*innen haben sich schon eingefunden vor den gelb-roten Backsteinmauern, den alten Lastenaufzügen und den erblindeten Fensterflächen. Sie müssten sich nur ein wenig kostümieren, dann könnten sie in einem noch zu produzierenden Berlin-Historienfilm mitspielen, der die Geschichte von Billy Joels Großvater Karl Amson Joel erzählen sollte, welcher hier in den Osram-Höfen, Oudenarder Straße, einst eine bekannte Wäschefabrik besaß. Ein gewisser Josef Neckermann, noch im Jahr 1996 auf einer Briefmarke der Deutschen Post als «Wohltäter des Sports» geehrt, ergaunerte sich 1938 diese Wäschefabrik. Der deutsche Jude Joel überlebte Verfolgung und Weltkrieg mit viel Glück und konnte sich, fast mittellos, in die USA retten, während der Nazi und Arisierungsgewinnler Neckermann sich in Joels Villa in Berlin-Westend einnistete und dessen Wäscheversand in den Wiederaufbaujahren zu dem bekannten Versandhaus- und Reiseunternehmen umbaute, das seinen Namen trug und als Marke noch immer existiert.

Wäre, wenn die Geschichte ein wenig anders verlaufen wäre, Billy Joel vielleicht ein Sänger aus dem Wedding geworden? Hätte er auf Deutsch von einem Mädchen aus Neu-Westend oder Lichterfelde statt über ein Uptown Girl gesungen? Wahrscheinlich nicht.

Die Osram-Höfe machen mich plötzlich wahnsinnig traurig. Haben die Polizisten, die hier Wache schoben, diese Traurigkeit nicht ausgehalten? Haben sie sich deshalb erschossen?

Auf dem Weg Richtung Leopoldplatz heitert die moderne Außenfassade des Zwischenkriegsanbaus Groninger Ecke Oudenarder Straße mich auf. Die Erweiterung sieht aus, als wäre ein Stück vom Turiner Lingotto im Wedding gelandet. Die beiden unteren Geschosse des Gebäudes sind mit violetten und gelben Klinkern zu einem massiven Sockel zusammengefasst, die Fenster als große Öffnungen ins Mauerwerk geschnitten. Darüber sitzt ein riesiger verglaster Kubus, dem schlanke, außen vorgesetzte Pfeiler eine vertikale Ordnung geben – Pfeiler, die, das ist der Witz dieses Anbaus, auf Höhe des Sockels expressionistisch austropfen. Sieh an, diese Pfeiler müssen gar nichts tragen. Diese Halle schwebt.

2015

Geflüchtet nach Berlin

1

Fady und ich trafen uns zum ersten Mal im Sommer, Mitte August, es war heiß. Bis dahin hatten wir uns nur Facebook-Nachrichten geschrieben, er antwortete meist sofort. Wir hatten uns am S-Bahnhof Oranienburger Straße verabredet, zehn Minuten vor dem vereinbarten Zeitpunkt rief er an, er sei schon da. Wir schlenderten durch die Auguststraße, plauderten, tauschten uns aus. Er sei zu Besuch in Berlin, begann er zu erzählen, wohne bei einem syrischen Freund in Marienfelde und suche nach einer Möglichkeit, legal in Berlin zu leben. Um nach Berlin umzusiedeln, brauche er eine offizielle Arbeit und einen Arbeitsvertrag. Vom Leben auf einem Dorf in der Nähe von Gummersbach (Gummersbach in der Nähe von Köln) habe er genug, die Stadt, Freunde und Inspiration fehlten ihm. Wir sprachen Englisch, Deutsch hatte er noch nicht gelernt.

Er erzählte seine, im Vergleich zu anderen komfortable, Fluchtgeschichte: eine Einladung zu einem Opernfestival nach Frankreich, ein Flug aus der Türkei, in der er fast ein Jahr verbracht hatte. Den Veranstaltern des Festivals musste er versprechen, nicht in Frankreich zu bleiben, also kam er mit einer Mitfahrgelegenheit – er nannte den Namen des französischen Anbieters BlaBlaCar – nach Deutschland und beantragte Asyl.

2

Dear Fady, how are you? Where are you right now? Are you writing? I'm sitting in the Grimm Library in Berlin. It's raining and I'm trying to write about Berlin. Berlin is one of my topics, has been for years.

Do you write these days? Do you write every day? What did you write and what did you do before you came to Germany?

I came to Germany 46 years ago, the day I was born. Quite boring. But my father is from Austria, so there is a little otherness in me. And I grew up with an English stepmother (but I wasn't too fond of her).

I've been a writer for more than twenty years now and I'm still not bored. Sometimes I wonder why. There were times when I wanted to stop, when I thought of doing something completely different, something ordinary, stable, less exhausting – but there was always a new book to write. Still, I'm not quite sure how this writing thing works. From time to time I teach writing – but I keep asking myself: how can I since I don't really know how to write?

3

Wie würde ich mich fühlen, wenn alles um mich herum, wenn all das, was mir lieb und wichtig und vertraut ist, plötzlich nicht mehr da wäre? Wenn ich alles verlieren würde? Wenn ich Berlin verlieren würde? Als ich jünger war, habe ich einige Male versucht, eine solche Situation herzustellen, zu simulieren; einige Male bin ich abgehauen, um anderswo neu anzufangen, bin ins Ausland gegangen, habe ein Jahr mal nichts von mir hören lassen – ich wollte vom Verlust erzählen. Aber ich konnte immer zurückgekommen und bin es auch. Ich weiß also nicht, wie es ist, alles zu verlieren – weiß aber, das ist meine Geschichte, wie es sich anfühlt, morgen oder übermorgen eventuell nicht mehr zu leben. Und ich weiß, was es bedeutet, ein neues, ein zweites Leben geschenkt zu bekommen.

4

17. August 2017
Zu Fuß in die Oranienburger Straße, Fady schreibt, er sei schon da und ruft an, da bin ich noch auf dem Weg. Wir treffen uns vor dem Postfuhramt, er ist, Zufall, gerade in Berlin, zu Besuch bei einem Freund. Er hat einen Bauch, einen Vollbart, ist nicht groß und trägt ein gebügeltes hellblaues Hemd zu Jeans, sein Jackett hat er ausgezogen, es hängt über seinem Arm. Er spricht leidlich Englisch und kaum Deutsch. Wir spazieren Richtung Auguststraße, er erzählt, ich erzähle, und setzen uns ins Hackbarth's, draußen, blicken auf die Vorübergehenden, Sommer in der Stadt, alle sind schön.

Vier Monate saß er in Syrien im Gefängnis, ein halbes Jahr war er in Beirut, neun Monate in der Türkei, in Gaziantep, einer Stadt im Südosten Anatoliens. Er sei nach Frankreich eingeladen worden, zum Opernfestival in Aix-en-Provence, er habe das Libretto zu einer Oper geschrieben, die dort aufgeführt wurde, und sei nicht in die Türkei zurückgekehrt, sondern mit seinem zwanzig Tage gültigen Schengen-Visum nach Deutschland weitergereist, um Asyl zu beantragen. Seinem Bruder und dessen Frau sei es mittlerweile gelungen, eine Wohnung in der Pariser Banlieue zu finden. Seine Eltern seien in einer Kleinstadt in der Nähe von Damaskus zwar nicht in Sicherheit, immerhin aber so sicher, wie Syrer in Syrien heute leben können.

Ich frage ihn, ob er zornig sei. Frage ihn nach der Wut.

Er sagt, die Wut sei mittlerweile kalt: kalt wie ein spitzes

Stück Stahl. Seit fast zwei Jahren sei er in Deutschland. Und es sei schade, dass er nicht nach Berlin ziehen dürfe, er brauche die Stadt. Er lebe in einem Dorf in der Nähe von Gummersbach, weit weg von Köln. Zu weit.

Er trinkt Bier, ich Kaffee, und ich frage ihn nach den Kaffeehäusern in Damaskus und nach Tee und wie er dort getrunken wird.

Wir spazieren zu dem syrischen Imbiss in der Torstraße, dem neben dem Toca Rouge – und ich bemerke, dass er nicht gern zu Fuß geht. Bringe ihn später mit der Tram zum U-Bahnhof Oranienburger Tor, er möchte in die Görlitzer Straße, es gibt dort ein anderes syrisches Lokal, in dem er eventuell arbeiten kann.

2018

Tüte im Wedding

Und in welche Ruine ziehst du mich heute?»

«Das Gebäude steht bloß leer, es war mal ein Seniorenheim, erbaut von Werner Düttmann.»

«Es ist ganz schön überwuchert.»

«Hier siehst du den fließenden Übergang von Berliner Verwahrlosung zum Verfall.»

«Zeigst du mir nicht schon den dritten Düttmann im Wedding?»

«Waren es nicht noch mehr?»

«Das frühe Wohnhaus in der Stettiner Straße, der Block in der Putbusser Straße und ...»

«... das Eckhaus in der Gottschedstraße. Mit den Wasserflecken.»

«Ach ja, das mit den Düttmann-Fenstern und den wie ausgesägten Balkonen mit Blick auf das ExRotaprint-Gelände.»

«Düttmann-Fenster? Was sind Düttmann-Fenster?»

«Sie schauen aus seinen Fassaden: nicht heiter, nicht streng – sie schauen dich einfach an.»

«Abweisend?»

«Aufgeräumt vielleicht. Geklärt. Sicher.»

«Und was sagst du zum Seniorenheim?»

«Mir gefällt die Ziehharmonika-Fassade. Und die Überwucherung.»

«Ich mag die Kirchenfensterwand.»

«Dürfen wir überhaupt hinein?»

«Lass uns doch schauen. Wird schon keiner schießen.»

«Es muss mal sehr modern gewesen sein. Und neu.»

«Ja, einst. Es ist nur ein Weilchen her. So um 1952 herum.»

«Kabeldiebe waren schon da!»

«Und die rücksichtsvollen Graffiti zitieren die Farben des Fensterbildes im Treppenhaus.»

«Schade, dass das alles vergammelt. Ich könnte mir vorstellen, hier zu wohnen.»

«Im Alter?»

«Oder jetzt. Die Gebäude vermitteln Feriengefühle.»

«Das macht vielleicht der Anstrich. Südländisch-Gelb für den letzten langen Urlaub.»

«Auf einem der Balkone sitzen, sich sonnen, lesen und auf den Essensgong warten, das wär's.»

«An dem roten Handlauf im Gang könntest du dich Richtung Speisesaal schleppen. Über den Linoleumboden schlurfen.»

«Schau, Betten stehen noch in den Zimmern. Sie ließen sich sogar elektrisch verstellen!»

«Die Matratzen fehlen. Wo die hin sind?»

«Waren das Doppelzimmer?»

«Sieht so aus. Viererzimmer soll es auch gegeben haben.»

«Elegante Balkonstützen, sie sehen wie Stimmgabeln aus. Und der Speisesaal – oder war das die Turnhalle der Senioren? – hat mit runden Aussparungen gegossene Sparren. Löcher tragen das Dach!»

«Edamer-Beton, scheint zu halten. Und die Götterbäume klopfen an die Scheiben.»

«Ob Düttmann die Überwucherung schon eingeplant hat? Gute Architekten denken doch mindestens drei Generationen voraus.»

«Ob er den Ruinenwert mitgedacht hat, meinst du? Das bezweifle ich. Von Ruinen hatte er sicherlich genug. Ruinen gab es nach dem Krieg ja einige in Berlin.»

«Dass die Anlage mir jetzt so sehr gefällt, dass ich am liebsten einziehen möchte, spricht doch für sie.»

«Du hast vermutlich Sehnsucht nach dem Beton deiner Kindheit. Nach der Zeit, in der deine Eltern jung waren und du selbst noch nicht auf der Welt warst. Nach Jahrzehnten, die du verpasst hast.»

«Vor fünfundzwanzig Jahren hätte ich dieses Ensemble hässlich gefunden, das weiß ich.»

«Weil du damals selbst noch keine fünfundzwanzig warst und den Stil der Bauten, mit denen du aufgewachsen bist, ablehnen musstest.»

«Stimmt, im Grunde erinnert dieses Altenheim an meine Grundschule.»

«Deshalb verklärst du es jetzt. Du betrachtest es sentimental.»

«Als Überbleibsel meiner Kindheit?»

«Ja.»

«Und ich dachte, ich sehe die Qualität und die hohe Baukunst. Die wolltest du mir doch zeigen.»

«Siehst du ja auch, das schließt sich ja nicht aus.»

«Und, hat der Architekt gegen Ende seines Lebens selbst hier gewohnt?»

«Es war ihm nicht vergönnt. Er war noch nicht alt genug, als er starb – dabei bin ich durchaus der Meinung, jeder Architekt sollte für einige Zeit in seinen Bauten wohnen müssen. Und wenn es bloß zur Strafe ist.»

«Haha, richtig!»

«Weißt du, dass ich schon öfter in dem Haus gewesen bin, in dem Werner Düttmann, seine Freunde nannten ihn Tüte, seine letzten Lebensjahre verbracht hat?»

«Nein. Wie kommt's?»

«Eine Freundin hat es gekauft. Eigentlich sind es zwei Häuser, zwei Reihenhäuser aus den zwanziger Jahren, die er miteinander verbunden und, wo immer es möglich war, mit Bücherregalen ausgekleidet hat. Sehr praktisch, die Freundin konnte mit all ihren Büchern einziehen.»

«Dieses Haus steht aber nicht in der Nachbarschaft, oder?»

«Nein, so weit ging seine Liebe zum Wedding nicht.»

2021

Das kleine große Mülltütenmonster

Ein großes, mülltütenblaues Etwas ist auf dem Schlossplatz gelandet. Sieht aus, als wäre es aus einer japanischen Zeichentrickserie gefallen. «Humboldt-Box» heißt das Objekt, und es soll nicht weniger als das «neue temporäre Wahrzeichen Berlins» sein.

Dass ausgerechnet ein pseudo-futuristisches Gebilde für den Schlossneubau, das historistischste Unternehmen überhaupt, werben soll – auf die Idee muss, wer dort vorbeigeht, erst einmal kommen. Unschuldige Spaziergängerinnen und Spaziergänger müssen es für ein Monster halten, wie es da mit riesigen quadratischen Fensteraugen über den Lustgarten Richtung Altes Museum glotzt. Ist es ein Transformer, der nur darauf wartet, sich auseinanderzufalten und sein großes Zerstörungswerk zu beginnen? Sieht ungefähr so nicht ein gegen austretende Strahlung gesichertes Atomkraftwerk aus?

In einer für Berlin nicht untypischen Mischung aus Naivität und Masochismus wurde einem Privatunternehmen gestattet, an prominenter Stelle einen Infopavillon zu bauen. Nun wundert die Stadt sich, dass eine Firma, die «Megaposter» heißt, kein filigranes Gebilde in Kurpark-Ästhetik errichtet hat. Das Ding steht da und wird bleiben, mindestens bis 2019, vielleicht auch länger. Und braucht einen Namen. Der Berliner Boulevard hat zum Wettbewerb geblasen, auf dass eine weitere lustige Metapher die fiktive Berliner Architekturfolklore bereichere, die bereits eine Schwangere Auster, ein Gürteltier, eine Kommode, den Bierpinsel, den Telespargel und einen Wasserklops kennt. Bezeichnungen, die natürlich kaum ein Berliner (Ausnahme: «Bierpinsel») je verwenden würde. Vorschläge bisher: «Tipp-Kick», «Kiste der Republik», «Todesstern»; aber auch vom «Kotzbrocken» war schon zu lesen. Die Stadt scheint sich seltsam einig in der Ablehnung der Humboldt-Box. Besucherinnen und Besucher werden trotzdem in Scharen kommen, die Kiste erklettern und begeistert sein, die Aussicht von oben ist toll, und das Café schmeichelt Nostalgikern mit der Kulisse eines DEFA-Historienfilms.

Mit ein bisschen Schadenfreude ließe sich sagen: Der Ort hat bekommen, was er verdient. Der große Kotzbrocken reiht sich nahtlos ein in die Abfolge von Scheußlichkeiten, die dieser Platz schon gesehen hat: das königliche Schloss, den Palast der Republik, das falsche Schloss aus Folie, die Kiste der temporären Kunsthalle und die elektrischen Weihnachtsmärkte mit ihren Fahrgeschäften und Fressständen.

Die größte Scheußlichkeit aber verdankt diese Mitte von Berlin dem Wunsch des unseligen letzten deutschen Kaisers nach einem größeren Dom. Nach dem größten Dom. Auf Wilhelms Wunsch, und sein Wunsch war Befehl, wurde Karl Friedrich Schinkels Kirche abgebrochen und der neobarocke Protzbau errichtet, den wir als Berliner Dom kennen und der noch heute die Museumsinsel beherrschen würde, wenn, ja wenn dort nun nicht die Humboldt-Box stände. Das kleine große Riesenmülltütenmonster vermag das Unglaubliche: Neben ihm wirkt sogar der Seelengasometer Berliner Dom zierlicher, als er ist. Und das ist kein kleines Verdienst.

Je länger ich die Kiste, diesen Kotzbrocken, das Monster ansehe, desto interessanter schaut es zurück. Und ja, auf einmal sieht es aus wie ein riesiger, nicht ganz regelmäßig gewachsener Kristall, der verrät, wie viel seine Architekten vom Büro KSV, das beinahe einmal das neue Bundeskanzleramt gebaut hätte, von Las Vegas gelernt haben. Sie haben einer Schachtel eine

Form gegeben. Und so, wie Las Vegas sich ein Paris, Pyramiden und eine Venedig-Kopie errichtet hat, so will Berlin sich hinter dieser Kiste ein neues Preußen erbauen. Diese Kiste jedoch sagt ganz deutlich: Eigentlich möchten wir das lieber nicht. Vielen Dank dafür!

2011

Wallfahrt zu Maria Regina Martyrum

Ein eckiger, aufgebockter Riesenwalfisch? Ein weißes Luftschiff aus Waschbeton? Das Ding schwebte über dem Boden, glitzerte, blendete mich, und ein goldenes Gebilde begann zu leuchten. Hatte ich eine Erscheinung?

Vom Bahnhof Jungfernheide war ich unter Platanen an Autowerkstätten und Gebrauchtwagenhändlern vorbeigewandert, an einer eingezäunten leeren Wiese, einem allein stehenden Wohnhaus, dem Abholmarkt «Akbaba» und einem Großhandel, in dem ich alles für die Cocktailbar hätte erwerben können, die ich nie eröffnen werde. Ich hatte die Galerie der Haltestellen in der Lise-Meitner-Straße bewundert, eine Straßenmöbelinstallation, nicht weniger als sechs Schilder an sechs Rohrpfosten zeigten die Endhaltestelle der Buslinie M21 an, auf einigen war die Aufschrift «Hier nur Ausstieg» zu lesen. Ich hatte einen Bagger beobachtet, der sich durch die Gewerbehallen fraß, in denen Teppichland Berlin seine Auslegeware verkaufte, und einem der herumkurvenden Fahrschulwagen zugesehen, die in dieser Sackgasse Ein- und Ausparkmanöver übten. Ein Gelenkbus war durch die Wendeschleife am Ende der Straße gefahren (für seinen Fahrer fing alles wieder von vorne an), und ich war die großzügige, aus Beton gegossene Spirale hinaufgegangen, die auf den Goerdelersteg, eine Fußgängerbrücke aus Spannbeton, führte, hundertsiebzehn Meter lang und viereinhalb Meter breit, 1974 anstelle eines alten Holzsteges erbaut, wie mein Telefon mir verraten hatte; ich hatte eine Skulptur bestiegen, ein unter all den Graffiti und Tags («PALO», «Polska 65», «Sheriff») tarngrün gestrichenes Sichtbetonjuwel. Ich war dem Schwung der hüfthohen Betonbrüstung gefolgt und hatte den Westhafenkanal unter mir, sein Wasser rau, grau-metallisch bewegt. Richtung Westhafen hatten leere Schubkähne in langer Reihe am linken Ufer gelegen, neben ihnen die Stadtautobahn, die sich schnurgerade am Kanal entlangzog, ich hatte den Verkehr rauschen hören und über Kleingärten hinweg weiß lackierte Öltanks und die Justizvollzugsanstalt Plötzensee gesehen, neben der, wie ich wusste, die Hinrichtungsstätte lag, in der in den Jahren bis 1945 fast dreitausend Gefangene geköpft oder gehängt worden waren, unter ihnen auch Carl Friedrich Goerdeler, der Namensgeber der Brücke, auf der ich stand. Die Kleingartenkolonien, die sich bis zum Horizont erstreckten, trugen Namen wie «Gute Hoffnung», «Gemütlichkeit» oder «Wiesengrund».

Jenseits des Kanals und der Stadtautobahn war ich hinabgestiegen in das Kleingartenlabyrinth, ich hatte Schmetterlinge durch die Kolonie Stichkanal fliegen sehen, Marmortische auf schmalen Verbindungswegen und Kunststoffschilder, die vor Pudeln warnten. Es hatte nach Wettbewerb und überreifen Äpfeln gerochen, ich hatte Schäferhundskulpturen und Rasenrechtecke bewundert, die wie Wohnzimmerteppichböden wirkten. Eine am Asternweg Unkraut jätende Frau hatte freundlich zurückgegrüßt, und in einem Glaskasten hatte ich die Wörter «Unterpächter» und «Vernässungssituation» gelesen (vermutlich zum ersten Mal), war auf die Wendung «nach dem Jahrhundertregen» gestoßen und hatte mich über die Ankündigung für das «Bienenfest am Querweg» gefreut.

Ich war dann an einem Sportplatz, einem Jugendzentrum und verwahrlosten Vorgärten der ersten Häuser der Paul-Hertz-Siedlung vorbeigewandert, die nach dem Krieg in die Kleingartenlandschaft hineingeklotzt worden war.

Aus einem geöffneten Fenster im vierten Stock hatte ich einen Mann brüllen hören: «Kommste hoch? Oder biste zu feige?» – aber er hatte nicht mich, sondern einen Mann an der Bushaltestelle gemeint, einen Mann Mitte sechzig mit längerem, fast weißem Haar, Metallgestellbrille und einer nicht zugeknöpften schwarzen Lederweste über Unterhemd und Bauch, eine Plastiktüte in der Hand. Der hatte sich umgedreht, geblinzelt und gerufen: «Klingel?»

In einer Vitrine vor dem bröckelnden Gemeindezentrum Plötzensee hatte ich Strick- und Häkelsachen der Handarbeitsgruppe der Evangelischen Gemeinde betrachtet, Pullover und Stofftiere; eine von zwei Erzieherinnen begleitete Kindergartengruppe war mir entgegengekommen, alle Kinder in gelben Warnwesten, und ich war einem nicht alt wirkenden Mann begegnet, der sich, Fluppe im Mund und auf einen Rollator gestützt, in Zeitlupentempo vorwärtsbewegte.

Schließlich hatte ich durch das offen stehende Tor in der Mauer den großen Hof vor der Kirche betreten – so leer, so weit und schön –, und hier stand ich nun auf sanft abfallendem Kopfsteinpflaster, sah Maria Regina Martyrum und staunte über diesen schwebenden Waschbetonschrein, den scheinbar schwerelosen Kasten, dessen Fassade ein wenig an die der Charlottenburger Deutschen Oper, an manches Parkhaus und einige bereits abgerissene westdeutsche Warenhäuser erinnerte, o, du schöner Waschbeton, Oberfläche deiner Zeit.

Unter der in vier Meter Höhe schwebenden Kirche, dort, wo Profanbauten Raum für Parkplätze gelassen hätten, sah ich einen Altar für Freiluft-Gottesdienste, bis zu zehntausend Gläubige sollen in früheren Jahren auf diesem Appellhof des Glaubens Platz gefunden haben, heute war ich fast allein. Ich fühlte mich wie in einem großzügigen, sicher ummauerten Kleingarten ohne Pflanzen, dies war mein brutalistischer Hortus conclusus ohne Rosenhag. Übermannshohe, schwarz-graue Waschbetonplatten (Zuschlag: Basaltsplitt) schützten mich; die zum Zeitpunkt der Grundsteinlegung 1960 noch nicht ganz eingemauerte Stadt West-Berlin hatte sich hier ein sicheres Fort erbaut.

«Die Tür ist offen», rief ein Mann in einem grauen Kittel, der das Pflaster kehrte und sich, wie ich bemerken konnte, ab und zu bückte, um Moos und winzige Pflänzchen aus den Ritzen zwischen den Granitsteinen zu kratzen. Der zur Straße hin frei stehende Glockenturm warf einen kurzen harten Schatten neben ihn.

So ermuntert traute ich mich durch die Glastür, ging an der Betontreppe zur Oberkirche vorbei, kam zu einer Bronze-Pietà (von Fritz Koenig), vor der vier brennende Kerzen und ein Strauß rosafarbener Gerbera auf dem Steinboden standen, in dem ich die eingemeißelte Inschrift entdeckte, die da lautete: «Allen Blutzeugen, denen das Grab verweigert wurde / Allen Blutzeugen, deren Gräber unbekannt sind.» Ich verstand, Regina Maria Martyrum war die «Gedächtniskirche der deutschen Katholiken zu Ehren der Blutzeugen für Glaubens- und Gewissensfreiheit in den Jahren 1933–1945».

Während ich die in einem kleinen Schaukasten ausgestellten Abschiedsbriefe der in Plötzensee hingerichteten Alfred Delp und Nikolaus Groß las, begannen die Glocken zu läuten, ganz unbeabsichtigt war ich pünktlich zum Mittagsgebet der Nonnen des benachbarten Klosters der Unbeschuhten Karmelitinnen nach Maria Regina Martyrum gekommen. Die Nonnen, sie sangen bald «Meine Hoffnung und meine Freude», saßen zu meiner Enttäuschung nicht barfuß in der Unterkirche, trotzdem lauschte ich ihrem nicht steinerweichenden, aber doch anrührenden Gesang und dachte über mein Problem mit dem Wort «Blutzeuge» nach: Wenn der Begriff auch eine seit dem 17. Jahrhundert gebräuchliche Eindeutschung des griechischen «Märtyrer» sein mag, durch die ausgiebige Verwendung in der Zeit, an deren Untaten hier erinnert werden soll («Blutzeugen der Bewegung»), ist er doch kontaminiert.

Ich stieg hinauf in die Oberkirche und sah eine südfranzösische Madonna mit Kind aus dem frühen 14. Jahrhundert, das helle Holz der Bänke und das Altargemälde, das fast die ganze Stirnwand einnahm – nackter Beton hätte mir besser gefallen, aber was weiß ich, ich bin ja Protestant. Ich berührte, das war wohl nicht verboten, den Sichtbeton der Seitenwände, auf denen die Maserungen der Schalungsbretter mit Abdrücken von Astlöchern sichtbar waren, was ihnen die Anmutung von versteinertem Holz verlieh, und ich fragte mich wieder einmal, ob ich Sichtbeton so sehr liebe, weil meine Mutter ihre Kriegskindheit im Luftschutzbunker verbringen musste. Oder mag ich fast alle Bauten in béton brut, weil sie ungefähr so alt sind wie ich selbst, ein wenig älter – wie diese Kirche – oder ein wenig jünger – wie der Goerdelersteg, über den ich hergefunden hatte?

Draußen auf dem Hof, wieder geblendet von der glitzernden Carrara-Kieselwand (hergestellt mit Weißzement, erdacht von Hans Schädel) und der vergoldeten «Apokalyptischen Frau» über dem Eingang (ebenfalls von Fritz Koenig), fiel mir auf, dass diese Kirche, dieses Betonwunderwerk mit seiner schwebenden Klagemauer-Fassade nicht nur an die Ermordeten erinnerte, an Helmuth James Graf von Moltke, Bernhard Lichtenberg und all die anderen, die in Plötzensee oder anderswo hingerichtet worden waren, sondern, ob sie möchte oder nicht, auch an ein anderes, heute verschwundenes Betonmonument – an die nur wenige Hundert Meter entfernt von hier 1993 abgerissene Speerplatte, einen nach Albert Speer benannten, etwa zehn Hektar großen horizontalen Großbelastungskörper aus Beton mit Bunkerbauten, auf dem die Logistik für die geplante Superbaustelle der zukünftigen Welthauptstadt Germania abgewickelt werden sollte. Heute befindet sich dort ein Gewerbegebiet.

2017

Letzte Runde Tegel (zu früh)

Sonnabend, den 2. Juni 2012, sollte der Flughafen Tegel eigentlich geschlossen sein. Nun bleibt er, Überraschung, geöffnet. So lange, bis der neue Flughafen fertig ist. Für mindestens neun Monate. Und ja, ich freue mich über die Nachspielzeit. Ich hatte mich bereits verabschiedet. Hatte gedacht, ich wäre zum letzten Mal von Tegel abgeflogen. Und zum letzten Mal in TXL gelandet.

Wie sah es, wie sieht es aus in Tegel? Großes Durcheinander an den Bushaltestellen, Gedränge im Eingangsbereich, eine fünfzig Meter lange Schlange vor dem BVG-Schalter, desorientierte Touristen haben viele Fragen.

«Nein, es gibt keine U-Bahn, nehmen Sie doch den Bus!»

Die kleine Halle vor der Haupthalle erinnert mich an das Foyer einer Reha-Klinik mit Einkaufsmöglichkeiten. Hier sind es gleich ein paar Geschäfte, es gibt Brezeln, Uhren, Taschenbücher.

«Ulan-Bator 6193 km» steht auf einem der grünen Wegweiser, ein Flugziel, das an die Zeit erinnert, als sich anderswo und in Berlin gern darüber lustig gemacht wurde, dass die einzige interkontinentale Direktverbindung aus dieser Stadt ins besagte Ulan-Bator führte. In die Mongolei.

Heute ist das anders, es gibt Direktflüge in die USA, nach Newark und Miami. Berlin ist nicht mehr abgekoppelt von der weiten Welt.

«Last Minute Shopping Räumungsverkauf! Zwanzig Prozent auf alles» ist auf einer mit roter Folie verklebten Schaufensterscheibe zu lesen. Ich betrete den Laden, finde ein Paar Socken, und die Frau an der Kasse erzählt, dass dieses Geschäft trotz der Tegelverlängerung schließen werde, der Vertrag sei schon gekündigt. Wird es nur noch Pop-up-Stores geben? Die in Berlin so beliebten Zwischennutzungen? Einen Airport-Club vielleicht?

Ich laufe die Runde, vorbei an den Abfertigungsschaltern. Abflüge nach London, Paris, Kopenhagen; Ankünfte aus Rom, Madrid und Moskau. Ich laufe erst gegen, dann mit dem Uhrzeigersinn.

In Tegel lässt sich wunderbar im Kreis spazieren, alle Wege führen in die Haupthalle zurück, die, was ich bis zu diesem Besuch nicht wusste, «Boulevard Tegel» heißt. Auf diesem Boulevard – gemeint ist die Fläche zwischen der Leysieffer-Filiale und dem Berlin-Souvenirgeschäft, das natürlich noch immer, wie könnte es anders sein, bemalte Mauerbetonsplitter verkauft – lässt sich vortrefflich flanieren. Mit mir flanieren Passagiere und Polizisten; die Polizistinnen tragen hellblaue Kurzarmhemden. Ihre männlichen Kollegen müssen langärmelig herumlaufen.

Nächste Runde, vor einigen Abfertigungsschaltern haben sich lange Schlangen gebildet. Die Passagiere stehen so dicht, ich komme kaum durch, ja, der Flughafen ist überlastet. Im Eröffnungsjahr 1974 wurden zweieinhalb Millionen Fluggäste abgefertigt, zuletzt (2011) waren es fast siebzehn Millionen. Irgendwo müssen die herumstehen.

Natürlich fallen mir nun all die Tegel-Vorteile ein, die berühmten kurzen Wege beispielsweise. Und dass ich nicht durch ein Einkaufszentrum hindurchmuss, bevor ich ins Flugzeug darf.

Bald schon stellt sich das Gefühl ein, durch ein groß gewordenes Architekturmodell zu gehen. Ein Modell, in dem die einfache Idee – setzen wir ein Gebäude, einen ganzen Flughafen, doch aus Drei- und Sechsecken zusammen – überall sichtbar ist. Diese Idee stammte von dem damals jungen Architekten

Meinhard von Gerkan und seinen Partnern, ihr Raster zieht sich durch die ganze Anlage.

Es gibt kaum rechteckige Räume, Grundriss und Querschnitt des Gebäudes, selbst die der Betonpfeiler, sind sechseckig. Die sechseckigen Bodenfliesen, die ursprünglich in der Eingangshalle lagen, gibt es leider nicht mehr. Vor einigen Jahren wurden sie durch langweilige helle quadratische Kunststeinplatten ersetzt.

Die Boutique «b styled» sucht im Schaufenster nach «Voll- und Teilzeitkräften auf 400-Euro-Basis. Erfahrungen im Einzelhandel sind wünschenswert, aber keine Voraussetzung», dieses Geschäft bleibt dem Flughafen also erhalten, vielleicht melde ich mich später.

KaDeWe-Tüten werden vorbeigetragen, viele Reisende ziehen Rollkoffer, Freizeitreisende überwiegen. Geschäftsfliegerkohorten sind in Tegel nur montagmorgens zu sehen, in Tegel ist jeder Tag ein Casual Friday: bunte Hosen, kurze Hosen, knappe Tops, Palma de Mallorca ist nicht weit. Stewardessen stechen in ihren dunklen Uniformen heraus, die der Lufthansa setzen Farbtupfer mit ihren gelben, adrett geknoteten Halstüchern. Ein Hauch Rest-Glamour weht durch die Halle, als eine Air-France-Stewardess die Stulpe ihres rechten Handschuhs den Unterarm hinaufzupft.

Vor zwanzig, selbst vor zehn Jahren konnte ich die Schönheit des Flughafens Tegel noch nicht sehen – jetzt aber hat mein nostalgischer Blick das Gebäude verwandelt. Während der letzten Jahre, in Erwartung der baldigen Schließung, bin ich hin und wieder sogar ein wenig sentimental geworden, mittlerweile weiß ich, warum: Es ist meine Kindheit, die mich anschaut. Als Kind bin ich hier zum ersten Mal gelandet, 1981, ich war zehn Jahre alt und schwer beeindruckt, denn dies war der Flughafen, der perfekt in meine Lego- und Playmobilwelt passte.

Heute spiele ich den Flughafenwanderer und kenne keinen anderen, auf dem ich so schön im Kreis gehen könnte. Schade nur, dass das zweite Sechseck, die geplante Erweiterung, nie gebaut wurde. Stünde der zweite Terminalring, könnte ich eine lange liegende Acht durch beide Gebäude gehen, bis in alle Ewigkeit. Stattdessen wurde eines Tages die fürchterliche, unansehnliche, primitive Schnellbauhalle errichtet, gern auch «Viehhalle» genannt, die ich heute, da es darum geht, den Flughafen Tegel zu ehren, lieber nicht betreten möchte.

Auf der nächsten Runde fällt mir ein, was ich noch über den Flughafen Tegel weiß: dass während der Berlin-Blockade auf dem ehemaligen Artillerie- und Raketenübungsplatz eine Landepiste angelegt wurde, damals die längste in Europa. Und dass ab den frühen sechziger Jahren Jets starteten und landeten, für die der in Tempelhof erforderliche Anflugwinkel zu steil war.

1974, dem Jahr, in dem die erste Playmobilfigur auf den Markt kam, war der neue Flughafen fertig, die Bundesrepublik Deutschland und die siebziger Jahre zeigten, was sie konnten. Der fest verankerte Flugzeugträger aus Beton kostete die Kleinigkeit von vierhundertdreißig Millionen Mark.

Ich drehe meine Tegel-Runden durch die Tegel-Farben Aubergine, Gelb, Braun, Grün und Rot. Mir fallen die schönen, schlichten Analoguhren über den Abfertigungsschaltern auf, all die abgerundeten Ecken. Und die Tegel-Piktogramme: Bus, Auto und Taxi sehen aus wie in den Bilderbüchern der sechziger Jahre, sie haben runde Scheinwerferaugen, die Personenkraftwagen erinnern an Hüte.

Auf einem anderen gelben Schild lese ich gleich neben dem Terrier-bitte-an-die-Leine-Piktogramm das lange nicht gehörte Wort «Flugsteig», darunter das englische «Gate». Ich bin gerührt und wage die Prophezeiung, dass der neue Willy-Brandt-Flughafen ohne das Wort «Flugsteig» auskommen wird.

Statt zu einem der Flugsteige verziehe ich mich hinaus in den Innenraum des Sechsecks, den Bereich, in den Autos so elegant hineinfahren können. Die Abendsonne scheint, und ich habe das Gefühl, ich hätte die Stadt schon verlassen. Macht das der hohe Himmel? Ich bilde mir ein, diese Betonburg läge am Meer.

Bevor die Überfüllung einsetzte, war es so einfach, hier jemanden abzuholen: vor dem Flugsteig halten, im Auto sitzen bleiben oder aussteigen, sieben Schritte gehen und vor dem Ausgang warten. Und vielleicht schon mal zur Gepäckausgabe winken, weil die ersehnte Person durch die Glastür zu sehen war.

Im Inneren des Hexagons steht ein riesiges, schüsselförmiges Foliengebilde, darauf sehr groß zu lesen: «Danke, Tegel.» Ja, danke, Tegel, auch von mir. Danke, dass es dich noch gibt und du unser Flughafen bleibst. Neben der voreiligen Danksagung ist Willy Brandt zu sehen, als Schwarz-Weiß-Ausriss steht er neben Barack Obama und zwei Rucksacktouristinnen. «Willy Brandt begrüßt die Welt», heißt es. Ja, das macht er. Macht er gut.

Immer mehr Welt kommt nach Berlin, die Übernachtungszahlen steigen. Und die meisten Besucher werden in den nächsten Monaten weiterhin in Tegel landen, dem Flughafen, der eigentlich, auch ich neige dazu, es zu vergessen, Flughafen Berlin-Tegel «Otto Lilienthal» heißt. Den Namenszusatz hat er von dem sympathisch verrückten Berliner Flugpionier, der sich ein Gleitflugzeug baute, in Berlin-Johannisthal zum ersten Mal abhob und schließlich tödlich verunglückte. Nie aber habe ich, schade, jemand sagen hören: «Ich fliege heute von Otto Lilienthal», so, wie man in Paris «Charles de Gaulle» und in Chicago «O'Hare» sagt.

Ich verlasse den Innenraum, die wehrhafte Wagenburg aus Beton, und steige in den Bus. Eine Reise im 128er sei allen Berlin-Hype-Infizierten ans Herz gelegt, die Route führt durch die

Normalität von Reinickendorf, der Bus hält an jedem Baum und beendet seine Fahrt in Wedding, Wirklichkeitscheck für den Preis eines Einzelfahrscheins.

2012

PS: Bis zur Fertigstellung des neuen Flughafens dauerte es nicht neun Monate, sondern über acht Jahre, der Flughafen Tegel blieb geöffnet. Er schloss, wahrscheinlich für immer, am 31. Oktober 2020.

Schlange frisst Autobahn

Eine sechshundert Meter lange, leicht gewundene Schlange, die sich mit über tausend Wohnungen im Innern über die Stadtautobahn stülpt. Sie frisst. Das ist kein Traum, sondern wurde tatsächlich einmal gebaut. In West-Berlin, zwischen 1976 und 1980. An der Schlangenbader Straße. Das Gebäude ist noch heute einer der größten durchgängig begehbaren Wohnkomplexe Europas.

«Schlangenbader Straße – Die Wohlfühloase über der Autobahn» heißt es auf der Website der Wohnungsbaugesellschaft Degewo – und das ist nicht ironisch gemeint. Tatsächlich, der Ortstermin zeigt es: Zwischen dem lang gestreckten, terrassenförmig ansteigenden Wohngebirge und der Randbebauung mit weiteren Wohnungen (fast siebenhundert) stehen hohe Bäume. Vogelgezwitscher ist zu hören, und die Fensterrahmen leuchten in der Farbe halb reifer Zitronen. Das ursprünglich eher satte Gelb der Fassade ist ein wenig verblasst und hat nicht nur an der Wetterseite Flecken. Die großvolumigen Betonblumenkästen der Terrassenbrüstungen – sie erinnern an steinerne Sarkophage – sind fast alle bepflanzt, die meisten mit pflegeleichten Friedhofsgehölzen. Die Autobahn ist nicht zu sehen.

An einem Wochentag im Sommer, gegen drei Uhr nachmittags, wirkt die Wohlfühloase seltsam ausgestorben. Kein Kind auf einem der vielen Spielplätze, für die strenge Ruhezeiten gelten: Ungefähr zweihundert Schilder (in Wirklichkeit sind es nur zweiundzwanzig) weisen darauf hin. Niemand geht spazieren, die Bänke sind verwaist. Der Lastwagen eines Umzugsunternehmens steht vor einem der vielen Eingänge des Komplexes, Männer tragen Kartons und Möbelstücke ins Haus. Einige Wohnungen sind gerade frei, die Website der Wohnungsbaugesellschaft verrät, dass die größte von ihnen hundertsiebzehn Quadratmeter hat und im dreizehnten Stock liegt. Sie kostet, Aussicht inklusive, tausendzweihundertfünfunddreißig Euro sechzehn im Monat. Wer da wohnen möchte, bräuchte allerdings einen Wohnberechtigungsschein.

In den Eingangsbereichen, die zugleich öffentliche Durchgänge sind, liegt der gleiche, für die siebziger Jahre typische genoppte Bodenbelag wie in manchen Räumen des Flughafens Tegel. Die Türen haben breite Griffe und Sicherheitsglas mit Drahtgitter und sind, so wie Wände und Boden, in gedeckten Leitfarben gehalten.

Als ich in einem der Durchgänge vor der Wand aus sehr vielen Briefkästen stehe, höre ich ein sanftes «Tock, Tock, Tock».

Das seien die Autos, die unten, tief unten in der Schlange, durch den Tunnel fahren, verrät mir ein älterer Herr mit Hündchen, der seinem Briefkasten das Werbeprospekt eines Discounters entnimmt. «Wir Bewohner nennen dieses Geräusch den Herzschlag des Gebäudes.» Er wohne gern hier, seit siebenundzwanzig Jahren. Und nein, die Autobahn höre er in seiner Wohnung nicht. Eine tolle Aussicht habe er, über ganz Berlin. Und gut angebunden seien sie hier, gleich über der Autobahn.

Es ließen sich allerdings auch nicht wenige ehemalige Bewohner zitieren, die es furchtbar fanden, in dieser gigantomanischen Wohnmaschine zu leben. Und deshalb wieder auszogen. Anfang der neunziger Jahre galt die Schlange als sozialer Brennpunkt, die Fehlbelegungsabgabe für Sozialwohnungen hatte dazu geführt, dass viele finanziell bessergestellte Mieter den «Wohnpark Wilmersdorf», wie der Komplex ursprünglich heißen sollte, verließen. Es kam, wie die Behörden es formulierten, zu einer «Verschlechterung des Wohnumfelds»: Müll blieb auf den Fluren liegen, Wände wurden beschmiert, Jugendliche marodierten durch die Gänge. Eine der Gegenmaßnahmen war es, die sechshundert Meter langen Flure, auf denen sich sehr gut Skateboard fahren ließ, aufzuteilen. Den Jugendlichen wurde eine Teestube eingerichtet.

In einer Ladenzeile der Randbebauung kündigt ein Aushang der «Galerie InternetTreff» einen «Facebook-Tag» an. Die Programmpunkte lauten: «Was ist Facebook?», und: «Wie melde ich mich bei Facebook an?» Die Teilnahmegebühr beträgt fünf Euro. Durch das Schaufenster sind ältere Damen an noch älteren Computern zu sehen. Ist aus der Autobahnüberbauung über die Jahre ein großes Altersheim geworden? Vor dem «City-Haar-Studio Herren» unterhalten sich zwei Rentner, Lautstärke knapp unter der Grölgrenze; zwei weitere sitzen vor der «Sports Bar» bei einem Nachmittagsbier zusammen. In einem Schaukasten lese ich, dass Mietern «Wohnraumanpassung» angeboten wird – gemeint ist der seniorengerechte Umbau von Wohnungen.

Die große, große Schlange, wie sie dasteht und -liegt und durchfahren wird, ist der betongewordene Traum der berüchtigten West-Berliner Bauwirtschaft. Andererseits, und das ist heute nicht mehr so leicht zu sehen, waren solche Wohnmaschinen, wie sie von Le Corbusier und anderen Architekten der Moderne als vertikale Dörfer geplant wurden, auch gebaute Utopien. Die Schlange ist eine Kathedrale des Wohnens, sie hat Licht und Luft und sanitäre Einrichtungen für alle. Wer bis dahin ohne all diese heute selbstverständlichen Annehmlichkeiten Erdgeschoss dritter Hinterhof oder in einer zugigen Laube hatte hausen müssen, wusste das zu schätzen.

Das Ensemble aus Wohnbebauung und Stadtautobahn ist ein Beispiel für das, was einmal möglich war im West-Berlin der siebziger Jahre – und als solches denkmalwürdig. Heute kann oder möchte Berlin es sich nicht mehr leisten, fast achtzehnhundert Sozialwohnungen für über vierhundert Millionen DM in den märkischen Sand zu setzen. Schade eigentlich. Damals machten das Berlinförderungsgesetz und die Verhältnisse und Beziehungen in der eingemauerten Halbstadt es möglich: Der Bausenator war gleichzeitig Aufsichtsratsvorsitzender einer gemeinnützigen Wohnungsbaugesellschaft und mit den Baulöwen der Stadt gut bekannt, Berliner Filz ermauschelte sich dieses teure Denkmal. Ja, im Rückblick sieht es so aus, als habe West-Berlin sich ein eigenes Stadtschloss erbaut. Eines mit Sozialwohnungen statt mit Suiten und Prunksälen. Ein neues Stadtschloss über einem Autobahnstück, das, Ironie der Geschichte, nirgendwo hinführt: Die A104, der Steglitzer Abzweig, ist nur ein Stummel. Ein zweieinhalb Kilometer kurzes, ehedem hundertsiebzig Millionen Mark teures Planungsfragment, das in eine gewöhnliche Wohnstraße mündet.

2011

Der Bierpinsel

«Was ist das denn?», staunt die Tochter, als wir aus dem U-Bahnhof Schloßstraße kommen, sie war noch nicht oft in Steglitz.

«Deshalb sind wir da», sage ich.

Ich weiß, worüber sie sich wundert. Über den Bierpinsel muss ich selbst immer wieder staunen. Dieses seltsame Gebilde an der Stadtautobahn. Diesen Kelch, diese Riesenblume mit Betonstiel. Wie sie aufragt und sich ausbreitet.

«Sieht aus, als sei das Ding mit riesigen alten Klapphandys beklebt», sagt die Tochter. «Oder mit sehr großen Digitaluhren.»

Tja, was ist das? Ein Kunstwerk, zweifellos. Eine architektonische Meisterleistung. Ein Monument. Eine Großskulptur, ein Denkmal, das die siebziger Jahre sich errichtet haben. Ein geniales, zugleich unmögliches und dysfunktionales Bauwerk, jetzt leider verunstaltet durch seltsame Bemalung.

«Früher war es rot und sah noch viel besser aus», sage ich.

«Es erinnert ein bisschen an ein Raumschiff», sagt die Tochter.

Recht hat sie. Warum wurde der Bierpinsel nicht metallisch-schwarz gestrichen? Er könnte ein kleiner Todesstern sein. Ist er ja gewissermaßen, bisher ist noch jeder Pächter gescheitert, alle Lokale, die dort je eröffneten, mussten wieder schließen. Der Bierpinsel steht leer.

Die Architekten Ursulina Schüler-Witte und Ralf Schüler hatten eine Vision, eine Idee und eine Form. Und sie hatten die Möglichkeiten, so war die Zeit, diese zu verwirklichen. Und so setzten sie ein Zeichen, erbauten ein großes Eis am Stiel, das ursprünglich Schlossturm hieß, angeblich aber schon seit dem großzügigen Freibierausschank am Eröffnungstag im Jahr 1976 Bierpinsel genannt wird. Dem mutigen Architektenpaar verdankt Berlin auch das ICC. Hätten sie es nicht selbst schon getan, Berlin müsste ihnen Denkmäler bauen.

Mir fällt ein, wann ich zuletzt im Bierpinsel gewesen bin, es muss um das Jahr 2000 herum gewesen sein, kurz bevor dieses Wahrzeichen zum ersten Mal geschlossen wurde. Das Turmcafé und -restaurant löste das futuristische Versprechen der äußeren Erscheinung leider nicht ein. Innen war es eine Art bundesrepublikanisches Kurcafé, ein Teppichboden in Blautönen grundierte den Raum, dunkelbraune Sitzbezüge zierten die Stühle. An den Fenstersäulen hingen pseudobronzierte Braunglasspiegel, die den Raum optisch hätten vergrößern können – wenn dieser nicht mit Topf- und Grünpflanzen zugestellt gewesen wäre. Farne versperrten den Gästen an Tischen, die absurderweise nicht vor den Fenstern standen, die Aussicht.

Gelang der Ausblick, entschädigte er jedoch für alles. Als Besucher fühlte ich mich er- und enthoben. Bin ich damals auch ein wenig abgehoben? Vielleicht. Die Lüftung rauschte wie ein Antrieb, sie zischte so laut wie Luft, die aus einem Fahrradventil entweicht, sie strömte aus braun lackierten Metallkästen. Die Bedienungen waren schwarz-weiß gekleidet und servierten Großelterngerichte wie Zanderfilet mit Leipziger Allerlei, Warnemünder Kutterscholle oder Hühnerfrikassee.

«Auf einer nur 45 Quadratmeter großen Grundfläche bietet der Turmbau tausend Quadratmeter Nutzfläche», informierte die Speisekarte, «architektonisch» reimte sich auf «gastronomisch», und es war auch die Rede vom «Treffpunkt über den Dächern von Berlin». Das klang fast so mondän wie «Über den Dächern von Nizza».

Auf einer so geringen Grundfläche so viel Nutzfläche unterzubringen – sprach da die eingemauerte Stadt, die fürchten musste, der Raum könnte knapp werden? Die Stadt, die paradoxerweise zugleich große Flächen der Stadtautobahn opferte? Die ließ sich von dort oben wunderbar ausmachen und müsste sich, kämen wir jetzt bloß hinauf, noch heute ausmachen lassen. Wir würden sehen können, welche Schneisen für die Stadtautobahn in die Altbaugebiete gefräst wurden. Leider wurden die Ränder dieser Schneisen in Berlin nicht so gekonnt bebaut und neu gefasst, wie der Seine-Präfekt Baron Haussmann es Mitte des 19. Jahrhunderts in Paris anordnen ließ. Schade, Berlin hat keine Immeubles Haussmannien – dafür aber einen Bierpinsel über der Autobahn.

«Bierpinsel – hinauf ins himmlische Vergnügen» warb das Emblem auf der Speisekarte, ich erinnere mich. Ein himmlisches Vergnügen war jedenfalls der Toilettenbesuch: Über jedem Pissoir befand sich ein Fenster. Wer dort stand hatte eine schöne Aussicht und konnte Richtung Dahlem urinieren. Es waren vermutlich die hellsten Tageslichttoiletten Berlins. Der Schlossturm war ein Toilettenpalast.

Siebenundvierzig Meter ist er hoch, der heute geschlossene Toilettenpalast. Er ist also gar nicht besonders hoch. Die Turiner Mole Antonelliana, ein viel älteres, ebenfalls überraschend unförmiges Bauwerk, ist fast viermal so hoch. War der Bierpinsel vielleicht die bewusst tiefstapelnde Antwort auf den viel höheren Ost-Berliner Fernsehturm? Eine Antwort, die sagen wollte: Wozu viel höher hinauf? Wir müssen ja bloß West-Berlin überschauen, wollen bloß Lankwitz und Wilmersdorf sehen. Wir wollen gar nicht bis zur Mauer schauen.

Warum habt ihr mich gebaut? Wozu stehe ich hier? Fragen, die sich so manches Gebäude stellen müsste, der Bierpinsel flüstert sie uns zu. Eine andere Zeit hätte an diesem Ort womöglich eine Kathedrale errichtet. Ist der Bierpinsel der Dom von Steglitz? Filmarchitektur? Sind das ICC, die Überbauung der Autobahn an der Schlangenbader Straße und der Bierpinsel Kulissen für einen West-Berlin-Film, der nie gedreht wurde?

Zweifellos ist der Bierpinsel auch eine realisierte Machbarkeitsstudie in Beton. Er soll zeigen, wozu dieser Baustoff sich formen lässt. Und ja, wirkt dieser Riesenbetonbaum im Vergleich mit einem Hochbunker, im Vergleich mit dem Flakturm am Humboldthain etwa, nicht geradezu filigran? Trotzdem stecken auch Kriegserfahrung und die Erinnerung an die Schlacht um Berlin in diesem Gebäude: Die Treppenbrüstungen aus Sichtbeton unterhalb des Turms böten bei erneutem Straßen- und Häuserkampf gute Deckung.

Kraftwerk sangen 1974, da wurde am Bierpinsel noch gebaut: «Wir fahr'n, fahr'n, fahr'n auf der Autobahn.» Fertiggestellt wurde er zum Ausguck und Hochsitz über diese Autobahn. Zwei Kriege zuvor wurden Bismarcktürme auf bewaldeten Bergkuppen errichtet, die sechziger und siebziger Jahre des 20. Jahrhunderts bauten Autobahnen. Und hier einen Aussichtsturm über die autogerechte Stadt Berlin (West), direkt an der Autobahn, die einen Hauch von Ferne und ein Gefühl von Weite in die Stadt brachte.

Tochter und ich stapfen am Fuß des Bierpinsels herum. Dass ich mich nach dem satten, später leicht ausgeblichenen Rot der alten Fassade zurücksehne, interessiert sie nicht. Wir entdecken ein Schild, das noch immer für das lange eingegangene «Bier- und Weingewölbe» im Schlossturm wirbt. Wir würden so gerne hinauf und von oben hinuntersehen, rütteln allerdings vergeblich an den Türen.

Der Bierpinsel ist geschlossen.

2014

Nach Pankow war ihr Ziel

Kaisa kommt am frühen Nachmittag ins Café Pförtner in der Uferstraße, Wedding. Wir sitzen draußen im Schatten, es ist so heiß. Gegenüber ragt der rote Ziegelschornstein zwischen den Uferhallen auf, Straßenbahnwagen werden auf dem Gelände nicht mehr repariert. Kaisa trägt das luftige schwarze Kleid, das ich aus Helsinki kenne. Wir trinken Kaffee und Wasser und brechen bald auf, wir wollen eine Runde drehen, heute mit dem Rad.

Wir orientieren uns nach Norden, rollen an der Panke und am Franzosenbecken entlang, auf dem Weg, den wir zwei Tage zuvor zu Fuß gegangen sind. Auf den Rädern – Kaisa auf einem geliehenen alten MIFA, sie nennt es ihr «sozialistisches Fahrrad» – sind wir schneller unterwegs, obgleich wir sehr langsam fahren. So langsam, ich befürchte, wir könnten umfallen. Ich möchte schon jetzt, dass dieser Ausflug niemals endet.

Hinter dem Bahnhof Wollankstraße unterqueren wir den Viadukt, auf dem die S-Bahn fährt, kommen am Bürgerpark und dem Kinderbauernhof vorbei und gleiten bis zum Sowjetischen Ehrenmal am Rande der Schönholzer Heide. Schade, es wird gerade renoviert, wir können es nicht besichtigen. Hätten wir doch zum Treptower Ehrenmal fahren sollen? Wir lassen die Räder stehen, gehen am Zaun entlang, linsen hinein, sehen eine Großbaustelle und lesen die Texte auf den Erläuterungstafeln vor dem Eingang, in denen von Zwangsarbeiterlagern die Rede ist. Während des Zweiten Weltkriegs gab es in der Nähe Munitionsfabriken.

Wie fast immer, wenn ich «Schönholzer Heide» lese oder höre, muss ich, das ist mein Sing-Automatismus, «Bolle reiste jüngst zu Pfingsten» singen, das Berliner Schwanklied, das von einer epischen Keilerei auf ebendieser Schönholzer Heide erzählt. Kaisa muss sich die erste, zweite und dritte Strophe anhören und wundert sich über die teutonische Brutalität der Verse («hat's Messer rausjezogen / und fünfe massakriert, / aber dennoch hat sich Bolle / janz köstlich amesürt»).

«Klingt wie eine Vorbereitung für die Ostfront», sagt sie und küsst mich – wahrscheinlich, damit ich nicht weitersinge und ihr die restlichen Strophen erspare.

In Wilhelmsruh sehen wir das schöne Umspannwerk an der Kopenhagener Straße – in den letzten Tagen haben wir bereits zwei andere Backsteinbauten von Heinrich Müller gesehen: das Umspannwerk in unserer Kopenhagener Straße in Prenzlauer Berg und das mit der Wellen-Fassade an der Weddinger Alster. Wir rollen auf dem Weg neben der S-Bahn, ich glaube, wir rollen auf der Trasse der nach dem Mauerbau stillgelegten Heidekrautbahn, vorbei an leer stehenden Fabrikgebäuden, Kaisa gefällt's. Ihr gefällt alles, was halb verfallen und aufgegeben aussieht, Industrieruinen und verlassene Hallen mit eingeworfenen Fensterscheiben. Deshalb kommt sie nach Berlin, deshalb waren wir in Rochester und in Detroit.

Auf dem Wilhelmsruher Damm wechseln wir hinüber in den Westen und fahren durch eine gepflegte, biedere Einfamilienhausgegend – «Auch hier viel zu entdecken, so sieht Deutschland eigentlich aus», rufe ich ihr zu – bis ins Märkische Viertel. Um das Märkische Zentrum herum ragen die Platanen hoch hinauf und verraten, wie viel Zeit seit dem Bau dieser Satellitenstadt vergangen ist.

Wir halten an einem türkischen Supermarkt, kaufen Wasser und Ayran und setzen uns auf eine Stufe am Platz. Wir trinken und schauen einer Gruppe Fußball spielender Kinder zu – zwei Mädchen tragen Deutschlandtrikots, ein Junge ein Trikot von

Hertha, ein anderer das blutrote der türkischen Nationalmannschaft – und stellen uns vor, wie es wäre, in einer dieser Wohnburgen als junge Familie zu leben, wir beide mit unserem Kind, das wir hätten haben können.

Kaisa möchte, alles Recherche, in eines der höheren Häuser hinein. Wir finden eine offen stehende Eingangstür – seltsamerweise verhindert eine Autobatterie auf der Schwelle, dass die Tür zufällt. Im Aufzug erzählt ein jüngerer Mieter, dass es am Vortag im Treppenhaus gebrannt habe, wie wir vielleicht noch riechen könnten. Deshalb klemme die Batterie in der Tür. Damit es durchlüfte.

Im sechzehnten Stock – so hoch geht es gar nicht hinauf, es sind gar keine richtigen Hochhäuser – schauen wir durch ein Flurfenster auf den Fernsehturm. Er ist sehr weit weg, kaum mehr auszumachen. Am anderen Ende des Flurs gibt es einen offenen Balkon, eine Galerie, vermutlich sollen die Bewohner sich bei einem Brand auf ihn retten, um von dort auf ein Sprungtuch hinunterzuspringen. Wir lehnen uns an die Brüstung, blicken nach Norden, überlegen, uns fallen zu lassen – küssen uns aber lieber und fliegen über die Großsiedlung, die Felder und den Mauerweg bis nach Mönchmühle.

«Wie seltsam», sagt Kaisa, «dass dort unten einmal eure Grenze war.»

Über die Quickborner Straße finden wir aus dem Merkwürdigen Viertel heraus (eigentlich darf nur, wer hier aufgewachsen ist, das Märkische Viertel «Merkwürdiges Viertel» nennen, ich weiß), wir strampeln durch die stehende Hitze an einem Bowling-Center vorbei und über freie Felder. Gab es hier nicht mal eine Müllkippe? Wir landen in Alt-Lübars und der Idylle seines Dorfplatzes, auf dem Kaisa eine Telefonkabine entdeckt, die mit dem Hinweis «Fernsprecher» beschriftet ist.

Wir setzen uns an einen Tisch des Alten Dorfkrug, bestellen

Rehgulasch und trinken Weißweinschorle unter alten Bäumen, für Rotwein ist es viel zu heiß. Wir sitzen, essen und trinken, bis es zu tröpfeln beginnt und wir in den Dorfkrug flüchten müssen, der, es ist spät geworden, bald schließen wird. Wir bewundern gerade den großen Ballsaal, überlegen, ob wir hier, in diesem Festsaal, nicht unsere Hochzeit feiern könnten, bevor wir ins Märkische Viertel ziehen, Kaisa sagt noch: «Aber wir wollten doch in Las Vegas heiraten» – da bricht das Gewitter los. Orkanartige Sturmböen fegen durch die Baumkronen, es blitzt, es donnert und beginnt zu schütten. Und wir stehen da und schauen dem Spektakel zu. Es hagelt stachelbeergroße, dann pflaumendicke Eisklumpen, die Klumpen hämmern auf die Dächer, schlagen Blätter und Zweige aus den Bäumen und bombardieren die abgestellten Autos. Und schließlich, was haben wir getan, bricht ein mannsdicker Ast aus einer Krone und kracht auf eine Motorhaube. Wir stehen weiter da und staunen, langweilig wird uns nicht.

Eine Dreiviertelstunde später steuern wir unsere Räder durch den See, in den der Dorfplatz sich verwandelt hat, Äste und Zweige treiben auf der Wasseroberfläche. Um die Ecke sind zwei Eichen umgestürzt und blockieren die Fahrbahn, Anwohner sind aus ihren Häusern gekommen, ein Fernsehteam ist schon da und filmt die Verwüstung. Kaisa fürchtet, sie könnte im «National TV zu sehen sein», wie sie sagt, in unseren Hauptnachrichten, und am Ende auch in Finnland.

«Vielleicht wird der ‹Nord-Berliner› berichten», sage ich, «das Blättchen, das wir im Dorfkrug gelesen haben.» Der spannendste Artikel behandelte einen Mord in Alt-Lübars, große Aufregung in der Idylle: Eine junge blonde Frau wurde in ihrem Reitstall getötet, der Mörder (oder die Mörderin?) ist noch nicht gefunden, Kaisa möchte ermitteln.

Wir fahren, der Regen hat aufgehört, wieder Richtung

Märkisches Viertel und halten, wir sind neugierig, an dem Bowling-Center, an dem wir vorhin vorbeigekommen sind. Drinnen herrscht irrer Krach, eine Kakofonie aus Gejohle, rollenden Kugeln, stürzenden Kegeln, Geschrei und Stampfmusik. Es gibt keine Fenster und also auch keine Ahnung vom Wetter und dem Gewitter, das bis eben draußen tobte. Und wir kommen uns vor, als wären wir in einen Teenie-Film geraten, nun die Szene im Bowling-Center. Wollen wir? Nein, tatsächlich zu bowlen, dazu haben wir keine Lust. Auf dem Weg zu unseren Fahrrädern bleiben wir auf dem traurigen Parkplatz stehen und küssen uns wieder, wir knutschen wie das Teenagerpärchen, das sich in dem Film, den wir uns ausdenken, unbemerkt aus dem Center nach draußen stiehlt.

Die Straßen erinnern Kaisa, das hat sie schon einmal gesagt, an Wohngebiete in und rund um Helsinki. Irgendwo, es ist dunkel geworden, wechseln wir zurück auf die andere Seite, nach Pankow, und folgen den Straßenbahnschienen Richtung Mitte. Die Luft ist schwer und feucht, es duftet nach Lindenblüten, es duftet so sehr, mir wird ganz komisch, schwindlig vor Sehnsucht, Kaisa ist viel zu weit entfernt. Das ist der Nachteil am Radfahren, immer allein im Sattel. Und es ist schwierig, sich zu berühren, dabei sind wir langsam unterwegs, ganz langsam. Wir wollen ja nirgendwo hin.

Wie vor ein paar Tagen enden wir in der Analog Bar, Martin-Opitz-Straße, heute ist es voller. Wir trinken Gin Tonic, reden, reden, reden und schieben die Räder schließlich, wir sind betrunken, bis zu ihrer Wohnung. Im Erdgeschoss des Hauses zeigt sie mir das Büro des Privatdetektivs, von dem sie erzählt hat. Durch den Lamellenvorhang des Schaufensters sehen wir, dass er am Schreibtisch sitzt, vom Bildschirmlicht beleuchtet.

«Ob er gerade einen Fall löst?», frage ich.

«Nein», sagt Kaisa. «Sieht aus, als wäre er eingeschlafen.»

2012/2021

Die Spazierinflation

10. März

Nachmittags im Supermarkt, Fürstenberger Straße, Berlin-Mitte, Edeka, ehemals Kaiser's: Das De-Cecco-Pasta-Regal ist bis auf eine Packung grüner Spinat-Spaghetti leer, um die Ecke aber, im Gang mit den gewöhnlichen Nudeln, liegen noch Teigwaren von Barilla, viele Pakete, heute sogar im Angebot. Sonst ist hier um diese Zeit nicht so viel los. Die Frau, die vor mir an der Kasse ansteht, legt vier Packungen Mehl und Trockenhefe aufs Laufband.

Die Kassiererin, sie scannt meine Einkäufe, ist besonders freundlich. Heute sind fast alle freundlich. Scheint so, als wären alle übereingekommen: Wenn wir schon sterben müssen, können wir vorher freundlich zueinander sein.

Sozialkontakte reduzieren, heißt es. Noch weiß niemand so genau, wie das neue Virus sich überträgt. Lieber zu Hause bleiben. Sich irgendwie beschäftigen.

Kein Problem, ich räume die Abstellkammer auf. Zum ersten Mal seit zehn Jahren. Ich finde Konserven, die bis 2013 haltbar waren, Popcornmais von 2012, Kichererbsen von 2011. Ob ich die, wenn wir hier langsam verhungern, noch vermissen werde? Ich finde zwei große schwarze Lautsprecherboxen. Wenn ich mich recht erinnere, habe ich sie gekauft, als ich fünfzehn Jahre alt und es ein Lebensziel war, eine sogenannte Anlage zu besitzen. Als Hocker wären die Dinger vielleicht noch zu gebrauchen. Ich trage sie in den Keller.

Ich bin zu Hause, ich flaniere durch die Abstellkammern

meines Lebens und finde eine Tüte mit Spuckwindeln aus Stoff. Tücher, die ich mir über die Schulter gelegt habe, wenn ich das Baby auf dem Arm durch die Wohnung trug. Das Baby wird nächsten Monat zwanzig Jahre alt. Und ob sich, frage ich mich, eines fernen Tages jemand für den Leitzordner mit meiner Steuererklärung und abgehefteten Belegen aus dem Jahr 1999 interessieren wird? Für den Buchvertrag meines ersten Romans «Meine nachtblaue Hose»? Tief in der Kammer, sie ist sehr geräumig, sie war mal ein Flur, finde ich den CD-Spieler, den mein Vater kurz vor dem Tod meiner Mutter gekauft hat, vor über sechsunddreißig Jahren. Es ist ein Toplader, schwer, aus Aluminium, von Philips. Ich schließe ihn an das Küchenradio an – und siehe da, er funktioniert.

11. März

Sonne im Schlafzimmer, die Vögel singen. Der Griff zum Telefon – gibt es neue Zahlen? Was sagt Robert Koch? Was sagt Johns Hopkins? Der Guardian, der Tagesspiegel, die F.A.Z.? Wie viele neu Erkrankte gibt es heute? Wie viele Tote?

Bald drei Jahrzehnte spaziere ich durch Berlin, es ging auf und ab mit der Stadt, in Wellen, Abstürze folgten auf euphorische Jahre. In der letzten Zeit ging es nur nach oben, hoch hinauf. Vor allem mit den Immobilienpreisen. Habe ich nicht mit einer Delle gerechnet? Von ihr geträumt? Darauf gewartet, dass das mit den Billigfliegern (die ich selbst nicht ungern und viel genutzt habe) wieder aufhört? Würde ich mich, denke ich jetzt, nicht darüber freuen, wenn aus allen Berliner Airbnb-Wohnungen wieder Mietwohnungen würden? Wenn die Immobilienblase platzen und es keine Kreuzfahrten mehr geben würde?

Ich träume, Donald Trump würde vom Virus dahingerafft werden, Joe Biden und Bernie Sanders ebenfalls, Elisabeth Warren wird Präsidentin – aber es ist nur ein Traum. Damit ich, der nicht mehr junge immunsupprimierte Mann, nicht dahingerafft werde, trage ich nun Mundschutz. Der Paketbote, gestern hat er Desinfektionsmittel gebracht, liefert heute Untersuchungshandschuhe aus Latex, auch die werde ich nun tragen, wenn ich hinausgehe. Oder auch nicht. Wenn ich überhaupt hinausgehe. Bis dahin neue Innerlichkeit. Ich spaziere, ich kreise, ich tigere durch die Wohnung. Das Kinderzimmer könnte ich ausräumen. Die Tochter ist ausgezogen, vorletztes Jahr schon, ihr Zimmer dient nun als Wäsche- und Bügelzimmer. Ich bügele ja so gerne. Auch dazu habe ich jetzt Zeit.

Und dann doch nach draußen, Spaziergang zu Rossmann auf der Schönhauser Allee: Es gibt Toilettenpapier, es ist gar nicht ausverkauft. Es gibt nur nicht alle Sorten. Ich gönne uns vierlagiges, ein Luxus – aber wer weiß, vielleicht ist es das Letzte, was ich kaufe. In der Jagd nach Toilettenpapier zeigt sich der deutsche Analcharakter, dabei sind die Deutschen, was ihre Analhygiene angeht, eine eher unterentwickelte Nation. Finnland, die Türkei oder auch Japan sind mit ihren Toiletten, die Wasser spritzen können, viel weiter.

Eine Horrornachricht nach der anderen aus Italien. Dass ich diese Tage eigentlich in Venedig verbringen wollte, kommt mir vor wie ein Witz. Wäre die Stadt, die die Quarantäne erfunden hat, nicht der schönste Ort, um eingesperrt zu sein?

Ilona, sie ist Klavierlehrerin in Venedig, schreibt mir aus ihrer neuen Zurückgezogenheit, die Wohnung hat sie seit drei Wochen nicht verlassen. Schüler kommen keine mehr, die Musikschule ist ebenfalls geschlossen. Von ihrem Balkon filmt sie die Stadt, Venedig sei so absurd leer, sagt sie, als wären alle schon gestorben.

Italien ist uns, wie fast immer, voraus.

Am Abend sehe ich das erste Geisterspiel in Paris, Dortmund

verliert in der Champions League gegen PSG und scheidet aus. Schade.

12. März

Im Hausflur, ich muss zu den Müllcontainern, ich sortiere ja so viel aus, treffe ich Frank. Ihm gehört Paul's Boutique, der Laden im Vorderhaus, in dem getragene Sneaker und Trainingsjacken verkauft werden. Frank sagt, dass das Berghain für einen Monat schließe, er sei mit dem Geschäftsführer befreundet, der habe ihm das gerade am Telefon erzählt. Das Berghain hat, ich bin erstaunt, vierhundert Angestellte.

«Und, was machen die jetzt?», frage ich.

Darauf hat Frank auch keine Antwort. «Wenn die Kids nicht mehr kommen, wenn der Easyjetset nicht mehr landet, habe ich bald selbst ein Problem.»

Frank hat zwanzig Angestellte, dieses Jahr wird sein Flagship-Store Paul's Boutique seinen zwanzigsten Geburtstag feiern. Zum Jubiläum soll ein Buch erscheinen.

Auf der Kastanienallee begegne ich Thomas, wir üben die Fußbegrüßung und den Ellbogencheck. Normalerweise verbringt er eine Woche im Monat bei seinem Umfrage- und Marktforschungsunternehmen in Bonn; während der anderen drei Wochen führt er es von Berlin aus. Er ist auf dem Weg zum Friseur.

«Wie, du lässt dir noch die Haare schneiden?»

«Wieso nicht?»

«Kommen du und der Friseur euch nicht zu nahe?»

«Noch einmal, bitte. Bald werden wir alle mit langen Haaren und herausgewachsenen Frisuren herumlaufen.»

Er erzählt, immer sprudelt Wissen aus ihm heraus, dass es bis zur letzten Pandemie, der Spanischen Grippe von 1918/19, üblich gewesen sei, fast überall auszuspucken und hinzurotzen.

Und dass erst diese Krankheit Taschentücher in fast alle Schichten hinein verbreitet habe.

«Mal sehen, ob wir uns je wieder Hände schütteln werden», sagt er.

«Oder auf die Wangen küssen.»

Er schlägt vor, zusammen in den Garten zu ziehen. In die Bullerbü-Hütte auf seinem Waldgrundstück im Umland, deren Schuppen aus Asbestzementplatten erbaut wurde. «Wir könnten uns dort zu zehnt versammeln, sieben Frauen, drei Männer, und uns zehn Tage lang Geschichten erzählen.»

«Ja, kommt mir bekannt vor», sage ich. «Aber danke, lieber nicht. Lieber in Berlin sterben, als in Brandenburg überleben.»

Das De-Cecco-Regal im Edeka ist aufgefüllt, und ich nehme gleich drei Packungen Linguine mit. Dafür ist das Barilla-Regal nun leer. Sehr leer. Dosentomaten sind – bis auf die ganz teuren Pelati – ebenfalls aus.

12. März, nachmittags

Zu Fuß auf dem Postenweg, parallel zur Bernauer Straße, spaziere ich Richtung Hauptbahnhof. Und steige, ich bin so mutig oder leichtsinnig, doch in die Straßenbahn. Ich bin zu spät, obwohl ich den ganzen Tag nichts zu tun hatte.

Nein, ich möchte nicht wegfahren, ich will die Stadt nicht verlassen. Ich möchte nur die Tochter abholen. Sie hat Semesterferien. Sie und ich glauben nicht, dass die Vorlesungen in ihrer süddeutschen Universitätsstadt bald wieder beginnen werden.

An der Haltestelle Gedenkstätte Berliner Mauer steht eine Schulklasse, fast alle Schülerinnen und Schüler kapuzt und berucksackt, auf ihre Telefone starrend. Die bunten Mietfahrräder neben ihnen sind – da hat einer Mietfahrraddomino gespielt – alle umgeworfen. Gegenüber blühen die Forsythien.

Vor dem verunglückten Monsterbau Hauptbahnhof sehe ich unter Hunderten nur eine einzige Person mit Mundschutz. Weil es keine gibt? Oder weil die Deutschen noch immer glauben, ihnen könnte nichts passieren? Rollkofferballett wie immer, geschäftiges Hin und Her. Die Türkei fällt mir ein, dort gab es die erste bestätigte Infektion erst diese Woche. Und im türkischen Fernsehen wurde ernsthaft darüber diskutiert, ob das türkische Volk aufgrund seiner Gene nicht immun gegen Covid-19 sei. Es wäre lustig, wenn es nicht so traurig wäre.

Statt Mundschutz tragen viele Reisende dicke Ohrenschützer – ach nein, es sind Kopfhörer, vielleicht sogar Noise-Cancelling-Kopfhörer. Ob sie getragen werden, damit keine neuen Katastrophenmeldungen in die Gehörgänge dringen?

Tochter und ich, auch sie kommt ohne Maske aus dem Bahnhofsgebäude, gehen zu Fuß nach Hause, ich ziehe ihren Koffer. In dem Drogeriemarkt am Weg, nicht weit vom Hauptbahnhof, er ist leer und seine Regale sind gut gefüllt, kaufen wir Linsen, Reis und Kokosmilch. Und Schokolade.

13. März

Ye Lan, meine chinesische Übersetzerin, schreibt aus Shanghai und schickt Videos, wie ihre Söhne, Zwillinge, sechzehn Jahre alt, ihren Sportunterricht im Wohnzimmer absolvieren, vom Sportlehrer per Webcam kontrolliert. Seit bald vier Wochen werden sie zu Hause unterrichtet.

Eine andere chinesische Freundin ermahnt mich, das Haus nur noch mit Mundschutz oder am besten gar nicht mehr zu verlassen. «Strenge Maßnahmen sind nötig, um diese Krankheit einzudämmen», schreibt sie. Sie selbst hat gerade vierzehn Tage in Quarantäne verbracht, weil sie aus ihrer Heimatprovinz zurück nach Shanghai gereist ist. Während dieser Zeit hat sie aus ihrem Isolations-Hotel heraus per neuer Unterrichtssoftware unterrichtet.

Vor drei Wochen habe ich ihre WeChat-Nachrichten noch wie Berichte von einem anderen Planeten gelesen. Nun stellt sich heraus: Wir leben doch auf demselben.

Im Mauerpark, dieser von Touristen totgetrampelten Dauerbaustelle, die einmal ein Park war, kann die Wiese sich nun erholen. An den Stellen mit nackter brauner Erde zeigt sich zarter grüner Flaum, süß sieht das aus.

Eine Kinderwagengymnastikgruppe hat sich auf dem Platz unter dem einsamen Basketballkorb eingefunden. Zwölf Frauen, kein Mann unter ihnen, verrenken in aller Öffentlichkeit Bauch, Beine und Po. Eine ist in Jeans gekommen, alle andern tragen teils gepolsterte Leggings und Sneaker. Selbst die Kinderwagen wirken stahlbad-sportlich. Die freundlich-bestimmenden Kommandos der Trainerin gellen durch den Park, die Mütter machen sich fit für – ja, wofür eigentlich?

14. März

Wieder im Park, ich war im Biomarkt und habe Schrippen und Brot gekauft. Spanisch ist zu hören, Arabisch, Türkisch, Deutsch. Die Kinder und die Hunde müssen ausgeführt werden, die Sonne scheint so schön, sie lockt hinaus in den sogenannten Frühling. Ein Mädchen lässt ein Modellsegelflugzeug vom Schlittenhang fliegen, rennt hinterher und den Hügel, er könnte eine Düne sein, wieder hinauf. Wo die Trampelpfade verlaufen, zeigen sich die zerbrochenen Ziegel und Scherben, aus denen diese lang gestreckte Erhebung eigentlich besteht, es ist ein Schutthügel, hier liegen die Trümmer des letzten Krieges. Gras ist über sie gewachsen.

Hunde bellen, Vögel zwitschern. Eine Gruppe Sprayer, junge

Männer, alle in Jogginghosen, besprühen die stehen gebliebene Hinterlandmauer vor dem Stadion, neue Graffiti auf dem dicken Farbschichten-Blätterteig. Die Power-Frühlingssonne brennt, als hätte jemand die Scheinwerfer eingeschaltet, die Wiese, der Park, ganz Berlin ist eine hell ausgeleuchtete Bühne, alles angestrahlt.

Katy und Christiane kommen mir entgegen, die eine ist Übersetzerin, die andere Schriftstellerin. Katy sagt, sie habe gestern ihre vielleicht letzte Party gefeiert, das sei ihr Tanz auf dem Vulkan gewesen, sagt sie.

Wir halten den neuen Sicherheitsabstand ein. Keine Umarmungen, keine Küsse – und zählen all unsere abgesagten Veranstaltungen und Lesungen auf.

«Fünf Lesungen bis Anfang April, ein Literaturfestival in der Schweiz, ein Monat in China und eine Buchpremiere in Peking», sage ich.

«China? Jetzt wohl keine gute Idee», sagt Christiane. Bei ihr sieht es nicht anders aus. «Jetzt müssen alle wie Schriftsteller leben», sagt sie. «Zu Hause bleiben. Um den Schreibtisch herumspazieren. Schreiben.»

«Oder eben nicht schreiben», sage ich. «Das kann ich zu Hause am besten.»

Später am Abend ruft eine Freundin an. Sie erzählt, sie gehe gerade die Rosenthaler Straße hinauf, Richtung Rosenthaler Platz. In der Mitte der Fahrbahn. Kein Auto sei unterwegs. «Wir Fußgänger*innen bekommen die Stadt zurück», sagt sie. «So hat alles auch sein Gutes!»

Mir gefällt, wie sie in dem Wort «Fußgänger*innen» die kleine, kaum hörbare Verzögerung einbaut. Sie hat Gefühl für Rhythmus, die Pause, der Glottisschlag zwischen «gänger» und «innen» sitzt perfekt.

Bei Edeka ist sämtliches Obst und Gemüse ausverkauft. Das

habe ich noch nie, nie gesehen. Im Biomarkt ein paar Häuser weiter, Ecke Bernauer Straße, dort, wo einst die Mauer stand, gibt es noch genug. Ich kaufe, ich lebe so gesund, Pak Choi und einen Blumenkohl.

15. März

Heute, Sonntag, eigentlich wäre Flohmarkt, ist der Mauerpark noch leerer als gestern. Berlin wirkt wie an Weihnachtsfeiertagen: Niemand zeigt sich, keiner da. Und, ach, nun wurde der weltberühmte Flohmarkt über zwanzig Jahre im Mauerpark-Matsch abgehalten, und gerade jetzt, da für ihn dort, wo auch Wiese sein könnte, eine Art Parkplatz planiert wurde, findet er bis auf Weiteres nicht mehr statt.

Mein Vater, der vergessliche Riese, während des Krieges geboren, sagt am Telefon: «Hast du gedacht, es würde immer so weitergehen? War doch klar, dass das eines Tages aufhört.»

«Ja, Papa, du hast es gewusst», sage ich. Er meint auch noch, jedenfalls verstehe ich ihn so, wir hätten unsere Goldenen Zwanziger Jahre schon gehabt. Wir hätten es nur nicht bemerkt.

Besuchen darf ich ihn nicht mehr in seiner Seniorenresidenz, eigentlich ein Pflegeheim. Wäre jetzt zu gefährlich. Für ihn wie für mich.

Die Nachbarskinder, ich höre und sehe sie vom Schreibtisch, hüpfen in ihrem Käfig-Trampolin auf und ab, ohne Unterlass. Strom müsste sich gewinnen lassen aus ihrer ununterbrochenen Bewegungsenergie. Und aus ihrem Gekreische, das mich gar nicht stört. Im Gegenteil: Ich erfreue mich daran. Mit ihnen geht es weiter.

28. März

«Hör auf, diesen Quatsch zu lesen, geh mal an die frische Luft», hat meine Mutter früher oft zu mir gesagt. Jetzt höre ich auf ihre Stimme von einst und gehe tatsächlich hinaus, zum ersten Mal seit Tagen. Ich drehe eine Runde und wundere mich über die vielen Menschen im Mauerpark. So viele sind auf einmal sportlich unterwegs, Laufbewegungen andeutend, hörbar keuchend. Zwei Krähen sitzen auf dem Zaun, der den überfrequentierten Teil des Parks von der noch immer nicht fertiggestellten Erweiterung trennt, auch sie scheinen sich zu wundern: Sonst ist hier doch alles anders, krächzen sie sich zu. Wo sind die Würste vom Grill? Wo bleiben unsere Freunde, die Flaschensammler?

29. März

Die halbe Welt ist seit Wochen zu Hause. Und ich frage mich, was machen die alle bloß? Heimarbeiten den ganzen Tag? Ihre Wohnungen renovieren? Auf den Selbstdarstellungsseiten des Internets sieht es aus, als ob nur sinnvolle Dinge getan würden, erfülltes Leben allerorten: Die eigenen Kinder werden bespaßt und unterrichtet, Sprachen erlernt, man engagiert sich, liest kluge Bücher (oder postet deren Cover), zwischendurch Yoga, stundenlang.

Selbst lese ich bloß das ganze Internet durch, jeden Tag von vorne, bis an seine Ränder. Ich schaffe es nicht, einen einzigen Roman zu lesen, denn wie wir alle wohne ich ja in einem. Jeden Morgen wache ich wieder in ihm auf. Seine Erzählung ist ein bisschen handlungsarm, aber das stört mich nicht, denn ich habe eine Schwäche für Bücher, die von fast nichts erzählen. «My Year of Rest and Relaxation» von Ottessa Moshfegh ist eines von ihnen, in ihm verlässt die Heldin ihr New Yorker

Apartment kaum noch, betäubt sich und schläft die meiste Zeit. Fast wie der Protagonist des Romans, den ich gerade lebe. Seine Ausflüge führen nur noch in und um sein Zimmer, wie in Xavier de Maistres berühmtem Buch. Ja, «Die Reise um mein Zimmer» könnte ich mal wieder lesen. Oder vielleicht doch lieber «Der Graf von Monte Christo», den anderen Klassiker der Eingesperrten-Literatur? Und was wäre mit «Robinson Crusoe»? Wo habe ich den bloß stehen? Die Bücher könnte ich mal ordnen, fällt mir ein, hatte ich das nicht sowieso vor?

Damit fange ich aber doch nicht an, weil ich wieder nur in völliger Fassungslosigkeit auf die neuesten Corona-Zahlen von Johns Hopkins starre. Der Roman, in dem wir alle uns gerade befinden, ist keine Rosenhausidylle in Stifterlandschaft, nein, es ist ein Schauerroman. Und plötzlich fühle ich mich wie die junge Elisabeth, wenn sie in «Pirates of the Caribbean» (dem Film, den die Tochter und ich unzählige Male zusammen gesehen haben) zum ersten Mal die *Black Pearl* der Piraten betritt und von Captain Barbossa zu hören bekommt: «You best start believing in ghost stories, Miss Turner ... you're in one!»

30. März

Auf dem Sofa liegend, heute bin ich ein Oblomow, fällt mir ein, dass ich nirgendwo hinmuss. So wie gestern und vorgestern schon und all die anderen Tage. Keine Termine und kein Ausgehstress. Ich muss nicht entscheiden – «Fear of missing out ist vorbei», sagt meine Tochter –, welche Buchpremiere, welche Vernissage oder Theatervorstellung ich nicht besuche. Und muss mich über kein verpasstes oder ausverkauftes Konzert – The Jesus and Mary Chain, Samstag in Berlin! – mehr ärgern. Das Leben ist so viel einfacher geworden. Bleibt das nun so?

Ich erinnere mich an die letzte Veranstaltung, die ich tatsächlich besucht habe, an einem Montag, Anfang März. Jan Brandt und ich trafen uns in Mitte, melancholisierten ein wenig über Verdrängung und Veränderung und endeten in der Buchhandlung Pro qm, in der die Künstlerin Daniela Comani ihr gerade neu erschienenes ziegelsteindickes Postkarten-Bilderbuch «Planet Earth: 21st Century» präsentierte. Wir trafen Bekannte – Jörg-Uwe war da, Katja, Ursula, Elena und Monica Bonvicini, die sich nach dem Armbändchen erkundigte, das sie mir drei Wochen zuvor aus einer Geschenkkordel geflochten und um mein Handgelenk gebunden hatte. Umarmt haben wir uns nicht mehr, nicht einmal die Hand gegeben.

«Planet Earth: 21st Century», das wussten wir da noch nicht, ist das Buch zur Quarantäne: Comani ist zu Hause am Computer über Städte in der ganzen Welt geflogen und hat Sehenswürdigkeiten gesammelt, Screenshots aufgenommen und diese in Hunderte schwarz-weiße Postkarten verwandelt, die aussehen, als stammten sie aus einem Film von Godard. Damit hat sie vorweggenommen, wie unsere Reisen und Stadtwanderungen jetzt ablaufen werden. Sie hat uns Ansichtskarten aus der Zukunft geschickt.

31. März

Dienstags ist Chor, aber seit wir uns nicht mehr im Proberaum versammeln können, singen wir auf Zoom miteinander, dem plötzlich berühmt-berüchtigten Videokonferenzprogramm, von dessen Existenz ich vor drei Wochen noch nichts wusste. Für das gemeinsame Singen ist es leider nicht so gut geeignet, immer ist bloß eine andere Stimme zu hören, nie alle anderen. Deshalb singen alle, die sich heute zur Probe zugeschaltet haben, ein Duett mit der Stimme der Chorleiterin Barbara. Auch schön. Immerhin sehe ich die anderen singen: Münder, die sich öffnen und schließen, Rebecca tanzt, und zwei Sängerinnen schauen Kinder über die Schulter. Hinter ihnen sind, soweit ausgeleuchtet, die Zimmer der anderen zu sehen; Zoom verschafft schmale Einsichten in Einrichtungsstile: Sieh an, so verbringst du dein Leben, mit so vielen Pflanzen, mit Hochbett, so vielen Büchern, mit so viel Nichts.

Nicht wenige Sänger*innen beklagen, dass sie schon den ganzen Tag via Zoom unterrichtet oder telekonferiert hätten, dass sie alle Tage vor dem Computer und mit diesem Programm verbringen müssten, dessen Parallelmontage der einzelnen Videokacheln an den Vorspann eines Siebziger-Jahre-Actionfilms erinnert.

Die gewohnte Choreuphorie, die ganz große Singfreude stellt sich leider nicht ein. Als wir «There Is a Light That Never Goes Out» von The Smiths anstimmen, muss ich bei der Strophe «Take me out tonight / Because I want to see people and I want to see life» ein bisschen weinen. Heute leider Chorweh während der Chorprobe.

1. April

Ich fülle ganze Bohnen in den Kaffeefilter. Und habe wieder das Gefühl, als befänden wir alle uns auf einem Langstreckenflug, Ziel und Dauer unbekannt. Ob der Treibstoff reicht? Sitzen wir in einem Raumschiff? Fliegen wir vielleicht zum Mars?

Das Gefühl, in einer Raumkapsel unterwegs zu sein, hatte ich schon einmal, vor über zehn Jahren, als ich fast ein Jahr im Krankenhaus verbringen musste. Damals war ich ähnlich entkoppelt von allem – allerdings ging es nur mir und meinen Mitpatienten so. Draußen, jenseits des Krankenzimmers und Klinikgeländes, nahm alles seinen gewohnten Lauf, ohne mich. Heute ist das anders. Heute sitzen fast alle in ihren Raumkapseln herum.

Nicht alle: Schwester, Schwager und Nichte haben geklingelt und stehen unten im Hof, sie haben eingekauft und eine Kiste mit Vorräten vor der Wohnungstür abgestellt. Wir unterhalten uns, ich lehne mich aus dem Badezimmerfenster und winke. Meine Nichte, vier Jahre alt, ruft, ich solle ihr ein Blatt Papier nach unten werfen. Mache ich sofort. Sie malt dann einen Brief, den meine Schwester uns in den Briefkasten wirft. Familientreffen in Zeiten von Corona.

2. April

Die Tochter ist in ihre süddeutsche Universitätsstadt zurückgefahren. Sie möchte lieber dort eingesperrt sein als in Berlin. Mit ihrem Freund zusammen. Und im Fall des Falles gäbe es dort besser ausgestattete Kliniken, sagt sie.

3. April

Ich bin vor der Tür, ich muss zur Apotheke. Wohl fühle ich mich nicht dabei, kommt mir vor, als ginge ich auf dünnem Eis. Ja, ich habe tatsächlich ein schlechtes Gewissen, die Wohnung zu verlassen. Muss ich wirklich hinaus? Andere Fußgänger – ich bin nicht mehr der einzige mit Maske – weichen aus, wir machen große Bogen umeinander. Im Mauerpark sehe ich ein Teenagerpärchen auf einer Bank vor der Graffitimauer sitzen, die Köpfe unter einem Kapuzenpullover zusammengesteckt. Machen sie das, frage ich mich, um sich zu küssen oder um ihre Handydisplays gegen die helle Frühlingssonne abzuschirmen? Hunde bellen, Vögel zwitschern, und ein Polizeiauto fährt über die Wiese, die keine Wiese mehr ist.

4. April

Um Mitternacht treffe ich Ingo an der Bernauer Straße. Wir begegnen uns mit Abstand, lassen mehr als zwei Meter zwischen uns und spazieren durch die leere Schwedter Straße bis zur Schönhauser Allee, über die Torstraße hinweg und die Alte Schönhauser hinunter bis zum Hackeschen Markt. Kein Mensch, nirgends. Auf der Oranienburger Straße wird die Neue Synagoge weiterhin bewacht, zwei Polizisten stehen dort und grüßen. Ab und an fährt ein Auto vorbei, insgesamt nicht mehr als fünf oder sechs, einmal eine leere Straßenbahn.

«Berlin ist so leer, wie es in den frühen neunziger Jahren war», sagt Ingo, als wir vor dem Ladenlokal stehen, in dem sich einmal, lange her, das Obst & Gemüse befand, damals ein Ort, um sich zu sehen und zu betrinken.

Die Baustelle um die Tacheles-Ruine liegt verlassen da – ob dort tagsüber noch gearbeitet wird am ganz, ganz neuen Berlin?

Auf der autofreien Torstraße gehen wir mitten auf der Fahrbahn, jeder hat eine Spur für sich, am schlafenden Rosenthaler Platz wartet ein einziges Taxi. Am Arkonaplatz begegnen wir einer Füchsin. Sie steht auf der Wolliner Straße und interessiert sich nicht für uns. Sie scheint zu wissen, die Stadt gehört ihr.

5. April

Während ich koche – ich koche so viel wie noch nie in meinem Leben –, facetime ich mit einer ebenfalls kochenden Freundin. Sie führt mir ihren Dampfgarer vor, mit dem sie Brokkoli, Lachs und Kartoffeln gleichzeitig zubereiten kann, «schonend zubereiten kann», wie es heißt. Wir unterhalten uns über Reiskocher. Und darüber, wie oft die Spülmaschine laufen muss, jetzt, wo alle Mahlzeiten zu Hause eingenommen werden.

«Ob Spülmaschinentabs bald knapp werden?»

«Nichts ist sicher, das haben wir nun gelernt», sagt sie und prostet mir zu, wir haben noch Wein.

Wir lassen uns auch gegenseitig probieren – was leider nicht wirklich möglich ist, unsere Gläser und Gabeln stoßen gegen die Frontkameras unserer iPads.

Später, wir haben uns noch einige Male zugeprostet, würde ich sie gern küssen, aber auch das geht durch die Kamera leider nicht. Außerdem muss Isabelle noch ein Buch für ihren neu gegründeten, morgen zum ersten Mal stattfindenden virtuellen Buchklub lesen.

«Lesekreis per Zoom? Als Konferenzschaltung?»

«Genau.»

Während ich den Tisch abräume, muss ich an die Videochats in frühen Weltraumfilmen denken: Die auf der Erde oder sonst wo Zurückgebliebenen sprechen mit dem einsamen Astronauten im All, dann reißt die Verbindung ab. Wie zukünftig diese Bildtelefonie einmal gewirkt hat. Nur mit der echten Raumfahrt, die mir während meiner Kindheit versprochen wurde, hat es noch nicht so richtig geklappt.

6. April

Die Sonne scheint, und ich muss dringend an die Luft. Und noch ist es ja nicht ganz verboten. Vor dem signalorangefarbenen, mittlerweile halb verfallenen Siebziger-Jahre-Schulgebäude in der Swinemünder Straße treffe ich Juliane, die ich unter ihrer selbst genähten Maske (kleine rote Herzchen auf weißem Baumwollstoff) kaum erkenne. Wir wollen uns aus sicherer Entfernung winken, wir sind einander keine Kontaktpersonen. Sie hat einen Zollstock mitgebracht, den sie nun, da ich fast neben ihr stehe, ausklappt.

«Diese ein Meter sechzig bleiben zwischen uns, näher dürfen wir uns nicht kommen.»

«Sind das nicht zehn Zentimeter zu viel?», frage ich.

«Sicher ist sicher. Außerdem lässt sich ein Zollstock nur in Zwanzig-Zentimeter-Schritten ausklappen.»

Jeder von uns behält sein Ende der ein Meter sechzig in der Hand, so bewegen wir uns Richtung Humboldthain, die Bürgersteige sind glücklicherweise breit genug. Wo es nötig wird, schwenken wir aus dem Nebeneinander ins Hintereinander, der Zollstock überträgt Zug und Druck und bleibt dabei flexibel.

«Das ist der perfekte biegsame Abstandshalter, Juliane. Du hast das Zollstockspazieren erfunden!»

Alle, die uns entgegenkommen, lächeln uns an.

7. April

Mein Vater ist am Telefon, überraschenderweise, von sich aus hat er seit über einem Jahr nicht mehr angerufen. Er sagt – im Hintergrund höre ich eine befahrene Straße –, er habe sich verlaufen und wisse nicht mehr, in welche Richtung er gehen müsse. Und wohin überhaupt. «Wo wohne ich noch mal?»

«Du darfst das Pflegeheim doch gar nicht mehr verlassen, Papa!»

«Pflegeheim? Welches Pflegeheim? Und wieso soll ich nicht spazieren gehen dürfen?»

Von Corona und dem Virus, über das wir uns gestern lange unterhalten haben, weiß er nichts mehr. Er hat es, sein Glück, schon wieder vergessen.

Nachdem ich ihn telefonisch in seine Residenz zurückgelotst habe – «geh in die Richtung, in die der Rhein fließt, der Fluss muss rechter Hand liegen» –, erinnere ich ihn noch an seinen Geburtstag, der dieses Jahr auf den Ostersonntag fällt.

«Leider können wir nicht kommen, dein Haus ist für Besucher geschlossen. Zu eurer Sicherheit.»

«Ach ja? Wegen dieses neuartigen Virus, von dem ich so viel lese?»

«Ja, Papa.»

«Nicht schlimm, kommt ihr halt nächstes Jahr.»

8. April

«Heute Vormittag, ich war natürlich noch im Schlafanzug, hat mein Freund, der DHL-Bote, geklingelt», erzähle ich Juliane, wir sind wieder, Spazierinflation, mit dem Zollstock unterwegs.

«Und, was hat er diesmal gebracht? Ein Backblech? Noch einen Topf?»

«Nein, Entwicklungshilfe aus China: Meine Übersetzerin hat mir über ihre Universität einen Karton FFP2-Masken schicken lassen.»

«Die haben anscheinend großes Interesse an deinem Überleben. Pass auf, dass die Masken nicht beschlagnahmt werden!»

Hinter dem Gesundbrunnen-Center geraten wir in eine Kleingartenkolonie, durch die ich noch nie gegangen bin, ich staune.

«Terra incognita in deiner Nachbarschaft. Jetzt ist die Zeit, sie zu erkunden», sagt Juliane.

Vor einem der Gärten schlägt eine Forsythie einen blühenden Bogen über dem Eingang, auf einem anderen Grundstück gibt es neben der Hütte noch ein ebenso großes Baumhaus, dicht über einer Armee von Gartenzwergen schwebend. Und in nicht wenigen Sträuchern hängen Ostereier zwischen sich zaghaft entfaltenden Blättern. Plastikostereier.

«Wie lange dauert das jetzt schon? Sind wir nun die zweite, dritte oder vierte Woche auf Pause?», fragt Juliane.

«Weiß ich nicht mehr. Ich weiß nur, dass ich mittlerweile selbst von meinem Corona-Biedermeier genervt bin. Von der Apotheose des Rückzugs in die Häuslichkeit und all den Aufforderungen zur Besinnung. Ich möchte mich nicht mehr besinnen, ich möchte wieder raus, richtig raus und ganz nah an alles ran.»

«Bist du ein bisschen wütend, David?»

«Ja, Hashtag hatecorona.»

«Dir geht es doch gut», sagt sie und erzählt von einer Freundin, die mit ihren zwei kleinen Kindern in einer viel zu kleinen Wohnung durchdrehe. «Die einen kaufen sich Nudelmaschinen, backen Brot und sortieren ihre Fotosammlung. Die anderen kommen wegen der Kinder, oder weil sie im Krankenhaus oder an der Supermarktkasse arbeiten, zu gar nichts.»

Ja, ich erinnere mich an die Tage, als Martha morgens um kurz nach sechs neben dem Bett stand und sagte: «Papa, spielen!» – aber das verrate ich jetzt nicht, denn Juliane fragt, warum wir nicht über die Toten sprechen: «Angeblich sterben in Deutschland ja so viel weniger Menschen als in anderen Ländern – nun aber sind es über zweitausend Tote. Wer sind die? Wie heißen sie? Sonst, bei anderen Katastrophen, erfahren wir immer viel mehr über die Opfer, als wir wissen wollen. Warum nicht jetzt?»

«Die deutsche Industrie möchte nicht über Tote sprechen. Sie möchte wieder Autos bauen. Und verkaufen. Capitalism is a death cult.»

«Karfreitag wäre eine gute Gelegenheit. Ostern dreht sich doch ums Leiden und ums Sterben.»

«Und ich dachte, es ginge um Osterhasen und die Auferstehung – aber die fällt dieses Jahr wohl aus.»

«Ist das nun unser Osterspaziergang?»

«Vermutlich. Vom Eise sind wir befreit, von der Pandemie

noch nicht. Die Pflaumenbäume blühen, die vierzig Tage Fastenzeit sind fast vorbei.»

«Sag mal, der handlungsarme Roman, in dem wir uns deiner Ansicht nach gerade befinden, komme ich in dem auch vor?»

«Selbstverständlich. Wir spielen alle mit. Alle zusammen.»

2020

Hätte ich zu Fuß

Hätte die Pandemie es nicht verhindert und mich nicht zu Hause festgehalten, hätte ich kürzlich auf einer Veranstaltung zum Thema Städtebau von einigen Streifzügen durch Berlin erzählen können. Zum Ort der Veranstaltung am Teutoburger Platz hätte ich zu Fuß gehen können, den Vortrag selbst hätte ich mit einem Bericht über meinen Spaziergang ebendorthin begonnen. Die Stadt ist ein offenes Buch.

Der Weg hätte mich durch eines der beliebtesten und nachgefragtesten Berliner Altbauquartiere geführt. Ein Quartier des späten 19. und frühen 20. Jahrhunderts, errichtet nach dem Hobrechtplan von 1862, mit Blockrandbebauung in Traufhöhe. Ich hätte das beliebte Berlin der Alleen, der Stadtplätze und der stillen Querstraßen durchwandert, das viele vor Augen haben, wenn sie an Berlin denken. Es gibt Straßen, in denen blühen im Frühjahr die Kirschbäume rosafarben in langen Reihen unter wiederhergestellten oder neu erfundenen Stuckfassaden. Ja, der Prenzlauer Berg ist beliebt, viele Menschen wollen hier wohnen. Die Entwicklung der Immobilienpreise der letzten Jahrzehnte verrät es.

Um mich aber nicht nur durch ein Abziehbild von Berlin zu bewegen, um mehr über die Stadt zu erzählen und jüngere Beispiele für den Berliner Städtebau zu sammeln, hätte ich einige Umwege eingeschlagen. Ich hätte versucht, mich zu verlaufen, ganz absichtlich. In das Neubaugebiet nördlich des Mauerparks hinein, nicht weit vom Bahnhof Gesundbrunnen, wo eine Bahnbrache überbaut wurde. Und hätte bemerken können, wie nah die glatten Blöcke der neuen Wohnbebauung aneinanderstehen, wie Tortenstücke, die in einer Konditorei zu dicht auf eine Kuchenplatte gestellt wurden.

Ein Schlenker hätte durch Gesundbrunnen geführt. Ich hätte begutachten können, wie der soziale Wohnungsbau gealtert ist, der in den sechziger und siebziger Jahren im Wedding errichtet wurde, auf Flächen, auf denen Altbauten abgerissen worden waren, «Stadterneuerung» hieß das damals. Auf die Idee, Altbauten zu sanieren, kam Berlin erst später. Mir hätte auffallen können, wie großzügig und luftig und begrünt die Bebauung des Brunnenviertels heute wirkt, der Vinetaplatz ist ein Urwald. Bei all denen, die sich den nur wenige Hundert Meter entfernten Prenzlauer Berg nicht mehr leisten können, wird dieses Viertel immer beliebter. Seine Achse und heimliches Zentrum ist die Swinemünder Straße, eine verkehrsberuhigte Straße ohne parkende Autos. Eine Straße, die mich kurioserweise – und das nicht nur, weil die Autos fehlen – oft an Venedig erinnert, denn dort, wo vor dem Krieg einmal Straßenbahngleise lagen, gibt es einen breiten, überwucherten Grünstreifen, den ich mir als einen grünen Kanal denke, links und rechts von ihm die breiten, gepflasterten Fußgängerufer.

Auf meiner imaginierten Wanderung hätte mir auffallen können, dass alle meine Lieblingsstädte – zu denen, wenig originell, auch Venedig gehört – Fußgängerstädte sind. Venedig ist, solange ich nicht Vaporetto oder Gondel fahre, die Fußgängerstadt überhaupt; es gibt gar keine Alternative, durch Venedig fahren keine Busse und keine Autos, nicht mal Fahrräder sind erlaubt.

Auch Paris, eine weitere Lieblingsstadt, ist eine Fußgängerstadt. Die in Paris auf den früheren Verteidigungsanlagen entstandenen Boulevards – das Wort «Boulevard» ist eine Verballhornung eines Wortes, das wir im Deutschen noch als «Bollwerk» kennen – waren die Spazierstrecken der Hauptstadt des 19. Jahrhunderts, bevor Autofahrer sie in Besitz nahmen und blockierten. Walter Benjamin erzählt, wer etwas auf sich hielt, sei auf den Boulevards und in den von ihnen abzweigenden Passagen mit Schildkröten spazieren gegangen.

Und selbst die Hauptstadt des 20. Jahrhunderts, New York City, ist im Grunde eine Fußgängerstadt.

Auf meinen weiteren Umwegen durch das heutige Berlin – der Stadt, die so gerne die Hauptstadt des 21. Jahrhundert geworden wäre, aber nein, keine Chance, diese Stadt liegt in Asien, Shanghai vielleicht – hätte ich die fußgängerunfreundliche Umgebung des Alexanderplatzes weiträumig gemieden. Seine aus sozialistischer Stadtplanung stammenden Magistralen, die oft in Autotunneln münden, sind größere Spazierhindernisse. Die Freiflächen zwischen dem früheren Centrum-Warenhaus, dem Bahnhof Alexanderplatz und der jüngeren Bausünde Alexa-Mall können das nicht kompensieren.

Aber ich hätte, in Gedanken bin ich mit leichten Siebenmeilenstiefeln unterwegs, einen Abstecher in Richtung Ostbahnhof unternommen. Um mir anzusehen, was in den letzten Jahren rund um die große Mehrzweckhalle mit wechselndem Namen entstanden ist. Zurzeit heißt die trostlose, städtebaulich sowie architektonisch einfallslose Fläche vor der Arena, die sich in jeder chinesischen Provinzstadt befinden könnte, Mercedes-Platz. Nur die nahe, hier auf der falschen Seite bemalte frühere Hinterlandmauer der East Side Gallery hätte mich daran erinnert, dass ich in Berlin bin.

Wirklich getröstet hätte mich ein Abstecher in die neue sogenannte Europacity nördlich des Hauptbahnhofs nicht. Dort wurde das, was Berlin im Überfluss hat oder einmal zu haben schien – freie Fläche –, mit sehr viel, teils sogar anspruchsvoll gestalteter Wohnbebauung aufgefüllt. Wer dort wohnt und aus der ersten Reihe aufs Wasser des Berlin-Spandauer Schifffahrtskanals und den Garnisonsfriedhof blicken kann, hat Glück.

Vielleicht hätte ich mich auf dieser Spazierrunde auch ins klassizistische Berlin verirrt. In das, was davon übrig ist. Unter den Linden zu spazieren, hätte mir gefallen, der Mittelstreifen bietet eine gute Gehstrecke. Wobei die Frage, warum so viele Gebäude geklont wiederauferstehen mussten – das untote Berliner Schloss ist nur das bekannteste Beispiel –, mich mindestens bis zum Rosenthaler Platz beschäftigt hätte.

Der Rosenthaler Platz heißt noch immer Platz, obwohl er keiner ist, er ist bloß eine stark befahrene Kreuzung. An diesem für Fußgänger lebensgefährlichen Ort hätte ich angehalten und mir das Rosenthaler Tor zurückgewünscht, einen Bau im Stil des friderizianischen Rokoko, das einst, schon im 19. Jahrhundert, als Verkehrshindernis galt und abgerissen wurde. Leider.

Warum, hätte ich mich auf meinem Weg durch die Stadt fragen können, warum sind die Straßen und die Gehwege in Berlin so breit? Haben die Stadtplaner des 19. Jahrhunderts an Autos gedacht? Die Antwort lautet, wenig überraschend, nein. Die Berliner Straßen und Alleen sind nicht als Autoabstellflächen angelegt worden. Der Abwasserexperte James Hobrecht zeichnete sie so breit in seinen berühmten Plan von Berlin, um den Bau von Barrikaden zu erschweren. Das war die Lehre, welche die Stadtplaner aus dem Revolutionsjahr 1848 gezogen hatten: Enge Straßen sind bei Aufständen gefährlich für die Obrigkeiten. Am damals noch ziemlich unübersichtlichen Platz vor dem Rosenthaler Tor standen im März 1848 Barrikaden, an die heute nichts mehr, nicht einmal eine Gedenktafel, erinnert. Auf den neuen, breiteren Berliner Straßen konnte eine Kompanie sich mit aufgepflanztem Bajonett nebeneinander aufstellen, um, wenn es sein musste, aufmüpfige Berliner Bürger zu füsilieren.

Ja, es ist ein Missverständnis des 20. Jahrhunderts zu glauben, Berlin sei schon im 19. Jahrhundert für das Auto erbaut worden, selbst wenn es heute vielerorts so aussieht. Mir hätte auffallen müssen, an wie vielen abgestellten Autos ich vorbeilaufe. Viele Straßen sind Parkplätze mit Randbebauung.

Nicht erst seit dem Epochenjahr 2020, seitdem so viel von dem, was wir für selbstverständlich hielten, nicht mehr gilt oder nicht mehr möglich ist, stellt sich die Frage nach einer gerechteren Neuaufteilung des Stadtraums. Das betrifft den Radverkehr, dem dauerhaft mehr Platz auf den Straßen eingeräumt werden muss – Berlin kann in dieser Hinsicht viel von Paris und Amsterdam lernen –, und den Raum für Fußgänger*innen. Das Stadtleben hat sich seit dem Ausbruch der Pandemie nach draußen verlagert, auf die Straße, auf die Gehwege, aufs Trottoir. Die Autos, die dort herumstehen, stören dieses neue Leben ganz gewaltig.

2020

Die letzten Tage von West-Berlin

Es sind wahrscheinlich die letzten Tage der Grünen Autonomen Republik Berlin (West). Die Söldner der DDR werden, wir rechnen damit, bald einmarschieren. «Humanitäre Mission» werden sie es nennen – und nicht einmal ganz unrecht haben, es gibt kaum noch etwas zu essen in dieser Republik, die schon lange keine funktionierende Stadt mehr ist.

Hinter der Ruine der Staatsbibliothek, wo einmal, lange her, vor dem Zweiten Weltkrieg, der Potsdamer Platz lag, erstreckt sich ein Birken- und Robinienhain bis zum Neuen Brandenburger Tor. Von der anderen Seite der Mauer, von drüben, glitzern hell erleuchtete Glastürme herüber. In ihrem Schein kann ich lesen, nachts gibt es nur hier noch Licht.

Dass die Mauer, in deren Nähe ich sitze, früher, lange vor den Analogunruhen, dazu diente, niemanden aus dem Osten herauszulassen, das mutet heute an wie ein Witz. Kinder, denen ich davon erzähle, wollen es nicht glauben. Sie lachen, wenn sie hören, dass die heutige virtuelle Grenze um unser Berlin früher einmal dazu da war.

Wie fing es an? Wie hat die DDR den Westen überholt? Radikale Reformen haben sie damals wohl am Westen vorbeikatapultiert. Im Rückblick sieht es so einfach aus: Ja, die DDR hat den Westen durch Digitalisierung übertroffen – und sich schon im Jahr 2000 in «Deutsche Digitale Republik» unbenannt. Die Abkürzung blieb praktischerweise die gleiche.

Zur Sicherung ihrer Grenze hatte die DDR schon in den frühen achtziger Jahren des letzten Jahrhunderts ein elektronisches Überwachungsnetz mit Kommunikationsmöglichkeiten entwickelt. Mobile Drohnen lösten die Fesselballons ab. Und dann begannen die Staatsbetriebe, die Überwachungstechnologien zu exportieren: Israel bekam die beste, fast unsichtbare Mauer der Welt; die USA kauften einen virtuellen Zaun der vierten Generation für ihre Grenze mit Mexiko. Überall, wo Armutsmigration aufgehalten werden sollte, war die Qualitäts-Grenzsicherung made in GDR gefragt, Mauerschützen wurden mitgeliefert, die Schwarzwasser-Söldner*innen der DDR, die neuen Janitscharen, waren und sind als Ausbilder und Spezialkräfte in der ganzen Welt unterwegs.

Morgen oder übermorgen kommen sie wahrscheinlich zu uns. Die Digitale Republik will endlich aufräumen vor ihrer Haustür, das neue Tannhäuser Tor (früher: Brandenburger Tor) soll endlich irgendwo hinführen.

Die prosperierende Rüstungs- und Überwachungstechnologie ermöglichte der DDR den Import von Konsumgütern, darüber hinaus entwickelten die Ingenieur*innen im Silikon-Streifen zwischen Halle und Leipzig erfolgreiche zivile Anwendungen der Überwachungstechnik, tragbare Telefone beispielsweise. Die Regierung schenkte jeder Staatsbürgerin und jedem Staatsbürger eines dieser Handtelefone; DDR-Bürger*innen, die einst jahrelang auf einen Festnetzanschluss gewartet hatten, konnten nun jederzeit und überall miteinander telefonieren. Was sie nicht wussten oder nicht wahrhaben wollten: dass sie so viel leichter zu überwachen waren. Jeder trug eine Wanze, ein Abhörgerät mit sich herum, freiwillig. Kaum jemand musste mehr beschattet werden. Die Fraktion der Reformer in der Staatssicherheit hatte geahnt, dass es viel effektiver und kostengünstiger sein würde, die Bevölkerung sich selbst überwachen zu lassen.

Die Anti-Elektronik-Partei in Berlin (West) warnte vor diesen tragbaren Telefonen; ebenso die immer stärker werdende Vereinigung der Antimetaller*innen. In der GAR, der Grünen Autonomen Republik Berlin (West), die sich von der westdeutschen Republik Rüstiger Rentnerinnen (RRR, geführt von Helmut Kohls Witwe) losgesagt hatte, wurde die Nutzung von Tragetelefonen untersagt. Die Koalition der Berliner Schwäbischen Alternative und der AEP verbot nach und nach alle Elektronik und führte die Hudewirtschaft im Grunewald ein, nirgendwo durfte neu gebaut werden, Dächer wurden abgedeckt, um mehr Nistplätze für Vögel zu schaffen, es kam zu Zwangsumsiedlungen in Wagenburgen.

Heute fährt keine U-Bahn mehr, die Antimetaller*innen haben die Tunnel geflutet und alle Autos stillgelegt (es gäbe allerdings auch weder Strom noch Benzin, um sie zu bewegen), während drüben, im Osten, selbst steuernde Elektras und Schwebebahnen fahren. Nach Leipzig-Mitte ist die Magnet angeblich nur siebenundzwanzig Minuten unterwegs. Wir hingegen gehen zu Fuß, wir wandern und heizen mit Abfällen. Holzfahrräder und Einbäume sind erlaubt, vegane Kleidung ist Pflicht.

West-Berliner*innen, die eine andere Staatsbürgerschaft besaßen, sind schon lange fortgezogen. Rückkehrprämien lockten türkischstämmige Bewohner*innen ins Boomland Erdoğanistan. Es gibt keine Döner und keine vietnamesischen Restaurants mehr in Berlin, es gibt nur, was hier wächst: Gemüse. Überall Gemüse. Es wächst auf den Hängenden Gärten (die einmal die Stadtautobahnen waren) und in Hochbeeten auf allen Plätzen und den Tempelhofer Feldern, überall wird biologisch und nachhaltig gegärtnert. Kaninchen finden viel zu fressen, werden aber nur heimlich gejagt, denn die Vegetarist*innen und die mit ihnen verbündeten Früchtler*innen haben das totale Fleisch- und Tiertötungsverbot durchgesetzt. Nur die Grunewaldpartisanen und versprengte Gruppierungen in Waidmannslust scheren sich nicht darum, sie grillen auch Hunde. Es gibt genug, es gibt Hunderttausende wilde Hunde in der Stadt; Wald- und

Straßenköter, die von den Haus- und Schoßhunden abstammen, die während der Analogunruhen von fliehenden Besitzern zurückgelassen wurden.

Als die Unruhen vorbei waren, hatten die Bildschirmstürmer*innen alle Fernseher und Computermonitore der Stadt zerschlagen. Die DDR digitalisierte in dieser Zeit die Bestände der Staatsbibliothek und die Schätze des Kunsthandwerkmuseums – kurz darauf brannte das Kulturforum ab, in dessen Ruinen ich seit bald zehn Jahren hause. Pioniergewächse haben sich das Gelände zurückerobert, Brombeeren und Pilze wachsen überall, Bienen summen herum; seit es verboten ist, Bäume zu fällen, weil auch für Bäume Bürgerrechte gelten, wuchert alles zu. Der Tiergarten wird ein Urwald.

In der DDR nahm die Selbstüberwachung der DDR-Bürger*innen mit den aufkommenden Rechner-Steckbriefalben nach kurzer Zeit ganz neue Züge an. Bald hatte jeder eine Albumseite im Netz und machte alles öffentlich, niemand wollte mehr Geheimnisse haben – dem Staat war das, so geht die Erzählung, sehr recht. Terminals standen überall, bald gab es transportable Geräte, und dann wollten alle, auch Menschen im Westen, einen Robotron-Boskop besitzen. Robotron-Boskop, das Taschengerät für alle, das immer alles weiß. Und immer dabei sein kann. Überall. Robotron ist wohl Weltmarktführer – aber was weiß ich, ich lese ja bloß altes Papier, Fetzen, die beim Brand der Staatsbibliothek übrig geblieben sind. Ich lese, was mir vor die Füße weht oder was ich heimlich vor der Kompostierung retten konnte.

«Überholen ohne einzuholen» – unsere Großeltern hatten über diesen Satz der alten DDR gelacht –, und dann ist es ihr doch gelungen. Der digitale Sozialismus hat gewonnen. Nicht nur Robotron, auch der Staatsbetrieb, der ursprünglich Raufasertapete für den Westen herstellte, wurde zum Weltkonzern, weil ein sächsischer Ingenieur die Gugel erfand. Die Gugel war anfangs bloß eine Such- und Verschleierungsmaschine, die vieles im Netz finden und verbergen konnte. Heute weiß die Gugel – oder seine tragbare Variante, der Gugelhupf – einfach alles, weil jeder Nutzer, jede Nutzerin ihr etwas verrät. Sie kann sich alles merken. Ursprünglich sollte die Gugel «Kristallkugel» heißen – ihr Erfinder, der sächsische Ingenieur Erich Schmidt, sprach jedoch so undeutlich, dass alle immer «Gugel» statt «Kugel» verstanden.

Ich sitze auf einem umgestürzten Baumstamm nicht weit von der Mauer, die im Grunde unsichtbar ist. Nur ein Leuchtband und der mit Unkrautvernichtungsmitteln kahl gehaltene Bodenstreifen markieren die Grenze. Ich könnte einfach hinübergehen, mir würde nichts passieren – wenn ich nur eine DDR-Erbse in mir trüge. Mir eine hätte implantieren lassen. Mittlerweile, ach was, schon lange trägt jede*r Bürger*in der Deutschen Digitalen Republik eine kleine Nah-Feld-Bohne unter der Haut, ein winziges Schaltkreis-Plätzchen mit individueller Kennung, das überall registriert wird, immer und überall. Neugeborene bekommen die Erbse in den ersten Lebensminuten eingesetzt. Trüge ich eine in mir, die nicht sichtbare Mauer würde mich erkennen und hinüber auf die andere Seite lassen. Die Erbse, die Erbse der Deutschen Digitalen Republik, öffnet Türen, startet Elektra-Selbstfahrer, ermöglicht Bezahlung und Grenzübertritte. Sie identifiziert ihre Träger*innen immer und überall.

Nicht wenige von denen, die noch hier in der Grünen Hungerrepublik ausharren, sind schon Bürger*innen der Digitalen Republik. Ja, es war ein Geniestreich der DDR, dass sie Staatsbürgertum und Territorium entkoppelte. Fast jede*r, egal wo sie oder er auf der Welt wohnt, kann Bürger*in der Deutschen Digitalen Republik werden. Sie oder er muss nur einer Implantierung zustimmen. So sind die besten Softwareingenieurinnen Indiens, Indonesiens und Chinas Bürgerinnen der DDR geworden. Neubürger*innen dürfen sich hocharbeiten, Bonuspunkte und Gratifikation können erworben werden. Wahrscheinlich war auch das eine gute Idee der DDR und ihres neuen digitalen Sozialismus, der im Grunde ein Digitalkapitalismus ist: ihren Bürger*innen das Leben als großes Videospiel zu verkaufen, in dem es keine Benachteiligungen und Diskriminierungen mehr gibt.

Hätte es auch anders kommen können? Hätten die geheimen Digitalisten der Staatssicherheit im Frühjahr 1989 nicht geputscht – würde Erich Honecker noch immer regieren? Ohne die digitalen Reformen und den Zugang zu Konsumgütern hätte die DDR ihren vierzigsten Geburtstag wahrscheinlich nicht mehr gefeiert, der Westen hätte den Kalten Krieg gewonnen, West-Berlin hätte noch Strom, und ich müsste nachts nicht bis zur Lichtmauer kriechen, um die Papierschnipsel, die ich vor dem Kompostierungswahn der Früchtler*innen gerettet habe, hier heimlich zu entziffern.

Die Sache mit dem Strom ist schwierig. Es gibt illegale Anzapfungen und Leitungen, es gibt versteckte Windkraftanlagen und Solarmodule – oft aber ziehen Anti-Strom-Fanatiker*innen der AEP und der AFE (Alternative für Elektrizität) durch die Stadt und zerstören alle Anlagen, die sie finden. Um den natürlichen Biorhythmus nicht zu stören und die Pflanzen und Tiere nicht zu irritieren, gilt sowieso ein allgemeines Nachtlichtverbot. Deshalb sitze ich hier nahe der virtuellen Mauer, hier kann ich lesen, hier kommt Licht von drüben.

Hinüber möchte ich trotzdem nicht. Ich bin gerne eine tote Seele. So nennen sie uns, tote Seelen, weil wir nicht registriert sind, weil es uns digital nicht gibt.

2014

Das Freiluftbüro

Warum räumst du nicht mal auf», fragt Isabelle, die mich heute im Freiluftbüro besucht. Sie zeigt auf den Müll unter dem Tisch und um die fest verankerten Hocker in der halb überwucherten, fast zur Laube gewordenen Nische der Grünanlage am Vinetaplatz, Gesundbrunnen, Berlin-Wedding.

Rund um die Sitzgruppe liegen flach getretene Capri-Sonne-Aluverpackungen, transparente Plastikbecher, leere Haribo-Tüten, ein Pizzakarton und zwei runde Alu-Essensschalen. Ich sehe eine OP-Maske, eine leere Großpackung Marlboro, Zigarettenkippen und Zigaretten, aus denen der Tabak herausgepult wurde. Und, ohne ganz genau hinzusehen, auch zwei Grastütchen, leer, eine Wassereisverpackung, zwei unbenutzte blaue Müllbeutel, eine weiße Plastikflasche ohne Aufdruck und eine aufgerissene Tüte Chio-Chips, Geschmacksrichtung Paprika.

«Mir gefällt die Müllidylle», antworte ich. «Mit all dem Müll wird es nie zu gemütlich. Der Müll erinnert an die Gegenwart. Daran, dass wir in der Wirklichkeit sitzen.»

«Traurige Gegenwart», sagt Isabelle.

«Tiere kommen trotzdem zu Besuch», sage ich ihr. Und erzähle von der Amsel, die vormittags gern um das Freiluftbüro herumhüpft, von dem Eichhörnchen, das durch die Bäume klettert, von den beiden Ratten, ich weiß nicht, ob sie ein Paar oder Mutter und Tochter sind, und von den Hauskatzen, die im Gebüsch hinter uns wildern.

«Einmal», sage ich, «ist sogar eine Libelle auf dem Tisch gelandet, nicht weit von meiner Hand.» Und als hätte ich sie zum Auftritt bestellt, krabbelt nun eine Maus aus dem Pizzakarton.

«Hunde kommen sicherlich auch vorbei», sagt Isabelle. «Die darfst du nicht vergessen.»

«Hunde, selbstverständlich. Viele. Meist angeleint, Herrchen oder Frauchen ziehend. Weibliche Hundehalterinnen sind, so scheint's, in der Überzahl. Nicht wenige kenne ich vom Sehen.»

«Die Hunde oder die Halterinnen?»

«Beide, ich sitze ja oft genug hier.»

«Wie oft eigentlich? Und wie lange?»

«Fast jeden Tag. Meist vormittags. Manchmal auch am Nachmittag, je nach Witterung und Arbeitslaune. Keine festen Bürozeiten im Freiluftbüro.»

«Die Vernachlässigung macht den Ort charmant, ich verstehe. Die Unordnung. Und die Betrachtung des Mülls, der sich ansammelt, macht dich zu einem Archäologen der Gegenwart.»

«Was da liegt, verrät mir, wer das Freiluftbüro nach Büroschluss nutzt.»

«Und, fühlst du dich wohl?»

«Darauf kommt es nicht an. Sich zu wohlzufühlen ist der Arbeit eher hinderlich. Besser, sich wie auf Expedition zu fühlen. Auf Besuch.»

«Auf Besuch? Wieso?»

«Weil ich doch auf der anderen Seite der Bernauer Straße wohne. Auf der reicheren Seite. Im Nachbarbezirk, der einst, lange her, der ärmere war, weil er zu Ost-Berlin gehörte. Hier, am Vinetaplatz, befinden wir uns jedoch in West-Berlin.»

«So sieht es aus. Eher ärmlich. Ein wenig heruntergekommen.»

«Die Siebziger-Jahre-Straßenmöbel verraten es. Und die Altneubauten hinter den Bäumen.»

«Also inszenierst du dich und deine performative Faulheit hier als Diogenes im Müll, bist eigentlich aber jenseits der Bernauer zu Hause, wo du mit USM-Haller-Regalen, Biedermeiermöbeln und Perserteppichen wohnst.»

«Und ganz ohne Müll, stimmt. Du hast mich durchschaut, liebe Isabelle.»

«Ich kenne dich halt ein bisschen.»

Wir trinken Kaffee aus der Thermoskanne, die ich mitgebracht habe, und essen Apfelkuchen, den Isabelle im Wedding gebacken hat. Sie wohnt nur einen Steinwurf entfernt vom Silent Green, dem zum Kultur- und Veranstaltungsort umgebauten ehemaligen Krematorium Wedding.

Einer der leeren blauen Müllsäcke zu unseren Füßen flattert auf.

«Wir könnten den Müll gleich eintüten», sagt Isabelle.

«Ach, lass mal», sage ich. «Ich mag den Müll doch.»

«Wirfst du manchmal was dazu?»

«Nein, niemals. Das kann ich nicht. Das bringe ich nicht über mich.»

Das Eichhörnchen lässt sich über uns blicken, turnt durch die hochgewachsene Birke und springt hinüber auf die Eibe, wir schauen ihm nach.

«Was machst du eigentlich bei schlechtem Wetter?»

«Ich habe schon mit aufgeklapptem Schirm hier gesessen, geht auch. Im Hochsommer ist es manchmal zu heiß.»

«Dann darfst du die Sonnencreme nicht vergessen, selbst im Schatten.»

«Wenn es wieder so weit ist, werde ich daran denken.»

«Wie hast du es eigentlich gefunden, dein Freiluftbüro?»

«Zufall. Und es hat nur knapp zehn Jahre gedauert. So lange wohnte ich auf der anderen Seite der Bernauer, ohne den Vinetaplatz jenseits der früheren Sektorengrenze regelmäßig zu besuchen. Nur auf dem Weg zum Baumarkt in der Demminer Straße, in den Humboldthain oder zum Bahnhof Gesundbrunnen habe ich ihn gelegentlich überquert.»

«Wedding terra incognita, jaja.»

«Erst vor vier oder fünf Jahren habe ich angefangen, öfter durchs Brunnenviertel zu spazieren, weil der Mauerpark oft überlaufen war, nicht nur am Wochenende. Dabei habe ich dann das Freiluftbüro entdeckt. Ist es nicht absurd, dass ich bloß zweihundert Meter über den Postenweg im ehemaligen Mauerhinterland gehen muss, an den neuen Schießschartenhäusern vorbei, und die Schneise Bernauer Straße überqueren muss, um auf den so stilsicher und berlingekonnt vernachlässigten Vineplatz zu gelangen?»

«Warum gehst du nicht auf den Arkonaplatz?»

«Der ist viel zu schön. Und freitags ist dort Biomarkt. Und sonntags Flohmarkt. Nein danke.»

«Du fliehst also in den Wedding, weil du die renovierte Rosenthaler Vorstadt und den herausgeputzten Prenzlauer Berg nicht mehr aushältst. Verstehe.»

«Ja, ich erhole mich hier. Von der ästhetischen Überforderung durch pastellfarben sanierte Protzaltbauten und ihre neu verstuckten Fassaden. Von den Touristenhorden, die nicht nur in den Sommermonaten die Kastanienallee auf und ab stapfen. Ich erhole mich in der verkehrsberuhigten Zone Swinemünder Straße von den Autos und den Arschlöchern aus aller Welt, die vor dem Café Krone in der Oderberger Straße in einer fünfzig Meter langen Schlange auf einen Tisch warten.»

«Selber schuld. Wann wurde das alles hier gebaut?»

«Nach dem Krieg. Und nach dem Mauerbau, durch den das Brunnenviertel zu einer Halbinsel geworden war. Zu einem Wurmfortsatz des Westens. Fast eine Enklave. Nur lag drumherum kein Meer, sondern die DDR. Vor dem Krieg sah der Vinetaplatz wie der Arkonaplatz aus, beide Plätze waren große Stadtplätze aus dem Hobrechtplan. Um den Arkonaplatz blieb die ursprüngliche Bebauung erhalten, hier wurde alles abgerissen.»

«Abgerissen? Warum?»

«Stadterneuerung hieß das. Kahlschlagsanierung. Altbauten abreißen und luftiger neu bauen. Nach dem Krieg wurde in West-Berlin mehr abgerissen, als während des Krieges durch Bomben zerstört wurde.»

«Heute sind die alten Neubauten kaum mehr zu sehen. Die Bäume sind so groß geworden.»

«In den frühen neunziger Jahren habe ich mal einen Kommilitonen besucht, der in der Swinemünder Straße wohnte, in der Wohnung einer Tante. Das habe ich damals nicht verstanden: Ich fand die Gegend, die Bebauung und die Wohnungen furchtbar. Das war nicht das Berlin, das ich suchte.»

«Was für ein Berlin hast du damals denn gesucht?»

«Das kaputte Altbau-Berlin. Ruinöse Hinterhöfe, Brandwände. All das, was es im Osten gab. Zuhauf.»

«Und heute, da aus den Neubauten der sechziger und siebziger Jahre Altneubauten geworden sind, kommst du zur Erholung her, interessant.»

«Zur Arbeit. In mein Büro. Ich benutze die gebaute Stadt.»

«Jetzt, da sie auf der anderen Seite der Bernauer vollendet ist, arbeitest du an der Umwandlung und Gentrifizierung dieses Viertels. Du musst nur ein wenig Unkraut jäten, den Müll eintüten, ein Hochbeet anlegen und den Sperrmüll melden.»

«Gerade das möchte ich nicht. Deshalb sitze ich doch im Müll. Er schützt mich vor den Touristen. Noch.»

«Und was machst du, wenn dein Büro mal besetzt ist?»

«Ist selten der Fall. Und wenn, dann wechsele ich ins Vorzimmer nebenan» – ich zeige auf ein etwa dreißig Meter entferntes Straßenmöbel-Ensemble in einer weniger idyllischen, von einer niedrigen roten Ziegelmauer eingefassten Nische. «Oder ich gehe ins Ausweichbüro an der Tischtennisplatte.»

«Wo steht die?»

«Hinter uns. Hinter dem Gebüsch. Von dort höre ich oft Deutsch und Arabisch, seltener Türkisch, ab und zu afrikanisches Französisch. An der Platte selbst wird meist Polnisch gesprochen.»

«Kannst du das unterscheiden?»

«Ich sitze ja oft genug hier. Und habe mal ein bisschen Türkisch gelernt.»

«Und worüber reden die Kollegen?»

«Meist geht es um Wetten. Sportwetten. Um Geld, um Gewinne und ums Kiffen. Wenn es richtig interessant wird, wechseln sie ins Arabische, und ich verstehe nichts mehr.»

«Finden die dich nicht verdächtig? Fragen die sich nicht, wer ist dieser Typ, der dort sitzt, unseren Drogentisch besetzt und alles mitschreibt? Halten sie dich nicht für einen verdeckten Ermittler?»

«Für den Platzschreiber vielleicht. Wir grüßen uns, plaudern und lassen uns in Ruhe.»

«Ob sie mich auch in Ruhe lassen würden, wenn ich hier allein sitzen würde?»

«Hoffe ich doch. Weißt du, dass ich hier einmal zwei Bären gesehen habe? Zwei Bärinnen, um genau zu sein.»

«Berliner Bärinnen? Tanzbärinnen?»

«Keine Tanzbären, nein. Es waren zwei Mitglieder der Performancegruppe hannsjana, die riesige Bärenköpfe aus Pappmaché trugen. Frauen.»

«Ich finde, es sollte wieder mehr Bären in und um Berlin geben. Frei laufende Bärinnen.»

«Bärinnen und Wölfe.»

«Wölfe gibt es schon, Füchse sowieso.»

«Einen Fuchs habe ich hier auch schon gesehen.»

«Vormittags?»

«Nein, abends. In der Dämmerung. Und nachts, wenn die Nachtigall singt.»

«Eine Nachtigall wohnt hier auch?»

«Ja, und sie singt so wunderschön.»

Es raschelt im Müll.

«Ich glaube, die Maus kommt zurück. Sie möchte sich verabschieden.»

«Sie möchte wohl eher Kuchen», sage ich. «Ein paar Krümel wenigstens. Die Pizzakruste hat sie aufgegessen.»

«Sag mal, hat dein Büro auch eine Toilette? Was machst du, wenn du mal musst?»

«Es gibt einen Trinkbrunnen der Berliner Wasserbetriebe hinter dem Nilpferdbrunnen. Aber keine Toiletten. Das ist ein Nachteil. Auf dem Arkonaplatz ist die gründerzeitliche Toilettenanlage stehen geblieben, hier nicht.»

«Es gibt nicht mehr viele öffentliche Bedürfnisanstalten. Scheint so, als hätten die Bedürfnisse nachgelassen.»

«Haben sie? Da bin ich mir nicht so sicher. Auf dem Vinetaplatz bleiben einem nur die Büsche.»

«Für dich kein Problem, na toll.»

«Einmal saß ich hier, Ende September, da kam eine Frau vorbei, pflückte sich rote Beeren von der Eibe und steckte sie in den Mund. Die Kerne hat sie ausgespuckt.»

«Sind Eibenbeeren nicht giftig?»

«Dachte ich auch, weshalb ich sie gefragt habe, ob's schmeckt. Sie hat mir dann erklärt, nur die Kerne seien giftig. Und dass es sich gar nicht um Beeren, sondern um einen fruchtigen Samenmantel handele, eine fleischige Hülle, die Arillus heißt.»

«Und, hast du auch probiert?»

«Nein, nein. Ich esse lieber Apfelkuchen. Deinen Apfelkuchen.»

«Und was machst du sonst im Freiluftbüro? Wenn ich nicht da bin und wir keinen Apfelkuchen essen?»

«Ich lese. Oder schreibe. Oder korrigiere. Die meiste Zeit korrigiere ich bloß. Oder gebe Korrekturen ein.»

«Hast du einen Computer dabei?»

«Mein ältestes MacBook, neun Jahre alt.»

«Und was schreibst du?»

«Etwas über das Freiluftbüro. Und wer mich hier so besucht.»

Editorische Notiz

«Ich geh' so gern durch diese Stadt» versammelt die seit 1998 entstandenen Essays und Erzählungen der Bücher «In Berlin» (2001), «Welche Farbe hat Berlin» (2011) und «Verlaufen in Berlin» (2021).

Die Ergänzungstexte in «In Berlin» sowie die Erzählung «Mauerpark» entstammen der Neuausgabe von «In Berlin», die 2013 unter dem Titel «Mauer Park» im Verbrecher Verlag erschienen ist. Die Erzählung «Das Freiluftbüro» erschien zuerst 2022 auf http://zfl-nachbarschaften.org. Für diesen Band wurden die Texte durchgesehen, hier und da leicht verändert, die Rechtschreibung wurde angepasst.

Vor ihrer Veröffentlichung in «In Berlin», «Welche Farbe hat Berlin» oder «Verlaufen in Berlin» sind viele Geschichten in teils stark abweichender Form an anderer Stelle erschienen, unter anderem in der Frankfurter Allgemeinen Zeitung, dem Tagesspiegel, dem Merkur, der Zeit und auf Zeit Online.

Allen, die mit mir spazieren waren.

https://www.instagram.com/sprichtdaskind/

Weitere Titel

Der vergessliche Riese

Drüben und drüben

Ein Zimmer im Hotel

Leben

Meine nachtblaue Hose

Spricht das Kind

Vier Äpfel

Was alles fehlt